The *Complete* Science Fiction
of
Izumi Suzuki

契約

鈴木いづみ

SF全集

文遊社

TOE SLIPPERS

契約
鈴木いづみ
SF全集

悪意がいっぱい

わたしは母とふたりで、白い巨大な建物の前に立ち、虚しくいやらしく開かれた黒い入口を見ていた。弟が帰ってこない。はるかな昔、彼はわたしたちの前から姿を消した。そのとき五才で、誰の目にも明きらかな白痴だった。

明かるく健康的な施設に入れたのだ、と母はいいわけをしていた。そこでは奇型も精神病者もみな幸福で、幸福でなければいけなくて、いつでも微笑していることを強制される。

「探しにいきましょう。ひどい目に合っているのかもしれないわ。手紙も電話もないもの。あの子は字が書けないけど、怪物の絵は描けたわ。そんなにすばらしい病院なら、看護婦さんが、その絵をわたしたちに送ってくれるはずよ」

母親は気がすすまなかったらしい。あの子は絶対的に（そして絶対ということばは、こんな場合にだけつかうのだ）幸福なはずだ。わたしは中年女をせきたてて、病院にやってきた。

そこにはいっていく勇気をふるいおこすのは、容易なことではなかった。虚無への入口のように見えたからだ。その向こうには、何もない別の宇宙があるのではないか？

「いつまでここに立ってるつもり？　さあ！」とわたしは母をせきたてた。彼女はその場になっても、まだ気がすすまなかったのだ。わたしが入っていく直前に、母は逃げ出した。わたしは異次元に踏みこみ、透明なしきりをとおして、肥満した女が走っていく後姿を見た。それは人間というより、とうてい動けるはずのない物体が動いているというような、奇怪なながめだった。みにくい運動体は視界から消え、わたしは長いため息をついた。

外からながめたときの印象とはちがった。そこは明かるく静かで、広びろとしていた。近代的な病院の近代的な待ち合い室に、わたしはいたわけだ。

患者と看護婦の区別はつかなかったが、行きかう人びとは、みな微笑していた。自動人形のようにゆっくりと動いていくその首から上には、微笑の仮面がはりついていた。それはもう、決してくずれることのない幸福、奇型じみたすさまじい幸福の顔だった。

わたしは受け付けをさがした。それらしいものは見あたらなかった。

「患者のひとりに会いたいんですが、どこへ行けばいいんでしょう?」

あかるすぎる廊下を歩いてきた若い男に、わたしはたずねた。彼もやはり、微笑していた。

「ぼくも、そのひとりですが」

彼は愛想よく答えた。

「あなたのことを訊いてるんじゃありません。五才ぐらいの……」

わたしはうっかりと、別れたときの弟の年齢をいってしまった。それは前世紀かとも思われるほどの以前なのに。

「ぼくは二十二です。ぼくの妻は三人めの子供を妊娠中なんですよ。ここはすばらしい! 御存知ですか? 実験的に家庭生活を送らせてもらえるんですよ。ぼくは十八のときに、院長先生が決めた相手と、暮らしはじめました」

「あなたのことじゃなくって……」

「先生方は、しょっちゅうぼくたちの生活記録を取ってました。いまでもそうです。そして、ぼくたちの同棲はかがやかしい成功をおさめて、同い年のその女の子はすぐに妊娠しました。はじめは、ためしに堕ろしてみたんですよ。世間ではケンゾースタイルと堕胎とが流行だっていうからなあ! 流行はすぐにとり入れなくっちゃ」

わたしは、彼の話を聞くつもりになった。聞きおわったら誘導尋問をして、弟のことをかぎつけよう。

「ところが次の月の生理がなくて。彼女はすばらしい。院長先生がすすめるように、ぼくたちはひたすら生殖にいそしんでいるんです。もちろん、テレビは見ますよ。それも、新発売のカラーテレビを」

「で、あなたはどこが奇型なんですか? なぜここにはいったんですか?」

「奇型なんて、とんでもない! 平常すぎるくらいですよ。ぼくはここにはいる前から、いつでも微笑してました。それで入れられちゃったんですが、かえってよかったと思ってます。完全なる結婚をしましたからねえ」

わたしはなおも自己宣伝をつづける男を、そこに置きざりにした。この男から訊き出すことはできない、と判断して。

長い廊下を歩きつづけると、不意に広いサンルームへ出た。人びとはゆったりとソファーにくつろぎ、何もせずにただ微笑していた。そこの美しい壁には、名画のかわりに、奇妙な標本が掲げられていた。いまだに五才のわたしの弟が、腹だけを切り裂かれて、ガラスに閉じこめられていたのだ。わたしは長い長い叫びをあげて、古典的に気を失った。

気がつくと、わたしはベッドに縛りつけられていた。妙な空白感があった。すべての記憶をなくしてしまったような。

「大丈夫ですか？」

親切そうな美男の医者が、クスクス笑いながらたずねた。つかまってしまったのだ。殺されるかもしれない。弟があんなふうにされたのだから。

しかし、医者はわたしを解放してくれた。

「ここへ来てしまったのだから」と彼はやさしくいいきかせた。「ずっと、ここにいらしたらどうですか？ここでは何をしてもいいんですよ。自由なんです」

おかしな感覚を確かめるために、わたしは鏡をのぞきこんだ。頭の上半分がない！　スイカの切り口のように水平に切られた脳が見え、透明プラスチックの帽子がかぶせてあった。

「あなたの悪い心を切りとったんです。ここでは、みんなそうですよ。そしてカツラをつけるんです。だから、全員がとても幸福で、自由というものに耐えていられるんです」

わたしは本物の悪人にちがいない。個室を与えられ、外出も自由なのにそこに閉じこもり、ひたすらフクシューを考えつづけた。あいつらみんなを、ひどい目にあわせてやる。何か打撃を与えるような事件を起こしてやる。「悪意」がつまった部分を切除したはずなのに、そんなことばかりを思い暮らした。

入院患者の中に、ミヤザワケンジという人がいるそうだ。彼は人びとから敬愛されていて、彼の部屋には、話を聞くための訪問者が絶えない。

わたしはどぎつい化粧で素頭をかくし、ミヤザワケンジの部屋にはいった。彼はゆったりと食事をしながら、「人間らしい生き方」についてしゃべっていた。みんな楽しそうだ。

わたしはイライラしながら、他の人間がいなくなるのを待っていた。聖人めいたミヤザワケンジを性的に誘惑して、堕落の刻印を押してやろうと思っていた。老ミヤザワケンジは、ときおり自分の話している内容を瞬間的に忘れ、空間を見つめては、にっこりするのだった。

人びとは長々と食事をつづけている。それは果てしなくつづくようだった。ながめているうちに彼らは、目に見えて肥満しはじめた。逆にわたしは、どんどんやせていくのだ。

「こんなところにいたんですか？　探してましたよ」

美男の医者がはいってきて、わたしを捕獲した。

「あなたの悪意は、上半分だけじゃなくて、頭全体に散在してるんですねえ。仕方ありません。全部切りとりましょう。人工頭脳を入れます。顔はどんな種類でも、好きなものを選ばせてあげますよ。いまはやっているのは、どんな顔ですか？　カトリーヌ・ドヌーヴでも、松尾ジーナでも、何でもありますよ」

それでわたしは、一日中サンルームに居すわりつづけ、弟の切開標本をながめている。時間のたつのもすっかり忘れ、実験のために幸福な結婚生活を強いられ、老衰の日を待っている。

ここを出るつもりなんて、少しもない。わたしは悪意というものを、すっかりなくしてしまったのだから。

歩く人

なぜだかわからないけど、とにかくわたしは長い間歩きつづけ探しつづけ、疲れきって空腹だった。まるで百年も前から、というより地球の創生紀からさまよい歩いているような気分だった。

で、野原のまん中、薄い陽ざしが集まってスカーフのようにふわりと落ちているところに、うどん屋の貧しい屋台を見つけたときは、気を失う寸前だった。

髪をふたつに分けて輪ゴムでまとめた十五才くらいの女の子が、イカの天ぷらをあげていた。

「食べさせてもらえるんですか？」

わたしは力なく声をかけた。

「もちろん、商売だから」

女の子も疲れているみたいだった。犯罪シンジケートに属していて、そこの指示どおりに働かされているような、さびしげなようすだ。絵に描いたみたいな、いなか出で。

「いくらなの？」

「いくらでも。十五円だったら、うどんの玉の四分の一。三十五円分で半分で、それにイカの脚を一本つけてあげる」

「たいへんなんですねえ」

わたしはお金を持っていなかったが、機嫌よくいった。なにしろ、目の前には食べ物があるのだから。

「三十五円分、くださいな。きざみネギと唐辛子を少々、つけてくれるとありがたいんだけど」

「うん、いいよ」

やせ細った小さい女の子は、イカの脚みたいな手で、うどんをつくってくれた。わたしはたちまち食べつくし、スープを一滴も残さず飲んで、息をついた。

「とてもおいしかった」

「うん」

「すばらしい食べ物だわ。イカの脚うどんは」

「うん」

「ところで、お金がないんだけど」

女の子は、今度は「うん」といわなかった。枯れ草の色をした髪が、彼女の顔のまわりで風にゆれていた。彼女の犬のような目は、たちまちにごった涙でいっぱいになった。

「ああ、どうしよう。このまま帰ったら、叱られる」

「わかりっこないわ」

バカね、という調子でわたしはいった。

「ううん。ものすごくきびしく検査されるのよ。朝、うどんの玉をいくつかとイカの脚を何本持って出たか、ちゃんと帳面に書きとめてあるんだから。死ぬほどぶたれるわ」

「そんなところからは、逃げ出せばいいのよ」

「だめよ。とてもこわいのよ」

女の子は雇い主を思い出して、みすぼらしいからだをふるわせた。

「どんなやつなの?」

ヒースの生い茂る嵐ケ丘の、陰鬱な屋敷をひとり歩きまわっている、義眼の男をわたしは想像する。

「わたしのダンナさまなの。赤ちゃんもいるから、逃げ出せないわ」

へええ? とわたしは、ハリウッド式の鼻声を出した。

「じゃあね、これをあげる。三十五円じゃとっても買えないのよ」

わたしは緑色のすきとおった石がはめこまれた、銀メッキの指輪を渡した。女の子はだまされるもんかといったおそろしげな目で、小さな装飾品をにらんだ。やがて、生まれてはじめてそんな顔をした赤ん坊のような、ぎこちない微笑が、ゆっくりとひろがっていった。

「とてもきれいね」

女の子は、ほおっとため息をついた。それから不意に、指輪をした手を自分の背中にかくした。

「まさか、気が変わるようなことはないでしょうね」

彼女は、ずるそうな灰色の上目使いで、わたしをじろりと見た。

「だって、それは、あげたのよ」

「こんなきれいな物見たの、はじめて。ねえ、これはかくしとかなきゃ。ダンナさまに、取りあげられるわ」

わたしはとても疲れていた。少くとも紀元前から歩きつづけているのだから、無理もない。

「このへんに休めるところはないかしら」

「さあね。街へ行かないと」

「街って……あなたは街に住んでいるのでしょう？」

わたしは少女が屋台をひいて帰るのを、期待していた。夕暮れの薄明があたりをつつんでいるから、もうすぐのはずだ。だが、彼女は立ちつくしたまま、あてどない目で空間をながめている。陽はとうに沈んでしまった。その名残りの赤が、山の端をあかるませている。

「帰らないの？」

「お客さん、まだ来るかもしれないし」

「こんなとこに店開いて、お客なんか来る？　狐が出そうなとこじゃない」

「来ますよ。だって、あなただって、来たじゃない」

彼女はそっけなくいい、ただ黙って立っている。

わたしのような人間が、まだほかにもいるのか？　長い長い間歩きつづけ、歩くことよりほかに何も考えられない人間が？　自分の生まれるずっと以前から、歩きつづけ、これから先も歩くよりほかに何もできない人間が。

いくつかの戦争が起こり、人々が死に、彼らはまた生殖にいそしみ、また死に、地球は固く冷めたくなり、巨大な半球となった強く濃い空の青みのまん中に、無慈悲な太陽がギラギラと静止するようになるまで。

そのころ地球は回転をやめているかもしれない。死の顔をした太陽は、わずかに残った地上の生命――コケ類、虫、細菌をもなめつくそうとする。そして最後の人間となった歩く人は、それでも、太陽が気ちがいじみた力をふるう中で、ぐるぐると輪をえがくようにさまよいつづけるのだろうか。

「あなたは、どこへ行くの？」

女の子が、ボーッとした動物じみた顔でたずねる。

「……弟をさがしに」

なぜそんなことばが出たか、わからない。だが口に出してしまってから、それは確信となる。わたしは血を分けた兄弟をさがしに、わたしの中の半分を求めて、こうして歩きつづけているのだ。

「ふうん、かわいそうに。そこへいくと、あたしなんかシアワセだわ。すてきなダンナさま、かわいい赤ちゃん、お仕事はうまくいってるし（なにしろ、売りあげ金が、一日百円を下らない！）ほかに何もいうことはないわ」

わたしは女の子に哀れまれ、そのおかげで熱い出がらしのお茶を一杯飲むことができた。

すっかり夜になってから、少女は屋台をひいて、おそらくは街の方へ向かった。わたしは彼女のあとについて歩いた。そこは誰もが知っているあの「街」であった。パン屋や駄菓子屋の明かりが、妙に広すぎる感じの道路を照らし出している。

「うわあっ！」

女の子は歓びの声をあげて走り出したので、屋台に積んだうどんの玉がはねあがって、二つ三つ馬のフンのような具合に地面に落ちた。

「迎えに来てくれたの？　うれしいわ。愛してるわ、愛してるわ」

女の子は、まだ非常に若いガキ同様のほっそりした男の子に抱きついた。彼はよちよち歩きの赤ん坊の手をひいていた。飲み屋の店先に丸椅子を出した中年男が、そのようすをながめながらタバコを喫っていた。

「おい、人前であんまり……な、あまえるのは、うちに帰ってから」

男の子は声変わりしたばかりの、妙にかん高い声で、威厳らしきものをつくろった。

「きょうの売り上げは？」

「これ」

かくしておくといったはずなのに、女の子は実にうれしそうに（演技としか思えないような無邪気さをこめて）指輪を見せた。

「なんだ、これは？」

「この人、うどん三十五円分食べてね、お金がないから……」

そして（またしても）どうしてそうなったのかよくわからないけど、気がついてみると男の子は地面にころがっていた。

たぶん男の子は、わたしを張り倒そうとして、とびかかってきたのだろう。だが異常に背の低い彼は、わたしの腰のあたりを両手で抱くようなかっこうとなり、カッとなったわたしはすばらしい腿の力を利用して、彼の腹を蹴ったのだった。

「払え！　ものを食ったら、金を払うのがジョーシキだぞ」

男の子は倒れたままでいきまいた。

「ふん、このチビが」

わたしはその場を去ろうとした。なにしろ、歩きつづけなければならないのだ。

そのとき、一台の自動車がまるでそれだけを目標に走ってきたみたいに、落ちつきはらった礼儀正しさで、彼らの赤ん坊をひき殺した。切り離された首が、夫婦の足元にころがってきた。

「まあ、すてき」とわたしはいった。女の子は笑った。みんないっしょに、暗い石のような口をあけて笑った。

もうなにもかも

海から蛇があがってくる。空はかたく深い均一な青みにギラギラかがやいている。完全な球形をなした巨大な空のもと、太古の生物のような奇型の蛇がはいあがってくる。まん中でみじろぎしない太陽は、くさったひとつの眼だ。無慈悲な眼球が支配している黄色い砂丘を、蛇の群は息もたえだえにはいずりあがる。

わたしにはわかる。こうして、石段の横にじっとすわりこんでいても。破局はとうのむかしに、だれかとだれかのあいだに起こった。そのころ空はくすんだ紫色で、きしみをあげるような鋭い光が、非常階段の鉄製の手すりにおちていた。光は氷になってもえていた。空は実際、むかつくようなよどんだ紫色だった。とおくでサイレンがなっていた。

わたしはながいながい少女期を、あえぎながらやりすごしていたのだとおもう。過剰な脂肪をひきずりながら、いつも汗をかいていた。自分のからだがにおうのがわかった。

あのとき、だれかとだれかが訣別した。わたしはできるかぎりはやく、その場へいかなければならなかった。それは、ずっとあとになって、ぼんやりと感じたことだ。とりかえしのつかないことは、台本どおりに進行した。わかっていながら、どうすることもできなかった。なにしろわたしは、百年ものあいだ、ぶざまな少女でいたのだから。

蛇たちがあがってくる。わたしはおだやかな午後を、こうしてツツジのなかにすわりこんでいる。みんなは、蛇のことを知っているのだろうか。つぎからつぎへと、おそらくは海からのがれてくるあの生き物のことを。

石段の上から、ふたりの婦人がゆっくりおりてくる。やわらかい陽光のなかを、着物すがたのすごい美人があるいてくる。黒地にはでな花模様をあしらった女は、もうひとりよりきつい顔をしている。

「その髪型、なんていいますの?」

クリーム色の着物をきた女性が、たずねている。ねむくなるような、つかまえどころのない声だ。

「ご存知ないの?」

黒い着物の女は、微笑する。

「ええ……」

「これ、２０３高地っていうのよ」

やがて、彼女たちの声はかき消えてしまう。たぶん、あまりにもあたたかすぎるからだ。空気中には金粉が舞っているみたいだ。風はない。なにもうごかない。

石段の下の道を、わたしはみつめている。彼女たちの息子が、しゃがみこんでいる。地面になにかをかいている。五才と六才。

決定的な別れは、ずいぶんむかしに起こり、おわってしまった。気がとおくなるような年月がたって、みんなそのことをわすれてしまった。事物は腐敗しきって、それ以上くずれようがなくなった。腐敗がおわってから、ながい時間がたった。

わたしは、いつもあるいていた。これからもあるきつづけなければならない。だって、おとうとがみつからないのだ。施設のあかるくたのしいサンルームに、標本としてかざられていたあのちいさい男の子は、血のつながりがあるきょうだいかもしれない。かれのひらかれた腹につまっている、きれいな内臓をながめながら、わたしは「ちがう」とおもった。さがしもとめているのは、この子じゃない。

皮膚がまだ不潔に息づいていたころ、わたしはきょうだいたちといっしょに大きな家にすんでいた。十二人か十八人か、とにかくいっぱいいた。なかには失踪した子や、自殺したねえさんなんかもいたようだ。だれもそんなことは気にしていなかった。それでわたしも、ひとつのながれとしての記憶をもつことをやめてしまった。うつくしい痴呆の母親はとっくに夫ＮＯ・５をどこからか、ひろってきただろう。やすむことなく生産しつづける彼女のせいで、わたしのきょうだいは、いまやおそろしい数にまで増殖しているにちがいない。

蛇の群れは、浜べいっぱいにあふれる。青黒くひかる背中は、粘液を分泌しあい、たがいにからまりあっている。かれらは、陸を浸蝕しはじめる。

美人の母親たちは、にこやかに立ち話をしている。息子ふたりも、ほおをくっつけあって、あそんでいる。ひとりが、もうひとりの首に、やわらかい腕をまわして、なにかささやく。年下のほうの男の子は、くすくすわらう。わたしには、かれらのながすぎるまつげの一本一本までが、はっきりとみえる。

時間は、おそろしいはやさでながれている。いつもかわらない、ねばりけをもって。事物は緩慢に風化していくだけだ。もう二度と、あの紫色の空があらわれることはない。なにが起こっても、だれもおどろかない。

だれも気づかないし、記憶するということをやめてしまった。死ぬことすら、できないのかもしれない。

　わたしがさがしているあの子は、人間ではないのかもしれない。夜がきて昼がきて、また夜がきた。傷口はふさがって、ふたたびくずれ、もとの形を見わけることができないまでに、とけてしまった。それでもあの子がどこかにいるのなら（わたしはそれを、確信している）もう、生きて待っていることはできないだろう。

　街で、ひとびとは陽光にうちのめされている。なまあたたかい空気をかきわけかきわけ地面をはいずりまわっている。破局がこないことはわかりきっているから、ただ痛みに耐えているだけなのだ。わたしの裸の背中を、あのひとは切れ長のカミソリの目で、ながめていたのだった。いつだって痛みに耐えていたので、わたしはもうなにもかんがえることができなくなっていた。わたしは服をぬいで賃仕事をし、そのあともう一度、あのひとをあいしてあげたのだ。

　ツツジのなかにすわっていると、そんなフィルムが目のまえをながれていく。わたしはじゅうぶんいい子だったので、あのひとはいくつもの約束をした。「どうして？」ときかれてもわからない。わたしは、どんなときでもだれにたいしても、従順だった。百パーセント、相手のいいなりになった。とりかえしのつかないことは、起こってしまったのだから。それをとめることができなかったのだから。

　石段の下では、六才の男の子が、もうひとりの眼玉をえぐっている。ひばしのようなもので。おびただしい血が、その子のあごをつたわって、シャツをよごす。母親たちは、おしゃべりをつづけている。わたしはたちあがる。ここにとどまることはできない。また、あの子をさがしにいかなければ。

　何万匹もの蛇は、高速道路におしよせる。みんなは、うつろなくらい穴となってしまった目で、それをしずかにながめている。

悲しきカンガルー

三週間まえからだ。それが、彼を苦悩におとしいれたのは。しかも、状態はますますひどくなっていく。

「おれは不幸な星のもとにうまれたんだ」

男子用トイレのかがみにむかって、彼は小声でつぶやいた。いまは勤務時間中で、まずみつかるはずはない。

彼はだから、おびえながらもタカをくくっていたのだ。

「カフカじゃねえんだぞ。ある朝イモ虫になってたら、さぞかし気が楽だろうに。家族がめんどうみてくれるからなあ……しかし、あの小説家の耳ときたら……」

彼は洋裁用のたちバサミをとりだした。女の子がよく持ちあるく、あの化粧用バッグの男性版ともいうべき袋から。

「ギャーッ！」

背後の絶叫に、彼はふりむいた。もちろんふるえながら。彼はあおざめ、立ちつくしていた。つめたいねばっこい汗が、じわじわとわきでてくるのが感じられる。

女の子だ。相手も、かなしばりにあったように、うごくことができない。おそらく外部の者だろう。トイレをまちがえたのだ。レディー用とまちがって、はいってきたにちがいない。

彼はハサミをもったまま、そのままの姿勢でいた。汗は、わき腹をながれる。気をうしないそうな予感がする。だが、おれは男だぞ！　こんなくだらないことで、気絶なんかしてたまるもんか。

数秒たった。女の子は身をひるがえし、ドアに突進した。

だれだって、逃げだすだろう。

清潔なあかるいその場所で、彼はホッと息をついた。女の子は、だれかにしゃべるにちがいない。それも、だれかれかまわずに。

まず、この会社で最初にすれちがったやつに。そのつぎにバッタリであった相手にも。つぎからつぎへと、くっちゃべるだろう。

ちいさいかがみでも持ちあるくべきだった。そうすれば、ひとりしかはいれない例の個室で、このやっかいな作業にとりかかれたのに。

失敗だ。

彼はライオンもどきにうなり声をあげたかった。あるいは、さめざめと泣くとか。しかし、このあわれな男にできたことは、ワイシャツをびっしょりさせることだけだった。噴水さながらに、四方八方に水をまきちらせたら、どんなに気分がいいことか。汗さえも、いうことをきかない。

おれは変態なのかもしれない。彼は腕ぐみをした。だが、こんなことをしているあいだに、だれかがはいってくるかもしれない。

彼は大いそぎでたちバサミをつかった。いくぶん、かっこうがわるいが、しかたがない。あの女の子の「ギャーッ！」よりは、よっぽどましだ。

トイレをでると、彼は自分の机にもどった。けんめいに仕事をした。

ふと目をあげる。むかいがわのオールド・ミスが、うたがうような、おかしなまなざしで彼をみつめている。この女は、男という男に、ねばっこい視線をおくる。それが彼女の習慣なのだ。しかし、それはいつもとはちがう。

（おれを宇宙人とでもおもってるんだろうか。それとも、人類のうちでもかなりのできそこない、とでも……）

奇型ということばをおもいだす。

シャム双生児とか、不運にも、薬物によって両手両脚がないままに生まれてきた、とか。しかし、彼らには、すくなくとも「あたたかそうな目」がむけられているはずだが……。だれも、おれには同情してくれないだろう。親身になってはくれないだろう。ほれてくれる女なんて、世界じゅうさがしまわったって……。

そのうち、周囲の目が気になりだした。あざけりわらっているのか。おそろしがってるのか。めずらしいのか。気味わるいとでもいうのだろうか。

「＊＊さん、部長がお呼びです」

秘書が、そうつげた。

クビになるかもしれない。あしたから、どうやっておまんまをくおうか……部長つき秘書の、つんとうえをむいた鼻は、なにもしめさない。目つきまで、人造人間だ。チキショーッ！　おれよりも、まわりのやつらのほうが、よっぽどいやったらしい。いやみのかたまりだ。

それでも彼は、部長室にむかった。葬送行進曲が、しめやかになりひびいているような気がする。彼は頭をたれ、しおしおとあるいていった。

びくつきながら、ドアをノックする。

「はいりたまえ」

上役の、いつもの声――それは、おもおもしくいばりくさった調子なのだが――それがうちがわから彼をまねきいれた。

「きみ、ほんとうかね？」

部長は、にこやかにたずねる。

「は？」

「なんだね。その『は？』っていうのは。いまや社内じゃ、大さわぎだぞ。サウジ・アラビアのなんとかいう国王暗殺とか、月世界旅行どころじゃあない」

ああ、やっぱりばれてしまったのか。シラをきるよりほかにない。この場を、うまくごまかすには。

「それは、つまりですねえ……」

彼はハンカチをとりだして、ひたいをぬぐった。

「いや、わしはきみを責めるつもりじゃないんだよ。それどころか、名誉をあたえたいくらいだ。もし、事実とすれば」

「と、もうしますと？」

「わかっとるじゃないか。わしは、ほかの連中とちがって、ギャアギャアあわてふためかん。それどころか、社員どもがわめきちらしているさなかに、メイソウにふけっていたくらいだ。というより、アイディア、いやむしろインスピレーションといったほうがただしい」

部長は秘書をよんで、お茶をもってこさせた。

「こういう状況で、ひとつのアイディアをかんがえだすなんて、一種の天才だな。なにごとにも、びくともせん――ところできみ、耳がのびるってことは、カラクリじゃあるまいね？」

「はあ」

「うん、いいぞ。ぜひいちど、この目でみたいものだ。ほんとうにそうなら、きみにすばらしい地位を約束する」

「おからかいになっているのでは？」

「わしが、いつどこでだれをからかった？　え？　きみはわしをおちょくっているのかね？　アホだとでもおもっているのかね？」

「しかし」

「しかしもクソもあるもんか。あすから一週間の有給休暇をあたえる。命令だ！」


テレビ局でも彼はふるえていた。待合室でひとりにしてくれとたのんだのに、二、三人が「メイキャップ」とか称して、のぞきにくるのだ。

彼はキリキリ歯ぎしりし、おそろしい顔で見物人をにらんだ。

「いいか。耳がのびるだけじゃねえんだぞ！　おれの口は顔のはばより横にひろがるんだ。ひと喰い人種より、ひでえんだ。なにしろ、パックリあければ、三人や四人、いっぺんに……」

ジャリ歌手やその他もろもろは、ヒイヒイわめきちらした。口からアワをふくやつまでいた。

彼は満足し、ソファーにゆったりとよりかかった。お茶とコーヒーとレモンティーと、そのうえショートケーキまではこばれている。心ゆくまで味わった。

「出番です」

ディレクターがどなった。ドアの外から。彼は用意されたフードつきマントを身にまとった。あつくるしい。しかし、これは、〝アラアラ、びっくり〟のために演出されたものだ。しかたがない。この番組はショーのうちではいちばんの人気をほこっている。

部長のことばをおもいだす。

「いいですか？　あれは、ナマ放送ですからこっちとしても、非常につごうがいい。週刊誌に二、三取材させたのも、この番組のためだからねえ。わすれちゃいかん。あがって、口もきけないほどふるえるのは、もっと始末がわるい。義務をはたしおえたら、きみの未来はそれこそ（とひわいなわらいをうかべつつ、いくぶんひくい声で）酒とバラの日々ですぞ」

いいや、おれには酒とタバコの日々のほうがよっぽどにあっている。スタジオへのいりくんだ廊下をいそぎながら、彼はぼんやりとそんなふうに感じた。

「この番組はじまって以来、いや開局以来のスペシャル・ゲストをご紹介します。ふだんは、ごく平凡な会社員――ところが！」

司会者さえも、昂奮している。

ここでマントをぬがなくてはならない。しかもひらりとカッコよく。だが、彼はもぞもぞとうつむくばかりだ……。

「どうぞ、おはやく！」

とにかくフードをとった。ヒナだんにならんでいる主婦の群れは、いっせいに声をあげた。ふたりばかり、ゆくえをくらました。

「現代の奇跡ですね……」

司会者は、前もって知らされていたはずだ。それなのに、いくぶん声がふるえている。あるいは、わざとそうしているのかもしれない。

彼の耳はたれさがり、肩より十センチほどながく、おさげ髪みたい。

「いつごろからですか？　その……」

「十七くらいかな？　しかし、毎日二センチ以上のびはじめたのは、ついこのあいだで……しかもですねえ、のびる速度がますますはやくなってきて」

彼は、あかくなったり、あおくなったりした。できることなら、この場で意識不明になりたい。しかし、あの部長が……。にくたらしいあいつが、それをゆるすはずがない。断じて。

医学者らしき人物が、必死に解説しようとする。

「それはですねえ、なんといいますか、非常にめずらしい……現代の奇病、といってはこの方に失礼ですが……そのうえ、はじめての症例でして、わたくしごとき者には、さっぱり……いや、このようなことはきいたこともみたこともなく……つまり……遺伝学、いや突然変異とでも……」

「ご感想は？」

司会者が、マイクをつきだす。彼はしばらく口がきけなかった。部長命令によると、ここで会社名を連呼しなければならないのだ。だが、口がうごかない。汗ばかりが噴出する。

「ご気分でも、わるいのですか？」

彼は、それにこたえず、いきなり走りだした。逃げだしたかったのだ。とにかく、この場から。なんだか、自分のからだではないような気がする。

「あ……お待ちくだ……さ……」

司会者は、その場をとりつくろおうとしたが、声が出なかった。カメラも呆然としている。全員がストップモーションにかかったように、こおりついた。

一匹のカンガルー（に類似したもの）が、スタジオ内をぴょんぴょんはねていたからだ。

海兵隊にいたんだよ。ずいぶんながいあいだ。もう、何年もまえのはなしだ。

そのまえは、少年院。もっとまえは、施設にいた。といっても、親がないわけじゃない。父親はわからないが、おふくろはよくあいにきた。ほかにきょうだいがふたりいるから、なかなかおれをひきとれない、とかいってさ。気まずい雰囲気だった。

だけどおれには、わかってたんだ。おふくろは、おれをこわがっていたんだよ。おれはあおじろくやせてた。おれがわらった顔をみたやつは、そんなにたくさんはいないとおもう。

十二の年に、母親にひきとられた。おれはすこしもうれしそうな顔をしなかった。実際うれしくもなかった。おふくろは、いもうとたちの父親と離婚して、多少のカネがあった。それをもとに、質屋をはじめたんだ。盗品なんかもあつかっていただろう。

おれは店からカネをちょろまかして、街をホロホロしていた。不良のグループには、はいらなかった。大きい組織だと、なんだか企業っていう感じがしたからさ。べつに商売やってなくてもね。おれは、命令されるのがきらいなんだ。

それでもダチ公はいたし、女もいた。そのうちの何人かは、ある年齢になると、バーにいりびたったり街に立ったりして、自活しはじめた。あいつらがなにして喰おうと、おれには関係ない。やつらは、ケチじゃなかった。商売がうまくいってるかぎりは、気前がよかった。おれは、そいつらとときどき寝て、ときどきカネをもらってた。それだけさ。

はじめに、クルマをぬすんだ。そんときはうちへかえしてもらった。現場から三百メートルもいかないうちに、ほかのクルマにぶつかっちゃったんだよ。

そんなことが、二回か三回あった。

酒場で友だちをまってたとき、となりの男がはなしかけてきた。いい取りひきがあるけど、やんないかっていうんだ。こいつ、おれをチンピラだとおもってるなって、腹がたった。おれが返事をしないでいると、やつはまっかになった。といっても、おこってるわけじゃないんだ。そんなふりをしただけさ。ここまでうちあげた以上は、やってくれなくちゃこまる、とかなんとか。要するに、おどしなんだよ。

おれは、男をつきとばした。壁に頭をうちつけてやった。そいつの仲間がきた。おれの友だちもきた。店じゅう、大げんかになった。バーテンが、外でやってくれって、わめいてたよ。だけど、もう、止めようがない。椅子なんかもつかった。

あんなことであげられるなんて、おもいもよらなかった。それまでだって、けんかはしてたんだから。だけど、場所がまずかったともいえる。おれは、以前から目をつけられてたし。しょっぴかれたのは、おれひとりだった。

おれは、地面にツバ吐いたり、ぶつぶついったりしなかった。オマワリのまえで、カッコつけたってしようがない。なんだかわからないけど、猛烈にうっとおしい気分だった。

憂鬱病は、あのころからはじまったんだな。おれは十五だった。運命というものを、かんがえていたんだ。ちょっと大げさすぎるかね。

町内には、おれよりずっとあくどいやつらがいた。ひと殺しまがいとか、詐欺とか売春強制とか。こどものくせに、プロ顔負けっていう連中が。おれが育ったところは、オマワリも敬遠するような地区がいくつかあった。

そういうやつはつかまらないのに不公平だとか、そんな単純なことをかんがえていたわけじゃない。なんていうか、おれは自分の運命が、両腕をつばさのようにひろげて、ふわーっとやってきたっていう感じをうけたんだよ。向こうの景色がすけてみえるような、うすあおいきれをまとって、霧みたいに。

こいつにはかなわない、とおもった。重苦しさといっしょにね。他人の人生にくらべて、おれのはじつに独得なものなんだ。特別注文なのだ。ほかのやつらのとはちがう。へんなほこらしさもあった。だけど、ひどく気がめいってたのも事実なんだ。

おれはいまや「静かなる男」だ。かんがえる時間は、いっぱいある。こうやってすわって、むかしのことをかんがえると、ふしぎな気がするよ。なんであのとき、もっとよくかんがえなかったんだろうって。

たぶん、オリジナルな運命ってものを自分勝手にでっちあげたとたん、自分からなにかするのが、いやになったんだろう。まえにもいったとおり、おれは命令されるのがきらいだ。いままでやってきたことを、命令によってうごかされたとは、かんがえたくない。上からいいつけられたことを、自分流に解釈してきたつもりだ。

そんなのはあまい、というかもしれない。しかし、そうでもなかったら、おれは軍隊でなにもやれなかったとおもうよ。入隊したつぎの日に脱走していただろう。

むかしっからおれには、リングにあがるまえのボクサーみたいなところがあった。自分が主役なのに、すみっこにすわってじっとしてるんだ。みんなが声をかけたり、あるいは声をかけようとしてがまんしてたりする。まわりはハラハラしてる。そんなやつらをみると、一種の腹だたしさというか、かなしみみたいなものを、感じたよ。もちろん、自分にたいしても。

おれはすわってるだけでいい。なにもしないで。やがて時間がくる。試合がはじまることが知らされる。他人が全部、おぜんだてしてくれるんだ。おれはきめられたことを、できるかぎり手際よくやる。

自分からはたらきかけたことはなかった。実際はそうでも、意識としてはなかったんだよ。無能な人間だとおもうよ。だから、こんなにはやく老年をむかえたのかもしれない。かんがえる時間はたっぷりある。もしかしたら、半分は死んでるのかもしれないけど。

「見るまえに跳べ」なんていうやつがいる。だけど、めくらめっぽうとんだら、水たまりにおっこちるのが関の山さ。みてからとばなくちゃいけない、とおもうよ。おれは、なんにもみなかった。みるのがいやだった。自分の運命みたいなものが、コトをはこぶのを傍観していただけだ。

おれはいま、とてつもなくでっかい水たまりにおちてる心境なんだ。こうなってみるとなにもかもあきらめがつく。気楽といえば気楽だ。だから、こうやってしゃべってるんだろう。

少年院では、従順だった。

感情とか気力は、できるだけつかわないようにしていた。必死になって、抑制していた。ずいぶんエネルギーが必要だった。自分の中から、何かが噴出してくると、それ以上の力でおさえつけた。それは、感情を発散させるより、苦しいことだった。そんなふうに精神力みたいなものを浪費していたんだよ。威厳をもたなきゃいけない、と信じていたからね。それだけの効果はあったようだ。「うす気味わるい」って、いわれてたからね。

頭ん中では、いろんな風景やことばのきれはしが、映画フィルムみたいにながれていた。なにひとつまとまらない。自分の中心がみつからないんだ。ゴミみたいな感情とか気分をはらいのけると、まるっきり空白なんだ。おれはイライラしはじめた。いらだちを極力おさえようとしたもんで、あのころはいつも疲れきっていた。

ある夜、脱走した。

計画なんてない。急におもいたったんだ。たいへんな労力をつかって、ヘイをのりこえた。発見されることは心配してなかった。へんな確信があったんだ。ほんとうに自分がやってることじゃない、みたいな感覚もあった。なにものかが、おれのからだをつかって、いろんなことをやらせてる、というような。一種の欠落感だろう。

まず服をかえて、カネをもたなきゃならない。おふくろのとこじゃ、もちろんまずいし、だいいちとおすぎる。強盗をやると、いずれつかまる。知ってる女を三、四人おもいだした。しょっちゅうベタベタくっついてた女は、やばい。逃げだしたことがばれたら、すぐに手配されるだろう。もう、そのころはつかまるのがこわくなっていたのかもしれない。

そのうちのひとりが、地理的にも安心だし、そいつとつきあってるってことは、二、三人しか知らない。おれは女のアパートへいった。歓迎してくれるとはおもわなかった。最後にあってから、一年以上たつんだ。女は二十三ぐらいで、バーにつとめていたとおもう。あんまりよくおもいだせない。

ノックしたけど、だれもいなかった。ドアには、カギがかかっていた。ひきかえして、となりのビルの非常階段からその二階の部屋にはいりこんだ。かんたんだったよ。ガラスを割る必要もなかった。窓にはカギがかかっていなかった。

部屋のようすは、かわっていなかった。ちいさいタンスがひとつふえただけだった。おれは冷蔵庫から、オレンジ・ジュースをだしてのんだ。毛布をめくってベッドに腰かけると、おなじみのひまわり模様のシーツにおなじみの焼けこげがみえた。まんなかだから、かくしようがない。おれがタバコをすってて、火のついたのをおっことしたんだ。そういえば、彼女の肩にやけどをこさえたのもおれだ。

はじめの心づもりでは、女にあってカネをもらって服もかってきてもらうはずだった。かえってくるのを待とうかな、ともおもった。しかし、ひとりでかえってくるかどうかわからない。あたらしい恋人でもできてたら、そんなことはしてくれないだろう。なんせ、ながいあいだあってなかったんだから。

カネのありかをさがした。

おもったとおり、男物のシャツやズボンがわんさとでてきた。着がえさせてもらった。サングラスかけてみたりしてね。

カネがどこにもないもんで、おれはかなりあせった。台所のひきだしまで、ガチャガチャひっかきまわした。カン切りとスプーンにまじって、意外なものを発見したよ。それはハンカチにつつんであった。ピストルなんだ。

その種の武器にたいして、特別な執着をもっていたわけじゃない。チンピラのなかのある者は銃にあこがれたし、実際もちあるいてる者もいた。おれは、そんなやつらを、軽蔑してたんだけどね。

しばらくそれをながめていた。逃亡中だし、なにかの役にたつこともあるだろう。それを借りることにした。タマはふたつはいってた。おかしいよ。いれとくんなら、全部いれときゃいいのに。つかったあと、補充してないのか。持主は女じゃない。彼女だったら、もっと小型にするだろうし、護身用だったらハンドバッグにいれて持ちあるくはずだ。彼女の恋人はすごい貧乏で、ふたつしか買えなかったとか。おれも、くだらないことをかんがえるね。

カネはみつからなかった。もちだせるものを目でさがしたが、とりたてていいものもない。古い置き時計とちゃちな装身具だけだ。以前、女に買ってやった指輪があったもんで、それはとりかえしておいた。

おれは電話の横にすわった。

くたびれて、そのままねむっちゃいたいくらいだった。ここでねむっちゃ、ヘイをのりこえたイミがない。女とはなしをつけるのだってその結果が、わかったもんじゃないのに、そのうえあたらしい男がいるんだ。ほかの女の子を、あたってみることにした。

いちばん気にいってた子に、電話した。いなかった。あとはまあ、似たりよったりだ。女の子たちの容貌、性質、環境、それにおれとのつきあいかたはそれぞれちがう。ひとつひとつ条件をくらべてみると、あんまり千差万別だもんでくらべられなくなる。比較は女の子の思想だなんて、だれかがいってた。だから下品なんだそうだ。しかし、男だってくらべる。しまいには、たいがいめんどうくさくなるけど。

〈少女〉というあだなをつけた少女をおもいだした。おれのことを、うんざりするほどすきなんだ。そのときは、非常事態で、だれでもいいから、全面的にいうことをきいてくれなくちゃこまるので、彼女に電話した。

真夜中すぎだけど、あの子は電話のそばで寝ているはずだ。台所の横の居間にね。ねえさん夫婦は奥の寝室だし、〈少女〉は目ざとい。むかし、朝方に電話をかけたりしたことが何度かあったけど、彼女はいつでもすぐにでた。おれの声をきくと、すぐにわかったらしい。

「ああ」なんて、まのびした声をだした。そのまま、だまっている。だから、こいつとはしゃべりにくいんだ。

「逃げだしてきた。ちかくにいるんだよ」

おれはことばをきった。どんな反応をしめすか、うかがうためだ。

「それで?」

〈少女〉は目ざめたばかりの、ちいさい声できいた。べつにおどろいてもいないらしい。顔がみえないから、やりにくい。

「もっととおくへいきたいんだけど、カネもクルマもないんだよ」

「まあ、いっちゃうの?」

うっかりしたことをいってしまったらしい。なぜだかおれはあかくなって、あわててつづけた。

「もちろん、きみもいっしょに」

そんなこと、いわなきゃよかったんだ。いわなくても〈少女〉は、すこしぐらいのカネなら用意してくれただろうに。彼女はずいぶんにぶいし、世間知らずだから足手まといになるだけだ。

「おカネどのくらい必要なの?」

いやにのんびりしてるんだ。

「できるだけたくさん」

反対にいらだってきた。それだけ無神経だったらごりっぱだ、なんていいそうになった。おれは〈少女〉といると、いつだってそんな気分になってたものだ。彼女にもやはり、それなりの独自の運命があるような感じだ。ただ鈍感なだけならゆるせる。悠然としてるところが、気にくわないんだ。最後のとこで、負けちゃうような気がするんだ。というより、先を越されるんじゃないかって不安があった。おれは生きてくのに理屈つけたりカッコつけたりほんとにたいへんなんだ。彼女はそうじゃない。べつに脳たりんでもないし、ふまじめでもない。それどころか、じつに深刻に大まじめで、そのくせキリキリしたとこがない。おそらく後悔なんてのもしないだろう。

おれも、後悔しないようにつとめてる。ずっとそうしてきた。そんなふうにするのにはおそろしい力がいるんだ。おれみたいな性格の人間って、そうなんだろうとおもうよ。（こうしよう）（あれはこういうことなんだ）って、いちいち納得させなきゃ、一ミリだってうごきたくないんだ。かんがえたって、かんがえなくたって、結局はおなじなのかもしれないけどさ。おれに欠けてたものっていえば、それは勇気さ。

おれはどんよりくもった空みたいな気分になった。〈少女〉のなかには、たしかにみとめたくない資質があったよ。（まあ、いいや）タバコに火をつけて、おれはおもいなおした。

（みとめなきゃいいんだ）

目のまえにあっても、みたくないものはみえないことにすればいいんだ。その結果、強烈に意識することになるだろうとしても。それがおれのやりかたなんだ。

「すぐにきてくれ」

おれはわめいた。空腹だったからかもしれない。夕食をろくにたべてなかったんだ。逃亡計画に夢中になってて。

「どこへ？」

きかれて「どこでもいいよ」なんて、こたえちゃった。よほどあわてたんだろうよ。

「目だつとこじゃ、いけないんでしょ。あなたの友だちの部屋とか、ないの？」

「街んなかだと、もう夜があけてくるから、みつかっちゃうよ。二、三あるけどな。それにやつらにあうには、たまり場へいかなきゃなんない」

店の名前なんかは、いいたくなかったんだよ。なんとなく。〈少女〉はどんなところか知らなかったとしても、あまりにひどいからだ。そこの雰囲気とね、みんながしゃべってることとかがさ。おれはそういうとこへいくと、すっかり有頂天になっちゃうんだがな。彼女には、似あわない場所なんだ。もっとも、どこへつれていっても、決してあわてない、みたいなところが〈少女〉にはあったけど。

「ねえ、あの空き家、まだあるかしら？」

彼女がねっとりといった。ききかえそうとして、おもいだした。彼女をつれて仲間や女たちとドライヴにいったとき、そこに立ち寄ったことがある。街はずれの、すぐにでも倒れそうな空き家だ。クスリのんで、それぞれやることをやろうとしてたとき、〈少女〉だけはいやがって、逃げようとした。

おれはとっつかまえたんだが、そのあばれかたがすごいんだ。みんな自分のお楽しみもわすれて、おもしろがって見物する。ひろってきた仔猫みたいにピイピイいって、つめをたてようとする。いつもだったら、三、四人でおさえつけるとこだが、やつらは（いったいどうなるか）ってことに興味もっちゃってさ。「がんばれ！」「しっかり！」なんて声援だけするんだよ。

おれはそのとき、しだいにかわいそうになってきた。本気でやりたいとおもってたわけじゃない。だいいち、相手は十三になったばっかりだった。

〈少女〉は必死に抵抗してたが、そのうちくたびれたのかあきらめたのか、突然しずかになった。うえにのしかかったおれは、どこもみていない〈少女〉の目が両方とも大きくひらかれて、涙をにじませているのに気がついた。

すっかりシラケて、おれはやめちゃったんだよ。彼女はおきあがると、ふてぶてしいような上目づかいでおれをみると、ゆっくりと服をなおしてでていった。だれかが「あの子をひとりでかえしてだいじょうぶか」っていってた。〈少女〉は、いまにもたおれそうにゆらゆらゆれてたんだよ。

その後、おれは彼女にあいたくなかった。なんとなく、顔をあわせるのが、いやだった。べつに理由はないけどさ。どういうわけか〈少女〉は、おれをつけまわすんだ。家がすぐちかくだったからね。おれが外へでると、路地に立って待っている。何度めかにやっと近づいてくると「このあいだはごめんなさいね」なんて、あかくなってるんだから。〈少女〉は、ちっともきれいじゃなかった。それは、腹だたしくなるほどだった。つまらないうすよごれたチビでしかなかった。おれは、〈少女〉をみるたびに、ムカムカするようになった。それでも、気になることはたしかなんだ。

空き家のこわれた椅子にこしかけて、おれはやたらにタバコをすっていた。腹がへって、目がまわりそうだった。〈少女〉にとっては、ここが記念すべき場所なんだろうか。ずいぶんいやみじゃないか。

おれは立ったりすわったりして、窓の外を見張っていた。やつらにつかまることは、そのときになってみれば、それほどおそろしくもなかった。まあ、いずれはつれもどされるだろう。べつにこわくないけど、義務として、警戒してるんだ。

〈少女〉は、だまってはいってきた。なんだかやけにあかい顔をしていた。最後にみたときより、かなり背がのびている。彼女は、もってきた紙袋に手をいれて、アルミホイルにつつんだものをとりだした。おれの顔をみたまま、サンドイッチをかかげて、しずしずとちかづいてくるんだ。

おれは口のなかで、「チェッ」とかなんとかいいながら、それをうけとった。だまってたべはじめると、彼女はそばへよってきて、じっとのぞきこむ。こどもが、友だちのつかまえたトンボをみるみたいに。ぶざまでやたらに水っぽい喰い物だ。はさんである野菜から水が出て、パンがねっとりしている。〈少女〉が熱心にのぞきこんでるもんで、いそいで口んなかにおしこんだ。彼女はミルクをだした。これまた、おれがのむところを、細大もらさずながめているんだ。

タバコに火をつけて、窓の外をちらちらながめる。ここはなかなかみつからないだろう。だから、追手を心配してたわけじゃない。なんとなく、ポーズをつけてたんだ。間がもてないもんでね。

「おれは、すこし寝るよ」

〈少女〉は、コーラの罐やなんかをどけて、そこにあったぺらぺらのきたない毛布を床にしいた。ここへはいりこむやつは、案外多いらしい。

横になると、彼女は自分の上着をかけてくれた。目をつぶる。からだが浮いているような感じだ。頭の先から、ゆっくりとしずみこんでいくような。疲れてるんだ。まぶたの裏、あるいは頭のなかのどこかに、衰弱した太陽みたいな赤い不快なものがみえる。

夢のなかで、おれは空をとんでいた。ちょっとでも油断すると、おっこちそうになっちゃう。満身の力をこめて、きたない夕暮れをよたよた飛行してるんだ。もっと高いところをグライダーみたいに風にのって、とおもうんだがうまくいかない。疲労しきって、なさけない気分なんだが、それでもとばなくちゃいけないんだ。いつまでたっても夕暮れで、そのうちみぞれがふりはじめた。

そうしてないと、やつに追いつかれてしまう。オマワリとか、そんなもんじゃない。わけのわからない不気味な力をもったやつだ。おれは力をふりしぼって、やっとのことで地上すれすれをとびつづける。なぜだ、なぜこんなことをしなくちゃいけない？　何度もきいてみる。おれはもういやだ。いいかげん、やめたいよ。だけど、やっぱりとびつづけるんだな。というのも、気がついてみたら、おれの行動を強制してるのは、追っかけてくるはずのやつなんだ。たよりなくてつらい気分だった。それでもおれは、もうなんにもいわずにとびつづけるんだ。

ほんのちょっとしか、ねむってなかったとおもう。目がさめると、〈少女〉が横に寝ていた。頭の下で腕をくんで、天井をながめていた。妙に白い顔で。

おれはどうしたわけか、一瞬ゾーッとしたんだね。気がよわくなってたせいだろうか。彼女が百二十歳のバアさんみたいにみえたんだ。なにもかも、すっかりわかっちゃったような表情なんだ。一世紀まえにわかれた恋人のことを、なんの感慨もなくおもいだしてるみたいな。それでいて、顔だちはこどもっぽいんだから。

もうだめだ、とおもった。


クルマをぬすんで、郊外にむかった。ドライヴ・インには寄らなかった。よその街へいって、安宿でもとろう。床屋と金物屋のあいだをはいって、ようやくしけた看板がみえるような木賃宿がいい。天井には、三枚羽根の扇風機がついてるような部屋でね。そこでおれは待つんだ。ただじっと待ちあぐねるだけだ。なにかが起きるまで。

しばらくいくと、パトカーがとまっていてオマワリがうろうろしてた。ドキンとしたけど、「まさか」という気持ちのほうがつよかった。交通事故だった。通りすぎてから〈少女〉がながい息を吐いた。

昼すぎにクルマをとめて、パンやジュースを買いにいかせた。それからまた走った。もう道がわからなかった。夕方になると、くたびれてきた。目がチカチカする。

クルマを走らせているのが、アホらしくなった。おれはじっとしているべきだった。恐怖にかられた猫みたいに逃げまわるなんて。

「もういいや」

おれはひとりごとをいって、クルマをわき道へいれた。道はほそくなって、林のなかへはいっていく。クルマをとめると〈少女〉をみた。

「なあ、いいだろう。いいかげん、いやんなった。どうせ、つかまるんだ」

おれは、なにをいいたかったんだろう。彼女は目をあげた。微熱がでてるようなふわふわした状態で、おれはしゃべりつづけた。

「どこまでもついてくるか？　おれがそうしろっていったら、なんでもするか？」

てれずにそんなことをいえたのは、一種うつろな気分だったからにちがいない。〈少女〉は目でうなずいた。

「じゃあ、死んでもいいね」

冗談のつもりだった。この子がどのくらいまでいうことをきくか、ためしてみたかったみたいな。だけど口にだすと、へんな重みをましてきた。おれ自身も、おしまいにしたかったんだ。ものごころついてからの鬼ごっこにもあきあきしていたところだった。すると、例の病気がはじまった。どうしようもなく沈みこんできたっていうわけさ。この穴ぼこへおちこむと、ちょっとやそっとじゃはいあがれない。

クルマをおりて、林のなかへはいった。草のうえにすわると、〈少女〉が横にはりついてきた。この子とは、まだいちども寝てない。ここでやんなきゃならないかな。いまは、そんな気力、とてもないけど。

ポケットからピストルをだして、〈少女〉にみせた。彼女はうなずいた。猛烈センチメンタルな顔しちゃってさ。おれのほうは、猛烈憂鬱だった。

彼女の胸にあてて、ひきがねをひいた。反動がすごかった。当然、女の子はたおれちゃったよ。ひとって、かんたんに死ぬんだ。あと一発のこってるから、おれもなんとかしようとおもった。それがなんでいま生きてるかっていうと、流しのそばへおいたマッチみたいにタマがしけてたんだな。

つれもどされて、何年か少年院にいた。でるとすぐ徴兵された。

おれは船にのったんだが、ボスが変わったやつでね。ひとしきり戦争すると、かならず北極か南極にむかうんだ。夕食ののみものには、ふつうの氷じゃ満足しないんだよ。

クジラをしとめるモリみたいのが、その戦艦にはついている。いつのまにか、おれがその専属になっちゃった。氷山を撃つんだよ。それからくだいた氷をひろいにいく。何日分か確保すると、またぞろ戦地へおもむく。

その仕事は、気にいってた。カクテルの氷調達係は、わるくなかった。ドライ・マティニには、やっぱり、北氷洋の氷がいちばんあってるようだ。

モリ撃ちとおなじように、船や飛行機をうった。ちいさい戦争だったが、えんえんつづくひどいものだった。おれは、ひと殺しをなんともおもわなくなっていた。

最初の殺人には、おもいでみたいなもんがある。〈少女〉を殺したとき、同時に少年時代がおわったんだ。同時に人生がおわったような気がしたが、そのあとのこりの時間がうんざりするほどつづく。やっぱり、おしまいにすればよかったんだ。

氷山撃ちは何年かつづいた。おれはすっかり名人になってた。

本国へ帰還したその日に、おれは呼びだしをうけた。今度はちがうとこへ配属されるんだろう。

おれはガキのころから、集団のなかにいた。もの心ついたときは、孤児を収容するための施設にいたんだから。集団のなかにいることには、なれている。それは楽だったし、なるべくものをかんがえないためには最上の策だった。ほかのやつらみたいに、はやく故郷へかえりたいなんて、決しておもわなかった。

いつでもひとりなのだ。集団のなかにいたって、おれは孤独でいることができる。仲間とさわいだり、友情をたしかめあうなんて、性にあわない。

はじめ、情報部勤務かとおもってた。おれみたいなやつには、スパイ活動もわるくないかもしれない。

そのころ、戦線は拡大しつつあった。このままでいったら、核をもちだすんじゃないか？　みんな死ねばいいんだ。

おれはやけになっていたわけじゃない。そんなことは、どうでもよかった。だれが死のうと自分が死のうと、事情がかわるわけじゃない。

今度の役目は、つまりひと殺しだ。

おれはすこしも感動しないで、それをひきうけた。自分は人間じゃないのかもしれないという恐怖が、はじめてめばえた。それはしだいに大きくなるしみで、鬱病をも圧倒するほどだった。ときどき、夜中に目がさめると、暗い中で果てしないほど長い時間、じっとしていた。自分はどこからきて、どこへいくんだろう、とおもった。何回も何回も、おんなじ質問を自分に向かってするんだよ。すると、いろんな思い出とかそれに伴う感情の切れっぱしなんかが、ちぎれてひらひら舞いはじめる。頭のなかは、なんにもまとまらなくて、ひとつのドーンとした音だけが、鈍くそこにある。

これまでの人生で、おれはいったい何をしたんだろうとおもっても、何ひとつない。ないっていうより、きれいにまとまって、うかびあがってこない。思い出は色あせて、バラバラになって、小さい痛みなんかも針の先ほどにも感じられない。あんまり長い間おさえつけてきたせいで、むかしのことはほこりまみれになっちゃったんだ。うまくおもいだせないから、自分がどういう生き方をしてきたのか、まるっきりわからない。今後どういうふうにしたらいいのかも、わからないというわけだ。

というのも、おれはじつに手ぎわよく、人間を処理したからだ。どこかへつれていかれる。敵の内部へはいりこんで、ある人物をおびきだして殺す。あるいはまた、こっそり爆弾をしかける。

進退きわまると、仲間が救助にくる。

いまかんがえるとふしぎなんだが、おれひとりのために一個中隊がくりだしてくる、というありさまだった。つかまると、軍部はかなりいい条件で捕虜交換を申しでる。こちらが提供するのが、これまたすごい人物だったりする。どうして、おれがあんなに大事にされたのか、当時はわからなかった。

そのうちおれは「祖国の英雄」ということで、新聞にのるようになった。テレビもラジオも、熱狂的におれを宣伝する。もちろん、やらせだよ。恐怖にかられながら、つぎつぎと殺人をつづけるのを「冷静沈着に命令をまっとうする。それは献身以外のなにものでもない」ということになる。

おどろいたことには、ブロマイドまで売りだされたんだから。Tシャツの胸に、おれの顔がプリントされたのとか、メダルとかワッペンとか。はじめは信じられなかった。それがまたよく売れたんだよ。こうなったら、もう気ちがいざたとしか、いいようがない。おれはヒーローなき時代のヒーローになったというわけさ。エピソードとして氷山を撃ってたことが紹介されると、金持ちどもは北氷洋にくりだす。氷撃ちはゲームになった。

もうちょっとつづけたら、死んでいただろう。ちょうどいいところで、ひきあげさせられた。

だから、こうやって別荘もって気ままにくらせるんだよ。おれは、軍隊時代のことを、くわしくはなしたくはないんだ。じつにくだらんとしか、いいようがない。ガキのころはまだよかった。

おれは、ひとを殺さないために、ここにすわって気力をふりしぼっているんだよ。もう、ひと殺しはあんまりやりたくないんだよ。なぜだかわからない。年をとったからかもしれない。一日がおわると、すっかり疲れきってしまうが、しかたがない。これが、もう最後のつとめだとおもうよ。未来永劫つづくかもしれないが。

やつらも、つごうよく牢獄へいれたおもいで、ホッとしてることだろう。みんなおれのことなんか、わすれちゃってる。

それでもイライラするときは、ここへはいってくるやつを、谷底へおとすんだ。入口につり橋があっただろ。このひもをひくと、まんなかから割れて、橋がおっこちるしかけになってるんだ。

いまのおれのたのしみといえば、それぐらいしかない。

亭主は今夜もかえりがおそい。アルコールづけになっているにちがいない。はやく寝てしまってもいいのだけれど、また起きださなければならないのがつらい。気もちよくねむっているところを「水」とか「お茶づけ」とか呼ばれる。まるで、それがわたしの名前みたいに。で、いやいやながらも、ふとんからはいだして台所へいく。

呼ばれるのは、水やお茶づけである。だがうちの亭主は魔術師ではないから、水をいれたコップがとんできたり、サケ茶づけがふうふういいながらあるいてきたりはしないのだ。あたりまえだけど。

わたしはちゃぶ台にひじをついて、夕刊をひろげた。まず広告をみる。朝刊だと、週刊誌の広告で有名人たちの動向を知る。バーゲン情報に精通する。つぎにコラムをよむ。へんな強盗についての記事がのっていたりすると、それもよむ。第一面は、たいていよまない。

新聞を折りたたむと同時に、ものすごい音がした。(爆弾！　とおもった) つぎに、悪臭ふんぷんたるけむりがわいてでた。

わたしは、くしゃみをした。

煙幕のむこうでも、だれかがおなじ被害にあっているらしい。

「クシュン！　や、ひどい、これは……ハックシュン！　粗悪品だ……だまされた……いくら特別サービス三割引きでも、これはひどい……クシュン！」

「どなた！」

わたしはどなった。そして、また二、三回くしゃみをした。

きいろいけむりがきえると、黒い毛布のようなものをまとった男が立っていた。

「それはそれは、とんだごあいさつで……ハックシュン、失礼ですがチリ紙はありませんか」

「その、へんなマントをつかえばいいでしょう。いったい、あなたはだれなんです。こんな夜中に。大声をだしますよ」

わたしはかなり大きな声で威丈高にいってのけた。

「この時間じゃないと、つごうがわるいもんですから。なにしろわたしは、いろいろサイドビジネスをもってますもんで」

男はしゃがれた声でいった。だいぶ年をとっているらしい。しわだらけの顔に赤や青でもようをかいている。つまり、へたくそな舞台俳優みたいにみえた。

「あなたはだれです」

すこしもこわくはなかった。頭のおかしなひとがまよいこんできたのかともおもったが、登場のしかたが常識ではかんがえられない。

「わかりませんか？　ふーむ、音響効果がわるかったのかな。それとも、衣裳がまずいのか」

男はあごに手をあてて考えている。

「出ていってもらいます」

「それじゃ、もう一回、やりなおしましょうか。今度はトランペットでもつかって、ファンファーレを。それとも、カミナリのほうがお気に召しますか」

「冗談じゃありません」

「もちろん、冗談なんかじゃありませんよ。大事な使命をおびてきたんですからな。用事がなきゃあ、こんなせまっくるしいところへはきませんよ」

「わたしは用なんてありません」

「そうでしょうとも。ですが、むざむざと幸運をにがしたくはないでしょう。なにしろ、あなたはえらばれたんですからね」

男は、わざとらしくせきばらいをした。ふところから、巻き紙みたいなものをとりだした。

「本来は羊皮紙ですが、最近はたかいのでねえ。一時は豚の皮をつかっていました。いまや、障子紙です。やれやれ」

彼は老眼鏡をとりだして、鼻のうえにちょこんとかけた。

「えーと、あなたは職業——なし。しいていえば、ハウスキーパー。年齢——二十六歳。……」

「そんなこと、どうだっていいでしょう」

わたしはイライラして、叫んだ。

「これにまちがいありませんね」

男は上目づかいで、わたしをみた。

「いや、べつにうたがってるわけではありません。これは形式的な手順とでもいうべきもので、わたしはちゃんと承知しておるのです。いちおう確認するだけですから。家族はご主人がひとりと……」

男は口のなかで、ぶつぶついっている。

「いったい、あなたは何者です」

わたしは、おなじ質問をくりかえした。

「メッセンジャーですよ。ご存知なかったのですか」

男は、あきれたようにこたえた。

「だれの」

「だれのって、きまってるじゃありませんか。魔女連盟のですよ。といっても、全部で三人しかおりませんが。それも、年寄りばかりですよ。みんな、もうろくしちゃって、どうしようもないのです。なにせ、このごろは伝統をつぐわかいひとがすくなくて……」

「まあ、ばかばかしい」

「ほれ、すぐそのように。ですが、わたしのあざやかなあらわれかたをおもいだしてください。それでも信じませんか……おっと、こんなことで時間をつぶしちゃいけない。用件を手短かに申しあげましょう。あなたは、魔女見習いとして、えらばれたんです」

「応募したおぼえはないけど」

わたしは自信なげに、口をはさんだ。

「そうでしょうとも、無作為抽選ですからね」

「そんなの、おことわりよ」

「そうはいかないのですよ。まあ、あきらめてください。あなたには、ほんのすこし、魔力をさずけます。それがどういう種類のものかは、わたしもよく知りませんがね。彼女たちが、なんとかうまくやってくれるでしょう。それでまあ、あなたがそれをうまくつかいこなせたら、昇格できるわけですよ。だめだったら、ちょうどいいところで、その力をとりあげてしまうのです。では、これをよんでください」

彼は障子紙をさしだした。うけとってひろげてみると、わけのわからない文字がつらなっている。

「よめないわ」

「それは、勉強がたりないからですよ」

男は尊大にマントをうちふった。

「あなたは、よめるの？」

「まあ、ほんのすこしなら」

「それに、これは赤インクでかいてあるのね」

「本来なら、仔羊の血とか、午前三時に墓場をとおりかかった猫の血とかをつかうんですがね。いまは、そうもいってられないのです。それに、彼女たちは最近、残酷なことをいやがりますので」

「こんなもの、いりませんよ」

わたしは、ばかばかしくなって、つっかえした。

「あ、だったら、チリ紙交換にでもだせばいいではありませんか。じつをいうと、それには一文の値うちもないんですからね」

彼は気軽にいった。

「くだらない」

「それから、わたしを呼びたいときは、床に白墨で円をかいて、月桂樹の葉をまいてください。そんなことをしなくてもこられるんですが、たちのわるい悪魔でもあらわれたら、あなたもお困りでしょう。この合図は、わたしがかんがえたのです。つまり、わたし専用の電話番号みたいなもので……もっと小むずかしくてもいいんですがね。月のない真夜中に十字路のまん中へ、猫の首を埋めるとか。そういうのはカッコいいんですが、いまはどこもかしこもコンクリートで。いやはや、やりにくくなりましたよ。では、これで」

しけたようなきいろいけむりとともに、おしゃべりなメッセンジャーはきえうせた。


気がつくと、ちゃぶ台に顔を伏せていた。なあんだ、いまのは夢だったのかと、おもう。しかし、それにしては実在感があふれていた。

身をおこすと、ひざのうえに白い筒のようなものがおちた。ひろげてみると、例の障子紙だ。これはいったい、どうしたことだろう。

わたしは、しばらくぼんやりしていた。

亭主がかえってきたらしい。

窓の下で、となりの犬がほえているからわかる。午前二時をまわったところだ。このへんはふつうの勤め人が多い。こんな時間にかえってくるのは、うちのよた亭主ぐらいしかいない。

ドアをあけて待つ。はいってくるところをみると、足もとがふらついている。

「やあ、奥さん、おひさしぶり」

そんなふうにいうときは、上機嫌をよそおっているのだ。

「いままで、どこをほっつきあるいてたの」

わたしは、冷淡にいった。やかんをガス台にかける。このまえ酔ってかえったときは、「お茶をくれない」といって、わたしをひっぱたいた。彼は「お茶がほしい」なんて、ひとこともいわなかったのだ。口にださなければ、わかるわけがない。そのときわたしが腹をたてたのは当然だ。ところが、亭主もプリプリして服もぬがずに寝てしまった。

「まあ、そう目クジラをたてずに……仲よくしようよ、ねえ」

亭主は、背広をぬぐとそこらへんの床にほうりなげた。わたしはハンガーをだして、それをかけた。彼はジャージーのポロシャツをぬぎ、めんどうくさいのかズボンとパンツをいっしょにぬいだ。

わたしはパジャマとパンツをだした。彼がぬいだものをたたむ。ふと気がついて、たずねてみた。

「きょうは、どこへいったの」

「渋谷まわって、青山。地酒をのんだ」

亭主は、しれっといってのけた。

「寄ってきたのは、のみ屋だけなの？　どこかよそのベッドでだれかと仲よくしてたんじゃないの？」

「とーんでもない」

彼はパジャマのボタンをかけながら、あらぬ方をながめている。

「ああ、そう……じゃ、なんで口紅がついてるの」

「そりゃあ……電車のなかだよ、きっと」

「ふうん、それじゃ、あなたズボンをはかずに電車にのったのね。口紅は、パンツについてるもの」

「……ふむ」

亭主は息を吸いこんで、妙な音声をだした。

「そんなに女がすきなら、自分が女になればいいんだわ。それで、自分のおしりなでて、うっとりしてればいいわ」

「――」

いいおわらないうちに、亭主は（というより亭主のからだは）あきらかに変化した。ちがう人間がとってかわったようにみえた。だが、どこがどうちがうかは、ちょっとわからない。

「おい！」

彼はあわてふためいて、なんとなく自分をみまわす。

そのうち、パジャマをぬぎはじめた。なんと亭主は、女になっていたのだ。背はいくぶんひくく、骨格は多少ちいさくなって。ひげのそりあとがきえた顔は、まるみをおびている。髪型はかわらない。

「おい、どうしたんだ、おい！」

へんにかんだかい声で、彼（いちおう、彼ということにしておこう）はいった。

「まあ、あなた」

「どうしてだ。え？　どうしたんだ」

そうだ。さっき、わたしが「女になればいい」なんて、口走ったとたん……。

それでは、これがわたしの魔力なのか。あの男のいったことは、ほんとうなのか。

「おい、なんとかしてくれ」

もと亭主だったへんな女は、立ちつくしたままとほうにくれている。なんとかといわれても、どうしていいかわからない。

「もどれ、もどれ」

わたしは、あやしげな手つきでいった。また亭主のようすがかわった。猿のごときものになったのだ。どうやら、人類の祖先へもどってしまったらしい。しかもメスらしい。原始人は、うなりながらわたしにせまってきた。この失敗に腹をたてているのだ。

「そんなつもりじゃなかったのよ。やめて。こわいわ」

「うるせえ」

「あら、猿になっても、口だけはきけるの」

「いいから、はやくもとへもどせ」

原始人は、そうでなくてもおそろしい顔つきで、かみつくようにわめいた。

「わたしだって、困ってるのよ」

「おんなじことをいわせるな……」

「わかった、わかった。えーと、そのもとのすがたにもどれ。百万年ももどる必要はない、と」

しまった。今度は毛むくじゃらの赤ん坊になってしまったのだ。原始人の子どもは、ひとしきりギャアギャアないた。わたしは煮えたぎっているやかんをおろして、ひとまずお茶をいれた。おちついてかんがえよう、というわけだ。

「この野郎、のん気にお茶なんかのみやがって」

気味のわるい赤ん坊は、手脚をバタバタさせて怒り狂った。

「あんた、まだ口がきけるの？」

「あたりまえだ」

「でも、やっぱり発音がへんね」

「いいかげんに、いたずらはやめろ」

わたしは、ちゃぶ台にむかってぺたんとすわり、たくあんをひと切れ、口にいれた。

「べつにおもしろがってるわけじゃないのよ。またへんなことして、あなたがティラノザウルスかなんかになったら、やっかいでしょ。だから、なんにもしないわけ――これ、たべる？」

「いらんわい」

赤ん坊は、まっかになっている。

「そうお？」

つけものをたべ、お茶をのんで、わたしはしばらくかんがえた。

「女の子でいる気分はどう？」

「気もちわるい」

「あんた、その気もちわるいものが、大好きなんじゃない」

「それとこれは、別だ」

「じゃ、いいわ。男になれ」

わたしはまた、へんな手つきをした。なんとなく霊験あらたかな感じがして。亭主はやっとのことで、男の赤ん坊になった。あいかわらず毛むくじゃらだけど。

「三十九歳になれ」

原始人類は、大きくなり両脚で立ちあがった。だが、腰をまげてぜいぜいいっている。

「なあに？　年寄りみたい。いやだわ」

「だって、やつらは平均寿命がみじかいんだ」

フェイキンジミョーというふうに、きこえた。歯はすっかり抜けおちているようだ。

「いまにも死にそうね」

「そうだよ、はやくしてくれ」

「一千万年ばかり未来のひとにしてあげようか」

「バカ。人類は発生して約二百万年といわれてるんだぞ。どんな怪物になるか、わかったもんじゃない。それに、あと八百万年も人間がさかえてるとはかぎらないじゃないか」

老人はだるそうに、ざぶとんにすわった。

「じゃあ、二百万年未来のひとになれ」

彼はバラ色の皮膚とむらさきの目をもった、ほそながい男になった。髪は茶いろだ。

「いきすぎたようね。どうしよう」

もと亭主は、キンキン声でたずねた。

「いつから、こんなふうになったの？」

「いつからって……メッセンジャーがあらわれてからよ。そうだ、あいつを呼びだせばいい。全部の責任は、もとはといえばあいつにあるんだから」

床に円陣をかくためのチョークがない。カーペットがもったいないけど、比較的白っぽい口紅をもってきて、いびつな円をかいた。シチューやカレーにいれるためのベイリーフを、ひと袋ばらまく。そのまんなかにすわって「でてこい、でてこい」とかなんとか、つぶやいた。

未来人は、あっけにとられたようにながめている。

あおいけむりとともに、ひどいくしゃみがメッセンジャーの到来をつげた。

「ハックシュン！　クシュン！　なんですか、これは。わたしはちゃんと、白墨っていったじゃありませんか。ヘークシュン！」

黒マントはぶるぶるっとふるえた。

「だって、ないんですもの」

「それはまあ、いいがクシュン、ここはひどい暑さだ」

「さっきとおなじですよ」

「わたしは、北極へいってたんです……ところでご用は？」

「用がなければ呼びませんわ。これをどうしてくれるんです？」

「ほう？」

メッセンジャーは、未来人をながめた。

「あなたのお友だちですかな？」

「うちの亭主ですよ。もともとは。それが、こんな姿になってしまったのです」

「なかなか、よろしいじゃありませんか。ながれるようなボディーライン」

「ふざけてる場合じゃありません」

「もちろん、ふざけてなんか、いませんとも。わたしにどうしろ、とおっしゃるんですか」

「もとにもどる方法を、おしえてください」

「それは、できませんなあ」

メッセンジャーは、ずるそうな目つきになった。

「だって、へんな力をさずけたのは、あなたの主人の魔女でしょう」

「魔法といっていただきたい、魔法と」

男は、クックックと鶏のような声をだしてわらった。

「とにかく、なんとかしてください」

「ただじゃあ、いやですよ。本筋からいえば、あなたが自分でやらなきゃならないんですからね」

男はまた、うれしそうにわらう。

「なにがほしいの?」

「そうですなあ……わたしのこのマントもボロだから」

「わたし、黒いマントもってるわよ。たっぷりきれをつかった、足首までのながさの」

「重たい冬用のでしょう」

「いいじゃないの。これからさむくなるんだし」

「しかし、わたしはアフリカの草原へもいく。できれば絹で裏がまっかなのを……」

「わかったわ」

わたしは、口をとがらせた。

「じゃあ、約束しましたよ。来週までに」

「さ来週にして。冬用のもあげるから」

「ふうん……まあ、いいでしょう。きっとですよ。わたしは、これでもなかなかのダンディーなんですからね。それでは、ご亭主をもとにもどす呪文をおしえましょう」

メッセンジャーは、身をかがめてわたしの耳にゴニョゴニョとつぶやきかけた。

「変身させるのには呪文がいらないなんて、おかしいわね」

「もとへもどすほうが、はるかにむずかしいんですよ。いいですか。かんがえてもごらんなさい。コークハイを、コーラとウィスキーにわけるなんて、なかなかできるもんじゃありません」

男はくだらない理屈をこねまわした。

「わすれないでくださいね。いまの呪文をくりかえせば、魔法が解けます。では、わたしはこれでおいとまします。マントをわすれないでくださいよ」

ふたたびけむりがあがり、男は消えうせた。

「なんだ、あいつは?」

未来人は、口をぽかんとあけている。

「いいから、いいから。ちょっとやってみるわ」

わたしは呪文をとなえた。亭主は、もとの姿にもどった。もちろん、機嫌がいいわけはない。だまってパジャマをきた。

「しかたがないのよ。見習いになったばかりだから」

「ふん、それならここに札束をつみあげてみな。そしたら、あしたからはたらかなくてすむ」

なにもない床にむかって「札束よでろ」といってみる。なんにもでてこない。

「もとになるものが、ないからだわ」

亭主は、マッチ箱をちゃぶ台においた。

「金塊にしてごらん」

なんの変化もなかった。花やくだものにしてみようとこころみたが、それもだめだった。

「それみろ！　おまえの魔法なんて、インチキじゃないか」

「こんなはずないわ。おかしいわ」

わたしは、しきりに首をひねっていた。

「おれはもう寝る。ばかばかしい」

亭主はふとんにはいった。


つぎの朝になると、そのことが夢みたいにおもえてきた。で、朝食のつけものにむかって「キャビアになれ」とはいわなかった。

亭主がでかけたあとで、もういちどためしてみようとおもった。彼は原始人でも未来人でもない、いつものさえないスタイルで九時ごろでかけた。どこかの音楽事務所につとめているせいで、出勤時間はきまっていない。

金魚ばちをのぞきこんで「オタマジャクシになあれ」とやってみた。おそる、おそる。それがまあなんと、成功したのだ。

生きてるものじゃないと、だめなのだ。窓べにパセリが芽をだしたのでやってみたが、効果はなかった。してみると、植物はだめなのだ。しかし、これはなかなかたのしい。

通りに出て、猫は犬に、犬は猫にしてみた。全部が全部、キョトンとしている。急に犬になった猫なんかは、これからどうやって生きたらいいのか、わからないにちがいない。

　電車にのると、ひどいこみようだった。

　つぎの駅につくまで、全員を小人にした。平均身長三センチくらいだ。これなら、ひろびろとしている。だが、小人たちはパニックにおちいって、ひどいさわぎだ。

「ねむれ、ねむれ、記憶喪失になれ。ここでおこったことは、全部わすれろ」

　ふたたび魔術をもちいると、じつにしずかになった。わたしはシートに横になった。外からみると、無人の電車にみえるだろう。ホームにすべりこんだので、呪文をとなえた。もとにもどった。みんな、呆けたような顔をしている。

　これはいい。こうやって旅行をすれば、快適だ。電車をおりると、喫茶店へはいった。ウェイトレスが退屈そうに、カウンターによりかかっている。客はあまりはいっていない。もうひとりが水をはこんでいるあいだ、彼女はあくびをした。

「ライオンになれ」

　わたしはひそかに念じた。

　みんな、死ぬほどびっくりした！　いちばんおどろいたのは、ライオンになった本人だろう。カウンターに前足をかけて、まわりをみまわしている。

　わたしは両手で顔をかくしてわらった。それから、人間にもどしてやった。

　これは他人にだけきくものだろうか。わたしは舗道にたって自分に向かって念じた。「鳥になれ、鳥になれ」となんどもつぶやいてみたが、むだであった。くたびれたので、うちへかえることにした。

　信号を待っていると、むこうのはしに亭主がみえた。女といっしょだ。彼はひどい近視なので、まるで気づいていない。タクシーをひろって、そのまま走りさった。

　先週、女友だちが電話でおしえてくれたことは、どうやらほんとうらしい。

「そのひと、池袋に住んでるみたい。ねえ、彼外泊するでしょう」

「そうね。いつものことだけど」

　こんなことは、何度もあった。かったるくてしようがない。そういうことは、なるべくかんがえないようにしている。

「こないだの朝、喫茶店でみちゃった。ふたりでモーニングサービスのホットドッグたべてるの。ぜったいに『その翌日』の雰囲気だったわよ。すごく仲よくてさ。彼ったら、あまーい顔してるんだもの」

いままで、亭主はしっぽをつかまれたことがない。女友だちの声が耳にのこっているのを感じながら、わたしはあるきはじめた。

夜、電話がかかってきた。

「あ、もしもし、おれだけど」

いいたいことはわかっている。わたしは「うん」といいながら、こぶしを自分のわき腹にあてた。

「なんの用？」

地の底みたいな、おそろしげな声をだす。

「ああ、そうですね」

「なんの……って、亭主が電話かけてるのに」

わたしは、口のなかで棒よみした。

「なんだ、機嫌がわるいのか」

あやすような調子。

「まあ、あんまりいい気分じゃありませんけど」

「夕刊みた？」

「まだ」

わたしは、こぶしに力をいれた。

「へんな記事がのってるよ。集団幻覚だって、新宿の喫茶店で、女の子が突如ライオンになったんだってさ。虎だっていうひともいるけど」

「そうお？」

「それが、本人までその気になってるんだからなあ」

「動物園の飼育係がきたの？」

「全員おどろきのあまり、電話することまでおもいつかなかったらしい。二十分ぐらいでもとにもどったっていうのが、目撃者のはなしさ。そのあと、警察だの病院だのに電話したらしいけど」

二十分とはおおげさだ。あれは、せいぜい三十秒だった。

「夏だったら、暑さにやられたってことで、始末がつくが……まさか……」

亭主は昨夜をおもいだしたらしい。

「そんなことないわ。あたしじゃない。だって、きのう、あのあとためしてみたでしょ。だめだったじゃないの」

「そうか。じゃあ、あれは夢じゃなかったんだな……」

「ところで、どこにいるの」

「あ、それをいおうとおもったの。きょうは仕事でかえれないよ。音楽祭のパンフを作成してるんだ」

「けっこうですこと。じゃあ、山下さん、出してよ。いつもいっしょに仕事してるじゃない」

「いや、いまはおれひとりだよ。それに、出先なんだ」

「場所は?」

「その……世田谷だ」

「そうお?」

わたしはヒヒヒとわらった。

「うたがってるの?」

亭主の声は、心ぼそい。

「昼間、わたし見ちゃったもの」

「なにを?」

「女のひととタクシーにのるところ。昼間ったって、五時ごろだけど」

「そ、それは仕事の……」

「よろしい。あなた、牛になりなさい。大きな黒牛に」

わたしは電話をきった。

テレビをつけて、タバコをすう。十分ぐらいして、電話がかかってきた。

「もしもし、こちら＊＊デザイン研究所ですけど」

知らない女の声がきこえる。

「なんでしょう」

「なんでしょうって、困りますわ。あんなこと、なさっては。仕事が……」

「仕事じゃないんでしょ。ほんとは。ほんとうのことといわないと、一生そのままよ」

ごそごそ音がする。ふたりでなにか相談しているらしい。大きな黒い牛と女とで。

「おい、いいかげんにしろ」

牛になっているはずの亭主が、電話のむこうでどなった。

「いやーよ。自分でカタをつければいいでしょう」

「殺してやるぞ」

「そんなことといったって、あなた、どうやってアパートの外へでるの？　ふたりで仲よく暮らせばいいじゃない。わたしがいなければ、どうにもならないんですからね」

「とにかく、このスタイルじゃ、困る。ほかのものだったらいいが……彼女もどうしたらいいかわからなくて……」

「でしょうね」

「な、いいかげんにもとにもどしてくれ」

「こっちへくればいいわ」

「だから、おまえもいったとおり、おれは外へでられないんだ！」

「じゃ、そのままでいなさい」

「わかった！」

電話はきれた。

わたしは財布をもって、近所のスナックへいった。そこで水割りを三杯のんで、いい気持ちで部屋へかえった。ドアのまえに、女がたっていた。よくみると昼間、亭主といっしょにいた女だ。

「むかえにきたんです」

彼女はもじもじしてる。

「まあ、ようすはどう？」

「わたし、こわくて、こわくて……だって、すごく大きな牛なんですよ。あれが部屋に居つくかとおもうと……はやくきてください」

「いいから、いいから。のみにいかない？」

「それどころじゃありません。きてください」

彼女はわたしをひっぱって、タクシーにのせた。

「なかなかいいとこね」

目的のマンションにつくと、わたしはのんびりロビーをみまわした。エレベーターで六階にあがる。

女はこわがって、鍵をわたした。ドアをあけると、二十畳くらいのワンルームに、黒牛がすわりこんでいる。

「おい、はやくしろ。ひどいめにあわせてやる」

牛はももいろの舌をだして、威嚇した。「いや、ひどいめになんか、あわせない。なあ、いい子だから、もとにもどしてくれ」

「ティラノザウルスになれ」

わたしは、ひそかにつぶやいた。とたんにもと亭主は膨張した。シャンデリアがこわれた。

すごい悲鳴とともに、女はどこかへきえうせた。

「あら、どこへいったのかしら。あなたのいとしいひとは」

「バカ。こんなふうになったら、だれでも逃げだす。いまに大さわぎがおこるぞ。おれたちも逃げなきゃ」

「どうやって？」

「どうやってって……サイズをちぢめてくれよ」

「ちぢめ、ちぢめ」とわたしはいった。

もと亭主は五センチくらいの恐竜になった。それをバッグにいれたところで、エレベーターのほうから、三、四人の足音がきこえた。

「どうしよう」

ミニ恐竜の亭主は、バッグのなかでかぼそい声をだした。

「えい、スーパーマンになれ」

というわけで、わたしたちはそこを脱出したのです。もちろん空をとんで。ところが、ＵＦＯ研究家（または愛好家）がそれを発見して、一時はたいへんなさわぎでした。ジョージ・リーヴスの再来あらわる、というわけです。

いま、なにをしてるかって。もちろん、ふたりはまだいっしょですよ。ところが、亭主はかわいそうに、洋服ダンスのなかにぶらさがっているのです。あのあと、うちへかえってから、彼がカンカンになり「この秘密をバラしてやる」なんて、いうもんですから。

わたしはおそろしさのあまり「生きたまま、くんせいになってしまえ」と叫びました。すると、彼は新巻ザケみたいに硬直してしまったのです。

もちろん、しばらくしたらもとにもどすつもりでした。それまでに、頭をひやしてもらって。ところが、いくら呪文をとなえても、亭主はもとにもどらないのです。呆けたような顔をして、タンスにぶらさがっているだけなのです。

わたしはメッセンジャーをよびました。彼がなんといったと思います？

「あなたの魔術の有効期限はきれたのです」

「では、魔女にたのんで、もとにもどしてください」

「そういうわけにはいかないのですよ。魔法はかけた本人が解かなくては」

それではのぞみはないのか、とわたしはたずねました。メッセンジャーはしばらくかんがえて
「魔女たちが全員死んでから。なあに、すぐ死にますよ。なにしろ、ひどい老いぼれようで……」

「もうすぐというと」

「そうねえ。二十年くらい」

そんなふうに、わたしは新巻ザケみたいなものいわぬ亭主といっしょにいるのです。はじめは警察に自首しようとおもいましたが、殺人とか傷害ではないし、刑法には魔法をかけた罪なんてないんですから。

最近こまることは、ながいあいだつるしていたせいか、くんせいになった亭主の脚が片方だけ、だらんとのびてしまって、どうにも始末できないことです。まさか切るわけにもいかないし。脚はどんどんのびるので、タンスをあけしめするときは、いつもけりいれるようにしなければなりません。

あまいお話

はじめて彼を見たのは、渋谷駅ちかくの電話ボックスで、それというのもわたしが痴漢に追いかけられたからだ。

当時のわたしは、いまよりずっときれいでかわいらしく（もちろん！）、その年齢にふさわしい不良性があった。世界中の男の気をひきたい、みたいな意識でいっぱいだった。だからアバズレふうといっても、たいしたことはなく、上下三枚のつけまつげと前に深いスリットがあるタイトスカート、十三センチのハイヒールでくねくねあるくのが、せいいっぱい。友だちは、わたしのことを、「金髪オバケ」とよんでいた。それでも駅のまわりを一周すると、かならず七人以上の男に声をかけられた。いちばん多くて十四人。

「ねえ、ちょっとお茶でものまない？」

たいていは、おずおずとこんな調子。（ひっかけやすい女とおもって、みくびってやがる）男の視線をあつめたいくせに、わたしはそんなふうにおもう。同時に、軽蔑と奇妙な怒りに似たものをあじわう。（あたしゃ、そんな女じゃないよ。まあ、そこいらで立ちんぼうしてて、せいぜい根気よく別口でもあさるんだね）で、わたしは（ふん）という感じに鼻先をあげて、さらに気どりに気どって、脚をはやめるのだった。

その日は、いつものようには、いかなかった。

かなりしつこく、うす気味わるかった。そいつは、いつまでもいつまでも、くっついてくるのだ。「よう、ねえちゃん、つきあえよ。三十分でいいからさ」なんぞといいながら、お気楽そうにしんぼうづよく追ってくる。目だけはガラス製みたいに無表情で。

速足になっても、かけだしても、喫茶店へはいっても、あきらめる気配がない。わたしは東映のまえを走りぬけ、電話ボックスに逃げこんだ。一一〇番しよう、とおもった。けっこう気がよわかったんだな。

先客がいた。彼に気づかなかったのは、バワリー街の浮浪者よろしく、なえきったような姿勢ですわりこんでいたからだ。わたしがドアをあけると、ゆっくりと顔をあげた。夕暮れのなかで、生気のない白目がちが、侵入者をじっとみつめた。

「あのねえ」

わたしは、例のごとく、バカ声をはりあげた。

「電話つかいたいの。わるいけど」

反応なし。

砂色の瞳は、幼児がはじめて外界を認識したときのように、突如とびこんできた女の子を（そのころのわたしは、女ではなくて、まだ女の子だった）熱心にながめまわす。

「どいてくれない？　それとも、あんたが、あの男を追っぱらってくれるっていうわけ？」

わたしはがなりたてた。

かんしゃくをおこして、またしてもそこをとびだし、気ちがいじみた高さのヒールをものともせず走りに走った。トレーニングパンツだったわけじゃないから、すぐに息切れをおこし、歩道橋の下で立ちどまった。靴がこわれそうな気もして。

ふりかえると痴漢はいない。

かわりに、電話ボックスの男が、恐怖映画でよくみるみたいに、おどろくほどちかくに迫っていた。わたしは、ギャッとちいさな悲鳴をあげた。

彼はしずかに、いくらかふしぎそうな顔をして、そこに立ちつくしていた。

「どうしたの？」

見知らぬ男は、まのびした声でたずねた。

「だって……ただ、びっくりしただけよ」

小声でこたえてから、ようやく相手の全体をながめまわした。（へんなひとだなあ）とおもった。

まず、年齢不詳だ。十五歳から四十歳のあいだ、としかいえない。少年ぽいくせに、じいさんくさい。顔色がひどくわるいのだが、どす黒いというより、むしろみどりいろがかっている。髪は、褐色にみどりがまじったような奇妙な色で、ほこりっぽい。だぶだぶのTシャツに、これまたからだにあわないズボンは長すぎるので、すそが靴のうえでしわになっている。

安っぽい芝居からぬけだしたようなスタイルだ。顔やすがたは、ハーフみたいにもみえる。それも、どことの混血か、見当もつかない。アイシャドウしているのかな、とさぐるようにみつめたが、素顔のようだ。

「ひとりでおうちへかえれる？」

彼は、ほんとうに心配しているような顔と声とで、ふたたびたずねた。「つまりさ、あなたは、こんな世界で、やっていけるんだろうか、なんておもっちゃったんだよ。ひとりぼっちで、この世界を生きていけるんだろうか、なんてね。まちがってたら、ごめんよ。でも、そんな気がしたもんでね」

なんて、おかしなことをいうひとだろう。わたしは、ぼんやりと立ちつくしていた。

「おくっていってあげるよ」

彼は、なにげなくわたしの肩に手をかけた。危険性はないようだ。それに、上心も下心も感じられない。しかたがないから、ほかに方法もかんがえつかなかったから、わたしはあるきはじめた。奇妙な男は、ならんであるいた。わたしは、遠慮もなにもなく、彼をジロジロ観察した。

ふつうの男みたいに、みえないこともない。しかし、どこかおかしい。どこが、といわれてもとっさには指摘できないけれど。

彼はポケットに手をつっこみ、紙クズを道にすてた。と、おもったら、それはくしゃくしゃにまるめられた何枚かの一万円札だった。

わたしは立ちどまった。

「あんた、石油王のかくし子?」

皮肉のつもりである。いかにもみえすいている。金持ちであるにしてもないにしても、その動作はわざとらしい。

「いや、ちがうよ」

「だったら、オカネ、ひろいなさいよ。いやったらしいわ」

「ああ……つい、うっかりしてた。わすれるとこだった。こんなつもりじゃなかったんだけどね」

これは、白痴のセンにちかいのかもしれない。まあ、そんなことは、どうでもいいや。いまのところは、おとなしいし。おそってきたとしたら、それはそのときのことだ。

明治通りと表参道との交差点まできた。

「ここでいいわ」

わたしは、彼にちいさく手をふった。「だいじょうぶよ。あとは、ひとりでかえれるから、どうもありがと」

彼を信号のところに立たせたまま、八角亭の角をまがった。なにも、アパートの所在をおしえることはない。

そのころのわたしには、女友だちがいっぱいいた。わたしは女の子のほうが、すきだ。（レズビアンは例外として）女の子は、男ほどこわくない。どうやら、男性恐怖症の気《け》があったみたい。女の子に対してなら、いくらでもやさしく親身になってあげることができる。共感できる。まだコドモだったわたしは、女学生の友的雰囲気にひたるのが、不快ではなかった。

男友だちも数人いた。何年もつきあうと、きょうだいみたいになって、それがよかった。男の子というものは、おもいがけない視点からモノをみるし、さっぱりしている。発想が新鮮なところがいいのであって、だから頭のいい人物でなければ、男友だちのリストには載らない。モノの見かたという点では、オカマも大歓迎で、異母姉妹みたいに仲のいいひとがいた。気軽にしゃべったり、散歩したりする相手には、こと欠かなかったわけだ。

恋人らしき男とわかれてから、半年以上になる。わたしはあまりにも若すぎて、相手を買いかぶっていたのだ。

わたしは、たいていの男には、ちょっとほれられた。

男族は、はじめのうちは、みんなわたしにほれるのだ。これは、どんな女だって、そうだとおもう。若くて容貌がおとろえていないうちは、たいていの女の子が、もててもててこまる。二十三か四ぐらいまで、それがつづく。特別な魅力があるなしにかかわらず。ましてや外見がはでか、あるいははでなくても目立つようなら、よけいに。わたしはみんなにやさしく親切にして、おおいにいい気分だった。だが、男と寝たいとはおもわなかったし、同棲なんて不潔きわまるものは受けつけたくなかった。そして、最後の最後まで、自分のものとして守っていた心の一領域は、だれにもみせようとしなかった。これだけは、だれにもうちあけまい、とおもったわけではない。だれも理解してはくれない、というあきらめが先にたっていた。

わたしはサービス精神旺盛で、かなり陽気だった。ときにバカさわぎをやった。だが、自分の神経があまりにもよわいことを知っていたために、いつでもさびしかった。結婚したくなかったけど、結婚したいような気になったりした。

真夜中に、ひとりの部屋で、発作的に泣くことがあった。ダレモ、ワタシヲ、ワカッテクレナイ。おそらく、わたしは本物の愛情というものを知らなかったし、「すき」ということがどんなことか、わかってはいなかったのだ。そのくせ、憎みあいながらも離れられない関係というものを好むような傾向があった。おたがいにはだかになれる相手がほしかったのだ。血みどろの夫婦愛。『ヴァージニア・ウルフなんかこわくない』を何度もよみかえしたりして。

ドアをしめ、足の拷問具みたいな靴をぬぎすてて、ベッドまであるきながら服をぬいだ。レコードをえらぶのもめんどうくさく、シングル盤のタイトルもみないで、針をおいた。『ジャニー・ギター』だった。おお、ジャニーよ、もういちどギターをひいておくれ、なんていやらしい。あたしのからだをいじって、っていってるんだ。いいなあ。

タバコをすい、半分はだかでベッドに横たわり、紅茶でもいれようかとおもった。タバコをもみけし、顔をあげたとたん、わたしはこおりついた。電話ボックスの男が、ドアによりかかっていたからだ。

口をパクパクさせているわたしに向かって、男はしずかにいった。「その音楽、もういちど、ききたいな」

いわれるままに針をもどした。あまったるいメロディーがながれる。

「あんた、どこからはいってきたの？」

やっとのことで、わたしは声をだした。ドアには内鍵がかかっていた。窓はしまっていたし、カーテンがゆれたような気配もない。わたしは窓のほうを向いていたのだ。

「どこからって……ここから」

男は、ドアをしめした。

「だって、ロックしてあった……まさか、壁ぬけ人間じゃあるまいし」

「いや、その方法はとっていない……だいいち失礼だし」

「他人の部屋にだまってはいるほうが、よっぽど失礼よ！」

カッとなったために、わたしは彼のことばのイミを深くかんがえようともしなかった。

「……だけど、いるとこがないんです……最初の計画では、ちゃんと基地をつくり……いや、ぼくは宿なしなんです」

「おかわいそうに」

どうせ、ヘアピンかなにかで、こそ泥のまねでもしたんだろう。

「信じてくれないんですね」

彼の声は、あくまでもしずかだ。

「あたりまえよ。でてって、ちょうだい。はやく!」

「いくとこがないんです。いまのところ」

彼は手にした大型の黒皮バッグを、床においた。カメラ・ケースみたいにもみえたが、それにしては形がおかしい。楽器でもはいっているのか。とにかく、機械類らしいことは見当がついた。

「だって、ここはわたしの部屋よ!」

「ええ」

「まあ、そこへおすわりなさい」

しぶしぶのつもりだったが、彼はじつにうれしそうにわらった。この男の表情らしきものをみたのは、これがはじめてだ。

この場をとりつくろおうと、新聞を手にした。「ニュース特報部」のページをひらくと「またしても円盤さわぎ」という見出しが、目についた。わたしはそれをそのまま、声にだしてよんだ。

「みせて」

彼がいった。わたしは、手わたした。彼は椅子からベッドにうつって、ずうずうしくもそこへ腰かけた。自分でもにぶいとおもうのだが、そのころになってようやくわたしは、パジャマに手をのばした。他人にはだかをみせるのは好きでもきらいでもないけれど、おどろきのあまり、半裸であることをずっとわすれていたのだ。

彼は(そんなに新聞がめずらしいか)とおもえるような顔で、くいいるようによんでいる。

「神奈川県のほうでしょう? 山んなかに円形の焼けこげをみつけたとか。砂浜に着陸したほうが楽なのにねえ。見つかりやすいから、やばいのかしら? それにしても、古代史とかUFOとか、ようするに単なるブームじゃないの?」

余裕がでてきたわたしは、ひとりでしゃべった。彼は深刻そうに記事を目で追っている。

「ねえ、そんなの、インチキでしょう? でっちあげのネタじゃない?」

レコードは自動的にとまっている。

「日本語って、むずかしいな」

彼は大まじめにいった。

「ハハハ」

つまらない冗談に、わたしは妥協的にわらった。

「それに、この記事は、不正確だ」

「そうでしょ、そうでしょ」

彼はページをくって、ながながと新聞をよんでいる。

「あんた、なんて名前？」

わたしは、ハスッパふうに、脚をくみなおした。

「サワダケンジ」

「え？」

ふとのぞくと、彼がながめているのは、芸能欄だ。ジュリーが、どうしたとかこうしたとか。

「なるほど」

わたしは、ひとりでうれしがった。どうやら、この男が気にいってきたみたい。彼には妙にひとを（女を、というべきか）ひきつけるところがある。さっきの笑顔をおもいだしてみる。まるで輝くようだった。むしろ、ぶ男に属するほうだけれど、あの微笑にはだれだってまいってしまうにちがいない。

それに……なんといったらいいのか、彼のからだからは、電気のようなものが発せられているにちがいない。おかしい、と口のなかでつぶやいてみる。なんとなく、抱かれたくなってしまったのだ。それは、彼のにおいのせいだろうか。体臭とはいえないかもしれないが、むかつくような性的な雰囲気が部屋の空気をよごしている。

サワダケンジがベッドにはいってきたとき、わたしはもう、なにをされてもいいような気分になっていた。彼はなにもしない。うえを向いて、メイソウにふけっているようなポーズをつづけている。

わたしはアンアンをよみ、西田佐知子をきき、紅茶をのみ、タバコをすい、美容体操のまねごとをし、ねまきをもっと挑発的な型のものに着がえ、顔をパフではたき、爪をみがき、せっかくマニキュアをしたその爪をかみ、やおらあくびをし、ねむるふりをして、そのままじっと横たわり、目をとじた。

「あなたホモ？」

二十分後に目をひらいたわたしは、がっかりしていた。

「ホモって、なに？　単一のって、イミ？」

彼は頭の下でくんでいた両手を、機械人形みたいなすごい勢いで、バッと解放した。指先がわたしの髪にふれた。

「あ、ごめん」

あやまらなくてもいいことを、あやまる。彼は起きあがり、例のバッグをのぞきこんだ。ながいあいだ、なにかをいじっている。タイプをたたいているのか？　通信装置でも組みたてているのか。

そのうちわたしはほんとうにねむくなった。


いとも簡単に、恋におちた。

彼は、三日ばかりいなくなったり、一日中寝そべっていたり、深夜窓ガラスをたたいてはいりこんできては、わけのわからない機械類をいじったり、両手いっぱいに哲学書をかかえてよみふけったりしていた。

「抱っこして」とわたしはいう。すると彼は、朝まで抱いてくれる。ときおり髪をなでたり背中をさすったり。着がえるとき盗み見したところによると、あるべきところにあるべきものが、ちゃんとついている。それなのに、決して性行為には移行しない。

「どうしてなの？」とわたしはたずねる。（もしかしたら、アレがすごくちいさいから、そのコンプレックスで、なんにもできないのかもしれない）とはおもうが、さすがに口にだしたりはしない。彼のその部分は、退化したみたいに、極小未熟児なのだ。

「あなたがすきだ」

彼は、深刻を絵にかいた、という顔で告白した。わたしは「おおっ！」と芝居がかった声をあげ、ロメオとジュリエットふうなポーズをとってみせた。

「信じてないね？　だけど、ほんとのことをいおう。ぼくは、この星の人間じゃないんだ」

「ああ、そうですか」

わたしは棒よみ。

「ある任務をおびて、ここへやってきた。不時着で、仲間の半分は死んだ。ぼくは命ぜられた仕事をつづけなければならない。だけど、もういやになってきてるんだよ」

「どうしてですか」

　こちらは、うわの空。

「わかってくれないの？　決まってるじゃないか？　あなたがすきだから」

「どうもありがと」

「その任務というのは、ひとつは、この星の調査だ。あらゆる情報をかきあつめて、この星の歴史、政治、それからいちばん大事なことは人間のものの考え方や性質、特に感情の動きなんかを分析する」

「たいへんですね」

「総体としてつかまえるにはね。おどろいたことには、この星の人間は、それぞれみんな感情や気分、つまり情緒のもち方に差があるということだ。ぼくの星ではちがう。みんな、おんなじだ。そのほうが、人類全体のためになる。死ぬべき人間は死ぬべきだし、本人も承知する。つまり、戦争なんか、起こらないんだ。それは、ながいあいだの研究の成果で、副作用のない薬物を、みんなが服用した結果だ。クスリは、遺伝子にも影響する。原始本能は衰退していった。野蛮なことすべてが、悪としてほうむり去られた」

「ひと殺しって、野蛮じゃないの？」

　わたしは、多少の憎悪をふくめて、問いかけた。

「殺人じゃない。本人もそれを希望するように……つまり、その仕向けられていったんだ……」

　彼は「沈痛な面持ちで」とでも形容したいような顔で、しずかにつぶやいた。

「それでも、薬物の影響を受けない突然変異がでることがある。ある年齢に達すると、あらゆる検査をうける。ここの星の人間みたいに、バクチや酒やカネや物欲といったものが、ときおりむきだしになるやつがでてくる。すると、収容所いきだ」

　この男は、気ちがいじゃないだろうか。

「それよりもっと大事なことは、ぼくの星には恋愛といったものは、めずらしいんだよ。ぼくも、いまのいままで、恋愛感情ってものがわからなかった。この星にきて、あなたとあうまではね。ぼくの故郷では年頃になれば、それはみんな、いちおう恋みたいなものはする。国家で決められた相手とね。そして、けんかもせずに、つがいで仲よく人生をおえるというわけさ。しかし、そんなのはほんとうに『すき』といえるようなものじゃない……ぼくにも、決められた相手がいた。いまでも、待っているだろう。あとすこししたら、結婚するつもりだった。結婚制度は、国家をまとめるために、じつに便利なものだからね」

彼はおそらく、精神病院から脱走してきたにちがいない。ＳＦマニアという気ちがいだって、いるだろう。

「アイだのコイだのいいますけどね。そんなの、この星にだって、めずらしいんだよ。女性週刊誌は毎号特集してるよ。世渡り的テクニックの俗臭ふんぷんたるアイをさ」

「……だけど、それは、まちがっていたんだ。つまり、ぼくの星みたいに、人間の原始的な欲望や感情をおさえつけ、コントロールするってことは。ぼくはどうやら、検査もれの、突然変異らしい。いままで気がつかなかったけど」

「あーら、ずいぶん、ウスボンヤリ」

うんざりして、わたしはタバコに手をのばした。そういえば、この男は、タバコをすわない。睡眠時間も、ずいぶんみじかいみたいだし……もしかしたら……。

「そんなことはない」

「あなたは、ごく軽い気持ちでしか、ぼくのことをかんがえてないよ。いまは」

否定しながらも、自信がなかった。わたしはいつでも、男にほれたふりをする。ゲームがたのしいから。だけど、今度の場合はちがう。なぜって、彼の電気みたいなものが……。

「あなたがもってる感情なんて、感情とはいえないのさ。気分ぐらいなもんだよ。だって、ほかの女の子だって、みんなそのくらいの気持ちをもつもの」

「じゃあ、あんた、よそで女あさりをしてたっていうわけ？」

「ああ」

「オメデトウ」

「しかし、もういやになったって、いっただろう？　ぼくのもうひとつの任務は……」

「女あさりって、どうやってやるの？」

わたしは、せせらわらったつもり。

「どうやってって……あなたに対するような態度とおんなじさ」

「それでみんな、恋いこがれちゃうわけ？」

いいかげんにしろ、バカ！

「どうやら、そうみたいだ。しかし、あなたの嫉妬って、すさまじいね。よその子の部屋で、その子と抱きあってても、突然頭が痛くなるときがある。それも一晩中。あなたはそのとき、ねむれないで、タバコばっかりすってるんだ。ときどきため息ついたり、お酒のんだりしてね」

「どうしてわかるの？」

おもわず、口からでてしまった。そんなことは、おしかくしているべきだったのに。わたしは講義にもでないで、悶々とする日がつづいている。アルバイトも休みがちだ。それも、みんな、こんなつまらない男のために！

「ぼくには、わかるんだよ」

彼はほほえんだ。すべてをゆるしてもいいような、すばらしい笑顔だった。わたしはしかめっつらをして、タバコを指にはさんだまま、部屋中をあるきまわった。カーペットには、いくつかの焼けこげができている。

「ぼくは任務を、放棄する。ということは、命をねらわれる、ということだ。覚悟している。だから、あなたにも、わかってほしいんだ」

「関係ないわよ！　そんなこと！」

わたしは彼にとびかかった。この男の、いやにおちついた態度、自信たっぷりなようすが気にくわなかったからだ。自分を何様だとおもってるんだ。まるで、なにもかもわかっているような口をきいて。新興宗教の教祖じゃあるまいし。わたしは、彼の髪をひっぱろうとした。彼はおそろしい力でわたしの両手首をつかんだ。

「チキショウ！　サギ師！　ひと殺し！」

「ぼくはひと殺しじゃないよ。サギもしていない」

「変態！」

髪をつかもうとしてもがく。

「性的変態でもない」

「インチキ野郎！　死んじまえ！」

「ちがうったら」

「あんたは、わたしをだましてる。よくも、よくも……」

なぜ怒ってるのかわからなくなり、わたしは、あばれるのをやめた。それからすすり泣きをはじめた。

彼はわたしをベッドへはこび、いつものように、しっかりと抱きしめた。

「なんで泣くのかしら、おかしいわね」

しばらくして、わたしはかすかにてれわらいをした。

「いいや、ちっともおかしくなんかないよ」

彼は、大まじめにご託宣をたれた。


ある日、アパートへかえると、見知らぬ男がいた。彼とふたりで、だまって向かいあっている。

わたしは、ベッドのすみにすわり、ひざを両手で抱いて、ふたりをみつめた。

「わるいけど……ちょっと、外へでていってくれない？　二時間くらい」

彼は、例のしずかな声ではなく、感情をむりにおさえつけたという感じで、ささやくようにいった。

「いや」

わたしは大声でいった。

「なぜ？」

彼の声は、さらによわよわしい。

「だって、ここは、わたしの部屋だから」

彼は、いまは褐色にみえるひとみで、ながいあいだわたしをみていた。だまされるもんか！

「わかった」

その声には、ある決意が感じられた。

ナゾの人物は、彼よりも大きい。この季節だというのに、帽子をまぶかにかぶり、マスクをし、コートをきこんでいる。

「ここはさむい。じつにさむい。お嬢さん、おかしいだなんておもわないでください。わたしは、いまひどく風邪をひきこんでましてな。なにしろ、ここのウイルスというのは、始末がわるい……」

大男は、親しげにふるまおうとする。

「それにしても、大げさすぎますわ。その下に秘密兵器でも、かくしてるみたい」

わたしは、ぴしりといってのけた。

「いやいや……そんな」

大男は眉をあげ、からぜきをふたつみっつしてみせた。

彼のくちびるが、かすかにうごく。声はよくききとれない。大男はうなずいたり、否定のしぐさをしたり、それからなにかをしゃべったりしているようだ。

ふたりはだまりこむ。

「もう、いい！」

不意に、彼は立ちあがった。大男は両手をあげるようなかっこうで、目をいっぱいに見ひらき、それからうしろへたおれた。彼の手には、ピストルのようなものが、にぎられていた。

「これをつかうつもりは、なかったんだ」

彼は息をはずませている。

「とうとう、ひと殺しになってしまった」

彼は奇妙につぶれた声でいった。わたしは、口がきけない。だいたい、ふたりのあいだに、なにがおこったのかも、理解できないでいる。

「どうしたの？　ねえ、あなた」

しばらくして、わたしは問いかけた。

「死んだ」

彼は、武器をしまった。

「なんで？」

「ぼくの動向をさぐりにきたんだ。連絡と称してね。ぼくは、自分の気持ちをいってみた。ここで、この星の人間といっしょに、ってことはあなたというイミだけど、くらしたいって。仕事からは手をひかせてもらうって。彼はわるいやつじゃない。はじめはびっくりしたらしいが、とにかく説得をこころみはじめた。しかし、ぼくはかんがえをかえられない、といったんだ」

「だって、だって……まさか」

「いままでのぼくのはなし、ウソだとおもってたんだろ？」

宇宙人だかなんだかしらないが、とにかくわたしはひとがそんなふうに殺されるのを、はじめてみた。

ベッドのうえで、バッタみたいにとびはねたいおもいだ。だが、ふしぎなことに妙におちついてもいる。それは、あの彼に抱かれて泣いた夜から、この男を信じはじめていたからかもしれない。

「とにかく」とわたしは、息をのみこんだ。「始末しなきゃ」

「そうだな。疲れてるが……」

「クルマの運転、できるわ。レンタカーのトランクへいれて、どこかへ運ぶとか」

「いや、それはまずい」

「なんで？　ここで、死体といっしょにくらすわけ？」

「毛布かなにかある？」

「ええ」

わたしは押し入れから、ぶあつい毛布と使用していない古ぶとんをだした。

「ここへしいて」

二枚かさねる。それからふたりで、大男をもちあげた。おもったほどの重みでもない。だが、死体というものは不器用で、じゃまっけで、やはりかなりの重みだ。

「これから先は、みていないほうがいい。ちょっと外へいっといで。十五分だけ」

わたしは、ドアをしめた。脚がガクガクして、ヒールが音をたてるのがわかった。いまになって、事の重大さが、実感として迫ってきたのだ。

ふるえながら喫茶店へいった。椅子にぶつかった。タバコを逆にくわえた。はこばれてきたコーヒーをこぼし、スプーンもおとした。オカネをはらうのをわすれ、注意されると、今度はおつりをもらうのをわすれた。

自動ドアがあいて、彼がはいってきた。

「でよう」

わたしは、かかえられるようにしてあるいた。

「毛布、よごしちゃった。それに、あの部屋はすごい臭気だよ。密閉してきたけどね。あそこへはもどらないほうがいい。においがきえるまでは」

「あれは、どうなったの？」

「消えた。化学処理したんだ。完全に消えてしまったよ」

彼は、わたしの腕をひき、タクシーをとめた。

「どこへいくの？」

「ホテル」


その部屋でわたしは服をむかれ、首すじをかまれたり、胸をつかまれたりした。

「いや！　やめて」

「ごめんね。ここのひとたちがやるみたいには、ぼくはできないんだよ。いま、気分がささくれてたもんで……どうしたらいい？」

「いつもみたいにして」

わたしは、ぴったりと彼に抱かれた。もう恐怖はなかった。

「こんなふうにしても、あなたの星では、子供ができるの？」

「できることが多い。半々ぐらいかな。試験管ベビーっていうのが、この星でも研究されてるみたいだが」

「じゃあ、あんた、女の子のとこへ泊まって……まあ、ひどい。地球種まき作戦ってわけ？」

彼はこたえない。

腕の力がさらにつよまり、髪をなでる指がやさしくなった。

（あなたがすきだ）

なんの前ぶれもなく、彼の感情がわたしのなかにとびこんできた。

（いま、なんていったの？）

あたしも、おなじようにして、意思をつたえる。そんなことができるとは、おもいもしなかったのに。

（おどろいた？　やっと通じたね。あなたは、自分でも気がつかないうちに、ぼくにいろんなことをつたえてきてたんだよ。あなたはここの人間でも、特別に感情が激しいほうなんだ。ところが、ぼくのおもいをつたえようとすると拒絶する。カラをかぶっててね。それがいま、やっとなくなったんだ）

（ほかの子とも、こんなふう？）

（いや、ちがう）

わたしは彼の首に両腕をまわした。あまりにもおもいが激しいために、からだがけいれんした。わけがわからなくなり、ふたつの心がまじりあい、そしておわった。

「よかった?」

彼は声にだしていった。わたしはわらってみせた。

「これから、どうするの?」

「ぼくは、逃げなくちゃいけない。ほかの仲間が、だまっちゃいない」

「わたしもいっしょ」

「できることならね」

「どうして?」

「ぼくたちがのってきた機械は、半分こわれてる。それをできるかぎりなおして、ここから逃げだそうとおもう。調子がよかったら、あなたもいっしょにいける」

「地球の外へ?」

「そうだ」

「もちろん、いくわ——でも、こんなことというなんて、わたしもあなたといっしょに、気が狂いかかってるみたい」

「黄色いバスから、脱走してきたんだ」

彼は、まったく無邪気にわらった。

「ガタガタでもなんでも、いっしょにいく」

「それはダメだよ。ぼくは生きのこれるかもしれないが、あなたのからだが耐えられるかどうか……」

(死んでもともとじゃない)

心の奥から叫んだ。

「いや、だめだ」

「なぜ?」

「二年……たったら、きっとかえってくる。それまで待ってるほうが安全だよ。なぜって……」

「ああ、あなた」

イミがわかったので、わたしは彼の首にまた腕をまわした。

「いま、妊娠したの？」

「そうだよ」

「どうしてわかった？」

「パチンって、音がしたから」

ふたりは、連れこみホテルのベッドのうえで、大わらいした。

週刊誌に、奇妙な結婚サギ師のはなしがのっていた。宇宙人とかなんとかいって、女の子をケムにまく。なぜか、みんなひっかかって、オカネをまきあげられる。その男は性的コンプレックスから、女性にうらみをもつようになったのだそうだ。いまは精神病院へ逆もどりである。

「あっちのテクニックがすごいっていうなら別だけど、どうしてみんなひっかかったのかしら」

レイコが電話してきた。

「よっぽど魅力があったんじゃないの？」

わたしは無責任に。

「そうねえ。女って、バカだから。あたしだったら、そんなのにはひっかからないわよ」

レイコは、うれしそう。わたしは週刊誌の写真をじっとながめる。彼に似ているような気もするし、似ていないような気もする。不鮮明でよくわからない。

「フランスとベトナムと日本とのハーフなんだってさ。実際みたら、いい男だったかもね。あたし、気ちがいじみたのって、すき。野獣のように組みしかれ……あ、このひとの場合は、不能者か」

レイコはさえずる。

「ねえ、それで、妊娠したひとって、いるのかしら？」

そうたずねたのは、多少の不安をおぼえたからだ。

「あーら、あんたも低能ね。小学生じゃあるまいし、キスしたら子供ができるとでも、おもってるの？　いまじゃ、そんな年頃でも、ませたガキがいるっていうのに」

ＵＦＯさわぎのほうも、またぶりかえした。神奈川の例の山奥で、正体不明の大爆発がおこったそうだ。学者や学者らしき人物や、マニアやひま人が続々つめかけているそうだ。

あのひとは死んだ。

だって、もどってこないもの。彼は、わたしに思い出と息子とをのこして、死んでしまった。わたしはいまでも、彼が異星人であったと信じている。

子供は幼稚園へかようようになった。おそるべき知能指数で二百いくつとか。先生やまわりの者が「この子は天才だ」と保証する。

そんなことは、まあ、どうでもいいけれど……。わたしには、心配のタネがひとつだけある。

父親がいない子だから後指をさされやしないかとか、非行に走らないかとか、そんな問題ではない。生活のほうもかなり苦しいが、なんとかやっている。結婚したいとはおもわないし、男がほしいわけでもない。

ときおり、おそろしい孤独感におそわれるが、あの思い出だけをたよりに、生きつづけることはできる。もう、あまり泣かなくなった。

心配のタネ、というのはじつに現実的なことで、どうも、うちの息子はひどくませたガキみたいなのだ。お医者さんごっこなんかはしない。ただ、お気にいりの女の子に、ぴったり抱きつくのがすきで、先生方は「ちょっと度がすぎるけど、愛情に飢えてるのでしょう。片親ですからねえ」なんていう。

しかし、相手の女の子のおなかが大きくなったら、どうしよう。四歳ぐらいの子に排卵はないから、なんて楽観視できない。あのひとは、あんな天才的な方法で、わたしを妊娠させたのだから。

しかも、うちの子は、お気にいりが二週間ぐらいで、つぎつぎにかわるらしいのだ。

幼稚園の女の子が全部妊娠したら、どうしよう。それをおもうと、夜もねむれないなんていったら、大げさすぎるだろうか。

「出てけ！」

しめくくりとして、彼はどなった。はだかで倒れていた冴子は、のろのろと起きあがった。ふてくされもあるだろうが、すばやい動作ができないせいもある。彼がしたたかに（こぶしをつかって）なぐりつけたからだ。

彼女の顔は、倍にふくれあがっている感じだ。くちびるとまぶたが切れて、それぞれから、血がにじんでいる。

「さっさとしたくしろ！」

冴子はぼんやりと夫の顔をみた。それから何かつぶやいたが、ほとんどききとれない。口のなかから、また血があふれた。「だって」とか「でも……」とか、いったらしい。くちびるもはれあがっていて、しゃべりにくそうだ。（だって、あんたが、気ちがいみたいに暴力をふるったから……痛くって、そんなにてきぱきとはいかないわ）そういいたいにちがいない。

口をねらってよかった、と彼は無理におもいこもうとした。そうでなければ、故障した立体テレビみたいに、あるいは古式ゆたかな蓄音機みたいに、ありとあらゆることをしゃべりまくるだろう。

「あなたはそんなふうにいうけど、自分でいってること、わかってないのね。あたしのいうことが正しいのよ。むかし、あなた、あたしとおんなじことをいってたんですからね」とくるに決まってる。彼としては、いきがかり上「いつ」ときかなければならない。「青山に住んでたころよ。夏。あんたが失業したころ。クーラーがこわれて、暑くってたまんなかったときが、三日ぐらいつづいたわね。オカネがないもんだから、あたしは母に出してもらってやっとなおしたのよ。恥かいちゃったわ。いくら血のつながった親子でもさ。あのくらいのおカネつくれないなんて……ほんとは、もらいにいきたくなかった」「じゃ、いかなきゃよかったじゃないか」「暑い暑いってわめいてたのは、どこのどなた？」そして、たいていは、このへんで、彼が「だまれ」という。

もしいわなかったら、彼女はこうつづけるだろう。「もっとも、結婚以来、いつでも失業してるみたいなもんね。なによ、UFOだかUSOだかに夢中になって。それが大の男のすること？　趣味ならいいわよ。単なる趣味でやってるなら」USOをローマ字よみすれば、ウソとなる。彼女は実際にUSOなることばがあるのを知らないから、その語呂あわせで、いくぶん満足する。趣味うんぬんについて、彼女は一席ぶつ。たしかに冴子のほうが、常識的にみれば正しい。だが、常識で片づけられないことだってたくさんあるし、夫婦のあいだでは、むしろその方が多いのではないか？

　UFOとUSOのおかげで、問題がそれたかな？　と彼はおもう。だがそれは淡い期待である。冴子は、どんなにまわり道をしても、夫がいかにまちがっているか、自分のいうことがいかに正確であるかを立証しようとする。彼にしてみれば、そんなことどうでもいい。あのときあなたはこういった、とかあたしはこんなふうに答えた、なんて、じつにばかげている。「いった、いわない」なんてくだらない。しかし、妻にとっては重大問題らしいのだ。彼がいつそんなことをいったのか、彼女はあらゆる手段をつかって、説明する。だが、たいていの場合、説明になっていない。というのも、彼女は（自分は正しいに決まっている）とおもいこんでいるからだ。おもいこみほど強いものはない。彼女は自分自身をうたがったことなんか、これまで一度もなかったにちがいない（と、彼はおもう）。まちがっているのはあんたのほうよ、という確信のもとに行動するから、彼としてはうつ手がない。彼女は自分のことを、客観的にモノをみることができる人間だと信じているらしい。

　ときには、月賦（古いことばだ。だが、彼はローンとか、クレジットとかいうより、このほうがすきだ。ゲップといういいかたをすれば、自分が——あるいは大多数の国民が——下層階級に属しているという、ゆるがぬ実感をもつことができる。たいていの人間が、中産階級の幻想をもっている。冗談じゃない、と彼はおもう。みなさんは、クルマや、ときにはエア・カーや、プレハブの別荘や魚つり用ボートのために、四苦八苦している。たいていの湖や川に魚がいなくなった現在でも、魚つり用ボートを買うのだ。ところで、ゲップの話だったが）その領収証をヒラヒラさせて、何月何日と彼がサインした金釘流を、さもバカにしたように示す。おまけに、けんかの最中に集金ロボットがきたのでみっともなかったことや、彼のブスッとした顔にそのロボットが「またあらためてうかがいましょうか」といったとかいわないとかいうエピソードまでつけ加える。

　だいたい彼女は、集金ロボットがくるなんて恥だとおもっている。銀行の口座にカネがなく、再三再四の請求にも応じなかった者が、その訪問をうける。ものごしや態度は礼儀にかなっているし、脅迫なんてしないが、ご近所のものわらいになることは必須だ。むかしのさしおさえよりもいやらしい。

「ね、わかったでしょ。あなたが、これこれこういったのがいつごろか。それとも、何月何日何時ごろか、はっきりいえっていうの？　それは無理よ。だって、あたしがつけてた日記をあなた、盗み読みしたじゃない。それ以来……ペラペラペラなんだかんだ」

おそるべき記憶力に、彼は脱帽する。頭をさげて、退場しようとする。すなわち、いくらかのカネをもち、靴下をはき、軽い上着をひっかけて、逃亡しようとする。

マルチチャンネルカセットデッキである彼女は、そこであわてる。相手がいないのにしゃべりまくってもムダであるから。その点、女優の素質がないこともない。観客がひとりでもいれば、がぜんはりきるのだ。靴下や上着をかくす。彼は、そんなのすこしも困らないから、なおも出ていこうとする。カネはたいていズボンのポケットにはいっている。なくても平気だ。歩いていける距離に友達のひとりやふたりは確保してあるし、タクシーで乗りつければ、料金ぐらいなんとかしてくれる。部屋に友人がいなかったらどうするか？　そこまでは考えない。いままでうまくいってたのだから、いまだって、これからだって、うまくいくだろう。

「あたしをほっぽっといて出ていく無責任男」に、冴子はあらたな怒りを燃やす。プロレスラーに転向したほうがいいとおもえるほどの力で、亭主をおさえつけ、四の字がためをやる。しょせん女の力、本気になればつきとばせるが、つい昂奮しすぎて、致命傷になるかもしれない。だから、彼としてはこまってしまうのだ。

あるいは、哀願の手段にでる。「ねええ、ごめんなさい。あたしがいいすぎたわ。それというのも、あなたが大事なひとだからよ。なぜなら……ペチャクチャペチャクチャああだこうだ」

いま、冴子は下着をつけおわったところだ。彼女の服を破ってしまったことを、彼は後悔する。スカートとかTシャツとかは、怒りにかられてだが、なにも肌着まで……。ブラジャーは、その背中の部分をひっつかんで彼女をふりまわしたとき、使用に耐えなくなってしまったのだ。はだかにしておけば、ドアから（べつにドアでなくてもかまわないけれど）とびだして、近所のひとに助けをもとめることもできないだろう、と彼は計算したわけだ。

「おい、はやくしろ」

なにかしゃべらなくては、間がわるい。いつもなら、「わかってるわよ！」と即座にくる。あるいは、ジイッといやみな視線を彼にそそぐ。「ふん」と鼻先をあげることもある。だがいまは、黙っている。反抗的なようすもみえない。しずかに身のまわりのものを、かきあつめているだけだ。

「そんなに持ってくことないだろ。下着も服も、買えばいいじゃないか」

そういった先から、冴子はわずかなカネしかもってないはずだ、と思いあたる。彼女はキャッシュカードを使用することも、つけでものを買うこともきらいだから、請求書が彼のところへまわってくる公算はすくない。

「はやくしろよ。おれは……コーヒーのみにいってくる」

間がもてなくて、彼はズボンのポケットに両手をつっこんだ。ドアからふりかえると、冴子は下着の山をかきまわしている。気にいったものを持っていこうというわけだ。横顔は東海道四谷怪談とまではいかないが、かなりひどい。

喫茶店では、世紀の宇宙中継をやっていた。いつもはそんなものは置いてないのに、立体テレビがすえられている。ついに人類は、太陽系の外へ脱出することができた！　目ざす星に、知的生物は存在するだろうか。ごらんください、ナントカカントカ少佐は、地球上とおなじように宇宙服なしで、コーヒーを味わっています。シッチャカメッチャカ大尉は愛用の星条旗パジャマをきて、短い冬眠の準備にはいっています。アレヤコレヤ中尉は、趣味の水彩画にうちこんでいるようすです。彼のパジャマは、伝統ある中国服のデザインを生かしたもので……。

いつもなら、興味をもつ内容だ。しかし、彼は胸がわるくなった。アナウンサーのわざとらしい興奮ぶりにもいや気がさした。それよりも、みんながのせられてるようすが、気にくわない。全人類の悲願？　冗談じゃない。そのテにのるものか。単なるいやらしいショーじゃないか。世界が手を結んだ、だって。ああ、そうだよ。そんなふうにみせかけてみなさんをだませば、いろいろやりやすいわけだ。足並そろえてっていうのが、おれはいちばんきらいなんだ。これは、ファッショですよ。

女に電話しようか？　先週知りあった十五歳のことをおもうと、微笑がうかんでくる。じつにかわいい。まるで無邪気で（そこのところを、彼はいささか混同していた。つまり、無知と無邪気とを。しかし、恋のはじめは、どっちもおなじようにみえることがある）。それに、うたがうことを知らない。冴子とは大ちがいだ。彼は最初のころのことをすっかりわすれて、そんなふうにおもった。なんであんな陰険な女といっしょになったのか、自分でもふしぎだ。若かったからだ、とおもった。この結婚は失敗だった。

アパートへもどると、冴子はいなかった。出ていけとどなったのだから、それで当然なのだが、彼にとってはおもいがけない事態であった。あれは、おとなしく出ていくようなタマじゃない、とおもいこんでいたから。だいたい、あんな顔では外をあるけないだろうに。書きおきでもないかと、さがしてみたがその気配すらない。

いや、すぐにもどってくるかもしれないぞ。あいつはヒステリー性《しょう》だから、やることなすことすべてがデモンストレーションなのだ。十メートルぐらい家出して、またまいもどってきて窓に両ひじをついてみてる、みたいなところがある。そういう子供っぽさが、はじめのころはかわいらしくおもえた。いまでは——もちろん、うんざりしている。

テレビをつけると、ナントカカントカ少佐のルパシカふうパジャマがうつった。アレヤコレヤ中尉は、ステーキをたべていた。不意に空腹をおぼえたが、いつも出前をたのむそば屋の番号がわからない。中華でもすしでも、この際だからなんでもいいのだが、どこに書いてあるかがわからない。

彼は、すきなときにすきなものをたべられる自動サーヴィスがきらいなのだ。赤ランプに指をふれれば、テープにふきこまれた声が「ご注文は？」とくる。あらかじめ配られたメニューをみて、その番号を押す。二十分たたないうちに、料理がでてくる。これがどういうシステムになっているのか、彼にはまったくわからない。最近では、むかしふうに出前をやってくれる店はごくすくない。出前をたのむのは、一種のぜいたくになっている。

寝ころんでせんべいをたべはじめてから、割りばしの袋とか紙ナプキンをみればわかる、とおもいついた。うれしいね。割りばしなんてものをつかってくれるのは。安っぽくて、じつに古風で、いうことなしだ。だが、その割りばしをさがすのがめんどうだ。食器棚の下のひきだしと考えるのが妥当だが、女というものは（べつに女にかぎらないが、彼はすぐにその種の区分けをしたがるので）とにかく女というものは、割りばしをタンスにいれ、下着は冷蔵庫にしまい、手紙は食器棚に整理する。そこでタンスをみたが、もちろん割りばしなどはいっているはずはなく、彼はまたせんべいに手をだした。

目ざめると、腹のうえで宇宙船がとんでいた。テレビをつけたまま、寝入ってしまったのだ。提供は終末幻想剤で大もうけした製薬会社である。そんなクスリをのまなくても、日常は悪夢そのものだ……彼はテレビを消した。部屋は闇に沈んだ。

酒場で知りあった女の子が「結婚して」といったので「離婚してから」とこたえた。彼女はバカにされたとおもったらしく「いいかげんにしてよ」とわめいた。

うそをいえば（それがバレた場合）もちろんおこるし、ほんとうのことをいってもプリプリする。女たちはみんなそうだ。というのも彼が、百のうち三回くらいしか事実を告げないからかもしれない。あとは黙っていたりごまかしたり、誤解するように仕向けたりするから。

またクビになった。これは、ほんとうだ。だいたい彼は中学のときから遅刻常習犯で、あしたこそ早起きしよう、といつもおもうのだがいつもおくれた。なぜだかわからない。早く寝ようと心に決める。七時ごろふとんにはいる。そんなときにかぎって、電話がかかってくる。ホルモン過剰の時代だったから、女の子だったらいそいそと出かける。男友達のさそいにものる。「マブいスケをまわす」とかなんとか、あまいことばにのせられて。

電話がかかってこないときは、マンガをよむ。小むずかしい本だと、考えこんでしまうからだ。だが、結局はぐずぐずと夜明けをむかえるのだ。ながい夜のあとは、すべてがけだるくて、とても起きあがる気になれない。ひと眠りすると、もう十時だ。彼は学校をやめようとおもったが、とにかく卒業証書だけはもらうようにとまわりのおとなたちがいうので、やっとのことでもらった。

高校を合格した日に家出した。世のため人のためにつくそう、なんぞと突然おもいたって、奉仕活動のグループにはいったのだ。なんだかバカらしくなって、半月たたないうちにやめたけれど。で、彼は「ちかごろめずらしい中学出」なのである。

会社勤めには向いていないのだ。店を出そうとおもったが、いまさら父親に借金もできない。むかしの女に電話すると、カネは出すから共同経営者にしろ、という。うちあわせのためにその女と会って、新宿をあるいていると、冴子をみかけた。

四日ぶりである。顔に包帯をまいて、眼帯をかけていた。病院のまえでタクシーを待っているようすだ。

それじゃ、実家に帰ったわけじゃないんだ、と彼はなんとなく安心した。冴子はうつむいて、通行人から目をそらしている。あんなになぐったおぼえはないんだが……看護婦が大げさに包帯をまきつけたにちがいない。

「なにみてんのよ」

未来の共同経営者が、腕をひっぱった。

「いや……べつに……」

「ああ、あの女の子？　スタイルなんか、あんた好みじゃない？」

そういわれて、いまさら女房だともいえない。

「だけど、やあね。きっと整形したのよ。あんなに包帯まいてさ。ミイラみたいじゃないの。みっともないったら、ありゃしない……あら、どうしたの？」

彼は共同経営者をおきざりにして、車道をわたろうとした。冴子がチラッとこちらをみたような気がした。彼がたどりつくまえにエア・タクシーがとまり、彼女はそれに乗りこんだ。

「あんたったら、バカみたいに……」

女が息をはずませながら、追いかけてきた。彼はだまっていた。

「どうしたの？　急に。知ってる女の子？」

「バカみたいなのは、おまえのほうだ」と彼はいった。

「なによ、そんなにおこることないじゃないの。それより、仕事のはなしをしましょうよ」

「あんたとは仕事しないよ」

「おこりっぽいのね。むかしとちっともかわらないわ」

「かわんなくてわるかったな」

自分でも、バカなことをいってる、とおもった。

「そんなことといったってしょうがないでしょ。インテリアのほうは、どうするのさ」

「すべてあなたにおまかせします」

共同経営者になるはずの女は、立ちつくして、彼をみた。彼は手をふって、別れをつげた。彼女はそこに彼の魂でも置いてあるみたいに、地面をやたらにふみつけた。

あれから二週間たつが、冴子からは連絡がない。一種の不貞行為だと彼は決めつけた。やっぱり別れるのがいちばんいい。とはいっても、彼は二番め三番めの解決方法を考えていたわけではない。漠然と、彼女のほうからあやまってくるだろう、という期待をいだいていただけだ。それが裏切られたのである。妻の家出は、離婚の理由になる。いやだといったら、裁判してでも別れなければならない。彼はひとしきり、もてる男の悲哀を味わった。冴子が、彼のズボンのすそにすがりついてはなさない。彼は貫一よろしく、それを無情に蹴るのだ。

しかし、顔がなおってから帰ってくるつもりかもしれないぞ、ともおもう。妻にあたらしい男ができた、なんてことはかんがえない。このおれがいるのに、そんなことするはずがない。それに包帯まいた顔で情事なんて、なんともサマにならないじゃないか。

電話がかかってきた。共同経営者からだ。彼らは、あのあと仲なおりしたのだ。

「ちょっと内装みてもらおうとおもって……ああ、そうか、お宅のはすがたがうつらない旧式の電話だったわね。黒と金と赤をつかったの。壁はみどり色よ」

「なんだか、あんまり上品じゃないみたいだな」

「実際みれば、納得するわよ」

「おれはモノトーンにしたかったんだが……」

「だめよ。葬儀屋じゃないのよ」

とにかくすてきだからあしたみにいらっしゃい、という。時間を約束して、彼は電話をきった。それから例の十六歳に（おとといがバースデイだったそうで）電話をかけた。

「いま、なにをしてる?」

じつにやさしい声がでる。てれくさいともおもわない。

「テレビみてるの。もうすぐ到着らしいのよ。ナントカカントカ少佐って、ハンサムね」

「そんなのをみるのはやめなさい」と彼はいった。

「だって、退屈なんだもん。あなた、ちっともさそってくれないし」

「おとなはね、いろいろと忙しいの」

「ああ、そう。あなた奥さん、いるんだって?」

だれからきいたのだろう。共通の知人はいないはずだ。

「かくさなくたっていいのよ。だけど、シケたはなしね」

「いまはいないよ」

彼はいささか、ムッとしてこたえた。

「ふーん、どっちだっていいけどさ。じゃあ、今夜あおうか」

「きみ、どんな仲間とつきあってるの？」

「ふつうの子たちよ」

「不良ぶるのはみっともないよ。モノホン（本物）だったら、またべつだけど」

「あたし、死にそーにタイクツなの。学校はつまんないしさ」

「じゃあ、いまからうちへおいで」

「イイコトしてくれる？」と高校生はたずねた。

その子とくんずほぐれつをやった。エネルギッシュでなかなかよかった。最初のころのはなしで、いまはそんなにしないけれど、冴子は二回が限度なのだ。からだがじょうぶじゃないし、性的なことはあまりすきではないみたいだ。彼は淫乱な女がすきなのだ。妻はその点でも、彼に不満をあたえる。夜は娼婦のように、とはいかないのだ。したがってここ一年間は、月に一回がせいぜいで、何年もいっしょにいるとやはり飽きがくる。しかし彼は、妻もまた自分にあきている、とは決して考えなかった。

冴子はもともとそういう傾向があったが、最近はなんとなくぼんやりしていることが多かった。いつもそうなら、あつかいやすい。逆上すると、口だけが勝手にうごく。はじめの二年くらいはすぐに泣いたのに、泣きもしなくなってくると始末におえない。

朝方、だれかがノックした。このアパートは古いので、半世紀もまえからあったチャイムすらない。

集金ロボット（立体テレビ、照明天井）強姦保険の勧誘（被害者が男性でも、女性と同額が支払われます！）全宇宙友の会（異星人と魂の交流を。つまり新興宗教）老齢年金のおすすめ（お宅でも、これから赤ちゃんがおできになるでしょう。どうですか、かわいいお子さんの老後のために）の、いずれかだとおもった。

彼はズボンをはいて、ドアをあけた。少女は、ベッドのなかでタバコをすっている。

冴子だった。

眼帯をしているが、顔はほとんどなおったようだ。いくぶんはれとあざとがのこっている。

「ちょっと待てよ」

その場をとりつくろうべく、彼はおちつきはらったつもりの声をだした。

「なぜ」

冴子は表情をかえない。

「まあ、そこいらでコーヒーでものみながら」

女の子が、タバコ片手にブラジャーもつけずにドア口まで出てきた。微笑しながら。

「荷物、とりにきたのよ」

今度は、あきらかに感情をおさえつけた声で冴子がいった。

「そう、ムキになることないじゃないか。つまりね……誤解してもらいたくないんだよ(彼は形勢をたてなおすべく、からぜきをした)つまりだ、おまえは妻としての義務をはたさなかったわけだ。家を出ちゃってね。だからその代行を求めるのは、夫としての権利だよ」

「ギムって、そうじせんたくだけなの？　ほかにもあるんじゃないの？」

冴子はかるく、しかも毒をふくんだ声でいった。

「まあ、家事だけじゃないけど……」

彼としては、そのほかに、夫への心づかいをもふくめてそういったつもりだ。しかし冴子は、皮肉っぽくいってのけた。半分はだかの少女をみながら。

「もちろん、家事だけじゃないでしょうよ」

ふたりは、まったくちがったイミを、おなじことばにふくめたのだ。

女の子は冴子の化粧台にすわって、顔をいじっている。冴子は、めぼしい衣服と下着を手荒くまとめ、ベッドの下からビニール袋をだしてそれにつめた。スーツケースをひっぱりだすと、愛用のモーニングカップ、アクセサリー類、本——『ゼルダ』『現代人の神経症的人格』『暗闇の恋』(最後のは、宇宙純愛もの、とでもいおうか。男が残酷な女のことばを真にうけて、宇宙服もつけずに、ロケットの外へとびだしてしまう。残された女は「わたしたちは愛にもっともちかい状態にあった」とつぶやく。それは流行語になった。冴子は三十ちかいのに、いまだにアイだのコイだのに熱烈な関心をもっている。それは宗教的情熱といってもいいくらいで、彼にとってはうす気味わるい部分である)それに、なにをおもったかのみかけのジンを一本。それらをスーツケースにつめる。ベッドをみたが、すぐに目をそらした。凝ったカットワークの枕カバーは、冴子の手製だ。いまではよごれ放題で、彼や女たちの髪が一すじ二すじ、付着していることだろう。

彼女は、女の子が使用中のマスカラを乱暴にとりあげ、化粧品を二、三つめ、だまって出ていこうとした。

「待てよ」

「いや。あんたと離婚するの」

「きみは狭量だぞ。愛情ってのは、すべてをゆるしてこそ本物なんだから。この世界に、あなたとわたしのふたりきりってのは、まちがってる。自由な関係こそ、本物じゃないのかね？　相手を信頼していれば、それで充分じゃないか。独占しあうのは、じつに古いモラルで……」

彼女は階段をおりていった。

彼は窓からながめる。エア・カーがとまっている。冴子はなかのだれかとしゃべりながら、荷物をつみこんでいる。相手は男だ。

そうか。いつも、二時間ぐらい家出するとすぐに帰ってきたのに今度はちがうから、おかしいとおもった。それで、あんな大きい態度がとれたのだ。これこそ女のずるさのいちばんいやらしいところだ。

彼は三下り半をつきつけるために、妻のあとを追った。


なんでそうなったかわからないが、裁判することになった。離婚裁判にも、ＡＢＣと等級があるそうで、書類の手続き上のまちがいか、Ａ級にまわされてしまった。これはもっともむずかしいケースをあつかい、雰囲気もひどくものものしいそうだ。

「さあ、いきましょう」

その朝、冴子は彼をゆすって起こした。電話ぐらいでは起きないので、結局彼女がアパートへとまりこむことになった。

「まだ早いだろう」

「だってあなた、弁護士とのうちあわせがあるでしょう。あたしの方はそんなの、もうおわったけど」

「いいよ、めんどくさいよ。おれは専門家にまかせるよ」

彼は冴子の手をひっぱってひきよせ、その胸をいじった。

「だめよ。あたしたちは憎みあうべきなのよ」

「いいじゃないか。長年のよしみで」

「ああん……だめだったら」

彼女は、彼の手をじゃけんにはらいのけた。

「おれはもっと寝ていたいの。ちょっと、となりへはいったら?　そう固いことはいわずに」

「じゃあ、はいるだけよ」

彼女はスーツのまま、彼の横に寝ころんだ。

「服がしわになるわ」

しばらくすると、そんないいわけめいたひとりごとをつぶやいて、下着だけになった。

「ねえ、こうやってうとうとしてると、とてもいい気分ね」

「ああ」

彼はこたえたが、いささかイライラしていたことも事実だ。というのも、冴子との思い出が、ちぎれたテープみたいにベッドのまわりをとびまわっていたから。妻のことを考えたのは何カ月ぶりかで、彼はそのことにちょっとおどろいていた。ほかの女といい調子であそんでいると、ほとんどあるいはまったく思い出しもしないから。

それというのも、こいつが悪いからだ、と彼はおもう。あんたのことなんかそれほどおもってもいなかったんだけどあんたが熱をあげるから、いっしょになってあげたのよ、という態度を冴子はかなりながいあいだとっていた。それは事実らしくて、はじめて「すき」といったのは、結婚して一年もたってからだ。そして、彼は自分をすきにならない女なんかにはまるで興味がないか憎しみを感じるかどっちかだったので、冴子のことではたえず頭にきていた。逃げれば追っかける式の恋愛ゲームなんて、条件反射とおんなじだ。追うまえにアホらしくなる。「相手が冷淡だと、ますます夢中になる」という心理ほど、彼にほどとおいものはない。

その後彼女は泣いたりわめいたりしたが、事態はますますわるくなるばかりだった。

「きょう、出てくのがいやになった」

「だめよ。こういう機会はめったにないんだから。あたしたち、長く待ったから、やっとのことでちゃんとした裁判してもらえるようになったんだから」

「ちゃんとしてなくてもいいよ。なにを争うんだい。財産なんかないし、子供もいないし、コトは簡単じゃないか」

「じゃあ、あたしに泣き寝入りをしろっていうわけ?」

「その発想がおかしい。おれはべつに強盗したわけじゃないよ」

「もっとひどいわよ。だまして裏切ったんだから」

「だいたい、おれは男にだまされるような女なんて、きらいだね。相手を充全に理解していたら、そんなことば、出てくるはずないんだよ。おれにだまされるようなバカ女はいやだ」

「そうかしら? だけど、あたしはあんたをうたがったことなんか、一度もないのに(と、彼女は信じこんでいる)ウソばかりついてたのは、どこのどなた? おぼえがないっていうんなら、おしえてあげるけど——」

またしても、例のペラペラがはじまりそうだ。

「いいよ。そのつづきは法廷できこう」

なにがどうなっているのか、さっぱりわからない。だいたい、どっちが訴えて、どちらが受けてたったのかも明確にされていない。なにを争っているのかもわからない。裁判所のひとびとは、全員が中世の修道僧みたいな服をきているので、だれがだれだかさっぱり区別ができない。

「どうなってんだ」

休廷になったので、彼は冴子がつくった弁当をひらいた。

「あんたがいかにひどい男かを証明しようとしてんのよ」

「そんなの、証明しなくても、わかってるじゃないか。おれはおれでしかない。それ以上の何者でもないんだからね」

「そんなこと、わかってるわよ。だけど、あたしだけがわかってたって、ダメなのよ」

「どうして?」

「どうしてって……そうなんだから……」

「じゃあ、きくけど、それが証明されたら、きみはなにを要求しようっていうの?」

「そんな先のこと、まだ考えてないわよ」

冴子は彼のおかずから、かつおの照り焼きをちょろまかした。

「まるで、ふしぎの国のアリスだな」

彼は、トランプのキングやクィーンがでてくる場面をおもいだして、そういった。どうやらカードたちは裁こうとするらしいのだが、当のアリスには、なにがなんだかわからない、という例の一節である。

午後、彼は法廷でいねむりした。「でありますから、妻として冷淡というよりも、運命にホンローされるかよわき女性と考えたほうが妥当であると……」などという文句をききながら。彼はひとこともしゃべらずにすんだ。

三回めになると、法廷で弁当をひらいてたべるようになった。冴子はそんな彼をにらみつけながら、しきりにメモをとっている。往年の優等生ぶりがよみがえったみたいだ。彼は、ここ何年かのうちにだいぶ容貌が衰えた彼女を感慨をもってながめた。

学校にいってたころ、あの種のタイプの同級生には、特にしつこく迫ったものだ。生意気だから、という理由で。冴子は度つきのうすいサングラスをかけて、鉛筆をかじっている。ときおり顔をしかめたりして、なかなか熱心だ。生意気どころか、なんとなくいじらしい。

「この裁判はいつまでつづくのかな」

休み時間、彼は劣等生の顔で、そういった。

「あんたが、ギャッと悲鳴をあげるまでよ」

「おれは悲鳴なんかあげないよ」

「じゃあ、死ぬまでつづくってわけね」

冴子は憎々しげにそういい、ノートをかかえて法廷へはいっていこうとした。

「おい、待てよ」

彼は彼女のひじをつかんだ。

「はなしてよ」

「いいからちょっとこいよ」

「いいたいことがあったら、法廷でいえばいいじゃないの。そのために裁判してるんだから」

みんながぞろぞろと、はいっていく。

「もたもたしてて、やってられないよ、こんな裁判。おれがいま、なにかをいいたいとおもう。それをいえるのは、一年も二年も先のことになるんだから。わすれちゃうよ、自分でも何をいいたいのか」

「わすれるくらいなら、それはたいしたことじゃないって証拠よ」

「それはちがうだろ、バカ」

「バカってなによ」

「わかってるくせに、くだらないことをいうからさ。おい、おれたちだけで、はなしをつけよう」

「いやよ。そんなにつかんじゃ、痛いじゃないの」

「痛いようにしてるんだ」

彼は冴子をひきずって、裁判所の裏庭へでた。授業をエスケープしてるような気分だ。そのせいで、妙な気をおこしたのかもしれない。おまけに、きょうの彼女は髪をまんなかでふたつに分けてむすぶ、女学生みたいにみえた。グレイのひだスカートなんかはいて。

彼は植込みのかげで、妻を強姦した。まだ籍をぬいたわけではないから、妻であることにかわりはない。

「訴えたってムダだよ」彼はファスナーをあげながらいった。「おれたちはまだ、夫婦なんだから」

「ふん」

冴子は半身を起こして、傷だらけになった脚をながめている。なにかまた、あたらしい作戦でもかんがえているのだろうか。

「だけど、別居してるじゃない」

しばらくたって、冴子はぼんやりといった。

「そんなことといったって、週に一度はおもしろくもない裁判がある。その前の日は、アパートへ泊まりにくるじゃないか」

「あなたがネボスケだからよ」

「まあ、いいさ、どっちでも……痛いか?」

彼は彼女が立ちあがるのを助けた。

「たいしたことないわよ、こんなの。あんたが顔をひどくなぐったときにくらべたら……それより、あそこがヒリヒリするの。男と寝たのは七ヵ月ぶりだもの」

「おい、ほんとうかい？」

とすると、例の凄絶なケンカの三カ月前ということになる。別居するまでの半年、彼は妻をほっぽりだして、あそびあるいていた。彼女の機嫌がよかろうはずはない。帰宅するとブス顔でむかえ、彼を非難する。ひとしきりのけんかの末、彼はまた家をとびだす。かなりながいあいだ、それのくりかえしだったわけだ。

「おれたちはずいぶんながいあいだ、やってなかったんだな」

彼は感慨をこめていった。冴子はこたえない。おれが家庭をかえりみなかったあいだ、彼女は何をしていたのだろう。彼の帰宅を待つ長い夜を、ほとんどねむらずにすごしていたのではないか？　彼はあやうくセンチメンタルになるところだった。だが、と彼はおもいなおす。

だが、冴子にも男はいるはずだ。

「あのひとは、おにいちゃんの友達よ」

「あのひとってだれだ？」

見すかされたような気がして、彼はあわててタバコをくわえた。

「決まってるじゃない。荷物をとりにいったとき、エア・カーを運転してたひとよ」

「ああ」

彼はあいまいに返事した。彼女はおれにほれている、という確信がふたたび彼をつつんだ。だからといって、うれしくもなんともない。しかし、安心感をおぼえるのはなぜだろう。かつて自分のものであったものを他人が所有しても、貸してやったという感じしかしない。それはいつまでも彼のものであるはずだから。いつか冴子は「あんたって所有欲と独占欲のかたまりね。独占資本はわるいなんて、低能なことはいわないほうがいいわよ」といっていた……。

「コーヒーのみにいこう」

「いや」と冴子はこたえたが、笑っていた。彼は大むかし、若者たちに人気があったというジェームス・ディーンふうに背中をまるめてあるきはじめた。十数年まえの不良少年時代にかえったような気がして。

酒場は赤字をださなかった。それだけでもたいしたものだ。彼は毎晩顔をだした。といって、気まぐれにグラスをみがいたり、のみものを運んだりするだけで、たいした働きはしなかった。自分が役にたたないことをよく知っていたし。

共同経営者は、内装をかえるといいだした。『悲しみの酒場のバラード』ふうにしたい、のだそうだ。アメリカ南部のあの重く暑苦しい感じをだしたいとか。といっても、彼女が知っているのは、二十世紀の小説や映画においてである。その種のマイクロ・フィルムを買いあさったり、フィルム・ライブラリーにいりびたったりして、熱狂しはじめたのだ。

「来週は『欲望という名の電車』ふうにしたくなるだろうよ。それとも『熱いトタン屋根の上の猫』ふうかね。はやくおろしてやればいいのにさ。猫がかわいそうだ。それはそうと、あんたリズ・テイラーにちょっと似てるね」

「なにをいってるのさ、あんな大昔の女優」

共同経営者は、それでもうれしそうだ。女優や歌手に似てるといわれると、わるい気はしないらしい。

「ちょっとしたもんだろう」

彼はテーブルにもどって、冴子にささやいた。

「ええ。でも無理したんじゃないの?」

「借金は軌道にのってから返すつもりなんだ」

このまま黙っていれば、かえさなくてすむ。しかし、彼は共同経営者とつがいになるのはいやだった。だから、わざと冴子をつれてきたのだ。

「だけど」と冴子はハンドバッグをあけて、タバコをとりだした。それは彼女のあたらしい習慣だ。教師の目をごまかすみたいにして法廷ですいはじめたのが、きっかけである。

「いつまでつづくのかしら、あの裁判」

「さあね」

「あたしたち、もう、二回欠席してるわよ」

「とりさげることはできないのか?」

彼らはいまや、むかし恋人どうしだったふたり、みたいな感じでつきあっている。でなかったら、年をとりすぎたきょうだいみたいに。

「できないわよ。それこそ、法廷をブジョクしたことになるわ」

とんでもないという顔で、冴子は頭をふった。

「判決はでるのかね？」

「でるでしょう……いくらなんでも」

妻は自信のない顔でこたえた。

「ところで、おれたちはどうするの？」

冴子はジンフィーズを口までもっていった。

「どうするって……判決のとおりにするんでしょ」

「わかれるのか、わかれないのか」

「離婚裁判だから、わかれるに決まってるじゃないの。それとも別の解決方法があるっていうの？　あるのならいってほしいわ。とにかく、裁判がはじまったら、あたしたちの私的な事情なんて、まったく関係ないんですからね」

「ちょっとおかしいとは、おもわないか？　当事者の意見なんかどうでもいいってのは？」

「おかしいとおもったら、それは法廷でいってほしいわ。そのために裁判してるんだから」


「くだらない！」

彼は大声でいうと、立ちあがった。冴子の腕をとって、法廷をでようとする。

「なにいってるのよ」

彼女はふりはらおうとした。

「こんなバカバカしい裁判、やってられるか」

「だって、あんたがいいはじめたんじゃない。裁判しようって。あたしがアパートへ荷物とりにいった朝、女の子といっしょに寝てたもんで『じゃ、ご遠慮しましょう』とおもって、すぐにあそこを出たのよ。そしたら、あなた、エア・カーまで追っかけてきて、わめいたじゃないの。『おまえとは離婚する。ゼッタイ別れる。いやだというなら、裁判してでも、決着つける』って。べつにあたしはいやだなんていってなかったのにさ」

「きみの代理人は低能だよ。半径十メートル以内に近づくなだと。自分の女房に近づくも近づかないも自由だろうに」

「知らないわよ、そんなこと。いったん専門家にまかせちゃったら、あのひとたちがすきなようにやるんだもの。それがプロフェッショナルというものらしいわ」

「じゃあ、あいつらは自分たちの好き勝手にしようってんだな。他人の運命をまかされてるっていうのに。それじゃまるで、おれたちはゲームのコマみたいじゃないか」

「裁判って、そういうものなのよ」

裁判長が木槌で机をたたいている。テープレコーダーみたいに「静粛に、静粛に」をくりかえしている。

「とにかくやめた」

「やめてどうするのよ。いまさら、やめることなんかできないのよ」

冴子が金切り声をだした。とにかくたいへんなさわぎで、事態を収拾するというより、それぞれが勝手にさわいでる感じだ。

「おれたちのことは、おれたちだけで決める」

「そんなこと、何年もまえから、あたしがいってるじゃないの。だけどあんたは、それができる能力をもってないのよ。いつまでもグズグズしてて、なにかを自分で決めると一分後には正反対のことといって。自分でもなにかんがえてるのか、わかってないのよ」

このことばで、彼の内部にかすかながらものこっていた愛情らしきものが、あとかたもなく消えうせた。

「つまり、あんたはクズなのよ。あんたとのつきあいで得たものなんて、なんにもないわ。なくしたものばっかりよ。どうして、こんなゴミみたいな男といっしょになったのか、自分でもわけがわからない。あたしがまんにがまんをかさねたのが、よくなかったのね。あんたみたいな能なしでも、いつかはわかるだろうとおもってたけどさ。それがあまかったんだわ。あまったれの過保護息子なんか、いつまでたってもダメなのよ。あんたなんか四十になっても五十になっても、ママのベッドにもぐりこんで、抱きしめてもらえばいいんだわ!」

彼は冴子をなぐりとばした。彼女は椅子に頭をぶつけてたおれた。そのながいスカートのなかでよじれた脚がなまなましく、みにくくみえる。彼女の肉体そのものが、なんとも不潔におもえた。

「やったわね」

彼女はちいさくつぶやき、ハンドバッグのなかから婦人用のピストルをだした。彼もポケットからおなじものをだした。なんと気のあった夫婦だろう！　彼は他人事みたいに感心した。片方がナイフとか電子銃とかじゃないところが、じつにおかしい。

銃撃戦は二十分もつづいた。

法廷の番人たちは、タマがとんでくるたびにぴょんぴょんはねて、それをよけた。

「いやこれはじつに」

「まったく」

「たいした」

「見事な解決法ですな」

冴子は真剣にうってくる。それが、どうやら、威嚇射撃みたいな感じなのだ。わざとはずしてうってるのか、それとも目がわるいせいなのか、腕がわるいのか、彼にはよくわからない。彼の横でたのしそうにとびはねていた裁判長がたおれた。

そして（これはゲームであるはずなのに）冴子が実際にたおれてうごかなくなったときは、いささかおどろいた。

「殺人の現行犯だ」

「逮捕しろ」

「とりしらべのあと、また裁判ですよ」

「仕事がまたひとつふえましたな」

「ところで離婚裁判のほうは」

「もちろん、つづけます」

数人の腕が、彼をとりおさえた。彼女の死体がはこびだされる。これはあいつのワナだったんだ、と彼は口のなかでつぶやいた。

わるい夢

目ざめると、彼のからだは女になっていた。（もう、そんな時期か）と彼はかんがえた。（繁殖期には、まだはやすぎるとおもっていたのに。ここのところ、何年も気候が不順だから。彼は――ついでにいうと、ここの星には彼女という代名詞はない。女性名詞なんていうややっこしいものはないから、よその星からの訪問者は、たやすく言語を習得する。ただし、男性に特有の心理状態とか、女性としてのプライドなどというものはない。性による区別、あるいは差別というものが、ある種の文化をうみだすとしたら、この星にはそういうものはない。ひとつの生物体が、生まれてから何年も男性であって、社会も男性であることを期待する、というようなことはない。まれには、死ぬまでずっと女性であった女性、などという例が報告されている。しかし、めったにそんなことはない。だいたい、バルタン星人自身にも、自分がこのつぎの繁殖期に女性になるか男性になるか、見当がつかない。だから、よその星からくる商売人や外交官は、ずいぶん苦労する。女がよろこびそうな文句とか、男をおだてあげるセリフとか、そんなものは通用しないのだ。

ところで彼は、以前の三シーズン、男性としてすごした。もっと若いときは、女性であることが多かったようだ。この星の住人たちは、繁殖期のあと、労働の季節にも、そのすぐまえのシーズンの性をひきずっている。中性になる時期というのがない。年老いると、男性から女性に転換するのがうまくいかなくて、中性になってしまうひともいる。異星人たちは、恋の季節を卒業したそういう人物は、労働力としてもたいして役にたたないから、廃棄処分される。異星人たちは『ひどい』というが、どこの星でもおなじようなものだ。

今年は、女がすくないといいのに、と彼はおもう。天候が不安定だと、どちらかの性が多すぎたり、すくなすぎたりする。だれだって、稀少価値のあるほうになりたい。相手をえらべるからだ。それほど潔癖ではないひとは、三人も四人も相手を獲得する。なかには三十人も四十人も、というやつもいる。しかしそうなるとからだがもたないし、ほっとかれてもただひたすら待つ、などというバカはいない。待つ一方では、恋の相手をさがす。繁殖期の絶頂には、モラルなんてないからだ。哲学者はそれを嘆き、あるいは讃え、文学者は恋のシーズンの悲劇を描き、心理学者はバルタン星人の精神的欠陥をつき、異星人観光客にはうらやましがられ、ハネムーン星とか、もっとひどいのもあるが、たくさんの別称をおくられる。

バルタン星人には、だから性転換期がひどく気にかかるものなのだ。地球人の女が、妊娠の期待と恐怖をもって、毎月のめぐりをむかえるように……（いや、最近の若い女は、そんなふうには感じてないかもしれないぞ。『できたらオロせばいいんだわ』なんて、いってた子もすくなくなかった）

彼はこのところ二年ばかり、十九歳以下の地球人の女と、つきあった経験がない。彼女たちの心象が、はっきりとはわからない。してみると、べつのいいまわしをもってきたほうがいいようだ。

（バルタン星人には、性別による不平等という観念がない。理解できないのだ。いまだに『女性は差別されている』と叫ぶ地球のウーマン・リヴの闘士が、この星に期待して現地視察にきても、ろくな報告書はかけない。この星の住人は、性がかわっても、体格はたいして変化しない。服装も大差はない。男も女も育児の機能をもっている。家庭というものがないし、地球的な意味あいをもった結婚というものがない。したがって、永遠の愛などという観念は存在しない。だから、心中はなく、ロメオとジュリエット、トリスタンとイゾルデ、黒いオルフェ、心中天の網島に相当する作品もなく——ないないづくしだけれども——この星のシェークスピアは、乱痴気パーティーをえがくことに心血をそそぎ……なんだか、つまんない話になってきたな。そういう社会では、政治も地球的な発達の概念をこえているだろう。もっと人類学でも勉強しとけばよかった）

このストーリーも、だめかもしれない。SFマガジンへもっていく原稿どうするんだ。いったい、おれに想像力なんてものが、あるんだろうか。彼は憂欝の霧のなかで、そうおもう。妄想力といいかえてもいいけれど。

だめだ、だめだ。

今朝は、頭が特別製みたいに、ボーッとしている。昨夜、飲みすぎたのだろうか。きっと、そうだ。それで、こんな見知らぬ部屋に寝ているのだ。道をあるいている途中で知りあった女の子のあとを、ついてきたから。

男の子のあとをノコノコついていく、ということは決してない。彼は異性愛にしか興味がないのだ。それを、自分の精神の健康さのしるしだと、彼はおもっている。だったら、なぜSFをかくのか。この分野は、それほど健全なものなのだろうか。そんなギロンはどうでもいいが、彼が単純なことは確かである。同時に小児的といってもいい。これは、知的であるかないかというようなこととは、関係ない。いつだったか、まちがえてオカマといっしょにホテルへいった。すぐ、ひきかえしてきた。

この部屋の住人は、女か女っぽい男か、どちらかだ。ピンクのベッドカバーや大きな鏡で、それと知れる。しかし、だとしたら、なぜ若い女がはだかで身をよじっているポスターがはってあるのだろう。かとおもうと、自筆らしいデッサンが冷蔵庫のドアに、セロテープではりつけてある。微笑している少年の顔だ。その下には「かわいいあの子」なんぞとかきつけてある。

他人の生活は、よくよくみると、ふしぎなものだ。

とにかく、まりこに電話しなきゃ。

しかし、どういうふうにいえばいいのかな。きのうは（たぶん、きのう）朝からダラダラしていた。いつだって、そうだけど。目がさめたのは九時だが、十一時ごろまでベッドのなかにいた。まりこはそのあと着がえて、朝食をつくり、彼がそれをたべているあいだは『暗闇へのワルツ』などという情感たっぷりなミステリーをよんでいた。「でも、やっぱり、フィリップ・マーローはすてきだわ。あのひと、主人公のくせにすぐなぐられちゃうのね。それに、センチメンタルなとこもいいわ」

彼がたべおわると、その残りを彼女がたいらげる。それがこの家の習慣なのだ。彼は、おかずがたくさんないと、きげんがわるくなる。ならべてあればいいのだ。はしの先でつっついて、グチャグチャにしてしまう。むかしっからそうだった。高校時代からつきあっている彼女は、彼の習慣をすべてのみこんでいる。彼としては、こういう食習慣が、主婦である彼女を差別しているとはおもわない。彼は、タテマエとしては「抑圧されてきた女性の主体的な生き方」を尊重している。まあ、女がなんでもやってくれれば気楽だということもいえる。

きのうは、彼女とけんかなんかしなかった。夕方、外出した。そのとき彼は「今夜は十時ごろ帰ってくる。たべるもの、用意しといてよ」といったようだ。しかも「おそくなったら、電話する」などとつけくわえて。もちろん、電話なんか、しなかった。新宿で友人にあい、酒をのんで、女の子と知りあった（やっぱり！）それから、ふたりで別のバーへいき、奇妙な男にあった。どんなふうに奇妙だったのかは、わすれた。彼は「このひとはＳＦですよ」といった。それをおぼえているくらいだから、よほど奇妙だったにちがいない。

それ以降は、おもいだせない。

サイドテーブルのデジタルは、5：24をしめしている。部屋はほのぐらい。厚いカーテンのせいだ。しかし、こんなに朝はやくから、この部屋の住人は、どこへいったのだろう。彼が送りオオカミの特性を発揮しために、「キャア」とかなんとか、小鳥のような悲鳴をあげて、どこかへ逃げていったのか。だが彼は「送ってやる」という口実で、下心をかくすようなことはない。彼は性行為をしたいために、女とふたりきりになるわけではない。

ひとりではいられないのだ、なぜか。

あるいは、彼がべつのイミでオオカミになって、この部屋の住人を殺してどこかへ棄ててきたとか。「どこへでもいけ」と追いだしたとか。このふたつとも、まずありえない。それとも、「服ぬがしてくれよ、まりこ」とうっかり口走ってしまったので、彼女はおこってどこかへいったとか。

なぜいないのかをかんがえているうちに、彼はこの作業がおもしろくなってきた。サイドテーブルから、タバコをとって、一本口にくわえる。自分の手の、妙な形をした指輪が目についた。ヘビが自分のしっぽを口にくわえている形がリングをなしていて、目にはみどりいろの石がはめこまれている。

彼女は四次元へいってしまった。

彼女はじつはまりこであって、変装して手のこんだ芝居をした。

彼女はまりこの友人であって、たのまれて芝居をした。

彼女は興信所の人間である。彼に、おもいがけない縁談がおきたので、素行調査をした。おなじく、おもいがけない遺産相続のはなしがあった。

彼女は、某国スパイである。

彼女は、だれかの霊魂である。彼にあいたくて、霊界からおでましになったが、夜があけたので、一時的にきえた。幽霊はカネがないので、旅行中の他人の部屋へ彼を案内した。

彼女は未来の人間である。昔の世界が知りたくて彼とつきあったが、時間的なつごう、あるいは彼のくだらなさにあきれて、未来へ帰ってしまった。

彼女は異星人である。

彼女には盗癖があって、それは早朝、他人の家から牛乳をぬすむことではじまる。今朝もまた、そのために出かけたのだが、いつもおなじ家からだとあやしまれる。電車に乗って遠くまでいったところ、犬にかみつかれて重傷を負い、血をながしながらひくひくけいれんしている。そんなふうに人生をおわるつもりはなかったのだ。だが、助けをよぶこともできない。意識はしだいにうすれていく……。

そんなふうにして死ぬのはさぞつらいことだろう、なんぞと気楽におもいながら、彼はタバコをもみけした。おれはなんだって、指輪なんかしているんだろう。指輪？　冗談じゃない。ここ何年か、腕時計もしたことがないのに。そのうえゾッとするようなみどりいろのマニキュアまで。

彼は自分の手をながめた。それは彼の手ではなかった。すくなくとも、きのうまで彼の肉体に属していた手とおなじ手とはおもえなかった。

これは夢だろうか。

いや、夢ではない。

夢には、現実感があるものもあるし、細部がはっきりしているものもある。だが、こんなふうに、すべての細部がはっきりしている夢なんてない。人間のイメージは、本人がおもっているよりずっと単純な形で存在する。これは、あたらしいタイプの夢か？

それとも、おれは気が狂ったのだろうか。「夢はみじかい狂気、狂気はながい夢」ということばをどこかでよんだ。それにしても、自分がおちついていられるのが、ふしぎだ。

彼はぼんやりした頭をかかえて、鏡のまえまできた。

そこにうつっているのは、まちがいなく地球人の女性だ。あまり美人ではなく、たいしてかわいらしくもなく、つまり全然きれいではなかった。髪はみじかく、体型はずんぐりむっくりという感じ。男ものＳ判のパジャマをきたそのすがたは性的魅力に欠けている。

化粧品が林立している向こうのその女を、彼は呆然とみつめた。

あまりにおもいがけないことがおこると、衝撃はあとからゆっくりやってくる。頭がしびれたような感覚とともに、こんなときに当然わいてくるであろう感情が、いちどきにほとばしった。不安、恐怖、困惑、驚愕、不信、憤怒、およびその一族たち。ヒステリックな神経的な笑い。

自分はだまされているんだ、という感じがする。これはだれかの陰謀だ。これには、なにかわけのわからない力が……なにか特別なしかけでも……おもいなおして、鏡のおもてを指ではじいた。鏡のなかの女も、おなじしぐさをする。裏をのぞいてみる。ごくふつうの白い合板でできているだけだ。

鏡を割って、しらべてみようか。

それは所有者にことわってからじゃないとまずい。この部屋とそのなかにある物は、いったいだれが所有しているのか。

昨夜の女の子でもいれば、なにかわかるかもしれない。彼はおそらく名前をきいて、それをすぐさまわすれてしまったのだ。顔だって、はっきりとはおもいだせない。

いま現在、彼の肉体が女性化しているのは、どうやらほんとうらしい。パンツのなかへ手をいれてしらべなくたって、わかる。股のところが、いやに空虚でスースーしている。

さて、これからどうしたものか。

彼はベッドにもどり、タバコをくわえて火をつけた。どうしたらいいんだろう。

外はずいぶん明るくなったようだ。カーテンをあけてみる。ここはアパートの二階だ。道路をへだてて、ちいさな公園がみえる。ハチマキをした早朝ランナーが、ひとりでがんばっている。

もうひとつの窓からは、となりのアパートの閉じられた窓と階段しかみえない。

ここがどこであるか、見当がつかない。東京かその近辺にはまちがいないだろうが。昨夜おそらく——おそらく午前二時ごろまでは、新宿にいたのだから。

彼はタバコをすいおわり、灰皿におしつけた。

電話がなった。

彼はピクッとして、カーテンのかげにかくれた。ベルはなりつづける。べつに空巣ねらいじゃないんだから、彼がでてもいいわけだ。それにもしかしたら、この部屋の住人がかけてきたのかもしれない。だとしたら、彼がなぜこうなったのかという事情の、全部ではないけれど一部分は知っているかもしれない。知らないまでも、推理する材料ぐらいは、提供してくれるだろう。

彼は電話をとった。

「もしもし」

神経質そうな男の声がきこえる。

「もしもし、返事をしてください。あなただっていうことは、わかっているんです」

あなたってのは、だれのことだ。事務的なおっかぶせるような調子だ。それに、いくらかいらだってもいるようだ」

「はい」

まのびした、だがまじめくさっている調子で、彼はこたえた。女性にしては、ずいぶんひくい声だ。

「……ああ、ぐあいはいかがですか」

相手は、こちらを気づかっているようだ。彼は早口でちいさく「いいです」といった。

「そうですか」

ホッとしたような感じだ。「そうですか、それはよかった。じつは気をもんでいたのです。目がさめてから、気分でもわるくなったら、どうしようってね。なにしろ、あなたはだいぶ酔ってましたからね」

「酔ってた？」

彼の（まだ一応、彼といっておこう。意識としてはもとの人格のままなのだから）目が一瞬、ほそくなった。

「そうですよ。精神安定剤ものんでましたから。きのうもずっと電話してましたが、まるで応答がない……あ、いちど受話器をとって、うるさいとどなりましたがね」

「ぼくが？」

「そうです、あなたが、です」

「いったい、どうなってるんだ」

確信のない声で、自分に問いかけるように。

「そんなこと、知りませんよ。ねむたかったんでしょう。まる一日ねむったから」

「そんなことじゃない」

彼は怒りをおさえつけた。「いまのおれの状態だよ」

「なにをいいたいのか、わかりませんがね」

「とぼけるな。このことについて、おれはなにひとつ、知らされてない。それなのに……」

「なにひとつって、自分で契約したのに。これだからいやなんだよ。酒のみは」

「なんだって？」

「だから、いったでしょう。契約のときに。不測の事故については、当社はいっさい責任をもちませんって。あなたは大笑いしてたじゃありませんか。わたしのことをエフエフだかっていって」

「SFといったんだ」

そうか。そうだったのか。

「なんですか、それは。もぐりで商売やってる連中のことですか。だったら、ちがいますよ。われわれは、ちゃんと認可をとっている」

「いったい、どんな商売をやってるんだ?」

彼は声をやわらかくした。ベッドに腰かけてタバコをくわえた。

「こまりましたね。肉体をリースするわけですよ。わすれちゃったんですか。といっても、死体に精神をうつしかえたって、まさかゾンビーになるわけでもなく、ムダですから、当然生きた人間どうしの魂をいれかえるということになります。『あなたもお気軽に魂の交換を』が、わが社のキャッチ・フレーズです。しかし、なかなかうまくいかない。自分の病気とか、不利になることをわざと報告しないひとが多くて、当事者どうしに訴訟問題がおきたりしまして。人間というのは、いつまでたっても欲がふかいんですね」

「それは、以前おれの小説につかったネタだ。そしてあなたはこういうんだろう。『魂と肉体というのは、おなじ瞬間に生まれたって、うまくいくまでには何十年もかかります。それをちがった組みあわせにするんだから、一カ月以上の長期契約はうけつけません。ただし一カ月たった時点で、双方しごく満足なら更新できるシステムもあります』って」

「そうですよ。夫婦だって、有頂天でいられるのは、それほどながい時間じゃないんですからね。月が欠けてくるように、愛情も欠けていく、と。だから、ハネムーンというんだそうです。語源をご存知ですか。あなたは、わすれたといいながら、わたしがいったことまで、ちゃんとおぼえてる」

「だって、これは、おれがかいたセリフなんだよ。おぼえてるさ! 多少いいまわしはちがっても」

「そんなことはどうでもいいのです。ところで、あなたがたの契約は一週間でしたが、もっとながくするつもりはありませんか。あなたの場合は特別に、期限なしでもよろしいんです」

「無期懲役みたいだな……というと、おれがかんがえたストーリーどおりになってるんだね。つまり、おれのからだは、だれかが使用してるんだ」

「女の方ですよ」

「そいつは、レズ・バーの支配人みたいな、さえないやつなんだな」

「しかし、あなたは気にいったんですよ。相手の女性の肉体が」

「ちょっと待った。よくかんがえてみてくれよ。ただつきあうだけなら、たいていの場合、気にいるんだよ。しかし、本気で他人になりたいやつなんて、そんなにたくさんはいないものだ。他人の財産や生き方や外見の魅力を嫉妬するやつでもね。それをそっくり受けつぐんだから、気ちがいざただとおもわないか」

「所有物に手をつける場合は、だいたいつりあうように、制限をくわえてます。日常生活で必要なものにかぎられてて、特に大きなものや大事なものは、名義書きかえをおすすめするぐらいですが、あなたがたの場合、はっきりいって、ふたりともたいした財産はないのです。だから、問題はなかったのです」

「いったい、あなたの会社は、なんでこんな商売をはじめたんだ」

彼はたずねたが、答えは予期していた。彼が書いた小説のとおりに、相手はいった。

「だれだって、人生がいやになるときがあるものです。毎日毎日、おなじことの連続で。もっと自由な生き方をしたいとおもっても、いざというときはふんぎりがつかない。蒸発したって、自分自身からはのがれることができない。しかし、自殺するっていうのも、もったいないはなしだし、生きることには未練がある。そんなひとにレジャー産業であるわれわれの方針は、ぴったりなのです。あなたも、お気にめしたでしょう」

「いいかげんにしてくれ」

彼は電話をきった。


だがいいかげんだったのは、彼のほうかもしれない。あんなくだらないことを書いてしまって。それが実際に、自分の身のうえにおこると、あわてふためく。これは、自分の責任かもしれない。もしかしたら、腹をたてるべきではなかったのだ。

彼はイライラと、タバコをすった。

女になってやったことは、電話でしゃべることとタバコをすうことぐらいなもので、もうこのくらいでたくさんだ。

彼はもういちど鏡をながめた。

つくづく魅力がない女で、うんざりしてしまう。この人間の人生には、たいしていいことがなかったような気がする。もっとも、どんな人間になっても、実際にその肉体をとおしてその人生をひきうけるのは、ずいぶんつらいことにちがいない。たとえば彼は、五十八歳で年金でくらしている彼の父にはなりたくない。そっくりそのままの人生をおくりたくはない。それはまだ、彼がその年齢にならないからかもしれないが。

どうしたらいいんだ、まったく！

まりこにどうやって説明したらいいんだろう。信じてはくれないだろう。彼の親兄弟も。それに……こうなったら、もうＳＦをかきつづける、というわけにはいかないだろう。彼はかくほうではなくかかれるほう、すなわち彼自身がネタになってしまったのだから。

だが、この女の人生をひきうける気にはなれない。ひきうけるって？　とんでもない。そんなつもりはまるでないのだ。

こうなったら、あとすこしのあいだ、家には帰らないことだ。友人にも、いっさい連絡しない。街であってもだまっていれば、だれにもわからない。じっとがまんして……ああ、それはどんなにつらいことだろう。

だが、と彼はベッドに寝ころんでかんがえた。ここでくらすとなると、それはあの女の人生をひきうけることになる。それはだれにもわからないかもしれない。彼がこの女として演技していれば。だけど、なんというつまらない人生だろう！

さっきの男に連絡する方法はないものだろうか。無期限などと、おどかしやがって。彼の小説の設定どおりだと、彼は名刺をくれたはずだ。

彼はさがしまわって、やっとのことで男物みたいな皮のショルダーバッグをみつけた。外側についたちいさなポケットに、その紙片ははいっていた。

「あいつは、なにをしてるんだ？」

彼は電話がつながると、おどすような声でいった。

「え、ああ、あなたの取りひきのお相手ですか。それは満足しているらしいですよ」

「まさか、おれのうちへいって……」

「とんでもない。そうしてくれたほうが、どんなに助かったかもしれない。彼女――いや、もう彼といったほうがいいのですが、混乱しますから、彼女ということにします。彼女は、女の子とハネムーンに行ったんです」

「それはよかった」

彼は身におぼえのない恥をかかずにすむ。自分の肉体を使用しているやつが、自分の友人や知人、家族のまえにあらわれてはこまる。それだけは、やはり、こまる。

「よくありませんよ。これは一種の契約違反です。いいえ、あなたのいた位置にすっぽりおさまれ、というんじゃありません。どこへ行ったっていいんですが、われわれとしては所在をあきらかにしてもらわなくては」

「というと?」

「まるで連絡がはいらないのです。電話もかけてこない。きのうは羽田にいたんだが……簡単にいえば、彼女は高とびしたんです」

「銀行強盗でもやったのか」

「そんなことはしませんよ。ただ、われわれの尾行をまいたぐらいだから、契約はおわっても、また帰ってくる意志は、ほとんどないのだと……」

「じゃあ、おれは……」

「まことにお気の毒です」

「さっき、なぜいわなかったんだ」

「電話をきったのは、そちらですよ。まあ、とにかく、わたしはいまからそっちへ行こうとおもいます。われわれもサギにあったんですが、あなたにはたいへん迷惑をかけました。アフター・ケアは万全に、と……」

彼はなにをしゃべっていいのか、わからなくなった。これはストーリーには、ないことだった。だから、彼としてもどうしたらいいのか、見当がつかない。警察に届けるわけにもいかない。

まりこは、やはり信用しなかった。男がきて説明してもダメだった。

「おれはおまえといっしょにいたいんだ」とせつせつとうったえても「いやらしい変態」としかいわない。

男は示談金を彼への見舞いとして置くと、帰ってしまった。

「まりこ、タバコくれ」

彼女は、自分がすっていたラークを、投げてよこした。「はやく帰ってよ」といいながら。

「ちがう、ショート・ホープだ」

「あなた、うちのひとと、むかしつきあったことがあるでしょう。それで、そんなこまかいことまで、いちいち知ってるんだわ」

彼女は憎悪と嫉妬と疑惑と警戒と……とにかく、彼にとってはよろこばしくない徴候を、ヨロイのように身にまとっている。

「おれが、こんなに趣味がわるいとでも、おもってるのか」

「へえ、じゃあ、やっぱりあれは趣味なのかしらねえ。知らなかったわ」

まりこはにこやかに。

「ワイセツだよ、こんな女とつきあうなんて」

「まあ、しゃべりかたまでそっくり」

まりこは、ホホホと口に手をあててわらった。彼は胸がわるくなって、のっそりと立ちあがった。もうこれ以上、こんな仕打ちをうけてはいられない。哀願するなんて、バカげている。こうなったら、彼の肉体を所有しているあの女をつかまえて、くびり殺す……わけにはいかないから、どんな手段を使ってでも、とりかえす。それには、リース会社（リースというのはおかしい。もともと在庫があるのではなく、客の持ち物を他の客へまわすだけなのだから。しかし、いまはことばのつかいかたをウンヌンしててもはじまらないことだし）あの男を、うまく味方にひきいれることだ。手なずける、とりいる、たらしこむ、どうでもいいけど、まるめこむことだ。そういうことは苦手だしやりたくもないけど、この際だから、しかたがない。

「どうしたの？」

まりこがまじめな顔になって、眉をよせた。

他人を気づかうときのくせなのだ。情勢は彼に有利になってきた。しかし、ここでキャインキャインとしっぽをふるなんて、おれの男がたたない（大げさだな。もう、とっくに、たたなくなってるのに。では、男がすたるとでもいいなおそうか。しかし、これまたとっくにすたっているばかりか、男でもなくなっているのだ。日本語のしゃべりことばには、男、男というのが、多すぎる。男をあげるとか、そんなやつは男じゃないとか、男と男の約束とか。ヤクザことばからきているのだろうが）。

「いい」

彼は顔をそむけた。妻のごきげんをとるよりも、いまや機動隊の隊長（あるんだろな。そういうポストが。

よく知らんけど）の気分である。催涙ガスでもなんでも使って、捕獲しなければならない。少々傷をつけたっていい。そのくらいは、この非常時だから、目をつぶろう。とにかく生け獲りにしなくては。

「あら、そおお？」

まりこの表情が、微妙にうごいた。

「おれは行くよ」

「どこへ、何しに？」

彼女はどういう顔をしていいか、わからないようすだ。で、当惑したような、不安定な表情をたもっている。

「そんなことがわからんのか？　いつからそんなウスラボンヤリになった」

まりこはちいさく笑った。

「なんできげんわるくしたか、知ってるわ。さっきの笑い方、あなた大きらいだったわね」

彼女はふりむいて、彼女をまともにみた。彼女は見知らぬ女に直視されることをとまどいながらも、微笑しようとつとめた。彼はいつものくせで、まりこのほおをなでようと手をうごかしたが、彼女が吐き気をもよおすといけないともおもった。その手は、ひっこみがつかなくなったしろうと役者みたいに、むなしく宙をおよいだ。しかし、思いはつたわったようだ。

「それに、さっきのすねかたが、いかにもあなたらしい」

「おれはすねてなんかいなかったし……」

「ほら、そんなふうにいうとこなんか。まあ、こうなったら、信じるほかないわね。だまされてるみたいだけど。だけどいいわ。わたし、あなたにだまされたな、とおもってるから」

「それは、いつごろのはなし？」

「知らない？　いわなかったかしら。知りあって、半年めぐらいからよ。それから、ずうっとだまされてて、というか、だまされたふりをしなければならなくて、しかもわたしがそうおもってるなんて、あなたは知らないの。なんという楽天主義。おお！」

まりこはたのしそうだ。

「まあ、そんなことはどうでもいいけど、つかまえにいかなきゃならんのだよ、おれは」

「つかまんないわよ」

それを期待するみたいに、まりこは断言した。「とにかく、ダメよ。で、あなたは、ふつうの人間がおもいもつかないほどなにもかも奪われて、いちばん狭いオリのなかにいれられてるんだわ。しかも、死ぬまでつづくのねえ。その地獄は」

彼女は、ずいぶんはっきりという。それというのも、彼の現在のすがた形が、説得力をもっていないからだろうか。彼はなさけなくなったが、そんなことをブツブツいってみても、はじまらない。

「じゃ、まりこがおれの立場になったら、どうするんだ？　気がついたら、男になってたとか」

「用心ぶかいから、その種のワナには、ひっかからない。それにSFファンじゃないし」

「いや、ひっかかったとしてだよ。仮に。おまえは、理屈の多い女だな」

「いまのあなただって、そうよ。なんだか、へんな理屈ばかりこねてるわ」

「そんなことはいいから、いってごらん。こんなふうになったら、どうするか。おまえが、ある日突然、男になったら」

彼は、いつのまにか、大きなクッションを壁にもたせかけて、寄りかかっていた。この家《や》でくつろぐときのポーズだ。まりこは床に直接すわり、立てひざのうえにひじをつき彼の目をみおろすような形をとっている。

「当然、再婚または同棲をするわ。あなたとわかれて。だって、あなたは男と抱きあうなんて、いやでしょう？」

「再婚って、男とかね、女とかね」

「どっちでもいいの。わたし、節操がないんだな。うまくいきそうなほうとする。同性愛者じゃないかなと、ときとしておもうわけよ。でも、レズにしても、あなたみたいなタイプ、きらいよ。いまのあなたみたいな外見はね。学生時代に女の子とふたりでアパートかりてたでしょ。じつはあのひととわたしは単なる友人じゃなかったのね。そのくせ、あなたをふくめて男ともつきあったりしてさ。ねえ、ややおどろいたんじゃない？」

「いささか」

彼は乾いた声でいった。本性見たり、だ。おれは、なんとまあ、買いかぶっていたことだろう、この女を。しかし、これまでのながいつきあいがあることだし、がまんしよう。なんだか、このところ、がまんすることばかりだ。

彼が、がまんしなくてはならないことは、それだけではなかった。まりこは、女どうしだからといっては、彼にるす番させてあそびにいったり、台所のそうじを命じたり、ボタンつけがうまくいかない彼を「役たたずね！」といってみたり。自分だって、家事はへたなくせに。彼女のいばり屋的素質およびサディスティックな部分は、毎日毎日目につく。

だまされていたのは、むしろ彼のほうだ。「おまえは変わった」といえば「変わったのは、どっちよ。よくかんがえてから、ものをいって」とくる。

こんな女といっしょにいるなんて、まったく耐えられない。しかし、彼はひどいさびしがり屋で、ひとりではいられないから、相手をさがさなくてはならない。男はいやだ。となると、レズの女役だが、それをどんな方法で見分けたらいいのか、わからない。単なるルーム・メイトとして女の子といっしょに住んでもいいが、そうなるといまよりもっとたくさんの家事を、気をつかいながらやることになる。

これは、たしかに地獄だよ。

リース会社のあの男には、①あのサギ師をひっつかまえること②それが無理なら、自殺して、息をひきとる寸前の男でもみつけてくること。年は前後十歳ほどちがってもかまわない。肉体が生きることをやめてしまう、その瞬間に、自分の中身をそのなかへ移しかえること。しかし、後者は前者より、さらにむずかしいだろう。

「なんだか、生きてるのがアホらしくなった」

ある日、彼はまりこにいった。

「そんなことといってはいけないわ」

彼女はめずらしく、しずかにいった。彼の変身以前のように。「最近、わたしって、あなたに、ずいぶんひどいことをしてる、とおもうわ。ごめんなさいね。反省してるのよ。単に外見がかわっただけで、こんなにも態度をかえるなんて、わたしはつまらない女よ」

彼はおもわずうれしくなって「いいんだよ」とかなんとか、口のなかでつぶやいた。このからだのもとの持ち主が、むしろ男っぽい素質大なので、彼はなかなか女性的な気分にならない。しかし、それがよかったのかもしれない。おれがなよなよしはじめたら、まりこはこんなふうにしおらしくはならなかっただろう。

やはり、精神的なものが、いちばんつよいし、あとまでのこるのだ。

「あなたをどんなに好きで……」といいかけて、まりこは涙ぐんだ。「わからないでしょうね。わたしの苦しさなんて」

「いや」

沈痛なおももち、とでも形容したくなる顔と声とで、彼はさえぎった。

「とてもつらいのよ。でも、しかたないわね。わたしがわるいんだから」

そんなことはないだろう、といおうとして彼はやめた。なにがしかたがないんだ？　彼女のいうことは、意味不明でそらぞらしい。内容がまるでない。なんとなく聞きながしてしまう、ヒットしそこなった失恋ソングみたいだ。

彼は青春の八年間をいっしょにすごした女の顔を、レコード屋の店先の等身大の立て看板をみるおもいで、冷淡にながめた。

「わかるでしょう？　わたしの恋人が、どうしても別れてくれないのよ。人生って、ほんとにうまくいかないものね」

そしてようやく、彼は目ざめた。自分の家庭の自分の部屋のいつものダブル・ベッドのうえで。こんなにながい夢は、じつにひさしぶりだ。そうだ、と彼は感慨をもって、ちいさくつぶやく。なんてまあ、ウソくさい夢だったことか。

まりこは横で寝息をたてている。毛布を首のところまでかぶり、彼に背を向けて。すべてがいつもと変わりない。

なにも変わりゃしないんだ、と彼はおもう。いつもだったら、これは疲れきったときに出るひとりごとだ。しかし、この朝はイミがちがう。日常性からの脱出だとか、変化あるくらしだとか、みんなよくもまあ、なんのおそれもなく口にできる、というものだ。日常が破れたら、十人が十人とも、うろたえるにちがいない。行方不明になった中年の男や女たちは、どこへいっても、以前とおなじような生活をひっそりとつづけるのだ。ひとは、なかなかそれまでの生活習慣を捨てることができない。

彼は、ながいため息をついた。

カーテンのすきまから、うすい陽がスカーフのように、ふわりと舞いおちてきて、床を区切っている。

だけど、といつものくせで妄想力を発揮した彼はおもう。ここに寝てるのが自分の妻ではなくて、見知らぬ女だったら、どうする。そして「あなたと八年間くらしてきた」といったら。あるいは……そんなことはない。

「まりこ、まりこ」

声をかけてみる。

「ん、なあに?」

彼女はゆっくりと寝返りをうった。乱れた髪のなかから、バラの花がひらくように(これは中学生だって使わない文句だ)ひそやかにわらいかけてくる。こんなやさしいきれいな顔をみたのは、何年ぶりだろう。

「どうしたの?」

まりこは、低いかすれ声で問いかけてきた。

「うん、わるい夢をみたんだよ」

それから彼は唐突に文化祭の夜をおもいだし、彼女を抱きよせた。あれは、前世紀のできごとのような気がする。

「だめよ。いまは……あとで」

彼女はさからったが、うれしそうだった。

「どうして? おれが女みたいにみえるのかな? おれの外見、いつもとちがう? どこか、変わったところない?」

「つまんないことというのね」

彼女は微笑した。

玄関のノブが、ギシギシ音をたてた。

「だれだ? 鍵をかけてあるのか?」

「なにいってるのよ」

恐怖に凍りついたささやき声で、まりこはいった。「はやくかくれて。主人が帰ってきたのよ!」

涙のヒットパレード

「お食事ですよ」と妻がよんだ。

「日本映画悪役列伝」によみふけっていた彼は、顔をあげずに片手だけのばした。

「なあに？　それ」

「いや、まずジンジャー・エールかなにか。コカ・コーラでもいい。のどがかわいたんだよ」

「そんなものがありますか！」

妻は低い声でおさえつけるようにいった。彼女はじつに複雑な気持ちである。どのように複雑かを説明するのがむずかしいくらいに、要するに複雑なのだ。

「買ってくればいいじゃん。そこらへんで」

「このへんでは売ってません」

今度は、いくらか沈んだようなしずかな声である。彼女は四十ワットの裸電球がひとつだけさがった、殺風景な部屋の入口に立っていた。しきっぱなしになっているふとんのうえに、背をまるめた男がすわっている。みたところ、二十五から三十五のあいだ、としかいえない。彼ははばひろのえりがついたつやのあるシャツをきて、なで肩に仕立てた丈のながい背広を、だらしなく着こんでいる。ズボンはすそへいくほどはばがせまくなり、足首でだぶついている。

この独特なスタイルのために、彼は妻にミシンを使わせた。街へでると、みんなツナギである。その無個性さが、彼には耐えられない。そんなことは、つまらない問題かもしれない。だが、耐えられないことは耐えられないことであって、決して耐えられることではないのだ。

「自動販売機ってもんがあるだろ？」

彼は本をとじて立ちあがった。

窓の外は夜で、製鉄所の巨大なうつくしい炎が、闇のなかで燃えさかっている。

「びんだけなら、あるわ」

女は、ため息をついた。

「はやくそれをいえ！　水をいれて、もってきなさい」

彼女は口のなかで返事をした。

とってかえすと、彼はなにやら神妙な顔をして、枕のしたをさぐっている。

「スリク（薬）ないか。ミナハイでもソーマでも、なんでもいいよ」

「ないわ」

「ずいぶんあっさりというね。ピンクでもいいんだよ。ブロバリンでも」

「いまは、そういうものは、なかなか手にはいらないのよ」

彼女は、おだやかにいった。「シンナーなら買えるけどね」

「あれはいやだ。ビニール袋にいれて吸うあのかっこうがいやだね。低能くさくってさ。実際、シンナーは、脳細胞を破壊させるんだ」

「もう、とっくに破壊されてるんじゃないの？」

彼女はわらっている。

「とにかく、おれはフーテンを好まないんだ。無気力で、傷口にしみるようなピリピリしたところがない。刺激がないんだね」

「クスリは刺激なの？　その反対だとおもうけど。ただ、ボーッとするだけじゃない。わたしは、飽きたわ」

「なにも、おまえに飲めっていってるわけじゃない。ひとにのませるなんて、もったいないよ。あったら、おれが全部のむ」

「ケチね……その、あなたがのんでいるすがたに最近いやけがさしてきたのよ。つまんなくないかなあ、とおもってさ」

「おもしろいからのむわけじゃない。のまなきゃいけないんだね、この場合。おもしろいからタバコをすう、なんて人間、めったにいないんじゃないか？　それとおんなじさ」

彼女は、なんとなく微笑している。

「やっぱり道具だてというのは、ちゃんとしてないとなあ……おれは〈風月堂〉のセンではいきたくないんだよ。クモの巣がさがってるような暗いガランとした店に、バロック音楽がながれててさ。ひとがいっぱいはいってても、あそこはなぜか、ガランとしてる感じなんだな。ゆううつで。爪や髪がささくれたような女がさ『ちょっと買い物してくる』なんていって、セーター万引きしてきたりするんだ。やだね。おれはいやなんだよ、ああいうのって」

「ブルース・リーがブームになるもっとずうっとまえだけど、あそこにヌンチャクもった男がきてたわ。石坂浩二の若いころの顔を、もっとひきしめてすごみをもたせたような男でね。いつも着流しなの。テーブルがちかかったもんではなしをはじめて、すぐ外へでたら『まずいめし喰いにいこう』っていうからついてったの。通りをへだてた二階へつれてかれて、そこは『お新香五十円』なんてかいた紙が壁にはってあったりして、テレビでは美川憲一が〈柳ケ瀬ブルース〉うたってたわ。夜だったもんで、タクシーで笹塚つれてかれて、アパートへ泊まったのよ」

彼女は彼のまえにすわって、両ひざを抱くような姿勢をとった。

「そのはなしは、はじめてだぞ」

彼は、四十円のピースを、ズボンのポケットからとりだした。

「まえにもしたわよ。こんなにくわしくじゃないけど……それで、その男、わたしをおかあさんのとこへつれてくの。結婚するから、とかひとりで決めて。いくとちゅう『ぼくは禁治産者で』なんていうのよ。わたし、モノを知らなかったからイミがわからなかったけど、精神病かなんかになった人間が勝手に財産つかえないようにする法律、あったんでしょ。あとでわかって、やっぱりあのひと、頭がおかしかったのかな、なんておもった。だって『沖縄の連中と、ひそかに政治運動してる。おれは政治に生きるんだ』というのはいいとしても、わたしを部屋にとじこめたり、タタミに日本刀をブスッとつきさして、おどかしてみたり、おかしいわよ。非常に暴力的なの。かとおもうと、独立プロの映画のチラシをみせて、以前いっしょに住んでた女の子と共演したんだ、っていう。はだかで抱きあってる写真だけど、美少年と美少女という感じがして、きれいだったわ」

「おまえも、つまらんはなしをするなあ。それが〈柳ケ瀬ブルース〉の恋かね。じゃあ、おれは〈ブルーライト・ヨコハマ〉と〈本牧《ほんもく》ブルース〉と〈盛り場ブルース〉についてしゃべろうか」

彼は、パイプ印マッチで、タバコに火をつけた。

「カップスのマア坊、すてき！　うえを向いたままベースひくと、客席からみえるのは、白目ばっかりなの。それというのも、非常に目が大きいからよ。三白眼って、いいわあ」

彼女は、はじめてうれしそうにわらった。

「まあ、本牧はいちおう、おいとくとして……結局、なにをいいたいんだ？」

「つまりねえ、風月堂なんかへ出入りして、フーテン仲間とマリファナ・タバコをやったりとったりしてるひとがやってる政治活動っていうのは、それがどの程度かうすうす察しがつく、ということよ。あそこは、キーヨで五円玉に糸つけてジューク・ボックスをかけてたような連中が、古いジャズ喫茶がなくなったもんでながれていったところだもの。あそこに一日すわってれば、『新宿の住人』といわれるような時期って、あったわ」

「キーヨにジューク・ボックスがあったの？　それも五円玉いれるやつが？」

「知らないわ。新宿でクダまいてたある評論家がいったことばよ」

「おれがジューク・ボックスにネカ（お金）いれはじめたときは、すでに十円だったよ」

「そうね」

ピィーッとかなしげな汽笛をならして、列車がとおりすぎた。はじめてこのアパートをたずねる者は、すぐそばを東横線でも走っているのかと勘ちがいする。だが、その音は、壁にうめこまれて目立たないハイ・ファイ装置からひびいてくるのだ。

彼らはそのようにして、大ノスタルジー大会（大がふたつもつくのはちょっとおかしいけど、語感としては理解できる）を、とりおこなっている、というわけだ。

窓はいつも閉めたままにしてある。あけると、製鉄所なんか、みえない。昼間ここにうつる風景は、なんと《ウェスト・サイド物語》で、これは製作者の失敗といわなければならない。風景ガラスは、おもに映画をプリントしてつくられる。一九六〇年代の日本映画には、彼らの感覚にぴったりあう不良少年ものがなかった。

彼は大島渚はどうだろう、といい、彼女は緑魔子主演の《非行少女ヨーコ》もいいといった。小学校六年のときにその映画の看板だけみた彼女は、なぜかひどく感心したのだそうだ。少女がりんごをかじっている絵だった。

それくらいのウソは、ききながしてやらなければ、と彼はおもう。彼女が自分と同い年だとは、信じられない。妻は三十になったかならないか、ぐらいだ。結婚するときの書類でそれはわかっているのに、彼女は「朝鮮戦争の前の年にうまれた」と主張する。

だが、彼はそれをゆるしている。百八十年ちかくも生きれば、どんなカンシャクもちでも、その程度の寛容さは、自然に身についてくるものなのだ。

彼女は、おれに嫉妬している。おれの青春期を、同時代の感覚で共有できないということに、身を灼かれているのだ。それは彼のもっとも輝かしい時代であり、いつでも彼ひとりで（妻をおいてきぼりにして）逃げこめる場所だからだ。

彼が夢想にしずみこんでいると、彼女はイライラしはじめる。

「なにをかんがえてるの？」と奇妙にうわずった声でたずねる。いつも「なんでもない」と答えることにしているが、彼女はひどく不機嫌になる。「おまえとはくらべものにならないほどすばらしい特別な女性」の想い出にひたっているのか、と推測していやな気分になるらしい。そのことばを、彼は何度も何度も彼女にいった。

妻はバカだとおもう。彼女は貪欲にすぎるのだ。あまりに欲ばりなので、なにひとつ手にいれられないのだ。彼女は愛の幻影にうちのめされている。彼女は愛というものに、必要以上の期待と価値をこめて夢みているので、そのためにいつでも非常に不幸なのだ。そうさせたのは彼で、自分たちの関係がオリジナルなものだとおもいこんでいたはじめのころの彼女は（それはごく短いあいだだったが）うまれてはじめて完全な幸福を手にいれた、と錯覚していた。

だが百八十年も生きていれば「似たような女だの似たような関係は、そこいらへんにゴロゴロしている」彼の口からそれをきいたとたん、彼女はある精神的に特殊な領域から堕ち、いまでも堕ちつづけているのだろう。

彼女の愛情要求は「すべてか無か」というひどく神経症的なものに、かわっていった。そのために自分がますますみじめになることを自覚しながら、渇きに苦しんでいる人間が海水をのむように、彼の過去を追求しはじめたのだ。

彼女もずいぶん勉強したようだ。彼の傷口である一九六〇年代から七〇年代のはじめを、さまざまな角度から、追体験しようと試みる。ときには、彼が知らなかったようなことを口にして、やや得意そうにしてみる。しかし、彼が経験しなかったこと、を知ってもなんにもならないのだ。

もし妻が彼の過去を完全に追体験できれば（もちろん、彼とともに）彼女はようやく、彼のすべてを知る。

知るということは、意識のなかで所有する、ということだ。

それは不可能だ。

彼女は不可能なことを成しとげようとしている。すなわち、あの時代の空気を再現しようと、必死になっている。

彼のすべてを知るためだったら、彼女は命なんか平気で投げだすだろう。そこが、女という種族の、コワいところである。


また列車が通り過ぎた。

彼女はうつむいてタバコをすっている。古い映画雑誌がすみに積みあげられただけのこの部屋は、かなり荒涼としている。壁にはポスターが二枚《霧笛が俺をよんでいる》と《南国土佐を後にして》がはってある。彼にはもっと注文があったのだが、がまんした。この時代は、カネさえ出せば物質的欲求のほとんどがかなうような社会ではないのだ。

「これ、どこからもってきた?」

彼はポスターを指さした。

「日曜に、歴史の資料館へいって、コピーさせてもらったの。わたし勤め先で、歴史研究会にはいってるでしょう? それでOKしてくれたというわけ」

彼はわらった。「それは、きみがつくったクラブだろう?『資本主義社会の虚構と現実』とかなんとかいって」

「そう。いかにわるい世の中であったか、細部から研究するの。六〇年と七〇年の、ふたつの安保闘争の谷間、とか適当なこといっちゃって……知ってる? わたしのレポートがみとめられて、もうお役所へ毎日出なくてもよくなったのよ」

「へえ?」

「異例の人事なんですって。今度、宣伝省にかわったのよ。もっともっと研究しなさいってことで、お給料はおなじなんだけど、時間がかなり自由になるわ」

「それは、それは……かつて、これほど人民のために生きた政治家が、どこに存在したであろうか、って〈将軍〉の偉大さを広告してまわるんだろう?」

「そうね。で、わたしは、革命以前いかに大衆が苦しんだかっていう研究をすることになったの」

〈将軍〉の写真は、どこの家にも飾ってある。寝室にかかげなければならない規則だ。この部屋にも、当然ある。彼らはいつも、そこの壁に背をむけている。

写真のまえにカーテンをひいてかくしたりすることは、ゆるされない。思想犯としてとらえられることは、収容所いきを意味している。そうなれば、人生はおわったのとおなじことだ。

「腹がへったな」

「あら、さっき、呼びにきたのに――わたし、すっかりわすれてたわ」

妻は台所へいった。

「献立はなに?」

「すっかりひえちゃってるんだけど……餃子なの」

「餃子、ねえ……」

ここには、電子レンジなんてない。

「捨てちゃう? お肉は来週まで配給されないのよ。三年つづきの凶作の、今年は最後の年なんだって」

「どうして、最後だなんてわかるんだい」

「そういう発表があったのよ」

「……まあいいや、めしあるだろ?」

「それもつめたいから、むすわ。餃子ライスってことになるの?」

「そう……ね。ニラレバいためとか、ラーメンライスとか、そのへんの系列。おれはピッツァで攻めたかったんだけど、ひえた餃子もわるくないよ。渋谷の東二丁目の八千五百円の四畳半に住んでね――もちろん、トイレも炊事場も共同の。一日じゅう陽がささないそこで、雑誌の文通欄にせっせと投稿したり、通信販売でものを買ったり、ボディービルに通ったりして、『どこへいった、おれのはたちよ』なんてつぶやくのさ。キッチン・タイガーのカニコロッケ定食たべるときは、東急名画座でひっかけた、ねぼけた顔の女といっしょでね。そいつは、その女をどうやってだまそうかと必死になるわけだ。

その男は二十一なんだけど、まだずるくないから女にウソついて、なんとか性行為をもとうとするんだな。男って、年とってずるくなると、ウソはつかないんだ。そのかわり、事実を告げるのは、詰問されたときだけで、その答えも最小限度にとどめておくんだな」

「ごめんなさいね」

台所で、妻のくぐもった声がする。

「いや、いいんだよ」

彼は妙にはしゃいでいる。

「それで、その男はテルホ代がないけど、どうやって女をさそおうかって、悩むわけだな。というのも、四畳半には、居候がころがりこんでるから。その友だちってのも、アングラ劇団に出入りしてたりして、まるっきりカネがないんだ。女は『あたしヴァージンよ』とかなんとか、いうんだな。しかもがっかりすることに、ほんとうに処女なんだよ。生きる希望がなくなっちゃうよ。自分以外は、だれも手をださないような女ってことは、はじめっからわかってたのにさ。で、しかたなく同棲するわけだよ。

そういう路線には、餃子ライスこそ、ふさわしい」

「こっちで食べる？」

妻が顔をだした。

「改装中なんだろ？」

「それほど大げさなもんじゃないわ。研究資料が多くなりすぎたので、すこし運んできただけよ。もちろん、これは秘密で、バレたらたいへんなことになるわ。応急に、カーテンで仕切ったから、だいじょうぶ」

かんがえてみたら、彼は一週間ちかくも、奥の部屋から出てないのだった。薬剤師の友人からもらったあたらしいクスリをのむと、妄想力がふくらんで、昂奮状態におちいってしまったのだ。

昼間、妻が勤めにでているときは、ただ寝ころんでいた。それでも退屈しない。彼が働かなくていいのは、老齢者だからである。

戸籍の記載ミスだとおもわれて、彼はこれまでに二度、調査されている。革命前と革命後である。

彼の歯の修理ぐあいは、二十世紀後半の技術であることが証明された。やたらに大きな穴があいていて、そこにセメントや金をつめたらしい。ひきだしから入れ歯の一部が発見されて、それは新しい歯がうめられはしたけれど、本来は欠けていたはずの彼の歯列にぴったりあてはまった。ということは、約百五十年むかしに、彼はすでに成人の歯をもっていたことになる。

「けんかしてやられたんだ」

彼は妻に説明した。彼女は、暴力団か不良グループとわたりあったのだ、と誤解した。

ほんとうは、十九のときに同棲してた女の子とけんかしたのが原因である。イキがって部屋をでたが、暗かったのとクスリをのんでいたのとで、足をすべらせていちばん下までおちてしまった。そのときに歯を折ったのだ。

その他、盲腸炎を手術したあと、頭のうしろのハゲなどで、彼は戸籍どおりの年齢だということが証明された。

頭のハゲは、生後七カ月で離乳食をたべているときにおこった事故によってできた。タンスによりかかってコップでジュースをのんでいた彼は、母親が台所へいっているあいだに、コップをおとした。からだのバランスがくずれて、横にたおれたのだが、まずいことにコップはうす手のガラスだった。それでかなりひどいけがをしたのだ。

老齢者である彼は、年金がもらえるいい身分だ。その気になれば、昼間から図書館やフィルム・ライブラリーへ出かけられる。

だが、彼はここのところ、毎日寝てばかりいた。食事もしない。夕方帰ってきた妻は、朝用意しておいたものに手がつけられてないのをみて、ぶつぶついった。

「年寄りの気まぐれだから、いいじゃねえか!」と彼はどなった。スカマン(ヨコスカ・マンボ)がそんなことをいっても、こっけいなだけだ。彼は自分の服装が気にいっていたが、そのかっこうで街をあるくには相当の勇気が必要である。

トイレにもいかなかった。花びんに小便して、窓をあけて外へ捨てる。製鉄所のかわりに、すぐ鼻の先にあるのは〈将軍〉記念劇場である。なんの記念か、よくわからない。偉容をほこるその建物は、彼に背を向けている。そこで彼としても、小便をまかないわけにはいかないのだ。ほとんどものを食べていないので、出るのは水ばかりだ。

台所で彼は、餃子ライスを食べはじめた。

「ちょっと待って」

彼女は、カーテンのうしろにひっこみ、すぐにでてきた。

「なんだ?」

と、ペギー葉山かだれかの、のどかな歌声がきこえてきた。

「わたし、このころ、横須賀にいたのよ。この映画ではね、はじめ刑務所にはいってる小林旭が、この歌をきいて感激するところがあるの。慰問リサイタルみたいなものだけど、あのころ落下傘スタイルがはやったの、おぼえてるわ。スカートのしたに、ペチコートはくの。中間のストーリーはわすれちゃったけど、たしか小林旭がメクラになるんだわ。それで、公衆電話のボックスにはいってかけるとき、ダイヤルの穴をかぞえて、まわすわけ」

「くわしいね」

「赤木圭一郎は《電光石火の男》だっけ。わたし、小学校四年だったので、イミがわからなかったの。ライターって石はいってて、火がつくでしょ。それでライターみたいな男かとおもったりもしたわ」

「ライターみたいな男って、どんなのだ?」

「キザなんでしょ。なにかというと、自分の最高級ライターだして、みんなのタバコに火をつけてやるの。それがとてもすばやくて……」

「ちょっと時間がずれるけど、ゴルゴ・サーティーンとかいうヒーローがいたな。あいつがとても人間とはおもえないような顔をしてライターかまえると、かならず『シュパッ』っていう音がするんだ。あれは特製で、ライターのなかに超小型の音響装置がはめこまれているんだよ。それで――」

彼はわらいだして、しゃべれなくなった。

「それで、自分をつけねらう組織のアジトへ潜入して、わざと『シュパッ』をやるわけ。おれはここにいるぞ、というデモンストレーションであるとともに、でもみつかったらこわいなっていう気持ちもあって、スリルを味わってるわけよ」

〈雨に咲く花〉がかかった。

彼はそれにききいった。

〈ルイジアナ・ママ〉も気にいった。彼は飯田久彦のホクロが、顔のどこにあったかおもいだそうとしたが、それは無理だった。

〈霧の中の少女〉は久保浩で、〈小樽のひとよ〉は東京ロマンチカだっけ？　このへんはどうも、自信がない。

彼はたべるのをやめて、うつろな目といってもさしつかえないような目つきになった。

「どうしたの」

彼女は気づかわしげに眉をよせた。

彼はテーブルにひじをついて、頭をささえた。

松尾和子の〈再会〉がかかると、彼はテーブルに顔をふせてしまった。

「どうしたの？　音楽、とめちゃおうか」

「いや、とめるな！」

「だって」

「だめだ！」

彼はふりしぼるような声で、どなった。それでおわればよかったのだが、西田佐知子ときては、もうだめだ。トランペットのイントロから、もうまいってしまうのだ。

〃アカシアーの雨にうたれてェー〃というところで、彼はついに声をだして泣きだしてしまった。しずかになっても、彼はしばらく泣いていた。

「どうしたの？」

妻はつよい口調でたずねた。

「このまま死んでしまいたい、ってストレートで迫力あるなあ。全学連のテーマ・ソングになった理由も、わかるというもんだよ。だけどね、ひととひとのあいだには、共通の体験なんてないんだ。たとえ、ふたりいっしょにある事件に遭遇しても、それは個人的体験でしかないんだな。極度に個人的な体験は、同時に普遍的でもありうるんだよ」

「そんなことをききたいわけじゃないわ」

「いや、これ以上の解説をしたって、ムダなんだよ。おまえには、やさしさってものがないのか？」

「あなた、このごろおかしいわよ」

「百八十年も生きるとこうなるんだ」

「すぐ、年のせいにする」

彼女は立ったまま、腕をくんでいる。それからもういちど、今度は力なくおなじことばをくりかえした。自分にいいきかせているようでもあった。

「それはそうかもしれないわ。だけど……」

「うるさい」

彼は小声でぴしりといった。

「おれは決めたんだ」

彼は決意もあらたに、街へでた。支給されたツナギなんて着るものか、とおもった。あれは赤ん坊が着るものだ。

彼の決意というのは、川崎・横浜・横須賀をつなぐ臨海工業地帯を、独立国家にすることであった。昭和村なんていう、ケチなもんじゃない。そこに一九六〇年―七〇年の日本を封じこめてしまおう、というのだから、乱暴である。

おれは独裁者になれる才能があるだろうか、と彼はかんがえた。〈将軍〉は、このあいだ女優とスキャンダルをおこした。六十歳をいくつかすぎているはずだから、元気なものである。そのうわさは極力おさえつけられたが、一部の者は知っている。彼は妻におしえてもらった。

〈将軍〉のもとモデルの妻（四番め）が、劇場のカーテン・コールの際に、主演女優にペンキのカンを投げつけたのだった。この国には、ごく少数ながら、女優や歌手やモデルがいる。ナイトクラブもある。ホストクラブさえあるのだ。そのうち、一流といわれる人物は政府高官やその夫人たちを相手に、サーヴィスにつとめることができる。

妻の怒りをなだめるために、〈将軍〉は、丸坊主になり、眉までそりおとしてしまったという。テレビでみるすがたは、そういわれれば、多少不自然な感じもする。カツラかぶって、眉をはりつけたような気もする。

いまや、この国の真の実力者は、〈将軍〉の夫人である。〈将軍〉は、若いころに無理をしすぎたせいで、年よりはやくガタがきているようだ。

〈夫人はヒステリー的性格だから、うまく刺激をあたえれば、こっちのおもうままになるだろう。まず正統的な手段でいこう。説得するのだ。それがだめだったら、脅迫するしかない。しかし、そのためには、なにかネタをつかまえないと……)

彼はいくらか前のめりぎみに、眉をいからせて街をあるいていた。

ひとびとがふりかえる。

彼は気にもとめないで、あるいていった。頭のなかで、音楽が鳴っている。〈バス・ストップ〉は高校二年、プロコル・ハルムの〈青い影〉は高校三年のときに、はやった。

もっとも、まじめに学校へいっていたわけではない。卒業証書はもらったかどうか、おぼえていない。卒業式に出席しなかったのは、たしかである。

(そのころは、えーと、なにをやってたっけ? 大阪でタコ焼き売ってたのかな? 芸者置屋のおかみをコマして、女が子宮内膜炎で入院してるあいだに、帯だの着物だのを持ちだしたんだっけ? それとも、金銭登録機をセールスしてたんだっけ?

女房にきかないと、よくわからない。あいつには、ほとんどのことがはなしてあるんだから)

彼をみつめる人間がふえてくる。

「もしもし」

警官がものやわらかく声をかけてきた。彼はムスッとした顔をあげ、ズボンのポケットに両手をつっこんだ。

「きみは俳優かね?」

こたえるかわりに、彼はからだをゆらゆらさせて、舗道へツバを吐いた。

「この野郎、態度がわるいぞ!」

警官は彼のえりをつかんだ。

「おれは、おまわりが大きらいなんだ!」

「なんだと!」

彼は右ストレートで、相手を倒した。群衆が彼をとりかこんだ。

「つかまったというのは、ほんとうですか? 奥さん」

彫刻家がたずねた。

彼女はうなずいた。

彫刻家のアトリエで、ふたりは向かいあっている。彼は一流と認められた芸術家である。したがって、現在製作しているのは、〈将軍〉の立像である。

「どうしてそんなふうになったんです？　ぼくも知りあったときからおかしいな、とはおもってたんだけど、年のせいだとおもってたんですよ。もっとも外見も肉体そのものも若いのに、お年寄りとか老人とかいうことばは、おかしなものだな」

「年のせい、ともいえるわ。人間は長く生きすぎると、自分の原体験や原風景のようなものに、回帰していくらしいから」

彼女はかすかにわらい、平和（タバコの銘柄）の封を切った。

「そうかな。ふつうの老人が、子供っぽくなるのとおなじことかな」

「それとはちょっとちがうけど……」

「ぼくは三年まえに知りあったんだが、彼はぼくと気があうなんていってくれてね。ずいぶん、いろんなはなしをきいたんだ。百年以上まえのことをね。彼はおかしなことに、三十歳をすぎてからなにをやったのか、まるではなしてくれない。で、うたがったんですよ。じつは、彼は外見どおりの年齢ではないか、とね。そうじゃなくちゃ、おかしい。奥さんは長年、六〇年代の研究をしているでしょ。彼も以前はやってた、というぐあいにはいきませんか。それに心血をそそいでいるうちに、ああなった、と」

「ちがうわ」

彼女はしずかにいった。

「戸籍ミスじゃないんですか」

彫刻家は目をほそくした。

「ミスじゃありません。そのことをいちばんよく知っているのは、わたしです。だって、もう百二、三十年まえですけど、彼に会ったことがあるんです」

彼女はてれたようにわらった。

「ほんとうですか」

彫刻家は、ウソだろ、という調子でいった。

「会ったというより、つきあったというほうが正確かもしれない。三カ月ばかりですけど。わかれたのは、ふたりとも結婚してたからです。彼はそのころ四十代でしたが、まるで十七歳みたいな顔をしてましたよ」

「また、ウソばっかり！」

彫刻家はたまりかねて叫んだ。

「ウソというより、事実に反するのは、彼がよたってたってことです。そのころのはなしでは、一流幼稚園から一流大学まで、トップの成績で卒業したそうです。そのころのことばでいえば、いわばエリートでしたよ」

「しかし、家族や親戚が……」

「なにをいいたいのかは、わかります。つまり、わたしが彼のように、長命人間だということを証明しろ、ということでしょ。まあ、親は死んでしまうし、兄弟やその子供たちはしだいに疎遠になっていくから、長命人間だということは、バレなくてすむのです」

「だって、子供や孫はどうなるんですか」

彼の頭は混乱しているようだ。

「わたしたちには、子供ができないのです。みんな、そうだわ」

「みんなって……」

彼は口を半びらきにした。

「いいですか、百五、六十年も長生きしている人間は、ほかにもいるはずだし、事実存在するんですよ。そして、こんな世の中に耐えられない」

「どういうことですか、それは」

「〈将軍〉の奥さんは、わたしの高校時代の友人なんです。だから、わたしはこんなことを平気でしゃべることができる。彼がつかまったのは、たまたま、彼が非常に長生きしている、ということが世間にわかってしまったからよ。彼はからだのぐあいがわるくて、何回も入院していて、わたしたちとはなればなれになってしまった。

ひとはあまりにながく生きると、現実を信じたくなくなってくる」

「では、彼は記憶をうしなったわけですか。二十一世紀はじめから、最近までのことについての。およそ百年ちかくの記憶を」

「事故にあったんです。百年ちかくではなく、百年以上です。このまえの内乱で、役所なんかもずいぶん焼かれたわ」

「内乱というと、つかまりますよ。革命といわなくては……」と彫刻家。

「その混乱に乗じて、わたしは自分が知っているかぎりの長命人間の戸籍に、自分たちがつごうのいいデータをいれました。彼やそのほかのひとたちのことは、失念していたのです。それから彼に出会って、しまったとおもったんだけど……この国にはほかに三人、百六十歳以上の人間がいますね。つまり、世間に知られている、というイミにおいてですけど」

彼女は口をつぐんだ。

こんなことは、しゃべるだけムダなのかもしれない。彼女はここのところ、何年も死の予感にとりつかれている。外見はともかく、からだがよわってきたのは事実なのだ。

「どうして、あなたがたは、そうなってしまったんですか」

彫刻家は目を伏せてたずねた。

「二十世紀後半におこなわれた、新兵器のガスの小規模な実験のせいだとおもうわ。よくは、わからないけど」

だれしも、わが青春に悔いあり、とおもっているにちがいない。そうおもわない人間は、非常に強い思いこみによって、過去をまったくちがう角度からながめているのだ。だが、その種の操作をしなくても、ひとは長く生きれば（その間にさまざまな体験をすれば）過去を輝かしいもの、としてみることができるだろう。

「あなたがたの願いは、なんですか」

しばらくして、彫刻家がたずねた。

「しずかにくらしたい。それと、なにかをおもったり口にだしたりすることで、被害をこうむりたくない。だって、こんなに長く生きるなんて、とても孤独なことだから」

彼は白い三角形の部屋に閉じこめられていた。天井も壁も床も、ギラギラひかっている。これは心理的拷問のための部屋なのだ。

自分を元気づけようとして、彼は小声でうたっていた。

アカシアの雨がやむとき……

彼は取り調べられたとき、クーデターをおこして独立国家をつくるつもりである、と宣言した。わたしが要求するのは、この国のほんの一部じゃないか。

思想犯のレッテルがはられ、ここに入れられてから十日以上たつ。

彼の内部では、あのころ、あの美しい夏の光景が生き生きとひろがりはじめた。死ぬほど疲れていても、まだなにかやろう、おもしろいことはないか、と目を閉じるのさえもったいなかった。実際彼は、ねむるのが惜しかったのだ。

たしかにこわいものはあった。それは刺激でしかなく、恐怖感というものは、なかったのだ。

闇のなかで、巨大な炎がおそろしいうつくしさで燃えあがった。

わすれた

彼女はあえぎ、闇のなかで立ちどまった。彼は帰ってきているだろうか。二階の寝室のドアはしまっている。でかけるとき、あけっぱなしてきたような気がした。

こんなふうにだらしない生活をおくっていると、そんなこまかいことはわすれてしまう。

彼は寝室にいるのかもしれない。だとしたら、この注射用ペンダントは、かくしておいたほうがいいだろう。

階段のしたで、壁に手をついた。あかりがつく。エマはバッグをあけると、ペンダントをとりだした。内部の液体は、まだ一回分のこっている。

オーデコロンのちいさなびんが、指先にふれた。彼女はバッグをかきまわして、化粧用コットンをだし、それにオーデコロンをふくませた。消毒用アルコールのかわりになる。腕をまくりあげ、いいかげんに皮膚をふいた。すばやくペンダントを、おしあてる。

かすかな痛みがある。まえに注射したのとおなじところへ、あててしまったようだ。それはすぐきえ、皮膚はあつくなった。液体がしみこむのがわかる。

これでいい。今夜も、これでねむれる。

エマはながい息をつき、階段をのぼりはじめた。頭のなかがあつく、自分が陽気になげやりになってくるのが、わかる。疲労がやわらげられ、からだがらくになる。

「ちきしょう、どうなってもいいや」

おもったことが、そのまま口にでた。なにが？　なにが、どうなってもいいのだ。

手すりにつかまって、ようやく階段をのぼりきった。

ドアをあける。なかはくらい。

酔いがまわってくる。エマは目をとじたまま服をぬぎ、ペンダントを枕のしたにかくした。ベッドにもぐりこんでから、あかりをつけた。水をのみたくなったからだ。

「……ソル」

彼は、ベッドのわきに立っていた。

「あなた、なにをしてたの？」

エマはいったが、口がまわらなくなっているのが、自分でもわかった。どうやら、クスリをのみすぎたみたいなのだ。

「かんがえごとさ」

ソルは、しずかにいった。

「だって、こんなにまっくらなのに……」

彼のみどりいろがかった顔が、ちかづいてくる。エマのあらわな肌をみつめている。彼女はあわてて、シーツを首までひきあげようとした。彼の手がそれをさえぎり、彼女の腕をねじあげた。

「痛いじゃない！」

「みせろ」

エマは目をとじた。

ソルの目は、彼女の腕の内側の紫がかった注射あとをながめる。ややあって、彼は手をはなした。

「かくしたもの、だしてごらん」

ソルの声は、あいかわらずものしずかだ。彼女は彼の顔をおそろしい目つきでにらんだ。彼の表情はかわらない。

エマは、ペンダントをだした。彼はそれをダスト・シュートにほおりこんだ。

「どうして、そういうことするの？　わたしがなにしたっていいじゃないの。どうなったって、あなたには関係ないでしょ」

彼女は、むなしく抗議した。

「関係なくない。こんなものをつづけてると中毒になる。そんなことわからんのか？　きみが廃人になったら、おれは故郷へかえるよ」

そのことばは、エマをすこしばかりいい気分にさせた。ソルが地球にいる理由は、このわたしなのだ。だが、すぐにべつの意味に気がつく。

「だったら、あなた、わたしがおかしくなったら、おいてっちゃうっていうの？」

そうなったらいい、ともおもう。ミール星人の男とくらすことが、しだいに重荷になってきているからだ。

宇宙局長官と結婚している妹は〈あんないなかもの、みっともない〉という。ミール星は、低開発星なのだそうだ。〈バリ星の軍人か、カミロイ星の音楽家のほうがよっぽどいいのに〉父母も、おなじようにかんがえているだろう。

彼女自身は、ソルがあまりにも精神的にすぎる、とおもっている。というより、彼が要求することが、エマにとってはきびしすぎるのだ。束縛を感じる。それに、彼といっしょにいると、自分がバカみたいにおもえてくる。わかいころはだれでももつ一種の野心をすてきれないでいる彼女としては、それがおもしろくないのだ。

「しかたがないさ。廃人になったきみは、以前のきみとはちがうんだもの。それに、おれはミール星にかえりたいんだ」

「そんなのが、あなたがたのいう愛なの？」

彼女は口をとがらせた。

「だって、エマ、おれはまだだれも愛したことがないんだから」

彼はかすかにわらった。彼女のプライドはいちじるしく傷つけられた。

「いろんな子がすきだったが……だけど、きみとはじめてあったときのあの予感は、まちがってないとおもうよ。きみは、おれの最後の女だ、そんなふうに感じたんだ」

ソルは彼女をみながら、パジャマをぬいだ。それは彼の奇妙な習慣である。昼間、家のなかでぶらぶらしているときは、ねまきをきている。ソルは、エマがこのむダンスや音楽を軽蔑しているふしがある。ではなにをしているかというと、なにもしない。週に三日、航空宇宙局の最上階にある、異星人記者クラブへ顔をだすだけである。それ以外の日は、思索にふけっているらしいのだ。

ソルはすっかりはだかになって、ベッドにもぐりこんできた。

「あんたがなにかんがえてるのか、さっぱりわからないわ」

「わからないのは、きみが低能だからだ」

ソルはきまじめに、いくぶんおこったようにこたえた。

「いったい、どんな仕事してるの？　地球くんだりまでやってきて」

ひょっとしたら、スパイではあるまいか？　これは姉の入れ知恵である。はじめは否定したが、そのうたがいは彼女のなかで、しだいにふくれあがってきている。

「ぼくは詩人です」

「また、そんなこといって!」

エマは、彼のくちびるをよけた。キスされると、もう問いつめることができないから。それに……さっき家のまえで男に抱きしめられていて、そのこだわりがまだのこっていたからだ。

「なんども、おなじことをいわせるなよ」

ソルは眉をよせた。

「あなたの勤務ぶりじゃ、PTA通信もでないでしょうよ」

「おれたちの星じゃ、それでいいんだよ。地球のたいていの新聞の半分の大きさで、四ページ。夕刊なんて、ないんだ。みんな、のんびりやっている。農業と牧畜があの星をささえているんだ。気候がいい。要職につきたがるやつはいないけど、義務だからね。それにしてもきみのねえさんのダンナみたいに、週に二日しか家にかえれないなんて、病的なことはない」

「鉱山もあるでしょう。あなたがくれた大きなルビー、なくしちゃったけど」

「故郷へかえったら、もってきてやるんだが。エマ、今度いっしょにかえろう」

ソルは、彼女の顔をのぞきこんだ。エマは「……うむ」とかなんとか、口のなかで返事した。だが、いまのところ、そのつもりはない。ミール星へいったら、ソルは風力発電所かどこかへ勤めるだろう。エマは菜園の手入れをし、午後の散歩を彼とたのしみ、子どもをうんで(あら!)年をとっていくのだ。彼は年に一回、すばらしい指輪やブレスレットをプレゼントしてくれるかもしれないが、それをみせびらかすための地球人の友だちがいない。地球人といえば学術調査団と称する鉱山荒らしか、辺境をこのむ観光客くらいしかいない。地球人はどこでも掘りかえしたがるので、評判はよくないそうだ。

ソルは、ヘッドボードにある棚から、タバコをとった。

「あなた、でも、ミール星にかえって、うまくいくかしらね。わたしのことを、地球の空気に汚染されてる、なんていったけど、あなたこそ、そうよ」

ソルは、タバコに火をつけ、けむりを吐きだしてからこたえた。

「禁煙するよ。ここへきてから、十五年もたつんだ。タバコぐらい、おぼえるさ」

彼の両親は親善使節として、地球へきた。任期がきれるころ神経症になった親たちは、故郷へかえってしまった。官費留学生となった彼は、青春のほとんどを地球ですごしたといってもかまわない。十五才から二十才前後を、青春としてかんがえるならば。

彼の星の一年は地球の一年より四日ばかりながい。ソルは、もうすぐ三十才になる。

「ちがうわよ。あなたはわりとイライラする。ミール星人って、善良でかんがえぶかくて、ものしずかなひとが多いわ。彼らは優秀なボクサーみたいにしずかなのよ（この表現をみつけたエマは、哲学的ないいまわしだとおもって、ちょっと得意になった。じつは、一ヵ月ほどまえ、彼がいったことを、応用しただけなのだ。しかし、彼女はおぼえていない）単純な聖人みたいなしずかさじゃないわ」

ソルは、濃いみどりいろをしたまつげをおとした。ひたいにかかっている髪も、おなじいろだ。

「おれはちがうのか。ほかのやつらと」

まつげがせりあがって、すみれいろの目がエマをみた。タバコをもみ消す。

「カンシャクもちになったんじゃない？　むかしとくらべて。わたしのねえさんの友だちが、大学であなたといっしょだったって。はなしはきいたわ」

　彼は十五才で、大学にはいった。

ソルは、枕をなおし、うえをむいた。エマは彼の横顔をながめ、昼間の男をおもいだした。あいつは、わたしと寝たがってたのかしら。でも、やたら部屋のなかへつれこもうとしたり、にじり寄ったりしなかったから、わからない。その男は、フルーツ・パーラーで〈ミール星人の性的能力〉について、ききだそうとした。

〈そりゃあ、ものすごくいやらしいわよ。精神的なイミでだけど〉

〈地球人の男みたいにやるのかい？〉

〈わたし、地球人の男百人以上としたことないもの。ミール星人は、ソルひとりしか知らないし。くらべようがないでしょ〉

男は、具体的にききたいらしかった。エマは、はぐらかしては適当なことをいい、からかいつづけた。それでも相手がずうずうしく迫ってくれば、おもしろいのに。彼女の人生の関心の大部分は、恋愛ゲームにある。ところが、ソルが彼女に夢中になって、彼女をいい気分にさせてくれたのは、はじめの三ヵ月くらいだ。プライドの満足にかけては、エマは年寄りの高利貸しより貪欲なのである。（わたしのおばあちゃんは、金貸しだった！）。

「地球の空気が、原因かもしれないな。大気中にある、ごくわずかな成分が。だから、きみたちは、なんでもかんでもすぐにわすれちゃうんだ」

ソルがひとりごとのようにつぶやいた。

「わすれないわよ」

エマは彼のほっぺたをつねった。ソルは彼女のほうに向いた。

「継続中はね。戦争も、おわってしまえば、なんてことない。おれは一九五〇年からの記録をしらべた。きみの両親は日本人の血が濃いし、ここは東京だから、朝鮮戦争やヴェトナム戦争が、その後どのくらいひとびとの意識にのこっているか、しらべたんだよ。アメリカ側の資料にもあたってみた」

「いまは、日本やアメリカっていう時代じゃないでしょ。世界大統領というものがあるわ。おかざりだっていうひともいるけど。首都だって、各国のもちまわりせいよ」

「表面的にはね。しかし、地球人という意識より、どこの国の人間かが、問題になる。合衆国においては、むかしはアイルランド系とかイタリア系とかが問題になった。その後、混血が何代かつづいて、いまはごく初期だけどアメリカ民族みたいなものができている。すると、以前もそうだったらしいけど、国益がいちばんなんだよ。おかしいとおもわないか？　宇宙船がいくらでもつくられて、地球外へ目が向いてる時代に。どこの国も、そのむかし、大英帝国が七つの海のどこかに陽が沈むときはない……正確なことばは記憶してないけど、そんな意味だったとおもう。そうやって、植民地をつくったように、地球の外に植民惑星をもとめているんだ。おれの星にもずいぶんたくさんの地球人がきた。ミール星ではそれにこりて、大幅に制限したんだ」

ふたりともだが、ソルはとくにしゃべりはじめると熱中する。

「おかしいわ。それ、あなたがさっきいったことと矛盾するんじゃない？」

「どこが？」

彼は青みが濃くなった目で、たずねかけた。

「地球人はわすれっぽいっていうことよ。世界連邦ができても、いまだに国家の概念はくずれていないわ。それは、祖国愛みたいなものが、くずれさっていない証拠じゃないの？」

「きみもまた、なんて無邪気な小娘だろうねえ？　いくつになってもさ。祖国愛じゃないよ。むしろ、地域エゴだね。自分の家のまえが、ゴミすて場になるなんて、あんまり気分がいいものじゃない。杉並と江東区のゴミ戦争って、いまだにつづいているのかい？」

ソルは微笑した。エマは、彼のことばのおわりの部分が理解できなかった。

「いまは、ゴミすて場なんて、ないでしょ。そんなの、わたしの父も母もみたことないわよ」

彼女はくってかかった。

「たとえだよ。きみとはなしをすると、いちいち説明しなくちゃならんから、くたびれちゃうんだ」

「地球人は、みんなそうでしょ」

「ひがむなよ。大部分、そうだけどね。テレパシーの能力がある人間はちがう。会話がスムーズにいく。もっとも、これまであった地球人のテレパシー能力って、たいしたことない。おかげで、腹の底をさぐられずにすむ。だって、いやじゃないか。自分のかんがえてる底の底までみすかされたらさ」

じゃあ、なにか、かくしてることでもあるの？　知られちゃまずいことでも？　あなたはやっぱり、地球にたいしてひとつの計略みたいなものを、もってるんじゃない？

すると、べつのうたがいが頭をもたげてくる。ひとつことをうたがいだすと、きりがないのだ。

「あなたは、テレパシーがあるの？」

できるかぎり、さりげなくきいたつもり。

「ないね」

ソルは、あっさりとこたえた。

「全然？」

エマはさぐるような目をした。彼はわらいだし、彼女の頭に手をやって頭髪をくしゃくしゃにした。

「おれはきみより、理解力がある。だから、そうおもったんじゃない？　ミール星人は、たがいの理解力という点にかけては、地球人よりすぐれているとおもう。しかし、テレパシーでは、ミリン星人がいちばんだね。だけど、彼らは言語や思考形態への理解力って、あまりないんだ。だから、異星人の心をよみとっても、たいした結果はえられない」

ソルの手は、彼女の髪からほおへうつった。エマをみつめる目は、彼女がいちばんすきな、やわらかくかすむようなやさしい表情になっている。彼女が予想したように、彼はキスしてきた。

地球人はすぐわすれるって、どういうことだろう。なにをさしているのか。彼はすぐごまかす。エマは（おもいかえしてみると）彼のことばのあやに何百回となく、ひっかけられた。そして、ソルの全体像は、ますます理解しがたいものになっている。表現が複雑だから？　彼は心底では（おそらく）単純な男にちがいないのに。

だが、ソルが彼女の古風なスリップのひもを肩からはずしはじめると、そんなことはどうでもよくなった。

「いままで寝たの、地球人の女の子だけ？」

エマの胸にとりかかっていた彼は、顔をあげた。はじめのころは、彼女の好奇心のつよさにあきれて苦笑していたものだが。

「ちがうよ。ミリン星人は形態がちょっとちがうからだめだけど、バリ星人とカミロイ星人とミール星人、地球人は接合可能なんだ。だけど子孫がつくれるのは、ミール星人と地球人だけなんだから、おたがいにぐあいがいいんじゃないの？　よくわからんけど。というのも、おれは変態じゃないのでね、あまり無理はしたくないんだ。それに、カミロイ星人の美意識は、ちょっといただけないなあ。地球人には歓迎されてるみたいだけど。バリ星の人間は不合理な部分がすくなすぎる」

「ミール星の女の子たちと、どこがちがう？」

今度は、顔をあげない。

「からだつきが、かなりちがう。故郷の女の子は、わりとスタイルがいいんだ。きれいすぎていやらしくて、どうしようもなくいいからだがあったな。ひとりだけ」

「だったら、いま、やめて。いやだったら！　そんなに」

エマの呼吸は、乱れはじめていた。

ソルは彼女の顔をみた。

「いっしょにいるから、いいじゃないか。ほかの子と同棲したのは、この十五年間で一回だけだ。おやじたちが三年いてひきあげてからは、きみなんか信じられないほどせまいアパートで、旧式のガス器具で、自炊しなきゃならなかったんだよ」

ソルの目の奥で、ほのおがもえあがった。

「学生寮にはいれなかったの？」

「ミール星っていうのは、きみたちのことばでいう、後進星だ。ほかの星のやつらが要領よくたちまわって、いい部屋にはいれるのをだまってみてるほかなかった。当時はね。ところが最近になって、きみたちの政府は、こんないい家をただで貸してくれた。地球はせまくなっていくのに、2LKで、台所にはホーム・バーもある。いまのおれは、ミール星の公式な特派員じゃないんだよ。公式なのはほかにいる。おれは新聞よりも、雑誌にかいて喰ってるんだ。それなのに、急に――うさんくさいとおもわないか？」

ソルの顔は、ひきしまっている。

「まあね」

エマは、いいかげんにあいづちをうった。

「しかも、きみの星の政府はうたがわれないように、おれの星への特派員、それも数が多いんだけど、それにおなじくらいの設備の家を要求した。これには二重の意味がある。もうひとつは、ワンサと人間をおくりこむことによって〈地球は、ミール星に関心をもってますよ〉というPRになる。そんなの、ありがためいわくさ。関心ってのは、のちのちの侵略を意味するんだから。いつだったか、ミール星から亡命してきたやつがいた。おれたちからみれば、犯罪者といってもいい。そいつの精神生活は、地球の悪徳商人レベルまで、さがっていた。政府はそいつの意識のありかたを徹底的に調査して、ミール星人とはこういうもの、というひとつのモデルをつくりあげた。それで安心して、のりだしてきたんだろう。たとえ武力闘争になっても、地球側に分があると計算したんだろうね」

ソルは口をつぐんだ。いつものように、自分のおもいのなかへ、沈んでいく。

「お酒のまない？」

エマはこれまたいつものように、彼のじゃまをする。

「……ん？　いいね」

「じゃ、つくってきてよ」

「だって、服きるの、めんどうだもの」

ソルは、頭のしたで両手をくんだ。

「チェッ、わたしだって、おんなじじゃないのさ。あんたの星って、やっぱり保守的でおくれているわ。女をこきつかってさ」

ミール星は、ゆたかな土地をもっている。一家でひとり働けば、じゅうぶんにくらしていける。女は少女時代の三、四年を社交界（なんとまあ、古めかしい）に出入りしてすごし、はやばやとしかるべき相手をみつけ、主婦になるのがふつうだ。

「そんなことないさ。くたびれてるんだ。ね、おねがい。あとで、なんでもいうことききくからさ」

ソルは、彼女をまるめこもうとするときの、かわいらしい顔をつくってみせる。

「ふん」

エマはベッドからおりて、服をきはじめた。ごていねいに、ショールまでまきつける。

「わあ、美人だ。このひとに純情をささげたかいがあったなあ」

「なにを寝ぼけたこと、いってんのさ。あんたのきたならしい純情？　そんなもの、いまは玄関の靴ふきになってるんじゃない？」

エマはドアをあけ、階段をおりていった。グラスをもってくるときのために、ドアはあけたままにしておいた。

「ブリジット・バルドーの再来。三代目クラウディア・カルディナーレ。モニカ・ヴィッティーのいとこ。それとも、魂のジュリエッタ。バタフィールド8《エイト》」

階段のしたでも、ソルの声はきこえてくる。彼は古い映画のファンである。

「いやいや、彼女はむしろ、バド・パウエルのクレオパトラの夢だ。ボッコちゃん」

なにいってるのさ。エマはバーへいき、まず自分ののみものをつくった。ウォッカをオレンジ・ジュースでわったそれは、すぐになくなった。二杯めをつくる。なんだか、今夜は酔っぱらってしまいたい。カマトぶったジン・フィーズなんて、あまったるくて。

ソルはいったい、なにをかんがえてるのか。ミール星人の男は、みんなあんなふうなのか。地域エゴだって。そんなふうにいうときたならしくきこえるけど、知的生物ならエゴイズムをもっているのがふつうだ。その場その場の欲望とはべつに。するとソルはこういうだろう。〈だけど、地球人の精神はひどく不安定だ。それは確固としたエゴイズムが完成されてないからだ。おれの星は科学技術では地球にはるかおよばないけど、ほとんどの人間が自分はどんなふうに生きたらいいか、かんがえてる。歴史はずっと古い。だけど記録にのこってる戦争は、五回だけだ。ごく小規模なものをふくめてね。それも、二千年以上まえのはなしさ〉

二杯めもからになった。

オレンジ・ジュースはなくなった。ウォッカの水割りをつくり、苦労してバーの椅子によじのぼる。

戦争。星間戦争がはじまるのだろうか。いや、地球はどこの星とも（表面は）なかよくやってきたではないか。ミール星を発見したのは地球で、それから三十年以上もたつ。

頭がぐらぐらする。急性肺炎にかかったときみたいに。さっきの注射とアルコールの、相乗作用だろうか。

エマはカウンターにつかまろうとした。おそかった。彼女は椅子からくずれおち、頭の横をしたたかにうった。

力強い腕が、ぐにゃぐにゃになった彼女を抱きおこした。

「おそいとおもったら……えい、重いなあ。いったい、どうしたの、エマ。このごろ、おかしいよ」

ソルは、彼女を抱きあげた。

「あ、ショール」

「いいよ、そんなの。あとでとりにくれば」

彼は彼女を抱いて、二階へあがっていこうとする。

「だって、あれ、お気にいりなんだもの」

ソルはこたえない。彼は、一歩一歩階段をのぼっていく。

ああ、ソル、そんなふうに抱いたって、もうだめなんだ。わたしはいまごろになって、あんたをすきだと（しぶしぶながら）みとめるようになった。それは気にくわないことだ。何回か恋をしたけど、本気になったのは、はじめてだから。心底では軽蔑している男というものを、この自分がすきになるなんて。そうさせたあんたが、憎い。

「なにかいった？」

寝室へはいりながら、ソルはたずねた。

「ううん」

エマは首をふった。急速に気がめいってくるのを感じた。ソルは彼女をベッドにいれた。

「ねえ、ソル、いつかわたしたちは……」

おたがいのすべてを、ゆるしあうときがくるだろうか。きっとそれは……

「わたしが、ぼけたおばあさんになったときだわ」

ソルはかるくわらい、自分のなかへかえっていった。ミール星人においては、精神遊離と睡眠がまじりあったような状態が、夜を支配する。彼らのいう夢は、妄想ではないだろうか。

エマは、あきらめて目をとじた。あしたになったら、薬学をやってる友だちにあって、ペンダントとクスリをもらってこよう。まともな神経でこんな世のなかを生きてくなんて、とてもじゃないけど、できっこない。朝から真夜中まで、腹をたてていなければならない。それがきっかけで、政治運動にでもはいりこんだら、パパもママもかなしむだろう。これでも、親孝行してるつもりよ。

ソルが寝がえりをうって、彼女を抱きしめた。エマは夜のなかで、目をあけていた。


「これ、あんまりやらないほうがいいよ」

ルアナは、ちいさな包みをわたしてよこした。午後のカフェテラスで、ふたりはミール星直輸入のふうがわりなくだものをたべていた。

「ええ、わかってる。ありがと」

エマはそれを、木の皮の繊維でつくった大きなバッグのなかへいれた。地球は農産物の半分ちかくを、ミール星にたよっている。このバッグの原料もそれで、火星にある工場でカミロイ星人があみあげたものだ。

「ちがうのよ、あたしがいってるのは、べつに中毒になったってかまやしないんだけど、この薬物の作用はふつうの意味での性格荒廃じゃないの」

ルアナはテーブルに両ひじをついて、身をのりだした。

「ながくつづけてると、自分の意志というものが不安定になって、外部からの暗示や命令にたやすくひっかかるようになるのよ。その点、ちょっとスコポラミンと似てるけど。しかも、自分がむかしいだいていた情熱や信条を、わすれるようになる」

ルアナは真剣にいった。

「記憶がなくなるの？」

エマは目をほそめた。わすれる、ということばがひっかかる。

「いいえ、感情のなまなましさがなくなるってことよ。以前の自分はまちがってたと感じたり、むかしの自分が他人みたいにおもえたりするようになる。それで得をするのは、だれかしらね」

「でも、政府はいちおう、とりしまってるわよ」

エマは声をひそめた。

「あんなの、表面的なものよ。これ、流行してるじゃないの。それに最近は、恐怖心をうすれさせるクスリができたってうわさよ」

ルアナは、眉のあいだにしわをよせた。それは彼女のくせなのだ。

「なんのために？」

エマは低能くさい声をあげた。ミリン星人のボーイがちかづいてきたので、彼らは口をとざした。ボーイは二本の触手でテーブルをかたづけはじめる。あと二本は、礼儀ただしくからだの両側にそってたれていた。

「ご注文は？」

わかってるくせにたずねる。

「もういいわ」

ルアナは立ちあがった。

「ミリン星人って、気持ちわるいわね」

カネをはらって通りへでてから、エマはささやいた。

「形が？」

ふたりは地下チューブの入口を、おりはじめていた。

「ちがう。なにをかんがえてるのか、まるっきりわからないとこがよ。なんて無表情なのかしら」

「案外、なんにもかんがえてないんじゃないの？　＊＊大学の教授が、彼らのテレパシー能力に目をつけて、開発しようとしたの。でも彼ら、まるで役たたずだったみたい。やさしい単語をひろいあげることしか、できないんですって」

ホームはすいていた。エマは壁によりかかり、これからどこへいこうか、と思案した。

「ソルは、なにをしてるの？」

ルアナはバッグから、タバコがやめられるタバコをだして、口にくわえた。

「わからない」

エマは正直にこたえた。

「あたしの彼は、お部屋をそうじして、三日分のせんたくをして、いまごろはきっとローストチキンの下準備でもしてるわ」

ルアナはうれしそうにわらった。エマは下くちびるをつきだした。

「ひょっとしたら、ほかの女の子とつきあってるんじゃないの？　ソルはいい男だから」

ルアナは口をまげた。わらいたいのを、こらえている。そんなことは、おもってもみなかった。自分のことばかり、かんがえていたからだ。そういえば、ソルはよく外泊する。

「ねえ、超小型の中継カメラ、どこで買える？　わたしでも買えるかしら」

たずねてから、エマは頬をあからめた。

「盗聴用？　あれは資格がなくても、どこでも買えるわよ。ボタン型が一般的ね。でも、服をぬいだら、天井ばっかりうつすってことになるわ」

そのとき、移動コンパートメントがきた。

「あなた、のっていいわ」

エマはもう、家へかえるつもりがなくなっている。

「じゃ、お先に。あんまりカリカリしなさんな」

ルアナはドアをあけて、なかにおさまった。ボタンをおし、マイクにむかって、所番地をつげているのがみえる。エマはかるく手をふった。ルアナがいってしまうと、彼女は地上にむかうエスカレーターにのった。


エマは、ちいさなスクリーンをみつめている。ミール星人の、男の顔がうつっている。

「そんなことないよ。われわれの星の人間は、それほど幼稚じゃない」

男はいった。自動翻訳機をとおしたその声は、かん高くかすれている。彼らは当然、その故郷のことばではなしをしている。

「ジェバ、ずいぶんときみは楽観的だな。第二のアヘン戦争がおきないと、だれが断言できる」

ソルのひくい声は、ちかくからきこえる。

「ああ、おまえは、地球の歴史も勉強したんだっけな。どこの国だっけ？　中国人にアヘンをあたえて、植民化しようとしたのは？　だけど快楽についてのかんがえかたが、われわれと地球人とは、ややずれているんじゃないか？　彼らは、セックスと麻薬だ。あるいは、スピード、スリル、サスペンスだ。つまり、めまいなんだよ」

ジェバは、かすかにわらっている。

「そうだ。だけど、おれたちはいつでも、精神遊離ができる。それは、快楽というより、もっとふかいものだ」

ソルはきまじめにいった。

「地球人の女の子は、どんな感じだ？」

ジェバが、からかうようにたずねた。エマは、すわりなおした。

「いいよ」

ソルはぶっきらぼうにこたえた。

「どこが？」

ソルがうごいたらしく、ジェバの顔は半分しかうつらなくなった。かわりに、窓とカーテンがみえる。どこかのまずしいアパートのようだ。

「彼らの種族は、かなしみを知っている。だけど、意識の表面には、あまりでてこない。おれたちだって、知ってる。むしろ、おれたちのかなしみのほうが、はっきりとしてるけどね。だけど、どちらが悲惨かといえば、地球人だろう。老衰と死という限界があるからだ」

「ソル、おまえは、みずから死をえらぶほうにほこりを感じるのか」

「そうだ」

「絶望してもか？」

「絶望というのは、非常に深い透明な感情だ。もしかしたら、精神遊離の至高の瞬間に似ているのかもしれない。だから、あまりかなしむことはない」

「きみの両親は、半年まえにいってしまったな？」

ジェバのことばに、彼女は耳をそばだてた。いってしまう、とはどういうことだろう。

「地球人だったら、なげきかなしむだろう。いわば、自殺なんだから。地球人の学者は、おれたちの星の自殺率のたかさに、あきれているというからな。もっと生きることができるのに、なぜ？　というわけさ。

ミール星人でも、絶望を知らないやつがいる。すると、六百年くらい生きるというわけだ」

「あいつなら、このまえ死んだそうだ。事故で。まったく、みっともない。あんなにながく生きて、ついに絶望を知ることがなかったんだから」

「その点、おれの親たちは、りっぱだったといっていい。みんながやってることだが、自分の親となるとちがう。いってしまう半日くらいまえから、彼らの最後の意識が、おれのなかにはいりこんできた。ミール星人はどこで死んでも、家族の者にだけはわかる。おれはその意識をじゅうぶん理解したわけじゃないが、感動したよ」

ソルの声は、すこしもしめっぽくはない。

「ああ」

ジェバは、やさしい目のいろになった。

「だけど、地球人だって、すてたもんじゃない。彼らには限界があるから、もっていきかたによっては、かえってつよいエネルギーをもつ。女の子なんか、とくにそうだよ。彼女たちの関心は、ひどくせまい。原始的でつよい。そこをなんとか……」とソル。

「利用するというわけか?」

ジェバが、ことばをついだ。

「そういってしまうと、自分でもいやになるけど……ちがうんだな」

ソルは、いいにくそうだ。

「じゃあ、……ということか?」

ジェバのことばは、一ヵ所ぬけおちた。翻訳不可能の赤いランプが、一瞬ともった。ミール語独得の表現なのだろう。

「そうだな」

ソルは、うなずいたようだ。しだいに不快な気分がつのってきたエマは、スイッチをきろうかとおもった。利用ですって? ソルが、彼の存在のほんのわずかな部分しか、自分にあたえてくれていない、ということにも腹がたつ。

ソルの愛情なんて、うそだ。にせの、まがいものだ。わたしは、なんてバカだったんだろう。

「おれは、ちょっとおもいついたことがある。きょうはかえるよ」

ソルが立ちあがった。

「じゃあな」

ジェバはいった。

ソルがかえってくるかもしれない。エマはスクリーンを指でおした。画面はくらくなり、ちょっとみたところではふつうの手鏡のようになった。自動翻訳機を、ドレッサーのひきだしにしまう。

エマは、階下におりた。

ルアナに刺激的なことをいわれてから、二週間ばかりたつ。ぐずぐずとまよったあげく、彼のジャケットのボタンを、とりかえておいたのだ。

バーのまえにいき、ミリン星産の酒を棚からおろした。それはびんのなかで、真珠いろにゆれうごいている。姉からもらってきたものだ。封をきると、薬くさいようなあまい芳香がたちのぼった。

グラスがよごれている。食器洗いのふたをあけて、そこにつっこんだ。二十秒たち、ランプがきえた。エマはグラスをだし、酒をついだ。

どうしたらいいんだろう。スクリーンをみているあいだはりつめていた気持ちは、いまはぐったりして、死んだばかりの犬みたいだ。

エマは酒をのんだ。つめたくてなめらかな感触だけがして、味はない。わたしはクスリをやめて、こうやっていい子でいるのにさ。そろそろオカネがたりなくなったな。パパにもらいにいこうかな。宇宙局の上司とけんかしてやめていらい、彼女は一年半も失業している。

宇宙局——そうだ、ソルがちかづいてきたのがある目的をもっているとしたら、あそこに勤めていた、ということも関係してるのかもしれない。彼は彼女をだまして、なにかの機密書類をぬすみださせようとしたのかもしれない。ところが、やめてしまったものだから……。

まさか、わたしは下っぱだったんだから。コンピューターにテープをいれるだけの。機密事項をコンピューターにかける、なんてことはないだろうか。それは、ある計画が具体化してからだ。表面にあらわれないものをあつかうんだったら、長官の秘書だろう。

エマは、その女のすがたをおもいだした。ずっとむかし、離婚したという。たぶん、いまでもひとり者だろう。四十代にさしかかっているが、なかなか魅力的だ。

エマはグラスに酒をついだ。

なんというアホらしい想像をしているのだ。彼女とソルをむすびつけるなんて。しかし、ソルは故郷の星を守ろうとしている。どうやって守るのだ？　武力でたたかれたら、ひとたまりもないというのに。だが、いくら地球だって、なんの理由もないのに、戦争をしかけることはできない。

理由——ミール星が地球に悪意をもっているということを、でっちあげでもなんでもいい、こじつけて広告するのだ。たとえば、ミール星人が、なにかおそろしい細菌をはこんでくるとか。それはだめだ。スペース・ポートでは、厳重な検査と消毒を行っている。ウィルスをまきちらしているのは、むしろ地球人だ。このまえ、ミール星で地球型のインフルエンザがはやった。地球でくらしているミール星人は、ときおりあっけない風邪で死ぬことがある。あらゆる精神活動を極限までおしすすめないうちに、彼らのいう透明な絶望も決意も獲得しないうちに死ぬなんて、彼らにとってはひどく不幸なことにちがいない。

エマはカウンターに片ひじをついた。酒はじわじわときいてくる。からだがやわらかく、あつくなってくる。ちきしょう、ミール星のインチキ野郎め。

陽がかげってくる。

ソルはまだかえってこない。いったい、なにをもたもたしているんだ。

ポケットに手をいれると、札が二枚と硬貨が何枚かあった。みなくても指先でだいたいは数えることができるようになった。さもしい技術が身についたものだ。

エマはコートをとり、角の店で食事するために家をでた。

そこにも、ミリン星人のボーイがいた。彼女はふきげんな顔で、オムレツとパンとスープをたべた。

コーヒーはのまずに、でようとした。はいってきた男が「やあ」と声をかけた。

だれだっけ？

「あなたのうち、このちかくだっけね？」

そうだ、このまえ、おくってもらった男だった。名前は……セノとかいった。

「いま、ひとり？」

「ええ」

エマはうなだれたままこたえた。

「なんだ、元気がないな、どうしたの？　コーヒーでも、つきあわない？」

セノはひとり決めし、窓ぎわのテーブルについた。手をあげて、コーヒーをふたつたのんでいる。

「わたし、アメリカンにする」

ここは、古い曲ばかりかける。「ふたりのシーズン」とか「サニー」のつぎに「ツァラトゥストラはかく語りき」がかかって、びっくりすることがある。いまかかっているのは「シバの女王」だ。

「ぼくのところも、このちかくだよ。ちょっと、よっていかない？」

コーヒーを半分ばかりのんだところで、セノはいかにもさりげない調子できりだした。

「そうね」

男あそびでもしようかな。しかし、セノにはどことなく正体不明のところがある。テレビ局につとめているというけれど、ほんとうかどうか。そういえば、ずっとむかしつきあった男で、けんかをするときたならしいことばを皮肉に（ハリウッドの内幕ふうに）わめくやつがいた。そのなかでもいちばん程度のいいものだって「この粘膜め」というところだ。なんで急に、あいつのことなんかおもいだしたんだろう。

「やめとくわ」

「そう？　ずいぶん、おかたいことで」

そういう口のききかたは、きらいだ。エマは一瞬息をとめ、それからながながと吐いた。

「気にさわった？」

セノはいかにも気づかわしげだが、その表情はなんだかうすっぺらにみえる。ソルといっしょにいるあいだに、男をみる目がちがってきたのだろうか。

ソル？　あのイカサマ師。

「うちへかえる」

エマは立ちあがった。

「おくってくよ」

セノも立ちあがり、そのせつな、彼女の手を（いかにも自然に）にぎった。彼女はおびえたように、手をひいた。

二階へはあがらず、まっすぐバーへいった。エマは真珠いろの酒をのんだ。

うえで音がする。彼女はびくっとして、グラスをとりおとしそうになった。ソルがかえってきているのだ。

つづいて、鏡を割るような音。彼は、あれがただの鏡じゃないことを知っていたのだろうか。

「エマ」

階段のうえから、きびしい声がきこえる。彼女は酒びんを抱きしめた。

「あがってこい」

ふりあおぐと、ソルは妙に白い顔をしている。いまにも、ひくひくしそうな表情だ。

「いや」

「いいから、こい」

エマは、おずおずとつくりわらいをした。

「あの……おこらない？」

ソルはかすかに、わらいだすまえのような表情をうかべた。それはすぐにきえた。

「ああ。だから、あがっておいで」

エマは酒びんとグラスをふたつもって、階段をゆっくりあがっていった。

「これはなんだ？」

ソルは、割れて床にとびちったスクリーンを指さした。

「……鏡よ」

ソルの目が、つよいひかりをおびた。彼はしばらく、それをながめていた。

「そうだ、鏡だな」

彼はベッドに腰をおろした。

「翻訳機つきの鏡だ」

彼は自分にいいきかせるように、つけくわえた。では、やっぱり……。

「ね、あの……お酒いらない？」

「きみはアル中になったのか」

ソルは、おさえつけるおだやかな声でいった。目は彼女からはなれない。

「ちがうけど……」

「もらうよ」

エマは彼にグラスをわたして、酒をついだ。ソルはジャケットをきていない。それとなくさがすと、椅子にかかっていた。三つめのボタンがちぎれている。

「ルアナがみつけたんだ。彼女はするどい」

ルアナ？　だって、彼女がそそのかしたんじゃないの。でも、それじゃ、はなしがおかしい。わざと、嫉かせようとしたのか。

「いつ、知りあったの？」

エマはなにげなくききだそうとした。しかし、声がふるえていた。

「半年もまえに、きみが紹介してくれたんじゃないか」

「ちがうわよ！」

怒りがこみあげてきた。

「親密な仲になったのは、つい十日ばかりまえだよ。彼女に協力してもらわなくちゃならないことがあって」

「そして、利用したというわけね。わたしとおなじように」

「いつ、きみを利用した？」

ソルはつよい口調になった。

「そんな、おこったふりしたって、だめよ。あなた、自分でいったくせに」

「そうか、やっぱり、スクリーンをみてたんだな。じゃあ、おれがいったんじゃないことは、知ってるね？ジェバがいったんだ」

「ああ」

彼女は、涙をこぼしている自分におどろいた。泣きはじめると、とめどがない。彼女は立ちつくし、グラスをもったまま泣いた。

「あんたは、なんてきたならしい男なの！」

声は、あいかわらずふるえている。ふるえすぎているくらいだ。

「ちがうよ。きみはなにか、誤解してるみたいだね」

ソルは立ちあがって、彼女を抱こうとした。

「ルアナには、試薬だのあたらしい薬物のサンプルだのを、つごうしてもらうことにしたんだ。そのためにちかづいたのさ」

「いや、さわらないで。そんなことして、ごまかさないで」

ソルは、彼女の髪に指をいれた。

「彼女は、宇宙局のやりかたに、疑問をもってるからさ。よその星のアラさがしをして、よわいとみると侵略しようとする。ミール星は、彼らにとって……こら、泣くのをやめろ。どうしたんだ?」

ソルは、彼女の顔を、あおむかせようとした。エマはさからう。

「もう泣いてない……あんたは、スパイだわ」

彼はわらいだした。

「きみは、なんて子どもっぽいことをかんがえるんだ。スパイだって? それはきみのお友だちじゃないのか?」

やわらかいひかりのなかで、ソルの顔はふつうの表情にもどっている。緊張した白っぽさはない。

「だれのことよ」

「さっき、戸口までおくってきた男さ。やつとは、どこで知りあった?」

「そんなこと、どうだっていいでしょ。単なる知りあいよ。友だちなんかじゃないわ。あなたがいうような……」

「おれはべつに、きみの肉体的純潔をうたがってるわけじゃない。どこで知りあった?」

ソルは、ぴしりといった。

「う……帽子屋のまえよ。わたし、ウィンドウのところに立っていたの」

「そうか。どちらが先に、はなしかけた?」

「あっちに決まっているじゃない」

「ほんとうにそうか?」

ソルは、彼女の目をのぞきこんだ。

「ほんとうに、そうよ」

ソルはまた、ベッドに腰かけた。スリッパをはいた足先で、割れたスクリーンをわきによけようとしている。

「これは、いかにも鏡みたいに割れる。あやしまれずにすむように……やつの名前は？」

ソルは頭をひとふりさせて、ひたいにかかった髪をのけた。

「セノっていうの」

「職業は？」

「テレビ関係らしいことをいってたわ」

ソルは、しばらくだまっていた。エマはグラスに酒をつぎ、彼のとなりに腰をおろした。

「エマは、地球とミール星が戦争をしたら、こまるかい？」

今度はごくやさしく、はなしかけてくる。幼児や知能がひくいひとに向かって、なにかきくときのように。

また泣きたくなる。

「こまる」

すっかり疲れきって、夜の底にひとり、はだしで立っているような気分だ。

「どうして？」

「だって、あなたはきっと収容所へいれられてしまうわ」

「おれとわかれたくはない？」

「ないとおもうわ」

自信がなさそうに、エマはこたえた。

「おもうわ、か。いかにもきみらしいな」

ソルは、にやっとした。

「戦争がはじまるの？」

「このところ、そんな予感がするんだよ。きのう、地下チューブへおりるとき、めまいがして、いろんな光景がみえた」

「わたしたち、どうなるの？」

エマはかぼそい声をだした。

「きみが死ぬとこもみえた」

ソルは、両ひざのあいだに腕をたらし、頭をさげている。ごくひくい声だ。

「爆弾にやられて?」

「ちがう。ベッドのうえだ。なにも、いますぐってことじゃない。何年……何十年かたったら、地球人はだれでも死ぬことになっているんだから」

「そうね」

あいづちをうったが、エマはさびしいおもいだった。ミール星人の大部分の者は、自殺する。おなじ死にしても、まったくちがうのだ。彼は異星人だ。

エマは彼の手をにぎった。

「こわがることないよ、そんなに」

「ええ」

エマの頭も、だんだんさがってくる。

「地球をはなれるのは、いや?」

ソルのかんがえていることがわかったので、エマはちいさな声で「まえほどいやじゃないわ」とこたえた。

「だけど、あなたを全面的に信じてるわけでもない」

「きみはすなおで正直だ」

ソルは、彼女の頭をなでた。

「だんだん信じられるような気がしてくるけど」とエマ。

「そうだろう? ルアナとの場面、みた?」

エマは首を横にふった。

「みてない? それはよかった」

ソルは快活そうにわらった。無理に元気をつけようとしてるみたいに。

「はげしかったの?」

エマは、はじめてわらった。

「ああ、かなりはげしかったね」

「あなたを信じられなくなるくらいに」

「そのくらいにね」

彼女は、かすかな憎しみを感じた。それは嫉妬だろうか。いや、ルアナとのことに関して、やきもちをやいているのではない。これは以前にも感じたものだ。エマは自分でも気づかずに、彼の存在そのものに嫉妬しているのだった。

ソルは理解しがたい。

こんなふうに、自分から抱きついていっても、彼の精神の大部分は、どこか知らないところをさまよっているのだ。彼はいつでもどこでも、彼女の腕のなかでも、彼女から解放され、自由でいることができる。エマは、それをねたんでいるのだった。ソルは異星人だ。

「どうした？」

「こころぼそいの」

「おれを全面的に信じるようになれば、そうじゃなくなるよ」

「すべてを信じるなんて、そんなの幻想だわ」

エマは、彼の肩に頭をおいた。

「じゃあ、すべてをゆるすのは？」

「それは」エマは顔をあげて、彼をみた。そしてゆっくりいった。「とても、むずかしいわ。なかなかできないことよ。」

「だけど、そうなったら、もう、むなしくはないだろう？」

「そうね」

彼女は、力なく同意した。

「きみはいつだって、不満足じゃないか」

ソルがいったのは性的なことではなく、彼女の精神のありかたについてである。彼は彼女を抱きしめた。

「セノというのは、偽名だ。ジェバがしらべたんだ。彼は情報局に属している人間を、リスト・アップした。さっき、窓からみていて、ちょっとびっくりしたんだよ」

ふたりをかこむ世界は、彼らの意志や感情に関係なくうごく。それは大きな河のようだ。表面はおだやかだが、底ちかくには速く力強いながれがある。その世界が、彼らを無言のうちに圧迫しているのだ。

エマはひどくさびしく、たよりない気持ちにつつまれた。

「ぬぎな」

ソルが命じた。

彼女はセーターをぬぎ、スリットのはいったタイトスカートを、腰からずらした。いまは、そんなかっこうは、はやっていない。男も女も、荒らい繊維で織ったツナギをきている。そのうえにはメタリックなコートをきたり、ジャンボあみのながい上着をきていたりする。いつかソルは、彼女の服装を〈スケべったらしくていい。一九三〇年代調だと、もっとぐっとくるんだがなあ〉と評していた。彼の表現は、いつでも露骨でむきだしで、いっそ無邪気なくらいだ。

「シームいりのストッキングだといいのになあ。靴下どめって知ってる？　幅広のゴムバンドみたいなやつ」

エマがぬぐところをみながら、ソルは熱心にいった。

「知ってるわ。ファッションの歴史って本でみた。古い映画にもでてくる」

「黒い靴下どめに、あかいバラのししゅうがあったりすると、たまらないんだけどな」

「どこでみたの？」

「いや、きみとおなじだよ」

彼は虚をつかれて、あわてた。

「そういうの、高いし、なかなか売ってないのよ。今度、買って」

「ああ」

ソルは口のなかで返事をした。

彼女は、ちかづいてくるみどりいろの顔を、かなしみのなかからみつめた。


ソルはきのう、かえってこなかった。エマはねむらずにすごした。スクリーン事件から二カ月たっているが、ふたりをとりまく空気はますますきびしくなっている。

おかげで、昼すぎからねむくなった。ベッドにはいったのは、夕方の六時である。寝ついてから二十分もたたないうちに、ソルがかえってきておこした。

「なんにも持たずに、でかけるんだ」

だいたいの意味はわかった。

彼女は大きめのバッグに、本を二、三冊と睡眠薬をごっそりつめた。むかしながらの本より、フィルム・ブックのほうがいいかもしれない。そのほうが、かさばらない。多くもっていける。しかし、フィルム・ブックをよむときは、それ用のコンタクト・レンズをつけなければならない。なくしたらアウトだ。どこへいくかわからないんだから、と彼女はおもった。

あかいハイヒールをはこうとすると、ソルがとめた。彼女は口をとがらせて、かかとのひくい靴にした。残念でたまらなかった。

ヘリ・タクシーでの彼は無言である。それが事態の切迫を感じさせた。

アパートにつくと、ジェバがむかえた。あとのふたりもミール星人だ。

「髪と肌のいろをそめるのよ。みどりいろにね。だいじょうぶ、これはステージ用のファンデーションだから、このスプレーをかければ、簡単におちるわ。汗をかいても平気よ」

女のほうが、なまりのあるアクセントでいった。

「どうして?」

もみくちゃにされながら、質問した。

「二日まえに、いってしまった女のひとがいるの。あたしの友だちよ。宇宙局にはまだ届けてないから、あなたはそのひとに化けるというわけ」

写真でみると、ヴィヴィアン・リー級の美人だ。エマは自信をなくしたが、美容師らしい女は、メイキャップに腕をふるった。

そのあいだ、三人の男たちは、各方面へ連絡をつけている。

「出発は三時間後だな。スペース・ポートからの最後の便になる」

「ミール星人だけだったら、うるさくないだろう。彼女(エマのこと)がバレたら、ちょっとやばいが」

「しかし、東京近辺のミール星人がいなくなったら、あやしまれるだろう。あと一ヵ月のうちに、世界じゅうのわれわれの仲間が、故郷へかえるんだ」

「それなら、七年ごとの聖地巡礼ということにしてある。われらが地の歴史をしらべても事実があるんだから、地球政府は文句をいえないさ。たいへんなのは、故郷へかえってからだ」

「みんな、地球へもどるつもりはないんだから。いろいろうるさくいってくるだろうけど、それを理由に星間戦争をおっぱじめるわけにはいかないだろう。ほかの星のやつらが、だまっちゃいないさ」

「しかし、利害関係が複雑だからな」

エマは、いかにもミール星人ごのみ、という服にかえさせられた。

「おお、わが青春のマリアンヌ。ややプロポーションがわるいけど」

ソルは、芝居じみたしぐさをした。

スペース・ポートでの検査は簡単だった。

「というのも、あいつら、臨時やといだからな。正規の職員は、いまちょっとおなかのぐあいがわるいんだ。ミリン星の野牛の肉、くいすぎて」

ジェバが、彼女にはなしかけてくる。

「きみはたいした策謀家だよ」

ソルが横やりをいれた。

「これもみんな、ソルの恋物語のためじゃないか。東京でひーとつ、銀座でひとつ」

ジェバは、むかしの流行歌をうたいはじめた。スペース・ポートには、もうほとんど人間がいない。ソルはタバコを口にくわえ、両手をポケットにいれて「そんなんじゃないったら」とかなんとか、いいわけしている。

「ねえ、どこの会社の宇宙船？　ワールド・ニュー・スペース？　それとも、スターダスト・スペース・サービス？」

エマは小声でたずねた。

「そんな大会社のじゃない。ミール・スペース・ラインだ」

ソルはなごりおしそうに、最後のタバコの箱をすてた。

「まあ、よかった。船長も機関士も、ミール星人なのね。わたし、とちゅうでスペース・ジャックでもするのかとおもった」

「そんなことしたら、地球側のおもうツボじゃないか。乗客名簿をしらべたら、ほかに地球人がいたのでびっくりしたが、これはミール星との混血児だった。いま、ミール星へはいるのは、むずかしいんだ。地球人では、チャーター船でいく学術調査団と、農産物をあつかう会社がふたつはいりこんでるだけだ。その会社だって、地球人は上層部のほんのひとにぎりで、働いてるやつのほとんどは、おれたちの星の人間だが」

またしても不安がこみあげてきた。エマは彼の腕をつかんで、たずねかけようとした。

「いこう」

案内のテレビをみていたソルは、彼女の背中をたたいてうながした。アナウンスの声が、がらんとした待合い室にひびく。みどりいろの顔をした人間たちはぞろぞろ立ちあがり、ベルト・ウェイの入口まであるいていった。

「わたし、宇宙船にのるの、はじめてよ。火星にいったこともないの。ねえさんは、新婚旅行でカミロイ星へいってきたのに」

「そうかい」

ソルは、なにかかんがえごとをしているらしい。彼のいつもの習性とはいえ、なんだかいまいましくなってくる。エマは、彼の腕をにぎった手に、力をこめた。

行くてに、宇宙船の銀いろの巨体があらわれた。

クリームいろの天井のひくい室内でのくらしがはじまった。エマは、ソルとのふたり部屋をあてがわれた。彼はいつもいそがしそうだ。ときおりかえってきても、すぐに精神遊離の状態にはいる。彼らがかわす会話は断片的で、エマは彼が逃げているような気がした。食事は、彼女の分だけ、病院でつかうような盆にのせられてはこばれてくる。

「しかたがないんだよ。おれはみんなといっしょに食堂でたべて、そのあいだも、今後の計画と可能性について、とことんまではなしあわなくちゃならない」

ソルは、彼女の手をにぎって、しんぼうづよく説明した。

「だって、わたしだけ隔離されてるみたいなんだもの。それはきっと、わたしが地球人だからだわ」

エマの知らないところで、容易ならぬ事態が進行している。そして、彼はそれをかくしている。

「あんたなんかと、知りあわなきゃ、よかったわ。わたしは家族も故郷もすてたのに、あんたたちからは、疎外されてるんだもの」

「また、そんなことをいう。おれの立場ってものを、理解してくれよ」

「どうやって理解するのよ。なにがおこってるかわからないのに、理解しろっていうほうが無理よ」

「キミはひと部屋にとじこめられて、それでイラだっているんだ。だけど、船内を自由にあるかせるわけには、いかないんだよ。彼らの感情というものがあるし……」

「わたし、からだのぐあいがわるいのよ。頭がへんになりそうだわ」

ソルが横をむいていないで、自分の目をまともにみて、しゃべってくれればいいのに、とおもう。彼も最近やせはじめて、目だけがギラギラしている。トンボみたいだ。ちゃんと食事しているのだろうか。休息がたりないせいだろうか。

「なんだか、息がくるしい。食欲がなくて、めまいばかりする。環境がかわったからっていうには、ひどすぎる状態よ。食事があわないってことも、かんがえられない。ねえ、たべもののなかに、なんかはいってるんじゃない？　薬物かなんか」

ソルは、壁ばかりみつめている。彼女はその肩にふれようとしたが、さわってはいけないような気がした。彼の横顔は、ゆううつのきわみをしめしている。

「医者をよこすよ」

しばらくして、かすれた声でいった。

「まだ、つかないの？　あと、どのくらい？」

「この船のパイロットは、ワープ航法が得意じゃないんだ。ライセンスをとったのが、三十年もまえで」

彼はふりかえって、ちらっとわらった。

「あなた、なにをかくしてるの？　なにがおこったの？」

エマは彼の肩に手をかけた。

「かくしてなんかいない！」

ソルはどなった。ほおが、かすかにけいれんしている。目がほそめられ、すさまじいひかりにみちた。顔は白く、プラスティック彫像みたいだ。

「もう、いや。地球へかえりたい！」

エマもふるえながらわめいた。

「かえれ！　いますぐ。救命ロケットをだしてもらえ」

ソルの顔は、すきとおるような白さだ。エマは立ちあがり、彼をおしのけて部屋をでようとした。ソルの手は一瞬はやく、彼女をつきとばした。ひたいに、どーんという衝撃を感じた。痛みはそのあとでやってくる。彼は女をなぐったこぶしを、もう一方の手でにぎりしめた。

「ぎゃあぎゃあさわぐんじゃない」

のどでつぶしたような奇妙な声で、彼はいった。

「信じられないなら、ゆるすことだ。それができなくても、あきらめちゃいけない」

彼の声は、ふだんの冷静さをとりもどしている。というより、かなしんでいるような感じだ。

「わすれてはいけないんだよ、エマ。おれは決して、わすれない。きみとのはじめのころのことや、そのあとのいろんなことを。おれたちの星で、ここ二千年、戦争がないのはどうしてだとおもう？　おれたちは、わすれやしないからさ。恐怖と悲惨を。それがあまりに大きいと、わずかながらも、遺伝子にくみこまれるんだ。つよい感情は、わすれることができない」

エマは、ひたいのこぶをおさえた。

「痛いか？」

ソルはちかよってきて、顔をなでた。

「ええ」

「きみたちは、どうして、すぐわすれちゃうんだろう。ミール星人は、戦時中をふりかえってなつかしむようなことはないんだ。感情が変質したり、風化するようなことは、ないんだよ。だから、ある年齢――ひとによってちがうけど、その人間の精神の容器がいっぱいになると、そのまま死んだように生きるなんてことはしない。経験や感受性や、精神の許容量によってもちがうけど、いつかは、いってしまうんだ」

ソルは彼女をまっすぐにみている。ほとんどささやくような、あやすような声。彼の息のにおいがする。

「ソル、あなたも？」

彼女は、目をふせた。

「おれもだよ」

「いつ？　まさか、もうすぐだなんてことは……」

「それはいえない。わかってても、予告できない」

彼はくるしそうだ。

「予告するひともあるのかしら」

「あるだろうね」

沈黙が、ふたりを支配する。ここは窓のない部屋で、外の星をながめることもできない。あとどのくらい、がまんしなければならないのだろうか。事情もわからずに監禁されているなんて。

どこかで、機械のうなるような音が、かすかにする。あれは、コンピューターだろうか。もう、地球へかえることもできないんだ、とエマはおもった。

「わたし、くたびれちゃった」

彼女はベッドにもどった。ねむる時間なら、いくらでもある。このごろは、ねむってばかりいる。日に日に、やせおとろえていき、体力がなくなってきたからだ。

「あした、結婚式をするよ。そのつもりで」

でていくとき、ソルはいった。


エマは気がめいって、どうしようもなかった。深い穴へおちこむような気分だ。彼女はやっとのことで、ベッドからはいだした。

室内用のスペース・スーツを着がえることなく、結婚式はすんだ。このあいだじゅう、じつにいやな気分だった。ミール星にはいるために、手続きだけの結婚をするのだ、ということはわかった。だがエマは、幸福じゃないときに、彼といっしょになるのがいやだった。むりやり、ひきずっていかれたようなものだ。

おわるとまたベッドにもどり、注射や薬物をあたえられた。自分は、もうすぐ死ぬのだ、とおもった。もしかしたら、薬物投与の実験台にされているのかもしれない。

ジェバがすがたをあらわした。

「ぐあいはどう？」

「とてもわるいわ」

声がだしにくい、息の音がまじる。

「うれしくないのかい?」

ジェバは、気づかうように。

「うれしくなんか、あるもんですか。ソルといっしょになるのが、こんなに不愉快な気分をひきおこすとは、おもってもみなかったわ。これには陰謀があるからよ」

エマはするどい目で、彼をみた。

「あんまり、しゃべらないほうがいい。つかれるだけだ」

「かまうもんですか。もうすぐ、死ぬんだから。なんでもしゃべってやるわ。理屈はあとだ、みんな死ね、だわ」

「地球政府は、宇宙局長官のいもうとが、ミール星人に誘拐されたのだ、と判断した。それで、同意のうえだということを証明するために、式をやらなくちゃいけなくなった。だが、地球側はそれを信じない。脅迫されたか、クスリをうたれて同意したのだ、と決めつけてくる。もっとも、彼らだって、自分たちのいうことを信じてるわけじゃない」

「どうだっていいわ。そんなことは」

エマは、やけになっている。こんな宇宙船のなかで息をひきとるなんて、どんなにつらいことだろう。

「そのうえ、ソルには、もうひとつ罪名がついている。ルアナって知ってるかい? ぼくたちが出発する二日まえに、殺されたというんだ」

「ソルがやったんだとしても、わたしはおどろかないわ」

エマは、あえぎながらそういった。

ソルがはいってきた。

彼女はその顔を、意地のわるい目でにらんだ。ジェバは遠慮して、部屋をでていった。彼は椅子にすわり、異様にひかる目を、彼女にむけた。

コンピューターの音と、ゴツンゴツンというような、にぶい音がひびいてくる。彼はしばらくだまっていた。

「殺人犯ですって? けっこう、けっこう」

彼女はせきこみながら、はなしかけた。かすかなわらいさえうかべて。

「そうおもってるのか」

ソルは熱があるような、へんな顔のいろをしている。

「だって、ルアナのことはどうか知らないけど、わたしはこうやって、じょじょに殺されていくんだから」

息があらい。くるしい。

「どうして、そんなことをおもうんだろう。だったら、はじめから、つれてこなかった」

「最初の計画とちがってきたからよ。おもいもかけないことが、おこってきたから。それに、わたしはあなたの星のひとたちに、おそらく憎まれているんだわ。よけいものだから。お荷物なんだ」

食事やクスリに、有害成分がまじっていることを、彼女は確信した。ソルは、それをだまってみているんだ。彼女は、彼のくるしさなど、かんがえてもみなかった。

「……もう、あいにこないだろう」

彼はぽつりといった。

彼女はやっとのことで、半身をおこした。

「いってしまうの？」

「わからん」

重苦しい空気が、ながれる。エマはおもいついて、ラジオのスイッチをいれた。地球の放送ははいらなくても、中継ステーションか宇宙船放送局の、海賊放送なら、受信できるだろう。

どこもニュースは、やっていない。音楽ばかりだ。「ラブポーション・ナンバー9《ナイン》」が空疎にながれはじめた。

〈今週は一九六〇年代特集をお送りしています。リクエストが、いっぱいきてますねえ。どれもみんな、かけたい曲ばかりです。では、つぎは「サティスファクション」。ご存知？　ローリング・ストーンズっていう、グループ〉

「アイ・キャント・ゲット・ノウ、サティスファクション……」

エマはミック・ジャガーにあわせて、ちいさい声で唱和した。たちまち、息がくるしくなる。もうすぐ死ぬんだ。

〈えーと、つぎは……なになに、ベッシー・スミス。古けりゃ、いいってもんじゃないんだよ。夕陽が沈むと

きは、いつも胸が痛む、とね。そうだなあ、かまわないから、かけちゃおか。ぼく、きっとクビになるなあ〉

ディスク・ジョッキーは、軽快にしゃべりつづける。「セントルイス・ブルース」がながれてきたが、それはベッシー・スミスではなかった。

「あなたは、決してわすれない、っていったわね。いまでもそう？」

エマは、しずかに語りかけた。

「いまでもって、なにを？」

ソルの目は、うつろだ。うつ病患者みたいにもみえる。

「わたしたちのあいだにあったこと。あなたがいったこと」

つづいて、サン・ラの「太陽中心世界」がかかった。なんともメチャクチャな放送だ。エマはスイッチをきった。

ソルは首をのばし、あたらしく獲得した、彼女には不可解な表情をしてみせた。

「それとも、わすれてしまったの？」

沈黙が、洪水のようになだれこんでくる。彼はしばらく、だまっていた。

「いってよ」

エマはつよい声をだした。

「……わすれた」

ソルはいった。

彼女の頭のなかで、やかましいモダン・ジャズがうずまきはじめた。エマはながい息を吐き、ベッドから腕をおとした。


その夜、ソルの最後の意識が、彼女のなかに侵入してきた。明け方に、彼はいってしまった。

星間戦争というより、小ぜりあいがあった。ミール星が地球の植民惑星になったのは、それから半年後のことである。

朝日のようにさわやかに

うさぎに似た生物が、一団となって彼らをむかえた。

ピンクいろの大型で、半円型にならんでいる。からだをゆすり、前肢を背中にまわし、なにやらしまりのないうすらわらいをうかべていた。

「やあ」とピートがあいさつした。「きみたち、知的生命体を代表しているの?」

彼はそのうちの一匹を、けとばすまねをしてみた。うさぎもどきはひととびし、すこしはなれたところから、やはりにやにやわらいかける。

「失礼よ。皇帝かもしれないのに。不敬罪で断首ってことになるわよ」

(男をすきな男)のサブが、うすいろのサングラスの奥から、からかう。彼らは室内用の作業服で、船をおりたのだ。

「断種?」

いつも性的なことばかりかんがえているジュンコが、おもわず口をすべらせた。これでも船長なのだ。

ナオシはだまって、腰のホルスターのぐあいをなおしている。

あたらしい惑星を発見するのは、そうめずらしいことではない。地球政府はそのたびごとに、学術調査団を派遣するわけにはいかないのだ。いくつかの企業が、月や火星やその他めぼしい惑星二、三とのあいだに、定期航路をひらいている。

ジュンコは、スターダスト・スペース・サーヴィスに勤務していた。性的不品行をそれとなく注意されて、怒り狂ってやめたのだ。ナオシはそのときの同僚で、ある朝アパートで寝ているときに彼女に踏みこまれ「あんたもいっしょにやめなさい」と脅迫された。彼女はつきあっていた男全員にそういったのだが、いいなりになったのは、ナオシひとりである。すぐさま同意した彼に、彼女は「あんたのそういうすなおなとこがすきよ」と抱きついてきた。彼は以前から、やめたいとおもっていたのだが。

ピートは、ニューワールズ・コスモ・ラインで見習いをやっていた。サブはスペース・ポートのレストランで、じゃがいもをゆでていた。

ピートは、家が金持ちで、働く必要のない男なのだ。わがままなのに陰性で、親戚の評判もわるかったのだ、と彼は自分でいっていた。家にいづらくなったからだ、とも。

サブは彼の辞職をきくと、なんとなく「あたしもやめちゃうわ」ということになった。ちょっといい男がいなくなると、彼はすぐに動揺するのだ。

彼らは地球の金持ちやひま人のために、めずらしい動物をあつめるという、多分に山師的な商売を計画した。スクラップ同様の貨物船をピートの伯母の遺産で買いとり、《さよならをもう一度》号と名づけた。これはピートがかんがえたもので、彼は自分のことを皮肉屋だとおもいたがる傾向がある。そして、これは彼自身はみとめたがらないことであるが、酒乱の傾向もあるようだ。

彼らは地球での生活にあきあきしていた。街をホロホロしていると、一時間に一回以上は職務質問をうける。彼らが特別異様なかっこうをしている、というわけではない。目的なく、許可証なくして街路をあるくというのは、犯罪にひとしい。それがわからないようでは、精神病者と同じだ。

好ましからぬ事実があると、〈マザー〉に登録されるのだ、とジュンコはいった。それは各省でつかわれているコンピューターの、さらに中枢とでもいうものだ。健康保険証や各種運転免許証をもちあるかなくてもいいようになったのは、国民ひとりひとりに統一番号がつけられ、警察や病院が問いあわせればすぐにわかるしくみになったからだ。許可証一枚で用がたりる。

「そんなことはないだろう」

いくらかの不安をおぼえてつぶやいたナオシに「わたしがなぜ会社をやめたか、わかる？　そういうことを知りすぎて、内閣調査室ににらまれたからよ」とくる。

宇宙の辺境とでもいうべきところを、ヨタヨタしていれば、さまざまな現実からのがれられる。クルーはいくらでも必要で、うるさいことをいわずにやとってくれる。彼らもまた、逃げだしてきたのだ。

「どうやって、捕獲する？」

ピートがいう。

「神経銃でいいだろう」

ナオシがこたえた。

「あいつらに、神経があるのかね」

うさぎもどきは、あるきはじめた彼らを、絵にかいたような微笑で、見送った。

「たいしたもんじゃないわよ。ペットとしては、適さないんじゃないの？　もっとも、ミリン星のトカゲといっしょにくらしてるひともいるけどね」

サブは、ジュンコのあとからすすむ。なるべく、危険な動物におそわれない位置にいたいのだがどういうわけか、被害をうけるのは、いつもサブなのだ。たまには、ほかのやつも痛いめにあったほうがいいのに、と彼はおもう。そのトカゲは、ある老人の注文によって彼らが捕獲したものだが、サブの大腿にかみついたのだ。あぶないな、とはおもったのだそうだ。しかし、彼にいわせると「ある種の瞬間的な無感動」につつまれ、うごくことができなかった。片眼が義眼になったのもそのせいだ。レストランに勤務する以前は、自宅で彫金をやっていた。指輪をみがく機械から、ムーン・サファイアがとびだした。彼は、わかっていながら、よけることができなかった。

「トカゲがでてくるぞ」

ピートがおどかす。

「彼らはほんとうにわらってるのかしら。あれしか表情がないみたいね」

ジュンコは、植物のつるを切りおとしながら、森をすすんでいった。

ひとつの大陸と多くの川や湖からなるこの星には、何千種類もの生物がいるとは、かんがえられない。船の収容能力にはかぎりがあるし、気候がおだやかそうなこんな星のほうが、仕事がしやすいのだ。

「きこえないか？」

いちばんうしろの、ナオシがたちどまった。

「きこえるよ」

ピートは、口をとんがらせる。

「鳥じゃないよ。赤ん坊の声だ」

ナオシは目をあげた。

「……ああ」

自信なさそうに、ピートはこたえた。

するどい声をあげて、始祖鳥に似た形の鳥が、頭上を滑空していった。

「猫じゃないの?」

ジュンコがいう。

「いってみよう」とナオシ。

「待ってよ。危険かもしれないじゃないの。船にもどって、水陸両用車にのりかえてきたほうがいいわ」

ジュンコは、船長として注目されたくて、そのためだけに反対するのだ。

「そんな、大げさな。トカゲがでてきたら、あたしがかみつかれてやるからさあ」

サブのことばで、きまった。


森はしだいに、まばらになっていく。大きな木の切り株に、赤ん坊がつかまり立ちしていた。よくふとった子で、ウールでできているようなフェニキア人みたいな服装をしている。なみだがほほをぬらし、びっくりしたようなこげ茶の目が四人をみつめている。

「人間の子だよ」

サブが、ホーッと息を吐きだす。

「コイン・ロッカーの時代から、すて場所はいろいろにかわりますなあ」

ピートは、気のきいたことばをおもいついたつもりである。だれも同意したり、わらったりはしない。

「人間の子であるはずがない」

ナオシが、かすれた声をだした。

「でも、そういうふうにみえるわ」

ジュンコが首をまげた。赤ん坊はにっこりわらい、「ウーッ」とよびかけた。はしゃいで、切り株を手のひらでたたく。

ナオシはすいよせられたようにうごき、「やめなさい!」という声もきかずに、赤ん坊を抱いた。

「あぶなくなんかないよ」

子どもは、彼の腕のなかにきげんよくおさまった。

「だって、親がでてきたら……さっきの、ゴリラをうんと凶悪にいやらしくしたような動物が、親かもしれない。くさいにおいがして、ぬめぬめした黒い肌から、毛がちょろちょろはえてて、あんなにゾッとする生き物をみたのは、ひさしぶりよ。あれが、おそってくるかもしれない」

ジュンコは、この赤ん坊がというより、ナオシの態度に、正常ではないものを感じとった。それで、必死に反対しているのだ。

「武器はある」

「たたかうのさえ、気持ちがわるいのよ。いいから、その子はおいてきなさい。他人の子なんだから」

「だからといって、ほっとくわけにはいかないよ。すてられてるのに」

「いや、さっきのは冗談さ」とピート。「そのうち、ちかくで材木でも切りだしてる親が、昼めしでもどってくるかもしれない」

赤ん坊は、緊張したおももちで、左の親指をくわえている。だれかがしゃべるたびに、それぞれの顔をじっとながめる。

「だってナオシ、地球の人類とはちがうかもしれないけど、やっぱり人間の子供みたいじゃないの。そう簡単につれていくわけにはいかないよ。動物じゃないんだから」

サブがもっともな意見をだした。ナオシは「うむ」とかなんとか、口のなかでこたえた。だが、全面的に同意しているわけではない。

「こんな赤ん坊をひとりでおいとくわけがない。道にまようってのも、かんがえられないよ。ろくにあるけないみたいだからな。こんなとこへほうりだしてく親は、死んでもいいとおもってるんだろうよ。それを、見殺しにするわけにはいかないよ」

彼らは、たがいに顔をみあわせている。

判断のむずかしい場合は、これまでにも何回かあった。例のトカゲの牙に毒があるかどうかでもめた。制毒作用のある薬物は、二、三種類つんでいたが、のこっていたのはひとつだけで、かなり強いものだった。体内に毒物がない場合、ショック症状がでるおそれがある。体質によって、でかたがちがってくる。ジュンコが、毒であると主張し、薬物を投与した。結局、それがよかったのだ。

あるいはまた、捕えた動物のエサがなんであるかがわからず、死なせてしまったときもあった。バリ星の人喰いヒトデには、いまも困っている。水槽からパシャッととびあがって、生肉に喰いつこうとする。針金をセットして、肉をつるしておくのだが、なかなかうまくいかない。指にかみつかれないように、気をつけなければならない。

頭上を鳥が滑空していく。

「どうする？　もうそろそろかえんなきゃ」

ピートが口をひらいた。

赤ん坊は、ナオシの髪をひっぱり、キャッとよろこぶ。

「こいつをすててかい？」

ナオシが、すごい口調でいった。ジュンコはへんに横にながい目になって彼をみた。

「あんた、さっきからおんなじことといってるみたいだけど、むかし、赤ん坊をすてたことがあるんじゃないの？」

ナオシは一瞬、口がきけなかった。反撃しようとしたが、声は出なかった。ジュンコが、船長らしくことばをついだ。

「だから、状況に感情移入するのよ。アホらしい。そりゃ、気の毒よ。この子はね。危険もなさそうだわ。船には、食料もたっぷりある。だけど、この星の住人をつれてかえって、あとで問題になったら、どうするの」

「ならないよ」

ナオシは、断言した。

「そんなこと、わからないでしょう」

「なったとしても、この星は、たいした文明があるわけじゃない。さっき、ここの軌道にのって、観察しただろう。ちいさい集落が、ほんのわずか、ひとにぎりしかない。星間戦争になるほどの科学力をもってる、とはおもえないね」

「地球タイプの文明とはかぎらないわよ。地下にもぐってるかもしれないでしょ」

小動物がはしってきて、木にのぼった。突然、頭のうえから大量の葉がおちてきた。あとからあとから、おちてくる。いくらでもおちてくる。おびただしい量の葉が、視界をさえぎる。目にはいらないようにするだけで、せいいっぱいだ。彼らは胸までうまってしまった。

「なんだ、これは？」

ピートがうなった。

「落葉《らくよう》でしょ」

サブがのんびりという。彼らは、そこからぬけだすべく、しかるべき努力をした。

「一日にいちど、落葉するのかな」

「これに火をつければ、焼き人間ができるわけ。たき火だ、たき火だ、おち葉たき」

赤ん坊は、ナオシの胸にしがみついている。

ジュンコは、不愉快である。理由ははっきりしない。嫉妬しているのだろうか、とおもってみたりもする。

彼女は、先にたってあるきはじめた。

この星の夜がおとずれた。

彼らはキャビンにあつまり、討議しはじめた。それはながびき、サブが夜食をだすまでつづいた。


「なに、これ?」

ジュンコは、わかってるくせにたずねる。

「人喰いヒトデのフライですよ。三食とも、船内食用の合成食品じゃ、あじけないでしょ」

「また、死んだの?」

「ここへ着陸したときのショックでね。でも、まだあと十二、三匹はいます」

「困るわ。あれは、意外と高い値段で売れるのよ。苦労して密猟したのにさ」

「しかし、バリ星人というのは、攻撃的だなあ。彼らは冷静だし、軍人になればいいのかもしれない」

ピートは、あたりさわりのない話題を提供する。ナオシは、どことなく暗い目つきできいている。

「もう、なってるよ。外人部隊のほとんどは、そうでしょう」

ジュンコはこたえながら、ナオシの表情をさぐった。この男は、赤ん坊をみたとたん、かたくなになった。過去になにかあるにちがいないのだ。だいたいの想像はつく。

赤ん坊は、ナオシがすわっているベッドに寝ている。サブがリネン類をあつめて、二日分のオムツを用意した。それまでは、腰のまわりは包帯のようなものでまいてあった。かなりながいもので、とりかえるのはさぞたいへんだろうとおもわれる。オシッコやウンチは外にまでしみだしていた。きっと十日に一度くらいしか、とりかえないのだろう。おしりが赤くむけていた。

「今回は、あのうさぎみたいな動物、一種類だけにするわ。動きもにぶいみたいだし。さっきのおち葉のときみた、金いろのリスとムササビのあいのこがほしいんだけど、あいにくワナがこわれてる。ピート、修理するのにどのくらい、かかる?」

ジュンコは床のうえに、あぐらをかいている。

「三つともですか?」

「ひとつだけでいいわ」

「そうね、半日あればできますよ。ちょっと部品が不足してるけど、なんとかなるでしょう」

「あしたの夜、やってくれる?」

ジュンコは、やわらかな微笑をうかべている。彼女のこういう顔には、用心したほうがいい。成算のありそうな計画をねっているのだから。

「ええ、いいですよ」

「では、あしたは、ピンクうさぎをつかまえるわ。食料は、草や小枝でいいのかしら」

「あいつ、さっき、土を喰ってたよ。あいかわらず、にたにたしながら。なんだか、気味がわるいね」

サブが報告した。

「土はどのくらいつめるかしら。地球へかえるまでとして」

「さあ、たいして時間はかからないから、三匹から五匹分。みどりいろの羊、もう二頭も死んじゃって、あとの一頭もだいぶよわってるでしょ。ちかいうちにステーキがたべられる……」

サブがこたえる。ジュンコはそれをききながら、ナオシに視線をはしらせた。反乱はゆるせない。しかし、大事なクルーでもある。現在の愛人でもあるので、彼がこの星にのこる、などといいださないように、気をつけなければならない。

「二日あれば、五匹はつかまえられるでしょ。どうおもう? ピート」

「楽勝だね」

「よろしい。では、あしたから五日、ここにいるわ。三日めは、あのちいさい動物にワナをしかける。四日めに出発準備」

「OK」

ピートは立ちあがり、下の層へおりていった。サブは、食料庫兼台所へいく。


せまいキャビンには、女と男と赤ん坊がのこされた。

ジュンコは彼のまえに立ち、胸もとのファスナーを下までおろした。からだにぴったりついた、肌いろのウールの下着があらわれる。食欲が減退したような顔で、ナオシはそれをみていた。

下着は、手首と足首まで、からだ全体をおおっている。胸もとのスナップを五つまではずした。それから、両腕を彼の首にからませる。

「どうしたの?」

ジュンコは、からかうような目で、彼の顔を下からみた。ナオシは目を伏せている。

「あんたには、おれの気持ちなんて、わからないんだ。あんたは、浅薄で残酷な女だから」

彼は、はっきりしない発音でそういった。

「ふん、ふん」

ジュンコはあいかわらず、ややシニックな微笑をうかべている。

「だから、けっこうです」

「なにが?」

彼女は、ことさらにあまい声をだした。

「ぼくは、優秀なクルーじゃない」

「あら、ユーシューよ」

「からかわないでくれよ。ここへのころうとおもったけど、生きていける自信もない。あしたから、下へいって、ピートと寝るよ」

これはまさに脅迫である。ジュンコは、男がいないと、イライラして判断をあやまることがある。

「ベッドがないわよ」

「下にはふたつあるでしょ」

「もうひとつは、サブがつかってるわ」

「ああ、そういうことか……じゃ、食料庫のわきでいいよ」

「あなた、わたしがニンフォマニアだとおもってるんでしょ。いいわよ、ご自由に。ただし、赤ん坊は……」

ナオシは、顔をあげた。

そのとき、赤ん坊が泣きながらおきてきた。「ヒェー」というような、たよりないかなしげな声をあげる。目をこすりながら、数歩あるき、ジュンコにむかってたおれかけた。彼女は腕をのばして抱きとめる。

腕のなかで抱きなおすと、泣くのをやめた。赤ん坊は手をひらいて、彼女の肌いろの下着をひっぱった。

「だめよ。いやね、この子」

赤ん坊はおもしろがって、ますますひっぱる。ばかにできない力だ。手をはなさせると、今度は髪をひっぱる。

「痛いじゃない！」

ジュンコは高い声をあげ、赤ん坊を床におろした。赤ん坊は脚をまっすぐのばしてすわり、にやっとわらいかける。

彼女もつられて微笑しかけた。ナオシに目をはしらせると、あわてて勝利のいろをかくした形跡がある。ジュンコはくちびるをむすび、ベッドに腰かけて腕をくんだ。

「貨物のほうは、まだあいてるでしょう」

彼女はいう。

「いや、羊や魚で満員だ」

「そおお？　ピンクうさぎを三匹にすれば、どうかしら」

ナオシはだまっている。

「いやなの？」

ジュンコは強い声でたずねる。もしそうだったら、ゆるさない、という声。

「なにがですか」

ナオシは力なくこたえた。

「このチビは、キャビンではなく、下にいれてもらいたいわ。べつに羊のいるとこじゃなくても、干草がだいぶすくなって、場所があいたから、そこへほうりこんでおけばいい。ここは居住区ですからね」

「しかし、それではよくめんどうがみられない」

ナオシがひかえめに口をだした。

「サブがやるわよ。動物のせわのついでに」

「心配ですよ」

「彼は親切な男よ。やさしいところがあるわ。あなたはパイロットなんだから、せわできるわけないでしょう」

「船がオーバー・ドライヴにはいったら、そうしょっちゅうついていなくても、大丈夫ですよ」

「赤ん坊が、みんなの生活を乱すのはよくないわ」

ジュンコは、船長らしくいった。

「はじめっから、乱れてるでしょう。てきとうに」

ナオシは赤ん坊のあとを追った。赤ん坊は床をはっていき、ドアのところで立ちあがり、両手をドアについてからだをゆすっている。ナオシは抱きとり、ドアをあけてやった。ふたりは、台所のほうへいくようだ。

この船の設計は、かなりおかしい。とんでもないところにとんでもないものがある。

ドアをほそめにあけると、彼らはひとりと一匹という感じで、仲よくすすんでいく。太いパイプが、床を横切っているところでは、赤ん坊は犬ころのように抱きあげられた。赤ん坊はかなりの速度で、おしりをふりふり、はいすすんでいく。

ジュンコはドアをしめないで、ベッドにもどった。あかりをけして、袋のなかにはいりこむ。妙に腹がたっている。

ジュンコは、むかし知っていた男をおもいだした。学生運動のリーダー格で、華やかなりしころは、新聞やテレビにもでたことがある。知りあったころは、土方をやっていた。単純でセンチメンタルな男だった。妊娠した女をなぐったりけったりしてわかれたあと、その女が子どもをうんだ。彼はそのことで、ひたすら自分を責めていた。二年半たって女にあったとき、子どもは彼をみて泣いたのだそうだ。

「そのときぼくの顔は鬼にみえたのだろう」と彼はいった。「単なる人見知りでしょう」と彼女がいうと
「きみはわかっていない」

その男は、子どものことで自分を責めてたわけじゃない、と彼女はおもっている。彼は自分の青春を悔い

ているのだ。ファナティックでぐにゃぐにゃしていた、むかしの自分を。その時代を象徴するものが、子どもなのである。

ナオシも、おそらく似たような過去があるのだろう。それを口にしないところが、いやらしい。もったいぶることもないのに、とジュンコはおもう。

それから、男と女ではどちらが未練たらしいかをかんがえ、圧倒的に男のほうであるという結論に達した。

台所では、ナオシとサブがわらい声をたてている。ナオシは、今度の航行のあと、やめてしまうかもしれない、とふと考える。彼は単純な生活がしたいのだ、といつもいっていた。いまの世の中は、あまりにも複雑すぎるよ。ニュージーランドか、ニューカレドニアか、そのへんへいって、のんびりくらしたいね。いや、地球とはかぎらないよ。ミール星なんかは、気候も温暖で、ひとびとも親切だから。

彼もまた、自分の青春から逃げているのだろうか。ジュンコは、彼女が強制したとき、彼があっさりとスペース・サーヴィスをやめたことをおもいだした。

サブが例の得意げな調子で、なにかいっているのがきこえた。なんとピートの声もする。彼はどうもアルコールがはいっているような調子なのだ。サブがあたえたにちがいない。彼がサブにはなしをつけて、ウィスキーを二十本以上もつみこんだ、なんてジュンコは知らなかったのである。

どいつもこいつも、とジュンコは腹だたしくおもった。船長のあたしを、なんだとおもっている。あたしがいなきゃ、やつらは大気圏外にでることすら、できないのだ。

クルーはどこでも不足しているので、しかたがない。いいかげんな人間ばかりあつめて（そのなかに、もちろん自分はふくまれていない）あたしはまるで、はきだめあさりだ。

台所では、ナオシがフルートを吹いている。曲は『朝日のようにさわやかに』という、ジャズのスタンダードだ。

それにしても、かなしげなメロディーだ。

「これは、男が娼婦と寝て、朝かえってくるときの心境をうたったんだ」とナオシはいっていた。

むかしよんだ小説で、黒人の女と白人の男が同棲するはなしがあった。その黒人女の兄は、白人女といっしょにいたが、彼女をひどいめにあわせて、自殺してしまうのだ。

「それでもいつかは、裏口に陽がさすこともあるだろう」と黒人女は台所でうたっている。なぜ裏口なんだ、と白人男はかんがえる。

ナオシは、なにかに敗れた男なのだ、確固たるものがほしいんだ、とジュンコはかんがえた。

ピートがわめいている。はきだめの人間たちがあつまって、酒をくみかわしている。それにまじって、赤ん坊の喃語もきこえる。マンマンママン、ウー、パッパッパ。

あれは、ほんとうに地球人の赤ん坊にそっくりだ。


翌日も晴れていた。

ピンクうさぎはじつにのろまで、十二匹をつかまえることができた。老いぼれたのは、はなしてやる。赤ん坊は、キャビンにとじこめて出かけた。二時間ばかりすると、ナオシがそわそわしはじめた。気がかりなのだろう。三時間たつと、彼は「はやめの昼食にかえろう」といいはじめた。

「ちょっと気になることがあるんです」

ピートが、ジュンコにだけきこえる声でささやいた。

「水陸両用車を、二時間、かしてくれませんか」

「なんなの?」

「ここからすこしいったところに、集落があるはずですね。今朝、のろしみたいなものがあがっていたでしょう」

「あれは、呪術的なものではないでしょう」

「いや、赤ん坊に関係あるとおもいますが。さっき、サブときのうの場所へいってみたら、妙なものがみつかったんですよ。あのすぐちかくに、急遽こしらえたちいさい生贄《いけにえ》台みたいなものがあったんです」

「案内しなさい」

ナオシとサブは、催眠ガスでねむらされたピンクうさぎを水陸両用車にのせて、船にかえるところである。サブに、いったんひきかえしてくるようにいいつけて、彼女はピートのあとにしたがった。

そこは木が切り倒され、すこしひらけている。ひらたい石のうえに、このへんではみたことがない種類の、白い葉のついた枝がかざってある。その石のうえに、なにか呪文がかきつけてあるちいさな札がたくさんついた、トゲのある植物のつるがあった。

「これは、血じゃないの?」

わずかにこびりついたそれを、彼女はしさいにながめた。

「そうだとおもいますよ」

ピートは冷静にこたえた。

「あの子の血?」

「まだしらべてませんけど、たぶんね。つまり、あの子は、ここでけがをしたはずなんですがね。すこしも血をながしていなかった。あるいは、これはまちがいなのかもしれない。仔羊かなにかを、ここで殺したのかもしれませんね。それにしては血がすくなすぎるから、そこにあつまった者たちが、指に傷をつけたとか、とにかくなにかのイミがあるとおもいますよ」

「まさか、それじゃ、赤ん坊を……なんのために?」

「それをしらべたいんです。きょうの朝、気がついたんですけど、あの子がひとりあそびしてた台所に、サブがどうしてもといって、いれたテーブルがあったでしょ。ちいさいものだけど。あれの脚に、歯型がついてたんですよ」

「だって、歯なんか、はえてないでしょう」

「ええ」

「あなたが、酔っぱらってやったんじゃないの?」

いつもの調子で、ジュンコはいった。

「いや、ぼくは、そんなことしてませんよ」

「でも、のんだでしょう」

「それはそうですけど」と、ピートはきまじめにこたえた。「いつもほどは、のみません。それに、あの歯型はちいさいし、牙があるみたいなんです」

「まさか」

ジュンコは首をふった。

「バリ星の、銀いろキバネズミじゃない?」

おもいついて、ジュンコはいった。

「そうかもしれませんね。それにしては、おかしいな。きのうは、ぼくたち三人と赤ん坊が台所にいて、そのあと、サブとぼくとは、下へおりていったんです。キバネズミなんかあがってこれるわけないし、たとえ網を喰い破ってきたとしても、だれかが気づいたはずですよ」

「わかったわ。調査しましょう。もうそろそろ、もどってくるころだから……赤ん坊をつれてくるはずだし。集落のほうへは、いってみた？」

「クルマの屋根のうえから、望遠レンズをのぞいただけです。ここらへんの写真をとっとこうとおもってね。わりあいに原始的な集落ですが、女が皿みたいなものを洗ったりしてましたよ」

ふたりは、もとの場所にもどった。

そこへ、水陸両用車がやってきた。

「うさぎはどう？」

ジュンコはあかるい声でたずねる。ガスの効果は持続してねむっているはずだ。

「まだ、わらってる」

サブが、しなをつくってこたえた。

ナオシは無表情である。彼のひざのうえで、赤ん坊がはねていた。まったく無邪気にみえる。

「あれは、悪性新生物っていうとこね」

おりてきたサブに、彼女は、はなしかけた。もちろん赤ん坊をさして、そういったのだ。

「まったく」

彼はサングラスの向こうで、わらっている。義眼をはめた目も、わらっているようにみえる。

「ほんとにさあ、ひどいのよォ。なんでもかんでも口にいれちゃうし、なんでも破ろうとするし、罐のふたあけて、中身を台所じゅうにまきちらすし。これから、そのあとを追っかけてそうじしなきゃならないんじゃない？　あたしゃ、女中じゃないんだよ」

「あの子が人間だとしても、そうはおもえないな」とピートも、おなじような調子で。「あれは、異形のもの、という感じだよ。かわいらしい奇型というところかな。そんなふうにおもうのは、おれに、赤ん坊の知りあいがいないからかもしれないけどさ」

ナオシは、不安そうにこちらをながめている。赤ん坊についてしゃべっているのはわかるが、内容がききとれないせいだろう。

「ピートから、はなしはきいたけど……」

彼女は声をひくくした。

「ええ、ぼくもです。彼がおかしなものがあるっていって、森のなかのあれをみせてくれたんですよ」とサブがこたえる。

「歯型を発見したのは？」

「ぼくですよ」

サブは、ごくまじめな顔をしている。

「吸血鬼みたいね」

「なんか、そうみたい。きのうの夜、ぼくとピートは下で寝たけど、部屋はべつです。ナオシと赤ん坊は食料庫のわきだし……」

ナオシは赤ん坊といっしょにおりてきた。

「お昼、もってきた？」

ジュンコは、話題をかえた。

「サブが、つみこんできたはずだけど……」

ナオシは、どことなく口ごもるような感じだ。自分は仲間はずれにされている、と感じとったのだろうか。しかし、彼はいつも、そんなしゃべりかたをする。

彼らはそこにすわって、昼食をとった。

「うわあっ！」

サブがとんきょうな声をあげた。

大木が倒れてくる。ナオシは赤ん坊を抱き、ジュンコもピートもとびのいたのに、彼はまたしても、逃げることができなかった。

サブは大木の下敷きになった――とおもった。ところが彼は、おそるべき怪力を発揮して、その木をもちあげ、はいだしてきたのだ。おとなふたりが両側からかかえようとしても、たがいの手がとどかないような巨木である。

吸血鬼に怪力男！

ジュンコは、瞬間、血がひいていくのを感じた。

「ハッハッハッハ、おれはじつはスーパーマンなのだ。たかいビルもひとっとび！」

サブはわざとらしく、胸をはってみせた。ピートが足の先でもちあげると、それは軽々とあがった。

「これ、きっと、なかが空洞になってるんだ」

「おどろかせるなあ、この森は」

ナオシが、はじめて笑顔をみせた。

午後、ピートとジュンコは村へいった。水陸両用車がちかづくと、のろしのようなものが、あがった。ひとびとはあわてふためいて、家のなかにかくれる。

「どうしたんだ？」

「おどろいただけよ。ここからは、あるいていきましょう」

だが、どの家も戸をとざしたままだ。屋根は草でふいてある。壁につかわれる丸太は、おそらくさっき彼らをおどろかせた、パイプ・トゥリーだろう。

この世界の太陽は、青っぽい。大気のせいだろうか。地球と似ているが、組成がややちがうのだ。

「あっちに広場があるみたいよ」

ジュンコは、先に立ってあるきはじめた。

集会場といって、さしつかえないのかもしれない。円型をなしていて、地面は石で固めてある。中央に、石の柱が四本立っていて、まんなかに机のようなものがある。

その机には、たったいまほうりだしたとでもいうように、白い葉のついた小枝がある。森のなかの石台のうえにあったものと同じである。呪術的な性格があるのは、確かなようだ。

「……やっぱりね」

ジュンコはつぶやいた。ピートはするどい目で、彼女をちらとみた。

「あの赤ん坊は、ナオシにとって、ひどく大事なものらしいな」

「過去の総決算の象徴でしょうよ。彼もだいぶつかれているから」

ジュンコは、きのうの夜かんがえたことを、口にだしてみた。ピートは、遠慮がちに「どうおもいます？」

とたずねる。

「悪魔の申し子？」

ジュンコは、あるかんがえがうかびあがってくるのを感じながら、いってみた。

「そうかもしれませんね。あるいは、われわれの到着におどろいて、神へささげられたのかもしれません」

「ナオシはここへのこればいいんだわ」

ジュンコは、ぼんやりとつぶやいた。それから、ピートをみる。

ピートはこたえない。用心ぶかい男なのだろう、とジュンコは推測する。

井戸が三つ、戸外で食事するためのながい椅子のようなものがいくつか。

「かえりましょう。これ以上、収穫はないみたいだから」

彼らは、水陸両用車へもどった。


夜は、それぞれの仕事ですぎた。

ジュンコはひとりで、コクピットへこもった。最寄りのステーション基地をよびだす。

この惑星は未発見のものだろうか、という疑問をもったからだ。だいたいの位置をしらせると、ややあっておもったとおりのこたえがきた。

三十年まえに発見されたが、地球からとおいのと、地下資源などがたいしてないために、わすれられた状態にある、という。

住民はおくびょうで保守的、三十年まえの一大事におどろいて、その迷信的性格をさらにつよめたとおもわれる。ジュンコは、ひじをついて考えこんだ。ある、ひとつの確信がうかびあがってくる。クルーをうたがってはいけないのだが……彼女はもう一度、基地をよびだした。

彼女はキャビンへもどった。

赤ん坊はひとりであそんでいる。抱きあげて、口のなかをしらべようとすると、おそろしい悲鳴をあげた。

「なにをするんだ！」

すぐにナオシがとんできた。

「べつに、そんな……」

「船長、おれはもう、あなたを信用しないよ」

彼は蒼白になっている。

「大さわぎするほどのこともないでしょ」

彼女はわめいた。この男は、赤ん坊のこととなると、なぜこんなにも、肩ひじはるのだろうか。それに、信用しない、というのはどういうことだろう。また、何かが起こったのだろうか。

「じゃ、キバネズミをもちだしたのは、だれだ」

「もちだした？」

しまった、それをしらべるんだった。

「そうだ。キバネズミのオリのカギは、台所にあった。そこにはおれが寝てたんだ。犯人は、網を注意ぶかくやぶって、もとどおりにしといたんだ」

彼の肩はふるえている。これは芝居だろうか。

「もっともうたがわしくないのは、あなたよ。だから——そんな細工は、だれにでもできるわ」

「いいよ。そんなにうたがうのなら、おれは、ここにのこる」

「あの子に牙なんかない。これはだれかのトリックよ。あなたという可能性もあるわ」

あまり大声をださないように気をつける。ドアがしまっているから大丈夫だろう。

ノックがあった。

「サブが、ヒトデにかまれたらしいですよ」

ピートがはいってくる。

「あれは、毒性があるのよ。あの水槽のうえには、金網がはってあったはずなのに」

「それが、きょうかえってみたら、破られてたらしい。彼は、これは悪魔の赤ん坊の呪いだといっている」

ピートもやや白い顔をしている。

「サブはこわがってるよ」

「いま、いくわ」

ジュンコは、下の層へおりていった。

サブは、包帯をして、ベッドに横たわっている。

「ぐあいはどうなの?」

「薬がないんです」

彼はよわよわしくいった。

「まさか。予備の薬品類はどうしたの?」

彼女は、わけがわからなくなった。

「なくなっているんです」

おちついた声にもどって、ピートが報告した。

「どうして……」

「これは呪いだ。おれたちは、呪われているんだ。よけいなことをしたばっかりにね。船長、魔法というものを信じますか」

彼女はこたえられない。

「むかしの伝説にすぎない、とおもってますか」

ピートの声は、しだいに熱っぽくなってくる。

「そんなことより、サブをどうするの」

「魔法にかかったんだから、なにかなおすものがあるはずだ。あるひとつの呪文とか……つまり、全部、あの赤ん坊が原因なのだから」

「ピート、おまえ」

ナオシがどなる。

「いや、宇宙にでたら、常識はすてなきゃいけない。手脚が何度もはえてくる、奇型の住人たちをおぼえてますか。あれで、彼らにとっては、まったくの正常なんだ」

彼は演説口調になってきた。

「だから?」

いまになにかがわかるだろう。さっき問いあわせをしたときの確信が、ふたたびうかびあがってきた。

ピートの目は必死だ。

「だから、サブをすくうために、いまから村へいかなきゃ、だめだ。さもないと、彼は死んでしまう」

「そんなこと、わたしが本気で信じるとおもって？」

彼女は、わざといってみた。

「そんな石頭だったんですか。サブが死んでもいいのか」

彼女は、いそがしく計算している。さっき燃料をみておいた……。

「わかったわ」

「サブはおいていくの？」

ナオシがたずねる。

「ぐあいがわるいんだから」

ピートがかわりにこたえた。

「ぼくは、まだ大丈夫だ」

サブはベッドから、よわよわしく声をかけた。「いっしょにいくよ。はじめはそんなこと信じなかったけど、いまひとりになるのがこわいんだ」

「あのヒトデは、毒がまわるまでに一週間はかかるのよ。うごきまわると、それよりはやくなるわ」

ジュンコは、慎重にいった。

「では、十分後に出発」


ナオシが、いちばんあおい顔をしている。赤ん坊は、はしゃいでいる。水陸両用車を運転しているピートは、かなりのスピードでとばす。昂奮しているようだ。

五分ほどはしらせると、彼はクルマをとめた。

「船長、このへんでいいですか」

その声は、確信をつよめた。

「ええ。あかりをけして、そこの木のかげにはいって」

サブには、なにかあったら、花火をあげるようにいってある。

彼らはくらいなかで待った。

「どうしたんだ？」

ナオシがたずねた。

「サブの経歴をといあわせたの。たいしたものは得られなかったわ。つまり、彼が殺人容疑者として追われている、ということ以外は」

ジュンコは、しずかにこたえた。

「それじゃ……」

「これは、全部、しくまれた芝居だとおもうね」

ピートが、かわりにこたえた。

「あら、ピート、わたしは、はじめあなたをうたがってたのよ」

「わかってますよ。遺産全部をつぎこんで、あの船を買ったことまで、あやしくみえるしね。もし人を殺したら、そのあと宇宙へとびだしてしまう方法が、いちばんだろう」


花火があがった。

クルマは、おそろしい速度で、船へむかった。

サブが電子銃をかまえている。

「わるいけど、ぼくがここを出発するまで、外にいてほしかったんだよ。あとの連絡はつけておく。きみたちを救助する船は、二カ月くらいあとにくるだろう」

それをきいたとき、ジュンコは彼がかわいそうになった。

「サブ、いっしょうけんめいやったのね。だけど、燃料はぬいてあるのよ」

サブの顔が一瞬痴呆のようになった。

「ああ、ぼくは……」

ピートは、かけあがって、彼の銃をとりあげた。

「いつも、ドジな役ばっかりだな。トカゲにはかみつかれるし」

彼はなぐさめるように、サブの肩をたたいた。彼はしずかにすすり泣きはじめた。はじめから、こんなつもりではなかったのだろう。正体不明の赤ん坊をナオシがひろったことから、この計画をおもいついたにちがいない。

「ああ、よかったなあ！　おい、おれと仲よくくらそうぜ。ニューカレドニアだ、ニュージーランドだ。おれたちは、朝日のようにさわやかに、くらすんだよ」

ナオシは、赤ん坊を抱きあげて、何度もほほずりした。

ジュンコは、まったくおもしろくない。《さよならをもう一度》号は、これでクルーをふたり失うことになる。サブはかわいそうだが、地球へ送りかえさなきゃいけないだろうし……いやいや、かまうもんか、と彼女はおもいなおした。ここは地球じゃない。あのきゅうくつな地上の法律はここでは通用しないのだ。

「あんたたち……」とジュンコは、サブとナオシにいった。「このつぎの航行のときも、乗ってもらうからね」

サブは信じられないといった顔になった。ナオシは一瞬、しぶい顔になった。ジュンコは、ニヤッとわらった。

「だって、わたしは船長なんだからね。それに、この船は、地球でやっていくことができなかった連中の寄せあつめなんだからさ。治外法権というわけよ。文句のあるひと、いる？」

「赤ん坊はどうなるんだ？」とナオシ。

「ニューカレドニアなんて、老人みたいなことといわないで、あんたもずっとここでくらせばいいでしょ。キャビンを改造すれば、なんとかなるしさ。この船がせまくなったら下取りにだして、あたらしいのを買えばいい。育児はサブの役目ってことになるわね。ナオシよりも彼のほうが、その才能があるみたいだからさ」

「本気なのかい？」

ピートはやれやれ、といった顔。あとのふたりは、うれしさに声もでないみたいだ。

「そのかわりね、ボスの命令は絶対だってことをわすれないでほしいわ」

彼女はじつにいい気分だ。

ナオシは、銀いろのフルートをとりだすと、くちびるをあてた。

この星の夜が、しずかにおちてくる。

「地球へいかないか」

ジェバがいった。

マリはカウンターのうしろから、香水のびんをだしてならべた。

「なぜ、いまさら、そんなことをいうの？　みんな死んだというのに。おもいだしたくないわ——これなんか、セクシーで、地球人の女性にアピールしますよ。ミール星人の体臭っていうのは、はじめはいやがられるけど、非常に魅力的なんだって」

「そんなことはどうでもいいけど——みんな死んだわけじゃない」

ジェバは声をひくくした。

「そりゃ、あなたやあなたの家族は生きていて、妹さん、こんど地球人と婚約したんですってね。けっこうなことだわ。地球人との縁組みって、出世の早道だっていうから。だけど、わたしはひとりぼっちよ。六年まえから」

舗装された道を、風がふいている。陽光にあふれた街路を、何事にもわすれっぽくなった気楽な人間たちがあるいている。

「駐留軍の一部はひきあげたそうだ」

ジェバはしずかにいった。

昼さがりだが、店のなかはこんでいる。デパートめぐりを娯楽とするミール星人のいなか者でいっぱいだ。

「そういえば、最近、地球軍の兵隊が目につかなくなってきた。そのかわり、商社のやつらが多くなってきたが。おれたちはみんな、あのみじかい戦争をわすれてしまったんだ」

マリは、十九才のときの失恋をおもいだした。真夏のしずかな昼さがり、男は角をまがってきえた。あのときの、ドーンと冷えた喪失感は、ひとつの大きな石となって胸の底に横たわっている。あれは、地球でのできごとだった。

ミール星にかえってきてしばらくして、両親はいってしまった。半年後に、兄のソルはミール星に向かう宇宙船のなかで、自殺した。

　気がついたら、土地も家もとりあげられ、彼女はアパートでひとりぐらし、にっこりてきぱきの売り子になっていた。

「六年もたつのか」

　ジェバは、頭をふった。

「おにいちゃんは、なぜ死んだの？　立場上？　こころが、地球人的になってしまったのかしら」

「追いつめられていたことはたしかだよ。それにだいぶ、イライラしてた。だけど、あいつはだれよりも誠実だったからだ。ほかにいえることはない」

「例の殺人容疑は？」

「冗談じゃない。ルアナは、いまでもピンピンしてるよ。この星に別荘をもったりして、たいしたもんだ」

「おにいちゃんは、結婚したんじゃなかったの？」

「ああ、そうみたいだな」

　ジェバは眉をひそめた。

「その相手の女のひとは？」

「なんだか、精神病院にはいってるとか……内実は、わからんよ。もと宇宙局長官の妹だっていうからなあ」

「ふうん」

「いいかい。きみは、仕事で地球へいくんだから、そんなにこわがることはない」

　ジェバは上体をおこした。

「どんな？」

「ファッション・モデルだ。いいや、心配することはない。きみは、すごく若くみえるからね。それに、三十代のはじめの女のコ向きの商品なんだ。豪勢なもんだよなあ。三十代のオンナノコってのは」

　ジェバは、5スタでカメリハ、という感じの顔になった。彼は、銀河三大広告会社のうちのひとつに下うけ企業をつくり、なんとそこのチーフ・プロデューサーだというのだから（マリの意見としては、あきれるというかいいかげんなはなしである。彼女は、いなか者のつねとして、広告業界やレジャー産業を軽薄視していた。それで、香水売り場に立たなければならなくなったときは、生活のためとはいえ、ひどくつらかった。

それなのに、ファッション・モデルとは！）。

「だめよ、そんなのは！」

「6時に、うえのソーダ・ファンテーンにいるから」

彼は微笑しながら、とおざかった。

しかめっつらをしてみせたちょうどそのとき、地球人の上司がとおりかかった。

「えーとね、彼女の経歴、書きかえてさ、『地球生まれのオンナノコ』としちゃおうぜ」

「いや、そんなこと、する必要ないよ。もっと尊大に孤独感をただよわせていく。『銀河はわたしのふるさと』『彼女はひとりでやってきた』とね」

「売り物はなんだ？　香水とトワレと石けんのセット？　彼女、素朴すぎないかね？」

「そこがいいんだよ。彼女の部屋には、テレビがないんだぞ。ねえ」

男たちは、地球人とミール星人と半々ぐらい。ずいぶんと、ばかげたことばかりいっている。

「もちろん、彼女にはスキャンダルがないさ。だけど『初恋から十年』って、感じでやってもらいたいね。男がいるのかいないのかわかんないけど、いてしかるべきって感じでさ」

「そうだ、二十五すぎて男がいないってのは不潔だなあ。ほんとにいないのかい？」

彼女は困惑して、ジェバをにらんだ。

「ソルのことをおもいだすな。あいつは、優秀なボクサーのように、ものしずかな男だった。つまり、ミール星人らしいやつだった。いまは、そういう男がいなくなったんだな」

彼はかるくわらう。

「そういうふうにみえるだけさ」

地球人の男がなぐさめるようにいった。

「だけど、おれたち、みんなわすれちまったんじゃないか。無条件降伏したときのことを」

「わすれやしないよ。おれたちはもっと執念深いはずなんだ。あの戦争がなんらかの形でのこらないはずはないんだ。それも一代かぎりじゃなくて……それが精神的遺産てものじゃないのかね」

彼らはたがいの顔、クリームいろとみどりいろの顔をみつめあう。

べきものは？

マリは、地球へいこう、とおもう。あらかじめうしなわれたものは、なんだったのだろう。自分が獲得す

はじめからうしなわれている、中身のない、からっぽのわたしの青春は？

兄はいったい、なにをしていたのか。彼はなにをいいたかったのかな。なにをどうしたかったのか。そして、

地球人の男がたずねた。ジェバはちらりとマリをながめ、「さあね」とこたえる。

「ジェバ、ソルは政治運動をやってたのかい？」

その女のしろい顔には、こまかいしわがよっている。すがたかたちにも、動作にも、新鮮さはすっかりうしなわれた。彼女は従順で規則ただしい生活をおくっている。

顔の手入れには、特に時間をかける。クリームをべったりとあつくぬっては、ひとりでため息をついている。

「もう、わたしは、きれいじゃなくなった。街へでても、きっとだれもふりかえらない」

彼女は、ゆううつさをかくしきれない。そのほかのときも、おそろしい自制を発揮しているのである。叫んだり泣いたりしないために。

彼女は、すっかりはだかになって、やせた胸にぴったりしたブラジャーをつけ、そんな必要もないのに、きんいろのS判のコルセットをつける。それから、ごくていねいに服をきていく。アイラインをひいてからアイシャドウをつけ、真珠のかざりピンで髪をゆいあげる。香水をつけおわってから、彼女の手はボタンをひとつひとつはずしはじめる。

泣きだしそうになると、ベッドにもぐりこむ。スカートのすそに手をいれ、自分の脚のつけねに指をあてる。そこはいつもおそろしい空洞で、みどりいろの粘液にあふれていたのは、百年もむかしだ。

彼女は自分のくちびるにふれ、乳房に手をいれて、ぐったりする。だれもそこにさわってくれない。あまりにもながいあいだ、ひとりで寝ていた。昼間の気まぐれなねむりや、夜の疲労をひきおこすだけの夢の連続のなかにも、あの男はもう、あらわれない。

彼があらわれて、抱いてくれたらいいのに。そうだ、いちどでいいから（いちどだけでは満足できないけれど）ミール星人のあの男が、濃いみどりいろのまつげをふせて、ぼうっとかすむようなやさしい目をしてくれたらいいのに。

「わたしは、色情狂なのかしら」

彼女は、真剣にかんがえてみる。

「だって、なぜこんなところへいれられてるのか、わけがわかんないわ」

それを問いただしてみるのはおそろしいので、彼女は医師と口をきく気にもなれない。いつだって、うわの空である。のそらである。

彼女は姉に手紙をかく。

「わたしはいつもいい子にしてるので、もうちょっときれいなものを買ってください。火をつけるといいにおいがするロウソクがほしいのです。赤、オレンジ、ピンク、みどり。青紫いろの部屋着。夜、退屈しないように、いろんないろのビーズ、針と糸。それから、パパにもうちょっとオカネをくださるようにいってください」

そのパパがちょっとまえに死んだことを、彼女は知らない。エマはだから、病院で特別あつかいされているわけではないのだ。宇宙船が捕獲されたときに「かんじんな男」のことを、なにひとつしゃべれなかったから、ここへいれられたのだ。あのときは、彼女も錯乱していた。

ソルは、どれほどの量の愛をのこしていってくれたのだろう。あの最後の意識のときに。彼は、ただ、自分はなにひとつごまかしたわけではない、とつたえてきた。彼の心はよわくなっていた。そしてエマは、彼がひどく自分をたよっている、のを知った。彼女を肉親としてあつかっているのだった。

エマはよくうすらわらいをして、むかしのうたをうたった。「どうせ、あたしをだますなら」あの男は、死ぬまでだました、というわけだ。

彼女はスパイ容疑をうけたが、実際なにひとつ知らなかったし、「あのひとのこころがあたしを抱いたとき」のふしぎな体験を口走ったりしたので、精神病院にいれられた。

入院してからおかしくなることだって、ありうる。エマはうつろになり、ふさぎこみ、睡眠薬を常用しても、夜は四、五時間しか、ねむれない、とうったえた。

彼女は自分の罪業をでっちあげ、いつかその罰で裁かれるのだ、と信じた。彼女の時間は審判のときにむかって、らせん状にすすんだ。ソルとの日々に回帰しながら、正義の世界へとのめりこんだ。分裂症と診断された。

豪華客船で、彼らは地球へむかった。ジェバはいちいち「おお、ゴーカだな」と感嘆するので、マリはわらった。なかにひとり、イキな客がいて、後部においてあったピアノをひきはじめた。カクテル・パーティーみたいになった。

「宇宙船ってのは、おちるもんだぜ。これでよくおちないな」映画は一九三〇年代ラブ・ロマンスものをやったし、ジェバは上きげんだ。

「戦前にはかんがえられなかったことだ。おれは、むかしの映画によわいのだよ。神聖ガルボ帝国って知っているかい？　それじゃ、マルレーネ・ディートリッヒは？」

マリは知らない、とこたえた。

「三十才のオンナノコは、そんなこと知らなくてもいいのかな？　おれたちは、じつはほかに目的をもっていくのだよ」

そんなことだろう、とおもった。マリは、カクテルグラスをおいた。

「地球文化の洪水もいいとおもうけどね。おれは感激して達しそうになるときだってあるくらいだ。十代のとき、地球にいったもんで、ある種のことばや音楽に、昂奮しちまってね。射精しそうになるくらいだよ。ねえ、『港のヨーコ・ヨコハマ・ヨコスカ』って、知ってる？　知らないだろう。こういう侵略のしかたって、あるんだな。ちらちら味をおぼえさせといて、最後には強姦。それから『愛している』というんだよなあ」

ピアノひきは、ヴェルヴェット・ボイスで、フランク・シナトラのヒット曲かなんかをうたっている。

「しかし、文化の交流もいいが、もうたくさん、という気がしないでもない。おれたちはむかしのしずけさをとりもどしたい。おれたちの土地、おれたちのながい文化、おれたちの家族」

マリは顔をふせた。

「きみたちきょうだいは、地球うまれかと誤解されるんじゃないか？　スペイン語で、マリは海、ソルは太陽っていうんだとおもったな。むかし、マリソルって歌手がいたんだ。おれって、やたらにくわしいだろう。ブルーライト、ヨコーハマーッと」

ジェバは、いくらか酔っている。

「政治運動？　うまくいくかしらね」

マリはひややかにいった。

「うまくいくとかいかないとかの問題じゃあないのだ。おれたちの、生きるということに関する姿勢だぞ。うまくいかなくて、もともとなんだ」

「だって、地球との混血児が、どのくらいいるとおもっているの？　いまさら、鎖国みたいなこと、無理よ」

「鎖国じゃないさ……おれたちの故郷をつぶされてたまるか」

ジェバは情熱をこめていった。

この男は調子いい、とはおもいながら、マリはだまっていた。彼はあんな状況のなかから、戦争を生きぬいたのだ。

「おひさしぶり」

地球人の女が、ジェバにうなずいた。黒いドレスをきて、頭をシニヨンにゆい、黒いヴェールをかぶっている。シニヨンの横にバラの造花をさして。

「おお、ルアナ」

彼らは抱きあってあいさつした。

「これはまた、なんと典雅な……ダイヤモンド鉱山は掘りつくしたのかね」

ジェバは、裕福そうな女をあてこすった。

「いまや、ウランだわ。まあ、ジェバ、あんたこそ、おいそがしそうで、ハツラツとなさってるんじゃない……こちら、うちの主人。うちらもあの戦争以来、ウヨ曲折してね」

なんという軽薄な人間たちだ、とマリはおもった。

「そうだろう、そうだろう」

「おもいがけなく、あてちゃってさ。休暇でかえるとこなの」

ルアナのくちびるは、はやりの真珠いろで、ひかりのかげんでぬらぬらうごいてみえる。

「ソルは、かわいそうなこと、したわねえ。あのひと、純愛に生きたのねえ」

女は、ケラケラわらった。

「へ、けっこう、はりあってたんじゃないか？　エマとさ」

「そんなことございませんわよ。あのあと、エマは流産したんだって。それで、精神病院なんだもんね。

ほんとにアイしあっていたのよ。アイのコリーダよ」

なにをいってるんだ、とおもい、マリは自分の席にもどろうとした。ところが、ジェバがたちはだかっていて、ゆくてをさえぎるのだ。しかたがない。パーサーに合図して、もう一杯、カクテルをもらった。

「栄光への脱出は、死ぬおもいだったみたいね。じっさい。死んだひともいるし」

ルアナはハリウッド式のジェスチャーをまじえて、しゃべる。

「栄光じゃないさ。あのときといまと、どちらがみじめか、わかったもんじゃない」

ジェバは、きまじめな顔になった。

「人間、生きてるかぎり、みじめだわよ。あたしたち、あのあと知りあって結婚したの。主人の仕事がちょうど、ミール星と関係あったもんで……いま、とてもしあわせよ。このあいだの結婚記念日には、ダイヤのブレスレットと会社の名義をひとつもらったわ。あたらしい化粧品会社」

ルアナも必死でつっぱっているのだ。あまり過去にはふれてほしくないこととか、いかにプライドがつよいかとかを、とおまわしにほのめかしている。

ジェバとルアナは、おたがいに「裏切り者！」とののしりあうことだって、できるのだ。たがいの利益のために、それをしないだけで、じつに微妙な立場にいるのが、わかる。

「そのはじめてのキャンペーンにつかうのが、このコ」

ジェバはマリをさししめした。

「あら」

ルアナは目であいさつした。

「似てるとおもわないか？」

ジェバは、ひとことといった。

「……おもうわ」

ルアナも声をひくくする。

死んだ人間についていうときは、だれでもそうなのだろうか。

「でも、いいこじゃない……よかったわ。きっと、売れるわよ。新鮮な感じだし」

彼らは過去のかげりをひきずりつつ、恥にまみれて、それでも生きている。

人間はだれでも、わすれることができないことがひとつはあるのだ。

マリはピアノのうえに、からになったカクテルグラスをおいた。自分のシートにもどって、カーテンをとじた。目のなかが、白くもえあがっている。つかれすぎているのだろうか。

十九才のときの失恋以来（相手は地球人の男）、いつもだれかをなにかをうしないつづけている。彼女はひっそりと退却をつづけるだけなのだ。どうして、こうなってしまったのか。

「そういうわけで、きみはとてもいいコだった。ぼくは、けっしてわすれないよ」

去るまえに、男は彼女の頭をなでてそういったのだ。

わすれない？

ほんとうに、わすれないというのか？

あの男はきっと、もうわすれている。そしてふたりの子どもの父親となっている。

わすれない、なんてことばでちかわなくたって、わたしたちの星の人間は、たいていわすれやしないのだ。だから、両親も兄も、心のうつわがいっぱいになって、この世から去ってしまった。

わたしはまだうつろだから、生きているのだ。からっぽな者は、それをみたすために、生きつづけなければならない。

その女にあおう、とふとおもった。

この六年間をひとりぼっちで、生きつづけているその女に。彼女は、なんのために生きつづけているのか。

酔っぱらったルアナがやってきて、むかいのシートにもぐりこんだ。

「チェッ、なにいってんのさ。みんな、うそつきばっかしだよ」とかなんとか、いっている。「これが主人でございます、か。ああ、あなた、どうして、そう、カンにさわるようなしゃべりかたするのかしらね。あたし、もう、あきあきしたよ。はやく、離婚してよ。あたしゃ、生きてるのさえ、あきあきしてるんだからさ」

「おい、おい」

同時に男の声がきこえる。

「しずかにしないか」

「あんたこそ、だまっててよ。声もききたくないわ」

「なにをいってるんだ」

「あたし、あんたの顔みると、イライラするんだから」

平手でうったような音がした。沈黙。しばらくして、ルアナが泣きはじめる。

「なにすんのよ。いやーよ。そんなにいばらないでよ」

「いばってるのは、おまえだろう」

男の声は、昂奮していない。

「ふん、なにさ、ひとのよわみにつけこんで……亭主づらしてさ……六年もまえのことじゃないか。あたしはあんとき、べつにミール星側についたわけじゃないよ」

「ソルにつれてってもらえなかったくせに」

「べつに、あのひとは、なんでもない関係じゃないのよ。それより殺人容疑をきせたり、よくもできるわね」

「浮気女」

「浮気なのは、あんたのほうでしょ。さっきも、あのモデルの子にちょっかいだそうとしたから、あたしがあいだにはいったんじゃない。ちょっと目をはなすと、すぐにおしりなでたり、胸さわったりしてさ」

「そんなことはしてないよ」

「しようとしたから、やめさせたのよ」

「おまえは、あの男のことを、まだわすれないのか」

「わすれるとかわすれないとかいう関係じゃないっていってるでしょ。それをタネに、あんたは、あたしを死ぬまで、ゆすりつづけるのね」

兄のことだ。すでに形骸化してしまった嫉妬が、この夫婦の核になっているのか。

「ゆするとは、どういうイミだ」

しばらくふたりはだまっている。

服のすれる音がする。抱きあってるのだろうか。まさか。

「いいわよ。わかった。ごめんなさい」

荒らい息づかいで、ルアナがささやいた。

「はじめっから、そういえばいいんだ」

男の声は、いくぶんやさしくなっている。

なんて奇妙な夫婦なんだろう。

実在したかどうかわからないが、過去の不倫をたがいにまさぐりあって、それでようやく関係をなりたたせているのだ。

「……いや」

ルアナは、やわらかい声で、ささやいた。

「いや」

今度は、もっと切迫している。それから降伏してしまったのか、みじかいあえぎだけになった。

マリは目をひらいた。

クリームいろのカーテンだけがみえる。

なんて、恥知らずな夫婦なんだろう、と彼女はかんがえる。彼女は、性の深淵について、感覚的に知りえなかった。ああいう形のカップルもあり、こういう関係の男女もある、ということが、あまりよくわからない。

彼女にとっては、純愛だけが合格で、あとはすべてペケというわけだ。そして、純愛ということも、概念として理解しているだけだった。どういうものが純愛か、さえ経験したことはなかった。

十九才の彼女のまえを、真夏の昼さがり、自転車で去っていった男が、ひとりいた。

とおいむかしのはなしだ。

その喪失感というか、空白感のなかで、彼女は生きていた。

そして、あれは愛ではなかった。

いまごろになって、彼女は理解し、あるきはじめたのだ。

「ごめんね、あなた、あたしはわるい女ね」

ルアナがおちついた、あまえた調子で、夫にはなしかけている。

「うん」

「でも、もう、ソルのことはいわないでよ」

「ほんとはいつまでも、いってほしいんだよ。だから、おれはいうんだ」

「……」

ルアナはこたえない。ずいぶん間があって、突然ふつうの声で「まあ、あんたって、頭がいいのね」などと、バカげたことをしゃべっている。

マリは微笑して、目をとじた。

「きみは朝、公園を走るんだ。それから、頭をポニーテールにして、自転車にのって……」

ジェバが、イメージをしゃべる。

「いや」

マリは小娘みたいに頭をふった。

「なにが？」

「自転車、いやなの」

「どうして？」

ジェバは、タバコに火をつけた。むかし、失恋したその相手の男が、自転車で去ってしまったからだ、なんてバカげたことはとても口にだせない。

「どうして？」

ルアナがジーンズすがたで参加している。ここは、ルアナの家の居間だ。昼さがりの陽が、窓ぎわできしみをあげている。

「自転車にのれないのか？」

ジェバがたずねた。

「ええ、そうなの」

「わかったわ。ジェバ、いいじゃないの。自然な形でやれば」

ルアナが、手をふった。

女が、つめたいのみものをつくって、はこんできた。

「いいかい、三十才の小娘じゃないよ。それだと、いかにも不自然だからな。三十才のオンナノコって、感じ、だせない？　あんまりはずかしがらないで、さ」

「夜はディスコティックへいくわけ？」

ルアナがたずねた。

「もちろん。ところが、そのときは、ジーンズのうえに大きな三角形のストール、かけてるんだ。男といっしょだけど、とちゅうでひとりでかえったりしてね。泳げるかい？」

「ええ」

「ああ、よかった。それもできなかったら、おれはどうしようかとおもったよ」

全員が、かるくわらった。

ルアナの家は、じっと耳をすますと、ジーとかカタンとかいう、じつにかすかな音が、たえずしている。エア・コンディショナーにスイッチが自動的に、はいる音、きれる音。さまざまなスイッチが、自動的にはいったりきれたりしている。ある部屋には、盗聴装置があり、ある部屋には盗聴防止装置がある。

こんな家でひとりで暮らすんだったら、さびしくてしかたがないだろうな。とマリはおもう。そんな感想をちらというと、ルアナはびっくりしたようにこたえた。「なんの装置もついていない家なんて、こわくていられないわ。いつ強盗がはいってくるか、わからないでしょう」

これが、地球の文化というものなんだ、ということを、やがてマリは知るようになった。みんなが、こんな家に住んでいる。赤外線透視装置がついた、金庫みたいな家に。

そうじゃないところにすんでいる人々は、いわゆる下層階級だとおもいこんでいる。

「わたしなんか、下層階級をこえてるね」

マリは、ミール星の一部屋しかない、立体テレビも食器洗い機もない、カギさえかけたことのないアパートをおもいだして、ジェバにいった。

「そのままのイメージでいってもいいよ。しかし、そうすると、ヒッピーみたくなっちゃう。ヒッピーっていうのも、一種のぜいたく階級なんだ」

「そうすると、まずしいひとびとなんて、どこにいるの」

マリは地球的イメージの質問をした。

「ホテル住まいとかさ、病院、刑務所、児童養護施設、そういう公共的なところにいるひとなんか、そうじゃないか？　おれなんか孤児院出身だもの」

「うそだあ」

「うそじゃないよ。地球にきて、両親がわかれたんだ。母親にひきとられたんだけど、彼女、麻薬中毒になっちまったんだよ」

ジェバは、信じられないようなはなしをした。

「彼女は病気で死んだ。死ぬときはおれ、そばにいたよ。十六才だった。父親は、地球人の女とくっついて子どもできて、地球防衛軍にはいっていたもんね」

「十六才からずっとひとりなの？」

「そうだよ」

彼女はそのことで、いくらか彼を尊敬する気になった。マリは、自分は孤独に耐えている、とおもいこんでいるので、自分以上に孤独な境遇にいる人間は、えらいと感じてしまうのである。

そうなると、ルアナとその夫のような夫婦でも、ひとつの関係ができていれば、孤独ではない、ことになってしまう。ルアナはさびしい人間にちがいないが、ああいう関係にあまえていられるから、ひとりぼっちではない。

彼女は、あまえることのできるひとがほしい、と不意におもう。

「だから、おれ、ひとりぐらしは二十年選手なんだ。女の子なんかいると、うるさくてしかたがない。ちょっといるぶんにはいいんだけど、一日じゅういられると、かったるくなってくるんだ。それにおれ、なんでもひとりでやっちゃうもんね。洗たくは全自動だし、食べものは外食か出前でしょ。朝おきると、ふろ場のそうじなんかしてさ、でかけるわけよ」

「うちにかえったとき、だれもいなくても、べつにさびしくないの？」

「ない」

ジェバは、あっさりこたえた。

「だって、まっ暗でさむくて……」

「それはミール星のアパートのイメージね。地球では、自動装置がはいっているんだ」

「あ、そうか」

「それどころか、立体テレビ、けしわすれていくと、他人がいるもんで、ギョットしちゃうよ。他人の映像だけなんだけどさ。それで『お帰りなさい』装置、つくって売ったこともあるな。独身者用に。『あら、おかえりなさい、おつかれでしょ。ごはんが先？　それともおふろ？』とか、犬を飼いたいけどめしやるのがめんどくさいやつ用に『ワンワン』って、ときどきでてきてなくんだ。さらにそれを発展させて『出張赤ん坊装置』かんがえたバカがいるけど、これはむずかしいね。どういう赤ん坊が好みかってのもあるけど、子どもって成長するから」

ルアナはミール星産のジュースをのんで、つまらなそうな顔で自分の爪をながめている。

自動装置がいくつもついた家に住んで、ときおり夫と顔をあわせ、自分の仕事を勝手にして勝手な時間にでかける。ねむるまえに夫といっしょになって、その気になれば、六年まえの不倫事件でもでっちあげて、それに刺激されて抱きあう。抱きあわないときは、じゃまな肉体をどうやって無視するのだろう。無視するしないのテクニックは、非常にむずかしいのではないだろうか。ふたりともでかけないで家にいる一日は、どうやってすぎるのだろう。朝食、そうじ、昼食、ふろ、夕食の順か。

六年間もいっしょにいて、いったいどんなことをしゃべるのだろう。

「じゃあ、いいわ。イメージ・スポットを二カ月つづけることにしようか」

ルアナがぽつんといった。

「それでおしまい？」

「評判よかったら、つぎのシーズンも、彼女をつかうわ。しばらく、地球でブラブラしてたらいいじゃない。このひとは、売れるわよ」

ルアナはたいくつしたように、表情のない顔になった。

ジェバもだまってしまう。

マリはうつむいて、疲労を感じていた。エア・コンディションがゆきとどいているというのに、ここの空気はわるいのだろうか。いや地球への旅だち以来、彼女はずいぶんやせてしまった。昨夜はよくねむれなかった。愛とか罪とか孤独とかをかんがえているうちに、夜があけてしまった。

血がさがる感じである。

こんなはずはないのだ。

「あなた、すこし、休んでいったら？」

ルアナが他人ごとのようにいい、部屋をでていった。「顔色がわるいわよ」

すこしねむれば、よくなるかもしれない。

マリは、かってに二階へあがり、寝室のひとつをあけて、そこでねむった。朝、だれかがねむっていたような形跡がある。ルアナのベッドだろう。

みじかいまどろみのなかで、血が脚の先から頭へ移行し、流出してしまうような感覚をおぼえた。

奇妙なみじかい夢をみた。

すぐに目がさめた。

他人に考えを支配されているような感じもする。

みどりいろの顔をした、ながい顔をした男の夢をみた。

その男はどんよりした目で、さがった二重まぶたが、発狂した者のような印象をあたえる。みじかい白い着物を頭からかぶり、腰にひもでくくりつけているが、それはからだをおおってはいない。白い着物には、赤インクで×じるしが、かかれている。追放のマークである。

性器はむきだしで、だらりとさがっている。不能である。夢のなかで、そこが露出されていることを、マリは恥ずかしくおもった。足は両方とも小指がなく、人工的に切られてしまったようである。五センチくらいのゲタのようなものに、くくりつけられている。

男はみどりいろの肌に手をあてて、くちには折れまがったストローかキセルのようなものをくわえていた。

夢からさめる過程で、マリは解釈をしていた。

①王によって罰をうけた者
②頭がくさる病者
③からだがくさる病者
④他人の脳を吸いとっている者
⑤姦淫の罪を行った者
⑥知らないあいだに、胴が横に切れて、上半身と下半身がはなれてしまった者

とにかくその男は、なんらかの罪業のために、そんな恥ずかしいかっこうをさせられているのである。その夢のなかで、マリは「かわいそうだ」とおもった。なにをしたか知らないが、あんまりである。

短い着物を頭からかぶせたりしたら、そのあいだにからだが成長してしまう。前はちゃんとおおわないと(他人にみせびらかすものじゃないし)と彼女はおもった。

その男のイメージは、だれかによっておくりこまれたもののような気がしてならない。テレパシーをみじかい夢としておくってきた人間は、あきらかに女である。そしてこの男に非常な愛情をもっている。なにか、特別な執着心を抱いている。その、頭のおかしいようなはだかの男を、自分のものだ、と感じている。

その男はミール星人だ。

ソルという。


マリは起きあがりながら、頭がふらつくのを感じた。腰がだるい、性行為を行ったあとのような感じ、というより、男に抱かれたい入れられたいと熱望したのに、それをしてもらえなかったようなだるさである。

こんな夢をみた女は、目をさましつつ、赤面しながら、同時に重苦しいものを感じていることだろう。

女は永遠にうしなわれてしまったその男を、自分の肌で抱けないということで、ひどく憤慨している。

何年も何年もその男のことを夢み、くりかえしてはおもいかえしていたのに、顔はよくおもいだせない。

それにしても、この男は、女にたいしてなんの罪をおこなったのだ。王による罰なんて、なんでもない、と女はかんがえている。

なぜならば、ある時期、男は女にとっての神であったからだ。そして死んでしまったからには、神による罰など、うけるわけがない。正義の世界にのめりこんでいく女にとっては、それも罪業の一種である。男は、こころがよわくなって叫びながら死んでしまった。神はそんなことをしてはいけないのだ。

女はだから、矛盾になやんでいる。

女のからだは、ある特定の男をあまりにもながいあいだもとめつづけたために、ひからびつつある。それでも生きているのが、彼女は苦しいのである。どうして、その男でなければいけないのか。彼女にはわからない。

女の愛は、対象をうしなって、狂気のなかへのめりこんでいる。

エマだ。

マリは、その名前を口にだしてみる。なんのなじみもない。しかし、死んでいくとき、兄は「エマ」とよびかけていた。

エマは、テレパシストなのか。

マリにとって、こんな経験は、はじめてである。狂気のなかで、エマはこの種の夢想や白昼夢にさいなまれているのだろうか。いつも？

ああ、いつもこんな夢をみるのなんて、なんてたまらないことなのだろう。なんと恥多いことなのだろう。エマだって、そのくらいのことは意識しているのである。

しかし、病院に収容されてから、彼女の世界は、じょじょにねじれていってしまった。なぜだかは、わからない。病院の外の空気はちがうのだろうか。

こうして、毎日おしゃれして、部屋にロウソクをともし（火をあつかうことは禁じられているのだが、エマはいつもずるいやりかたで病院の規則を破ってしまう）ひとりぼっちで待っているのに、なぜソルはきてくれないのか。

彼はながい浮気をしているのだ。

腹だたしさのために、目のなかが赤くなるような気がする。しかし、彼は彼女がここにいるのが、わからないのかもしれない。それとも、エマがもう美しくないので、きてくれないのかもしれない。だったら、もうきてくれる可能性は、うすくなってしまったわけだ。エマの顔やからだは、ますます以前のうつくしさをうしなっていっているから（時間につばさがはえて、わたしひとりを老いさせていく）もう、彼には彼女が識別できないのかもしれない。

それとも彼は、あの最後の放電のあと、脳が灼きされてしまったのだろうか。そのためにこういう病院か、刑務所のようなところに収容されているのかもしれない。

世間では、戦争はおわった、という。ミール星人やその混血児を、他人への見舞い客のなかに、みかけることもある。しかし、まだ刑務所にはいっている人間だって、いるのかもしれない。

彼の死体をみたわけではないエマは、その死を、まるで信じていないのだ。

父母やきょうだいたちはよりあつまって相談して、彼女にそう信じこませようと、きめたのだろう。

マリはひどい疲労感のなかへ、おちていった。他人の狂気に接触するということが、どういうイミをもっているものかがわかった。口のなかがくさり、からだが半分とけかかっているような感じさえする。

外は、陽ざしがうすくなっている。

彼女は、身をおこそうとした。みどりいろの髪が腕にながれ、ヘアピンがひたいにひっかかった。それをもぎとり、ベッドにおとし（だらしない女といわれるだろうな）からだをおこそうとした。そのままの姿勢で、目をほそめる。全体にしびれがのこっていて、うまくからだがうごかない。

カーテンは二枚とも、ひらいている。ぎらつくひかりのなかで、あの重苦しい、ねむりといえないようなねむりを、ねむってしまったのだ。陽はかげり、エア・コンの音だけがきこえる。

ルアナとジェバはでかけたのだ。

彼らはいそがしい。

彼らのような人間とつきあい、彼らのような思考のパターンをまねて、彼らの地平にいればいいのだ。そうすれば、日常のなかにいることができる。

ジェバのさそいに（あるいはルアナの夫のさそいに）のって、彼ら程度のものの感じかたをし、彼ら程度のエネルギーで、男を愛し人生を愛していればいいのだ。

愛しすぎてはいけないのである。

病院にとじこめられ、やり場のないおそろしいエネルギーで、過去だけを材料として、からっぽな愛の世界を構築している。そんな女の周波数にあわせてはいけないのだ。

しかし、あの女は、どうしてとどかせることができたのだ。からっぽだということにおいて、彼女たちの精神の周波数は、似ているのだろうか。


マリは窓からしたをのぞいていた。

ひとりの男があるいている。

彼女のこころは、いま、ふわりとまいおちて、その男のうえにかぶさってしまいそうだ。精神遊離というほどでもないが、肉体をはなれて自由になっている。

突然、なぜその男がそこにいるのか、気になる。屋敷の内部だ。見知らぬ者は、はいれないはずだ。それとも、スタッフのひとりなのだろうか。

男がたちどまった。どうしようか、かんがえているような感じである。

マリは、彼がうえをむけばいいのに、とおもった。彼はうえをむいた。彼女は十九才になって、彼にあの街角でわらいかけた。

自転車にのって去ったはずの男は、メガネをひからせて、ゆううつそうに彼女をみとめた。そんなにいやがることないでしょう? ああ、でもめんどうなんだもの、と男はいう。どうして? ここまで、あがってくるのが? 彼女はたずねた。ああ、と男はこたえた。おれはプロだから、めんどうくさがっちゃ、いけないんだ。

それで、男はひっそりと、二階まであがってきた。警報装置は鳴らないのだろうか。

「いまの時間は、鳴らない」

男はつぶやいた。これからなにをしようか、思案しているような、ようすでもある。

「あなたは強盗なの?」

マリは、ばかげた質問をした。

「いや、そうと決まったわけじゃないけど」

男は、まよっているふうだ。

「じゃあ、強姦魔なの?」

「いまは、その気がないんだよ」

彼は、困惑したようにいい、彼女をみてわらった。

「あなたは、あたらしいモデルだろう?」

彼はなれなれしくたずねる。

「ええ」

「じゃあ、いっしょにきてもらおうか」

「仕事があるの」

「その仕事を、ちょっとおくらせるか、中断してもらえると、ありがたいんだけど」

彼は、ずうずうしく、にっこりとわらった。

「あなたって、それが当然みたいにいうのね」

マリは、まじめにこたえた。

「当然なんだよ、おれにとっては」

彼はベッドに腰かけた。

「わたしって、もう、かわいくない？」

マリは無意識のうちに、彼を自分の過去にくみこんだ質問をした。

「いや、いまでもとてもかわいいよ」

彼はすこしもわらわずにこたえ、手をのばして、彼女のほおをちょっとなでた。

「むかしがどんなだったか、だいたい、見当がつく……えーと、ここをでてね、まずお茶でものもうよ。おれはちょっと、つかれてしまったんだ」

ジェバは当惑するだろう。すくなくとも、「まあ、いいや」とはいわないだろう。彼だって、プロフェッショナルなのである。

「あなた、妻子もち？」

「とんでもない。それで女の子のお守りなんてしたら、オクサンに殺されてしまう」

彼はまじめにこたえているのであろうが、態度が大きすぎる。

むかしの恋は、どんなふうにしてはじまったんだっけ？　はにかみ屋の彼女にたいしては、よほど積極的にふるまってでないと、だめだったにちがいない。

「とにかく、ここをでない？　エア・コンきいてて快適だけど……」

「外は？」

「すごくあつくるしいよ。真夜中になると、ひとがいっぱいでてくるの。気がちがってるんじゃないの？ここのひとたちは。十二時すぎに、すごくあかるくなるんだ。盛り場には、大群衆があふれてくる」

「なんで、ひとがでてくるの？」

「おもしろいこと、さがしてるんだろう。みんながみんな、そうなんだ。それで、音楽きいたり、おどったり、ひとにあったり、酒のんだりする」

「そういうとこへでてこないひとたちは？」

「もう、あきらめてるんだろ」

男の口のききかたは、へんにしみじみとしたやさしさがあふれている。

この男のことを、なんだか、とても気にいりかけている。映画だと、男と女がであうと、おたがいにとても気に入ったりするのが、きまりみたいなものだ。映画みたいだな、とおもう。一種無感動な状況なのだが、彼を気にいってるのはたしかだ。

「もう、いかないと……ねえ」

彼はさりげなく、彼女の首のうしろに指をいれた。

「ええ」

マリは口のなかでこたえる。わたしは、その精神病院へいってみないと。まるでむくわれない愛を、けんめいになってつくりあげているその女に、あわないと。愛というものは、いちど完成されたら、そのなかに安住できる建物みたいなものじゃないのだ。毎日毎日、ぼろぼろとこわされていくから、毎日努力してつくりあげていかないと、いつか形だけになってしまう……。

「オカネある？」

ジェバにもらった小切手は、つかうわけにいかない。

「すこしあるよ」

男は口をすこしあけて、慎重にこたえた。

「じゃあ、いくわ」

わたしがいなくても、ルアナの化粧品会社がつぶれるわけじゃない……。

「そうだね」

ふたりは、階段をおりていった。スイッチが自動的にはいる音がする。フィルムがまわるような音がする。撮影されているのか？　しかし、この家を、一歩でてしまえば、もう追跡できないのに。


ふたりは、夕暮れのなかで、コーヒーハウスにいた。

なにごともおこりそうではなかった。そして、なんでもおこりそうだった。

昼間のみじかい悪夢を、マリはおもいだした。女は、男がただそばにいてくれるだけでいいのだった……いままでのつぐないとして。

ひとがそれ以上は耐えられなくなったとき、心の許容量が限界をこえているのだ。ミール星人は、いってしまう。自殺してしまうのだ。だが、地球人の心は、べつのなにかにかわってしまう。地獄のくるしみへと。マリの手に男の手がかさねられた。彼女はそれをはずそうとはしなかった。彼女はそのまま、ものおもいのなかへしずんでいった。


わがままなテレパスは、彼女をくるしめた。

彼は去ってしまった。あれほどふかく愛しあっていたのに。

女の生涯のこれが最後と感じられるような六年間、男のいない六年間、彼女は自分の人生をふりかえって、はげしく充足をもとめるが、けっして満足されることはない。不安定な状況のなかで、なにひとつ解決されない。

いつも切迫しているのだ。

事態は緊迫している。

目ざめたとき、マリはよくぼんやりしていることがある。男は、まだ、熱っぽくかたりかけることがある。

「あなた」

とびあがりつつあるヘリタクシーの窓をあけて、そこからとびおりようとしたあと、彼女はやっと自分から口をひらいた。彼女は、どのくらい自分が男にしがみついているかを、つよく意識した。


「恋愛なんかしちゃ、こまるじゃないの」

ジェバが声をかけた。

霧雨がふる路上で、マリは、百年もまえに知っていたひとをふりかえるような気持ちで、ゆっくりと顔をあげた。

彼女は、パンとタバコとミルクを買って、ぬれてあるいていた。ぬれてあるける道路なんて、いまは非常にすくなくなっている。ジェバが、この種のほろびつつある遊歩道にくわしいとは、知らなかった。

小切手は、ルアナの家へ郵送したのだ。

男は売りだすまえの小説家だ、と自己紹介した。彼女との恋愛をかくのだといって、音声ライターのまえにすわることがある。

ふたりは非常にながいあいだ、しゃべり、熱中してイメージをつみかさねることがある。彼らは自分たちの関係を、記述に価するものだとおもっていた。

「男を獲得した女の顔になっちゃ、こまるんだよ」

ジェバは、タバコをすて、彼女のあとからついてあるいてきた。

「ふむ……しかし、そうでもないな。あいかわらず、三十才のオンナノコの顔だ。撮影はつづけてきたよ。あいつは、契約するまえのスタッフのひとりだが、きみをみて、仕事する気がなくなったなんて、まったくおかしなやつだ。キザで、おおげさで、ものものしくて……きみの少女趣味にあうだろう。フィルム、だいぶまわしたから、仕事はおわったよ。あとは編集だけだ。きみは、銀行の口座をもってるかい？」

彼女はだまって、首をふった。

ジェバは、プラスティックのカードを、彼女に手わたした。

自然な感じをだそうとして、はじめから、ルアナがしくんだのだろうか。

しかし、あのいやなみじかい悪夢のあとで、出会わなかったら、こんなふうにはならなかった。

「彼女にあいにいくわ」

ある日、マリはいった。男についてきてもらいたくなかった。しかし、彼は当然のように、ついてきた。

緊張してふるえながら、彼女は病院の中庭に立った。

温室からでてきたのは、やせた中年女だった。ぞろりとするぶかっこうな服をきていた。

エマの髪は大きなゴムでたばねてあり、ひたいやわきから何たばも、ほつれ毛がおちていた。

その大きなするどい目は、彼らをみて一瞬おびえたようにみえた。

エマには、うつくしいところはひとつものこっていなかった。やつれた顔はいやらしく、くちびるはくだらないことがはっきり発音されないように、人まえではこまかくふるえていた。

「あなたにあいにきたのです。わたしの兄はソルっていうんです。六年まえに死んでしまいましたけど……」

エマはふしぎそうな顔をした。

その名前が他人に発音される、とはおもわなかったらしい。

「……ソル」

「ええ」

「ソル。おぼえているわ。おぼえているどころじゃないわ。だけど、あのひとは、だれだったのかしら。口にだしていってしまうと、わからなくなるわ。お嬢さん、ずいぶんおきれいね（エマは、ねたましそうにいった。くちびるがへんな形にまがった）あなたに似たひとを、むかし……そう、ずうっとむかし、みたことがあるような気がする」

医師は、気をつけてくださいよ、といった。彼のことには、なるべくふれたくないのです。あのひとは、それにすっかり夢中になって、おかしなふるまいをするのです。

「……ソル……あいたいわ」

つよい不満をもった、ちいさな子供のように、彼女は眉のあいだにしわをよせた。

「あれは、戦争がはじまるまえでしたよ。わたしたちはほんとうに、おたがいのものだったのです。ソルは、カーッとなればなるほど冷静になるようなおそろしい男で、しずかな野獣みたいだった。わたしは、彼がこわくてたまらないときがあった。うすきみわるい、というか……だまって、目をギラギラさせているの。まるでトンボみたいに。やせほそって、熱をだして、目ばかりギラつかせてね。彼はもしかしたら、麻薬をやってたのかもしれない。いいえ、きっと、クスリをやっていたわ。わたしはそんなものに手をつけなかった（と、エマはうそをついた。彼女の口調は二十年も睡眠薬をのみつづけている者特有の不明確なものだった。もっとも、それは自信のなさのあらわれでもあったが）ほんとうよ」

彼女は、だらしなくわらうと、よだれをたらした。それを手の甲でぬぐい、クーラーのある面会室へはいった。

エマの動作はふらついていて、あやつり人形ほどの安定もなかった。彼女の顔はゆがみ、うすっぺらなくちびるのまわりに、たくさんのこまかいしわがよることがあった。そうすると、そのみにくい下半分のために、いかにも老婆みたいな印象がつよくなった。

エマはくちびるをもぐもぐさせながら、わけのわからないことをささやき、あらぬほうをみつめることもあった。

「彼は（とマリは慎重なことばづかいをした）どんなひとだったのですか」

エマはこまったように、目をあげ、なにかみつめるものをさがそうとしていた。彼女は目をそらし、ガラスの外の夏草をながめた。

「いま、彼がいなくてよかった、とおもうときもあるの。というのも、わたしは、なんだか急にきたない顔になってしまったので」

エマはため息をつき、ぐちをこぼした。

「どうして、わたしはねむれないのかしら。タバコをやめられないのかしら。夜じゅうおきていると、皮膚が、つっぱって乾いて、しわが二十本もよるような気がするの」

この女性の年齢は三十才をいくつもこしていないはずだった。マリの生気にあふれたうつくしさとの対照は、残酷だった。

「わたしは、トランクにはいってるうちに、古ぼけて、時代おくれになっちゃったのね」

エマの黒目はずりさがって、目のふちにやっとひっかかっている、というありさまだった。彼女はそのまま、床をみつめた。

「彼はとっても魅力があって、だれだって、すきにならずにはいられない、みたいなとこがあったわ。でも彼自身はすききらいのはげしいひとだった。彼はいつも、とりわけすきな女、というのをひとりとっておいて、その相手に熱中することによって、力を得てる、みたいなとこがあった。ほんとをいうと、彼をすきになりはじめたのは、彼が死ぬ、ちょっとまえからだったの」

マリは、エマがその奇妙な目つきをやめてくれればいい、とおもった。

「これは、おみやげなんですけど……」

マリは、紙袋をひらいて、ネックレスや造花や、きゃしゃなサンダルをとりだした。エマは微笑し、さっそくそれをつけてみた。

「ねえ、おかしくないかしら。あたしみたいな年で……あたしは、つばがうーんとひろい円盤みたいな帽子がほしいのよ」

「今度、もってきます」

マリはいったが、二度とくることがないのを知っていた。ミール星人の女をくるしめるテレパスの老婆は、自分でそれを知ることなく、その能力を発揮しているのだった。この追憶のなかに生きる、地球人の女とのちがいをみつけようと、マリは必死になっていた。エマはまるで悪性新生物の、母親みたいだった。侵入者にとりつかれてはいるが、やっかいな彼女の母親にはちがいないのだ。

そして、破滅のうたをうたっていた。

男は、ジュース類を買いに、売店へいった。

「あなたは、もうすぐ死ぬのよ」

マリは悪意をこめて、つよくいった。

「……そうかもしれない。息苦しいの。でも、いつまでも生きてるなんてことはないわ。人間は。わたしは、それを希望としてるの」

ソルがとりついたように、エマは老いさらばえ、生きさらばえるような予感もあった。

「でも、わたしは、いちど死んで、生きかえったから……」とエマ。「ソルがいってたわ。きみはベッドのうえで死ぬって。わたしは戦争で死なかったから。中性子爆弾までつかわれたっていうのに」

「あなたは死ぬのよ」

テレパシーをうける能力があるのなら、つたえる能力もあるはずだ。マリは目に力をこめ、背すじをしゃんとさせて、いいつづけた。

「あなたは死んだのよ」

エマは目をとじた。

「ええ……わかってるわ」

「いつまでもくるしんでないで、死んでしまいなさい。あなたたちの愛の物語はおわってしまったのだから」

エマのテレパシーが、自分たちふたりの仲をこわす、と彼女は感じていた。

エマはくちびるをもぐもぐさせた。

「おわってはいないわ。おわらない物語だって、ある……ああ、でも、いいかげんで、おわりにさせたいの。毎日、あなたを愛していると、わたしはくたびれてしまう。生きていく力がなくなるの。だって、あなたは、もういないのだもの」

老女は、目をひらいた。

にごったなみだと、よだれが、彼女の顔をよごした。エマはそれを、手でぬぐった。

「……ソル、もういちど、ききたいわ。あなたは、わたしのことを、もう、わすれてしまったの？」

エマはふいに、少女のような顔になって、目のまえのみどりいろの顔をまっすぐにみて、問いかけた。

「わすれない」

おもわず、こたえた。しまった、とおもったが、もうおそかった。

けもののような声が、年とった女のからだから、ひきしぼられた。彼女は立ちあがり、身をよじり、ドアにむかって、突進した。奥の部屋の自動ドアがひらき、ながい廊下がみえた。

エマは、おそるべきはやさで、叫びながら、廊下をはしりさっていった。

不透明なドアが、彼女のもがくようなすがたを、さえぎった。けものじみた叫びは、まだつづいていた。ドアの向こうで、数人の看護人の足音がした。

マリは、面会室のなかで、立ちつくしていた。

「わすれないわ。ええ、ほんとうよ。しかたがないじゃないの。わたしたちは、わすれない。わすれられない。死んだって、わすれられないことがある」

外では草が陽に照らされて、ぐったりしていた。

男がつめたいのみものをもって、もどってきた。だまってはいってくると、事態を了解しようと、眉をよせた。

「どうしたんだ」

「いってしまったのよ」

全身から力をぬいて、マリはソファーのうえにすわった。

「なにを」

「ほんとのことを」

「彼女はどうしたんだ」

「きっと、悪性の発作をおこしたんだわ」

「……そんなこと、いってはいけなかったんじゃないか？　なにをいったんだ？」

「わすれないってこと。あなた、わかるでしょう。ミール星人っていうのは、心のいれものがいっぱいになると、死んでしまうのよ。それは、いろいろな大事なことを、けっしてわすれないからだわ」

「うむ」

「だから、心がわりなんて、ないんだわ。死んだって、わすれないから」

「かえろうよ」

男はいった。ぬぎすてられたぎんいろのサンダルが片方、カーペットのうえにおちていた。

半月たって、エマは精神病院の火事で、焼死した。こともあろうに、彼女の部屋から、火がでたのだ。二十個ものロウソクに、火をともし、おもいでのなかにかえっていったために。

女と女の世の中

けさ、家のまえを男の子がとおった。

それを姉にはなすと、アサコは「バーカ」といった。

「このへんに、いるわけがないでしょう」

それもそうだ。

むかし、地球には、女しかいなかった。平和にくらしていたが、あるひとりの女がいままでとはちがう子供をうんだ。からだつきも奇型だったが、やることなすこと乱暴で、ずさんで、さんざんみんなに迷惑をかけて、子孫をのこして死んでしまった。それが、男族のはじまりだ。

男たちの数は、その後ますますふえつづけた。戦争や、それにつかう道具を発明したのは、おそらく彼らである。もっといけないことは、さまざまな観念をもてあそび、それに熱中して生きることを、彼らはしはじめたのである。革命だとか仕事だとか芸術だとか。そういう形のないものにムダなエネルギーをそそぎこむ。そして彼らはそれこそが男のもっともすばらしい特質だとさえいったのだ。冒険だのロマンだのと、日常生活にはまったく役にたたないことに情熱をもやすことが。男たちというのはおとなであるのに子供で、複雑であるかとおもえば単純で、まったく手におえない生物だった。

女たちにも「愛」というものがあったけれど、それは観念じゃなくて、赤ん坊の泣き声をがまんして、ねむくてもオムツをとりかえてやることだった。たべものをみつけたら、自分が保護している、よわくてちいさい生き物にわけてやることだった。ただし、他人にはやらない。そんなことをしたら、自分や自分の血族が、生きていけなくなるからだ。

男たちの数がふえると、女たちは彼らのひとりひとりにくっついて、監視しなければならなくなった。それは苦労が多い仕事だった。だが、たいていの女たちには、その才能があったらしい。女たちは、家庭をまもった。

ながいながい年月ののち、男たちは暴力と知能で社会の支配者となり、戦争ばかりやっていた。彼らは、大きい戦争やちいさい戦争に、生きがいをみいだしていたのだろうか。戦争は日常生活にまではいりこみ、交通戦争とか受験戦争がうまれた。それらのものがせっぱつまってくると、もはや戦争ということばはつかえない。もちろん事態がわるくなったのは、男たちの責任である。そして、交通事故や受験競争が、目をおおわんばかりの状態になってくると、それらは地獄ということばにかわっていった。交通地獄、受験地獄などというようになったらしい。

工場は生産をつづけ、時代は進歩と調和のよろこびのうたを、うたっていたはずである。だが、二十世紀後半から、ふしぎなことに、男の子がうまれる数がすくなくなってきた。公害というもののせいらしい。蒸気機関を発明した男たちは、それによって自らがほろぼされるとは、おもっていなかっただろう。

とにかく、男たちはすくなくなった。どうしてそんなことができたかわからないが、ひとりの女はひとりの男を愛するという習性ができあがっていたので、女たちはひどくかなしんだ。それでも男の数は減少していった。

いまでは、特殊居住区へいかないと、お目にかかれない。

「あんた、目の錯覚じゃあないの？」

アサコは紅茶をいれた。いわれてみると、自信がなくなってしまう。

「そうかなあ。でも、あとで本をしらべたら、二十世紀後半の男子の服装っていうのに、似たのがあったよ。髪はみじかくて、パンタロンはいてるの」

「わたしだって、そうじゃない」

アサコは、髪をごくみじかく刈りこんで、サマーニットを着こんでいる。

「うん、まあ、そうだけど、パンタロンのすそがそんなにひろがってないで、脚にぴったりくっついてるの。それから、胸がぺちゃんこでね」

「そういう女のひと、いるわよ」

「全体の感じがちがってた。骨太でね、背がたかくて、きびきびしてた。なんか、迫力あったわよ」

「へええ……あんた、うまれてはじめてみたっていうくせに、よく断定できるわね。わたしなんか、学校卒業する年に、居住区を見学にいったけど、男ってあんなものとはおもわなかったわよ。ごつごつしてて、いやなにおいがして、みーんな無気味なのよ。とじこめられてるせいかもしれないけど、なまけものって印象でさ。あんたも、みにいったら、わかるわよ。いやなもんよ。ところで、本しらべたって、そんな本、どこにあったの？」

男性に関する資料は、発行することが禁じられているのだ。

「友だちのうち」

「また、どうして？」

「そのひとのおかあさん、情報局につとめてるらしい。彼女もよくは知らないのよ。書斎のカギをヘアピンであけて、すきな本よんでいいっていうの」

「あきれた不良ね」

「フィルムもずいぶんあったけど」

「バレたら、たいへんなことになるわよ。ユーコ、おまえはよくわからないだろうけど、そういうことは社会のルールを乱すことになるんだからね。よくおぼえときなさい。いちばん大切なのは、秩序よ。きめられたことをまもることよ。みんながそうやってれば、人類はほろびないわ」

姉らしく、やさしくいってきかせる。わたしは、紅茶にミルクをいれた。

「人類って、女のこと？」

「あたりまえよ。先生は、そうおっしゃらなかった？」

「いったわ」

「じゃあ、そうなのよ」

「男は？」

「あれも、人類の一変種だけど、しょせん異端者で、奇型なのよ」

「でも、さかえた時代があったのでしょう？」

学校では、そこのところを、くわしくおしえてくれない。そういうワルいことは、友人のないしょばなしでおぼえるのだ。二、三年まえ「男たちの研究」というパンフレットが、秘密出版された。わたしも、友人にみせてもらった。やがてそれは警察の手入れをくらい、押収された。犯人たちはすぐにつかまり、収容所にいれられた。

「好奇心を刺激するおそろしい出版物」と壁新聞は報じた。

むかし、おばあさんの時代には新聞は毎朝一軒一軒に配達され、交通網は縦横にはりめぐらされていたそうだ。いまでも、高速道路あとにいくと、コンクリートの太い柱が、何本もたっている。いつ倒れるかわからない危険があるので、あまりそばにはいかない。資源がすくなくなり、工場が生産を減少させたころ、男たちの数もすくなくなった。そういうおそろしい文化をつくったのは、男たちだ、と先生がおしえた。石油は、すんでのところでつかいつくされるところだった。埋蔵量は、ごくわずかなのだ。したがって現在のエネルギー源は、そのほとんどを太陽熱にたよっている。男たちが荒らした地球を、女たちはほそぼそともっていくしかないのだ。

そのころはテレビというものが、どこの家にもあったそうだ。わたしには想像できない。つまみをひっぱれば、朝から真夜中まで、さまざまな番組をやっていたということが。それが全部ただでみられるなんて。NHKというところは、料金をあつめていたらしいが、末期になるとだれもはらわなくなった。それは女たちの大きな娯楽だった。おばあさんなんか、子供のころは毎日テレビをみていたという。受験地獄に男も女も加わっていた時代だが、おばあさんの母親はそういうことには、うるさくなかった。おばあさんは、歌手になりたかったのだ。とはなしてくれた。そのころの歌手というものは、しょっちゅうテレビにでていたそうだ。テレビはたいていのひとがみるから、有名になる。有名になればコンサートやリサイタルにお客がゴマンとくるらしい。わたしには、ほとんどのひとが、テレビをみるということが、まず信じられない。テレビ局がつぶれ、男たちのすがたがなくなっていくのはとてもさびしいことだった、といったこともある。

「くだらないことをいってないで、はやく寝なさい……八時だから、電力ストップの時間よ」

ねえさんがそういったとたん、さしてあかるくない電球が、スーッとくらくなった。テーブルのうえに、月のひかりがしまもようをえがいた。

「みてごらん、なんだか赤くて大きい月だね。あんなところにいる」

アサコが指さした。わたしたちは、紅茶ののこりをのみ、月をながめた。月はひくいところにあった。ぶよぶよふやけそうな、気味のわるい色をしていた。

「おかあさん、いまごろ、なにをしてるかな」

わたしは、いってはいけないことをいったようだ。だが、姉はとがめなかった。

「来月もまたあえるじゃない」

むしろなぐさめるように、そういう。

「……うん」

だが、月に一回の面会は、わずか十分くらいで、おわりになる。そばに監視員がいるので、おもったことをそのまましゃべるわけにはいかない。このごろ、帰りぎわに、母はよく涙ぐむのだ。

「どうして収容所にいれられたの？」

「法律違反をしたのでしょう」

姉は、あたりまえの答えをした。そのじつ、彼女も事情はよくわからないのだ。母はある日突然、見知らぬ人びとにつれていかれた。姉は四つか五つだったので、よくおぼえている。

「おばあさんがいうには、危険人物を下宿させていたんだって」

姉はたよりない口調になった。

「その人間は？」

「もちろん、つかまったわよ。それで、べつのところへ送られたんでしょ。でも、わたしたちは面会できるだけ、いいわよ。つれてったのは、おそらく秘密警察だとおもうわ」

「そんなもの、あるの？」

「おそらくね……これはわたしの推測だし、だれにもいっちゃいけないよ」

「わかってるよ」

「それと情報局と関係あるんじゃないかなあ、とおもってるの。もちろん、これもないしょよ」

「わかってるよ」

「母親は死んだってことになってるんだからね。これが世間にバレたら、秩序をみだすことになるのよ」

「ＯＫ」

姉は神経質すぎるんじゃないか、とおもう。おさないころ、母親をつれていかれたせいだろうか。

「職場にも、いられなくなるんだからね」

アサコは、いやにしつこく念をおす。わたしは、ローソクに火をともした。くさい安物だが、あかりにはケチしないことにしている。よその家では、動物のあぶらに燈芯をひたしたものをつかっていることが多い。においがひどくてけむりがでる。

「わたし、もう寝るわ。食器はあしたかたづける」

立ちあがると、姉は「いいわよ、洗っとくから」といった。「階段、暗くない？　ローソク、もっていきなさい」

「なれてるから」

階段のしたにも、月のひかりがながれこんでいる。けさはやくおきたので、ねむくなってきた。

あれは、朝の四時ごろ、あつくるしくて目がさめたのだ。ちいさい窓がしまっていたので、あけはなした。

そのとき、下の道を、男の子がとおった。そんな時間に外にいる人間なんていないから、じっくりみていた。

二階にあがると、わたしは月のひかりのなかで、日記帳をひろげた。これは十六歳の誕生日におばあさんからいただいた。二年もつかっている。

けさのことをかきこもうとおもったが、姉のことばで確信がもてなくなった。わたしはとても目がいいのだが、月光のしたで毎日字をかいているので、そのうち悪くなるだろう。男の子のことは、だれにもいわないことにしよう。だから、日記帳にも、かきこまない。月日をかきこみ、ちょっとかんがえた。

(先生が、劇場へつれていってくれました。昼間から電気がついていて、あかるいので、びっくりしました。わたしは、にぎやかなところははじめてなので、いろいろめずらしかった。マキが「劇場には、ときどき男性が出演するんだって」といいました。するとレイが「それはこういうとこじゃないのよ。ボクシングなんていうのをやるんだって」といいました。先生がきたので、わたしたちはだまって、なかへはいりました。なかの照明も、あかるくてきれいでした。かえりは、辻馬車にのりました)

姉は、辻馬車もそろそろなくなるだろう、といっていた。そういえば、数がすくなくなっている。もっとも、辻馬車にしても、それよりは多い無公害自動車にしても、利用するということ自体、ぜいたくなのだ。たいていのひとは、一時間くらいの距離なら、あるいていく。わたしは辻馬車にのったということがうれしくてたまらないので、日記に書いたのだ。アサコは、エネルギーを研究するところにつとめている。ウランやプルトニウムは、徐々に実用化されている、というはなしだ。太陽エネルギーの研究も、ますますさかんになっている。「だって、太陽なんて水爆のかたまりみたいなものよ」と彼女は、ぶっそうなことをいっていた。

窓をあけて、下の道をながめたが、もちろんだれもいない。

けさのことは、やはりみまちがいだったのだろうか。

わたしはベッドにはいった。

窓の外で、ケヤキがざわざわいっている。

階段のきしむ音がきこえた。

「もう、ねた?」

ドアの外から、姉が声をかけてきた。

「ううむ……」

わたしのあいまいな返事は、うなり声みたいになった。

「いい? さっきしゃべったことは、だれにもいわないのよ」

アサコは、ことさら声をひくくする。

「うん、わかった」

わたしは、ねむそうな声をだした。

「男の子みた、なんて、いっちゃいけないよ」

まったくしつこい。

「だいじょうぶだよ」

アサコは、階段のうえに、ローソクをもって立っているのだろう。しばらく、沈黙している。なにか、かんがえこんでいるのだろうか。しかし、デモンストレーションみたいにも受けとれる。

「……そう。じゃあ、おやすみなさい」

姉はようやく自分の部屋へはいっていった。

「おやすみ」

わたしはぶっきらぼうにつぶやき(その声は、姉にはきこえなかったらしいが)毛布とその下のシーツを、胸のところまでひきあげた。いつも寝るまえは、二時間や三時間は、おきている。だが、今晩は、はやくねむりそうだ……。


目ざめても、暗かった。

何時ごろかわからない。時計は居間においてある。みにいくのは、めんどうなので、そのままベッドにはいっていた。

夢の断片をつなぎあわせようとしたが、うまくいかない。それに、またねむろう、なんておもえないほど、さわやかな寝ざめだった。ねむけは、どこにものこっていない。

おきあがると、暗いなかで、服をきがえた。

机のひきだしをあけて、姉の部屋からだまっていただいてきたタバコをだした。においで感づかれるかもしれない。しかし、姉は自分もタバコをすってるから、わからないだろう。おばあさんは、めったにやってこないし。

火をつけてすいこむと、数秒もしないうちに、全身の血がひいていく感じがする。頭のなかから空気がぬけるような。つぎにくらくらしてきたので、いすに腰かけた。指先もつめたくなったような気がする。

そうやっていると、昼間劇場できいた音楽が、よみがえってきた。新作ミュージカルは恋愛もので、ヒロインの役名はサッフォーだかサフォーだかで、ひどくもてるのだった。生徒たちの大半は、すてきだといって、熱をあげた。わたしも同感だったが、くやしいのでだまっていた。そろそろ恋人ができる年齢なのに、匿名のラヴ・レターしかこないからだ。

幕間には、ロビーでお菓子を買って、たべていた。ステディーのふたりぐみが、あちこちにいる。先生がいるから、さすがにネッキングなんてしないけど、腹だたしいことにかわりはない。

マキもレイも、恋人がいないので、寄ってきていっしょにビスケットをたべた。ブスの三人組という感じだったろう。

「あの主役すてきねえ。ああいうひとといっしょにくらしたいわ」

レイの目のまわりは、うすももいろになっていた。なにを昂奮してるのさ、とわたしはおもった。

「くらしてどうするの?」

マキがたずねる。

「毎日、お弁当つくってあげるの」

「ふん、ばかばかしい。ああいうのに熱をあげたって、ろくなことないよ。きっと浮気だから。ほうぼうに、ネコがいるから」

その種のはすっぱな陰語をつかうのは、仲間うちだけである。マキはタチだという、うわさがある。まるっきりもてないのだけど。マキのラヴ・レター作製につきあったことがあるが、書きつらねてある文章がひどく露骨なので、なおさせたことがある。しかし、マキが実際にだしたのは、はじめ自分ひとりでかんがえたほうで、そのせいかどうかまたもや失恋した。相手の下級生は、ヤクザな年上の女とかけおちしてしまったのだ。

マキは「不良になってやる」と決意したが、タバコをすいはじめたほかは以前とかわらず（ときおり、わたしにも五、六本くれるからアリガタイ）やっぱり、まるでもてない。

タバコというのは高級品で、めったなところでは売っていない。やたらにいがらっぽい味がして、包装もきたならしいのに、お米二キロの値段では買えないのだ。

「俳優なんて、ダメよ。ああいうのは、敵だ」

マキはいきまいていた。

もうすぐ卒業なので、最近はみんな荒れている。学校は九月でおしまいになる。

このあいだは、映画研究クラブの生徒たちが、秘密上映会にいったというので、問題になった。そのことは新聞にものったので、結局全員退学になった。

彼らは刑法改正以前の旧作を鑑賞したのだ。『アメリカン・グラフィティー』とかいうタイトルで、あまりにもたくさん男性がでてくるし、しかもその描きかたがこのましくないということだ。世界がこんなふうになる以前は、じつにひどい世の中だったのだが、それを魅力的に演出しているから、よくないのだそうだ。文化センターからフィルムをもちだしたのは、もちろん生徒たちではない。

映画に男性がでることはあるけれど、それはみんな成人指定になっている。ただ顔がうつるだけでも、十八歳以下がみてはいけない。


ゆっくりと貴重品であるタバコをすいおわると、窓の外は夜明けにむかって、うごきだしたようだ。

わたしは窓ぎわにいすをもってきて、外をながめた。

錯覚でなかったとしたら、きょうもここを通る可能性がある。ひじをついて待ったが、なかなかやってこない。あの男の子は、みられたことを知っているだろうか。居住区から脱走してきたのかもしれない。だったら、警告しておく必要があるのではないだろうか。目撃者が、わたしだからいいようなものの、ほかの人間だったら、警察に通報するにちがいない。

わたしは、窓の外の気配に神経をはったまま、机にもどった。

「あなたは、なんていう名前？　どうしてこんなとこにいるの？　だれにもいわないから（ほんとうよ）おしえてください。友だちになりたい」

ノートをやぶった紙片にそう書くと、ほそながく折りたたんだ。陶器のうさぎの首にまきつけ、そのうえから、リボンをかけてむすんだ。このリボンは、先週の日曜、姉といっしょに盛り場へいって買ってきたものだ。濃紺でラメがはいっている。いちども頭にむすんだことがなくてちょっともったいないけど、まあいいや。

窓べにもどると、うさぎの人形をもって待ちつづけた。彼が字をよめなかったら、どうしよう。姉のはなしのぐあいから察するに、特殊居住区《ゲットー》には、学校なんてないはずだから。

やがて、木かげからきのうとおなじ人物があらわれた。べつに急いでいるわけでもないようだが、なんとなく音がしないようなあるきかたをするので、そんなふうに感じられるのかもしれない。

わたしは、その足もとに、うさぎの人形をおとした。彼は顔をあげた。安心させるためににっこりわらい、ついでに手近にあったうすで木綿のハンカチもおとした。

それは自分でカットワークして、三日がかりでつくったものだ。姉は手芸がきらいなので、おばあさんにおそわった。

男の子みたいなその人物は、はじめおどろいたようだったが、わたしの笑顔をうたがわしげにみつめた。彼がおくびょうではないらしいことが、わたしをよろこばせた。

彼はうさぎの人形をひろって、問いかけるような表情になった。わたしはうなずき、おびえさせないために、窓をはなれた。もっとも、すこしもおびえてなんかいないみたいだったが。

ベッドのうえに横になり、頭のしたで腕をくんだ。べつに何事もかんがえたわけではなく、しばらくぼんやりしていた。そのあいだに、窓の下をとおりかかった人物は確実にひとつの印象として、定着した。

わたしは、下へおりていった。たべるものをさがしたが、戸だなのなかには、パンと罐づめぐらいしかなかった。冷蔵庫などというシロモノは、一般の家庭にはない。おばあさんの時代には、どこへいってもあるのがふつうだったそうだが。

いったい、世界は退歩したのだろうか。それをいうと、姉がおこるのだ。「進歩という概念で世界をながめると、河や海が汚染される」といって。べつにそんなつもりじゃないけれど。「時間はながれて、地球はいくつもの歴史をもって、おとろえていく。それだけだ」ともいっていたけれど。

いまでは、ロンドンへいこうが、ニューヨークへいこうが、このありさまなのだそうだ。もっとも、外国へいくのは非常にむずかしい。外国へいってくれれば、その地方の名士になれるくらいだ。職場や学校やその他の公共施設にだけ配布される新聞にはのるし、ラジオにもでられる。ラジオは、局がふたつしかなく、放送時間も朝の七時から十時、夕方五時から八時までとなっている。外国へいくのはわたしの夢だが、おそらく一生かなえられないだろう。

わたしは食卓にひじをついて、木の根っ子みたいな味のするパンを一口かじった。おいしいものたべたいなとおもう。だけど、わが家は姉の収入だけでやっているのだ。犯罪者をだした家庭ということで、公共的援助はいっさい受けられない。おばあさんは内職をやっているが、それもたいしたカネにはならない。職場や学校の給食が無料だから、やっていけるのだ。わたしはあきらめて、パンにマーガリンをぬりつけた。時計をみると、五時十七分をさしている。例の人物が窓の下をとおりかかったのは、四時すぎぐらいだろう。

パンをもったまま、サンダルをひっかけて、外にでてみた。自分の部屋の窓の下を点検する。陶器のうさぎとハンカチは、なくなっていた。もってかえってくれたのだ。そのままだったら、どんなにがっかりしたことだろう。

わたしは、立ったままパンをたべた。あたりはすっかり明るくなっていた。


「ユーコ、カバンなんかさげて、なに寝ぼけてんのさ。きょうは授業なんてないんだよ」

マキがいう。

「最近、ちょっとへんよ。だれかとつきあってるんじゃない？」

レイは鉛筆をかじっている。

「ううん、まあ……そうともいえる」

わたしは、あいまいに返事をした。あれから二週間ばかりたつ。わたしはすっかり早起きになって、明け方にはいつも窓から外を見張るようになった。彼は三日に一度くらいのわりで、そこを通る。まだ話したことはない。おたがいに、手をふって合図するだけだ。

「相手はだれ？」

マキが眉をあげた。

「ひっひっ、ひみつ」

わたしは意味ありげな表情をつくった。わたしは内実がないときほど、大げさに宣伝してまわるくせがある。いかにも何事かあったようにいったので、ふたりは興味をなくしたようだ。

「レイったらさ、あの俳優に毎日手紙かいて、花を届けたんだって。アホウだな」

マキはべつの話題にうつった。

「それで?」

「返事がきたんだけど、どうしようかな、とおもうの」

レイはものうれわしげに、鉛筆をかみつづけた。

「会いたい会いたいって書いて、俳優の家まで毎朝いって、郵便受けにいれてたら、いちど朝帰りで顔をあわせちゃったんだと。そしたら『きみはかわいいね』とかなんとか、手をにぎったっていうけど……」

マキはレイをふりかえった。レイはおこったような表情になった。

「ほんとは、それ以上のこと、されたんだろう。なあ」

マキはレイの首の下をくすぐった。レイはびくっとして、その手をはねのけた。

「いちどお会いしたい、っていう返事なの?」

わたしは義務的にたずねた。あの俳優なんか、すこしもすてきだとはおもわない。早朝、窓の下をとおるナゾの人物が気にかかって以来のことだ。それまでは俳優だとかスターだとかに、熱をあげたこともあった。半年に一度ぐらい、なけなしの小遣いをためて劇場へいくのがたのしみだったのだ。

「それがね、うちのほうに返事がきたというわけよ。いっしょになりたいって」

レイはゆううつそうだ。しかし、そのじつうれしがっていることは確かである。

「同棲するってこと?」

つまらない話題だ。それでも調子をあわせる。

「役所に届け出るの。お式もあげるし、子供もほしいって」

「へえ、すごいじゃん」

ある年齢以上になって、子供がほしくなると、病院へいく。未婚でも、育てていける能力があればかまわない。おそらくなにかの薬物を注入するのだろう。

「就職はしないの？」

「わたしって、働くのに向いてないのよ」

レイはぬけぬけといった。

「今度のはなしがだめになっても、お見合いできめちゃうからいいわよ」

レイはかわいい顔と白い肌で、だれかに養ってもらうつもりだろう。むかしは、男が働いて、女は家庭の雑事をするのがふつうだった、というはなしだ。いまでもその形態は、消え去ってはいない。ただ、男っぽい女が外にでて、家事に向いているほうが、こまごまとしたことをやる、というだけだ。

始業のベルがなった。

「きょうは、なにがあるの？」

マキにたずねる。彼女は、さも不潔そうに、

「居住区見学だって。いやだね。わざわざみにいくなんてさ。でも、研究にもなるから、いこうかな」

女と女がいっしょに生活する。ふしぎなことに、片方はできうるかぎり、そのむかしの〈男っぽさ〉といわれるものを模倣しようとする。そういう意味で「研究」といったのだろう。少女たちの観念のなかの〈男っぽさ〉なんて、アテにならないのに。


バスがとまると、郊外の居住区のまえだった。

「古代ローマの闘技場みたいだな。外からみると」とマキがいう。

高い壁でかこまれたそこは、難攻不落のトリデのようでもあった。

「デイビー・クロケットがでてきそう」

「なに、それ？」

レイがねむたそうな目をしている。

「アラモの砦」

わたしがこたえると、興味なさそうに「ああ、以前の歴史ね」

「さあ、みんな、おりて。二列にならんで」

教師がわめいている。

生徒たちは、地下へのせまい階段を、おりていった。しのびわらいやないしょ話が、周囲の壁に反響する。

「どうして地下なの？」

「地上は、菜園になってるんだって」

警備室があった。ふたりの警備員が、武装してタバコをすっている。ひとりはグレイの制服がよく似合っていたが、もうひとりは胸が非常に大きいので、なんだかおかしかった。

教師は、窓口に見学許可証をさしだした。警備員は頭数をかぞえた。いちおう顔をみまわすのは、ゲリラがもぐりこんでいないか、用心するためらしい。それだったら、学校の生徒に見学させる、なんてやめにしたらいいのに。

しかし、この機会をのがすと、一般人は男性というしろものがどういうものか、まったく知らないで一生をおえるのだ。

警備員のひとりが、鉄のとびらの鍵をあけた。生徒たちは、昂奮してしゃべりながら、はいっていく。

「いまでも、男の子うまれることがあるの？」

「あるよ。無知だな」

マキがこたえた。

「どうして街ではみかけないの。ベビーカーのなかは、女の赤ん坊ばっかりじゃない」

「それは、男なんて、めったにうまれないからさ。遺伝子も公害の影響、うけたんだろ」

「それにしても、さ」

「それに、男の赤ん坊は、うまれるとすぐ、とりあげられちゃうんだよ。男の子がうまれると、世間には『死産だった』ってことにするらしい。そのほうが、みんなが幸福にくらせるからね。だけど闇から闇へほうむり去るって感じだな。まあ、男に生まれたってことは奇型とおんなじだから、あきらめていただくほかないけどさ」

マキはかなりくわしい。

ながい地下道の天井には、螢光燈がはめこまれている。おそらく、ここには自家発電装置がついているのだろう。病院や大きなホテルにはついているから。してみると、外からみたよりも、意外と大きな施設ということになる。

地下道の端には、また警備室があった。そこにはやはりふたりの警備員と、案内人らしい人物が、退屈そうにしていた。

ひとりの警備員は、本をよみながら頭をかきむしって、そのページのあいだにフケをおとしていた。ホルモン異常なのか、口のまわりにはうっすらヒゲがはえているが、胸もふくらんでいる。気味がわるい。病院へいって、男性ホルモンの注射でもしてもらったのだろうか。

このごろでは、頭を角刈りにして胸をさらしで巻きズボンをはいた女をみると、気持ちがわるくてしようがない。そういう感覚をもつようになったのは、陶器のうさぎをあげた男の子に会って以来である。彼には一種のさわやかさやすがすがしさがあった。ところが、そのむかしの〈男っぽさ〉をよく知りもしないで模倣した女をみると、なんだか暑苦しくて気持ちわるい。さいわいなことに、そういう人物はあまり数が多くはない。「あんなの、むかしの流行よ。いまじゃ、もっとクールなのよ。あたしたちはみんな同性なんだから、ことさら性の分業化をまねしたってダメよ」レイがそんなことといってたっけ。

そこにも、やはり鉄製のとびらがあった。警備員があけて、案内人が先に立った。

「じゃあ、まず台所からみせましょう」

内部はかなり広いみたいだ。もしかすると、あの壁で区切った地上より地下のほうが大きいのかもしれない。通路や室内のスペースをみればわかる。あるいは、地下は三階とか四階とかになっている可能性もある。

学校の生徒たちがみせられるのは、その一部分でしかないのだろう。

「ここは大きな病院のようなところです。男性として生まれてしまった、あわれな人たちのめんどうをみています」

案内人がそういった。

台所はがらんとしていて、だだっぴろい。大きなナベやしゃくしがならんでいる。

「いまは、昼食の時間なので、みんな出はらっているのです」

たいしておもしろい見ものはない。大きな船を見学しているようなものだ。ただ、豪華客船にくらべると、いかにもあわれなみすぼらしいうすよごれた感じがする。それは、この施設が古いせいだろうか。

「ここが、ねむるところです。こういう部屋がいくつかあります」

ベッドがずらっとならんでいる。ネズミのような顔をした男が、ひとつのベッドに寝ていた。

「おや、おまえ、きょうはどうしたの?」

案内人が声をかけた。生徒たちはざわめいた。感想や批評をすぐ口にする。

「腹のぐあいがわるいんです」

年齢がわからない(ということは、まるで若々しさのない)男は、みじめな声をだした。それから生徒たちを見ないようなふりをしながら、横目でちらちらながめる。

「もうひとり、足をねんざしたのは?」

案内人がたずねた。

「あれは、B——〇三七二です。松葉杖ついて、食堂へいきました」

彼らには、名前がないのだ!

それは、彼らが人間とはみなされていないからだ。というより、人間ではないからだ。しかし、犬や猫にだって、名前があるというのに……。しかも、女性たちは子孫をのこすために、男性の協力を必要としているのに。

そのへんのところは、はっきりわからないが、どうやら男性の分泌物のようなもののために、彼らをこういう施設で養っているらしい。それ以上は、よくわからない。

「ミツバチを飼っているようなものなの?」

わたしは、その道の権威であるマキにたずねた。

「さあ、それとはちょっとちがうねえ。しかし、われわれの社会の性的形態はそれと似ているのかもしれない。ただし、ハチの場合、女王バチは一匹だけだけどね」

「みんなが女王バチ」といって、レイがくすくすわらいはじめた。

「可能性があるというだけでしょ。病院へいけば、子供ができるから。ほしくないひとは、いかなきゃいい。人口問題は、これで片づいたんですって」

わたしも、とぼしい知識をひけらかした。

生徒たちは、そのネズミのような男に、なんの魅力も興味も感じなかったので、てんでにまたたわいないおしゃべりをはじめた。わたしはといえば、かなりのショックをうけた。

その感じは、見学をおえるまで、つづいた。なぜかというと、ここにいる男性たちは、あの夜明けの道をあるいてくる少年とは、まるっきりちがうからだ。同類とはおもえない。あるいてくる男の子とことばをかわしたことはないが、彼が女性ではないということには、確信がもてた。しかし、ここにいる男性に、あの男の子のもっている雰囲気をもとめても、そんなものはないのだった。

彼らはいちように無気力でおくびょうそうで、知能がひくいようなぼんやりした表情をしていた。

生徒たちもしだいにつまらなくなったようだ。列をくずしてふざけはじめたりする。

「しずかに、みなさん、しずかに！」

教師がひとりで汗だくになっている。案内人は微笑している。

「ひさしぶりに、わかいお嬢さんがたにお会いすると、じつにいいですねえ。みなさん、はつらつとしていて元気で。ここでは、あんまり働きがいがないのです。なにをしてあげても、たいして感謝されるわけじゃないし、『ありがとう』っていわれても口だけで、心がこもってないしね。彼らはおそるべき無感動に毒されているのです。ま、それが男性の特質としたら、しかたありませんが」

ちがう。

なにかが、ずれているような気がする。自分だって、こういうところに閉じこめられて一生出られないとなれば、無感動になるかもしれない、とわたしはおもう。

見学をおえてひきあげようとしていたとき、ひとつの事件がおきた。

食堂のまえをとおりかかると、食事の時間はすぎて内部には人のいる気配はなかったのだが、ひとりの男がとびだしてきた。男は、女生徒のひとりに抱きついたのだ。その生徒はギャアとかなんとか叫んだ。教師と案内人がかけつけて、すぐにひきはがした。

案内人は男を叱責しながら、ベルを押した。警備員が三人、走ってきて、彼を捕獲した。

当の生徒は、ただおどろいただけで、気絶もしなかった。

「よかった、なんともなくて。お嬢さん、ごめんなさいね。あの男は、以前にも、ああいうことをしたのです。精神異常ではないんですが、やっぱりおかしいんですね。おそわれたのは、見学者ではないんですが……何回やったら気がすむんでしょうかね」

それ以上しゃべるとまずいとおもったのか、案内人は口をとざした。

「危険ですね」

教師はそういった。

なぜ危険なのか、さっぱりわからない。というより、あの男がおそってきた理由が、まるでわからないのだ。この居住区の外にいる人間にたいして憎しみを感じたのなら、ナイフや庖丁などの凶器をもっているはずである。なんの目的でおそってきたのか、抱きついてくるのか、わからない。

もしかしたら、教師にもよくわかっていないのかもしれない。

かえりのバスのなかで、生徒たちは「期待はずれだったわねえ」なんぞといっている。いま学校では、以前のマンガが流行している。以前のものは、映画や小説など禁じられているものが多いが、そのころ少女マンガとよばれたものは、許可がおりている。そこにでてくる男たちは、おもに少年が多いが、非常に魅力的である。男を模倣する女たちは、この少女マンガを参考にしている場合が多い。少女たちは、そういうのが男だと、おもいこんでいる。

ヒロインがおもいを寄せる相手は、たいていの場合、やせている。ブタより太った男は、わき役で出てくることはあっても、主演にはならない。ひょろりとしたながい手脚と、繊細な顔をしていて、つめたかったりやさしかったり純情であったりする。情熱的なのは、あまり出てこない。その男っぽさで少女たちに大人気のある俳優は、レイによると「非常に情熱的」なのだそうだ。

少女たちは、以前のマンガをよんで、男とはこういうものであった、とおもいこんでいるので、きょうはガッカリしたというわけだ。

「いやな感じ、うけたわ」

そういったのは、レイである。

「カッコいいのなんて、ひとりもいなかったもの。白い手の、指のながい男なんて、ひとりも!」

みんな、美しい男たちを期待していたのだ。

「動物園みたい」

「そうでもないけどさ、種族がちがうという感じ」

「どうして、以前は、男性なんかと結婚したのかしら」

「以前の男性は、マンガにでてくるみたいだったんじゃないの?」

「質がおちたのよ、きっと」

「それとも、以前のマンガは、まるで夢物語しかかいてないのかしら。ほんものの男って、あんなものじゃなくって、もっと力強いのかもしれないわ。だって、うちの、大伯母さまがはなしてくれたもの。大伯母さまって、男性といっしょにくらしたことがあるんだって。ふつうの男のひとは少女マンガにでてくるのより、ずっとたのもしいんだってさ」

「しかし、ねえ、気がつかなかった？　あのにおい。なんだかくさくて、わたしは倒れそうだった」

「うん、ムカムカするような、いやーなにおいしたもんね」

「バレー部のロッカールームも、あんなにおいするよ」

「しないよ」

まったく、にぎやかだ。

わたしはひとりだけ、かんがえこんでいた。


明け方、窓べにすわる。

彼が来ようが来まいが、いつも待つのが習慣になってしまった。

きょうこそは、声をかけてみよう。友だちになってみよう。一大決心をした。もちろん、学校なんか休んでしまうつもりだ。おばあさんや姉にバレるといけないので、マキに伝言をたのんでおいた。

「なぜ休むのさ」

マキの質問には「非行少女になるのじゃ」と答えておいた。彼女は「ヒ、ヒ、ヒ」と妙なわらいかたをしてみせて、了解した。うまくごまかしてくれるだろう。

いつもとだいたいおなじ時刻に、少年はとおりかかった。彼は窓の下で、小鳥に似せた口笛を吹いた。姉にみつからないように。しかし、彼女はいつも「ねむれない」といっては薬剤師の友人に横ながししてもらった睡眠薬をのんでいるから、だいじょうぶだろう。つごうのいいことに、おばあさんはすこし耳が遠い。

「いま、下におりてくから、待ってて」

紙片にそう書いておとした。彼はよみおわると、それをズボンのポケットにいれ、手で大きく、ＯＫのサインをした。

いつも持ちあるいている、大きなバッグをかかえて、わたしはしのび足で階段をおりた。この階段はすこしきしむのだ。

「あなた、なんて名前?」

窓の下で待っていた少年に、わたしはちいさな声で問いかけた。

「ヒロ」

彼はひとことというと、あるきだした。

「男のひとでしょう?」

わたしもならんであるく。彼は、わたしよりずっと背が高い。二階からみていたときは、そうともおもえなかったが。

「そうだよ」

「じゃ、なんで、こんなとこをウロウロしてるの? 男性は特殊居住区にいるはずよ」

「シッ」

彼はくちびるのまえに指をたてた。

彼の足どりは速く、ついてあるくのに苦労する。

このへんはすこしあるくと、家がなくなる。畑と工場あとの原っぱになる。彼は人通りのすくないところをえらんであるいているようだ。

「うちへくる?」

ずっとまえに操業を停止した自動車工場のへいにそってあるきながら、彼はたずねた。わたしはうなずいた。なぜだか理由はわからないが、非常に幸福な気持ちになっている。

「これは、ほかのだれかにいわないで」

彼はいちおう口にしたが、わたしを最初から信用しているらしいのがわかった。

「おれ、自分の家がないの。だから、ここを借りてるんだ」

彼はその自動車工場のへいのくずれたところから、なかにはいった。大きな建物からすこしはなれたところに、学校でいえば小使い室か宿直室のような建物があった。彼はそこへはいっていった。

「おれ、めったに外へでない。あなたに会ったのは、だから幸運な偶然というわけよ。どうしても、男の服装して外へでたいときがあるんだ。一カ月に一回くらいだけど、そういうときは、真夜中に散歩にいくの」

「月に一ぺん？」

わたしはききかえした。彼はドアのカギを内側からおろした。なかは暗い。二方向に窓があるが、ふたつとも雨戸がしめてある。

「そう。あのうさぎ、もらってから、なんとなくまたすぐ顔をみたくなった。で、危険だけど、のこのこ出かけていったわけさ。何回もね。よくみつからなかったとおもうよ。冷汗もんだ、いまからかんがえると」

二部屋あるらしい。彼は靴をぬぐと、それを手にもってあがった。わたしもまねをした。

「あなたはいいんだよ。女靴だから」

彼はわらった。

「この靴はね、ぼくのおとうさんがはいてたやつ。すこし大きい」

「おとうさん？」

「男親のことだよ」

「あん、男で親なんて、いるの？」

わたしはびっくりぎょうてんして、バカ声をだした。それでは、生殖にかかわれば、親ということになるのか。

「そうさ。あなたにも、男親がいるはずだよ」

彼はおちついた声でいった。

「いないわよ。おかあさんだっていないし」

「でも、おかあさんは、はじめはいたんだろ」

ヒロは笑っている。

わたしは急に、なにもかもわかってもらいたい、という気持ちになって、自分の家族のことや学校のことを、しゃべりはじめた。

「その、ねえさんっていうのは、あなたと血のつながったきょうだいなの？」

ヒロが的確にそうたずねたので、わたしはかなりおどろいた。母親はおばあさんといっしょに住んでいて、未婚でもらい子をした。それが姉だ。わたし自身は、母親がうんだのだ。

「だろうな。ひとりめでバレちゃうもの。いいかい、女と女が同棲したって、子供なんかできないんだ」

「知ってるわよ。病院いってつくるのよ」

「だけど、男と女がいっしょにくらすと、子供が自然にできちゃう場合もあるんだよ」

そのせいで、男性は居住区へとじこめられたにちがいない。彼らが街をあるくと、その放射能みたいなものがからだから発散されて、ちかくをあるいている女性は、ほぼ全員妊娠してしまうのだろう。

それを口にだすと「バカだなあ」とわらう。ヒロは、しょっちゅうわらってばかりいる。

「どうしてわらうの？」

「あなたといると、たのしいから」

「なんで、こんなところに住んでるの？」

「家出したからさ」

「おかあさんは、どこにいるの？」

「このちかくだよ。あなたの家から、そんなにとおくない。おれ、昼間外へでるときは、女装するんだ。そのほうが安全だからね。だけど、スカートなんて、大きらいだ。ちいさいときは、でも女の子のかっこうしてて平気だったんだよ」

ヒロの母親は、どこでみつけたのかわからないが、とにかく男といっしょにくらしていた、という。屋根裏にとじこめて、人目につかないようにしていたらしい。郊外の屋敷でとなりとはなれていたので、夜は庭を散歩したりしていた。ある年の冬、なにかの病気で死んだ。医者にみせるわけにはいかなかったのだ。

妊娠したときは、病院につとめている友人にたのんで、にせの証明書をかいてもらった。その後何年か、それをタネにゆすられた。

「あなたの場合は、その証明書みたいなものがうまく手配できなかったんだろう。今度、戸籍をとりよせて、出生地をしらべてごらん。きっと収容所の所番地になってるから」

わたしは、母親が収容所にいれられている、ということまで、彼にうちあけてしまったのだ。だが、彼はわたしにすがたをみられたという弱点をもっているから、安心できる相手でもあったのだが。

昼ちかくになると、ヒロはパンとジュースをだした。母親がもってきたり、女装して買いにいったりするらしい。

たべおわると、わたしはバッグからタバコをだした。彼はすったことがない、といった。わたしがおしえるとそのとおりにした。目まいがきたらしく、うしろへひっくりかえった。いつまでもおきあがってこないので、顔をのぞきこんだ。彼はいきなり抱きしめると、レスリングみたいに、回転してわたしをおさえこんだ。はじめは、ふざけているのか、とおもった。だが、ちがったのだ。まるっきり、ちがったのだ。ヒロは、ふざけてなんかいなかった。

その日の夕方までに、わたしは人生の意外なおそろしい真実を知った。そして、それを体験した。

七時すぎに家へもどると、姉はもう帰ってきていた。

「ずいぶんおそいわねえ」

わたしはだまって、二階へあがろうとした。

「ごはんは？」

「友だちのとこでたべてきたの」

自分の部屋にあがって、ベッドにたおれこんだ。

「いまの社会はすこしおかしいんだ。女と女の世の中なんて」

帰りぎわに、ヒロはそういっていた。彼は乱暴なところもあったが、じゅうぶんやさしかった。ふたりで秘密をもつ必要があるんだ、と彼はいったが、そんなのは理屈だ。こうするのが自然なのだ、とも彼はいった。それはそうなのかもしれないが、なんというおそろしいことだろう！

わたしはぼんやりして、机にひじをついていた。それから、大事なタバコを一本すう。

姉が予告もなしにはいってきた。

「さっきからノックしてるのに、どうして返事しないのさ。あんた、そんなもの、どこからもってきたの？

はぁあ、どろぼう猫はユーコだな」

「なんの用なの」

わたしはようやく、眉をよせた。

「おばあさんがよんでるわ」

わたしはのろのろと立ちあがった。

なんだって、こんなときに、おばあさんはわたしをよぶんだろう。

「気分がわるいからって、いっちゃダメ？」

「だめよ」

姉はつよい声で断定した。どうして、そう自信たっぷりなのだ。人生には、あなたの知らないことだってあるのに。だが無知な人間は、おそろしいことを知らないから、自分を信じられるのだ。彼女の目がひかっているような気がして、なんとはなしにひけめを感じる。

「どうしたのよ。だるいみたいね」

「べつになんでもない」

彼女が、わたしのしたことを見すかすわけはない。知識も経験もないのだから。アサコは、あんなおそろしいゾクゾクするようなことを体験せずに、一生をおわることだろう。そして、それはたしかに幸福なことだ。わたしがその日の午後に知ったとんでもない事実は、だれにもしゃべってはいけないことなのだ。

おばあさんは、大きないすにすわって、キャンデーをたべていた。なんだか、やたらにみじかいスカートをはいている。ドアをあけたときは、スカートをはいていないのか、とおもったくらいだ。

「戸だなを整理したら、わかいころきてた服がでてきたの。どう、おかしくない？」

おばあさんまで、頭がへんになっちゃったのか。わたしは頭を横にふった。

「でもやっぱり、おかしいでしょ」

「いいえ」

それからしばらくだまっている。わたしは壁ぎわに立って、スリッパをはいた自分の足をみていた。

「残念ながら、あたしゃ、そんなに耳は遠くないんだよ。けさ、へんな小鳥がきたとおもったら、孫娘をつれていった」

まあ、それじゃ、全部知っていたのかしら。

「アサコはちがうけど、おまえは母親にそっくりだね。だけど、あきらめることだよ。それにあの男はもう、あそこにはいないさ」

わたしは、ヒロのことばをおもいだして、涙にくれた。

彼はいったのだ。「人間はつがいの動物だ。つがいっていうのは女と女じゃなくて、男と女のことだよ。

たとえば、おれとあなたが、ふたりで生きていくってことなんだ。たがいに信頼しあってね。おれの母親は幸福だったとおもうよ。もちろん父親もね」

「おかあさんは、なにをしたの？」

わたしは、きいてはいけないことを、それまで一度も口にださなかったことをたずねた。ヒロのいったことと、つながりがある、と確信したから。

「おまえとおなじようなことさ。それで、あたしは、娘をうばわれた。あのころは、あの子がそうしたいなら、とがまんして協力していたけれど、もう、がまんなんかしないよ。この年になって。だけど、おまえは安全だよ。あたしがうまくいっといたから。あの男は、居住区へ収容されるだろう。ねえさんはなんにも知らないから、口にだしちゃ、だめだよ」

わたしはうなずいた。

「じゃあ、おまえに、いいものをみせてあげる。戸だなをあけて、右側にある箱をだしてごらん。最近は、おおっぴらにレコードもかけられないんだからね、まったく、もう」

おばあさんは、窓をしめてレコードをかけた。そのようなぜいたく品をもっているとはおもわなかったので、意外な気がした。

八時までにローリング・ストーンズとブルース・プロジェクトとゴールデン・カップスをきいた。

「あれはなんなの？」

わたしはきょうまでのことをおもいだしながら、たずねた。おばあさんは、キザなことばでこたえた。

「ひとつの青春だよ。だけど、おわってしまったんだ」

自分の部屋にかえると、心の痛みなんてまるでのこっていないことに気がついた。女と女の世の中。これはこれでいいのだ。だけど、あんなことを知ってしまったわたしは、このあと何度も思いだすだろう。十年も二十年もおぼえているだろう。かわいそうなヒロは、居住区にとじこめられて、無気力に低能になって、わすれてしまうかもしれないけど。わたしは日記をとりだした。かまいやしない。きょうあったことを正直にかこう。

だけど……とわたしはとちゅうでペンをおいた。あんなことを知ってしまったわたしは、決してしあわせになれないだろう。なぜなら、この世界をうたがうことは罪悪なのだから。みんながみんな、この現実をこの世界を、信じてうたがわない。わたしはこんな世の中で、たったひとり（じゃないかもしれないけど）ある重大な秘密を知り、しかもそれをひたかくしにして、生きていかなければならない。

地下抵抗運動に身を投じるつもりは、いまのところない。しかし、やがてはそうなるかもしれない。わたしは身ぶるいして、また日記に没入した。

きっと、きっと、いつかきっと……。なにかがおきるだろう。身ぶるいしながらも、わたしは日記をかきつづけた。

「三日ばかりまえの新聞、よんだ？」

昼にちかい朝の食卓で、男がたずねかけた。三日ばかりというのが、ミソである。今朝というとガッついているみたいだし、正確に三日まえといっても、その意図を見透かされるような気がする。つまり、あさましい。それで、彼は三日ばかりまえのはなしをするような顔をして——じつは切実なのに、実感としては迫ってこない話題「小氷河期がくるんだってねえ」のように、切りだしたのである。

もちろん、この三日ばかり、かんがえにかんがえぬいてのことだ。

「いいえ」

女は「あんたのいいたいことぐらい知ってますよ」という顔でこたえた。この女は、いつもこんな顔をしているのだ。エキセントリックなするどい顔をしているので、そのようにみえる。だが、なんにも知っちゃいないのさ、と過去二年間の経験から、男はおもう。

「生命移植のはなしさ」

三日ばかりかんがえたにしては、平凡ないいかたである。女はだまって、大きな目で彼をみつめる。

「実験者を募集してるってことだし……」

女はこたえない。チキショー、いやなやつだね。こんなところで、だんまり作戦にでるのが憎いじゃないの。ふだんは、おれの百倍もしゃべるっていうのに。

しかし、ここで怒っては、元も子もない。なにしろおれは「あと三年の命」と医者に宣告されて、一年以上たつのだから。

「それがね、肉親とか、夫婦とか、恋人どうしとか、感情的に深いつながりのある関係のほうが、うまくいくんだって。たとえば、ぼくたちみたいに」

しゃべっているうちに、男はしだいに錯覚におちいりはじめた。妻こそ、この世でいちばんいとしい者のように、おもえてきたのだ。ほんとうは、多数の愛人のうちでもノブ子だったり、おしりが一メートル十センチはあろうとおもわれるシルバー・ブロンドのマルチネだったり、荻窪でひっそりと彼を待っているハーフの十八歳のミチコだったり、のはずなのに。

この錯覚こそが、大事なんだ、と彼は自分にいいきかせた。やっぱり「死んでもらいます」のは、妻がいちばんいい。彼女が生きる年数の半分をもらったとしても、このギャアギャア女のいのちがみじかくなれば、世の中のためというものだ。というよりマルチネはことばがわからないふりをして「アハーン?」というだろうし、ミチコも承知しそうにない。ノブ子は、道のまんなかで下着をぬいで片脚あげておれとセックスしろといえばいうことをきくロボットみたいな女(と妻は表現した。妻の目の前で、さまざまなかっこうで彼女とやって、非難する妻に彼は「共産主義者!」「ファッショ!」とやりかえし、ノブ子とあそびにでかけた)だが、ノブ子の肉親が承知しないだろう。

まさに、いのちそのものをあつかっているのだ。夫婦や親子であったら不要だが、法律的に他人であると、それぞれの肉親の承諾書がいる。

それに、かわいいミチコやノブ子の生命は、ながらえさせてやりたい。愛情ゼロのこんな女が長生きするとおもうと、それだけでゾッとするではないか。

だいたい、おれがこうなったのも、女房のせいだ、と彼は回想する。


「おれは強い人間だ。病名をおしえろ。な、おまえだって、そのくらいは知ってるだろう」

結婚して一年たらず、ふたりとも彼を「精神力のつよい人間」だとおもいこんでいた。あれが、まちがいのもとだった。

「だって……」と、そのときの妻はいった。困惑しきっている。

「わかってるよ。おまえはウソのつけない女だ。すぐに顔にでる。今夜のおかずはムキガレイのバター焼きと、おひたし。な、ぴたりだろ。おまえの顔にかいてあるんだ」

かいてあるもなにも、彼は、さっき小便にいったついでに、病院の廊下にはりだしてあった献立表をよんだ。

彼の症状は、だから、ごく軽い。なんとなくだるいから医者にでもいってみようか、が入院となり、しかも病名は知らされず、イライラの連続だった。周囲の雰囲気も、ものものしいし……。

「なにをいわれても大丈夫だよ。死期がはっきりしていたほうが、ものごとは計画的にできる。やりたいことがいっぱいあったら、それを整理しなければならない。たとえガンだとしても、それを知らせないっていうのは、非人間的だとおもうよ。たとえば、おれのいのちが、あと三年としよう。そのあいだに、仏門にはいって悟りをひらくことだって、できるかもしれない」

しゃべっているうちに、実際そんな気分がしてきた。ヒステリー気質の強い男、なのである。

ベッドのかたわらにいた妻が、突然泣きだした。

「どうしたんだ？　おい、おれはガンか？」

彼女は頭を横にふった。

「そんなんじゃないわ」

彼の喉もとにつかえている恐怖のかたまりは、ややちいさくなった。だが、また……。

「じゃ、なんで、病名を知らせない」

あたらしく発見された病気なのだそうだ。死ぬその瞬間まで、症状らしい症状はあらわれない。むしろ、常人より元気なくらいだ。症状といえば、人柄が、ややかわる程度だ。そして、彼のいのちは、あと三年……。


仏門？　冗談でしょう。

彼は会社をやめた。

他人からみると、以前より大胆になり、残酷になった。異常性格者のように、なってしまったのだ。とにかく女、なにはおいても女、四度のめしより女、である。性欲昂進というより、永年の念願が噴出して、非行中年になった、とみるのがただしい。なおかつふしぎなことに、彼はもてるようになったのだ。それも、かなり激しく。これは、ヤケッパチさかげんが、ワイルドな魅力となって、映るのでありましょうか。

恋愛結婚のはずだったのに、いまになってようやく彼を好きになったという妻は、その反応のおそさのわりには、悲痛な顔と悲痛な声と悲痛なことばをしぼりだした。

「おい、そんな、ゆううつな顔をするな。うっとうしくてたまらん」

「だって、あなたのこと、心配で……このごろ、頭がおかしいみたいに――」

彼は手近にあった花びんを、妻の頭にふりあげた。彼女がたおれ、ひたいから血をながし、ひくひくけいれんしはじめると、しずかな声で「だまれ」といった。

（おれって、なんて、カッコいいんだろう。あのとき、何回もなぐったりしないで、一回だけつよい打撃を

あたえといて、「だまれ」なんてさ。映画みたい）

当然、そのあと救急車がきた。

あるいは、彼女が女あそびをやめてくれるように懇願すると、「うるせえ」とスリッパで顔をたたき、そのときちょうどたべていたスパゲティ・バジリコの皿を彼女のうえにたたきつけた。妻の顔は二カ所ばかり切れ、めんを頭からぶらさげている。彼はしあげとして、ワインを頭からかけてやった。

「女あそびだと？　あそびじゃないさ。本気なんだよ。本気をやめるわけには、いかないだろうが。あーん？」

またあるときは、そういう時間のつぶしかた（女、スロットマシーンまたはブラックジャック、飲酒、少年向きならびにおとな向きマンガ雑誌、あるいはメンズマガジン、ゴロ寝、テレビ、そして妻への暴力）をしていると、きっと後悔するとかなんとかいわれた。

彼は、ナイフの助けをかりて、妻が着ている服をビリビリに破った。なんとなく強姦ムードで、チラッとその気になったが、中野のえるみのことをおもいだすと、そんな気分は消えさった。デザイナーのあの女は、迫力あるなあ、裸でいると。それにくらべると、女房はしなびた野菜みたいだ。

妻をまるはだかにすると、二、三回なぐりつけ「そのかっこうで通りをあるけ。このまま、町内を一周してこい」と、どなった。

「いや！」

「うるさい！」

「気ちがいよ、あんたは！」

またしても、暴力シーン。

救急車は、全部で五回（そのうちの一回は、彼のせいではない。彼の不在中に、酔っぱらった彼女が階段からおちたのだ。鎖骨を折って入院中、彼はさびしそうな顔をして、せいぜいあそびまわった。病院へは、一回しかいかなかった）。

自分の病気にくらべれば、どんな事故もけがも、たいしたことはない、とおもえてしまうのだ。そのためか、彼は同情心とかおもいやりのない男になってしまった。

いま夢中の女たちにたいしては、表面だけの親切心を発揮する。だが、心の底では「おれほど苛酷な運命にもてあそばれている人間はいない。おれほど、ひどい目にあっている男はいない」と信じていた。

それに、女の子たちは、彼の「あとわずかないのち」にたいして、感情移入してくれる！

病気を宣告されてからの彼は、もちろんメチャクチャだけをしていたのではない。ときとしてメイソウにふけり、ときとして思索にふけり、あたらしい理論をうみだした。

二十世紀は、彼の思想を超えることができないであろう。すなわち「夫婦とは、ファシズムの最たるものである。夫は自由に恋愛をたのしまなければならない。ただし、妻はその限りではない。なぜなら、妻が男あそびばかりしていては、一家の収入にひびくからである」

「どんな男女関係においても、避妊などというおそろしい罪悪を犯してはならない。妊娠五ヵ月での堕胎のほうが、女の心身にあたえる影響は、はるかによい。避妊というのは、精子を殺すことになるのだから、殺人とおなじである」

「妻は浮気をしてはならない。売春をすべきである」

「夫がだれと結婚しようと、妻には関係ない。重婚罪などという法律はくだらない」

百人の正常者はひとりの異常者を説得することはできないが、ひとりの異常者が百人の正常者を説得することは可能である、とはだれがいったことばだろう！


彼のもとには、彼を崇拝するひとびとがあつまった。もちろん、彼が追いかけまわした女が圧倒的だが、それを全部収容することは不可能である。彼女たちとは、それぞれ趣きのちがうそれぞれの寝室で、それぞれのサービスを受けたい。それに、妻の嫉妬がひどい。異常に精神力が強いはずの彼も、これにはときとしてまいってしまうのだ。だから、女性会員の数や名前は、ある程度秘密にしてある。

男性会員は、ふたりである。

彼らの家でゴロゴロしている。

「あのなまけ者を追いだしてよ」と妻がいった。

「なまけている？　とんでもない。彼らは、モノをかんがえているのだ」

「どんなことを？」

「その成果は、いまにあらわれる。性急になると、ろくな結果はでない」

「のんびりしてても、ろくな結果はでないわよ。あたし、いま四人分はたらいてるのよ」

「すぐに三人分になるさ」

会話がまずい方向へいくと、彼はかならず自らの死を暗示する。すると、妻はだまってしまう。

しばらくすると、妻が彼の髪をなでていた。

「あなた、ごめんなさいね」

「うん」

「あたしって、わがままなんだわ」

「わかればいいよ」

「あなたのこと、すきなの」

「ふーん」

「すごく、すきなのよ」

「ほかの女は、もっとすきだってさ」

「じゃあ、どうしたらいいの？　わたし」

「逆立ち踊りでもしてみたら？」

「この低能のぼけナスの色きちがい！」

妻は、彼に枕をぶつけた。

男弟子ふたりのうちひとりは、このあいだ、ようやくでていった。彼も、かんがえてみると（みなくたって）男の崇拝者は、おもしろくない。不幸なことに、彼には男色趣味がないのである。男弟子と、恋愛関係におちいるというたのしみは、したがって、うまれてこない。


「生命移植って、すごいとおもわないか」

彼は、三日ばかりかんがえたセリフを、順調におっぱじめた。

「人間の生命の長さを正確にはかり——誤差は前後一年半程度っていうから、かなり正確だよなあ。なおかつ、ひとつの生命体からひとつの生命体へ、いのちのながさをうつしかえる。これは心臓移植どころではない。ノーベル賞ものだ。いや、ノーベル賞なんて、三つか四つあたえればいいのさ。アカデミー賞みたいに」

妻は、紅茶をいれた。自分のカップには、輪切りレモン、彼のにはミルク。

「ノーベル医学主演賞。ノーベル医学研究賞。ノーベル医学発見賞。ノーベル医学情報賞。いくらでもできる」

妻は、だまっている。

この三日ばかり、夫が妙にやさしいのを当然だとおもっていた。いつか、このことをいいだすにきまっている、とも。

「いや、医学的にすごいってだけじゃない。さらに驚異なのは、これはひとつの神を超えようとするモラルである、ということだな。きいてるかい？」

「ええ」

「だが、このモラルのなかに、神はすでにあるのだ。それは、愛があるからだよ。わかるかい？」

「なにが？　アイっていう単語のイミ？」

テーブルにひじをついていた妻は、顔をあげた。

「つまりだねえ」

おこりだしたいのをこらえて、彼はいった。

「臓器移植でも、おなじことだけど、この場合、提供するものが具体的ではないのだ。目にみえない。非常に抽象的なのだ。だけど、確実に効果はある。だから、この手術には、愛がある、といったのだ。無償の愛だ。おまえ、おれを愛しているな？」

そのはずかしいセリフを、三十ちかい男は二つ年下の妻にいった。

「……さあ」

彼女は正直すぎる。そこが欠点である。

「おまえは自分でも気がつかないけど、おれを愛しているのだよ。おれにたいして、非常に崇高な感情をもっている。それも押しつけがましい、単純なものじゃなくて、複雑な感情複合体、すなわちコンプレックスをもっているのだ。つまり、おまえは、おれという存在にたいする感情によって、ようやく成立している存在なのだ。おれなしでは、生きていけないのだ。だからですねえ、きみはぼくを愛しているのだ」

妻は、紅茶のカップのなかを、ながめている。どこか、するどいところのある目で。

「あなたは？」

顔をあげると、彼女は平板な調子で問いかけた。突然、夫がアイだのなんだのと演説しはじめたので、呆然としているのだろう。それ以前のふたりは、仲が悪いなどという程度ではなかった。

「ぼ、ぼ、ぼく？」

彼はおもわず、どもってしまった。

「ぼ、ぼ、ぼくらは中年探偵団」と妻がうたった。

「ぼくは、もちろん、きみがすきだし、愛してる。決まってるじゃないか」

彼はミルクティーを、がぶりとのんだ。

「ノブは？」

「あれは友だちだ」

「えるみは？」

「単なるあそび」

「マルチネは？」

「真剣なものじゃなかったんだね。なんか、こうふわふわしたもんで……最初きみにあったとき、ぼくはかなりまじめだったよ」

「そうね。あの病気、あるいはあと三年の命なんていわれて以来、人間がかわっちゃったわ——ミチコは？」

「妹みたいなもんですよ」

「ふうん」

妻は、テーブルに両ひじをつき、組んだ手のうえにあごをのせている。

「ヨーコ」

彼は、ひさしぶりに、妻の名前を呼んだ。ぼんやりしている彼女を、背後から抱きすくめた。彼女はおどろいたようだったが、声はださなかった。

彼女は床に押したおされ、そのうえに彼がのった。彼はズボンを半分までぬぎ、彼女の下着をとった。ヨーコは、他人ごとのようにながめている。

一方的な性行為がはじまると、彼女はいった。

「どうして、こんなことするの？」

彼は、自分でもなんだかわからないうちに泣きだしてしまっていた。

「ごめんなさい。ごめんなさい。ゆるしてください。いままでのこと、ゆるしてください。ごめんなさい」

妻は感情のない目で、彼をながめていた。

「はなれて、ちゃんとはなそう」

彼は妻に下着をわたし、自分もズボンをずりあげて身づくろいした。

涙のつづきが、彼をおおっている。

「いままでのぼくは、まちがっていたのだ。じつは、きみのことをすきなのに、自分でわからなくて八つ当りばかりしてたのだ。自分はみじかい命だから、なにをしてもゆるされる、とおもいこんでいたのだ」

キッチンのとなりのソファーに彼はすわり、妻はその足もとに寄りそっていた。

「ぼくより長生きするであろうきみが、憎くてたまらなかった。それなのに、ほかの女には、つらくあたらなかった。きみにばかり手をあげたり、ひどいことをしたのは、ぼくがきみに執着していたからなんだよ」

いつものとおり、彼はなんとなく、そんな気分になってきていた。

「ぼくのオチンチンだけじゃなくて、ぼくのすべてはきみのものだよ」

「うれしい」と彼女はいったが、なんとなく本心からではないようにきこえた。

「あたし、いつもあなたをほしがっていたのよ。わかってたでしょ」

「ごめんね」

というようなわけで、夫婦熱演大ラヴ・シーンになるのですが、さすがの彼もそのときの妻が半分演技であったとは、気がつかなかった。

彼女は、あまりにも呆然としすぎていたのだ。おどろきがつよすぎて、その他の感情がわいてくる余裕がなかったのである。


実験志願者は多すぎた。

ひとつひとつのケースを調査し、なおかつ抽選によって（！）彼らは、えらばれた。

「殺人実験反対」のデモ隊が、その日、研究所をとりまいた。予約してあったにもかかわらず、彼ら夫婦は研究所にはいることができなかった。

「世間の方がなんといおうと、配偶者やわが子をなくす悲しみ以上のものはない、とわたしはかんがえます。

一方では、自殺をするひとがいる。自殺するくらいなら、その生命を、提供してください、とわたしは申しあげたい。医学は、ついにここまでやってきた。心臓移植など、日常的なこととなりつつあります。

わたしはこの研究に、文字どおり命をかけているのです（拍手）と申しますのも、わたしは非常に長命であることがわかりましたので、自分の妻に三年分の生命を提供し、自ら実験に参加したのです」

午前中はこんなぐあい。

N博士の人気はたいへんなものだ。三十代のおわりで、ラフなセーターすがたのテレビうつりもよく、俳優のだれそれに似ているとか。

彼ら夫婦は、午後三時すぎに、研究所へはいることができた。博士に会うのは、はじめてである。それまでは、研究所員が、応対していたのだ。

「こちらです」

案内されたのは、殺風景なさして広くもない部屋だ。スチール製のデスクと戸だながある。

ヨーコは一週間ばかりまえに、五カ月で妊娠中絶をした。二日がかりの手術だったが、入院しなかった。それが心身ともに応えているためか、黒いスーツに、黒い帽子。なんとベールをたらしている。殺されたわが子の喪に服しているつもりなのだが、もうひとつの意図もあった。

N博士のことは知っている。

十年ばかりまえ、ふたりは恋仲だった。彼女が彼をふった形で、おわりをつげた。直接顔をあわせるのは気はずかしく、それで帽子にみじかいベールをたらしているのだ。

博士が部屋にはいってきた。

ヨーコは、ゆっくりと顔をあげた。「やっぱり」という表情が、博士の顔にあらわれた。それだけだ。大昔の恋人どうしは、はじめて会った他人どうしのようにふるまった。

「まず、正確な年数をはからなければいけませんね。ここには、精度の高い機械がありますから……」

博士に案内されて、彼らは、別室で着がえさせられた。

「脳波とるみたいなもんですか？」

ローマ時代のような服をきせられた彼は、博士に質問した。助手が、こめかみやひたいに、線をはりつけはじめたからだ。

夫婦は、せまい別々のベッドに横たえられて、ならんでいる。

「さあ、注射をしますよ。ちょっとのあいだ、気を失いますが、すぐに気がつかれますからね」

助手が消毒し、博士が彼の腕の内側に、まるい平たいペンダントを押しつけた。


「ご主人は二年半。奥さんは三十一年です」

もとの部屋で、書類をみながら、N博士はいった。

ヨーコはおもっている。

Nのような男をふるなんて、あたしもバカだった。あのころのあたしは若すぎて、男をみる目がなかったのだ。Nが、なんとなくさえないような、つまらないような気がしていた。本ばかり読んで、ちっともかまってくれない。冗談もへただ。

それで、ロックバンドのベースひきのほうになびいてしまった。それから、空白があり、いまの夫に出会った。出会いのころの彼は、大情熱のとりこで、ヨーコはいささかおそろしくなったぐらいだ。それが、いまでは……。

Nに求婚されたとき、イエスといったら、どうなっていたか。すくなくとも、中絶したわが子のために黒い服を着るなんてことにはならなかっただろう。

Nは三人の子持ちだ。奥さんは、あたしより八つ年上で、それをさしひいても、あたしのほうがずっときれいなのに……。

夫は、このところ大情熱をとりもどしたかのごとくふるまっている。彼女は信じられない。だが、信じたい。

「で、ほんとうにやる気はおありですか?」

N博士は、机のうえで両手を組んだ。祈るポーズに似ている。これが彼のくせだった。

「はい」

夫婦は、同時に答えた。まったく異った想いを、内に秘めながら。

「とすると、この場合、奥さんのほうからご主人に移植することになりますが……」

Nは間をおいて、ふたりをながめた。表情を観察した、といったほうがいいだろう。特に、ヨーコにたいしては、なにひとつ見逃がすまい、という顔で。

「年数としては、どのくらいにしますか？」

「十五年ですわ。決まってますわ」

「すると、ご主人のほうが、すこし長生きしますが……」

「けっこうです。それで」

ベールのなかから、ヨーコはいった。こうしてあたしは、ゆっくりと自殺していくのだ、とおもった。


「手術の日は、一週間後にします。もう一度よくかんがえてください。重大なことですから」

Nのことばが、頭のなかでひびく。

「ヨーコちゃん！」

夫は、大情熱を再現するかのごとく、一日に五回も六回も妻を求める。これは愛じゃない、と彼女は直感する。彼はなにかひとつの恐怖からのがれるために、性行為をくりかえすのだ。

十五年の命をあなたにあげる、といったその日から、彼の態度は、さらにかわった。

「どうして、ぼくはきみに飽きないんだろう」

はだかの妻を抱いて、その胸のうえで彼はいった。彼女は、彼のこんなところがいとしくて、目じりがぬれてしまう。こんな幼児的なところが。

一週間、ふたりは部屋にとじこもって、抱きあってくらした。

彼は、なにをこわがっているのだろう。わたしの心がわりをか？　わたしが、手術をやめる、というのがこわくて、ごきげんをとりむすんでいるのか。

しかし、そういうところはかわいい。結局、あたしはまだ彼をすきなのかもしれない……。とっくに、いやになってる、とおもってたのに。あるいは、この手術をすることで、自分の命をちぢめることで、彼への想いをかきたてようと努力しているのかもしれない。

あたしにはNもいたし、Tもいたし、Uもいた。だが、いまは、もう、だれもいない。この怠惰な夫しかいないのだ。

いや、彼は決してなまけ者ではない。あれほどマメに女を追いかけ、メイソウし、理論らしきものをでっちあげる彼が、なまけ者のわけがない。

彼は、わたしにとって、なまけ者なのだ。

手術は、短時間のうちにすんだ。

これによって、Nは名声を確立した。これによって夫婦は有名になり、「わが命をけずる凄絶なる愛」だの「わたしのすべてをささげた夫への愛——命つきるとも」だの「夫婦愛の極地をここに見た」だの、やたらに美化された。

夫の態度は、かすかにではあるが、例の「三日ばかりまえ」より、ずうずうしくなってきている。

彼は名声を利用して（という意識はまったくないけれど）またしても、弟子をとったり。

「きみが月に六十万かせいでくれたら、ぼくはとってもラクなんだが」といわれたときは、さすがに頭にきた。

「ぼくは浮気なんか、ゼッタイにしないよ」

「ぼくは、ほかの穴になんか、いれません」

「ぼくは、女なんか見向きもしません」

日に三回誓っていたのが、二カ月後には見向きするようになった。さらに二カ月たって、妻は夫の弟子であるはずの女が、夫の子を妊娠していることを知った。

彼女は、すっかり、うんざりしてた。もういやだ、きらいだ、やめてくれ、はなれてよ。

夫とおなじベッドに寝ていたのに、それが耐えられなくなってきた。べつの部屋にふとんを敷く。すがたが目にはいるのさえ、いやだ。自分の愛情が、どんどんなくなっていくのがわかる。

あたしの一生を台なしにした男。あたしの青春をぶちこわした男。ただ、いやになるだけならまだいいが、このうらみのつよさはふつうではない。

彼女は彼を破滅させたいとおもう。彼女は、彼に復讐したいとおもう。

「研究所へいきましょう」

妻がそういったとき、彼はごくりとゆでたまごをまるごと、のみこんでしまった。それを横目でみながら、彼女は、おなじことばをくりかえす。

「水、水」

彼女はだまってさしだした。彼は水をのみ、胸をたたき、目をパチパチさせてから、ようやく口をひらいた。

「なぜだ?」

「なぜって?」

「だって、N博士は、あれで全部おしまいだといったはずだ」

「手術はね。だけど、その後の健康状態とか、いろいろ検査したいって、おっしゃったの」

これはうそだ。妻は、まったく、うそをつくのがへただ。

妻はNとしめしあわせているのかもしれない。むかしの恋人どうし、というところまでは想像できなかったが、彼の邪推は、かなり当を得ていた。

「どうしてもいかなきゃだめなのかな」

「だめよ」

彼女は決めつけた。

「N博士は、なんていったっけ? 一度生命移植すると、もとにもどすのはむずかしい、とかなんとか、いってなかったっけ?」

「ええ、そんなことといってたわね」

妻は表情をかえずに、ぬいものなどをしている。

「すると、ぼくがきみにもらった十五年は、再びきみに移植するなんてこと、できないんだろうなあ。とりもどされるなんてことは」

妻は、彼のズボンのすそはばをなおしている。

「そうね」

顔がうつむいていて、よくわからない。

「いや、ぼくは、そのことをこわがってるって、わけじゃないんだよ」

「わかってるわよ」

「ただ、ぼくには、ライフ・ワークがあるから……女にはなくても、男にはあるんだ」

「女は、子供を中絶して、亭主を養ってりゃ、それでいいの!」

妻は、針を畳にブスリと刺した。おそろしい顔である。

「そんなこと、いってないじゃないか」

なんか迫力あるなあ。女ってのはどうして、こう、よかれ悪しかれ、迫力があるんだろう。N博士に電話して、ほんとうにいく必要があるかどうか、きいてみよう。


その前日の昼間、N博士とヨーコの会話。断片。

「ようするに、復讐心理でしょ。王女メディアでしょ。だけど、ぼくは、女のひとのそういう部分が、理解できないんだな」

「だから、あなたは、わたしにふられたんじゃない」

Nはかるくわらった。

「……そうかもしれないなあ。しかし、命をかけた恋じゃもの、なんて古い歌あるしなあ。こっちも乗りかかった舟だし」

「あなたは、最後まで責任をとるギムがあるわ」

「しかし、ぼくの評判は、わるくなっちゃうだろうよ」

「わからないわよ」

「うん、わからない」

「かえって、よくなるかもしれない」

「ほんとは、評判なんて、どうでもいいんだ。研究さえ、つづけられれば。それが、ほんとうにあなたの願いだったら、ぼくは、かなえてやりたいよ」

「本心よ」

「しかし、女のひとっていうのは、わからないなあ」


ふたりはもう一度検査をうけた。

「このまえの手術、ちょっとしたミスがあったんです。ご主人に十五年分の生命を移植する手はずが、助手がまちがえて十二年分しか移植しなかったんですよ」

なんだ、そういうことか。しかし、この先生もひとをおどかすのが、うまいね。

「ですから、あと三年分、追加します。このまえとおなじ要領で、簡単ですから、リラックスしてください。では……」

研究所をでるとき、Nはヨーコの顔をじっとみつめた。亭主にはきこえない程度の低い声で「これは、犯罪にならないだろうか」とささやいた。「ならないわよ」

彼女はこたえ、疲れきったような、すっきりしたような、どちらともつかない顔をしてみせた。

Nは、彼女を呼びもどしたい想いを必死におさえ、夫婦のうしろすがたを見おくった。


「あそこのホテルのラウンジで、コーヒーのんでいかない？」

妻がいった。ひさしぶりに、ずいぶんとやさしい顔をしている。彼は賛成したが、すぐに妻はコーヒーがだめなのに、ともおもった。コーヒーをのむと、ガタガタとからだにふるえがくる。心臓が破裂しそうになる。とにかく、不愉快に昂奮し、地に脚がつかない感じになる。紅茶ならいいのだから、カフェインのせいではないだろう。ふしぎな体質だ。

そこのホテルは、やたら豪華ではなく、ちいさくて古くておちついているのが、彼らの気に入った。ラウンジは地下二階と地上十八階とにある。

「ながめがいいとこは、きっとこんでるよ。それに、上まであがってくのが、めんどうくさい」

彼はそういった。エレベーターをつかわずに、階段をおりる。

いったい、きょうの手術は、なんだったんだ？　十五年を十二年とまちがえる、なんてことがあるだろうか。

N博士は、一度移植した生命は、もとにもどすのはむずかしい、といった。不可能とはいわなかった。もしかしたら、そのむずかしい手術をやったのかもしれない。女房のやつ、おれをきらいはじめてから、大分たつ。

十五年分全部とはいわなくても、その大部分を、とりもどされてしまったのではないだろうか。

あるいは、おれの分の、二年ちょっとさえ、彼女にうばわれてしまったのかもしれない。

「なにかんがえてるのよ」

妻は、愉快そうに、意地悪そうにたずねる。

「いや、きょうの手術なんだけど、不可解な点が多くて……」

「女心も不可解」

「茶化すなよ」

「いえ、ほんと」

「N博士はああいったけど、ほんとうにそのとおりなんだろうか」

「ほんとは、ちがうのよ」

妻はニンマリとわらった。

喉もとに恐怖のかたまり。ゆでたまごをまるごとのみこんでしまったときのように。

「じゃあ、なんだ。いえよ」

「ボーイさんにわるいわよ」

ウェイターは、さっきから礼儀正しく、テーブルのわきに立っている。

「おれ、コーヒー、ふつうのね」

「あたし、アメリカン」

ウェイターは礼をして、さがった。

「結局、どういうことだ」

彼はしだいに腹がたってきた。

「つまり、いちばんはじめから説明すると……」

妻は指輪をいじっている。彼の顔など、みていない。彼はテーブルをとびこえて、おそいかかっていきたい想いになった。

「はやくいえ!」

「あたしが、あなたなんか、いやでいやでたまらないってこと。大っきらいなのね。一生そばについてて、苦しめてあげたいとおもうよりも、もっときらいなの」

「それがどうした。おれも、おまえなんか、大きらいだ! いやでいやでたまらん! がまんしてやったんだ! 図にのりやがって」

「……ということ。これが、すべての原因です」

コーヒーがはこばれてきた。

彼は、それには手をつけず、おそろしい顔で、妻をにらんでいる。

「殺してやるぞ」

「どうぞ、どうぞ」

彼女は、にこにこしている。表面ではわらっているが、底のほうでは鬼、という顔だ。

「この野郎」

「なにおこってるのさ」

「ちゃんといえ、ちゃんと」

「いまにわかるわよ」

彼女は、じつにすごみのあるわらいかたをした。優雅な手つきでコーヒーカップをとり、一口。

とたんに、ゆっくりと彼女はくずれていった。最初なにがおこったのか、わからなかった。妻のいたずらかとおもった。

彼はかん高い声でわらった。

ひとがとんできた。ウェイターのひとりが、「失礼します」といい、脈をみた。顔色が、かわった。

「霊柩車、じゃない救急車」

なんぞといった。

彼は「ヒッヒッヒ」とわらいつづけた。わらいがおさまると、うすい涙がにじんできた。

彼女は、メディアではなかった。もっと、おもいきったことをする女だった。

彼女は、自分のあと三十一年分をそっくり彼にさしだした。彼女は「わすれられない女」になりたかったのだ。同時に彼と、永久に別れたかったのだ。

死んだ女が、はこばれていく。

彼は、ポケットに手をいれて、みていた。

「あんたなんか、もういらない！　必要ない。どこへでもいきなさい」

彼女は、亭主をひっぱたいた。

「まあ、まあ、そういわないで……」

「なにが、まあまあ、なのよ。うんざりだって、いってるのよ、わたしは」

彼女は、今度はこぶしで彼の頭をなぐった。食事ちゅうに、突如、怒りだしたのである。なんのまえぶれもなしに。ベーコン・エッグの皿がひっくりかえり、紅茶がこぼれた。

今回がはじめて、というわけではない。しかし、規模がちがう。迫力がちがう。おそろしい顔で、カニサラダの鉢をみつめていた彼女は、その間《かん》に重大な決意をしたもようである。十数分の沈黙のあと、ベスヴィオス火山は爆発した。

夫は、ベッドに逃げた。ふとんをかぶったのは、そのおそるべき攻撃から、すこしでも身を守るためである。

「ふん」

彼女は、くちびるの片がわだけをあげて、みじかくわらった。

「そんな、ふりをしたってだめよ。かわいそうな亭主みたいな演技したって。わたしはだまされないわよ。あんたなんか、ちっともかわいくない！」

タンスをあける。彼の服をハンガーごとはずし、つぎからつぎへと、ベッドに投げつける。

「わかった、わかった、やめろ、バカ」

彼は、服の山から、首だけつきだした。その顔に、バス・ローブがとんできて、ひっかかる。

「あ、そう？　わかったの？　じゃあね、でていくまえに、一千万円ちょうだい」

彼女は、皮肉っぽく、ゆっくりという。「現金か、小切手よ。それ以外はだめ。値切ったら、ゆるさない」

「なぜ一千万円なんだ」

彼は、迎撃しようか、どうか、まよっている。

「あら、だって、あんたの所有権は、このわたしにあるのよ。いっしょになるとき、いったじゃない。

『ぼくのすべてはきみのものだよ。身も心も』って。『たましいも?』ってわたしがきいたら、『もちろん、たましいもだよ』なあんて、うぶなこと、いったじゃないのよ。だから、一千万円っていうのは、あんたの値段なわけよ。安すぎる?」

彼は、妙なせきばらいで、それにこたえた。

「安すぎるかどうかって、きいてんのよ! わたしは」

「いや……決して、そのような……ぼくの値段としては、かなり適当な……ぼくって、高級品じゃないからな……ははは……」

「たましいつきで、よ」

彼女は、さぐるような目で彼をみた。この目がこわい。やさしい目をしていたかとおもうと、つぎの瞬間には、すべてを見抜いているかのようなするどい視線にかわり、すぐに今度はとろけそうないやらしい目になる。変化のはげしい女で、気分もコロコロかわる。

「うん、たましいつきで、ね。うん」

彼は、なににたいして、うなずいているのだろう。

「その値段で、あなたを売るわ。もっとも、買い手がつくかどうか、わからないけど」

彼女は冷静に、はっきりと発音した。

「こんな話題はやめよう、ね。もっと、たのしい……」

「たのしいっていえば、そうね。こんなはなしじゃ、つまんないわね」

「そう、そう」

「一千万円っていうのは、やっぱり安すぎるし、こんなはなしは、おもしろくもなんともない、と……じゃあね、愛人つきってのはどう? あなたとひきかえの、わたし用の愛人よ、当然。それも、とびきりの。一千万円プラス特上の愛人。どう? このアイディア。これだったら、かなり妥当なセンではなかろうか、と……」

彼女の目はかがやきだし、なにをまちがったか、うっとりと夫をながめまわす。

「おもしろいねえ」

まったくつまらなそうに、彼はいった。

「チラシをつくって、喫茶店だの、バーだのに置くわ。『この男、売ります』って。そんなふざけたものでも、置いてくれる店、二つや三つは知ってるし」

「冗談だろ?」

彼は、わらおうとした。

「もちろん、冗談よ」

彼女はわらい、すぐに真顔になった。「でも、冗談っていうのは、半分本気なのよ」

「おもしろい、まったくおもしろい。そんな広告、本気にするやつ、いるだろうかねえ」

彼は調子をあわせている。

「いるかもしれないわよ。世の中には、ふしぎなひとたちがいるから。ひょっとして、すばらしいパトロン――女だったら、パトローネか。それがあらわれて、あなたに夢中になるかもしれない。そうなったら、あなたは、なぜかオナシス級のヨットをのりまわす身分になる。酒とバラの日々」

「薔薇ってのは、男色のことだぜ」

「とにかく、酒とナントカの日々で、わたしは一千万円と上等の愛人を手にいれる。両方満足。しかも、きれいにわかれられる」

彼女はうれしがって、彼にとびついた。これが、この女のへんなところで、自分勝手なおもいつきを、共同謀議にすりかえたがる。

彼女は服の山を床におとした。ベッドにすわっている夫の首に、両腕をまわす。

「すてきな案だとおもわない?」

彼女は、もう上きげん。

「まあね」

彼は、あいまいに口のなかでこたえた。妻の態度のかわりようには、いつもながら、おどろかされる。それが八年もつづいたのだ。八年――いいかげんで、ばかばかしくなってくる、というものだ。彼女の、偏愛と虐待の、気まぐれに支配された結婚生活。

妻は、あどけない表情になった。まだ学生、みたいな無邪気な顔である。彼は、最近、この顔をみるたびに、いやーな感じがする。三十女が、こんな顔をしちゃいけない、とおもう。これは、かなりキモチわるいことなのだ。

彼女は、ハイティーンみたいに、ネッキングをはじめた。

「おい、おい、よせよ」

「いいじゃない」

「やめなさいよ、昼間から」

「あなたって、すてきよ」

「それはどうも」

「どのくらい、すてきか、知ってる？」

「さあね」

「クールよ。それも、スーパークール。わかった？　ベイビー」

彼らは、前日『アメリカン・グラフィティー』を、これで三度めになるが、みにいったのだ。テリーという、十七歳の、かなりこっけいな、だが純真な少年が、彼女のお気に入りだ。彼はそれにそっくりだ、と主張しはじめる始末。彼としては、もっと二枚目になぞらえてほしかった。

「あなただったら、きっと、買いたいってひとがでてくるわよ、テリー。テリー・ザ・タイガー」


その男がたずねてきたのは、チラシをくばった翌日だった。彼女がほんとうにそんなことをするとはおもっていなかった夫は、実家へかえってしまった。

「こんにちは」と彼はいった。

（新聞だったら、おことわり）と即座にこたえようとした彼女は、相手があまりにもいい男なので、やめにした。それに、勧誘員の雰囲気ではない。どちらかといえば、学生ふうだ。

「このチラシ、本気ですか？」

彼は、異常に大きな目で、彼女をみた。

「そうね、まあ」

この若い男の目はどこかおかしい。外斜視みたいだ。

「じゃ、ぼく、契約させてもらいます」

イントネーションが、どことなく関西弁ふうだ。

「まあ、あなたがパトロンになるの？」

「いや、パトロンは、べつで」

「おはいりになったら？」

好奇心は、猫をも殺す。だが、彼女はいつでも好奇心でいっぱいで、純情でかわいい亭主をいつもこまらせていた。

キッチンにまねきいれられると、見知らぬ男は紙袋から、契約書みたいなものをとりだした。

「サインしてください」

彼はボールペンをだした。

「名前をかけば、一千万円と、極上の愛人をくれるわけ？」

「そうやね」

リラックスしてきた相手は、長髪をかきあげた。白地に黒のペンシルストライプのシャツに、黒い女物の安びろうどの上着をきている。ズボンは黒のコーデュロイだ。このかっこうでは、どうかんがえても、パトロンの使者とはおもえない。

「おカネをだしてくれるのは、だれなの？」

「大学やけど」

「大学？　どこの大学よ。学生証みせなさいよ」

そんなはなしが、あってたまるか。

「ちゃう、ちゃう、誤解せんといで。東大とか京大とか、そういうのと、ちゃうねん」

この男の関西弁は、じつにおかしい。大阪か京都か河内か、まるでわからない。しいていえば、ふだんは標準語なるものをしゃべる人間が、関西弁にあこがれて口にしているような感じがする。

「おどろかん？　約束してくれるン？」

『サスペリア』というムードで、彼は眉にしわを寄せた。そこではじめて、気がついた。この男の異様さは、濃い眉のあたりの暗さによるものかもしれない。

きのう、ママンのところへかえったテリーとは、まるでちがう。彼は、彼女にとって、輝かしくほろ苦い青春の、具現者だ。彼はいくつになっても、その内部に少年の要素をもっている。といえばなんとなくキマるが、年をとったコドモという感じだ。彼女にとっては、かっこうのおもちゃで、ぶったりかみついたりするのにつごうがいい。彼はいつまでも根気よく彼女の相手をしてくれていた。

「いいなさいよ」

「地獄の大学」

いってしまったあと、彼は、(やっぱり、まずかったかなあ)という顔で、彼女をみた。

「ジゴク？　天国と地獄の、あの地獄なの？」

「そういうと、ミもフタもあらへんよってに。こう、もうすこし、さりげなァく」

「なにいってるの、じゃあ、あなたは何者なの？　悪魔だとでもいうの？」

彼女は、学生だという男に、にじり寄った。

「アクマァには、まだなっとらんのよ。卒業試験にパスしないと。人間のたましい、ひとつ買ってこんと」

「じゃあ、あなたは中ぶらりんなわけね」

「そう」

「ここへ名前かけば、身分がきまるのね」

彼女はサインした。こんな冗談があってもいいだろう。テリーもいないことだし。何をしても、かまうもんか。

「一千万円は？」

「たしかに契約したとみとめられれば、すぐでます」

「じゃあね、あの……アイジンは？」

「まあ、酒でも」

彼は紙袋のなかから、アーリー・タイムズをだした。

「どうして、ウィスキーのまなきゃ、いけないの？」

「雰囲気づくりから、やっていかな、あかんのではないかなァ」

この男、なにをいってるのだろう。まさか……。

「一千万円はいいんやけど、愛人いう難題はえらいしんどくてね。候補者はおる。せやけど、あんたに気に入られるかどうか、わからへん。ええ男いうても、規準がまちまちだしなあ。だったら、あたってくだけろ、と」

「なにをいいたいの?」

ほとんど察してるくせに、彼女はききかえした。

「氷ある?」と彼。

「冷蔵庫」

彼女はテーブルにひじをついた。

彼は、氷バケツと水とグラスを用意した。残りものを器用に料理して、つまみを大皿に一杯、つくりはじめた。

彼女は、ポケットから、ラークをだして、口にくわえた。百円ライターで火をつける。どうなっているんだ? まったく。

電話がなった。

とりあげると、亭主そのひと。

「あある、タイガー、どうしたの?」

彼女は、不安をごまかすために、陽気な声をあげた。若い男とふたりきり、という不安。

「豪華ヨットの件は、どうなった」

かなりつめたい声で、わがテリーはおっしゃられた。

「もちろん、順調にいってるわ」

「へええ? 世にもふしぎな人物が登場したのかね」

「……じつは、そうなの」

「どんな女だ」

彼は再婚路線をかんがえているらしい。あなたに首ったけなの、という金持ちが、先妻にたいする慰謝料をはらってくれる、とでも。

「人間じゃないの」

「え? なにかの組織か」

「組織というか、機構というか……」

「もしかしたら」と夫はつばをのみこんだ。

「おれの、五木寛之ふう特質が買われて、米ソのダブル・スパイかなんかになれと……」

「そこまで複雑じゃないけど」

「じゃあ、KCIAか。西ドイツ赤軍か」

テリーは、かなり、あせっている。

「ちがうの。たましいさえ売れば、あなたは自由の身……だとおもうわ。よく、わかんないけれど」

夫にあやまらなければ、いけないだろうか。わるいことを、してしまったのかもしれない。彼女は、ぼんやりしたかなしみを感じた。しょっちゅういじめていた同級生が、転校してしまうと聞かされたときの、小学生の気分だ。

「悪魔との契約かね」

ジョークのつもりで、テリーはいった。

「というより、地獄との契約ね」

「なんだか、よくわからないよ。事情がのみこめない」

「わたしもよ。でも、サインしちゃったんですもの」

「うそをいうな」

「いってないわよ。使者があらわれて、契約書をだしたの。そうすれば、ほんとに、一千万円プラス愛人だって」

「で、カネと男は、うけとったのか」

「いいえ」

「おまえ、わるい冗談にひっかかったんだ。おれの警告を無視したから」

「そうかもしれないわね」

警告など、きいたおぼえはないが。彼女はすなおにうなずいた。

学生は、水割りをのんでいる。

「だいたい――」

「もう、夫婦げんかは、やめましょうよ。それとも、あなた、いまから、ここへくる？」

「いや、いかない。もうすぐ山口百恵のドラマがはじまるんだ。いっとくけど、おれはおまえがおもってるほど、腰抜けじゃないからな。女のひとりやふたり、すぐつくってみせらあ」

「どうぞ」

ムッとして、彼女はこたえた。

「そうなったら、おしまいだぞ。とめるなら、いまだぞ。いままでのことすべてを、おゆるしくださいっていったら、まあ、かんがえてやらないでもない」

「だれがいうもんか！」

彼女はどなった。若い男が、びっくりしたようにふりかえる。彼は、ハイライトをすっている。

「そうか、わかった。これでおしまいだな」

夫のほうも、そうとう頭にきているらしい。

「ラスト・シーンよ。ジ・エンドよ」

「よろしい！」

テリーは、受話器をたたきつけた。彼女は耳からはなし、しずかに電話をもどした。


「いまのはダンナ？」

学生は、濃いまつげをあげた。

「そう」

「訣別したん？」

「どうも、そのようね。不愉快だわ。あんな男。大っきらい。ムカムカする」

「まあ、ええやんけ。契約書はできてしもたし」

「あなたのことばは、おかしいわ」

彼女は八つあたりしたい。だが、いつもその相手である亭主がいないので、勝手がちがう。居ごこちがよろしくない。おちつかない。椅子にすわると、水割りをぐいっとのんだ。

「そやね。いま、ならっとるの。悪魔になれたら、関西地方への出張も多い、おもうて。あやしまれんように、その土地土地のことば、つかわな、あかん。そやろ?」

「知らないわ、そんなこと」

彼女はまたしても、水割りを一気にのんだ。

「ぼく、大学で自主講座、とってる。まあ、ちいさいころから、年に何回かは、地上へでてきてた。せやけど、人間社会ちゅうもんを、この目でつぶさに見な、あかん。さもないと。人間のたましい買う、いうこと、できへん。そうおもて、十七、八ぐらいから、東京を中心とした地区には、たびたび出てきたん」

彼はタバコを、灰皿におしつけた。彼女は、だまって、ウィスキーばかりのんでいる。そのあいまに、ラークをすう。

「せやから、標準語らしきものは、マスターした。だけど、人間はいいなあ、おもうよ」

「どうして?」

彼女は、つまみをたべない。酔ってしまうだろうな、とおもいながらのんでいる。きのう、夫はいってしまった。夜、ねむれなくて、睡眠薬をのんだ。だが、やはりねむることはできなかった。クスリが、体内にのこっている。それが、酒との相乗効果をあらわしそうだ。ちょっと、くらくらする。

「きれいな女の子、いっぱい、いるもん。ぼく、人間の女の子、すきね。女悪魔は、気がつよすぎてねえ、どうも肌にあわん」

彼の目の下はぷくっとふくらんでいる。大きな焦点がはずれたような目が、そのせいで、よけいに色っぽくみえる。

「あなただって、学校、卒業したら、一人前の悪魔でしょ?」

「できたらね。今度の件が、うまくいったら。だけど、ぼく、ひとにようわれるんよ。おまえは悪魔的素質がたらん、もしかしたら、人間とのハーフやないか、ちゅうて」

「そんなことあるの?」

「ありますよ。ぼくの母親、人間のたましい買うとき、ようけ色じかけ、つこうたみたいねん。もしかしたら、とおもうね」

夜はふけていく。

この男と酒をのむのも、わるい気分ではない。どうやら、この人物が、彼女がだした条件のひとつである

〈愛人〉にあてはまるらしいのだ。

「ぼく、悪魔としては、失格かもしれんよ。去年、人間の女の子、すきになってしもうた。結婚したいとおもった。だけど、ぼくはハーフだから、どっちつかずや。悩んだよォ。その子、十九だったけど、わりとあそんでたもんで、ぼくはあんまり寝なかった。ファッション・モデルみたいな感じ。脚がながくて」

なにをいってる。

この男、地獄からきたというが、まるでちかごろのヤングみたいな口をきくじゃないか。七〇年代の子。どこかプラスティックな感じがするのだ。

だが、彼女は酔ってきてしまった。思考もたどたどしい。立ちあがった彼女は、ぐらりとゆれた。彼は女のからだを、うけとめた。ふたりは抱きあい、しばらくたがいの目をみつめあった。


午後、彼はでかけた。

三十分後にかえってくると、ため息をついた。それから、服をぬぎ、寝ていた彼女の横にはいりこんだ。

「やっぱり、だめやった」

煙をはきだしながら、彼はいった。それから自分の指のあいだのタバコを、そこに運命でもかくされているみたいに、じっとみつめた。

彼女はだまって、毛布をひきあげた。裸の胸がさむい。ストーブの炎がちいさくなっている。

「わるいけど、石油、いれてきてくれる?」

彼は彼女にタバコをあずけて、ベッドからでた。彼女は煙をすいこんだ。

「大学、抹籍になる」

彼は、石油をいれおわると、手をあらいながらいった。

「あの契約書じゃ、いけないの?」

彼女は、この男が、気の毒になってきた。

「本人やないから」

「だって、彼は、わたしのものよ」

なつかしい、あわれなテリー。大むかしにわかれてしまったような気がする。

「それは、恋愛感情が、そういわせたんでしょう？　書類でもある？」

彼はベッドにもどってきた。

「ないけど……」

「したら、あの契約はパーや。ぼくは、学校やめな、あかん」

彼は、他人ごとのようにいった。

「留年すれば、いいじゃないの」

「そういうわけには、いかんのよ。つい、さっき、特別奨学金、だしてくれてる人物とけんかしてきた。地獄で」

「だれなの、それは？」

「いちおう、父親っていうことになっている悪魔」

彼の口調は、冷淡だ。この男はすべてにこうである。実際はスーパーホットな夫とくらべると、まるでちがう。世代の差といってしまえば、それまでだが。しかし、悪魔およびその候補生の年齢は、外見どおりだろうか。

「だから、授業料、おさめられない。中退じゃなくて、抹籍になるわけよ。キャンパスはええよ。応援団のバトン・ガールで、ものすごうきれいな子がいてね。髪、金いろに染めちゃって、ふだんでも、ミヤケ・イッセイがデザインしたような服、着こなしちゃって。彼女、もちろん、純粋な悪魔だけど」

「あなたって、他人の表面しか、みないのね」

彼女は、ややしんらつにいったつもりだ。

「いや、心理わかろうとすれば、わかるよ。けど、しんどい。重たい関係はいやや」

彼女は、しばらく口をつぐんでいた。

愛称テリーは、夜になったら、かえってくるかもしれない。

「これから、どうするの？」

「そやな、人間に身をやつして、就職でも。しよか。あなた、どっかにコネがない？　広告関係なんか、いいんだけど。仕事みつけてくれたら、給料でなにか買ってあげる」

「お気楽ね」

「そうでもないよ」

はじめて、おこったように、彼はこたえた。

「ぼくは、さめてる。ものごとを、深刻に重大にうけとらないだけよ。なにかというと、眉のあいだにしわ寄せたって、どうにもならん。事態はおんなしや」

ふたりは、はだかでタバコをすいながら、またしても沈黙のなかにおちこんだ。

夕暮れになるまえに、彼らはでかけた。

「ゆうべ、なんにも寝とらんだろ？」

彼はやさしくいった。

「どうしてわかるの？」

「ぼく、ねむりながらでも、ときどき、目ェさますから。なんだか、あなたが、ゴクゴクのんでるから、ずいぶん水のむなあ、おもってたの。そしたら、朝みたら、ウィスキーからっぽでしょ。さびしいおもいさせて、わるかったなあ、と」

彼は微笑した。ふたりは、駅への道をあるいている。不意に彼は立ちどまり、彼女をひっぱると、小路にかけこんだ。

「なによ」

「シィーッ、やばいやつが通りよる」

彼女は首をのばして、ようすをうかがった。彼はそのうしろにかくれている。

三〇年代のアメリカ・ギャングのような、粋な服装をした男が、通りすぎていった。

「もう、ええよ」

ふたりは、小路から、ぬけだした。

「だれ？　あのひと」

「マッポ」

「オマワリがあんなかっこうしてるはずないわ」

「というのはうそで、じつはおれの兄貴。彼は優秀なんやて。たましい、いくつも買ってくる。今度は、イディ・アミンと契約するって、はりきっとるよ」

「それ、例のウガンダの大統領?」

「そう、大物ねらいなんだ」

「でも、なにも、逃げかくれすることないでしょ」

「するよ。ぼくは、地獄からの逃亡者や。悪魔になれなかった、ダメな男、おもわれとるとちゃうかな、いまごろは。つかまえられたら、カマ炊き、せなあかん。きついでェ、あれは」

彼は、あっさりといってのけた。

「大阪にでもいこうかって、さっきいってたけど、いってどうするつもりなの?」

「水商売でも、しよか、なんて」

「あてがあるの?」

「ないけどさ。バイト程度だったら、みつかるやろ。そのうち、ちゃんとした職、さがすよ」

「わたしをどうするつもり?」

「どっちでもええよ。ついてきても、こなくても。どっかで食事しようか。そのまえに、サングラスが必要だな。どうしても」

彼は、メガネ屋にはいっていった。彼女もついていく。彼はいろいろながめるふりをして、店員が横を向いたすきに、レイバンをひとつポケットにいれた。そのまま、店をでる。百メートルばかりあるくと、彼はそのサングラスをかけた。

「あー、おどろいた。すごいのね、あなたって。ああも平気で、万引きするなんて」

彼女は、まだ胸がドキドキしている。

「万引きいうと、きこえがわるい。買い物っていうふうに、いってほしい」

「おんなじじゃないの。だけど、けっこうやるわねえ。おとなしそうな顔してて」

「なにを感心しとるんだい。これかけれぱ、地獄の連中に出あっても、すこしはごまかせるのではないか、と。髪も切らな、あかんな。いややな。まあ、それは、あとのことや」

彼らは、イタリア料理店にはいった。

彼は、魚介類の煮込みとスープ、サラダ、ライスの四点セットを注文した。店のなかでは、さすがにサングラスをはずす。彼は目と眉に、もっとも特徴があるので、かけたときと素顔では非常なちがいがある。だが、彼の存在それ自体は、重い感じはしない。強烈な印象をあたえない。むしろ、影がうすい、といってもさしつかえないくらいだ。自我エネルギーの放射率（もし、そのようなものがあればのはなしだが、それが）すくないようにおもえる。

　彼女は、コーン・スープだけたのんだ。

「ここのお勘定、どうするの？」

　さっきの買い物をおもいだして、彼女はたずねた。彼がまたしても悪魔的なやりくちで、ごまかすのではないか、とおもったからだ。

「ぼくがはらうよ」

「おカネがあるの？」

「すこしはね」

「新幹線代は？」

「学割りがきくから」

「だって、地獄の大学でしょう？」

「どこの大学だろうと、おんなしや。大学、いっぱい、あるからねえ。電柱の数ぐらい、あるんとちゃうか？」

「なるほどね」

　彼女はへんに納得した。

「あなたは、やさしいから、すきや。いっしょに行こ」

「いってもいいけど、契約がだめになっちゃったでしょ。してみると、テリーの所有権はわたしにあるの。かわいそうだから、めんどうみなきゃ。あなた、セクシーだから、すきよ。真剣にではなく、ふわふわと」

「このふたり、半月くらいはもつやろね。けど、それ以上なると、こわれてしまうやろ。愛人というのも、むつかしいな」

　彼はまたしても、他人のうわさをするみたいに。わたしも年をとった、と彼女はおもう。だが、二十歳くらいの女の子とはなしをしても、異和感はない。どんなにファッション的に生きている女でも、自分でも知らない内面は原始的なものだ。女の子たちはつよい。彼女はつよくて同時によわい人間がすきだ。そういう女の子はいっぱいいるが、男の子はすくない。

「おこっとるの?」

彼はたずねかけたが、彼女はこたえなかった。

「いろいろ、事情があるしー。ゆるしてもらいたいしー」

彼はまたしても、おかしなぐあいに、京都弁をつかった。彼女は微笑した。

「ぼく、あなたに、なにか買い物してあげよか？　毛皮のコートでも」

「いえ、けっこう」

彼女は、椅子からとびあがりそうになった。万引きの元じめはごめんだ。

「あーあ、つまんないから、死んでみよか。人間とのハーフだと死ねるかなあ。しかし、地上にいなくなると地獄へおちたりして、どっちにしろ、ええことないな」

彼は、ふっふっふとわらった。悪魔になれなかった男のわらいは、どこかうつろだ。

「あたし、いますきなひといるの」

これは作戦である。名出由夫《ないでよしお》の顔色をうかがいながら、ノブはクリームパフェにスプーンをつっこんだ。

「それはよかったね」

由夫は関心なさそう。それとも無関心をよそおっているのか。

「名前、知りたい？　知りたいでしょ」

ノブは、いきおいこんで身をのりだした。由夫はガラスの外をぼんやりながめている。昼さがりの公然たる密会。原宿シャンゼリゼの舗道では、男の子や女の子のひらひらだぶだぶした服が、ういたりしずんだり。まぼろしのように。

「オスカー・ライザーっていうの。はじめの二週間ぐらいは黒い髪のユリスモール・バイハンがすきだったけど、いまじゃだんぜんオスカーね！　ちょっと軟派でさ、年のわりにはおとなっぽくて、頭がよくて、もうすてきなんだから！」

どうだ。ライバル意識がでてきただろう。あたしゃ、いい女なんだからね。ひく手あまたなんだから。

「頭がいいってのと、頭が切れるってのはちがうぜ」

由夫はジーンズのポケットから、精神安定剤をだす。緑と黒のカプセル十個を全部手のひらにあけた。

「切れるってのは、学業成績がいいこと、事業に成功する才能があること、他人の反応をすばやくよみとって相手をうまくコントロールすること、頭の回転がはやいこと、思考にスピードがあること、なんかだな」

そんな講義ききたくもない。だが、ノブはいつものように、つい耳をかたむけてしまう。いつだって、そうなのだ。由夫のペースにまきこまれてしまう。彼はバランスを、コーヒーでのみくだした。

「頭がいいってのは、ちょっとちがうんだ。たとえば、神経にいささか異常をきたしてる人間の気持をくみとってやれること。状況に感情移入するってことじゃないぜ。理解するってのともちがう。理屈で解釈するんなら、頭の切れるやつだったら、だれだってできるさ。そうじゃなくって、相手のなかに自然にはいりこんで、しかもゆるすことのできる人間のことさ。へんないいかただけど、それはほんとのイミで人間なのさ」

「天使じゃないの?」

トーマ・ヴェルナーのことをおもいうかべながら、ノブはたずねた。

「ちがうね。『人間』は相手を徹底的に憎むことだって必要なんだから」

「あなたって、いつもガッコの先生みたいなことというのね」

ノブは、一瞬カッとなった。だいたい、呼びだしをかけたのは由夫のほうじゃないか。彼はまた妻のまりことけんかしたにちがいない。そういうときは、かならずノブに電話してくる。

「じゃ、あたしは『人間』じゃないのね。あなたのこと、すこしうらんでるけど、どうしても憎みきれないから」

「かもね。そのようよ」

「じゃあ、あんたの奥さんは『人間』だっていうの?」

「まりこはそれにちかいな。あと一歩ってとこだ。だけど、おれはすきじゃない」

由夫はポケットから今度は乗りもの酔いのクスリ(吐き気どめ)となにやら白いちいさな五角形をだした。精神病院でもらってきたものだろう。おそらくは強力な睡眠薬か、鎮痛剤といったところ。こんどはコップの水で、またしてもそれをのみくだす。いまにいいかげんキモチよくなって、例のごとくラリパッパをおっぱじめるだろう。

「きみねえ、それより、そのライザー氏といっしょになったら?」

なんという心がわり。まえはそうじゃなかった。由夫とのつきあいは彼の結婚前からだから、もう五年になる。はじめ十一回寝た。ノブのような妄想的パラノイア的女は、こういうことはよくおぼえているものなのだ。それからしばらく彼からの音さたはなかった。彼女は一カ月入院して、大々的な顔の整形手術をしていたせいもあって。

由夫は劇団をつくってはつぶし、三、四カ月ホロホロしていたかとおもうと、またあたらしい仲間をあつめて芝居をはじめる。彼は演出ならびにその劇団のボスで(暴走族的あるいは不良グループ的いいまわしをつかえば、つねにアタマで)他人には妙に親切なくせに、勝手気ままなことをしている。

三年まえ、彼は突如結婚した。彼の知人たちはナイデとよばないでナンデと呼称することが多いが、とにかく彼らはこういったものだ。『なんで、あのナンデが結婚なんかしたんだ。相手はだれだ。わが青春のマリアンヌか。日曜日のシベールか。バタフィールド・エイトのリズ・テイラーか。ブーベの恋人か。亭主を軽蔑するブリジット・バルドーか。栗原小巻か。山口百恵か！』

ノブは陰湿なまなざしで、由夫をみている。

「ああ、きみ、ことばの問題？　だったら、I　LOVE　YOUって紙にかいてわたせばいいさ。あとは抱きつくんだね。うまくいくよ」

「うちあけられない事情があるの。片想いなのよ。それも完全な」

「へーえ。完全な片想いなんてあるの？　けんめいにやれば、すこしはわかってくれるよ」

「だって、あなただって――」

「……そんなことないよ……そんなことは」

彼はらくだの絵がついたタバコをだすと、一本くわえた。ノブはライターをさっとだすと、火をつけてやる。これは彼の妻のまねである。まりこは口にくわえて火をつけてやってから、由夫にわたすのだ。そしてしゃあしゃあと（というようにノブには感じられるのだが）こんなふうに表明するのだ。『わたし、男につくすのって、大っきらい！　由夫が無理やり要求するから、こんなふうにしてやってるのよ。わたし、なまけ者だから奉仕されるほうが全然いいわ。だれかいない？　ぼくはあなたのドレイですっていう男』

まりこめ！

「それに、オスカーは永遠に十五歳なのよ」

「死んじまったのか……かわいそうに……」

「わかってないひとね！　あたしがすきなのは、ほんとにすきなのは――」

「ねえ、きみ、おカネすこしない？　いま、ぼくは失業中なもんでね」

反射的にノブは財布をだした。

「いくらぐらい？」

「五千円。これからひとと会うんでね」

口のなかで（彼にきこえないことをねがいつつ）ちいさく舌うちすると、ノブは四千円わたした。彼はそれを無造作に、ジーンズの前ポケットにつっこむ。それから立ちあがった。ノブもあわてて伝票をつかんで、椅子をけった。となりのテーブルの女が「ギャア」とさけんだ。

「試作品だ。ノーベル賞ものだぞ」

父親は超特大冷蔵庫のようにみえるマシーンのまえで、満足そうに腕をくんだ。

「まさか」

ノブはキャンバス張りの椅子に片脚をおりまげて、その足首をもう一方のひざのうえにのせている。これもまりこのまね。まりこは十八歳のころから、下品、アバズレ、キンキラキンを習得すべく修行してきたそうで、いまではまるで街角ガール。そのくせ世帯くささがまるでないから、映画のなかのコール・ガールのイメージだ。本物の売春婦やストリッパーは世帯くさいぜ、といつか由夫がいっていた。

「いや、これで完全なはずだ」

父親は、マシーンをこぶしでかるくたたいた。ここは、彼個人の研究所である。数人の助手には口止め料をだしている。つまり彼はたいへんな大金持ちなのだ。

『そのわりには、いいとこのお嬢さんってふうにはみえないのね、あのひと』とまりこがノブをさしていい、そのことばを由夫がつたえてくれたおかげで、彼女は髪を逆立てた。

『あんたも、そうおもうの？　ナンデさん』

『そうね……ま、いいじゃないか。こんなことは。たいした問題じゃない』

おもいだすたびに腹がたつ。内密の寝物語をもらした由夫にではなく、最初にそういったまりこに。

「じゃ、おとうさん、この機械にのると、過去にも未来にもいけるわけ？」

「それが理想なんだが——過去にいってもどってくることはできるんだよ。未来はまだダメだ。それにタイム・パラドックスという問題がある。過去にいって、自分を生むまえの両親を殺してきたら、どうするね？　むずかしいよ、じつに」

ノブはあくびをして、キャメルをとりだした。由夫がすっているタバコ。彼女は『男に似せる女』の典型なのだ。

「そんなものに興味ないわ。おとうさん、SFのよみすぎじゃないの？」

「わたしは十六のときから六十年もこの研究に心血をそそいでいるんだぞ」

口調だけはおだやかに、父親は宣言した。

ノブの頭のなかで、ちいさななにかが破裂した。頭のうしろに組んでいた腕を、ひざのうえにもどす。ついでに両脚ともキチンと床にそろえた。

「ごめんなさい」

いちおう、しおらしく。

「いや、いいんだよ。わかってくれれば」

父親は笑顔にもどった。

「ほんとにそうなら、あたし知りたいわ。いろんなこと、使いかたとか……機械のしくみとか」

「使用方法はじつに簡単だよ。ただし、場所移動ができない。まあ、この研究所は三十年まえから建ってるし、このマシーンのための場所は完成を予測して、ひろくあけてあったから、だいじょうぶだが。わたしには自信があったんだ。きょうのこの日を予測できたんだよ」

「おしえて！」


その夜、アパートへかえるとノブは赤い表紙のマンガ本を上下二冊、十数回めかの読了をした。そして結論。ひとりごと。

「あたしって、やっぱり天使なんだわ……」

うっとりと。

不意におもいたつと、過去の日記帳をさがしはじめた。ここ半年ほど、由夫が彼女に冷淡になってからはつけていない。だが高校、大学を通じて、簡単なメモのようなものはつけつづけてきた。その後も。

三年まえの日記。

「七月十日。午後二時半。名出由夫から電話あり。一昨日知りあった女の子ときょう婚姻届をだしたとのこと。あそびにきたら？　という。いかなかった。

七月十二日。まりこのアパートにいく。彼女、化粧がはで。身長百六十三、バスト八十八（八十五Eカップ）、ウェスト六十一、ヒップ八十六だそうで、これみよがしにからだの線をだすアール・デコ調ドレスをきていた。いやらしい女め。十二時到着、夜六時退出。原宿で買い物の後《のち》、六本木の会員制バー〈森の木〉へ寄る。帰宅午前三時四十分」

時刻が正確にかいてあってよかった！　もうちょっとまえの日記をみてみよう。

「七月五日。三時ごろ父の研究所へいき、当面の生活費として三十万円もらう。父は『カネづかいが荒い』と文句をいう。自分のほうが、くだらない研究にカネつぎこんでるくせに。夕方六時名出さんとあう。『森の木』でのむ。一時半『ホテル・ドクアザミ』へいく。帳場のおばさん、なんだか知らないけど、わたしの顔をジロジロ。整形ってことがわかったせいか。それともまっ白い麻のスーツがすてきだったので、それにみとれてたのか。

七月六日、ホテルに午後四時までいる。追加料金もわたしがだす。喫茶店へ寄って、つぎに食事。六時半ごろ名出さんとわかれる——」

これだ！　三年まえの七月五日。名出由夫は七月の八日か、もしかしたら七日の夜おそくまりこに出あったはず。彼女の面影を、彼の胸に焼きつけてはいけない。知りあってからだと、まりこの想い出に哀しむはずだ。それに彼女はひとりぐらし。『いつもドアにかぎかけないで寝るの。だってかぎなくしちゃったし、スペアつくるのめんどうなんだもの』といっていたっけ。その後由夫とまりこは二回ばかりひっこしたが、彼がころがりこんだ彼女のアパートの場所は、はっきりおぼえている。

だけど、もう一度、打診してみなければ……。

「どうして、あの女といっしょにいるのよ。まりこのほうがきれい？」

ノブはアパートへたずねてきた由夫にきいた。

「顔形の問題じゃない」

「じゃあ、なんで？　ナンデさん」

「ダジャレをいうな、バカ」

「なぜかって、きいてるのよ」

「きみのスタイルって、アスパラガスみたいね。でこぼこがなくてスラーッとしてて。タイトスカートは似あわないな。ぼく、タイトがすきなんだ」

「じゃあ、からだがいいわけ？　彼女二十八でいいかげんバアさんじゃないのよ。あたしはまだ二十三よ」

「単純だな」

　彼は足の爪を切っている。

「単純にしたのはだれよ！　あなたとつきあってると、どんどん頭わるくなっていくわ」

「じゃ、よせよ」

「つごうのいいときだけ利用して――」

「いっとくけど、ぼくは、まりこにしたって、つごうのいいときだけ利用してるみたいなフシがあるんだよ。彼女、デザイナーですごくかせぐだろ。全面的におんぶしちゃってるわけさ。こっちは」

「ちがうわ。あんたは、彼女をすきなのよ。自分で気がついてないだけで。まりこちゃんの悪口をいっぱいいうわね、このあたしに。あなたのアパートいくと、あなたいつもまりこちゃんをいじめてるわ。でも、それは、ほんとは愛してる証拠じゃないの？　女のカンでわかるわよ。あんたは……あんたは……」

「泣くな」

　由夫は爪切りを壁にむかって、投げつけた。かなり力がこもっていたらしく、相当な音がひびいた。目をはしらせると、壁の一部がちいさくえぐられたようになっている。

　ノブは首をたれ、ちいさくつぶやいた。

「名出さんは、まりこちゃんを愛しているのよ」

「ぼくは、アイなんてものに関心はない」

　彼は立ちあがると、ドアにむかった。ノブはうしろから抱きついて、それをとめようとした。

「うるさいな。はなせ」

「いかないでよ」

　彼はくるりとふりむいた。

「しつっこい女はそんなにきらいじゃないよ」冷静な目をしている。まりこに対するときは、いつも憎悪がこもっているというのに。「だけどぼくのいうしつこさは、持続力や忍耐力のことだ。きみみたいに、ジメジメしたのはごめんだね。疲れるんだよ。それもなんの発展性もないつかれかただ」

「まりこちゃんはちがうの？」

「ちがうね。あいつはもっと潔癖だよ。きみよりはずっとやきもちやきだけどね。その証拠に、きみはまりこの部屋へ平気でいくけど、ぼくたちの関係に気づいてからは、彼女、一回もここへこないじゃないか」

「ひどいわ、そんな……」

「ひどいっていえば、肩こりがひどくてねえ。きみ、ペタンパスはってくれない？」


タイム・マシンは正確に作動した。

カツラとサングラスで変装したノブは、真夜中の二時、まりこのアパートに向かった。七月五日。正確には七月の六日午前。

ごくごくしずかにドアをあけたつもりだが、即座にまりこは、はね起きた。百ワットの電球がひらめく。

「だれ？」

非常にしずかな声で、まりこはたずねた。

「……すいません、あの、となりの部屋をたずねたものですが、いらっしゃらないので、すこしここにいさせてもらえませんか？　ノックしないで、ごめんなさい。ドアまちがえちゃったんです」

「となり？　となりは――」

「あの、名出由夫さんて、ご存知ですか」

まりこが知っているわけがない。もっとも七日か八日には、偶然にバーで知りあうはずだが、予想どおりまりこは頭をふった。

「となりを待ってるの？　あと三十分もしたら、かえってくるはずよ」

まりこの声など、耳にはいらない。どうやって殺してやろうか、とあらかじめかんがえておいた。いくつかの場合にそなえて。だが、実際その場になってみると、どんなふうにしたらいいのか、わからない。

「紅茶でものむ？」

まりこは立ちあがった。台所に立っているそのうしろすがた……ストッキングでいきなり首をしめようか。まりこはからだがよわく、力もよわい。それにくらべて、ノブはやせているが骨太で、手などゴツゴツしていて由夫とおなじくらい大きい。力だったら、自信がある。

それともナイフ？　ナイフでは叫び声をあげられてしまうだろう。父親がピストルでも持っていてくれたらよかったのに。電子銃でも製造してくれていたらよかったのに。

ノブはバッグからストッキングをだし、台所へ走った。まりこがふりむこうとした瞬間、それは彼女の首にまきついた。

「……アウッ……」というような声がでた。かまわず、しめあげる。憎悪がこもっているために、おそろしいほどの力がはいったらしい。まりこはうしろななめにたおれた。力をゆるめず、さらにしめあげた。まりこのうえに馬乗りになって。まりこは気絶した。さらにつづける。

ノブは手をはなした。これで絶命しただろう。心臓にナイフをつきたてておいたほうがいいだろうか。しかし——そうだ、さっきまりこは『となりの住人が三十分ほどしたらかえってくる』といっていた。いくらアリバイがあっても、顔をみられたら、やはりまずい。

ノブはすぐに部屋をでることにした。手袋をしていてよかった。指紋はのこらないだろう。遺留品は？　バッグひとつだけだ。ストッキングをしまい、しずかにドアをあけて廊下にでた。

アパートのちかくは顔をふせてあるく。

二分ほどで、水道道路にでた。タクシーを待つあいだのイライラと昂奮。運よくタクシーは、三十秒ほどでつかまえられた。

「原宿」

ひとことだけ。ものをしゃべる気にはならない。すこしもおそろしくはない。だが、ひざが、がくがくふるえる。

原宿……しまった、あそこはあたしのアパートだ。父親の研究所へかえらないと。タイム・マシンにのらないと。タクシーは、代々木上原の駅を背に、坂をくだっていく。

「あっ、田園調布」

「お客さん、どっちですか」

運転手のいらだったような声。

「田園調布よ。まちがえたの」

ふしぎに声はしずかだ。というより、まるで感情がこもっていない。

「まあ、まちがえるのも、しかたないやね。こんなにクソ暑いとねえ。ひでえ暑さだ。夜中だっていうのに。もっともクルマはクーラーがきいてるから、おれっちはたいしたことないけど、お客さんたちは神経とんがってるひともけっこう多いよ。ドアをあけてのりこんでくるたびに、ムウッと暑さがおそいかかってくるもんなあ。こういうときには、ひと殺しでもしたくなるだろうよ」

ひと殺し！

「……でね、おれなんか、むかしは文学青年だったんだよね。高校のころなんか、けっこう本よんだりしてね。大学受験失敗して、ちょっとグレた時期もあったけどね」

ひと殺し！

そのことばは、ノブの体内いっぱいにひびきわたる。

「二浪して大学はいったんだけど、そこが三流でさ。マージャン、酒にあけくれて、卒業の見込みがつかない。五年めに、とうとう親からの送金、ストップされて、しかたないからアルバイト。免許もってたからね。あのころはけっこう景気もよかったし、わりとカネはかせげたよ。バイトのつもりが、いまじゃ本業になっちまったわけさ。女房もかわいそうだよな。いま不況でしょ。ちいさい子供ふたりいるのに、スーパーでパートやってるんだ」

女房……まりこ……ひと殺し！

ノブは身じろぎすることすらできない。はた目には、おとなしくはなしに耳をかたむけているようにみえるだろう。

「……でね、むかし、フォークナーなんてのも、よんだんですよ。そうはみえないかもしれないけど。あれはなんだっけ？『ストレンジ・フルーツ』じゃない……えーと『乾わいた九月』そうだ、ドライ・セプテンバーね。あのなかで黒人をリンチして殺してしまうシーンがあったでしょ」

この運転手は、あたしがやったことを、見抜いているのか？ でなかったら、どうして、ひと殺しだの、女房だのと……。

「いまはウェット・ジュライとでもいうのかな。しかし『湿った七月』じゃ、タイトルにはならないな。語呂がわるいや。すくなくとも殺人に適したタイトルじゃないね」

「ひと殺しなんて、いわないでよ！」

ノブは、おもわずさけんでしまった。あたしはまりこを、殺した殺した殺した……こ、ろ、し、た。

「どうしたんです？ お客さん。さっきから、なんかおかしいね。顔色、わるいよ。お客さん、神経がよわいんだね。殺人のはなしなんかで、そんなふうになるなんて。それとも、身内に不幸でもあったんですか」

運転手は、ちらりとふりむいた。心配そうな顔をして。

「え、ええ……」

「じゃ、なんか、ご親族に殺されたひとでも……」

「え、ええ、そうなの。ほんとうにそうなの。だもんで、さっきから、ちょっと気分がわるくて……」

舌がもつれそうな、ひどい早口で、彼女はいった。自分でもなにをしゃべっているのかわからないほど、気が動転している。

「……そうなんですか……それは……どうもすいません。なんか、気にさわるようなこといっちゃって。知らなかったもんですから。ほんとに。わる気はなかったんです」

「ええ、わかるわ、それは」

声がふるえている。

「いや、そうと知ってたら、こんなはなしはしなかったんです。おゆるしねがえませんか」

運転手はていねいにわびた。

「いえ、いいのよ」

ノブの声は、まだふるえをおびている。

「……いやね、なにしろ、暑いからね。ひと殺しでもやりたいなんて、お客がさっきいたんですよ。お客さんが乗るまえのひと。それが女のひとでね。男だったらいいそうなセリフだけど、女のひとがいうようなことじゃないでしょう。だから、妙にこびりついててね。それで、つい口にでちゃったんです」

女……ひと殺し！

ノブはふうーっと息を吐き、シートにもたれかかった。目をとじる。

まりこのほそい首。ほそすぎるくらいほそい首。まりこは俗にいうグラマーだが、首と腕だけは、アンバランスにほっそりしている。人形みたいに。名出由夫はいっていた。『まりこの手脚って、なんかふしぎなんだよな。女の脚ってふつう腿が太くてだんだんほそくなって、ひざのちょっとうえが太くて、ひざは骨がでててそれからまた太くなって足首でキュッとしまるだろ？　女高生が白いハイソックスはいたふくらはぎをうしろからみると、ボーリングのピンみたいだろ？　それが、まりこは全然そうじゃないんだ。もちろん腿のほうが太いけど、ふつうの女ほど太くなくて、ふくらはぎもそうで、足首がしまってないんだよ。腕もおんなじだよ。まるで人形みたい。首もそうだしな。そのくせ胴体は出るとこは出てて、ひっこむべきとこはひっこんでて、じゅうぶん成熟してるんだ。ふつうの女以上に』

彼はそういうまりこの肉体を愛していたのか？　またしても憎悪がこみあげてくる。首。あのほっそりした首。ストッキングでしめあげてやった。ざまあみろ。二度と、いやもう決して一度だって由夫にふれられることはないあのほそい首。これで、あたしの由夫は、あのいやったらしい憎たらしいまりこの肌にさわることはないし、見ることすらないのだ。

よかった。これでよかったのだ。

あの女が由夫をたらしこんで、彼をダメにしてしまうまえに、あたしがついていてあげられる。

ノブは、みごとに客観性を欠いたこのような結論をだした。というより、主観客観以前の思考とはいえない思考の結果を。

彼女は満足して、微笑をもらした。

やった。とうとう、やったのだ。これで、あたしの念願はかなったのだ。うれしい！　こんなにうれしいことはない。最高だ。最高の気分だ。口笛でもふきたくなる。

「このへんですか？」

運転手が、遠慮がちにはなしかけてきた。

「ええ、そこの角をまがってね、二十メートルぐらい。白い大きな建物あるでしょう？　あそこでとめてちょうだい」

「おや、お客さん、気分がよくなったようですね」

「ええ、そうよ。さっきはごめんなさい。ただね……ただ、気分がしずんでいただけなの。なんでもないの」

「それはよかった。ここですね？」

クルマはとまった。

ノブはおりぎわに、チップを千数百円、わたした。

「おつりはいいの。この千円もとっといて。お子さんになにか買ってあげてね」

「それはどうも」

スペア・キイで研究所の内部にはいると、ワーッと叫びだしたくなった。ノブは両腕をあげ、二、三歩ダンスのステップをふみ、口笛をふいた。

勝った。とうとう勝ったのだ。あたしはあの憎たらしいまりこを、やっとうちまかしたのだ。

タイム・マシンにのりこむ。作動させながら、彼女は、かつて克美しげるがうたっていたマーチを口ずさんでいた。『史上最大の作戦のマーチ』だっけ？　ザ・ロンゲスト・デイ。まさにそうだ。今夜はいちばんながい日だった。しかし「あすゥーをしんじてェー」


ノブは笑みをうかべて、ベッドに寝ころんでいた。

あれから、日比谷図書館へいき、むかしの新聞をしらべた。まりこはたしかに殺されていた。動機なき殺人。当時のまりこには男関係がまるでなかった、とアパートの管理人が証言していた。となりの部屋にいた彼女の妹も（妹がいたのか！　そうだ。そんなはなしを小耳にはさんだことがある）『ねえさんはひとにうらみをかうようなひとじゃない』といっている。もっとも肉親というものは、たいていそんなふうに述べるものだが。

乱暴された（これは新聞用語で、訳せば性的暴行、すなわち強姦をイミしているが）強引に犯された形跡もない。

あたりまえだ。あたしは女だよ。

室内は荒らされていないし、物盗りの犯行ではない。では殺人だけを目的とした精神異常者の犯行か？

七月六日の夕刊と七日の朝刊をみただけで、ノブは満足した。だいたい、あたしがいまこの部屋にいて、刑務所か拘置所にいないということ自体、犯行がバレなかった証拠ではないか。

あのタイム・マシンはじつに精密につくられている！　おとうさん、ありがとう。ノブはうまれてはじめて、本気で父親に感謝した。

電話がなった。

うきうきと受話器をとりあげる。由夫からだった。

「ハロー」と彼女はいう。

「おや、きょうはバカにごきげんがいいね。こないだまで、シンネリムッツリしてたのに。ところでお願いがあるんだけど、ぼく、そこに芝居の台本、置いてったでしょ。二十冊ぐらい。それ持って、こっちへきてくれない?」

彼の声はいつもどおり。物事をたのむときの、あまえて当然という調子。

「こっちって、あの……渋谷区東二の六の九のアパートだっけ?」

やや不安になって、そんなことを口走ってしまう。なぜなら、まりこと会うことのなかった彼の人生は、かわっているはずだから。

「そうだよ。きみ、ちょっとおかしいよ。健忘症にでもかかったの?」

「ええ、そうみたいなの」

「このまえあったのは、六日まえだよ。急にそうなっちゃったのか。病院いってる?」

「いってるわ」

一部分だけ記憶喪失ということにしておこう。それが、いちばんつごうがいい。

「まあ、声の感じでは、だいじょうぶでしょう。何時にきてくれる?」

「あと一時間」

電話をきると、彼女は伸びをした。じつに爽快だ。♫まりこはいない。もういない。あの子は死んだ。もう死んだ。

気がつくと、そんなふうにうたっていた。念入りな化粧と洋服えらび。表参道へでたときは、タップダンスみたいなステップをふんでいた。

由夫のアパート。

階段をかるくあがり、ドアをノックする。

「ノブ? はいってこいよ。おい、あけてやれよ」

まりこ!

心臓一時停止。ドアをあけてくれたのは、まりこだ。ノブは立ちつくしていた。

「なにしてるんだい。棒みたいにつったって。はいっておいでよ」

ノブは入り口ちかくに、ぺたんとすわった。くずれおちたというほうがただしい。ショルダーバッグはひじのところまで落ち、台本をいれた紙袋は入り口におとしたまま。まりこはその台本をもって、部屋のなかまではこんだ。

「どうしたんだい？　ひき殺されたカエルみたいにひらべったくなって」

由夫が声をかけた。

「だって、あなた、奥さん……」

「え？　なんだって？」

「……奥さん、いないはずでしょ」

「そんなことまでわすれちゃったのかい。相当重症だな。三年まえに結婚したの、きみだって知ってるはずじゃないか」

「だって、まりこちゃんは死んだ……」

「そうだよ。かわいそうにな。おれたちがあう三日ばかりまえに殺されたんだよ。彼女のふたごのねえさんは。いい子だったらしい。気の毒に。新宿のバーで泣いてる彼女をみて、わけをたずねて、それで知りあったんだよ。ゆりことは」

ゆりこっていうのか。三十分ぐらいでかえってくるといっていたとなりの部屋の住人とは、ゆりこのことだったのか。

「ねえさんのほうが、感情がはげしくて神経質なひとだったそうだ。それなのに、ひとりぐらしなのに、ドアにカギもかけずにね。ゆりこはしばらく、神経がおかしくなっちゃっててね。それで、おれがずるずるとゆりこの部屋にいって、つぎのつぎの日に結婚したんだ」

「七月十日？」

「あれ、あたった。きみの健忘症って、ずいぶんおかしいね」

ふたごだったら、性質は多くの部分で類似してるだろう。

「ゆりこ、コーヒーでもいれてやれ」

由夫が命令すると、彼女はわざと荒らっぽくしたくをはじめた。ひとりごとのように「ええい、チキショウ！」とちいさく叫び、そのとたんにカップをおとして割った。その破片をゆりこは、むんずとつかんで始末している。指のあいだから血がしたたりはじめた。

「あいつ、いつもああなんだ。スタンド・プレイだよ。ありゃ。いやな女だ」

由夫はつぶやく。

ゆりこがふりむいてわめいた。「スタンド・プレイしてるのは、どこのどなたよ！」

「なんだとォー、この野郎！」

「野郎じゃないわよ」

「もう一度、いってみろ！　きさまのその首、ねじ折ってやる！」

いうよりはやく、由夫は台所へひととびして、左ストレートをかませた。ゆりこは抵抗する余裕もない。

彼はゆりこの頭をがっしりとつかみ、台所の床におそろしい力で何度もうちつけた。

「やめて！」

ノブはおもわず叫んだ。ゆりこの首。ほそい首。あの殺人。由夫はゆりこを殺す？

「気絶したな。ふん、まねごとだろう」

だが、彼のことばの後半には、心配しているようなようすもみられる。洗面器に水をためると、ゆりこの顔にぶっかけた。

ゆりこは、しずかにゆっくりと目をあけた。


『わるかったよ』とはいわなかった。だが由夫はせっせとゆりこの手あてをしている。下僕のように。東海道四谷怪談のようになってしまった顔は、無表情だ。もっとも、これでは痛みのあまりわらったり顔をしかめたりはできないだろうが。

「痛いか？」

由夫が下からゆりこをみあげる。

「……ええ」

彼女は、ふくれあがった口で、かぼそくこたえた。

ノブはみているだけだ。これで、あたしがいなくなったら『ごめんね』ぐらいはいうだろう。まりこがいつか電話でそういってたもの。『由夫はあなたのまえだと虚勢をはって、決してあやまったりなんかしないけど、ふたりだけだと平伏するんだから』

両手をついてあやまる？　冗談じゃない。あの由夫がそんなことするはずはない。なぜなら、あたしにそんなふうに謝罪したことは、いちどだってないんだから。もっとも、彼はノブに手をあげたことは一度もなかったが。あれはまりこのウソだ。ウソにきまってる。この夫婦（ノブは、まりことゆりこをゴッチャにしてかんがえていたが、とにかく夫婦ということにするとこの夫婦は）いつも憎みあっていたはずだし、現にこうしてけんかしたじゃないか。ゆりこが消えてなくなればいいのだ。ゆりこさえいなければ、由夫はあたしのほうをみてくれる。

ノブは由夫の部屋を出た。

アリバイはやはり〈ホテル・ドクアザミ〉すなわち、まりこを殺したあの夜、あの場所にもどって、ゆりこを殺してやろう。

まりこの部屋をあけると、彼女は台所にたおれて死んでいた。ちょうどうまい時刻に到着したものだ。いくらあたしだって、おなじ人間をもういちど殺すのはくたびれる。しばらく室内にいる。死体といっしょでは、あまりいい気分ではないが、しかたがない。

ふたごの習性は似ているのだろうか。だとしたら、ゆりこもドアにカギをかけずにねむるのだろうか。そういえば、ゆりこをはじめてみてびっくりしたあのあと、由夫は電話をかけてきてこういったものだ。

「おれたちが知りあうまえ、ゆりこは原因不明のメランコリーで、つまり神経症にかかっていてさ、睡眠薬ずいぶんのんでたらしい。それからねえさんが殺されて、よけいに量がふえたっていうけど」

アパートの玄関がひらく音がした。ゆりこがかえってきたのだろう。耳をすますと、鍵穴にキイをさしこむ音がする。それでは、こうやってもってきたガラス切りをつかって、アルミサッシの一枚窓から侵入するか。まるでスパイ大作戦だ。

あたしとまりことゆりこ。まるでタイトル・マッチ。紙かなんかにかいてあるタイトルならマッチで火をつければ燃えてしまう。だが、まりこは灰にならない。そのかわりとして、生きうつしのそっくりのゆりこを由夫に進呈したではないか。

ゆりこは内鍵をかけたようだ。さあ、どうしよう。ベッドに腰かけて、ノブはかんがえる。とにかく室内にはいれれば、あとは楽だ。台所で水をのむ気配がする。睡眠薬をのんでいるのだろう。あと一時間もすれば、ゆりこはねむる。ぐっすりねむるだろう。それに、こんなふうに物音がきこえるのは、ゆりこがかなりの量のアルコールか睡眠薬のたぐいでものんでいるせいだろう。動作が乱暴になっているのだ。

ゆりこはベッドにはいったらしい。あと三十分。いや慎重を期して、四十分待とうか。しかし、どうやって部屋にはいろう。

ナイト・テーブルをみると、キイがおいてあった。これはまりこのものだろうか。それとも……。ふたごの異常な仲のよさは、他人には理解できないものだという。

ノブはキイをこの部屋の鍵穴にさしこんでみた。合わない。これは、おそらくゆりこの部屋のものだろう。ふとふりかえると、まりこが大きく目をひらいて死んでいる。

二度めの殺人は、ごく事務的なものだった。なれというものはおそろしい。そして、ひとは（特にノブのような女は）すぐに、なれてしまうのだ。ひざがふるえたりはしなかった。

だが、かすかな勝利感、あるいは仕事をおえたという感覚があったことはたしかだ。これでおしまい。おしまい。やっとおわったのだ。まりことゆりこはふたご。三つ児なんてことはありえない。これはたしかだ。

新聞をしらべると、おなじ夜アパートのとなりどうしに住んでいたふたごの姉妹が殺された、と記述してあった。

満足感はゆっくりとやってきた。とうとうおわった。由夫の妻はこの地上からきえてしまったのだ。ノブはダイヤルをまわした。

「名出さん？」

あらまあ、あいもかわらず例のアパートに住んでるなんて。偶然も偶然、気持ちわるい。

「これから、そっちへいっていいかしら。ううん、べつに用事はないんだけど……」

それから確認するために、ノブはつけくわえた。「あなた、ひとりでしょ？」

「ひとりだよ」

由夫は簡単にこたえた。

あいもかわらず、殺風景な部屋だ。まりこもゆりこも、女らしく部屋をかざるという趣味がまったくなかった。しかし、すこし女のにおいがする。

「そのきれいなカーテンは？」

「ぼくの妹がくれたの。そっちの化粧品も、妹がおいていったもんで……」

彼は、それでは独身なのだ。バンザイ。

「コーヒー、のみにいかない？」

ありったけのやさしさと笑顔で、ノブはさそってみた。

「ちょっと待っててよ。いま、ものを買いにやらせたんだ」

買い物って、劇団のひと？　それとも、まりこ、ゆりこにつぐ三代目か？　たずねるのはおそろしい。

ドアがひらいた。

「ただいまあ。あー、つかれちゃった。あなた、晩のオカズなんだとおもう？　舌ビラメのバター焼きよ」

まりこでもない。ゆりこでもない。顔や姿にややちがうが、まぎれもない彼の妻がそこに立っていた。

ノブは、ガバッと立ちあがると、自分でも気がつかないうちに、どなっていた。

「あんた！　いったい、何回やったら、いなくなるの！」

契約

「あかり、はやくけしてよ」

妻が背を向けたままいった。「ねむれないじゃないの。あした六時起きなのよ。わたしは」

あんたとちがって……ということばが、そのあとについてきそうだ。彼はながいため息をつくと、ナイトテーブルからタバコをとった。

「なぜ、けさないの」

妻はいらだっている。

「いや、もうすこし……いいじゃないの、これぐらい。かんがえごとしてるんだから」

彼は喫茶店のマッチで火をつけた。

「へえ？　あなた、いつもそうじゃない。なにを思考してるの？　まさか、あたらしい就職先のことじゃないでしょ？　超能力とか奇現象とか、そんなことばっかりね」

なかなか寝つけないので、きげんがわるいらしい。もっとも、妻はこの種の話題には、いつもいい顔はしない。プラットホームに立っていたら、死んだ友達の顔が空いっぱいみえたとか、群衆のなかに、そこには決していないはずの女の頭部が浮いて見えたりするのはしょっちゅうなのだ。彼にとっては。

「それはどんなふうにみえるわけ？」

妻はたずねたことがある。

「そうね、顔だけがきりはなされて、そこにただよってる異様な感じするんだよ。でも、そんなこと、しょっちゅうだから、気にしないことにしてる。それよりね、いま、きみをみてたら、肩から肋骨にかけて透けてみえるよ。骨が」

すべてこの調子なのだ。それが勤め先をクビになった遠因なのではないか、と妻はかんがえている。

彼女は彼のそういう部分を無視しているわけではなく、ましてや軽蔑しているわけではない。彼の場合は、超能力ではなく単なる妄想かもしれない。彼の精神状態はかなりおかしい。わけのわからぬことを一週間もわめいて、入院したこともある。だが、彼女にはその種の才能がまるでない。なんとなく、夫につまはじきされているような気がする。おもしろくない。

彼は横になってタバコをすっている。

妻のほうは（勝手にメイソウにふけりなさい。いつまでも）という心境だ。自分に迷惑がかからなければいい。

彼はタバコをもみつぶすと、あかりをけした。カーテンをとおして外からの光が意外にあかるい。ここは二階なので、よけいにそうなのだ。

「きこえない？」

彼がいう。

「なによ」

サイレンの音や窓の下をいく酔っぱらった学生の声がきこえる。

「あ、そうか、ごめん。このところ、三日ばかり、しきりに脳に通信してくるのがいるんだよ……なんだろうな」

「あなた、きのうは、杉並でその日に死んだひとたちがこの下の道をあるいてるっていったじゃない」

「うん。それは確実だった。老人が多いんだけど、なかには若いのもチラホラいて、歩行っていうんじゃなくてただよってる感じだった。彼ら、自分が魂だけになっちゃったっていうことに気づいてなかったんだよ。それで、夜中にふらふらさまよいはじめたんだな。そんなことに気をとられてたんで、この信号に注意をはらえなかったんだよ。これは救助を求める信号だ。しかもだんだん強力になってくる。はじめおれは、日本のどこかからだろう、とおもったの。それにしては、感触がちがうんだよね。ほかの星から、きたんじゃないかな」

「銀河系？」

「ちょっとわからない。でも、たぶん、そうだとおもう。疲れるけど、ちょっと意識を集中してみよう」

彼は半身をおこして、ヘッドボードに寄りかかった。腕組みして、目をつぶる。

彼女はベッドからでて、台所へいった。紅茶をいれようとおもったが、寝るまえなのでやめにする。氷をだしてジュースをそそぎ、ついでにチーズケーキもだす。今月の家賃、まだはらってない。管理人にいやみをいわれた。

ベッドにもどると、彼女は口を大きくあけて、ケーキをおしこんだ。ジュースをのむ。彼はあいかわらず、目をつぶったままだ。そんな男に、以前は非常に気をつかったものだった。だが、もうなれてしまった。へんに神経をいらだたせないほうがいい。ほっとけばいいのだ。

彼女はケーキを一個半たべた。彼のために半分だけのこしておけば、いちおうかっこうはつく。それから、おぼえたてのタバコをすった。

「……わかった」

しばらくすると、彼は目をひらいて、腕をほどいた。彼女はその手にジュースをもたせてやる。彼はストローをつかわずに、直接コップからのんだ。彼女はストローを、ナイトテーブルのうえのトレイにもどした。

「ずいぶんとおくの惑星から、助けをもとめてきてるんだよ。極地にアミーバ状の生物があって、それはながいあいだ、どうってことなかったんだけど、地軸が急にかたむいて、繁殖しはじめたんだ。その生物が海も山も平地も都会ものみこんで、おそろしい勢いで地表をおおいつくそうとしている。もとは、たったひとつの細胞で、切ればふたつになるけれど、すぐまたくっつく。北極と南極からじわじわ侵略してきて、その星の知的生物体は、赤道付近まで追いやられた。のみこまれた人間たちも、たくさんいる。両方の極地からきたアミーバはつながって、またひとつの細胞になった。そのひとつっきりの細胞に、地表のほとんどは、やられちゃって、いまは赤道の高い山にしか、ひとびとはいないんだよ。救世主みたいのが、山のてっぺんで祈っている。彼らには、もはや、それしかできないんだ。その救世主は、白いローブみたいのをきて、けんめいにほかの星に助けをもとめている。おれは、なんとかしてやりたいよ。よし、もういちど、意識を集中しよう」

彼がそうしているあいだ、妻はのこりのケーキをぱくりとたべてしまった。

とおくで、またもやサイレンがきこえる。きょうは火事が多いんだな、とおもう。もっとも、彼らは消防署から五百メートルくらいのところに住んでいるのだが。救急車らしい音もきこえる。

「その星は、かなりとおいところにあるんだ」

三十分ほどして、彼はつぶやいた。「いまはいってる通信は、五千年くらいまえのものなんだ。その星は、現時点においては、こういう状態にはないんだよ。だけど、救助してやりたいなあ。おれの精神力じゃ無理だろうけど。ひとつの惑星を救うなんて。もういちど、やってみよう」

またもや三十分ぐらい。

もう夜中の三時をすぎている。彼女の勤め先はちいさなバーだからかまわないけれど、午前ちゅうに家事をやる時間がなくなってしまう。それでも非常な興味をおぼえたのはたしかで、彼のようすをじっとみる。

彼は外からの淡い光にてらされている。目をとじ、眉のあいだにしわをよせている。

彼女はまたベッドからでて、トイレにはいった。彼の分のジュースものんでしまったからだ。ベッドにもどるまえに、本棚から「前世を記憶している十一人の子供」というノンフィクションをとりだした。彼女はこういう読み物が大すきなのだが、彼はバカにしてよもうとはしない。彼は、自分の能力内のことにしか、自分の力にしか興味がない。

彼女はベッドにもどってあかりをつけ、よみはじめた。しだいにひきこまれていく。

「もうだいじょうぶだ」ホッとしたような声で、彼は宣言した。「彼らは助かった。嵐みたいなのがおこって、ヒョウがいっぱいふって、単細胞生物は、退却しはじめたんだよ」

「あら、極地にもともと住んでたんでしょ。それなのに、氷のかたまりにはよわいの？　へんよ」

「だって、うえから、すごい勢いでふってくるんだから。しかも広範囲に。地球でかんがえるようなヒョウじゃないんだよ。刃物みたいなものさ。それにズタズタにされちゃったんだ。ひとびとは知恵があるから、地下のシェルターにもぐりこんだ」

「……ふうん」

理解したわけではないが、なんとなく納得する。この場合「まあ、そういうことがあってもいいけどさ」という形において。彼が自らの超能力についてなにごとかを確信もっていう場合、しかもそれが非合理にすぎる場合、彼女はこういうふうにかたづけるのがくせになっていた。

「そんな本、よんでるの？　あんたもすきだね」

夫がいう。そんな本といっても、彼は生まれかわりを占師のようにピタリとあてる能力がある、と日頃からいってるではないか。彼女が転生に関するものに興味をもっても、わるくはないとおもうのだが。

「わたしの前世、なんだったか、おしえてよ」と妻がいった。彼はまじめな顔で「あんたはねえ、みどりいろの、ちいさな雨ガエルだな。でなかったら、せいぜいハエよ」とかるくうけながした。

「あなたは？」

「おれは、神の子。ジーザス・クライストじゃないかとおもう」

「精神病院には、かならずそういう患者がひとりかふたりは、いるんですって。自分はキリストだって、あとは天皇陛下とかね。年とったほうでは乃木大将とかマッカーサー。ヒットラーなんてのもいるらしいよ」

「だって、おれ、救世主だもの。これはだれにもいってない話なんだけど、七歳のときに神をみたんだよ。そのころね、アパートにいて、そこには中庭があったの。アパートのまえの道にそって川があって、その向こうは野球のグラウンド。

おれ、その中庭で犬とあそんでたの。そしたら、ギリシャ時代みたいな服をきた男のひとが天からおりてきて、地上二メートルぐらいのところにとどまったんだ。犬は、はじめ吠えたけど、きゅうにおとなしくなっちゃった。あれはやっぱり、神か宇宙人かとおもうよ。おれひとりだったら白昼夢だけど、犬がそばにいてその態度みれば、なにかに反応してるってこと、わかるもの。

そのひとはね、全体的になんとなく透けているの。それで『おまえに救世主としての能力をあたえる』っていうわけ。日本語でしゃべってそれを耳にきいたんじゃなくて、頭のなかにはいってきて、即座になにをいいたいのか理解できたんだよね。それから、そのひとは、これから世界でおこるいろんなことをフィルムみたいにみせてくれた。十五分ぐらいできえたけど、犬はキョトンとしてたよ」

「特別な能力って、なに？」

「いや、だからね、それが……」

「わたしが雨ガエルで、あなたがキリストだって？」

「冗談だよ」

「じゃあ、その念力――っていっていいかどうかわからないけど、あなたの力で前世を透視してちょうだい」

「すごくつかれるんだよ。たったいま、地球の外からの通信をうけとったばかりだろ？　エネルギーをつかいはたしちゃった。それに自分や身近の人間のことは、知りたくないものなんだ。だって、だれも知らないほんとうのことなんだからね。おそろしいよ」

彼は重おもしく解説した。

彼女はきいているような顔をしていたが、夫のことばは半分ほどしか頭にはいらず、それもすぐにきえた。今度の給料をどんなふうに配分し、どんなふうにつかおうか、とかんがえはじめていたのだ。借金がかなりある。五、六万は返済にあてよう。部屋代が四万八千円。それから……。

「だけど、あの星はどこにあるんだろう」

彼が口をひらいた。

「白鳥座六十一番星」

彼女はおもいつきを口にだした。アルファ・ケンタウリでもかまわない。

「いや、ちがうよ……こんなふうに地球にテレパシーがとどくぐらいだから、彼らのうちの何十人かは、地球に移住してきてるかもしれないな」


母親はテレビをちらちらみながら、化粧をしている。大きなコンパクトのかげから、ゾッとするような青にぬられたまぶたが、十八インチの画面をうかがっている。

「暁子、おまえ、つけまつげ、知らないかい？」

娘は呆けたような顔で、中年女をみかえした。

「こないだ、買っておいたんだよ。ひきだしの奥にちゃんといれてたのに、どうしてなくなったんだろう」

「知らないわ。そんなの。おかあさんが、だらしないからよ」

暁子はテレビのほうを向いた。格別おもしろい番組をやっているわけではない。母親と口をききたくないからだ。

「まあ、いやだ、へんな女だね。ミス・短足だって。へーえ」

母親はパフをもった手を空中でとめて、テレビに見いった。

「あんな脚のみじかいひと、いるんだねえ。だけどわざわざでなくてもいいのにさ。恥をさらすようなもんじゃないか」

暁子は母親をふりかえったが、また視線をもどした。ものをいうのが、めんどうくさい。この女は、なんだってこんなに厚化粧するんだろう。店へいってから、ぬりたくればいいのに。母親は口紅をだすと、片方の目でテレビをみながら、ぬりはじめた。紅筆をつかわないので、すこしはみだした。はみだしたところを、また濃くぬりなおす。くちびるがうすいから、こんなふうにすれば肉感的にみえる、とあるとき解説していた。そのとき母親はさらにつけくわえて「おまえみたいに原始的にくちが厚い女には、似あわないいんだよ」

いつでも、ひとこと多いのだ。

口紅がおわると、今度は香水だ。暁子は人形ケースの横の置時計をみた。まだ六時をすぎたばかりだ。母親がでかけるには、あと一時間ほどかかるだろう。

「暁子、酒屋に電話しとくれ。ビール二ダースといつものウィスキーとブランデー、三本ずつ。それにワインもね。サッちゃん、もうきてるはずだから、店の外へおくようなまねしないでって」

暁子は立って、いわれたとおりにした。酒屋が「ミネラル・ウォーターは?」とたずねたので「適当に」とこたえておく。

「サッちゃんが、いまごろきてるわけないでしょ」

電話をきってから、暁子はいった。

「あの子はまじめだから、きてるよ。カウンターのなかをそうじしてるさ。あたしは信じてるからね。信用できないのは、この世のなかで自分の娘ぐらいなもんさ」

母親はいつもの調子で、あっさりと片づけた。暁子は立ったままそれをきいていたが、自分の三畳にはいった。ほんとうはつくりつけの洋服ダンスのなかにはいって、戸をしめ、息をひそませていたかったのだ。母親がおそろしい顔で「気ちがい!」というにきまっているので、それはやめにした。

部屋は暗い。暗室用の黒いカーテンが、天井からさがっている。暁子はシングル・ベッドに腰かけた。ひきだしをあけると、例の中年男からもらった金いろのライターがあった。下の方に日記がはいっている。ひらいて、きのうのページをよんだ。日付のつぎに、奇妙な記号と数字が、かいてある。

666――9　◉☆　へだたり
ついに真理を発見する。あとはそれを証明するだけだ。その方法を、わたしは「お告げの部屋」でさとった。ただ実行すればいいのだ。6と9がおどっている。

この数字には、すごく意味がある。

暁子は日記をとじた。自分のかんがえていることはあまりに独自なので、ほかの人間たちにはわからないのだ、とおもうとうれしくなる。母親は日記を盗みよみしているかもしれないが、低能だから理解できないだろう。自分とは人種がちがうから。

「はやくおふろにはいりなさい」

中年女の声がきこえてくる。

「あとで」

暁子は口ごもっている。

「じゃあ、元栓しめとくからね！」

母親は化粧をおえたのだろう。タンスをひらく音がきこえる。

「なに着ていこうかしら。このラメのでいいかな。あー、いやんなっちゃう。ネックレスがみんなもつれて……しかたないから、象牙のでもしてこうかしら。だけど地味だわ。こっちのきんいろの葉っぱをつないだみたいのほうがいいかもしれない。暗いからニセモノだなんてわからないだろ。それともオパールがいいかな――暁子！」

彼女はベッドに横になって、母親のひとりごとをきいていた。

「ちょっとみておくれよ。どれが似あうか」

「勝手にやったらいいでしょ。何年水商売やってるのよ」

娘は身うごきせずに、枕に頭をうずめている。

「いいからさ、どっちが似あうか」

「葉っぱのでいいじゃない。はでだから！」

暁子は顔をあげてどなった。

カーテンのすきまからみえる空は、夕暮れの蒼みにみちている。もうすぐ、彼女が大すきな夜がやってくる。母親がいない夜。ひとりぼっちの夜。子供のころから、暁子はひとりぼっちだった。友達はいなかった。無口で無表情で、礼儀ただしい子だった。成績がよかったので教師にはかわいがられるほうだったが、そんなことはどうでもよかった。だれも愛してくれない、という長年のうらみのために、この世界にかすかな憎悪をもっていた。

二年ほどまえから、それすらも気にならなくなった。母親が自分をお荷物としかかんがえてないとわかっていても、つらくなくなった。だれも自分をわかってくれない、のは当然のことだ。あたりまえすぎる。

だから同級生の男の子がラヴ・レターをよこし、それにたいして暁子がなんの反応もしめさないという理由で、ガス自殺をはかった事件にも感情をうごかされなかった。彼は自分ではわたしを好きなつもりなのだろうが……と暁子はかんがえた。なにもわかっちゃいないんだ。自分自身に陶酔していただけだ。だれもわたしのことを理解できるはずはない。なぜなら、わたしは地球人ではないからだ……。

男の子はすぐさま生きかえった。二カ月くらいして転校してしまった。事件の経過を知っている少数のクラスメートは、暁子の冷淡さを非難した。だが、すぐにみんな、そんなことはわすれてしまった。

ひとはなんでもかんでも、すぐにわすれてしまう、と暁子はおもった。だけどわたしには、決してわすれられないことがある。それは生まれるまえからの約束だ。その約束をはたすために生をうけたのだから、そのためだったら、どんな犠牲をもいとうまい。

「暁子、ファスナー、あげとくれよ」

母親が呼んでいる。やっと着ていくものがきまったらしい。居間へいくと、ひかるワンピースをきた母親が、肉づきのいい背中をむきだしていた。ファスナーをあげてホックをとめてやる。

「じゃあ、かるくなんかたべて出かけようかね。あたしは服きちゃったから、おまえ、紅茶いれとくれ。冷凍庫にピザがあるから、焼いてくれないか」

店へいって、客のおごりでなにかたべればいいのに、と暁子はおもったがだまっていた。このごろ、母親はしょっちゅうなにかを口にいれたがる。初老をむかえていじきたなくなったのだろうか。彼女はもはや、ふとることなど気にしないかのように、喰らいつづける。おなじクラスの奈々にこの話をしたら「欲求不満よ。決まってるじゃない。都《みやこ》んちのママも、いつもなにかたべてるんですって」といった。「あんたのママはどうなのよ」暁子がたずねると、奈々はかすかにわらった。「うちは浮気してるからね。若づくりしちゃ、出あるいてるわよ。相手は二十一か二の学生よ。いまに離婚するんじゃない?」

もうそろそろ、奈々に電話をかける約束の時間だ。母親はなんだって、どっしりとタバコなんかすっているのだ。はやく出かければいいのに。

暁子はアイス・ティーをいれた。

「ありがと、暑いからちょうどよかった」

母親は胸もとに風をいれている。目は、あいかわらずテレビにクギづけだ。

フライパンにアルミホイルをしわにして二枚しきつめ、そのうえに六等分したピザをならべる。

「ガスをつかうときは、かならず換気扇まわしとくれよ」

「わかってるわよ」

暁子はひもをひいた。台所の椅子に腰かける。

「ねえ、おかあさん、わたし、ほんとにおかあさんからうまれたの？」

暁子はぼんやり口にだした。

「まあ、そんなこときくなんて、へんな子だね。あたりまえじゃないか」

母親は背中をむけたままこたえた。

「おとうさんはだれなの？」

「おまえが生まれてから、一年で離婚したあのひとだよ。いまはあの女といっしょで、子供もふたりいるんだってさ」

暁子は椅子に反対向きにすわった。背もたれのうえで腕をくむ。

「わたし、おとうさんの子じゃないんじゃないの？」

「なにをバカなこといってるのさ。じゃあ、あたしがほかの男をつくったっていうの？」

母親は、はじめてふりむいた。

「そうじゃないけどさ……」

「残念ながら、あの男の子供だよ」

「おかあさん、わたしが生まれるまえ、流れ星とかＵＦＯとかみなかった？」

「さあ、わすれちまったね。なにしろ十七年もまえのことだから……ああいうのは、目の錯覚でよくあるらしいじゃないか。おまえ、なにか、自分のこと特別な人間だとおもいたいのかい？　お告げがあったとか、生まれるまえに太陽がおなかにとびこんでくる夢をみたとか……年頃の子供はそうおもいたがるものさ」

「ちがうったら」

「おまえは病院でうまれたんだよ。そこの市立病院で。すごい難産でさ、おかげであたしのからだはこわれちゃったんだよ。そりゃ、いちおう縫ったけどさ、入院ちゅう、あんまりあるきまわりすぎて、やぶれちゃったんだよ。なにしろ、おまえの父親は女のとこにいりびたってて、一度も病院へこなかったからね。

あたしの精神状態はよくなかった――ピザ、焼けたんじゃないの？」

暁子は皿のうえにピザをのせて居間へはこんできた。母親はナプキンのかわりにハンカチを胸もとにかけて、ピザをつかみあげた。

「ねえ、おかあさん、わたしにはなんで、きょうだいがいないの？」

「離婚したとき妊娠してたけど、おろしちゃったんだよ」

母親はむかしをおもいおこすときの、やさしい目になった。

「そうだね。もうひとりぐらいいてもよかったけど、あたしは働かなきゃならなかったんだよ。さびしいの？」

「いいえ」

「だったら、いいじゃないか。ひとりっ子だから、なんでも買ってあげられるんだよ」

暁子は「物」なんか、ほしくなかった。たいして関心がなかったのだ。中学三年のとき母親は上等のセーターを買ってきた。暁子はすこしもよろこばなかった。母親は「この恩知らず！」と叫び、しまいには泣きだした。「なんのために、夜昼ぶっとおしではたらいてるのよ。みんなおまえのためなんだよ。それなのに、なんてなさけない！」

それからの暁子は、うれしそうな演技をするようになった。やってみると、たいしてむずかしくはなかった。うつろな想いで「すてきだわ」とか「ほしかったの」とか「うれしい、ありがと」とかいっても、母親には見抜けないようだった。まわりの人間は全部そうだった。

暁子は自分が陰気くさくみえることを知っていたので、つとめて快活そうな演技をしはじめた。学校にいるあいだそれをつづけていると、かえってきてから非常につかれる。なおかつ、演技を持続しつづけることは不可能だった。明かるそうにふるまっても、友達はひとりもいないのだ。


去年の秋、図書室でウニカ・チュルンの「ジャスミンおとこ」をよんでいた。よみながら、外のポプラの木をながめていた。風が吹く。木はたわむ。すきとおった陽ざしのなか、その木の向こうのグラウンドでは、陸上部の男子生徒たちが練習していた。ポプラの葉は黄いろみをおびているが、散りそうもない。よわよわしくみえるが、風にさからっている。

べつの窓をみると、糸杉がならんでいた。あの木の炎のような形は、風がつくるのだろうか。暁子はゴッホの画集がほしかったが、母親にいわなかった。彼女が母親に「買って」というのは、学校で買えといわれた物か、あるいは靴の底に穴があいて雨の日に靴下も足もどろだらけになってしまうような場合か、いずれかにかぎられていた。ゲオルク・トラークルの詩集もほしいが、だまっている。だれかを殺してでもほしい品物にならないかぎり、自分から要求することはない。母親は画集や詩集に感受性のない女で、わかい娘はきれいな服と化粧品さえあればいい、というかんがえだ。母親はこれまでに、いいにおいのするおしろいと、マスカラと眉ペンシルを買ってくれた。十六歳の誕生日には、バロックの黒真珠を、銀台の指輪にしたててくれた。「あんたがおカネできたら、プラチナの台にすればいいんだから」といって。だが、一週間もたたないうちに、暁子はそれを風呂の排水口からながしてしまった。サイズがゆるすぎたのだ。9か10がちょうどいいのに、母があつらえたのは11だった。石けんのあわで指からすべってしまった。それ以来、母親は気分を害して、マガイモノのアクセサリーしかくれないようになった。

おなじテーブルに女生徒がついたことを、暁子はしばらく気づかなかった。糸杉をながめていたからだ。

「あれ、つくりものだっていう気がしない？」

奈々はしずかにいった。暁子が顔をあげると、彼女はうつくしい横顔をみせて、テーブルにひじをついていた。おもっていたとおりのことをいわれたので、暁子は返事をしないで、この同級生をながめた。

「もっとも、人間なんか、みんな演技者で、つくりものだけどさ。演技してる自分が本物だとおもいこんでるやつは最悪とおもうよ。意識してるんだったらいいけど」

「だれが？」

暁子は奈々にたずねた。

「演技してるくせにそれが本性になっちゃったやつ？　それはもう、ほとんど全部じゃない？」

奈々の声は冷静だ。暁子は妙にひかれるものを感じた。

「あなたはどうなの？」

「あたしはちがうよ」奈々は手軽にいってのけた。「それからあんたも。あたし、まえから、あんたのこと、気にいってたの。はなしができるひとじゃないかとおもって」

「だって、あなたは、友達がいっぱいいるじゃない。ボーイ・フレンドだって」

「生活のアクセサリーとしてね。必要だから」

奈々のしずかな声は、暁子のなかにしみとおった。

「きょう、うちにこない？　いっしょに勉強するっていえば、親は大歓迎だしさ。なんにもわかっちゃいないんだから……あたしの部屋、はなれだから、いろいろとつごうがいいよ」

暁子はすぐさま同意した。

ふたりは、窓の外のきんいろのしずかな秋をながいあいだながめていた。どこかで、コーラス部が「流浪の民」をうたっている。ものうい午後だった。

奈々の部屋にはピアノがあった。彼女はふたをあけて、クラシックを二、三ひいたあと「これは、バド・パウエルの『クレオパトラの夢』よ」と、正統的なジャズをひきはじめた。かなりのテクニックを要する曲だということは、暁子にもわかった。

「こんなの、どこでならったの？」

「レコードからよ。レコードきいて、ものまねしてるだけ。でもたのしいわ。今度は『ルシール』やろうか？エバリー・ブラザースのコピーよ。はじめ、ずっとハモってくのよ。歌詞、知ってるでしょ？　あ、そこの譜面見たら？」

午後いっぱい、暁子は奈々のピアノをたのしんだ。彼女には才能がある、とおもった。それを口にだすと、奈々はわらった。

「このくらいひけるひと、場末のクラブにゴロゴロしてるわよ。どうってことないわ。あたしのピアノなんて。それよりあたしには生涯の目標がある」

「どんなこと？」

「あなたと似てるかもしれない。あたしはときどき、自分が人間じゃないんじゃないか、っておもうときがあるの。喪失感情だとおもうけどさ。なんにも感じないのよ。状況に感情移入できないのよ。だからいま、恋愛をしようか、とおもってるの。だれかをすきになれば、すきになるっていうことで嫉妬したり苦しんだりして、人間らしい感情をとりもどせるかもしれないわ」

「自己回復？」

どこかの本でよんだ文句を、暁子はいってみた。

「そうかもしれない。いまねらってるのは、ママの浮気の相手。ママはふりまわされてるけど、それはバカな女だからよ。あたしは決してひとを愛したりしないから、マニュアルとしてはうまくいくとおもうわ。それで、ほんとうにすきになっちゃったら、それこそ、めっけものじゃない。あたしは人間になれるの」

「なってどうするの」

「その先はかんがえないわ」

奈々は十二のときに四つ年上の兄に犯されたらしい。そのへんの記憶は、奈々自身にしてもあいまいなのだ。ふたりとも、男性という種族にかすかな憎しみを感じていた。奈々は兄によって。暁子は自分をすてた父親によって。

「わたしはとおい星からきた人間なの。何千年まえのはなしだけど、その星が廃星にならんとしててさ、救世主がすくおうとしてたわけ。あたしはとおい星で、その異星の人間として生まれかわるためにさまざまな呪文をうけて、その結果、あたしのからだは死んだも同然になったの。そうして、この地球にいま、うまれかわってきたの」と暁子は告白した。

「いつ知ったの?」

「一年ほどまえ。啓示的な夢をみたの。それから夜の星に注目して、祈っていると、流れ星だの、ときどきはUFOをみたわ。わたしのきょうだいも、そういう手段で地球にくるはずだったんだけど、多分、失敗したんだわ。兄か弟かわからないけど、全面的にたよれる異性なの」

「にいさんじゃないわよ、きっと」と奈々がいった。「ふたつ年下くらいのおとうとじゃないの? おとうとって、あたしにもいるけど、すごくかわいいわよ。あたしは弟にあまえちゃうの。たよりにしちゃうの。兄なんてあんな俗物、殺してやりたいわ」

奈々はめずらしく、しかめっつらをした。

「そのひとはおとうとなんだけど、兄でもあって、恋人でもあるし、婚約者でもあるの。何千年まえからの、これは契約なの。約束って、ひととひとのあいだのものでしょ。そのあいだに神がいれば、契約になるわ。旧約聖書、新約聖書っていうでしょ。あれは神との契約のことだとおもうわ。契約ってのは、神聖なのよ。保険の契約とか契約結婚とかで、ずいぶん安っぽくなっちゃってるけど。あたしと『彼』とのあいだにあるものは、神じゃなくて運命なの。それを確信してるわ」

「あんたはあたしよりしあわせよ」と奈々はいった。「あたしがこれからやろうってことにくらべたらね。

不良になっちゃおうかな」

その日以来、ふたりは親友になった。

半年たって、あたらしい仲間ができた。やはりおなじクラスの都だが、彼女は十三のときに洗礼をうけて、将来は修道院にはいるつもりだった。この子は純粋無垢でひとをうたがうことをきらい、そのくせ家が民宿をやっているせいか東京からくる学生たちとフレンド・ボーイの関係にあった。性関係およびそれらしい雰囲気がすこしもまじらない男友達をこう呼ぶ。

三人はつれだって行動した。

二年になって、三人ともまたしてもおなじクラスに編入された。つまり学年でただひとつの就職組に。都は卒業したら修道院のつもりだし、きょうだいがたくさん（六人）いるから、親もさほどうるさくない。奈々は自ら「偽善的」とよぶ男女関係に熱心だし、家庭は崩壊直前だ。暁子の母親は自分は大学まででたくせに、その後の相つづく挫折に「女に教育は不必要」という信念をもっている。


母親はやっとのことででかけた。

暁子は奈々に電話をかけた。

「じゃ、七時半にいつもの喫茶店でいいんじゃない？　都にもそうつたえとくよ。例の中年男にあうの、九時でしょ。ねえ、いろんなものを買ってもらおうよ。あいつ、わかい女の子をゾロゾロひきつれてあるくのがジマンで、それによって若がえるとおもってんだから、てんであまいわね」

「あのバカはわたしたちの犠牲者になるべき人間なのよ」

暁子はひくい声をだした。

「そのとおり。あたしたちがつきあう理由が自分の地位とカネ――つまり男の貫禄だとおもってんだから、すなおなひとはいいわね。彼は彼自身の魅力で、女高生とつきあえるとおもってるのよ。低能。女は、とくにあたしたちは人間の男を利用するのだけが目的なのにさ」

「都はそうじゃないかもしれない」

「そうね。いささかまずかったかな、という気がしないでもない。彼女、あたしたちほどひねくれてないかられ。でも、いまさら仲間からはずすこともできないんじゃない？　あたし、いまから都のとこへ電話するけど、いなければいいな、っていう気もするの。あの子に、きたない世界はみせたくないような……ねえ、暁子、あたし、あまちゃんになったのかしら」

「そんなことはないわよ」

「あたしや暁子には、人間の男に対する憎悪って必要だわ。だって、それが鮮明にならなきゃ、愛だってはっきりした形とらないもの。もし、愛ってもんがあるとすればね。あたしたちは、感情をどっかにわすれてきてるからさ。でも都には不必要じゃないのかな」

「とにかく電話してみたら？」

「ＯＫ。その結果によるわね」

奈々はなんども暁子にたいして「あたしたちは友だちね」と確認しつづけてきた。「そうじゃなきゃ、ほんとのことといえるひとがいないの。いまつきあってる学生にだって、あたしは自分のすべてなんてみせてないんだから。でも、彼、あたしに夢中よ。ママとわかれようかなっていったから、とめたの。この関係を秘密にしとくためには、かわったことしないほうがいいって。ママからはおカネがでるしさ。あたし、いまの学生のこと、激しくあきてきてるのよ」

唐突に暁子は宣言した。

「あの中年男には、犠牲者になってもらうわ。これは啓示で得たことなの。ゼッタイにそうしなければならないの。だって、契約によってあらかじめきめられた運命なんだから。わたしは実行するわ。あなた、とめたい？」

「とめるもなにも、あたしはいつだって、あなたの行動を全面的にゆるしてきたじゃないの。ゆるすってことは、突きはなすのとおなじことよ。勝手にしてよ、っていうイミ。それに、もし殺しちゃったとしても、たいして感動しないんじゃないかという気もするのよね。あたし、もっと十九世紀的『性格』をもった、ギンギンした男と恋愛するほうがいいみたい。あまったるいことばとか雰囲気なんか、たくさんよ。あたしはジュリアン・ソレルをもっとめんどう見よくしたような男とつきあうべきだわ。そんなやつ、いないけどさ」

暁子は顔をあらって、服をきがえた。ファンデーション下地クリームをぬって、ベビーパウダーをはたく。母に買ってもらったおしろいはピンクで、顔色のわるい彼女には似あわない。うすい眉をかきたして、マスカラをつけておしまい。玄関わきの大きな鏡でウェスト五十五センチを確認すると、満足してドアをでた。

三人は熱帯魚がひらひらする水槽のわきのテーブルで、しばらく雑談していた。話題は、家庭の内情などである。

「ママはなやんでるわよ。その学生に女ができたんじゃないかって。まさか娘のこのあたしだなんて、夢にもおもわないで。彼女（母親のことをこんなふうにいうのは、奈々と暁子だけだ）学生に、おカネつぎこんでるけど、それが全部あたしにまわってくるわけ。だから、ここの伝票もはらわせてよ」

「奈々、今夜もってるの？　じゃ、おねがいするわ。ねえ、都、それでいいじゃない。もってるひとがはらうってことで」

「あたしだって、アルバイトしたわ。うちでやってる海の家で。暁子ちゃんもきてくれたじゃない。だから……」

「いいのよ」と奈々がおさえた。「あなたは貯金しなさい。ボランティアやってて、たいへんなんでしょ？」

「そうだわ、わたし、ナイフか、出刃包丁買いにいかなきゃ」

暁子がたちあがった。都は「なぜ」とはいわなかった。都にとって奈々と暁子は、ナゾの部分が多い。だが、ほかの女生徒より（なにをしようと）妙に純粋に感じられるのはふしぎなことだ。だからこそ、この三人の関係はこわれることなくつづいてきたわけだが。

「荒物屋さんなら、すぐちかくにあるわよ。あの男と待ちあわせたとこ、あるいて二十分くらいでしょ。だったら、あと三十分は大丈夫よ」

三人は口をつぐみ、エンゼルフィッシュをながめた。暁子はバッグから詩集をとりだし、そのなかの『夢の中のゼバスティアン』をよみはじめた。

「これ、はじめはセバスチャンだとおもってたけど、ドイツ語の発音にちかづくとゼバスティアンになるのかしら」

「聖セバスチャンの殉教からきてるの？」と都。

「そうじゃない？」

暁子はページをめくる。

「あの絵、いやだわ。なんとなく官能的で……それになんといったらいいのかしら……」

「男色的？」と暁子は助け舟をだした。

「そうねえ、そんなふうにみえるときもあるわ。でも、そうみえるのは、あたしが神にたいして不純だからかしら」

「不純なのは、そんな絵をかいたひとよ」と奈々が、いつものとおり、あっさりとかたづけた。

「はだかの男が胸いっぱい矢をさされて横たわってるなんて、ホモのマゾイストがなみだながしてよろこぶわ」

「でも、この詩はいいのよ」

暁子はよみはじめた。

店にはクーラーがはいっているが、もう秋もちかい。去年の秋、奈々はツナギの皮ジャンをきて、オートバイにのっていた。彼女は自分が美人で脚がながいということを知っているので、そんなスタイルをするのだ。いなか町のことで、たちまちうわさはひろがったが、彼女の父が市の有力者であることと、彼女の、母親のちがう兄がいっぱしのヤクザであるため、危険な目にあうこともなかった。警察では、みてみないふりをしていたようだ。奈々の運転技術はたいしたものであったが、都は奈々のなかにどこかパセティックなものを感じていた。両手をもみしぼりたいほどに、それが心配なのだ。暁子は絵にかいたような優等生だが、しゃべっていることが全部架空世界の描写としかおもえないときがあり、その無機質さが、やはり気にかかる。

どうにかしてあげなければならない、と都は感じる。だけどあたしのこんなちいさな力で、このふたりをすくえるものだろうか。都は少女のもつ潔癖さ（と、本人が信じている部分）で、そんなふうにおもった。

「ねえ、ここにでてくる——ひげの顔が憐みをたたえてみまもり——っていうところは、キリストのことをいってるんじゃないかしら」

暁子がひらいた本のある行をおさえて、都にみせた。都はその詩を全部よんだ。『聖ペテロ墓地』とか『聖夜』とか『ばらの天使』『復活祭の鏡』がでてくるところをみると、内容はキリスト教的なものをうたっているらしい。だが、彼女にはわからなかった。詩にたいする感受性はないのだとおもい、ふかいかなしみの息を吐いた。暁子はしばらくよみつづけた。

「さあ、いかなくちゃ」

奈々がたちあがった。

暁子は荒物屋で果物ナイフと出刃包丁を買った。中年男との約束の場所へいくとちゅう、薬局があったので、貝じるしカミソリも買った。

男は先にきていた。汗をふいているところをみると、せいぜい二、三分まえに到着したらしい。

「やあ、暑いね、まったく。それにだるくてかなわん」

彼の頭部は正六面体にちかい。全面的にはげているので、よけいそのようにみえるのかもしれない。彼は頭もおしぼりでふいた。

「精力がつよい男ははげるってのは、まったくほんとだな、ハッハッハ。事業はバリバリこなすし、あっちのほうもますます盛んなんだから、自分でもいつ中年になるんだろうって心配してるのさ」

少女たちは彼のことばなど、無視している。

「おなか、すいてるんじゃないか？　うまいイタリア料理の店があるんだ。まず、そこへいこう。そのまえに、だ。きみたちにおみやげもってきたよ。奈々ちゃんはあたらしいオートバイがほしいっていってたけど、あれはかなり高いものなんだね。びっくりしたよ。これはその金額の三分の一ぐらいにしかならないが、とっといてよ。あとはおいおいとね……。来月になれば、かなりカネがはいるし。暁子ちゃんは、ちゃんと化粧すれば一流のモデルになれる素質があるよ。ぼくがやらせている美容院でそろえさせたんだ。これ、うけとってよ。遠慮せずに。美容室の半額券もある」

モデルがよくつかう、硬質の箱型のバッグを彼はテーブルのうえにだした。暁子はほしくはなかったが、いちおううけとった。

「都ちゃんが、これがこまった。だって、すごく清純な印象うけるからさ。でも、そろそろアクセサリーもほしいんじゃないかとおもって、二、三もってきたよ。これ、ちいさいけど、本物のサファイアのペンダントだよ。宝石店で買うと、かなりの値段だ。だけど、ぼくは善人だもんでいろんなひとにカネをかしてるんだよ。その担保として、ダイヤもルビーもエメラルドも、会社の机にゴロゴロしてる。ぼくの力だったら、ただ同然で手にはいるんだ。ついでに時計ももってきたよ。この細工、きみみたいなひとにはいいんじゃない？　繊細で目立たなくて」

都は、ふたりの女友達の顔をうかがった。ふたりとも「もらいなさい」という表情をしている。彼女は顔をあからめながら、しぶしぶうけとった。

男はうれしくてたまらないようすだ。

四人は、イタリア料理店で食事をした。男は元気いっぱい、をよそおっている。喰らいかたもすごい勢いだ。奈々は礼儀ただしくしずかにたべ、暁子は子供のころからの習慣なのだがいかにもまずそうにゆっくりたべ、都だけが全員の表情をうかがいながら、おそるおそるたべている。

少女たちは先にその店を出て、入口付近で立って待っていた。男はカネをはらっている。

「都、あなた、門限十時でしょ。そろそろかえりなさい」

奈々がそっけなく命令した。

「でもわるいわ。あんなひとをあなたたちにまかせるのは」

「いいの、いいの、あたしたちにだって、計算があるんだから」

奈々はタクシーをとめ、のりこんだ都に一万円札を無理ににぎらせた。男からさっきもらったうちの一枚だ。

「あの子は人間だわ」

暁子が走りさるクルマをながめながら、つぶやいた。

「そうね」

「そろそろ、わたしたちから、解放してあげなくちゃ、いけないいんじゃないの？」

「それは都が決めることよ」

「いやあ、待たせたね。レジの野郎が、計算まちがいして、とんでもない金額をいうんだ。これは仕かけられたワナだとおもって、ぼくは『店長を呼べ』っていったんだ。そしたら、『すいません、カンちがいしたんです。ワインは小びん一本だけでしたね』だと。腹がたつよ。連中、せびりとれるものは最後までごまかすつもりなんだろ。それでぼくは『こういう店員教育をしてるのがいかん』って、威厳をもっていったわけだ。あの若造、あおくなってふるえていたぞ。まったく油断もスキもない」

この男はどんな場所でも、いばりちらしたいのだ。疲れたレジ係がワインの本数をまちがえたぐらい、なんだというのだ。たかだか千円ぐらいのものじゃないか。

ふたりの少女は嫌悪を感じてだまっていた。

「都ちゃんは？」

「おうちへかえったわ」

奈々がつめたい声をだした。

「いやー、残念だが、まあ、それもしかたがない。あの子はなんか、カタくてね。はなしをするときも、気をつかわなきゃいかん。その点、きみたちはものわかりがいい」

それも幻想よ、とはいわなかった。ただ、奈々と暁子は、ますますこの男を軽蔑しただけだ。かなり積極的に。

「このちかくに、ぼくがやらせてる店があるんだ。そこでのまないか？　ボラれる心配はないしさ。いろいろつごうがいいから」

その店は地下二階にあった。バーテンは、「社長」といい、かるくあたまをさげた。イカゲソを焼いていた女の子も、目だけであいさつした。サラリーマンふうの先客が三人いた。

「ぼくはワイン党だ。きみたち、なにをのむ？」

「ジン・フィーズ」

カマトトぶって、暁子が注文した。

「奈々ちゃんは？　スクリュー・ドライバーなんてどう？　ほとんどオレンジ・ジュースとかわらないよ」

なんとまあ、お古い口説き戦術だ。だが、暁子と奈々は、奈々の部屋で二回、外のコンパで一回、自分たちの酒量をたしかめている。「それでいいわ」と奈々はこたえた。ウォッカがはいっていることなど、先刻ご承知だ。そしてふたりとも酒にはつよい。奈々は薬物にもつよくて、登校してきた朝「きのう、ブロバリン四十錠のんだんだけど、とちゅうで本をよみだしたもんで、まるっきりねむれなくてこまっちゃった。いまごろくたびれてきたのよ。保健室へいくわ」という調子である。

午前中はねむっていて、お弁当をたべ、午後の授業だけに出る。ノートは暁子が貸してやる。

中年男は、少女たちと本格的に酒をのむのははじめてなので、かなり気負っている。自分はワインをなめるだけなのに、ふたりにはさかんにすすめる。

暁子も奈々もゆっくりしたペースでのんだ。暁子は二杯めからはうすい水割りにきりかえ、それを三十分もかけてのむ。母親は仕事がらもあるが、かなりの量をのむ女で、遺伝的にアルコール許容量が大きい。奈々は中学校のときから酒とタバコとクスリをやっていた、と暁子に告白したことがあった。

ボロなわりには値段がたかいせいなのか、地理的条件がよくないのか、この酒場はあまりはやっていないようだ。サラリーマンふうがかえったあとは男がひとりと、わかい男女のペアがきただけだ。

「いやあ、ここはぼくのホーム・バーとおもってるからねえ。もうけはかんがえてないんだよ。すいてるとこで、だれにもじゃまされずにのむなんて気分爽快だよ。王侯になったみたいだね」

中年男は、最後までからいばりをつづけている。十一時半に女の子はかえった。暁子はそのあと、ほろ酔いの演技をした。奈々はかなり酔ったようなふりをしているが、これもウソにちがいない。

「きみ、きょうはもうかえって、いいよ。ぼくが鍵をしめとくから」

男はバーテンにはなしかけた。

「おたのしみですね」

バーテンはかすかにわらい、エプロンをはずした。中年男がカウンターのなかにはいった。

「もうちょっとのみなさいよ。介抱してあげるから」

でてくる水割りは濃くなってきた。暁子はその半分を床にこぼし、水でうすめてのんだ。奈々もおなじようなことをしている。

十二時をまわっただろう。

「もうだめ」

暁子は、カウンターにつっぷした。奈々は脚をもつれさせて、トイレにはいった。

「きみたち、これからうちへかえるのはたいへんだろう。どうだね。ちかくに知ってる旅館があるけど、そこへ泊まったら。ぼくは、おくりとどけたら、すぐかえるからさ」

「それもいいわねえ」

もつれたふりの舌で、奈々は同意した。

「じゃあ、いこうか……そのまえに、ちょっと待ってくれ」

「暁子、だいじょうぶ?」

男がトイレにはいると、奈々が小声ではっきりとたずねた。

「酔ってるのは、あの男のほうよ」

暁子もひくい声でこたえた。

「旅館にいってからにする? そのほうが、いろいろと言訳できるわよ。強姦されそうになったので……とか」

「めんどうだわ。とにかく、わたしは地球人に血をながさせて、自分がほかの星からやってきた人間だってことをしめさなければならない」

「わかった」

「あなた、あの男のワインのなかに、粉末の睡眠薬いれたでしょ。アドルムっていうの？　わたしはみてたけど、あいつまるっきり気がつかずにのんでたわね。酒の味も知らないんだわ。ワインなんて、最近のみはじめたみたいね」

「知ってる薬剤師がいるのよ。病院から、盗んできてもらったの。わりとつよいやつよ」

男はトイレからでてきて、ヘタヘタとじゅうたんにすわりこんだ。

「いや、こんなはずじゃないんだが……お嬢さんがたとのむと、つい気分がよくなって、ピッチがすすんだようだ。なあに、旅館で三十分も休めば平気だよ。夜はながいことだし」

暁子は、男の背後で、バッグから出刃包丁をだした。すぐさま、心臓めがけて突き刺す。骨がじゃまだ。男はびっくりしたような声をあげた。激しく抜いて、今度は力いっぱい頸動脈をねらう。血は天井まで吹きあがった。左右とも切る。男はただただ、苦しがっているだけだ。クスリがきいているのだろう。抵抗できない。

「もういいかな？」

奈々が平静にいってのけた。あまりのショックにかえっておちついているようにみえるのだろうか、と暁子はおもう。

「いいでしょう」

「でも、あなたの服、血だらけよ。顔や手も」

暁子はカウンターのなかにはいり、顔と手をあらった。返り血をあびた服をぬぎ、用意してきたワンピースにきがえる。

「声、きこえなかったとおもうわ。このうえの地下一階は休業中だし」

血だらけの服と包丁をバッグにつめた。

階段をあがっていくとちゅう、奈々はちいさな声で約束した。

「あたし、決してしゃべらないからね。でも、あのバーテンがなにかいうかもしれない」

「べつにいいのよ。アシがついたって。それより、都がいなくてよかったわ。あの子はこういう負担に耐えられないから」

ふたりは路上で、いつものようにわかれた。

部屋へかえると、暁子はふろにはいった。血だらけの服はゴミ袋のみえないところにおしこめる。包丁は何回もあらい、新聞紙で何重にもくるんで、これまたゴミ入れにいれる。六階から下へさがるあいだ、エレベーターには、だれも乗ってこなかった。

暁子は興奮していたので、奈々にもらったリスロンを十五錠のんだ。やった。とうとうやったのだ。歓喜がわきあがってくる。彼女はパジャマをきて、戸だなからウォッカをだした。ストレートでのむ。

カーテンを全部あけると、星空がみえた。暁子はひざまずいた。わたしの故郷の星から契約にしたがってやってくるひとよ。わたしは使命をはたしました。はやくむかえにきてください。わたしがどこへいこうと、わたしであるということがわかるように、誓いの十字を彫りましょう。

暁子は、ねまきの胸もとをはだけた。のどから胸にかけて、カミソリでまっすぐ切りおろす。うすく。横もおなじように。しかし、これでは、すぐに傷口がふさがってしまうだろう。まっすぐな線のうえにちいさな×印を連続してつける。ようやく痛みが感じられてきた。しかしやめるわけにはいかないのだ。リスロンは、はじめてのむクスリだが「持続性があって、ぐっすりねむれるのよ」と奈々がいった。また十錠のんでしまう。それから作業をつづける。痛い。しかし、このぐらい、がまんしなければ。ようやく作業をおえて、彼女はつかれきった。母親にみつからないように、大々的に包帯をした。血がついた衣服はベッドの下におしこんだ。べつのをとりだしてきる。

ウォッカをのみながら、タバコをすう。かくしてあった灰皿は金属製だ。不意になにかを燃やしたくなる。それも白いものでなければならない。暁子は台所へいって、紙ナプキンをみつける。それを灰皿で燃やす。けむりの向こうの壁から、故郷の星のあのひとのおもかげがあらわれ、暁子にわらいかけた。もう痛みもない。彼女は幸福感にひたされ、ふたたびひざまずいた。

ねむったのは朝の七時で、目ざめるともう夕方だった。

「暁子、ずる休みしたね。あたしがうちへかえってきたとき、あんたは学校へいってるとおもったのに」

母親がベッドの彼女に声をかけてきた。

「かぜひいてくるしくて、ねむれなかったのよ。あした土曜日だし、月曜に学校いくわ」

「医者にいかなくてもいいの？」

「のどだけで、熱なんか全然ないから、それにかぜにきく薬なんて、ないんだって。寝てるのがいちばんいいの」

七時すぎに、奈々から電話がかかってきた。

「おかあさん、でかけた？」とまずたしかめたあと「あんた、だいじょうぶ？」

「元気いっぱいよ。それよりあなたは？」

「あたしって、どうしてこうまで無感動なのかしら。自分でもおどろいてるわ。あるいは、この無感覚さがうれしかったりしてね。でも、もしかしたら、あんなこと、たいしたことじゃなかったのかもね。あたしのことで不良グループどうしが争って、決闘したときのほうが呆然としたわ。そのときは重傷者二名をだしたんだけど。原因は、あたしの浮気よ。あたし、あれ以来、たいしておどろかない女になっちゃったの。そういうことにたいして、痛みもなにも感じなくなっちゃったの。これは百年もむかしの伝説的事件だけどさ。あたしがいってあげたほうがいいかな？」

「ううん、いまはとてもしあわせなの。生まれてはじめてぐらいの最高の幸福にくらくらしてるわ。もしあなたの力が必要になったときは……きてくれるわね。それから警察がくるかもしれないけど、あなたはこういうのよ『あんまり突然なので、びっくりしちゃって、とめることができなかった。うちへかえったら、こわくて警察へいくこともできなかった。再三自首をすすめたんですけど』って。いい？　自分はまったく関係ないってことを主張するのよ」

「でも……」

「いわれたとおりにして。おねがい。そうじゃないと、あの行為の純粋性がうしなわれるから」

「……わかったわ」

いつもの平静な声だが、いくぶんしめっぽさがあった。ながくつきあっていないとわからない微妙なものだ。

電話をきると、暁子は包帯をとった。血はかたまってこびりついている。だがこのくらい切りきざんでおけば、はっきりとしるしがのこるだろう。暁子は満足して胸に手をあてた。

精神病院は、はじめてではない。佐知子は自分がすきな白い可憐な花にカスミソウをまぜたちいさな花たばをもって、玄関をはいった。この花の名前は知らない。十字型の花弁で、結婚式のときに花嫁がもつのではないか、と想像できる。

暁子は月曜日に、学校で逮捕された。バーテンの証言が有力な決め手となった。奈々は殺人現場をみたことはみとめた。彼女は感情のない声で、暁子にいわれたとおりの証言をした。なまじ仏心をださないほうがいいだろう、とおもったからだ。奈々があまりに平静なので刑事たちは「頭がどうかしてるんじゃないか」とささやきあったくらいだ。暁子を校長室へよびだすと、彼女はすなおに犯行をみとめた。だが、頭の狂いぐあいはこの娘のほうがよっぽど進行している。精神鑑定の結果、分裂症というこたえがでた。それで(未成年のことでもあるし)強制入院させられた。はじめ、母親が面会にいった。一回だけでこりて、店でつかっている佐知子に一ヵ月の小遣い一万円と交通費をもたせて、娘のところへいってくれ、とたのんだのだ。

佐知子は以前から、精神病院というところに興味があった。夫が入院したこともあるし、彼女にとってはそこは忌むべき場所ではない。

看護婦にたずねると「閉鎖病棟へいって、お小遣いはそこの看護人さんにあずけてください。ええ、これで売店でなにか買ったり、電話も看護人室からかけられますから、その電話代にしたりするんですよ」といわれた。

この病院は市街地をかなりはなれた丘のうえにある。囲いはない。病院の前の道や林のところを、軽症患者が何人かつれだってあるいていた。佐知子が十七歳のとき伯母が発狂したが、いれられた病院はひどいものだった。どこにも鉄格子がはまっていた。面会にいくと、患者と面会人を一室にとじこめ、看護婦が外からカギをかけるのだ。

長い廊下をまがって、閉鎖病棟にいく。

「あのひとは殺人犯でしかも自殺のおそれがあるということで、はじめの十五日はひとり部屋でした。でも、いまは六人部屋にうつってます。お待ちください。よんできますから」

クーラーがきいている。佐知子はタバコをだして、火をつけた。ガラスドアの外は夏草がおいしげった庭ともいえない広い庭で、ところどころにコスモスが群生している。

ドアのカギをあける音が二度して、暁子があらわれた。以前二、三回みたときとおなじ印象だ。ものしずかで内向的で。だが、いまはおちつきのないひかりが、その目にやどっている。ながいあいだ監禁されたせいだろうか？

「タバコちょうだい」

暁子はいった。「なかでは、すわせてくれないの。ううん、未成年だからっていうわけじゃなくて、火で目でもつぶしたり、ほかの患者に押しつけたりするのを警戒してるみたいよ」

暁子はせわしくタバコをすいはじめた。このガラスドアをおして外に出れば、囲いもないことだし、脱走は可能だ。

「居ごこちはどう？」

「まあ、わりとね。もうすぐ開放病棟へうつれるわ。自分や他人に危害をあたえないってことがわかれば。わたしは、あれ以上のことをするつもりはないの。あの男を殺したのは指令で、それはわたしの使命だったの。この傷も（と彼女は、のどから胸にかけての大きな十字形をさした）やらなければならないことだったの。でも、もう全部おわったんだから、わたしは猫を殺すことだって、できないわ。あとは、ただ待つだけよ」

「なにを？」

「あのひとが円盤にのってくるのを、よ。とおいとおい、わたしたちの故郷からくるの。わたしをむかえに。もう何千年もまえに出発したんだわ。でも、彼、わたしがここにいること、わかるかしら。わかるわよね。ときどき、彼は壁のなかからあらわれて、やさしく声をかけてくれるもの」

佐知子は、おどろきのあまり、タバコを床におとした。夫が「地球の外から通信がくる」といっていたあの晩をおもいだしたからだ。おそらくこれは、決して口にだしてはいけないことだったのだろう。だが、何事もかくすことのできない佐知子は、詳細に説明した。「お医者さんには決していわないって、約束してね」とつけくわえて。

「まあ！」

暁子の目は、感動でうるんで、大きくみえた。

「そのとおりよ。まったくそのとおりだわ。でも、ほかの星からきた人間や、テレパシーの能力があるひとは、この地球じゃ、気ちがいあつかいされるのよね。わたしはもうすぐ故郷の星へかえるから、かまわないけど」

「あなたは、ほんとうに信じているの？　かならずむかえにくると」

「当然よ。確信してるわ。だって、そのために生まれたんだから」

「むかえにくるひとが、事故のために死んだりする可能性だってあるわ」

「ああ、そうね。彼は何千年という時間を、冷凍睡眠で生きて、まだみぬ地球の夢をみながらやってくるのよ。その夢は、ときどきわたしのところへとどくわ。だから、彼は生きている。ねえ、わたしはやっぱり頭がおかしいのかしら」

「そんなことはないわ」なぐさめ半分に、佐知子はいった。「ちょっとかわってるだけよ。そして世の中をみれば、ちょっとかわってるひとって、わりといるのよ。うちの亭主とかわたしとか」

「奈々は、ものすごくヘンよ。彼女はわたしとちがって、幻覚なんかみないわ。やさしい、いい子なんだけど、ゾーッとするほどつめたいとこがあるの。人間が人間としてみえないっていうの。いくらふかくつきあって、いくら相手のことをすきでも、突然、まったく見知らぬ生物にみえちゃうんだって。いつかわたしにみえたんだって。だからあの子は、学校をよくやすむわ。彼女は回帰したいんだって。でも、彼女はわたしみたいな異邦人じゃなくて、人間なのよね。ぜいたくだわ。ほんとのひとりぼっちなんて知らないんだから」

『あんたの顔をみられない。みるのがこわい』っていって、わざと会わないときがあったわ。そのときのわたしって、彼女からみると目も鼻も口もバラバラで、なにかしゃべると口だけが生きてうごいてるようにみえたんだって。

「奈々って、あの現場にいたひと？」

「そうよ。わたし、彼女に手紙かいたんだけど、医者や看護婦にみられるのいやだから、とどけてくれる？お店からちかいのよ。ポストにいれてもらってもいいけど、なんだかぬすまれるような気がして」

「いいわよ。でも、よく紙とペン、かしてくれたわね」

「看護人室で絵をかかせてってたのんで、そのときかいたの」

暁子はサマーセーターの胸に手をつっこんで、手紙をだした。封筒はなく、むきだしのままだ。折りたたんだおもて側に、奈々の住所がかいてある。

「奈々、どうしてるかしら。あいたいわ。でもなんだか、このごろ彼女が他人におもえてきたの。わたしは、いろんなことをいっしょうけんめいかんがえて、あたらしい事実を知ったんだけど、彼女は他人の頭の中なんかに興味はないし、自分にだって関心ないいんだから。死んだまま、生きてるのとおんなじよ。ああ、それからわたし『彼』にも手紙かいたんだけど、どうやってとどけたらいいかわからないの。燃やすのがいちばんいいとおもうんだけど、いまは閉鎖病棟にいるから、だめね」

暁子は目をふせた。

「それに、紙ナプキンにかかなくちゃいけないんだわ。あのひとは白い紙ナプキンが、いちばんすきなんだから。ねえ、8という数字は、永遠だとおもわない？……」

病院をでると、かなりひどくつかれていた。そのまま店へいくついでに、奈々のところへ寄る。手紙に目を走らせた彼女は「わかった。すてちょうだい。あなた、よんでいいわよ」といった。

この子もずいぶんおかしな子だ、とおもいながら六時半に店へいって、よんだ。

あなたがむかし首をつって
あなたのおかしい脚がつれて
あなたの犯した罪もつれた……

こんなぐあいに延々とつづくのだ。アナグラムの一変形だろう。佐知子はそれを燃した。

九月のなかばに、精神病院のごくちかくの林に人工衛星がおちた。あたりは炎上した。焼けあとから、性別不明の焼死体がみつかった。暁子は開放病棟にうつされ、その午後からゆくえ知れずだった。死体は暁子と判断された。

奈々は家出して、ヨコスカの不良グループのアタマの女となった。彼女の冷酷な雰囲気は仲間からおそれられた。

佐知子は、バーの仕事をやめて、昼間の勤めにきりかえた。夫の就職先がきまったからだ。そして彼は、テレパシーとか予知について、しだいにしゃべらなくなった。

一階の客席にあたる部分と正面のスクリーンが、暗くまがまがしい湖を構成していた。一階のドアは閉ざされている。観客たちはらせん形の廊下をのぼって、壁にほそながくはりついている天井さじきにたどりつくのだった。張りだしポケットのような客席は満員で、その重みのために深い水にむかっておちてしまいそうだ。

三階に彼女はすわっていた。

手のひらや足の裏にひやあせをかいている。おもいきって出かけてきたのだが、いまは後悔しているのだ。やはり、こないほうがよかったのかもしれない。こんなところへは、ひとりでくるべきではなかった。だれかといっしょなら、すこしは心づよいのに。しかし、そのだれかがいないのだ。家族も友人も知人もいない。世の中のひとはみんな、彼女とつきあうほどひまではない。彼女がほんとうのひとりぼっちであることに、だれも注意をはらいやしない。

ずいぶんむかしから、彼女はひとりだった。いつだってひとりだった。ひとりでねむり、ひとりで目ざめ、ひとりでぼんやりしていた。

親はとっくに死んでしまっていた。死者にたいするなつかしささえ、のこってはいない。仕事をしていたことがある。それをやめて失業保険でたべていたとき、病気になった。隔離されたひとり部屋で、五年をすごした。医師や看護婦はめったにやってこなかった。症状はだらだらとつづき、あたらしい患者のためにそこを追いだされた。回復しきってはいないのだ。生活費は役所から自動的に、通帳にふりこまれた。そのかわり週に一度は通院しなければならないのだが、彼女はたびたびなまけた。文句をいわれたことはない。ひさしぶりに病院をたずねても、医師は型どおりの質問を二、三するだけだ。彼女の健康を気づかってくれる者など、だれもいはしないのだ。

なすべきことはなにもなかった。生きていようが死のうがどちらでもよいという状態に、ながいあいだ放置されていた。人生のはじめのころから、ずっと役たたずの人間だった。だれも彼女を必要としないので、他人とどんなふうに接触していいのか、まるでわからなかった。人びとの無関心には、なれきっていた。

やっとのことで自分をはげまして、きょうはここへやってきたのだ。一週間ほどまえ、郵便受けに奇妙な案内状がはいっていた。手紙や書類など、めったに配達されない。ごくたまに、地域社会のちいさな会合や商品の宣伝や保険への勧誘がまいこむ。彼女は中味もみないで、それらの封書を台所の棚におくのだった。ある程度たまると、捨ててしまう。しょっちゅうからだが熱っぽいせいか、なにをやるのもめんどうなのだった。

この劇場の広告は、黒地に金のもようがうかびあがっている封筒にいれられていた。葬式みたいだなとおもい、ひさしぶりに興味がわいた。

なにやら、はじめての試みがなされるようだった。イベント、とかいてある。ショーでもないし映画でもなく、ましてや催し物といってしまってはデパートの売りだしみたいなので、ほかにいいかたがないままに、そうしたことばをつかっているようだった。解説がながながとつづく。『多重人格の女性の精神状態をモデルにしている』とか『分裂症の幻覚と狂気』とか『人間存在の暗黒』とか『生の裂けめ』とか、まるでわからない。各界の有名人たちが発言しているのだが、これをどんなふうにあつかっていいのか、とまどっているようだ。精神分析学の講義かとおもえば、それともちがう。どうやら立体映像を大がかりにみせるらしい。料金もたいしたことはない。

たまには外出しなければ、と彼女は決意した。それでも靴下をはいてコートに肩をいれるのは、たいへんな苦労だった。意欲というものがうしなわれているので、食料品屋へいくことさえ、つらい日がある。なにもしたくなかった。行動できないという抑圧を克服するためには、非常なエネルギーが必要だった。そのために疲れきってしまい、現実の行為にうつるのは至難のわざだった。いやな気分をのりこえるだけで、へとへとになってしまうのだ。

しばらくは、ここにすわって、がまんをしなければならないのだ。彼女は手すりにつかまって、下をのぞいた。黒い湖水からは、魔女の毒気のような気配がたちのぼってくる。ぐったりして彼女は、見るのをやめた。微熱がでている。口がかわく。からだのぐあいはいつもよくなかったが、死ぬほど苦しいというめにあったこともない。つねに不愉快な疲労がたまっている。彼女はもう、病気がなおるとはおもっていなかった。それにすでに体質となってしまっていた。

やはり、ここへきてはいけなかったのだ。自分の部屋のベッドにもぐりこみ、なんの効果があるのかわからない薬をのんで、じっとしているべきだった。空白感に身をゆだねるのはおそろしいことであったが、同時に安全でもあった。この場所にいること自体が、のがれられない悪夢のようだった。

ひとびとは、期待でざわめいていた。

「本物みたいね」

背後でわかい女がしゃべっている。「なんだかこわいわ。ゾーッとするの」

「迫力あるよな。だけど、あれは見せかけだけなんだぜ」

ボーイフレンドがこたえている。

「立体テレビが開発されたっていうけど、似たようなものなの?」

「だろう? なんかの光線であんなふうに見えるだけなんだ。しかし臨場感がある」

「リンジョーカンってなに?」

「そんなこと、どうでもいいだろう」

「あんたって、頭いいのね」

「擬似体験とでもいうべきものかな。ハッシッシやメスカリンの気分をだそうとしているのかもしれない」

「あんたって、頭がいいわ」

女は感嘆している。

「だからねえ、実際にさわってみても、なんの手ごたえもないんだ。いわば、幻覚だな」

女はうれしそうにわらった。「すごくむずかしいこと知ってるのねえ」といいつつ、男にしなだれかかったようだ。

彼女は目をとじて、頭をややそりかえらせていた。落ちるような気がしたのだ。それはいつものめまいだろう。後頭部に光がはしり、不意に遠い星雲がみえた。ゆっくりとうごきながらちかづいてくる。何年か何十万年かむかし、だれかとともに生きていたという、おぼろげな記憶がうかびあがってきた。宇宙のどこにあるかわからない、その星雲ができたころのはなしだ。いつもは、ほとんどわすれていた。むかし、原始の海辺にふたりで立っていた。背後の空は赤く、ふしぎな形の貝や魚が足もとにうちあげられていた。世界は書き割りであり、自分たちの想像力によってどうにでもなった。親しみやなつかしさを拒絶する無機的な風景が、どこまでもつづいていた。空は、ときには非現実的なすみれ色になった、苛烈な光にさらされたビルは、空間を平板に区切っていた。
生きているもののすがたはなく、太陽は衰弱していた。それは時間のとまった世界だった。ほんのすこしまえは、破局を告げるサイレンが鳴りひびいていたのに。いや、そんなことは別の世界のできごとかもしれない。彼らがそこに出現したとき、最終戦争はおわっていたのだ。そこは世界のはてであり、時間のはてであった。そのひとと彼女とは、いつまでも死ぬことができないのだ。永遠性を獲得しながらも、ふたりはゆきづまっていた。奇妙な目にみえない輪のなかへ落とされたみたいだ。それは、なんというはるかな記憶だろう！

発作はおわった。

彼女は息をつき、目をあけた。このごろでは週に二回ほども、こういう状態になる。幻覚かもしれない、とおもう。わたしは頭がおかしくなっているのだ。その想いは、なんの感慨もよばなかった。どうでもいいのだ。この発作には、奇妙な郷愁がつきまとっていた。おわってからおもいだすと、あまい痛みがかすかによみがえってくる。

ほんとうにあったことかしら、と彼女はいつものようにかんがえた。自分が勝手に頭のなかででっちあげたものかもしれないが、それにしては鮮明すぎる。あらかじめうしなわれたものの幻影は、彼女をくるしめた。

劇場の内部は、暗くなった。

「彼女はながいあいだ待っていた」と、性別不明の声でナレーションがはじまった。「ただひたすら待っていた。自分が何者かわからないほどのながい時間を待っていた」

湖水がゆっくりとうごきはじめた。ひとびとのざわめきはやんだ。

「なんのためになにを待っているのかも、わからなくなった。彼女の人格のなかに、やがてひとつの眼が形成された。それはいつも見ていた。じっとながめていた」

つめたい無機的な声がつづく。水があわだちはじめた。

「それは、ひとつの邪悪な眼になった」

水は、はげしくあわだち、ゴボゴボといっている。

「どうしたの？」と、うしろでさっきの女の声がした。「海底火山かしら」

「海底じゃないだろう」

まあ、あんたってもの知りなのね、という声はきこえなかった。水がますますいきおいよく噴きあがってきたからだ。それも湖の一部だけで、ほかの水面はなだらかだ。水は柱になって噴きあがってくる。

「いま、彼女はおこっている。怒りにふるえている。いくら待っても、そのものはやってこなかったからだ。自分でもどうにもならない邪悪な意志がうごきだした。彼女は極端な怒りにかられている。彼女は犠牲者をもとめている」

水の柱は、おそろしい高さになった。風が吹きはじめた。水は下から、ひとびとをおそう。

何人かは立ちあがり、ドアに急いだ。悲鳴がきこえた。「事故だ！」と叫ぶ者がいた。奇妙に現実感のない暴風雨におびえたのだろう。

「だいじょうぶ。これは、ほんとのことじゃない」という声もきこえた。

湖は荒れ狂っている。

彼女は、はげしい水と風のなかで、身うごきできずにいた。

「まあ、なんてすてきなのかしら。映画館のなかで遭難するなんて！」

「ああ、たしかに、めったにない体験だよ。ローンで旅行するのはもうやめた」

「あたし、危険なめにあってみたかったのよ。もちろん、ケガもしないし命に別条ないっていう保証のうえで」

「へんだな。水がかかってきても、ちっともぬれない」

「だからいいんじゃないの。かぜをひきたくないし、買ったばかりの毛皮なんだから！」

しかし、彼女はぬれていた。たえずおそってくる飛沫は粘液質のようだった。べっとりとからみつく。なぜわたしだけが！　と彼女の内部で声にならない叫びがあがった。からだはかなしばりにあったようだ。逃げたくても身動きすらできない。邪悪な眼は、彼女をねらっているみたいだ。なぜわたしだけが！

湖は、おそろしい荒れかただ。

気分がわるくなる。にぶい吐き気を感じた。ひや汗とべっとりした水のために、気をうしないそうだ。彼女はふるえた。息ができないような苦痛があった。彼女は、ゆっくりとたおれていった。湖のなかから、なにか黒いもの、コウモリのようなものがとんできて、頭にぶつかった。

観客の大部分がいなくなってから、彼女は廊下にでてきた。気絶しても、だれもたすけてはくれなかったのだ。頭を踏まれなかっただけで、運がいいといわなければならない。熱と寒さが、交互にやってくる。胃がふるえている。ゆったりした下り坂は清潔で、客はいなかった。

羽根かざりを盛大につけた男たちが、しずかに踊っていた。

「奥さん……お嬢さん！」

ひとりが声をかけてきた。

「たのしかったでしょう！　日常では味わえないスリル！　来週もきっと、おいでになってください！」

彼は印刷された紙片をさしだした。

「今度は、雨乞いをやります。光と音のファンタジーで！」

彼女は、わたされた紙片に目をおとした。

「頭皮に直接植毛する、画期的なアイディア！　もはや、かつらの時代ではありません！」

この劇場とタイ・アップしているのだろうか。

「すばらしい雨をふらせてみせます！」

男は元気よくいった。どこにふらせるというのだろう？

彼女は紙片をたたんで、コートのポケットにつっこんだ。服はぬれていないが、皮膚はべとついている。あの湖の水は、彼女だけをおそったのだ。しかし、なぜ？

彼女は、だまってあるきだした。男たちはのろのろと、もの悲しげに踊りはじめた。


駅のちかくに、カフェテリアがあった。とおりすぎようとした彼女は、決心して足をとめた。それでもまだ、まよっている。自分が空腹であるのかないのか、よくわからないのだ。夕暮れにちかいから、もうすぐ食事の時間になる。夜にならないうちに、アパートへかえろう。そうやって理屈をつけて、ようやくドアのまえに立った。

店はすいていた。客は、ふたりづれの女高生だけだった。あるいは中学生かもしれない。ひとりは太っていた。もうひとり、鳥のような顔をしたやせた少女は、化粧していた。

にぶそうな少年が、円型のカウンターのなかで、肩をおとしている。彼はあそびにいきたくてたまらないのだろう。ときおり、ガラスの外に目をはしらせる。そこには彼ののぞむものがなかったらしく、あきらめたように口をあける。

「あの」と彼女は声をだした。高い椅子にすわりなおす。食事をするためにどこかの店へはいるのは、勇気がいることだった。彼女は自分のために料理するのさえ、めんどうになっていたのだが、外食するのはこれまた困難な作業だった。他人にはなしかけなければならないからだ。

「あの、コーヒーを、ください」

ほら、ちゃんといえた。彼女はそうおもい、おもったことにびっくりした。なんてくだらないことに感心しているのだろう。いつだって、ちゃんといえるじゃないか。

少年はだるそうに手をうごかすと、湯気のたった紙コップをさしだした。ちいさなミルクがついている。ありがとう、と口のなかでつぶやいた。わるいことをしているような気持ちになる。

決められた動作で、彼女はコーヒーのなかにミルクをいれた。舞台に立った俳優の心境だ。だれに見られているわけでもないのに、街へでると自分を意識してしまう。不特定な相手にたいする、対人赤面恐怖症なのかもしれない。動作は、ひどくぎこちないものになる。

最近では、なにをするにも、非常な決意が必要だった。だいたい、彼女はなにひとつ自分で決めることができなかった。買い物のとき、いくつかある品物のうちからひとつをえらびだすのは、大仕事だった。頭が空白になって、なにをどうしたらいいのかわからなくなってしまうのだ。

店員がすすめると、急いでそれを買ってしまう。あとで気にいらなくなることも多かったが、では自分はなにをほしがっているのかとかんがえると、わけがわからなくなる。ほしいものなんか、ないのだ。ただ「生活」するにはいろいろなものがいるらしいから、その「常識」にしたがって、衣類や食器や本を買う。自分がひどく受動的である、ということを反省することもあった。しかし、タオルが黄色であろうと青であろうと、そんなことはたいしたことではない、ともおもう。皿についている絵が、ヨーロッパの古い農家だろうが花だろうが、どちらでもいいことだ。絵がなくてもこまらないし、スープの底でうさぎがとびはねていても、おもしろくもない。彼女は「現実」にたいして、ほとんど関心がなかった。そんなことは、どうでもいいことだった。無感動に生きていたが、かといって死ぬ気もなかった。彼女は、だれかが指図するのを待っていた。

コーヒーをのみながら、カウンターのむこうをながめる。

やせた生意気そうな少女が、四角いコンパクトのようなものをとりだした。女の子は、それを指先にとって、せっせとまぶたにぬりはじめた。目のうえは銀色にかがやきはじめて、マスクをしているようにみえた。

「これ、いいのよ。さらっとしてて、よくのびて」

太ったほうも、椅子においた袋のなかから、いくつもの化粧品をだした。その子がおなじようにすると、さらにみにくくこっけいになった。少女は、かなり太っていた。コートをきて、たっぷりした毛糸のマフラーにあごをうずめていた。そのくせ、汗をかいているのだ。

彼女は小娘たちを見ながら、神経質にタバコを何本もすった。ひとくちすうと灰皿におしつけ、またあたらしいタバコをとりだす。口のなかが荒れているが、そうせずにはいられないのだ。へんに居ごこちがわるい。かといって、この世に安心できる場所など、どこにもないのだ。自分にはおそらくなにかが欠けているのだろう。ほかのひとたちがもっていて、もっていることが当然であるようななにかが。

そんなことをかんがえると、迷路におちこみそうな気がする。彼女は、少女たちのことをかんがえようとした。この子たちは、どんな家庭に育ったのかしら。（しかし、家庭ってなんだろう。どんなものだろうか。彼女はまるっきり、おぼえていない。自分にも、家庭があったのかどうか、よくわからない）まじめに学校へいっているのか。（学校って、なんだっけ？ ああ、何百年もまえに、そんな場所にいたような気がする。そのころのわたしは、友だちもいなくて、いつも仲間はずれにされていた。みんなとおなじことをするのは、ひどい苦痛だった。遅刻すると教室にはいるのがこわくて、裏門のあたりをぶらぶらしていた。母親がでかけるまで、そうやって時間をつぶし、家へかえって寝てしまうのだ）

このふたりを理解することなど、不可能なのだ、とため息をついた。自分は、世間の大部分のひとたちとは、ちがった種類の人間なのだから。それにしても、時間というものは、どうしてこんなにおかしいのだろうか。夢のなかにいるような気がするときがある。何時間か何日かの記憶がすっかりうしなわれてしまっていることがある。そのあいだ、自分がどこでなにをしているのか、まるで自信がないのだ。

コーヒーはのみおわった。なにか注文しなければならない。場がつなげない。

「えーと」

小声をだしながら、壁にはられたメニューをよんだ。なぜ、こんなにびくびくしているのだろう。

「ピザをください……それから、ジュースも」

どうしても、遠慮がちになってしまう。少年は表情をうごかさず、手だけをうごかした。

「あんたって、このごろ、またいちだんと太ったんじゃない？」

やせた少女がいっている。

「それには、わけがあるのよ」

太った少女は、紙ナプキンをいじっている。

「ダイエットやったら？」

「わけがあるの」

太ったほうは、しんぼうづよくくりかえした。やせた女の子は、口紅をぬりはじめた。

ピザとジュースがきた。

彼女はたべはじめた。なにを口に入れても、おいしいと感じたことはない。たべるよろこびがない。食事は、しなければならないことのひとつだった。そういうことがたくさんあれば、彼女の生活もすこしは楽になるのに。

こんなにやりにくいのは、なにか別の病気にかかっているせいかもしれない、ともおもう。どんな病気なのか、想像もできないけれど、それが彼女とほかの人間とをへだてている。

食欲はまるでなかった。彼女は強制されているように、ピザパイを口にいれた。

「はやく夜にならないかしら」

やせた女の子がいった。「今夜は踊りにいくわ。あんた、服もってきた？」

「うん。こっちがふるえるような男の子、いないかしら」

「ファッショナブルなひとがいいわよ。こないだあたし、失恋したのね。これでもう、三回めだわ」

「あたしなんか、また妊娠しちゃったわ、だから、太ったの」

「きょうは、ちょっとおもいきったかっこうをするんだ」

ガラスの外は、うすずみ色になってきた。

彼女は、夜をおそれていた。ひとりぼっちの夜はこわい。せめて幽霊とか魂が自分を訪問してくれたら、とおもう。そういったものは、いっさいないのだろう。天国も地獄もありはしないのだ。死んだ者は単に物質と化す。それだけだ。なにものこりはしない。なにも持っていけない。すべては消えてしまう。彼女をたずねてくれる死者など、いやしないのだ。

では、あの記憶はなんだろう。ぼんやりしてはいるが、もうひとりの人間の手の感触までおぼえている。前世のことだろうか。前世なんて、ありはしないとはおもうのだが。そうでなかったら、べつの世界の自分なのかもしれない。べつの世界って、なんだろう。

ピザをたべてしまった。ジュースはとうにからになって、よごれた氷だけがのこっている。財布をとりだして、口ごもる。

「あの、いくらでしょう」

はらいおわると、でていかなくてはならない。ふたりの女の子は、あいかわらず、顔をぬりたくっている。彼女は、アパートにむかってあるいた。彼女を、ふりむいて見る人間はいなかった。十代から二十代前半までは、男たちに見つめられる、ということもあった。中学生のとき、おなじクラスの男の子が自殺した。それは彼女への片想いがみのらず（片想いなのだからあたりまえだけど）告白する勇気もなかったからだ。ながいあいだ、彼女は、そんなことを知りもしなかった。

数年まえ、担任だった教師がたずねてきて、この話をした。彼は学校をやめて、ある宗教団体にはいっていた。このつぎの選挙で票をいれてもらいたい、というのが訪問の理由だった。

彼女はその男の子がだれであるのか、顔も名前も知らない。いくらおもいだそうとしても、だめなのだ。なんてばかな子だろう、とはおもうのだが。しかし、彼女はこの年になっても、男性をこわがっている。そのほうがよほどおろかしい。中学三年のとき、その子がおもいきってうちあけても、彼女は即座に自分のカラにとじこもってしまっただろう。彼女は自閉症的な少女だったし、中年になったいまでもそれはかわらない。いまのほうが、もっとひどくなっている。結局、その子はどっちにしても死んだにちがいない。そして彼女は、ひとりの男の子の死に、まったく無感動なのだ。

彼女は、待っていた。彼女はこの世界を待っていた。愛されたい、とひそかにねがった。あのふしぎな記憶は、あまりにもつよい願望のためにうまれたものだろうか。あれは、アンドロメダ星雲ができたころのはなしだ。あるいは地球がおわってしまったあとのことかもしれない。

うしなわれてしまった青春の記憶は、彼女をからっぽにしてしまうのだった。彼女は、泣くこともわらうこともできない。ただ生きているだけのうつろな存在だ。

宇宙ではいま、なにがおこっているのだろう。宇宙は膨脹しつづけている、とどこかでよんだ。星雲がたがいに、おそろしい速度でとおざかりつつある。宇宙に、はてなんかないのだ。どこまでいっても、何万年何億年すすんでいっても、やはりそこは、はてしない宇宙なのだ。ながいながい時間がすぎ、そしてやがて時間はなくなってしまう。すべてのことは、はじまりでありおわりであり、一瞬のできごとでありながら同時に何十億年のことでもある。はじめとおわりは、いっしょになる。過去も現在も未来もない。それが永遠というものだ。永遠を知ることは、自らの宇宙と神を発見することだ。たいていのひとは、そんなことはかんがえないし、気がつきもしない。彼女は、それがあることを知っている。しかし、どこにあるのか、いつあるのかは、わからない。

アパートへちかづくと、彼女の夢想はとぎれた。

服をぬいで、ネルの地味なネグリジェにきがえる。ガウンもおちついた青だ。服をしまおうとして、彼女はショッキング・ピンクのタイトスカートをみつけた。なぜだ？　なぜこんなものがあるのだろう。

それは、およそ彼女の趣味ではなかった。いつも目立たないものを買う。古ぼけたおばあさんのような色をえらぶことが多い。いつこれを買ったのか、まるでおぼえてやしないのだ。こういうことは、これまでに、二、三度あった。だれかがきて、部屋においていったとはかんがえられない。外出するときは、いつも鍵をかける。

彼女は不安になって、タンスの戸をしめた。電話がなった。びくっとして、ふりかえる。受話器をとりあげると、ききおぼえのない声が親しげにはなしかけてきた。

「やあ、元気？」

だれだろう？　おもいだそうとして、彼女は目をあげた。病院の先生かしら。だが、こんな時間に……。

「あのあと、まいっちゃったよ、おくっていったら、泊まってけっていうんだもの。それがものすごい酔ってて、吐いたりわめいたりたいへんだった」

この男は、何者だろう。番号をまちがえてるんじゃないだろうか。

「あの」と彼女はいった。それ以上、ことばがつづかない。

「寝かしつけようとしたら、おれの顔にまで吐くんだから」

この男は、なにをいっているのだろう。

「いま、退屈しちゃってさ。あんた、なにをしてるの？」

男は陽気にたずねた。他人に「あんた」などと呼ばれるはずはない。からかっているのか。だが、どこかで会った人物なら、どうしよう。最低の礼儀だけはつくそう。

「なんにも」

彼女は、小声でこたえた。はやく相手が名のってくれればいいのに。男は、きげんよくしゃべりつづけた。だれだろう？　と彼女は必死でかんがえた。こんな電話、きってしまおうか。それは失礼なことだろうか。

「こっちは、いつものとこにいる」

かすかにざわめきと音楽がきこえてくる。グラスのふれあう音。

「こない？」

男はきげんよくさそった。

「いいえ」

きえいりたい想いで、彼女はこたえた。

「ちぇっ、ひとりじゃこないのか。いつもあいつといっしょだからな」

なにをいっているのだろう。彼女は、ふるえた。男の声には、不愉快なものがある。

「どうしてもだめか」

「だめです」

彼女は眉にしわをよせた。

「いいよ。わかったよ。またな」

電話はきれた。彼女は受話器をもどした。いまのは、いったいだれだろう。疲れきった彼女は、うつむいてベッドにあるいた。はやく寝よう。ねむれば、わすれてしまう。

彼女はシーツのあいだにはいった。

明かりをけすと、頭のなかから、さまざまな映像がうかびあがってきた。

あの劇場の湖。凶暴な水。それはひとりの女の精神状態でもあるのだ。湖として表現された人格は、怒り狂っていた。あのひともまた、わたしとおなじように、ながいあいだ待っていたのだ。しかし、わたしほど稀薄ではなかったので、やがて邪悪な眼がうまれたのだ。

ふしぎなことに、いまは肌がべとべととしていない。あんなふうに感じたのは、わたしがすこしおかしかったからだ。外界のちょっとした刺激が、いちいちこたえる。病院へいったら、精神安定剤をもらおうか。

彼女はねむった。

べつの彼女は、おきあがった。こんなにはやくから寝るなんて、赤ん坊じゃあるまいし、とおもった。あたしは人生がたのしくてしかたがないのだから。存分にたのしまなくては。

べつの彼女は、彼女のことをかんがえた。かわいそうに、禁欲的でなにひとつできないのだから。いつもうつむいてあるいている。駅の改札をとおるときですら、駅員の顔色をよむ。自分が、まちがった失礼なことをしないか、とそればかりかんがえている。だれかに文句をいわれやしないか、とびくびくしている。タクシーの列を待つときも、うしろからきたひとにゆずってやる。夜は外出しない。音楽もきかないし、踊りもしない。しずまりかえった部屋で、毛布にくるまっている。

べつの彼女は、臆病な彼女がやることを、いちいち知っていた。腹をたてることもあった。いろいろな場面を、彼女は耐えることができなかった。そんなときに、べつな彼女は出現する。酔っぱらいにからまれたときでていって、ハンドバッグで相手をなぐった。男は逃げていった。べつな彼女は満足して、彼女にもどった。彼女は、どういうなりゆきになっているかわからずに、ぼうっとしていた。

彼女はときおり、ひどい疲労におそわれる。ながいあいだベッドにいなければならないほどに。それは、べつの彼女がでてきて、夜のあいだあそびまわったからだ。

あたしたちは、ひとつのからだを共有している。だが、彼女とべつの彼女とは、あまりにもちがいすぎるから、またもとのひとりの人格にもどるなんて無理なことだ。つらい思春期に、あたしはうまれた。学校をさぼって旅行したこともある。気がついてみると見知らぬ土地にいた彼女は、呆然とした。記憶が欠落していることに苦悩した。ようやく家にかえると、母親が怒り狂っていた。彼女にはおそろしすぎることなので、べつな彼女がひきうけることにした。母親は、あたしをぶった。あたしはテーブルをのりこえて逃げだし、男の子にあいにいった。

べつな彼女は、タンスをあけた。ピンクのスカートをとりだすと、彼女がそれをみておびえたことをおもいだした。べつな彼女はひとりわらいをした。奥の、目につかないところに、銀色のハイヒールがかくしてある。彼女にみつからなくてよかった。これからは、もっとじょうずにかくすべきだ。

べつな彼女は、服をきて化粧をした。幸福な気持ちだった。ずっと会っていなかった彼に電話しようか。これまで数えるほどしかデートしていないが、ふたりは双生児みたいに似ているということがわかった。彼は結婚しよう、といったが、べつな彼女は返事をしなかった。いつも不安におびえている彼女をおもいだしたからだ。

とにかく、彼女はなんでもこわがる。高いところ、広すぎる場所、海と湖。いつかあたしが南の海のポスターをはっておいたら、泣きそうな顔ではがした。彼女は、厚いカーテンをしめて、明かりをつけて一日をすごす。外の光をこわがっているからだ。

べつな彼女は反対に、密閉された場所や深い山を好まない。自由でのびのびしたものがすきだ。大きな空と海。水。

あたしが結婚したら、とべつな彼女はおもった。彼女は胆をつぶすにちがいない。それが哀れだから、しないでいるのだ。彼女の生きかたは気にくわないが、善良で悲惨な人間であることはたしかなのだから。さっき電話してきたいやな男には、はっきりした態度をしめさなければならない。なにが失礼なもんか。べつの彼女は、からになったベッドをなおした。バッグをつかんでドアをあけると、みじめなちいさい巣をあとにした。

「このごろはどんなぐあいなのですか」

医師は、机のうえに両手を組んでおいた。あたらしい先生だ。非常に気づかわしそうにやさしくたずねる。

「ええ、とっても疲れるんです。なんにもしなくても……あんまりくたびれるもんですから、一日じゅうベッドにいることもあります。食事をつくることもできないんです」

彼女は目をふせてうったえた。彼は親切そうで、なにもかもしゃべれるような気がする。もちろん、なにもかもといっても限度はあるが。

「からだのほうは、よくなってきてるんですよ」

彼は深ぶかとした声でいった。

「ええ、でもなんだか、理由のわからない……熱がでたり……それにすごく神経質なんです」

医師がばかにするのではないか、と彼女はおそれた。彼に拒絶されないためには、あまりうちあけないことだ。

「いつもそうですか」

彼はまじめにたずねてくる。

「ええ、いつも」

「心因性ということは、かんがえられませんか」

なんて熱心な先生なんだろう。以前の担当の医者は、彼女にはなしかけたりしなかった。あの医者のまえで口をひらくと「だまりなさい」といわれた。「わたしがきくことだけにこたえればいいんだ。よけいなことは、しゃべらないでほしい」そして、やたらに薬をだした。

「神経質って、どんなふうにですか？」

彼女はからだをふるわせた。こたえられなかった。医師の目は、彼女を見つめている。強制されてる感じではないが、汗がでてくる。なにかしゃべらなければならない。

「いえ、べつに。たいしたことはないんです……ほんとうに」

医師は、うたがわしそうに彼女を見た。彼に知られてはならない。彼は信じないだろうし、彼女をきらうだろう。

「もう、あまりクスリはいらないんですよ」

彼はカルテに目をおとした。

「あなたは元気なのだから、もうすこし活動的になってもいいんですよ。旅行にでもでかけたら、どうですか」

旅――見知らぬ土地。むかし、なぜ自分がそこにいるのかわからない場所で、ひとりぼっちだったことがある。あのときのおそろしさは、わすれられない。

「そんな気になれませんわ」

まさか、こわいのです、ともいえなかった。

「これからは、気の持ちようですよ。なんにもしないでいるのは、かえってよくありません」

「それは……わかってるんです。でも、できないんです」

医師は処方箋をかいた。「少し落着くようにしてあげましょう」

彼はなにをいいたいのだろう。わたしがいつでも不安定なのを知っているのだろうか。彼女は、おもいきってうちあけようかともおもったが、どんなふうにいっていいのかわからなかった。この先生なら、きいてくれるかもしれない。わたしの時間や記憶が、どんなに奇妙であるかを。

「来週もちゃんとくるんですよ」

医師は微笑した。机のうえの電話がなった。

「はい……はい、すぐにいきます」

彼は明快な声でこたえた。

「先生!」

混乱した彼女は、ふるえる声でいった。知られたくなかったが、知ってもらいたかった。だが、彼は彼女に紙をわたして、背を向けた。

医師がドアをあけてでていくのを、べつな彼女は見ていた。べつな彼女は、処方箋をもって、立ちあがった。先生だって、そんなに本気であたしのことをかんがえているわけではない、とおもった。そんなに気をおとさなくてもいいではないか。しっかりするんだ。べつな彼女は、べつのドアから出た。それでも先生のために、薬局へまわった。

ほかの患者たちといっしょに長椅子で待ちながら、べつな彼女はきょう面接にいく仕事のことをおもった。彼女はあまりカネをつかわなかったが、べつな彼女にはほしいものがいっぱいあったからだ。彼女が仕事のじゃまをしなければいいが、とおもう。ある日突然トレイをもって喫茶店に立っていたとしたら、彼女はおどろくだろう。彼女はなにもできなくて、すぐにやめてしまうだろう。

あの劇場でみた湖がおもいだされた。あのときの彼女は、恐怖でいっぱいだった。彼女は湖や水をこわがっていたから、事実と幻覚とを混同してしまったのだ。邪悪なものをみたと錯覚し、黒いものにおそわれたとおもいこんだ。

あたしはもっと実際的だから、あんなことはなんでもない。もう、彼女と同居するのはやめてしまおうか、ともおもう。べつな彼女は、自分が哀れな彼女の願望の所産であることに気がつかなかった。

朝から気分がわるかった。

とてもくたびれている。またあたらしいドレスをみつけたからだ。なぜ、そんなことがおきるのか、わけがわからない。だれか、べつの人間とくらしているみたいな気がする。ナイトテーブルのうえには、封筒にはいったおカネがある。覚えがないので、それをつかう気がしない。

わたしなんか、死んでしまったほうがいいのだ、と彼女はおもった。なにもできやしないんだから。これから先、いいことはなにもないのだから。

彼女は頭をかかえて、ベッドにうずくまった。こんなおもいをして生きていくことはないのだ。なにかおそろしいもの、邪悪な意志がわたしをねらっているのに。だったら、それのいいなりになったほうがいいのかもしれない。生きていくことはつまらない。つまらないどころか困難ですらある。なにものかの犠牲になってしまったほうが、よほど楽だ。それに、あの輝やかしい記憶が、とおざかっていくような感じもする。ある永遠性のなかでみちたりている自分は、自分ではないような気がするのだ。べつの世界のべつの人間の身の上のような。

彼女は手をのばして、薬をのんだ。こんなもの、なんの役にもたちはしない。おちこんだ気分は、すこしもすくわれやしないのだ。

ノックがきこえた。

彼女は身をちぢめた。新聞の勧誘員だろうか。聖書の売りこみだろうか。部屋にいてノックがあっても、彼女はたいてい返事をしない。ドアをあけて他人としゃべるのは、めんどうだ。いないふりをすると、みんなあきらめてかえってしまう。

ドアをたたく音はしつこかった。彼女は起きあがって、あけにいった。

ほっそりした見知らぬ男が立っていた。

「ああ、やっぱりいたんだね。いないのかとおもって、ドキドキしちゃった」

彼はほほえんだ。千の太陽がいちどに輝いたような、きれいな微笑だった。

「あの……」

彼女は、ばかみたいに立っていた。この男がだれなのか、まったくおもいだせない。なにかふしぎななつかしさのようなものを感じるが。

「ここをつきとめるのにとても苦労したよ。きみは居所をはっきりおしえたがらないし」

この男は、なんの用できたのだろう。どうやら、もの売りではなさそうだが。

「はいっていい？」

彼は彼女の腕をつかもうとした。彼女は身をひいた。

「どうしたの？　ぼくがきたのが、迷惑か？」

彼の顔にいぶかしげな表情がひろがった。

「あ、いえ……」

はなれたところから、彼女はいった。うつむいて立っている以外に、なにもできない。

彼ははいってきて、ドアをしめた。失礼になってはいけない、と彼女はおもった。いつかどこかで見たような顔だからだ。

「元気がないんだね」

彼は椅子にすわって、彼女をのぞきこんだ。どこで知りあったのかおぼえていないが、知人のようだ。

「なにかのみますか」

彼女はちいさな声でいい、紅茶のしたくをはじめた。

「ずいぶん、他人ぎょうぎだ」

彼は頭をたれた。すぐに上目づかいに彼女を見る。彼女はどぎまぎした。耳があつくなった。

「どうしてそんな態度とるの？　ぼくがきらいになったの？　それともなにか秘密でもあるの？」

湯がわいた。彼女はやかんをかたむけて持ち、もう一方の手にやけどしてしまった。

「あの……ぐあいがわるいんです」

どこかで見た顔だ。

「どうしてそんなことばづかいをするんだ」

彼は首をねじった。

「きてはいけなかったの？」

「……だって」と彼女は、ふりしぼるような声をだした。「わたし、あなたのことなんか……知らない」

知らない！　そのことばは、頭をつきぬけて、部屋じゅうにひびいた。たしかに知っている、という気はするが、彼女はこわかったのだ。

「知らない？」

彼は目を大きく見ひらいた。

「知らないって……本気でいってるの？」

「ええ、ええ」と彼女はこたえた。

彼は沈黙した。頭をさげてかんがえている。

「ほんとうに知らないのか」

ひとりごとのように。

彼女のなかで、べつのだれかが、そんなことをいってはいけない、とささやいている。

「そんないいかたはしないでくれ」

彼はひくい声をだした。「電話をかけると、すごくよそよそしいことがある。いまのきみみたいに。単純にきげんがわるいのかとおもったが、うたがっていたのも事実だ。つまりきみは、ぼくをもてあそんでいるんじゃないかとね」

切れながの目の、ながいまつげがうごく。

「まるではっきりしないときがあるんだよ。おれに対するきみのやりかたは」

怒りがこもっている。

このひとはなぜおこっているのだろう、と彼女はおもった。

「かなりひどいときがある……」

彼の声は沈んでいった。「女のきまぐれだけじゃかたづかないような、もののいいかた」

この見知らぬ男が、でていってくれればいい。彼はどうやら、彼女について、彼女の知らないことを知っているみたいなのだ。どうか、めんどうなことはおこさないでほしい。あのドレスや靴みたいに、この男は彼女にとって苦痛だった。

「知らないといいきれるんだね」

彼は顔をあげた。おどしつけるようないいかただが、ひどくやさしくも感じられた。

「ええ」

彼女は、やっとのことで返事をした。

「わかった。もう、いい」

彼は立ちあがった。彼女のなかで、あのとおい記憶がよみがえってきた。最終戦争がおわってからも……。

「じゃましてわるかった。もう二度と会うことはないだろう」

彼はドアに手をかけた。

ちがう、ちがう、ちがう！　彼女のなかでべつのだれかが叫んでいた。なぜそんないいかたができる？

彼をうしなってもいいのか。

「じゃ、元気で」

男はむりにおしころしたような声でいった。ドアがとじられ、彼はきえた。

彼女は椅子にへたりこんだ。はっきりしたことはわからないが、なにか大事なものをうしなったような気がする。べつの世界のべつの人間の記憶が、あざやかによみがえった。彼はいつもいっしょにいたのだ。とおいとおいむかしから。気がとおくなるほどながい時間を。時間がなくなってしまった世界で、いっしょにいたのだ。

どうしてはやく気がつかなかったのだろう。わたしはいつもみじめで、空白感に首までつかって……そのせいで、彼女の夢、夢ではなかった夢をぶちこわしてしまった。

からっぽにされた女は、泣くことができなかった。きっとあの邪悪なものが、わたしをこんなめにあわせたのだ。彼女は、この世界を憎んだ。自分の在りかたを憎んだ。もう生きてはいられないような気がする。

（いままでだって、生きてはいなかった。べつの世界のべつなだれかの感情によって、ささえられていたのだ）

壁に穴があいた。いくつもの穴があいた。水がふきだしてくる。生きていたくないとおもったから、と彼女は無感動にかんがえた。あの邪悪なものの意のままになるのだ。

水はおそろしい勢いでふきだしてくる。

もう、この女を見すてよう、とべつな彼女は決意した。あたしがおもいやりをしめしても、彼女はそれをぶちこわすだけだ。

べつな彼女は、靴もはかずに、ドアをあけた。彼女と暮らすなんて、がまんできない。べつな彼女は、階段をかけおりた。足の裏が痛い。かまうものか。彼女をたすけてやろうか、ともおもった。彼女は絶望のうちに息たえてしまうだろう。だが、彼はいってしまう。はやくしないと。べつな彼女の（そして彼女の）人生でもっともよい部分が、うしなわれてしまうのだ。

水の量はふえつづけた。ふしぎなことに、ドアの下や窓から流れでたりはしないのだ。ねばっこい水は、腰のあたりにまできた。部屋は暗くなった。明かりがきえてしまったのだ。だれか助けをよばなくては。しかし、いったいだれがいるというのだ。

いままで、だれかが、彼女のなかにいて彼女をささえていた。それがぬけだしてしまった、という感覚がある。これはひとつの罰だ。わたしが世界をにくんでいたから。わたしを愛してくれない、わたしを拒絶しているこの世界を憎んだから。だからわたしには罪がある。こんなめにあうのも、当然だ。

水はますます量をました。胸から肩まで沈んだ。べつなだれかは、どこかへいってしまった。けっしてかえってはこないのだ。それは彼女のうみだした夢でありながら、彼女から独立してしまった。切実な願望が、夢が、それ自体で行動するなんてことが、ありうるだろうか。

ああ、わたしにはわからない。もはや、なにもかんがえられない。水は、彼女の頭をこえた。この孤独な女は、アパートの二階でおぼれ死んだ。

外のあかるい道では、犬をつれたひとが、気楽にあるいていた。だれもが幸福感にみたされるようなすばらしい午後だった。

べつな彼女は走った。あまりに夢中だったので、自分がべつな世界に突入したことに気がつかなかった。それは原始の海辺だった。地平線のむこうに、キノコ雲があがった。そんなふうに、最終戦争はおわったのだ。もうこれからは、時間がなくなる。永遠のなかにとじこめられる。そしてここは、なげきも罪もない、純潔な世界なのだ。

べつな彼女は、走るのをやめた。だれかが、非常になつかしいひとが、ちかづいてくるのがわかった。

とにかく、ひまなの。部屋のそうじと料理とあとかたづけしたら、やることがなくなっちゃった。そこでゲームセンターに、いりびたってたわけね。ひとりでやってたの。

背後から、だれかがちかづいてくるのがわかった。ゲーム盤に影がうつったわけじゃないけど、おれって、そういうことに敏感なんだ。その人物は、どうやら立ってみているらしい。気になってふりかえった。

六十すぎぐらいの、おばさんだ。髪の毛がばらばらで、きたならしい。じゃがいもの袋みたいな上着をきている。ここの従業員だろうか。

「勝ってる?」

バアさんは、にっこりした。とたんに、顔じゅうが山脈地図みたいになった。なんだ? なんの用だ?

「これ、あげる」

バアさんは、ポケットから、ゲーム用のメダルを、ひとつかみ出した。

「あ、すいませんですねー」

おれは例のごとく、調子よくうけこたえた。他人にあわせるのが、ものすごくうまいんだから。子供のころ、おばあちゃんに「この子はタイコ持ちみたいだよ」なんて、いわれたことがある。

「でも、いいんですかァ?」

彼女はだまって、かすかにわらった。くちびるの横に深いえくぼができた。それが、ゾーッとするほど色っぽいのだ。鳥肌がたつのがわかった。快感か、不快感かわからない。どういうことだ、これは。老女のえくぼは、少女のそれより、はるかに効果がある。あ、おれ、じつは変態なのかな。おれの知ってる十九歳の男で、女といえば、六歳以下か六十歳以上にしか興味がない、という理解できないやつがいる。そいつの心理は、こんなものだろうか。それに、どこかでみたような気がする。

「まえに会ったこと、あるよね」

おれはいいかげんにいった。

「そうね」

バアさんは、もうわらっていない。うちの近所にこんなひと、いたかな。アパートのおなじ階は、ほとんどひとり者の男ばっかりだし。家主のバアさんの友達でもないだろうし。いくらかんがえても、おれには、赤ん坊とバアさんの知りあいはない。おふくろは四十代だし、おばあちゃんは死んじゃったし、親戚にもいない。

その想いをふりはらおうとして、ゲームを二分ばかりつづけた。いなくなればいいな、とねがった。バアさんは、立ち去ろうとはしない。おれは他人をひどく意識するほうなので、中断せざるをえなかった。

彼女は、真剣な顔をしている。おもいちがいでなければ、執着とでもいうべき目つきだ。うっ、見染められたのかもしれん。やばいなあ。

「あの、どうして……」

おれは、とまどいながらも、たずねた。

「ものわすれがはげしいのね」

彼女は低くやわらかい声でいった。不意におもいだした。レイコ——以前、ちょっとつきあっていた。おれがはたちで、彼女は三十一歳だった。あれからどうなったのか、おれとしては、かなり心配してた時期があったのだ。

しかし、この老女がレイコであるはずはない。よく似てるから、母親かもしれない。

おれの目の色がかわったらしく、バアさんはうなずいた。

「レアのチーズケーキ、たべにいかない?」

いやになれなれしい。なにか、罠があるのかもしれない。おれはこのバアさんに捕獲されて、レイコとのことを追及されるのだろうか。あのころの罪悪感がよみがえってきたので、ついそうおもっちゃう。

「いや、このつぎに。仕事があるから」

それでもすらすらと、いかにもほんとらしく、ことわることができた。

「そおお?」

眉をあげる表情が、レイコにそっくりだ。これだけ似てる親子もめずらしい。レイコは処女懐胎で生まれたのかなあ。中学生のとき、理科の時間にそういうはなしをきいたことがある。卵子がなにかの刺激で、細胞分裂をしはじめると男なしでも子供ができるんだって。その場合、うまれるのは、つねに女性で、しかも母親の相似形なんだと。ほんとかなあ。マユツバものだな。あの教師、適当なことしゃべってたんじゃないか。

「あの、かえるから……」

おれは、彼女の手にメダルをかえした。やけにジィーッとこっちをみつめている。なにか、へんなのだ。

おれは、いそいで、そこを出た。


わたしは、ガラス張りの小部屋にはいった。機械が故障したり、文句がでたりしたときのために、待機するのだ。それが、ここのところのわたしの仕事だ。

タバコをだして、火をつけた。どこにも呼びだしの赤ランプはついていない。

彼には、わたしがわからなかったのかもしれない。ジェーンは、三年まえと、あまりかわってはいない。だけど、わたしはこんなに年をとってしまった。およそ三十年分も。わたしの肉体は、現実に老いている。信じられないくらいに。たまにおしろいをぬろうとすると、なんとおそろしいことに、それがしわのあいだにはいっちゃうんだ。いくらうまくやろうとしても、ファンデーションは、しわに寄ってしまう。厚化粧すればするほど、顔にくっきりと、もようがうきでてくる趣向だ。

自分でも信じられないくらい。

ここはわたしをやとってくれるような職場じゃない。戸籍では三十代だから、やとってくれたんだろう。履歴書には、だれでも鎖骨の下にはってある、銀色の認識番号しかかかなかった。精神科であの治療をうけたことは、かくしてある。一回、週給をもらった。だがまたすぐにバレるだろう。あと三日くらいでクビになったら、どうしたらいいのかしら。

ここには、昼も夜もない。男の子や女の子がヒラヒラする服をきて、大勢、孤独にあそんでいる。もしかしたら、時間はまたおそろしいはやさで疾走しはじめるかもしれない。壁の時計を神経質に何度もみるのは、そのせいなのだ。だけど、また、あんなはやさで時がすぎるのなら、老衰できるからいい、ともいえる。それ以外の死に方はこわくて、とても想像できない。わたし、死ぬのがこわいんだ。

BGMが一回転したので、べつのテープをいれた。なに、これ？　ずいぶん古い歌だ。「恋のTPO」だって。むかし、ジェーンといっしょにきいた。内容はむしろ、恋というより情事とかゲームとか自由恋愛とかいうものにちかい。男がなんの罪悪感もなしに「心かるく涙うかべて」女の子をだましちゃうはなしなのだ。

事故は、おこらなかった。

わたしは夕方までにタバコを二箱すい、なんにもしないで音楽だけをきいていた。目がしょぼしょぼする。タバコのすいすぎか、年をとりすぎたのか。手の甲で涙をふきながら、地下鉄にのってそのレベルをでた。しばらくあるくと、谷間だ。きたない店や屋台がならんでいる。そのうちのひとつにはいった。おやじが無愛想にこっちをみた。がたつく木の椅子にすわって、わたしは注文した。

となりには、わかい男がふたりならんでいた。あのゲームセンターにくるようなタイプとはまったくちがう。あそこにくる男の子たちは、髪を部分染めにしたり、ラメのテープをまいたり、生き物というよりお人形だ。ここにいるふたりは汗くさい。ひたいにしわをよせている。

「あそこは警備がうすいんだよ」

ひとりがしゃべっている。アルコールがはいっているらしい。

「四、五台やったらすぐずらかるんだ。五分とかからねえ」

「しかし、セコいな。自動販売機をねらうなんてよ」

「身入りはけっこうあるぜ」

「このかっこうじゃあな。目立ってしようがないよ」

「簡単だよ。頭をへんな形に切って、ズボンのすそにリボンつけりゃいい」

「おれ、もう三週間も、おんなじズボンはいてんだよ。よごれてきたよ」

きたない夜がおりてくる。

わたしはカネをはらって、そこをでた。まがりくねった坂道のとちゅうの安アパートが、いまのわたしの棲み家だ。玄関で靴をぬぐと、底に穴があいてるのがわかった。だから足がよごれるのか。

部屋は、乱雑なんてもんじゃァない。四カ月まえにそうじしただけだから。ターミナルのクズカゴからひろった雑誌が、ちらばっている。照明といえば、天井から二重の円になった螢光灯がさがっているだけだ。壁照明なんてものはない。あかりは、つけたまま外出する。夜ひとりでかえってくるのは、さびしいから。もうひとつの理由は、暗いなかでこの部屋にはいったら、かならずなにかにつまずくか、踏むかするだろうから。

服をぬぐと、おなかの横じわがたれさがっているのがみえる。しわは何本もある。指でつまんでみる。気持ちわるい。つみかさねたふとんの端みたいだ。自分のからだが、こんなに気色わるいとはおもわなかった。急激に年をとりすぎたせいで、まだ慣れていない。ほんとうにこれがわたしなのか、とうたがってしまう。あきらめきれないでいるわけだ。

三回めの離婚をして、半年たったころだった。わたしは、ジャズ喫茶でアルバイトをしていた。一日おきに、昼から夜の十一時まではたらく。その仕事は、はじめたばかりだった。

「あなたのあいつ、なにしてるかな」

ママが自分のグラスに、チンザノをそそいだ。だれのことをいってるんだろう。

「しかし、よくもまあ、つぎつぎと結婚するのかね。ほかに能がないの?」

客のひとりが口をはさんだ。この店は、カウンターがさわがしい。ボックス席の客は、おとなしくしていることが多い。

「でしょう? とにかく、わたしは家庭向きじゃない……それがわかるまで、十年もかかったわ。もう三十一よ」

「相手がわるいってこと、かんがえられない?」

べつの客がいった。

「だって、つよく迫られると、いやっていえないんだもの。それにわたし、不安定な人間に魅力を感じるたちだから、だめなのね」

わたしは、皿をあらいはじめた。

「もう、踊らないの?」

この客は、前歴を知っている。最初の結婚をするまえは、ショウダンサーをしていたのだ。

「ブランクが大きすぎるしねえ」

かすかな痛みがはしる。子供のときから、踊るのがすきでたまらなかった。中学生のときは、放課後の体育館で、ひとりででたらめに踊っていることが多かった。モダンダンスともジャズバレエともいえない。なんでもいいから、そのときききこえてくる曲にあわせて、動きまわっていた。トゥシューズをもっていなかったので、足の爪がわれて血だらけになったりした。

「いい？　こういう踊りって、才能のあるなしなんて、あんまり大事じゃないのよ。きれいかそうじゃないかが、問題なの」

　ながいあいだ抱いていた夢は、とっくにくずれ去っていたのだ。わたしはただ、自分でそれをみとめたくなかっただけ。

「あんたはまだきれいよ」とママがいった。このひとは、わたしに、ちょっとわけのわからない愛情をもっているらしい。本人もふしぎがっているのだが、ドレスやアクセサリーをたくさんくれる。

「スリクやってる？　やめたほうがいいよ、あれは」

「やってるわよ」

　わたしは、はっきりした低い声をだした。その薬物は、数年まえから、麻薬に指定されている。薬剤師の友人におカネをはらって、横流ししてもらっている。

「あれの副作用、おそろしいんだって。量がすぎると、からだがガタガタになって、ひとの何倍もはやく年をとるんだって」

　だけど、あのクスリはいいんだ。不安がなくなる。退屈で死にそうなときは、時間がみじかく感じられる。その反対も可能なのだから。

　最後の離婚の原因のひとつは、この薬物のせいかもしれない。いや、うまくいかなくなってきたから、クスリに手をだしたのだ。どっちだろう？　どちらでも、かまいやしないけど。

　ドアがあいて、男の子がはいってきた。髪がながくて、女の子みたいな顔をしている。やせているので、ピンクに黄の水玉というおぞましい配色のシャツが、ぶかぶかにみえる。わっ、タイプだ。わたしはどうも趣味がわるいのだ。最近の女の子は、だいたい好みがおかしい。男くさい男に熱をあげるのは、同性愛者の主流派に多い。

「しばらく」とママがいった。彼は上きげんで、ビールをたのんだ。

「このひと、レイコさんでしょー」

　彼は、わたしのまえにすわった。

「そうよ。ダンスやってた」

　ママは、この客があまり好きじゃないみたい。

「知ってるよォ。まえ、あこがれてたもの」

わたしがタバコをくわえると、彼は火をつけてくれた。知っているったって、あれは十年まえのことだ。どうかんがえても、彼は小学生だったはずなのに。

「おれは、ませてたから」と彼はいった。わたしが指を妙なぐあいにうごかすと、自分のおしぼりをわたしてくれた。こいつ、神経がこまかいな、とおもった。薬物のせいで、手の平に汗をかいている。このごろは一日に二十回以上、手をあらう。

しばらく注文がなく、はなしがつづく。

かるい吐き気がしたので、洗面所にはいった。胃がやられている。このところつづいている不眠のせいか、クスリのせいか、わからない。ふるえながら、すこし吐いた。顔をあげると、みどりいろがかっているようにおもえた。ひどい近視のせいで、細部はぼやけてみえる。肌荒れがひどいことはわかっている。コンパクトをだして、鼻の頭をたたいた。

カウンターにもどると、妙に胸苦しい。手首をおさえていると「どれ」と、彼が脈をはかってくれた。

「れっ、まちがいじゃないの」

彼はやりなおした。まちがいではない。

「百四十だ」

ふうん、とわたしはうなずいた。

「ふつう、一分間に六十から八十でしょう?」

わたしは話題をそらすために「あ、この音、わりといいね」といった。ママがわらいをおさえながら、ジャケットをしめした。わりとよかったのは、なんとジョン・コルトレーンの「至上の愛」だった。頭がどうにかなっちゃったみたいだ。その夜は、もう一度、おなじようなことをやった。「これ、よくきくわね。なんだっけ」

「えーと、きっと、すごく有名な曲だよ」

彼はあいかわらずのニコニコ顔でいった。この男のにぎやかさは、どことなく演技くさい。サービス精神がゆたかすぎる。

「そ、ユーメイ。ドルフィーの『ラスト・デイト』……ぐあいがわるいんじゃない? あなた」

ママが、あごをつきだした。

「頭のぐあいがわるい」

わたしは棒よみした。

「じゃ、おくってあげようか——なんてしらじらしくいう。じつは暗いとこへつれてくという魂胆があったりして」

彼は歯ぐきをむきだしにしてわらった。


夢のなかで、彼はジェーンという女性として登場した。目ざめると、彼がはげしい目で見つめているのがわかった。必要以上に目が大きいから、おそろしい。寝がえりをうつと、彼は、いかにもわざとらしいつくりわらいをした。ブラシをとる。

「髪をとかしてあげるよ。おれ、こういうこまかい仕事は得意なんだ。家事はなんでもできる。たいていの女より器用だな。ひとりでも生きられる、って感じでさ。結婚できない男なの」

心にもないことを、ペラペラいっている。ジェーンはときおり、ひとりで穴ぼこにおちる。だまってみていると、すぐにはいあがってきて、はしゃぎはじめる。実際はなにをかんがえているのか、よくわからない。

「あなた、きれいね」

髪をいじられながら、わたしはいった。

「とーんでもない。おれ、自分の顔、大きらい。にやけているから」

「でも内面はきたないのね」

ジェーンは、横をとかそうとして、首をまげていた。だから表情はわからない。

「裏表があるからじゃない？　子供のときから、そうだったもの。他人を信用してないからさ。だれかがおれを好きになるなんて決してないって、おもいこんでるからさ。したがって、愛情をもとめているくせに、うけいれられないわけ。ねえ、死ぬほどおなかすいてるのに、目のまえにある食べものに毒がはいってるんじゃないかとうたがって、たべられないようなひとみたいなものよ」

ブラシをもどすと、彼はしずかな顔をしていた。

「他人がこわい？」

「うん。うまくいったためしがない。親友なんかいない。友達って、利用するためにあるんだ。おれって、ごきげんとりむすぶのがじょうずなんだよ」

消えいりそうなわらいが、はりついている。

「なんとかしてあげたい」

「そんなこと、かんがえないほうがいいよォ。こういう人間は、ほっとくのがいいんだ。本人もほっとかれたいし」

わらいは、すっかりきえていた。「きみとはこういうつきあいかた、したくなかった。本気だとわかってたら、やらなかったよ。ほかの女の子たちとは、ちがう関係になってきちゃった。こまる」

「いつもはどんな？」

「じつにいいかげん。別れるときのことを想定して伏線はっとくの。うまく逃げられるように」

「あなたはどうなの？」

「どうにもなりはしない」

わたしはため息をついた。バッグに手をいれると、ピルボックスをだした。

「また？」

彼は眉をよせた。

「うん、もう、だめ」

立ちあがって、水をくみ、何回にもわけてどっさりのんだ。

「どうしてそんなに……なんとなく責任感じちゃうなあ」

「なんにもしてくれないくせに」

「だからだよ」

「あんたって、感情的にはケチね」

「どうしてなんだろうね」

他人ごとみたい。夕暮れがしだいにちかづいてくる。ふたりは、あかりをつけないで、うす暗がりのなかでみつめあっていた。

「それ、どうなるの？　いい状態でマリファナすったみたいなの？」

「あれで、一回、すごくなったときあった。自分が宇宙の誕生とともにうまれたっていう感覚があってね。だれかとしゃべってても、五分くらいなのに百年たったみたいな気がした。でも、めったにそうならないのね。たいてい、おなかがすいてねむくなるだけ。これはねえ、もっと確実なの」

「幸福感があるの？」

「むしろ、多幸感ね。世界や他人に愛情をいだくことができる。あなた、のまない？」

「錠剤ってのめない。のどがつまっちゃう」

ジェーンは、手をふってことわった。

「ひとりでいると、どうなの？」

わたしは壁にもたれて、タバコをすった。

「どーでもいいじゃない」

「後悔なんかしないの？」

ジェーンはこたえずに、カセット・フィルムをえらびはじめた。

「ジーンハーローみる？　セダ・バラ？」

もう、わらっている。

「いやな性格」

「そうねー。あれ、こりゃ、なんだ。『わが愛は消え去りて』だって。原題はたしか『気ちがい女房の日記』だったよな」

「あんたといると、自分がいかに純真か、よくわかるわ。このごろは、まったく『魂のジュリエッタ』よ」

「あ、それもあるよ」

「でも、そのいやなとこが、かわいそうなのね。そんなふうに生きてて、つらくないだろうか、なんておもうのよ。わたしって、他人のいやなとこからすきになる。愛のひとだから」

わたしは、自虐的にかすかにわらった。

「愛こそすべて。青春っていいなあ！　人生はすばらしい」

ジェーンは、うすっぺらにいってのけた。それから大げさに「感激にうちふるえ、泣く」という演技をしてみせた。わたしは、力なくわらった。「アホの顔して」とたのむと、さっそくはじめた。目をうつろにして、口をだらしなくあける。おかしな声色をつかう。

「いまのは、イチジクの木の下のアホ。今度のは、商店街をふらついているアホ」

やはり、わたしはわらいだした。一抹のさびしさはあるとしても、わらったのだ。

「フィルムをみたくないんだったら、海賊放送でもきこう」

彼は周波数をあわせた。

……という、リクエストがきてるんですけど、レコードがありません。それで、わたしがうたいます。適当にコードもつけちゃう。では——ゼーイアスクトハウアイニュー……

……マイトゥルラヴウォズトゥルー……

「なに、これ？」

「たぶん『煙が目にしみる』でしょう。おれまえに、ディスク・ジョッキーやってたことあるよ」

「このごろは、ニュースもＤＪ調なのね。ムカムカするわ」

「軽薄文化なのよ」

「でも、これはいい歌だわ。知ってる？　エヴァ・ブラウンがタバコをすうとき、これ、うたってたんだって。ヒトラーはタバコがきらいだったから」

「ああいう大がかりなサギ師には、禁欲的な面があるもんだよ。おれだって、非常にストイックなとこ、あるよ。わらうな」

「なにか野望でもあるの？」

「目立ちたがり屋だから、芸能界めざそうかな。まあ、その程度よ」

「俳優は無理ねえ」

わたしはあからさまにいった。「だって本物は、感受性がつよくなきゃ、だめだもの。あなたにも感動や感激があるの？」

「そんなもの、あるわけないじゃないか。感謝するときは、ここで感謝しなきゃいけないなっておもって、心のメカニズムを発動させるんだな。だいたい、おどろくってことがないもの」

不意に、自分たちの生きている空間（というあいまいな観念が）ちいさくなって、キリキリと遠ざかるのがわかった。みずみずしい複合的な生は、ひからびて、消えうせようとしている。魂の管理人は、おじぎをしながら自分を恥じている。

「まあ、神さまがどこかへいっちゃった」

わたしは叫んだ。バッドトリップだろうか。陰惨なはなしばかりしているから。

「神さまは、海底牧場にいるよ」

ジェーンは、しずかにうたうように、ささやいた。そうだ。いま、神は、修道院を立ち去られて、海の底へいっておしまいになったのかもしれない。

「あなたには、神さまがいるの？」

「いるよ」

「どこに？」

「わからない」

「彼はゆるしてくれる？」

「いいや」

しばらくすると、時間はゆっくりながれはじめた。

わたしは息をついた。

すばらしい時間——宇宙の生成と自分とは、密接な関連がある、というよろこび。いま現在の状況は、あらかじめ契約されていた、という確信。そうだ、わたしたちは、何万回もくりかえすのだ。生は闇のなかに一瞬だけひらめく稲妻みたいなものかもしれないけれど、そのあと自身は暗黒に溶けてしまうかもしれないけれど、絶えることなく連綿とつづくのだ。根拠のないつよい歓喜に、わたしはみたされた。

時間は、さらにながれをおそくした。ほとんど永遠性をおびはじめている。

いま！　いまは、いまにしかない。しかし、いまはどこにでもあるのだ。過去と未来は消失して、たくさんのいまが無限につづく。だから、わたしはどこへでもいけるのだ。わたしは完全に自由で、どこのいまにでもいける。わたしは、どこにでも存在できる。あらゆる時間のなかに、しっかりと。

「おなか、すいたァ？」

ジェーンが、たずねた。

十一時になると、タバコを二本すう。そういうことをしてはいけないとおもいながら、洗面所でクスリをのむ。量はどんどんふえてくる。

からだはいつも熱っぽい。全身に力がない。だるくてやりきれない。かならず、どこかが痛い。

「今夜、会いにいこうかな」

ひとりごとをいう。

「やめなさいよ、あんなの」

ママがつよい語調で決めつける。「なんにも実りがないじゃないの。せいぜい、のぞみもしない赤ん坊ができるぐらいのもんだわ。あなたにとって、あいつはいったい、なんなの？」

ママとジェーンは、あれ以来、ひどくいがみあっている。

「情人《じょうにん》じゃない？」

わたしはバッグをとった。「あー、やっぱり、いこう」

このごろ、時間感覚がおかしい。以前のように、主観によって、時間のながれをおそくしたりはやくしたりが、できなくなってきた。時間は、まだらになっている。おそろしいはやさで時がたつような気がする。瞬間的な意識の消失をともなうこともある。それは、マイクロ・スリープみたいなものだ。

いつのまにか、ジェーンの部屋のまえにきていた。

「疲れた顔をしてる」と彼はさぐるような目をした。「先週から、どうしてたの？」

先週？　このまえ会ったことが、ほんの二、三時間まえ、という気がする。ああ、たしかに、あれは先週のことだった。しかし、こんなにも、いまにぴったりくっついてるのはなぜだろう。

「きみは、おかしいよ、このごろ」

ジェーンは、気づかわしそうに、両腕をわたしの首にまいた。

「そうかもしれない」

全然、自信がない。自分が、あやつり人形みたいな感じがする。意志がなく、だれかにうごかされている。

「クスリのんでるの？」

「ええ」

「なぜ」

「楽になるから。わたし、きっと、破滅にむかってるんだわ」

これは、だれの人生だろう。まるっきり、からっぽなのだ。

「かわいそうだ。どうしてそんなに自分を痛めつけるの？　わざとやってるの？」

「そうかもしれない」

どうでもいいのだ。わたしは彼を、自分の滅亡の証人にしたいのだろうか。

「わたしたち、どういう関係なの？」

顔をちかづけて、ささやきかける。

「ストイックで、スタティックな関係」

彼はくるしんでいるのだろうか。どうしてわたしがくるしまずに、この男がくるしむのか。わたしは、ほんとうにくるしんではいないのか。彼によってアイデンティファイされないから、クスリの量がふえていくのだろうか。

「どうにかしてあげたいけど、できないんだよ」

彼はうぶ毛のはえた顔で、ほおずりしてきた。

「あなたはひとを殺すと、きっと後悔するタイプなのね。冷酷なのに」

こんなことを、わたしは、しずかな顔と声でいう。ふたりは決して大声をあげない。

「だけど、残酷じゃないよ」

「ああ、そうね。冷酷と残酷のちがいは、残酷ってのは感情がこめられてるけど、冷酷には、それがないってことでしょ」

「もう、いわないで」

ジェーンは、頭をふった。他人が崩壊していくのをみるのは、そんなにこわいのか。

「わたしは、ひとを殺しても、罪悪感なんて全然ないとおもうわ。どうして、こうなっちゃったのか、わからない。自分がバラバラになったみたい。時間に飢えてるのよ。神さまは、どっかへいっちゃったわ。物質再生機ができたら、それがわたしの神さまになるわ」

彼は頭をふった。

「罪悪感がないということの罪悪感もないの。だったら、どうすればいい？　自分が滅びるのをながめてるだけだわ」

「もう、やめよう、こんな禁欲的な関係は。よくないよ。きみのためによくない」

ジェーンの目は、いつかねむっているわたしをみていたときのようになった。あれは、いつだっけ？　おもいだせない。

「わたしは欲望だけで動いてるのよ。好きにさせて。ああ、疲れたわ。横になる」

ベッドにはいって、タバコをすった。

放心していたのだろうか。窓の外は、すぐにあかるくなった。朝になったのか？

「気が狂いかけてるわ」

ひとりごとをいう。いつから、時間のながれは、はやくなってきたんだろう。横には、ジェーンがねむっていた。記憶をたどると、彼としたことはおもいだせる。一九二〇年代の映画をみて。芝居をしてわらいあって。会話や表情も。それなのに、まるで実感がない。ふと、皮膚がたるんでいる、とおもった。

呆然としていると、夕方になった。ジェーンはいなかった。昼ごろ、彼がつくったものをたべて、音楽をきいて、散歩にでて、気分がわるくなって、もどってきた。記憶はたしかだ。他人の身の上におこったことみたいに感じられるけれど。なまなましさが、まるでない。植えつけられた記憶のような気さえする。それから……彼は仕事で、だれかに会いにいったのだ。

すぐに深夜になった。

わたしは、混乱しはじめた。ほかのだれともちがう時間を、もちはじめたみたいなのだ。ジェーンがかえってくる。他人とながくいっしょにいることができない彼は、きげんがわるくなっている。朝になる。店へいかなくちゃ。しかし、これではとうてい労働に耐えられない。自分の部屋へかえろう。夜、路上で気をうしなう。意識をとりもどすと、自分のベッドにいた。また夜。朝。

時間は、記憶と関連があるのだ。記憶力がよわくなってきてるのか。だから、こんなふうに時間はとぶのだろうか。ということは、脳に障害がおこっているわけで……もう日曜日だ。あ、また日曜日だ。

からっぽの頭のなかに、なにかがある。そのなにかは、急激にふくれあがる。それは、記憶が定着するのを、こばんでいるのだ。毎日が、夢のなかのできごとみたい。

そのうち、時間の観念がなくなってきた。

かといって、あの永遠性が獲得できたわけではない。いま、いまが無限におしひろげられた、あのよろこびがあるわけではない。

時間のながれがはやくなった。というより、たいていの場合、自分がなにをしているのか、はっきり意識できないのだ。したがって、記憶は不鮮明になり、時間はうしなわれてゆく。

薬物の副作用であろうことは、ぼんやりとわかった。

ジェーンがきて、白い服をきたひとたちがきた。遠いところにつれていかれた。注射をされて、質問をうけて、夢うつつのうちにそれにこたえた。首にみどり色のマークをおされた。精神障害者であるしるしを。

分析コンピューターの、敵意をもたせないために注意ぶかく合成された声。何回も何回も何回もくりかえされた質問。注射や薬も。ベッドにしばりつけられたことも。

ある朝、かえってきた。

頭のなかのかたまりは、なくなっていた。

時間はもどってきていたのだ。

二年七カ月かかった。それは、三日間のできごとのようにも、三十年間のできごとのようにも、おもわれた。

わたしは鏡をみた。そして知ったのだ。

ゲームセンターからもどると、もうどこかへでかける気はしなくなっていた。ひとりで、音なしの立体テレビをみた。

おれはひとりでいるのが、いちばんすきなんだ。酒はあんまりのまないし、クスリはのめないし、タバコもすわないけど、時間のやりすごしかたは知っている。

このところ、仕事は週に一日ぐらいしか、やってない。いまはイラストかいて喰ってるんだけど、二十種類ぐらいの職業をやった。肉体労働のほうがいい。ものをかんがえないですむから。かんがえはじめると、自分にいやけがさしてくるのだ。

ああ、しかし、きょうはひどかった。

レイコのことは、おもいだしたくなかったのに。あんな生きかたをしてる人間をみるのは、つらかったんだ。みとめたくなかった……で、みとめなかった。

おれは立ちあがって、テレビをけした。来週までの仕事がひとつある。シャワーをあびてから、それにとりかかろうか。

ドアを、人さし指ではじくような音がした。

「だれ？」

おれはとびあがりそうになった。なぜ、こんなにびくついているのか、自分でもわからない。古い、痛みをともなった記憶が、うかびあがってこようとする。

「あけて」

ききおぼえのある声だ。

例のバアさんが立っていた。

「あ、なんの用？　こんな夜中に」

おれは、できるだけさりげなく、頭をかいた。

「用がないと、きちゃいけないの？」

おれ、このひとに、あとをつけられたんじゃなかろうか。まさか。バアさんは、部屋にはいってきた。

その動作に、つよい衝撃をうけた。いつか、みたことがある。あれは……おそろしいかんがえが、水にたらしたインクのしみみたいに、ひろがってきた。否定しようもないほどのいきおいで。

「あ、ベッドの位置が、かわったのね」

レイコ！

こんなことに、気づきたくはなかったのだ。ほんとは、ゲームセンターにいたときから、わかっていたのだけれど。

「元気してる？」

レイコは、わらおうとしていた。

「……してる」

おれはうなずいた。このやりとりは、おれたちがむかしよくかわした、あいさつだった。おれが内向的になっていると、彼女は「元気してね」とも、いったっけ。

「あー、それはよかったわ。びっくりしたでしょ」

レイコはくちびるのはしを、へんなぐあいにまげた。わらっているのだろうか。

「そうね。かなりというか、いささかというか」

こういう事態はにがてなのだ。まるで映画みたい。

「いま生きてられるのは、あなたのおかげよ」

皮肉か。

「あんまり、いいことはないけどね」

おれはだまっていた。

「あなたは、なんの手もくださないで心配だけしてるっていう態度で、自分をまもったのね」

責めてるわけじゃない。それは、わかっている。

「感情がうごきはじめるのが、こわかったのね。無理もないわ。じつのところ、だれだってこわいんだから」

それにしても、彼女のこのすがたは無残だ。なんという変わりかただろう。

「あれから、どうしてた？」

おれは、声がふるえるのを感じた。舌の奥が、じんわりとしてくる。なんの徴候かは、わかっている。

おれは目をひらいたまま、なみだをながした。

「……やめて」

レイコの声は、ひどくやさしい。気づかわしげだ。

「泣くようなことじゃないわ」

レイコは、おれをなぐさめようとしている。

しかし、これはひどい。わずか三年ばかりで。以前のレイコは、美貌の残骸だった。いまはもう、なにものこっていない。

「おねがいだから……」とレイコはいった。おかしな形のきたない袋のなかから、ティシューをとりだした。

おれの目をぬぐおうとする。この女、バカじゃないか。

「わらって、ほら」

こんなときにわらえるか。だけどやっぱり、おれって、なんでもしちゃうんだな。両方の目の下に指をあてて、わらっているような顔を、無理してつくったもの。

「なにか、かけてちょうだい」

レイコは、しわだらけの顔でいった。

「なにがいい?」

その顔をまともにみるのは、気がひける。だいたい、なんていえばいいんだ。むかしとおなじことをいうのか。おれは、なんにもしてあげられないよ、って。

「このごろ、目がわるくなったの。しょっちゅう、なみだがでるわ。それでも、タバコをへらさないもんだから、煙が目にしみるのよね」

それで、おれたちは、古いその曲をかけた。音がきえると、レイコは、おれをみつめた。

「しかたがないのよねー」

口もとだけでわらっている。髪がゆれて、首がみえた。大きな変色した傷があった。つよい薬品でやいたようなあとだ。病院では、しるしをつける。彼女は、それを自分で消したのだろうか。おれはなにもいえなくなった。レイコは、目をほそめてたずねかけてきた。

「物質再生機はできたかしら」

ラブ・オブ・スピード

カーテンが燃えあがる。つめたい炎をあげて。青いおどるような火は、波となってかけあがっていく。床から天井へと、何回も。

火事？　だったら、ひとまず、このタバコを消して、と。わたしは灰皿をひきよせた。

そうじゃないことは、わかっている。布地そのものは、かすかにゆれながらも、なんの変化もなくそこにちゃんと、たれさがっているのだから。ゆらめく光の横じまが、一定の間隔をおいて、くりかえし上昇しているにもかかわらず。

また、いつもの、例のアレだ（なんて、じつに無責任ないいかただよね。わけわかんないし。でも、気分としてはそうなんだ）。

この居間は、十五畳ぐらいある。長いほうの一辺が、全面ガラスになっている。わたしはのろのろ立ちあがって、そこにちかづいてみた。いちおう、手をのばす。熱くない。綿レースの感触をたしかめてみる。

奔放で薄情なきらめきは、指をなめてやわらかくとおりすぎる。

洗面所から、見晴《みはる》があらわれた。彼はミック・ジャガーふうに（わかってほしい、この感じ）壁によりかかった。

「なにしてる？」

冷淡そうに、彼はたずねた。

「幻覚」

しようがないじゃない。

炎はふいに消えた。二重カーテンは、当然健在だ。夏の午後の陽光が、立っているわたしのひざから下を、明快に区切った。

ソファにもどって、不熱心に性交をこころみる。ふたりとも、なんとなくうわのそらだ。うまくいかない。

見晴は型どおり「ごめん」という。だから「いいのよ」なんて答える。

「緊張してるんだ、おれ」

いいわけというより、その場かぎりのやさしさだろう。

「エリコちゃんとなら、うまくいくんでしょ」

わたしのほうは、ぼんやりしている。ついさっきアレを見たときの無感動が、つづいていて。

「……そうね」

スリムのズボンをはき、Tシャツをかぶった見晴は、ふとわらった。

「これね、CMの仕事手伝ったときの商品なんだけど、そのまま着てきちゃった。つまり――」

「ことばどおり、着服したってわけね。そういえば、キイボードやってる友達」と、わたしはわらいころげた。

「噴飯物って、いうでしょ？　おかしくってバカバカしいこと。あれを、口からパンを吹き出すことだと、勘ちがいしてたんだって。むかし、給食の時間に、みんなで大さわぎしてわらって、パンを吹いてたから。それきいて、わたし、コップの水吹いいちゃってさ」

「噴水物」といいながら、見晴は音をだしにいった。浴室でブリキカンをたたきながら、女がわめいてる、みたいな曲。レコーディング費用、安あがりだったろうな。

「さっきみたいなこと、よくあるの？」

彼は「幻覚」についてたずねた。

「年に五、六回。幻聴のほうが、多いみたいなのね。だけど、音って、実際にきこえてるのかどうか、たしかめられないでしょ。六年くらいまえ、原宿の棟割長屋《むねわり》にいたとき、庭に男の顔がたくさん浮いてたの。こっちを見てるのね。そのときはこわかったんで、うだるような暑さだったのに、昼間から三部屋あるアパートの雨戸を、うんこらうんこら全部しめちゃった。クーラーなくてさ、まっくらいなかで、ひとりでジトーッとすわってたの。幻覚だってことは、自分でもわかってた。だって、ありえないもん。ひとの頭が空中に浮かぶなんて」

見晴は、さして興味もないような顔で、だまっている。

幻聴は、頭のなかからきこえるのではない。外部の、特定の方角からくるのだ。夜、ひとりで部屋にいて、神経にへんにひっかかるどなり声をきいたとしよう。窓をあけて、下の道路をみても、わからない。わたしは駅の名前も読めないほどの弱視で（じつは文盲なの）暗がりにだれかがいるかいないか、確認できない。とり急ぎコンタクト・レンズをはめてみても、その声の主はもう去ってしまったのか、はじめから存在しないのか、推理できない。あるいは、だれかがいても「いまなにかいいました？」なんて、きけやしない。わたしだって、とにかく女なんだし、変人とおもわれたくないもん。おもわれたっていいけど、やっかいだからね。

そして、都市生活者にとって、決してありえない音なんて、ない。各種のレコードやテープはもとより、セスナが三軒むこうの家におちることだってあるし、歩いて五分の私鉄駅が爆破されるかもしれない。しかし、空で舞踏会をひらくひとびとは、いまのところ当分はいないだろう。

「おれ、幽霊みたような体験あるけど」

見晴は熱のない声をだした。

「ようなのは、あるけどさ。夜、暗いなかで寝てると、だれかがスーッとはいってくるの。黒い影として、ちゃんとこの目でみえるのね。あら、どなたかしら？　なんておもってるうちに、消えてさ。しばらくして、トイレいくついでに鍵、たしかめたりして。ちゃんとかかってたり、あいてたり。鍵って、キチンとかけたつもりでも、三時間くらいしてから、突然カチッと音たてるとき、あるじゃない？」

「ないよ」

「そおお？　うちの鍵が旧式だからかしら。わたしが、だらしがないからかな？　その種の現象、ほとんど全然気にしないのね。関心がないの。死後の魂なんて、信じてない。だからわたしにとって、幽霊は存在しないの。現実にそこにいたとしても」

「無視されて、悩んでるんじゃない？　地獄からわざわざ出張してきたほうは」

見晴は、かすかにわらった。自分と他人とを同時にあざけるような、抑制されたつめたさが、そのエキセントリックな顔をよぎった。

「可能《かのう》さんは、わたしのこと、唯物論者だっていったわ」

ああ、と見晴は、露骨な侮蔑をうかべた。

「あのひとは、いつでもそうですよ。すぐにレッテルはりたがる。極《き》めつけて安心したいんだろうけど、たいがいマトはずれなんだな。臆病で小心なもんだから、自己拡大欲求がつよいのね。誇大妄想だ。あんなガキ向きの観念雑誌つくってるだけなのに、自分はなにかとてつもなくスゴイことやってる、みたいな錯覚があるわけよ」

見晴は、すっかり元気になって、アレコレと分析しはじめた。

五日まえ、イラストの依頼があった。どんな雑誌かわからなかったけど、出かけていった。いつでもひまだし、売れてないもんだから。

古いほうのトップスの二階には、美少年じゃないのに、へんに目立つ男の子がいた。これを俗に、スター性という。彼とわたしは、ときおりチラチラとながめあった（んじゃないかな？　目がわるいから、ようわからん）。当の編集長は、三十分以上おくれた。腕時計をしていない。しかも、時間にルーズなのがカッコイイ、と決めてるみたいなのだ。それでもプロか！

貧弱にやせこけた変質者ふう。逆三角形の顔はひどく小さい。メタルフレーム、ひとえまぶた、小型の口で、印象がうすい。群衆に埋没する、少年犯罪者の顔だ。

わたし、とたんにがっかりしたのよね。前日の電話での声は、ソフトで知的ふうだったから、よけい。もうちょっとましなルックスであってほしい。多くはのぞまないから。

「あ、こっち、ミハルっていうんだ」

さっきから気になっていた少年を、編集長は紹介した。見晴は無言で、頭をちょっとうごかした。

「これ、うちの雑誌。宇宙的なイメージでかいてほしいんだ。短い文章あとでつけるけど、自由にやってほしいのね。連載で」

表紙には「快感エレベーター」だの「絶頂ハイヒール」だのという文句が、横書きで上から下までずらっとならんでいる。具体的に内容をあらわしているのではなく、気分のアピールだろう。なんか、うさんくさい。

「マニエリスムみたいな感じするわね」

わたしは、いいかげんな発言をした。

「そうかな？　つくってるほうは、意識してないんだけど、そんなふうに受けとられるとしたら、おもしろいなあ」

彼は、うれしそうに、自分にむかってうたった。

「わたしは、ちっともおもしろくない」

神経にさわったから、そういったまでだ。見晴はにやにやしている。

めくると、ミンコフスキーなんとやらとか、稲垣足穂がどうしたとか、霊的直観どうのこうのとか。同人雑誌的なんたらかたらを、盛大にやりはってる（突然、関西弁になったりして）。ようするに、クサイのだ。最後のページには「編集長可能聖人《かのうせいと》」。はあ、まいりました。かんべんしてください。

「あなたの望むような絵は、かけないわ」

あっさりことわると、可能はシュールレアリズムで迫ってほしいとか、ダダの見地は、とかいいだした。ハイ・メディテーション、トリップ、ルナティック、サイケデリック（それも、カップスとかモップスとかジェファーソン・エアプレインじゃなくて、十五年前の寺山修司ふうのやつね）……。めんどうになった。「どうでもいい」という自堕落な世界観をもってるわたしは、ひきうけることにした。ギャラさえ、もらえれば。

三人でだらだらしているうちに、夜になった。スナックへいった。わたしは見晴に気をとられ、可能はそのわたしを口説きはじめる。

「きみ、血液型は？　星座は？　あ、そう？　ぼくって、ＡＢ型でカニ座の女の子って、大好きなんだなあ」

それを、えんえん二十分もやるのだ。

「あのときは、げんなりしたでしょ？」

エアコンのきいたマンションで、見晴はおもいだしわらいをした。「相手がO型で魚座だろうが、いつもおなじテをつかうんだ。かならずふられるの。可能さんが、手ばなしで夢中でほめあげるのは、まったく関係ない女の子ね。ひじてつくらうと、とたんに悪口いうから、すぐわかる。それも『あいつは性格のわるさが顔に出てる』のワンパターン。せめて『美人だけど意地悪だ』くらいの、わずかな客観性はのこしてもらいたいよ――イラスト、できた？」

「もう、渡したわ。可能さんはいいっていったけど、あれは宇宙的解放感じゃなくて、宇宙的絶望感にあふれてた。やけになったもんで、メチャクチャかいたの。ムンクと倉多江美まぜたみたいな」

見晴は、少女マンガを知らないようだ。

「彼の部屋までとどけるように、っていわれただろ？　迫られたんじゃない？」

「まあね」

「きみにグラスやらせて抵抗できないようにして、やたらさわって……」

「そうなの。で、マリファナって、無意識が露出するでしょ。そんなに経験ないけど、いつでもバッド・トリップなのよ。そこにいる相手に、気をゆるさないから」

「可能さんは、ハイな状態しか知らないって。だれとやっても」

「脳天気なのよ。自己完結してるの。他人に神経つかわないで平気だから、ひとりでにこにこしてられるんだわ」

こうなると、もはやなれあいだ。見晴とわたしは、キャッキャとよろこびながら、十年にひとりという奇人について論評した。

あの夜を回想しただけで、吐き気がする。それでなくても、気分がわるかったのに。包帯ほどいたミイラ男が、はてしなくさわるのだから。「ぼくは快感だけを追求してるんだ。おわりのないセックスって、いいなあ」などとご託宣をたれながら。そりゃ、はじまらなきゃ、おわりませんよ。さわりかたが性的ではなく、ビロードや羽毛の感触をたのしんでるみたいで、彼にとってのわたしはマネキンなのだ。

可能の指先はゴム製のトカゲさながら、まるく肥大し、その腕は、いきなりびろーんと二メートルものびるのだった。わたしは一晩じゅう「あー、気持ちわるい。いやだ。変態。フェチ」といいつづけ、彼はそれを善意に解釈した。冗談だとおもったみたいよ。

「で、つぎの朝、わたし『見晴ってセクシーね』なんて、いいつづけたの。そしたら、全面的に同意して『ぼくは友達にめぐまれてる。すごいやつが、ほかにも何人かいる。ぼくのためだったら、みんな、なんでもしてくれる』って」

「表面だけのつきあいなのに」と、見晴は、かるくいなした。

「そのあと『きみ、見晴とやったら?』って、しつこいの。『ぼくって、嫉妬ってものが、はじめっからないんだな。でも、きみは好きな男としか、しないよね』だって」

「知りあいをジマンしながら、すべての他人を下にみてるんだよ」

見晴は書斎へいって、ガリ版雑誌をもってきた。「東京オカルト人脈図」とかいう、モノクルオシイようなしろものだ。

「ここにのってるやつのなかで、いちばんエライとおもってるんだろ。おれの名前もでてるけど、一時期ちょっとやっただけでさ。なんか新興宗教って感じがいやで、やめたの」

この男は、ずるがしこく計算高い、とわたしはおもった。セコくさえなければ、そういう子は好きだ。しかし、セコそうな感じもある。

「いまに、なにか起こるんじゃない？　まわりのひと、みんな彼をきらってるから。本人が気がつかないだけで。オソロだなあ」

見晴は、うすわらいをうかべた。

「おもしろければ、なんでもいいわよ」


「ぼくが、いつから頭がよくなったかというと……」

可能は、明るいラウンジで、楽天的にしゃべっている。黒ビールがつがれた、アクリルのグラスをまえにして。「十八のとき、ある日突然、なにかにとりつかれたんだ」

「異星人？」

わたしは適当にいって、タバコをとりだした。あそびなれてる男なら、火をつけてくれる。だが、彼はリラックスしきっていて、こちらの思惑には、まるで気がつかない。

「そうなんだよ。そこで、魂の重要な部分がいれかわったんだね。啓示だった。地球人の両親から生まれたって、宇宙人になりうる」

では、もしかしたら、あの使命感のようなものを、もってるのだろうか。わあっ！　エライひとなのね。堂々行進曲ね。

「頭がよすぎるから、以来、モノをかんがえないことにした。こんなおれが思考したら、脳細胞がスパークしちゃう」

「はあ」

とっくになってるのに。この、とうふ頭め。

「きみ、ぼくみたいに頭がよくなりたかったら、方法はいくらでもあるよ。ぼくがきみの頭の構造をすっかり変えてしまおうか？　簡単なことよ。霊的なものに目をむければいいんだから」

「それはダメよ」と、わたしは親切にみちびいてあげた。「大好きなキイボードの子と、つきあえなくなるもの。彼女は、このわたしがいいんだから」

「残念だなあ」と、可能は天を（正確には天井を）ふりあおいだ。「かわいそうに。宇宙との交信が、ぼくみたいにできるようになる、せっかくのチャンスなのに。しかたがない。この計画は断念するよ。いいね？あとで後悔しないね？」

するかもしれねえな。だって、彼がそれをやりはじめたら、それこそ見世物だもんね。めんどくさいから、ついことわったけど。

わたしはビールをのみおえた。

「長島哲三郎さんと、はなしをしたわ」

話題がとぎれたので、サービス的にきりだしてみる。可能の親友なのだそうで、彼はさんざんほめちぎっていたから。

「あいつは、神秘主義の研究に関しては、第一人者だよ。オカルトにくわしくて」

可能は、うわごとをしゃべりつづけた。番号は見晴におしえてもらって、電話で三回はなした。ものしずかな学者タイプにおもえた。しかも世渡りじょうずで、小心な。びくびくしながら、キタナイことをやりそうな。その男に幻覚について、わたしは教えを乞うた。

「おととい、部屋が火事になったんだけど、熱くなかったから、そのまま寝てた。そんなとき、どうしたらいいか、わかんないから」と、わたしは長島に説明した。

「それは、正しい態度なんじゃない？」

ユーモアをただよわせた平静な口調で、彼はいった。

「でも、じつは、突如、皮膚感覚がなくなってたりして。ほんとの火事だったりして。火とか炎が多いの。フロイト流の解釈だと、いろいろいわれそうだけど」

「ほっといてもいいとおもうよ」

「こーゆーの、超能力とかいわれることもあるけど、ちっともすぐれてなんかいない、とおもうのね。劣ってるんじゃないかしら。ほかのひとより。なんていったらいいのか……」

「先祖返りって、よくいうよ。好きなひとは、むかしから、いろいろ秘密結社つくったりしてさ。メイソウとかトランス状態にはいって、なにを見るかで、ヒエラルキーがあったりするの。たとえば、きょうは三という位相にいこうとして、そこでのシンボルが馬だとするよね。で、馬じゃなくて山羊をみると、失敗というわけ。見たいものが見えなくちゃだめという規則があってさ」

「見たくなんか、ないわ。だって、ゴチャゴチャ見たりきいたりしても、なーんの役にもたたないんだもの」

わたしは、なげやりにいってみた。

「それは、コントロールができてないから、といわれるのね。通説では」

長島は、可能の話から予想されたような、教祖的ないやらしい人物ではないみたい。よう知らんけど。

「……で、長島を見てると、神聖な感じがするんだなあ」と、可能がいってるのを、わたしはうかうかときいていた。

先週から、精神病院にかよっている。

いつも疲れきっていて、三日に一度しかねむれないから。新ブロバリンを致死量のんでも、三時間以上たたないとねむれない。耐性ができてしまっているのだ。入眠して二時間ほどで、不安やちょっとした物音で目ざめる。いちばん不愉快なのは、睡眠薬をのむとねむくなるどころか、昂奮することだ。そんな夜は、ほうぼうに電話をかけては、朝まで起きている。当然、自己嫌悪にかられる。ブロルワレリル尿素は、一回2・0g、一日3・0gで極量と等しい、と「薬剤学演習」という本には書いてあった。わたしは、4g以上口にいれてしまうことがある。

なぜ不幸なのか——答え、愛に飢えてるから。おお、さまよえる、現代の神経症的人格よ。うそよ、ちょっと大げさにいってみただけ。わたしって(こういういいかたはおかしいけど)ひと並みはずれて、正常なんだから。自分が神経過敏だといってうれしがるようなバカにだけは、なりたくない。インテリを自認してる男が「わたしは無意識を傷つけられてるんです」といってさめざめと泣いた、というはなしを、友人の精神科医にきいたことがある。患者は「自我の部分では支障がなく、人生はうまくいってるんですけど」とつけくわえたそうだ。ジョークじゃないというから、コワイわねー。無意識過剰って、古い流行語だけど。

「故郷喪失の状態におかれているぼくたちは、もはや正気をとりもどすことはないんであって、モウロウとした意識で世をはかなむぐらいがオチなんだよなあ」可能は、りこうそうなことをいっている。だが、それはR・M・シュテルンベルクの「デーモン考」という本(法政大学出版局)からの引用だ。物忘れが異常に激しい彼としては、一節でも暗記しているなんて、歴史的事件だろう。ここへくるまえに、頭にたたきこんできたのかもしれない。つまり、彼は売りこんでいるのだ。わたしに。

「ぼくって、集中すれば、他人がなにをかんがえてるのか、ピタッとあてられるよ」

「テレパスなのね。じゃあ、やってみせて。わたしが、いまなにをかんがえてるのか」

テーブルにひじをついて、彼の顔をのぞきこんだ。

「かわいい！　きみって、小学生の女の子みたいにすなおな顔してるんだな。最高だよ」

ちっとも、うれしくなんかないわ。だって、あんた、どんな女にも夢中になるんだから。

「ねえ、やってみせてよ」

「わからないだろう」

そういって、可能は立ちあがった。伝票をもって。

わたしは、口がきけなくなった。どうせ、わからないだろう、とタカをくくっていたのだ。彼は超能力者か。それとも、彼が相手のかんがえを読めない、というイミか。しかし、ひとはこういうとき「わからないに決まってる」と極めつけやすい。それを推理したのか。可能は、およそ他人の心などというものに、興味のない男なのだ。見晴がいっていた。「本物の恋はできないひとだよ」

店を出て舗道に立つと、となりの銀行の電光表示が、1・23をしめしていた。もう、電車はない。

「電波がつたわってくる」

信号を待ちながら、可能はうすきみのわるいことをいった。わたしはさっきの「わからない」ということばを、まだかんがえていた。ほんとのことというと、わたしって、ひどいのろまなの。早急に結論するということが、できないタチなのね。相手に失礼だし。

「メッセージだ。労働は罪悪だといってるよ」

遠くで緑がともり、可能はさっさとあるきだした。わたしをおきざりにして。エスコートできないのは、女にもてた経験がないからだ。

わざとおくれてみる。可能は、横断歩道をわたりきった。それと直角になっている信号も、ぐあいよくGOになった。彼は、きげんよくあるいている。わたしが意識的にぐずぐずしているのに。とちゅうで点滅になった。わたしは中央分離帯に立って、彼を横からみた。可能は、はるか向こうを、ひざでピタピタあるいている。アカにまみれたたとえだけど、例の肥え桶かつぐスタイルね。

見晴だったら、抱いてあるいてくれるのに。あの男の子が、わたしを好きじゃないことは、知っている。彼は十六歳のエリコを、信仰してるから。それでも、男としての礼儀はまもるのだ。どんな相手にたいしても。

ホテル街へはいった。憂鬱でたまらない。自分はだれも愛せないのだろうか、と自問してみる。愛する能力に欠けてて、それが不安定の原因なのか。

わたしは、可能の十メートルほどうしろで、首をがっくりとたれて、足をはこんだ。

「きれいなとこへ泊まりたいなあ」

可能は、ひとりではしゃいでいる。

「わっ、あそこ、いいなあ。でも、あっちのほうがいいかな。どこにしようかな。あ、ここに決めた！」

わたしは、なんだか死にたいような気分になった。そして、これがわるいくせなのだが、そんなときはどんな相手にたいしても、従順になってしまう。見せかけだけなのだが。

彼がキイをもらい、ふたりでエレベーターにのると、わたしは胃がムカムカしてきた。あおい顔をして、だまっている。

可能がふろにはいっているあいだに、トイレで吐いた。入浴はすませてきているので、そなえつけのガウンふうねまきを着る。とにかくベッドにはいる。

「ぼくほどしあわせな人間って、いないよ。見晴をはじめとして、みんなぼくのこと好きでいてくれる」

可能はバスタオルをひっかけて登場した。

「でも、彼があなたをきらいだ、なんてかんがえたことない？」

まだ気分がわるいので、ついそんなことをいってしまう。

「ないよ」

彼はベッドにはいってきた。わたしに抱きつこうとする。

「やめて！」

体調もあるが、さわられるのがいやなのだ。やるんだったら、ちゃんとやればいいのに。

「そう？　ぼくはべつにかまわないよ」といいながら、顔をさわってくる。わたしはその手をつよくはらいのけた。

「どうして？　拒否なんかするの？　悲しいなあ」

彼はすぐに、はなれた。なんと彼は涙ぐんでいる。

これまでに三回、彼が泣くのをみた。はじめは、わたしが彼のレコードに傷をつけたとき。二回めは、からかうために、ちょっとやさしくしてあげたとき。そのおなじ日に、わたしが自分のブレスレットを（急に気にいらなくなったので）通りがかりのゴミ容器にほおりこんだら、また泣いていたのだ。「きみは愛を知らない」といって。ジャズで、そういうタイトルの曲があった。エリック・ドルフィーだっけ？

　男が泣くのをみていると、イライラする。で、それをやめさせるために、ごめんなさいとかなんとかいった。あなたをきらいなわけじゃないのよ。からだのぐあいなの。

　彼は顔から手をはなした。

「よかった。じつは、最初からそうだとおもってたんだ」

　しかし、女とならんで寝るときも、なぜメガネをはずさないんだろう。

「ねえ、きみに忠告するけど」と急にえらぶって「モノは大事にしなくちゃ、いけないよ。節約とか、そういうイミじゃない。物質愛なんだよね。たとえば、きみは、つかえなくなった乾電池をすぐに捨てるだろ？　よくないよ。そういうのって、ぼくなんかには、まるっきり理解できないな。どうして、物質をいとおしむことができないの？」

　わたしはだまっていた。またしても、吐き気だ。疲れきっているんだ、きっと。手で口をおさえる。可能は「どうしたの？」とは訊かずに「特にいいのは、レンズと磁石ね。あの自己変革がなされたときから、意識がガラッとかわったんだな」

　わたしはベッドから乱暴に出た。

　胃がからっぽになると、気分はおちついた。手を洗って、しかたなくもとの場所にもどる。

　正確にいえば、物質愛なんてありえない。愛とは、共同幻想なのだから。見晴はエリコを一方的に愛している。彼女はただ愛されているだけだが、彼の愛をいちおう認知しているのだ。見晴の話ぶりからすると、彼女はたいしてうれしがってはいないようだが、うけいれていることはたしかだ。そのほうが、快適だから。見晴は、たいした金持ち息子だし。

　だが、物質には、だれかの愛情を感知する能力がない。意識がないのだから。それは愛ではなく、フェティシズムだ。

「異星人って、感情の回路がちがうのね」

　わたしは力なくいった。

「ようやく気がついた？　例の（なにが例のだか、ちっともわからない）プランは、着々とすすんでいるよ。いわば宇宙的発想だね」

「わあっ、もう、耐えられない！」

キイボード奏者である年下の友人は、ソファでころげまわった。

「で、そいつは本気でいばってるわけ？『おれは変態を十年もやってる』って」

「そうなの。変態と差別なんて、流行おくれなのにね。はやりものに乗らなくてもいいけど、おくれるのだけはいやね。わたしって、軽薄だから」

「地球人じゃないってことも、信じていってるの？」

「すくなくとも、そのようにみえるわよ」

彼女はあやうく紅茶を吹きそうになった。

「でもさ、本物のエイリアンかもしれない」

彼女のボーイフレンドは、わらいをおさえつけるために、テーブルのはしをつかんだ。

「そうじゃないって証拠はないもの。だいいち、みごとに他人の心理がわからないとこが、もはや人類を超えちゃってる」

その午後、彼女が靴を買うのにつきあった。ふたりともひまだから、とさそわれて部屋までついてきてしまった。

「地球にやってくる異星人って、すべてにおいて人間よりすぐれている、っていう先入観があるじゃない？でも、感情的には、動物以下かもしれないって仮定もなりたつのよね」

「それは気の毒だ」

わらっているくせに、彼はわざという。「せめて、スタージョンの例にならって……」

「いもむし以上？」と彼女。

「それは、あじましでおでしょ！」と彼。

「可能さん、テレパシーがあるのに、わざとつかわないんだって。予言もするの。自分はいつか地上からきえるって」

「あたりまえじゃない。人間は死ぬんだから」

「わたしもそうおもってたけど、だまってたのね。故郷の星にかえるとか、天にのぼって神になる、とかいうイミらしいけど。でも、そういったときの雰囲気が、異常にキモチわるかったのよ。目がぬめぬめと変質的になって」

　そのほかに、可能は「ぼくには自我がない」などという。そんな人間がいるわけはないのだ。彼の場合、エスが自我化しているのだとおもうが。コンピューターには、エスがない。してみると、彼は機械にちかいのか。

「見晴はどうしたの？」

　彼女は、手製のヨーグルト・ケーキをだしてくれた。

「こないだ、二回めのデートしたの。六時の約束で、ちょっと先についたもんで、彼がくるまでドキドキして心臓がはねあがりそうだったわ。見晴の顔みて、三十分はそういう感じだったの。ところが、十時になったら、死にたくなるほど飽きちゃった」

「ますます、サイクルがはやくなるわね」

　彼女はわらう。

「速度の愛ってとこ。ラブ・オブ・スピードだな」

　彼は、おかしな和製英語をつくった。

「あ、それ、いいわ。今度つくった曲のタイトルにしない？」

「ややサディスティックでもあるしね」

　無邪気な恋人どうしは、手をうってよろこんでいる。

「できてるの？　もう」

「まだよ。あと、ちょっとヴォイスをいれる予定なの——ねえ、どうしたの？」

　彼女は、わたしの顔を注視した。またしても……幻聴だ。

「ごめんなさい。休ませて」

　わたしは、ふらりと立ちあがった。

　突然、部屋じゅうのあらゆる場所から、他人たちの声がきこえてきたのだ。

「ベッドつかってよ。泊まってったら？　彼とあたしは、こっちの四畳半に寝るから」

彼女は、背後からささえてくれた。寝室につれていってもらう。

「疲れてるんだわ。おねがいだから、遠慮しないで。買い物、長くかかってごめんね」

彼女の声とともに、その他の声が、せみしぐれのようにふりそそぐ。ときおり、二、三秒の休止がある。

わたしはベッドにもぐりこんだ。彼女は枕をあてなおし、カーテンをとざしてくれた。

ニュースを読みあげる声、電話が混線したときの遠い会話、喫茶店でのいい気なうわさ話、悲しい女の自殺まえのモノローグ、映画のセリフ……。

「なにか、ほしいものない？」といっているのは、ききおぼえのある、彼女の声だ。わたしの反応は、ややおそかったようだ。見あげたときの彼女の表情で、それがわかった。

「いらない」

けんめいに元気をだして、こたえたつもりだ。その他の声に、かき消されそうではあったが。ＫＤＤは空前の収益をあげた五十四年度の人工臓器の開発について、各国政府首脳が語っております――さあ、みなさんは、この幼稚園が好きですかア？　好きなひとは、光化学スモッグ注意報がうれしくて、つまさき立っちゃうんですよね――欠かすことのできないあなたの個性に、時限飛行機の不条理――「あのね、バッグとって」

やっとのことで、わたしは発音した。彼女は部屋を出ていき、すぐにもどってきた。片手に水のはいったコップをもって。

わたしは病院でもらった睡眠薬を、いつもの倍量のんだ。市販の劇薬のびんに手をのばそうとすると、彼女がとめた。それにしたがう。彼女はコップだけをナイトテーブルにおき、バッグは持ってでていった。クスリがはいっているから。

分裂症の初期かしら。でも、だれかが悪口をいってるとか、あてこすられているとかいう、被害妄想はない。みんなが、好き勝手にしゃべっているだけだ。耳をおさえてもムダだ。それぞれがしゃべっていることばは、しだいにスジがとおらなくなり、意味不明になってきて――だいいち、うるさくてしようがないではないか。

ねむりはしなかった。

声たちは、おさまってきた。ひくくぼそぼそとなり、ききとれない程度のつぶやきに。

ふと、なつかしい、けれども知らない女性の声が、天井の下、約十センチあたりから、きこえてきた。

——故郷の星は、荒廃しているわ。帰るなんてこと、かんがえちゃ、だめよ。たどりつくって、どこへ？　時間が円環になるのを待ってるつもりなの？　直線じゃないことは、たしかね。らせん形よ。もうひとりのあなたを、殺したがってるのはわかるわ。

「いいえ、殺したくなんかない」と、わたしはつぶやいた。「統合したいのよ」

すべての音声は、消えた。

啓示だとも、神のお告げだともおもわない。最後の声は、あきらかにわたし自身の内部からの投射だ。

だるく重たい気分になっている。

仕上げとして、わたしはなにかの本の扉にあった詩の、最後の二行を暗唱した。

「生活をやめてはならない。なぜだか、わからないけれど」

だれにだって、わかりはしないのだ。理由なんて。

不意に空腹をおぼえた。

かるい食事をトレイにのせて、彼女がはいってきた。

「可能さんがね、酒のんだとき、おれにいったんだ。きみのことを」

カウンターにならんだ見晴は、わらいだす一歩手前、という顔になった。「『彼女ねえ、最近とてもすなおになってきたんだよ』だって」

「たまんないわ」

バーテンが、大ぶりのグラスをおいた。「なに、これ？」

「ブランデーのソーダ割り。きらい？」

見晴は、わたしがジューク・ボックスにへばりついていたあいだに、注文しておいてくれたのだ。

「好きだとおもうわ」

わたしは口をつけた。近田春夫は歌手をやめるのかしら、なんてかんがえている。

「あと一カ月くらい、とみこうみしてさ」

見晴の妙なことばづかいに、わたしはわらった。「可能さん、パーティ好きだから、そのとき行って、おれがズボンのポケットからパンティだして、きみに『忘れものだよ』ってわたしたら、どうかな」

「それは、どうやって手にいれる？　買ってくる？」

「エリコちゃんに借りようかな」

彼のお姫さまは、小柄でタレントづらをしている。いちど、話をした。

「それともさ、きみが吸っているタバコを、おれがとちゅうから横取りして、口にくわえたりして。うっかりした、というふりをするのね。わざと」

とはいうものの、見晴との性交渉は、不出来な一回だけだ。たがいに好みのタイプじゃないことを（勇気を出して、といえば大げさだが）確認しあったので。

「可能さん、きのう夜中に電話してきたわ。『もう四日もきみとしゃべっていなかった。ずっとおもっていた。いま、靴ぬいで、すぐかけたとこ。うれしい！』って。かとおもうと、しばらくして『ぼくは、はたちで美人で頭のいい女の子と結婚するんだ』なんていうの」

「陰険だな。すぐいやみをいうんだ。できるものなら、やればいいじゃないか。相手もいないのに」

「というより、さぐりだという気もするの。幼稚なテクニックだけど。おなじような手段たびたびつかうわよ。『いつでもやれる女の子、二十人以上はいる。みんなのこと、きみとおなじぐらい好きなんだ』とか」

「いるわけないだろ」

「そうおもうの。だって『去年の恋人と、どうしてわかれたの？』って、ある日、きかれたのね。『煮つまったの』って答えたら、『わかんない』って、首ふるのよ。すぐ身をのりだしてきて『きらわれたの？』だって。彼はきらわれる以外に、異性とわかれる方法知らないみたい」

「なんか、頭がこわれそうだ。そういう会話きくと」

「可能さん、なにを計画してるの？」

「おれも、あいさつがわりにきいてみたの。べつに関心ないけどさあ。したら『ふっふっふ、明智くん、いまにわかるよ』ときた」

えーと、これは「ゴーイング・バック・トゥ・チャイナ」だっけ。この女の子が歌うより、解散したレイジーのほうが全然いいのよね。わたしってくだらないことしか、かんがえないんだわ。

「はやく、もとの星にかえったほうがいいのに」

「いや、あれはあれで、けっこう幸福なのだ」

「UFOって、すぐ見えちゃうものなの？」

「らしいよ。おれはないけど」

「わたしも、らしきものは、光の屈折のせいだ、というふうに解釈しちゃうの。こういう態度はいけないのかもしれない」

「かもしれない。まあ、なんでもいいんじゃないの？」

「可能さんは、念力で呼びよせるんだって。だけど、そんなことして、なにかいいことがおこるの？　円盤人がモノでもくれればうれしいけど、ただ見るだけじゃあねえ……」

「他人の趣味は、ほっとくにかぎる。とにかくねえ、うわっつらだけ仲よくってのがいちばんよ」

「いえてる——あら、なにしてるの？」

見晴は、カウンターのすぐ下の、荷物置場を、さっきから気にしている。

「この会話、テープにとってるんだ。本人にきかせたら、どうなるかな」

「ほんとは、そんなことしないでしょ」

「きかせてやりたいの」

「エリコちゃんに？」

「そう。はじめて愛したんだ。二十歳すぎて、ようやく」

「わたしなんか、三十なのにまだよ」

「去年の美少年は？」

「あれは恋よ」

「いろいろあるわけだ。彼女は、おれが会った女のうちで、いちばん頭がいい」

エリコは、高校を中退して、ふらふらしている。親は有名な絵描きだそうだ。

「彼女、アーティストになればいいのに。なれそう？」

「資質は、じゅうぶんにある。ただ、神経がね。制止があって、できないんだ。でも、彼女は芸術家だよ」

「表現してこそ、はじめてなるのよ。だって、その表現が、いちばんつらい苦しい作業なんだから。それをしないひとは、なんでもないただのひとよ」

わたしは、よけいなことをいってしまった。エリコのことが、どうも（はっきりした理由はまだわからないのに）好きになれない、というだけで。

「彼女は、自意識がないから、頭がいいのだ」

自意識過剰のバカ、というのは、たしかにいっぱい、いる。しかし、なにか表現する人間は、かならず自意識をもっているはずだ。山下清画伯などは、べつかもしれないが。

それを口にしなかったのは、嫉妬している、と見晴におもわれるのがいやだったからだ。決して、やきもちなんかではないので。

わるかったわ、といおうとして、ちっともわるくなんかない、とおもいかえす。

「あなたって、頭がいいのね。いろんな話して、はやく追いつきたいわ」

表面ではしおらしく、わたしはいってみた。見晴がどう受けとったかは、知らない。

「きみだって、知的な女だよ。ぼくも吸収したい」

わたしはずっこけそうになり、二秒ほどでたちなおった。「知的」とは、正確にいえば「アホウ」とおなじことだ。見晴は、うまく報復したわけだ。

「というわけで」

わたしは、にこやかに立ちあがった。

「そういうことで」

見晴も調子よく。

その夜は、ふたりとも、なにげないふりをして、さよならした。


見晴のお姫さまは、これがもう、目のまえに彼女がいるだけで気がめいっちゃう、というめったにいない子だ。そして、なぜだか、いまそこにエリコがいる。

「あたし、いままで会った男性全部に愛されたわ。だってあたし、どんな相手とも、合わせられるの。好ききらいも、ほとんどないし」

出会う男すべてに愛される、なんて、マレーネ・ディートリッヒだってできなかった偉業ではあるまいか？

「あたしとつきあうと、男はマザ・コンとロリータと男色趣味の三つとも、みたされるんだって。寝てない男の子に、いわれたもの」

その三要素をあわせもっているような変態は、こっちからことわりたい。

「見晴は元気？」

わたしは、話の方向をかえた。

「可能さんが、たかぶりはじめてから、やたらおもしろがってた」

「可能さん、わたしにふられた腹いせに、イラストの連載、やめにしたのよ。公私混同もあそこまでいくと、ちょっとねえ……彼は、作品のよしあしより、その人間の態度で決めるのよ。『うーん、今回の絵には、生活の乱れがでてるなあ』なんて。関係ないじゃない。ビジュアルな感覚が、じつはないんじゃないかって、気がするの」

「なんにもないって、見晴はいうの。例の集会ね、あたしは行きたくなかったんだけど、見晴がしつこくさそうから、いっしょに出かけてみたのね。ひどいものだったわ。四百人はいる会場がガラあきで……十五、六人くらいかな。来てたのは」

エリコの声は、妙ないいかただが、からだのなかからちゃんと発音されてない感じなのだ。おだやか、というのではない。無口でもさびしげでも、とがりすぎてもいない。いやでいやでたまらず、死にたいくらいだ、という切迫感もない。信じられないほど単調な、感情のないしゃべりかただ。

「なぜ、あんなこと、かんがえついたのかしら。カリスマになりたかったんだろうけど」

「カリスマって？」

「教祖よ。妄想は首尾一貫してたから、しいていえば、パラノイアという分類ができる。可能さん、いなくなっちゃったの？」

「そうよ、楽屋でふるえてて、そのうちに。アパートにも、どこにもいないみたい」

あれから、二週間はたつ。雑誌は副編集長が、急遽やりはじめた。

「本人自身の予言があたったわね」

冗談をいっても、エリコは反応しない。無気力、無感動、無関心が、これほどみごとにそろってる子も、めずらしい。

彼女は、このところ、わたしにペタペタしてきてる。気味がわるいったらない。きのうは、三回電話してきた。最後にエリコは、「あした、会いましょう」といった。わたしは時間と場所を指定した。

「なぜ、わたしに会うの?」と、いまたずねてみる。

「だって、あたし、約束はまもるもの。すっぽかしたりなんか、しない」

そうじゃなくて、といいそうになったが、やめる。この子は、じつにエネルギーを吸いとる。エリコを見ているだけで、生きているのがいやになる。

「見晴は、あなたに嫉妬してるのよ」

エリコは、だるそうにいった。「あたしを独占したがって、すごいの。それに、見晴は他人をきらうのよ」

ええ、わたしが他人だってことは、わかってるわ。これで四回めよ、そのことば。

「見晴は、女を全員低能だと決めてるの。偏見がすごいんだから。ひどいのは白痴。ましなのは、バカ」とエリコ。

「わたしのことも、そういったでしょ?」

「う……そうね……いいにくいんだけど」

自分からいいだしたくせに。

「なんでもいいから、いってごらんなさい」

いいかげん、くたびれてくる。

「あなたのことは、バカだといってたわ。感情が激しいから」

世の中には、いろんな理論がありすぎるほどだから。

極度に感情のボルテージがひくく、自己というものがはっきりせず、しかもそれを(見かけ上だが)苦痛にもおもわない人間を、りこうだと決める説があってもふしぎではない。たとえ、そのタイプが、ことに男性であるとしたら犯罪者になりやすい、というふうに統計上分類されていても。(これ、エリコのことよ、もちろん)

見晴がわたしを感情的だと決めるなら、彼にとってはそうなのだろう。わたしのセルフ・イメージとはちがうけれど。ユング式性格テストでは、最大の傾向として内向的感覚タイプ、と出た。内向的思考、外向的感覚、という要素がつづく。感情タイプの項には、マイナスがついた。しかし、こんな結果も、あてにはならない。すべての意味は（すべての事象は）人間にとって、幻想でしかないのだから。

「あなたを、頭脳的に最高だって、見晴はいってたけど、あなただって、全員の女のうちにはいるでしょ」

わたしはかるくいってみる。

「彼は、あたしを女だとは、思ってないんじゃない？」だってさ。

こーゆーやりとりを、無内容の極致っていうのかしら。

可能は、彼についての悪口をいれたテープを、きいてしまったのだ。見晴のマンションへ可能が突然たずねていって、見晴がジュースを買いにいったあいだに、音楽でもきこうとして……。可能はかなりあわてて昂奮していたらしいが、わたしは直接みたわけじゃない。

集会が具体的になる以前のことだ。だからよけいに、どうしても、新興宗教的イベントを、成功させなければならなかったのだ。

「見晴は、あたしを男だと思ってるのよ」

エリコはまだそんなことをいっている。

不意に、ガラスの向こうの夜空が、あかるくなった。だが、目を射るようなまぶしさではない。本来の暗さと、そして——あかるく透明な湖とが、二重うつしになっている。しずまりかえった湖水の向こうは、どこまでもつづく、やわらかい空だ。夜は黒い。広い湖とそこからひろがる空は、すきとおっている。

理由のない歓喜が、突きあがってきた。

「愛してしまったの」

エリコに、そういってみる。

「今度はだれ？」

受けとりようによっては、ふくみのあるいいかただ。

「女の子よ。キイボードの。育ちがいいの。つまり、いやらしいコンプレックスがまるでなくて、いのちのもと、みたいな子。宇宙のなかのひとつの純潔って、感じ」

こんなとき、感情をコントロールしてはいけないのだ。さっそく、いわなきゃ。わたしは電話をかけるために、立ちあがった。ふりかえると、湖にひろがる空は、飛ぶことをさそっているようだ。

彼女は、すぐに出た。わたしは、愛してるわ、とつげた。彼女の反応は、すばやかった。「うれしいッ！

でも、それも、ラブ・オブ・スピードじゃない？」

「わかんない。いま、平山三紀が、無理に愛しちゃダメよ、ってうたってるわ。きこえるでしょ？」

なぜか、アップ・サイド・ダウン

「ね、ね、『みどりの噴水広場』へ、いかない?」

「その名称、気にいってるの。偽善まるだしで、セコくて」

「屋台なんかも、でてるしさ」

「パープリンの予備校生が、カッコつける目的だけで、テニスのラケット、ぶんぶんふりまわしてるぞ、きっと。いつも、そーなんだ。あれは危険ですよ。はた迷惑だ。浪人がイバって、これみよがしやってると、メゲちゃうんだ、おれ」

「こないだ、四十くらいのおじさんが——四十五かもしれないけど——ローラースケートとフリスビー、同時にやってたわ。この寒いのに、半そでTシャツとサテンのジム・ショーツで。ひざにプロテクター、頭にウォークマン。ショーツはショッキング・ピンクに黒のライン。それなのに、胸にUCLA《ウクラー》ってプリントしてあったから、びっくりしちゃった。十年まえの流行よ。たった一カ所のマチガイ。まるきし、唐獅子シリーズだったわ」

「だけどさ、バカってうらやましいな、とおもうことない? 楽だろーな、すなおにおこれるひとはいいなあ、なんて」

　そんなふーに、わたしたちは、放課後を回遊していた。私服にかえる手間もいらないし。

　とにかく、へんな高校なの。

〝生徒の個性をおもんじて、服装は自由にさせてます。制服があると、風紀がみだれますから。スケ番みたいにスカート丈を長くしたり、男生徒はカラーを高くしたりして〟

　校長の説明に、うちのオカヤンは、よほどびっくりしたんだろう。ワン・ジャンプで帰宅して、娘の部屋へわめきこんできた。〝教育者として、なってない!〟なんたらかんたらが、えんえんつづいたあげく、トーンが、急におちた。わたしは、からだを固くした。彼女は極端な冷静さで〝東大以外は、ゆるさない。カネがかかるからね。教育学部にしなさい。小学校の先生になれば、恩給がつく。結婚相手は高校教師よ。でも、二十五すぎでいいからね〟

きこえないふり、するしか……ないわね。だいたい、わたしゃ、子供ぎらいなんだ。つい最近まで、オカヤンは、娘のいってるとこが進学校じゃない、ってこと、知らなかった。うかつだね。因業ババアにしては。学年でも、うちのクラスだけが、また特殊なの。一部と二部がある。全日制・夜間ときっちり分かれてるんじゃなくて、本人のつごうで、どっちに出てもいい。あらかじめ連絡が必要、とゆーことになっている。できたら、届け出用紙を提出するのが、のぞましい。ま、いちおう。

もともと、勤務不規則な準看護婦のためにつくられたの。でも、白衣の天使さんは、ひとりしかいない。

タレント、およびその予備軍が四人。べつの各種学校だの養成講座だのにかよってる子が、六人くらいかな？　バイトしてるのは、十人内外でしょう。

そいで、なーんにもしたくないナマケモノが当然いて、ロミとわたしはそのクチね。ロミの二卵性双生児の姉であるアミは、週に四回、ガキにピアノおしえてる。マサカズは、インタビューや対談のテープを、原稿におこしたり。

でさ、なんでわたしが、このストーリーの語り手になったかってゆーと、おんなじ高三でも、いちばん年上だから。

中学のとき、サナトリウム（わっ、風立ちぬ式）に、二年はいってた。いまだに、だるくってしょーがない。微熱は毎日でる。虚弱を気力で、カバーしてるんだ。入院してるあいだ、いろいろモノゴトかんがえた。なんか、ジマンしてるみたいだけど。いや、事実そーなんだけど。

だって、よくいるじゃない。ホモ・サピエンスがそなえてるはずの脳じゃなくて、べつのモノがつまってる、としかおもえない他人が。とうふ頭にペースト頭、ラード頭でこの世は……なんだろーね？

ちゃちな広場へいくと、そこは人間動物園だった。

「みて、みて、あの両性具有！　女だけど、いかり屋長介にそっくりじゃない？　ことに、からだつきが。色黒とゆーより、土気色ね。皮膚の彩度・明度が極端にひくい。だのに、赤と緑と黒のファーを、カーニバルふうに、あんなにもりあげちゃって。肩と背中を過度に強調してるもんだから、怒り狂った熱帯の鳥もどきよ」

序の口で、これだもんね。ロミの形容は、エグい。「ドリフのリーダーとちがうのは、あのかぎ鼻よ。クチバシみたい。不器用でみにくい鳥を、どーしても連想させるんだわ。つんのめりそーに前方にかしいで、かなりの速度で、タッタッタッタッてあるいてくでしょ。あーゆーひとは、世の中全体に、漠然とさからいたいわけよ。でも、その理由は、自分でもわかってないの」

「あっ、ぞろっぺえがきたわ。タレントづらの。百四十六センチくらいしかない。ミニチュアなのに、異常なふとりかたしてる。へんにブヨブヨしてんのは、たぶんピルののみすぎよ。あの脚ィ〜〜（と声をふるわせて）ストッキングの下で、剛毛がうずまいてるわァ。ねえ、マサカズ、男でもあんなすね毛、めずらしいんじゃない？　うちのパパだって、アレにはかなわないもん」

アミは、ステディーをふりかえった。彼は発言せずに、口のはしでわらった。積極的な論評はしないが、ある程度は同調している。かわりに、妹がそのつづきを盛大にやらかした。「あれで、けっこー、もてるのよ。だって、男だったらだれでもいい、って顔してるもの。好ききらいが自分でもわかんないのよ、なんに関しても」

「そーそー」と、わたしも調子にのって。「無気力・無関心・無感動が、カッコいいと、まわりにおもわせてるの。そーゆー、妙な能力があるのよ。ただし、男にたいしてだけ、ね。アレ、ロリータ順子なんていわれて、内心よろこんでるくせに、顔にはださないってタイプよ。あー、やだ、どーみても十八すぎてるのに。いまや、十三歳以下しか、ロリータなんていえないのよォ」

週に二回は、こんなふう。

他人を、パターンとカタログで分類しちゃう。『ポパイ』なんかからの借用じゃない。すべて、その場ででっちあげのオリジンなの。口から出まかせ、気分しだい。どーおもわれてもいーんだ。

あたらしい屋台が、ひらいていた。

そのクレープ屋には、奇妙な雰囲気があった。突如地中からはえてきた、かわいい毒キノコみたいな。とってもきれいなお店。美しいんじゃなくて、異世界的にきれいなの。ついでだけど、わたしはウツクシサなんてものより、表面的人工的なキレイサのほうが、すき。だって『美』はみにくいものをもふくむから、つまりはアート志向でしょ？

「見物しない？」

アミが立ちあがった。あとの三人も。

〃いらっしゃい。よくいらっしゃいました。ここで開店するのは、はじめてなんですよ。そして、あなたがたが、最初のお客さんです〟

店主が、ものしずかに声をかけてきた。

この男が、また、どこかおかしい。単純に個性といわれる、どーしてもでてしまうその人間のゆがみが、全然ない。シーンとしてて、明かるすぎる。

「あたし、クリーム・チーズ」

「ぼくも」

「すぐりのジャムがいい」

「ホイール・コーン」

つりさげられたボードには、相応の値段がかいてある。たべおわって、それぞれサイフをとりだす。アミはマサカズと、いつもワリカン。そのくせ、服や靴はしょっちゅう買わせてる。彼は自分のものはさておき、彼女につくしている。いまのところは。

〝いいんです〟とマスターが、しぐさでおさえた。〝開店記念で、無料三十人まで〟

タダ！　これほど、おそろしくも魅惑的なサウンドって、ほかにあるわけがない。

〝そのかわり、友達つれてきてください。三時から七時まで、ここにいます。そうだ、きみたちに、サービス券あげよう〟

男のひとは、下のほうのひきだしをあけた。

〝特別に三枚ずつね〟

アクリルとも、プラスティックともつかない。金いろのごく薄いカード。定期入れより、ふたまわりちいさい。

「これ、三十枚ためたら、クレープひとつ、とか？」

マサカズは、なんだか遠慮がちに。

〝いいえ。五枚で特製プレゼントをさしあげます〟

アミは、チーズのを、もう一コたべた。彼女のカードは六枚になった。〝あ、ごめんなさい。持ってきてなかった……あしたからは、かならず用意しておきますから〟

年齢不詳のおじさんか、おにいさんは、自分の（こんなちいさな）失敗に、腹をたてたようだ。

アミとわたしは、ふしぎなワゴンをふりかえりながら『みどりの噴水広場』をでた。マサカズは、ぽーっとしている。ロミはあどけなさの一等賞、とゆー顔になっているから、陰謀をめぐらせてるにちがいない。

「あのひと、残酷な西洋童話にでてくる、善人に化けた悪役みたい」

わたしは、頭をふった。神経にひっかかるものがある。


三日たたないうちに、そのカードは教室で大流行した。〝特別三枚〟は、まだつづいてるようだ。ゲームのチップがわりにもなった。

起きぬけ、だるくてどーしようもなかったので、その日わたしは夜の部にでた。姉妹と男の子の三人に、わたしはしょっちゅう会ってるわけではない。病人は夕方熱が高くなるから、朝から学校へいくことが多い。彼らは、おもに日暮れから元気づいて、活動は深夜におよぶ。

教室で、自分でつくった弁当をたべていると、アミとマサカズがはいってきた。

「賞品、もらってきた。これ、あなたの分」

彼女がさしだした小箱には、オキマリの『粗品』と印刷した紙がかぶせてあった。あけてみて、わたしは嘆息した。

だれでもほしくなるよーな、デリシャスなペンダント。カードとおなじく、鎖は金属ではない。可塑性のある、やわらかい透明なひもに、ひらたい三角がぶらさがっている。

「アミと実験してみたの。これ、つけてる人間の体温やバイオリズムや心的状態で、色も光りかたもちがうみたい。オーラなんかとも、関係あるんじゃない？　ほら」

マサカズが首にかけると、それまですきとおっていたのが、おだやかなうすむらさきになった。アミの胸では、激しい黄色のなかに十字型《スター》がかがやいた。わたしのはクリスタルな黒（なんせ、根が暗いからね）。

「これ、ほかに、目的とか使用方法があるんじゃない？」

アミは首をかしげた。

「意味ありげで、じつは全然なかったりして。そのほーが、おもしろい」

マサカズは、いつものよーにお気楽。「これ、男がしてもおかしくないデザインだな」

ロミが、大きなパープルのナイロン・バッグを肩からかけて、登場した。ショッキング・ピンクのペグ・

パンツとゆー、地味なスタイル。

「あんたにも、あげたでしょーに」

アミは妹の胸もとをみた。そこには銀のチョウがとまっている。

ロミは通学カバンを、指さした。「みんなとおんなじなんて、やーなのよ、わたしゃ。しかし、内心では多大なる関心があるからして、ひそかに持ちあるいてるわけ」

男生徒がかけこんできて〝一時間め、自習ー〟とどなった。みんな、わいた。このクラスには〝だけど、やっぱし、大学いきたい〟なんてのは、ひとりもいないから。それでも、マジメ派は、コピーライターだのプログラマーだの、になるためのお勉強をはじめた。

「きのう、ナウの条件ってのを、かんがえてたんだ。これが、もう、いっぱいあってさ」

わたしは、ノートをひろげた。箇条書きにしてある。「まず、からだがじょうぶなことね。病弱とか精神病とか、ドラマチックなのは、古いタイプなの。フツーの生いたちとフツーの生活態度が、つまりごく日常的なのが、あたらしいわけ。公私のけじめをキチンとつけて、勤勉で、約束の時間にはおくれないこと。自由業でありながら、サラリーマン的規則正しい生活がいいの。麻薬・アルコール・クスリなんかにおぼれないで、たしなむ程度」

「わたし、そーよ」

働き者のアミは、うれしそう。

「思想とか宗教とか信条なんかなくて、ヘロヘロしてんのね。決して、状況に感情移入しないの。トラウマなんか形成しない。十秒ぐらいは傷ついてもいいけど（四人、わらう）そいでさあ、きく音楽は、カラオケを、自分がうたわないでBGMにする。あれ、メロディー部分がなくて、唐突にワワワワなんてバック・コーラスはいるから、ブキミよォ」

しゃべってるうちに、熱がはいったんだろう。わたしがつけたペンダントの内部では、炎がおどりはじめた。色彩は、はげしく流動しながら、つよい光をはなつ。

「やる音楽は？」

質問者は、一人前のミュージシャンになりたがってるアミ。

「トーゼン、音楽からは、ほどとおいしろものよ。つったって、現代音楽みたいな前衛はだめ。あれ、ふるーいタイプのひとが、突如はりきったときに、やるもんだから。いなかのプレイ・ボーイって感じでしょ？　発想がクラッシックなのよ。それより、ひたすら、ウケたい、と」

「じゃさ、有名になりたいとか、目立ちたいってのは、ちょっとむかしのナウなんだ。自意識過剰だから。かといって、無意識過剰は、素材としてみれば最高だけど、おれ、自分がやろうとすると、つい絵面《えづら》かんがえちゃうんだな。夢中になれない。なれなくてもいーけどさ。ならないほうがいい」

「そーです。サービス精神の権化になることです。自己隠蔽欲求が非常につよくて、自分をかくすために、はでな演技をわざとやる」

「してみると、ショーン・キャシディーになっちゃう」

アミは口をとがらせた。「二十一で、とっくに結婚してて、相手は大きい連れ子がいる十くらいも年上の女で。そのせいか、なんのせいか、絶望の極って、目と声よ。顔はかわいくて若くて。アイドル歌手も、実状はたいへんかもね」

「でも、そーなんだよ。このごろ、あのがんこな演歌まで、急激にかわったもん」

マサカズは、ガールフレンドをなぐさめてるのかな。「はじめ、アロー・ナイツとかロス・プリモスみたいなムード・コーラス・グループがやってんだと、ばかりおもってたの。テレビみるまでは。『ダンシング・オールナイト』って曲、本人はロックだと信じてるんだろうな。もろ演歌なのに」

「わたしも、なんか研究しよーかな」

ロミが口をはさんだ。「もっとすごーく濃い化粧して、つけまつげは舞台用とみまごうばかりの深緑で、銀粉をそのうえにふりかけて。頭にもラメ粉ふって。目のまわり、ギンギンにマスカレードして」

「いまだって、そーじゃない。コンサートにいくときなんか」

姉は横着な下目づかいをした。家庭内のこーゆー対応になれてるロミは、文章をつづけた。

「そいで、男がこわがって逃げだすわけ。こないだも、そーだったわ。ちょいとしたパーティーで、こっちはそんな気ないけど、からかうために声をかけたの。ふるえてた。わたしはそれを、たのしくながめてたの。そーゆーときの相手の反応を、分類してランクづけするんだ、これからは」

「ぼくは、愛を研究しよう」

「実践じゃなくて？」

アミが片方の眉をあげた。

「研究のための実験。（彼女がぷいと横を向いたので）いや、ウソだよ。両方とも同時に、熱心にやるから。それも分裂してて、いーんだよ。ねえ、慶応病院いって、小此木《おこのぎ》って医者に相談しよーかな。精神科にトゥー・マッチの深刻なフンイキ、かもしだしてさ。天知茂式眉間のたてじわ、脚の先けいれん。オクターブさげていうんだ。『先生、ぼくは、ちょっとまえまでは、モラトリアム人間だったんです。いまは、シゾイド人間になりました。で、このつぎ、なにになったらいいのか、悩んでるんです。先生、はやく、つぎの本売りだしてください。ベスト・セラーじゃなきゃこまります』って」

「心理学やると、カネもうけがうまくなるのかな？　さだまさしのよーに」

アミもニヤついている。わたしは、年上ぶって、つけくわえた。

「彼は、はしこいのよ。かしこいってゆーより、下品なニュアンスがあるわね、このコトバ。頭いいとおもうわ。で、また、だまされたがっているのが、圧倒的に多いから」

わたしたちはペンダントに魅力を感じはじめていた。


教育実習のある日、みんな朝からはりきっていた。大学出たての、うぶでヤボな教員志望者を、どーやって翻弄しよーか、と。夜向きの三人も、その目的だけで、昼の部にでてきた。

「男なんだって。はいってきたら、女生徒全員立ちあがって『キャーッ、かわいいッ！』って、身をよじらせたら？　平凡にすぎるかしら」

妹の提案を、アミは「すぎる」と一蹴した。

「そいつが、人三化七《にんさんばけしち》どころか、物怪《もののけ》そのものだったら、どーする？」

「うーん、こっちが気圧されるかもしれん。あまりの醜悪さとゆーか、獰悪さに（ロミは、橋本治の『花咲く乙女たちのキンピラゴボウ』をよんで、そのコトバをおぼえた）しかし、あえて嵐天決行すれば、イケるかもしれない」

「大マジメ礼儀従順路線アンドロイドふうは？」

わたしのアイディアは、この程度。世なれてないの、ホント。

「カリスマあつかいするんだよ。『遊』のマツオカ・セイゴオにみたてて。それをズィーッとおしすすめると、果ては人民寺院」

マサカズは、わらっている。このひと、わりかし、いつもたのしそう。

問題の人物が、はいってきた。

全員、沈黙。

わざと、ではなく。

いくら、生理を瞬時に理屈に変える技能があったって、わたしらはやっぱりコドモなんだ。

その物件は、スーッと移動してきて、教卓のわきで静止した。ナマモノの感じが、みごとにない。生物《せいぶつ》だとはおもうけど。

教頭が、簡単すぎる紹介をした。そして、すぐにでていった。そそくさと。

物件は、教室全体を吸いこむよーな目をしていた。湖水のように深い瞳、ってわけじゃない。性的魅力やスター的電気体質とは無縁の、白昼の異形（どこかできいたタイトルだな）。どこをとっても、平均的教諭志願者スタイルなのに。

物件は慣習にならって、しかし過度にマナーをおもんじて、略歴と名前を口にした。

彼の声は、ボコーダーを通したみたい。知らない？　百年もまえだけど、イエロー・マジック・オーケストラに『テクノ・ポリス』って曲があったでしょ。坂本龍一が、やる気なさそーな、どーでもいいって態度で、ふとおもいだしたよーに〝トキオ、トキオ〟とつぶやいていた。あれ、不気味だと思わない？　龍一の顔も、きれいなだけに、キモチワルサを強調させている。タバコのセロハン、口にあてると、あの種の声がでるんだが。

「テクノ・ポップだぜ。ゆきづまったとこから、ゆきづまったままつくった音楽だから、あれには未来とか明かるい見通しとかは、ないんだ。そいで、もう、みんな、あきあきしてるんだよね。テクノには。でも、もっとあたらしいのが、いまんとこないから、しかたなくがまんしてきいてるわけ。がまんできないやつらは、『いまＧＳ』をきいてるわけよ。しかし、ルースターズはカップスにかなわないと思うよ。リズム&ブルース路線でいくなら。ダイナマイツに似てるとこあるけど、これっていう名曲がないからな」

こんなときにも、マサカズは解説してしまう。妙に冷静で妙に客観的で妙に無感動なとこがある。

「先生ェ」

さわぎ好きのロミが、手をあげた。「坂本龍一のフリまね、やってくださいッ」
「あれはむずかしいよ。むしろ雰囲気まねになるけど、このひとセックス・アピール、ゼロだからねェ」
こーゆーシーンになると、わたしはたちまちうれしくなる。
「近藤真彦のフリ、やってくれたら、尊敬しちゃうんだけどな。『ジザザジザジザ』ってとこで、あの腕を大回転させるやつ」
アミは、まじめくさってみせる。
〃いや、もっと、ちがうことをしましょう〃
彼のしゃべりかたは、おそろしくも単調だ。こっちが、死にたくなるくらいに。
〃なんでもいいから、芸やってよ〃
〃そうよ。でなきゃ、エスケープするからね〃
「これからは、社会全般が、芸能界化するであろう」
その発言主《はつげんぬし》は、マサカズに決まってる。「だから、技術も表面も持てない人間は、男がうたう軟弱失恋ソングでもききながら、苦しいときの自己陶酔をやってればよいのだ」
〃わたしは、心理学を自己流にやりましたから〃と、その生物は、おちつきはらって。〃催眠術は、どうでしょうか〃
みんな、かってにさわぎだした。
〃いいんじゃない？〃
〃かからなかったら、なにか特典がある？　だったら、わたし、ゼッタイにかからないから〃
〃相手を信頼してないと、かからないのよ。だから、自分の奥さんにかけようとしても、だめなんだって。妻って、おもてにはださなくても、心のどこかで夫を軽蔑してるそうだから〃
〃ほんとにィー？　ウッソオー。おれ、結婚するの、やめようかな。夢がやぶれた。たったひとつの希望が。ああ、これから、どうやって生きていったら、いいんだろう〃
あのさ。
結婚するしか能がない、って男の子、わりといるのよ。ウソじゃないったら！　そーゆーのが〃やさしいひと〃だなんて、俗受けするの。このごろ、特に増殖《マルティプライズ》したみたいよ。このタイプ。

〃あんた、知らなかったの？〃と女の子が、メゲてる男を責めた。

〃そんなの、ジョーシキよ。夫ならびに父親は、バカにされるつらいサダメを、じっと耐えなきゃ。うちの親どもなんか、そのいい見本よ〃

〃でも、おれ、はやく楽しい結婚、したいよォ。かわいくて、たよれるひとと〃

〃うるせェな！〃

〃教室で昼寝公認なんて、いいじゃん〃

教育実習のその物件を、わたしはどこかでみたよーな気がした。

既視感《デジャ・ヴュ》か？　生まれてはじめて行った街の、はじめてあるいた道を、あらかじめ知っている、というあの神経の故障。

いりくんだ観念のなかから、切りとられてでてきたような、妙な感覚。感情複合体《コンプレックス》をもふくめて。シュールな絵や詩の、静止的《スタティック》なイメージ。目ざめとともに、無理やりふりすてられる、悪夢と憧憬。抑圧された、そして自分ではとっくに消え去ったとおもいこんでいる精神レベルからたちのぼる、はっきりとは意識されない気泡。

それらをささやくと、アミが応じた。「エスの解放」

「……ちょっとちがう」

わたしは、自分のイメージを、うたがいはじめた。なにかの気配。サザン・カラーの南の空、それは警告。時と永遠への、はげしい渇望と畏怖。神経のよじれ。

この漠とした不安感は、どこからくるのか。〃あれ？　半分以上のひとが、おなじペンダントしてるんだね〃物件は生徒をみわたした。〃ほかのひとも、持ってますか。それを、形式としてだけつかって、やってみたいとおもいます。さあ、みんな準備して〃

所有してない子もいた。五つも六つもためこんでる守銭奴ふうが、とりあえず貸したり。〃チェッ、そんなの、つまんねえ〃

四人の男生徒が、乱暴に立ちあがった。彼ら共有の女もひとり、それにつづく。ペンダントを投げすてて、そのひとたちは、教室をお出になった。彼らって、旧タイプ。あれがカッコイイのかね？　あんた、不良がキマッてたのは、せいぜいがとこ、一九六七年までよ。感覚うたがうよ。

物件は、そんなことは、まるで気にしていない。

〝さあ、そのペンダントを首にかけたまま、左手でしっかりにぎってください。目をとじて〟

ボコーダーを通した声が、命令する。

〝なにかが、みえるでしょう〟

ええ、はっきりと。幻覚？　まさか。目をとじてるのに。

「おれ、赤いバラ投げすてたくなっちゃったぜ。イエローＧＴがいっちまう。はしゃぎすぎると、シラけるんだな。いつわりのやさしさで、おれを泣かせるなよ。ベイビー、青春知らずって、どーゆーイミ？」

本気かね？　歌詞そのままがイメージになるってことは……絶句。

「一角獣の森。そのなかの、光にみちた湖」

アミは、少女ＳＦマンガで、来た。

「蒼くて固い球型の空。じつはドーム。天頂から、まっぷたつにひらく。そこには、まっくろな虚無」

分裂質むきだしのロミ。

わたしは、あかるくさわやかな午後の陽光にあふれた、どこにもない街をみた。

そこの住人は、ひどく快適な、決まりきった生活をおくっている。毎日毎日、一分の狂いもなく。彼らは退屈しきっている。なのに、自分たちが退屈していることを、まるで知らない。気づかない。だが。ある朝目ざめると、不意にさとるのだ。順番がきたことを。だれもおしえてくれないのに。

そして、街をでていく。ためらうことなく。

通りを、生まれてはじめて逆にあるいていくと、イルミネーションを発見する。それは、街ができたときから、そこにあったはずだ。順不同の順番がくるまで、ぼんやり見すごしていたのだ。

街をでていかなければならない、それはあらかじめ決められていたことなのだ、と理解した者だけが、はじめてそれに意味をみつける。ネオン・サインのストロボは〈ここがこの街の出口です〉と無言でおしえる。

そして、だれでも、いつかは、その街をでていくのだ……。

〝さあ、そこへいこう。自分がみた風景のなかへ。つよく念じて〟

からだが浮く（ような気がした）。その力は、急につよくなった。吸いこまれる。空気の輪に。いくつかくぐりぬけて、めまい。やがて、ふわりと。

みんな、そこにいた。

あかるく透きとおった陽に照らされた、しずまりかえった街。その広場。極度に人工的なのに、大規模な地下街につくられた『ナントカ・プラザ』とはちがう。不自然さは、どこにもない。そこが、ひどく不自然。

〝どうして？　どうして？〟

〝テレポーテーションだよ〟

〝じゃ、異次元なんだ〟

〝これは、夢よ。催眠術なんだから〟

ガールフレンドをみつけて腕をくんだマサカズは、平静にひとこと「晴れた日には、永遠がみえる」

「死んでおしまい！」

腕をふりほどいて、アミはしかりつけた。

「とにかく」とロミがきりだした。「探険しない？」

円型の広場から、道は放射状にのびている。

「ばらばらにならないほうが、いいわよ。なにが出てくるか、わかんない」

アミは（基本的には）慎重な子なのだ。石橋をたたいてぶちこわす、くらいに。

だれかが、頭数をかぞえた。

〝二十三人だ！〟

あの物件のいいつけに従った者全員が、ここいることになる。

街には、音がない。かといって、死んでいるという印象もない。奇妙なことに。

ぞろぞろと、無人の通りをあるく。ＪＡＬパック校外旅行。

〝だれか、きたよ！〟

きれいみたいな女の子が、日常的にあるいてきた。面立ちはそれほど整ってはいないが、マネキン人形そっくり。

ふだんだったら、色目をつかう口笛を吹く二、三人の男の子たちが、だまりこんでいる。

「ここは、なんていう街ですか」

わたしは、さりげなく声をかけた。

〝知りません〟

女の子は、プラチナ・ブロンドの頭をふった。

「でも、あなた、ここに住んでるんでしょ？」

〝ええ、ずーっと、ながいながい時間。帰れなくなっちゃったんです〟

「あなた、失礼だけど、人間？」

アミが、イジワルからではない、本気の質問をした。

〝ええ……ここへきたときは、十九歳でした。で、なんだかわからないけど、あれからずいぶん長い時間たったのに、わたし、年とってないみたい〟

〝日本人ですか〟

だれかのそのことばは、本人の意図より、ずっと重要なイミをもっていた。

確信なさそうに、女の子はうなずいた。いそいでつけくわえる。

〝髪は染めたの。だって、ここでは、なんにも起こらないんだもの〟

〝ほかに、だれか、いるの？〟

〝います。全部で何人かは、わかんない。そうね……八十人くらいかな。あの、わたし、石原啓子って、いうんです。とにかく、立ち話もなんだから……そこらへんに、はいりません？〟

全部がアクリル製みたいな、温室ふうレストランを、啓子は示した。アクリル？ にしてはおかしい。あれはこまかい傷がつきやすい。もし、この建物がホテルのキイホルダーによく使われるのとおなじ物質でできているとしたら、最近一カ月以内に建てられたはずだ。それなのに、百年もまえから、いや、何百万年ものあいだ、しずかにそこにある、ようにみえる。

〝いらっしゃいませ〟

ウェイトレスが、声をかけてきた。そのひとは、啓子より、さらにマネキン化がすすんでいる。もとが人類だとすれば。

中央に、大きな楕円のテーブルがあった。クラスのみんなは、それをかこんだ。

〝ウェイトレスの子、わたしがここにきたときは、すでにいたのよ。もとの世界に換算したら、まるで二十

年もいたみたいだった〃
啓子は、声をひくくした。
やや不細工な、そのお人形さんが、注文をとりにきた。
〃おれ、きょう、カネわすれてきちゃった〃
〃たてかえとくよ〃
〃いいえ、代金はいらないの〃
啓子は、おちつきはらっている。
〃あります〃
〃アメリカン・コーヒーってある？〃
〃ぼく、それ〃
〃あたしも〃
〃アメリカン六つ……いや八つだな〃
チョコレート・パフェ、ミックス・ピザ、ミルク・ティーなどを、みんなはたのんだ。
「ふつう喫茶店にあるものは、たいがいそろってるのね。でも、おかしくない？　アメリカンっていって通じるようになったのは、ここ十年くらいだって、ママがいってたもの。そして、啓子さんがここへきたのは、ずいぶんまえでしょ？」
アミは、同意をもとめて、わたしたちをみまわした。
〃十年以上……もっとかもしれない〃
「きみ、何年生まれ？　西暦で」
〃一九六二年〃
わたしは、息をのんだ。では、つい最近、やってきたんじゃないか！　しかも彼女の服装や化粧は、（あれが現実だとすれば、もとの）世界と、時代感覚がズレてない。それを説明して「なぜなの？」とたずねてみた。
〃本屋さんには雑誌がどんどん届くし、あたらしい情報はどんどんはいってくるの。物だって、そう。なにかほしかったら、ただそこから持ってくればいいの〃
啓子の説明に、数人が〃いいなあ〃と叫んだ。〃カネなしで、なんでも手にはいるんだったら、ずっとこ

こにいたいよ〃
「テレビもあるでしょ?」
マサカズは、情報少年だからして。
〃ええ、たいてい無人なんだけど電気屋さんから、自分ではこんでくるの〃
「それは、もといた世界からの、正確な情報かな? セレクトされてるんじゃないの?」
〃わかんない。こわれたら、適当に道に捨てるの。いつのまにか消えちゃう。ねえ、だって、専門のそうじ人なんていないのに、どこへいっても、ほこりなんかつもってないのよ。働く必要もないし、とても居心地がいいの。はじめは、もとの世界へもどりたいって気持ちもあったけど……〃
ウェイトレスとマスターが、それぞれ大きなトレイをはこんできた。各自にいきわたると、マスターがあいさつした。
〃みなさん、この街にようこそ。ほんとうによくいらっしゃいました。ここは、すばらしい街です。とにかく、ゆっくりと、楽しんで見物してください。ここに住むことを、おすすめします。あっちの世界には、いつでも、もどれますから〃
マスターは立ち去った。カウンターのなかへではなく、その横の小さなドアから外へ。ウェイトレスもいっしょに。
〃あれは、ウソよ〃
啓子は、しずかに告げた。彼女には、ふかい諦観があるようだ。だが、決して暗くはない。へんにアッケラカンとしている。
〃わたしは、帰れなくなっちゃったの。で、しかたないから……もとの世界では、OLしてたんだけど。うちは母子家庭で、おかあさんが病気で大学いけなくて。それで、ちいさな町工場で事務やってたけど、そうはいっても雑用ばかりで〃
「オオオオ」
マサカズが、演技で泣いた。アミがわらいながら、彼の頭をかるくたたいた。「なんでもちゃかすのは、あんたのわるいくせよ」
「だって、大昔の少女小説みたいじゃないか。(声をひそめて)このひと、自分の親を、さんづけで呼んだよ、ここにいると、精神年齢が発達しないんだな」

「いや、いや」

わたしは、身をそりかえらせた。「もとの世界でも、そーゆーひとは、いっぱい、いますよ。三十すぎの男や女でも」

啓子は平然としている。音声として感覚器官に到達しても、意味を形成しないのだろうか。気にさわる、とかそーゆー神経が、なくなってしまったのか。

〃妹もいて、生活のすべてが、わたしの肩にかかってたんです。毎日、こんなくらしいやだ、とおもってた〃

「そこへ、すてきな青年があらわれて」

わたしは、きまじめな顔と声をつくった。非常に同情してるふうに。わらいを（おさえつけるんじゃなくて）消しさるなんて、カンタンよ。いつも、やってるもん。

〃そう、そうなの。そうだったの〃

啓子の身の上ばなし。

「恋のおわりはメランコリー」

今度はGSでいくの。ちょっとまえの近田パックで、わらえる投書があったわ。〈恋をかなえるときに、誰かにお願いする場合が多い。たとえば「神様お願い」など〉だって。GSの本質は他力本願ってこと、いえるかもしれないね。たいがい、ウォン・チューだもん。

〃失恋ともいえるけど、向こうの親が大反対して、無理にひきさかれて〃

「わア、様式美だなあ！」とマサカズ。「こーゆーのがいいんだよ。おれ、紋切り型って、たまんなく好きなの。いれこんじゃうんだ」

〃で、あたし、夜の街を、ひとりとぼとぼと、あるいてたんです〃

「暗い心をいだいて」

わたしは、沈痛なおももちで、ナレーションした。しかし、啓子には、この種の冗談は通じない。自分につごうよく解釈すべく、脳のシステムが変化したのか。でもねえ、このタイプ、俗世間に、九〇パーセントくらいはいるのよ。コワイことに。

〃ええ、さびしくてたよりなくて。すると、占いのおばさんが、いたのね。なぜか、〃

「そこできみ、ペンダントもらったんでしょ?」
〃つい。みんなそうなの。この街へくるひとは〃
「あなた、しあわせ?」
アミが、やさしくたずねた。啓子はうなずいた。それから、否定ともうけとれるしぐさを、あいまいにやった。しばらくかんがえてから〃悩みも苦しみもないの、ここには。でも、幸・不幸なんて、いまのわたしには、わかんない。はじめのころは、いろいろあったみたいな気もするけど。わすれちゃった〃
「それはいいことかもしれないよ」
マサカズが感想をもらした。啓子が感情を喪失している、とゆー状態について。
〃おれ、もっと、なんか喰いたい〃
〃巨食症め〃
〃外、でる?〃
〃おもしろいこと、あるかな?〃
「ねえ、ほかの場所も、踏破しない? おもしろければなんでもいい、ってのが、最近のわたしの行動指針なんだ」
「もはや、それが定着して、世界観になっちゃってるかもね。オソロだわァ。ギャグこそがすべて!」
アミがわらってる。それでいいのよ、とゆー顔で。
半数は立ちあがりかけた。
〃どうする?〃
〃さっきみた、劇場みたいなとこへ、いきたいわ〃
〃おれ、なにか喰えれば、それでいいんだ〃
〃住むとこって、どうなってんのかな〃
〃ここ動かないほうがいいよ。あぶないよ〃
意見のちがいで、六つのグループにわかれた。
〃おい、時計をあわせておこうぜ。ないやつは、持ってるひとから、はなれないほうがいいぞ〃
〃そうだな、正確に二十四時間後、ここでおちあう、ってのは?〃

〝いいね〟

〝十二時間——とすると、夜中になっちゃうか。いま午前十一時だから〟

〝二時間でいいよオ。あたし、こわいから〟

〝啓子さんは十年以上いるみたいだよ。一日くらい、だいじょうぶだろう〟

〝ええ、ペンダントがあれば〟と啓子は答えた。〝あたし、ぐずぐずしてるうちに、半年めぐらいに、なくしちゃったの。もとの世界へ帰りたいひとは、それを持って、駅へいくんです。この世界へやってきて、またいなくなったひとは、みんな電車に乗ったの。場所は、ここからそんなに遠くありません〟

〝二十四時間後に、その駅のプラット・ホームへ集合、ってのは？〟

〝賛成〟

〝いいんじゃない？〟

〝こわいのよ、あたし〟

〝ペンダントなくさなきゃ、平気だよ〟

「しかし、ここで、おれたちの時計が均一な速さでうごくのかな？　地域によって、時のながれがちがったりして。さかのぼったりして」

マサカズの疑問は、黙殺された。かんがえはじめたらキリがないし、それでなくても、不安なのだから。

レジから紙とボールペンをもってきた啓子は、簡単な地図をかいた。

〝この街は、こんなふうに四角で、突然とぎれてるの。まわりは、気持ちのいい草原になってるの。ところどころに、大きな木もあるわ。遠くにも、街があるみたい。高いとこにのぼると、ビルがみえるから。あたしは、一度も、いったことないけど〟

〝そこへいく道は、舗装されてる？〟

〝ええ、だれかがいってたわ。広い車道で、歩道はきちんとガードされてて、まん中のふたつの車線はすごくりっぱなんだって。速度無制限で、ドイツのなんとかいう……〟

〝アウトバーン？〟

〝ええ、それみたいなんだって〟

「今度は、クラフトワークか。テクノティーク・タウンね。しかし、古いなあ。まえに出たクラフトワークのLP、YMOのものまねなのよ。まるっきり」
アミがかるくいなした。
〃よその街へいく道すじには、無人のガソリンスタンドだの、ハンバーガーやコーラの自動販売機があるそうです。コインいれなくても、ボタンをおせば、でてくる〃
〃いったひとも、いるの？〃
〃たいてい帰ってくるけど。似たような街ですって。向こうに住みついたひともいます。クルマとばせば、三時間とかからない〃
〃この街の大きさは？〃
〃たぶん……新宿区より、ずっとちいさい、とおもうけど〃
〃ふうん、手ごろだな〃
〃でね、ここが駅です〃
啓子は、地図にマルじるしをつけた。
「これ、一枚じゃ、たりないわ」
アミが描きうつそうとすると、啓子は制した。〃コピーとれるお店が、三軒向こうにあるわ〃
みんな、ぞろぞろと、外へでた。啓子がそれでいい、とおしえてくれたので、よごれた食器はそのままにして。
コピー屋のまえに、時計塔があった。（たぶん午後の）二時をさしている。一度あわせた手首のデジタルや矢印を、それにあわせなおした。
〃わたし、帰ります〃
啓子は、くるりと背をむけた。
彼女は、それまでわたしたちにいだいていた親密感を、不意になくした。それは、すっかり、かき消えた。あたらしいタイプの精神病患者みたいに。啓子は、なめらかな脚で、とおざかっていった。
アミ、ロミ、マサカズとわたしは、清潔な街路をすすんでいった。
タバコの大型自動販売機と、それにならんでライターとマッチのも。
外国タバコまで、そろっている。

わたしはさっそく、ボタンをおした。マイルド・セブンがでてくる。

「不良少女め！」

アミはそういいつつ、サムタイムを二箱、手にいれた。

「おれは、あんまし、すわないけどさ。ハイライトだな」

「ジタンにしよう。『飛んでイスタンブール』にでてくるから」

ロミはタバコひとつえらぶのにも、こーゆー気分。

「ほー、わりかし高いライターもあるぜ」

「もー、こーなったら、物欲少女と化すのだ」

アミは、金の女持ちと、紺に銀のラインがはいったほそながいのに、目をつけた。彼女の服には、ポケットがない。マサカズに「持っててよ」とおしつける。

無人の繁華街がつづいている。渋谷・公園通りを、奇妙にあかるく透明にした感じ。だから、非常に気持ちわるい、といえばいえるのね。

「ひとがいなくても、盛り場とゆーのだろーか」

「わからん。ここでは、都市たるべき大前提がくずれてるから」

アミは、そういったボーイフレンドに、寄りかかって「キミわるいわァ」

「でも、わたし、こーゆーとこ、大好き。人間が多すぎると、疲れるの」

ブティックでは、女どもが大さわぎをはじめた。ロミとわたしは、十五分たらずで、足もとからバッグまで、すっかり替えた。

アミは、おそい。いつものことなので、マサカズはべつにいらだつようすもない。

四十分たって、アミは白い巻きスカートであらわれた。ジャケットもバッグも靴も白。かわいらしさを強調しちゃって。このマカシゴめ（ごまかし、ってこと）。

「あんた、自分はえらばないんだもん。時間かかっちゃった。着がえなさい」

アミは、あんず色のベルベットのブレザーおよびその他一式を、マサカズにおしつけた。

「いいよ、おれ。めんどくさい」

女たちは「はやくぅ」「みちがえるわよ」「きっと似あう」とせかす。彼は、しぶしぶ更衣室にはいった。

なぜか、

でてきた男の子は、洗練の極。

「こーゆーの、古風なことばで、シティー・ボーイ、とかゆーんだろ？　はずかしいよ、おれ」

「そんなことないわ」

三人は同時に叫んだ。さかんにほめたたえた。絶賛がひとわたりおちつくと、アミがイジワルっぽい目になった。「それとも、むかしの郷ひろみ式コスチュームでいくか？」

マサカズは、あわてて頭をふった。

ものめずらしさと物欲のうちに、夕暮れになった。

「アミ、おなかすいただろ？　悪趣味な食堂、さっきから、さがしてたんだ。ジャパニーズ・キッチュの極致をさ」

マサカズは、通りをみわたした。

「また。あんたの、そーゆー嗜好には、ついていけんわ」

「北欧ふうのキレイな店がいい。わたし、現代文明に、ふかーく冒されてるから」

わたしはといえば、パブ・レストランの看板をみつけた。「手軽そーだし、あそこにしない？」

ドイツふうの、居心地のいい店。従業員たちは、やはりアンドロイドにみえた。

四人は、ソーセージとジャガイモとすっぱいキャベツに、すっかり満足した。

ためらうことなく、カネをはらわずにでる。うしろめたさなんて、あるわけがない。

「居住区にいく？」

「でも、だれか住んでるだろ」

と、ステディーたち。

「大半は、あいてるとおもうわ」

ロミは地図を検討して「ホテルがふたつある」と報告した。

さわやかなやわらかい風が、吹きぬけていく。あまりにも理想的すぎる、温度と湿度だ。

「シャワーあびたいわ。汗かいてないけど。わたし、毎日髪あらうし。日に二回のときもある」

こうなると、わたしも病気だよ。自分の部屋、日に二回そうじしないと苦しんでしまうのだから。ひとり暮らしの女の子って、週に一回しかしないんだって。バイトで知りあった大オールド・ミスは月一回だとさ。

それで自分で〈あたしって神経過敏でデリケートすぎるのが欠点なのよね〉だって。〈ルーズなひとがうらやましいわ。なんにでも手抜きができないのよ〉つまり、要領がわるい、気がきかない、ってことでしょ？　ノーマルですよ、じつに。モラリスト、ばんざい。

「カーテンが左右対称にひらいてないと、がまんできないんでしょ？　目覚ましベルの一時間まえに起きちゃうんでしょ？　あなた、強迫神経症よ」

ロミは、精神病理学用語をつかいたがる。

「だって、オカヤンは、スーパーでパートやってるって理由で、家事やらんのだもの。オトヤンとわたしで、弟どものせわしてる」

イルミネーションが、ともりはじめた。すこしも、どぎつくない。ハイウェイに、水銀灯がカーブをえがいている。ホタルいろの光に、わたしはひさしぶりの感傷をたのしんだ。おととしの、異常に発育がおそい初恋。二十二歳の学生だったが、やつめ、商社なんぞに就職しおって。やがてニューヨーク支店勤務だろう、とゆーウワサ。しかし、すごいよーな美少年だった。この形容詞、わりとつかうんだ。断定しちゃわないとこが、気にいってる。対象をからかってるよーなニュアンスがあるし。無責任ふうなとこも、いいの。

そのころになると、わたしたちは、すっかり盛りあがっちゃった。もとの世界にいたときとおんなじの、悪ふざけ気分。

比較的人間っぽい通行人が、ゆっくりと。その中年男性は〝こんばんは〟とあいさつした。

「こんにちは」

わたしは、朝でも夜中でも、これ。中年はあわてて、こんにちは、といいなおしたりして。彼は立ちどまった。口をうごかしかけて、すぐにつぐむ。ものいいたげだが、なにかが内部で制止している。彼は自分をたてなおした。必死に。

〝あの……お気をつけて。どうぞ、元気で。気をつけてっていうのも、へんですけど〟

頭をさげて、通りすぎた。ふりかえると、彼もおなじようにこちらを見ていた。

「あのひと、家族をもとの世界にのこして、こっちへきちゃったんだよ。ちょうど、おれたちの親ぐらいの年だし。ここへきて、まだ日があさいみたい」

「もどりたいのかな？　子供のこと、おもいだして」

「ハンモンしてるんじゃない？」

ジョギングおばさんと、すれちがった。犬をつれた老人とも。

マンションがならんでる一画に、四人はたどりついた。赤坂・青山・六本木を、洗練させて凝縮した居住区。

「ねえ、さっきのレストラン、チーフ以外は全員日本人ね」

「あれだって、カタコトの日本語、しゃべってたわよ」

「ファー・イースト感覚もってる人間だけが、ここにいるんだ。無意識にせよ、ね。具体的にわかる？どーゆーことか」

「三平食堂が、レストラン・サンパークって名前かえる、あの感覚ね」

アミは鼻にしわをよせて、マサカズに答えた。

「そーそー。そいで、ガラスケースに、ロウ細工があるじゃない？　スパゲティー・ナポリタンなどとゆー、国籍不明の」

「あれは、日本料理です」

わたしはわらった。「ケチャップにまみれたスパゲティーが、フォークにまきついて、空中にのびあがってる。アレですよ。あの、見えない手が、じつに日本文化なのだ」

「コーヒーにクリームがそそがれてる、その瞬間を定着させたりね。友達でいるの。合羽橋で料理見本買ってきて、インテリア小道具にしてるやつが。クサイわねえ」

この種の話題には、ロミも、すぐにノッてくる。

適当なマンションに、まず、はいってみる。ロビーは、けっこう広い。ポストがならんでいる。十階建て、ひとつの階に十室。一〇〇一のポストに、H・Dのネームがはいってる。一〇〇二はN・T。三〇六には山本、一〇九には△マーク。表示をださない住人も、いるだろう。

「それぞれを、ちょっとたずねてみない？」

ロミが、エレベーターのボタンをおした。とりあえず十階へ。

一〇〇一のブザーを鳴らす。なかで気配がうごいた。返事はない。インタフォンをつかう。

「ごめんください。あたらしく、こちらへきた者です。高三で四人。男の子は、ひとりだけです」

わたしは、信頼感をかもしだした。間《ま》があった。なにやってんのかね？

ドアがほそめにひらいた。メガネの奥から、むずむずした目が、こちらを注視する。おびえている。ためらいつつ、ドアがあけられた。

さえない鬱屈した学生（にしかみえない男）が、フケをおとしている。

「わたしたち、ここはじめてですから、あつかましいんですけど、寄らせてくださいませんか。ほんのすこし」

〃ダメですよ、ダメです！〃

ボサボサ頭のそいつの反応は、大仰にすぎる。

〃つまり、その……ものすごくちらかってるし、きたないし……それにぼくはその……人見知りをするタチで……〃

しどろもどろのあと、音高くドアがしめられた。しっかりと鍵をかけて、まだこちらをうかがっている。

「逃避してきたんだ」

「なのに、もとの世界と、まったくおなじ生活してるんだわ。ヌードピンナップとラジカセとレコードのコレクション。ガンガン音だしながら、ボリュームしぼった絵だけのテレビを、一日じゅう。ボケーッとながめてる」

「そーだよ、きっと。自分だけの空想世界では、全能感があるんだわ、あのひと。他人と接触すると、それが一挙にくずされる。厖大なる、インフェリオリティー・コンプレックスの山があって――」

わたしのことばをロミがひきとった。「それを、I・C《インフェリオリティー・コンプレックス》回路って、ゆーのよ」

四人は、わらいころげた。ひとしきり。わたしは、よーやくシカトして、演説をつづけた。

「で、そのうえに築かれた、ニセの優越感に安住してるのよ」

「とにかくB問題パートIとIIが、並立してんのよ、あのおかた」

これは暗号なの。Iはバカ、IIはブスってこと。ついでにゆーとIIIは、貧乏人根性よ（問題は感情レベルなの）。しかし、ひどいねえ、わたしらも。

一〇〇二では、すぐにドアがあいた。二十四くらいの、やせて健康そーな男性。ハンサムじゃないけど、たまご型のおさないとゆーか、かわいい顔（わたし好みのルックス）。

「待ってたんだ、いま。はなし声が、かすかにきこえたもんだから」

快活な早口。どこかできいたよーな。

いちおう「おじゃまします」とかなんとかやりながら、部屋にはいる。

「なに、のむ？　ソフト・ドリンクは――」と、N・Tは冷蔵庫をあけた。「グレープフルーツジュース、牛乳、コーラ。それに、日本茶と紅茶、コーヒー。アイスでも、ホットでも」

こーゆーとき、遠慮しないのが、われらの習性であるからして。すぐに好みのものをいう。

居間は二十畳ほど。ロール・カーテンがまきあがっていて、十畳くらいの寝室がみえる。シンプルなダブルベッドに、横に長い枕がひとつ。キッチンは六畳。適度にちらかっているが、ビジネス・ホテルの印象。

「電気は、どこからくるのかな？」

マサカズは、コーラのプルトップをひいた。

「それ、すぐおもったんだよ、ぼくも」

N・Tは立ったまま、ミルクをのんだ。「この周辺、調べまわったわけよ。おれ、小心で用心ぶかいから、かえってそーゆーこと、するんだなァ。電線は地下ケーブルみたい」

そーいえば、電柱をみなかった。風景がふしぎにすっきりしてた理由のひとつは、そこにあったのか。

「向こうの街までいってさ。そこずーっと通りすぎると、はるかとおくの山に、発電所らしきものがみえた。そーね、クルマで五時間はかかったな。つくまでに。鉄条網が二重にはりめぐらされてた。高さ八メートルくらい。ペンチで切るか、なんておもって、じつはおもっただけなんだけどさ。知ってるんだ、自分で。危険なことは実行しないってこと。あのトゲトゲついた金網に、電気がながれてるって決めて。カンだけどさ。まわりを一周したら、好奇心のつよい人間って、どこにでもいるんだな。二カ所で黒コゲ死体みつけた」

「じゃ、内部はオートマティックなんだ」

マサカズは、真剣にきいてる。

「だろーね。おそらく。ロボットがいたとしてもさ。エネルギーは、直接とれるし」

N・Tは、ソファーにくつろいだ。「退屈しきってたの。おれ、人間ってあんまし好きじゃないけど、見てておもしろいしさア。趣味が人間観察だから」

「ここにきて、どのくらい？」

おもな質問者はマサカズ。このふたり、波長があうみたい。

「えーとね」

壁には、企業PR用みたいな、だけどめずらしく実用一点ばりのカレンダーがかかっている。

「もとの世界の時間――いや、断言できないけどさ。ぼくのこのクォーツでは、半年と十六日かな。なんでもはっきりさせたいひとなんだ、おれ」

「もどりたい、とはおもわなかったんですか」

「すぐそうおもった。しかし、となりのやつが、おれの分のペンダントまで、どこかへ捨てちゃった。あいつ大男で、ぼくチビだから、腕力では負けたのよね。それに必死だったんだろ。忘我の境地におちいるひとって、あるイミで強いんだよなあ。夢中で自分を信じきってるから。理屈通じないから、じつにこまるのよ。いくら説得しても、かくし場所、おしえない。ぼくからみると、オカシイよ。あんなふーなのに、隣人がいないと不安だなんて。あー、やだ、日本的心情イズムは」

「いまでも――」

わたしがいいかけると、N・Tは「もどりたい。だって、おれ、バンド組んでたから。それにDJやってたし」

「夜中の三時から五時まで。地方の局で。ぼく、きいてたんだ。雑音はいるんだけど」

マサカズが、身をのりだした。やはり、情報アンテナはさえてる。「いいかげんふうで、そのくせ『このレコードはよくないけど、台本にあるからかけるね』なんて。で、ある夜、ダイヤルあわせると、別のひとがやってたの。本人は急病だからって。そーだ、先週だよ。ね、高田夏夫って、知ってる?」

アミはうなずいた。「ライヴ・ハウスで一回きいたわ。ことさらに表面的な曲ばっかりでさ。コミック・バンドと勘ちがいした鈍なひともいたくらい」

「知らない」

わたしは正直にいった。

「名前、きいたことある」とロミ。

「当然よォ。ぼく、まだスターじゃないもん。はじめての、LPつくる直前だった」

「大ファンなんだ」

マサカズは熱狂しはじめた。「サインしてください」

「うれしいな」

なぜか、

高田さんは、ふすまをあけた。デスクと本棚がみえる。彼はスケッチ・ブックとマジックをもって、ひきかえしてきた。「ぼく、いつかくるこの日のために、サイン練習してたんだ。いまのバンドつくるまえから。ずうずうしいとおもわない？」

さらさらとかいて、わたしながら「いま、なにがいいの？」

この問いかけを、マサカズはただちに理解した。「ずいぶんまえになるけど『スニーカーぶる〜す』がきわめつけね。あれは、昭和三十年代トラッドですよ。古くさーい暗さがたまんないね。『ブルージーンズ・メモリー』のコスチュームのいなかくささがよい。あの事務所、ミュージシャン意識持たせないよーなとこがいいんだ」

「あれはいい！　でも、おれ自分の番組で、やたらかけてた。してみると、時の流れが非常におそいんだな、この世界では。これはぼくの推測なんだけど、テレビのつまみひっぱる者の、見たいものがうつるらしい。顕在にせよ、潜在にせよ、意識がのぞむものが。しかも、もとの世界でテレビが開局されて以来放映されたプログラムにかぎられてるみたい。自分で勝手につくりあげたものは、うつらないんだよ。ディーンと赤木圭一郎の共演なんてのは」

「となりのおひと、まさか友達？」

ロミが、口をはさんだ。

「いや。ぼくは、もとの世界でも、世の中的によくいわれるタイプの親友は、いなかったから。ダメなの。まあ、なんにでもそーなんだけど、ひとに対しても距離おくから。となりの御人《ごじん》とは、なんや知らん、偶然、いっしょにこっちへきちゃったんだ。おれがべつのマンションだの、おんなじビルでも離れたとこに部屋決めると、すぐにくっついてくる。しかし、あーゆー頭がわるい、べとべとした人物、ぼく苦手なんだ」

「ほかの部屋のひとは？」

わたしは、彼の清潔さが気にいった。つったってもちろん、歯みがきCMタレント的なイミで、じゃないよ。思考が整理されてる。ということは、彼はすべてを手中におさめたい欲望をもっているのではないかしら？すばらしい。

「おじいさんと、中年女の絵描き。いってみても、おもしろくない、とぼくはおもうよ。この階、あとは全部あいてるから、きみたち、泊まってったら？　夜になったことだし」

そのとおりにした。

アミとマサカズは、となりどうしの部屋をとった。約束したわけじゃないが、約三十分後には、ロミの部屋にあつまった。

「どーする？　まだ寝るよーな時間じゃないし。バーにでもいきますか。ホテルのバーと、ふつうのとこと、どっちにしよーか」

「両方。調査なんだから」

妹に向かって、アミは決めつけた。

「地図によると、この付近に、赤い灯青い灯があるらしい。おれ、クルマ運転できるよ。ここは無免許でも、関係ないんだろ？」

「なんでもいーのよ」

わたしは、投げやりにいった。「どーでもいい」とゆー自堕落な世界観が、ここへきて、さらにひどくなったみたい。

ガレージにならんでるクルマは、三十台以上。十台がロックされてる。

「高田さんが、三、四台をかわるがわる、つかってるみたい」

「だな。なかにティシューとか男物の上着なんかがかけてあるのは四台だろ？　ジープもまじってる。こっちのスポーツ・カーは女絵描きのだろう。ストロー・ハットに、リボンがついてる」

「ねえ、こっちにある五台、あのいやみな学生のじゃない？　フロントガラスに、シールがいっぱい、はってある。これじゃ、前が見えなくて走れないわ。全然使用してないのよ。所有欲だけで、オレのモンだってシルシつけて満足してるんだわ。なんとロールス・ロイスとメルセデス・ベンツにアメ車」

「あいつの虚栄心は、月並にすぎる」

わたしが評論した。

四人は、ご家族向き国産車にのりこんだ。

「適当でいいね？」

ハンドルをにぎったマサカズが、ふりかえった。

「いい！」

女たちが合唱した。

店をみつけると、三人がかわるがわる、のぞきにいく。走りもどっては、報告。

「カラオケ・バー。客は自分らの歌に酔いしれてるオカマのカップルのみ」

「赤ちょうちんふう。中年男ふたりが、肩たたきあってた。『な、おれの気持ち、わかるだろ？　な？　おれたちは、どこへいこうと親友なんだから。な？　そうだろ』って。抱きあって泣きだすんじゃない？」

「デスコ（とロミはわざといった）B問題、全部そろってるひとばっか。I《アイ》エリアのひともいたわよ」

最後のは、イナカモン、ってことね。貧乏人も地方のひとも（もとの世界での）カネのあるなしや、出身地には、関係ない。もんた・よしのりなんて、それこそ貧乏人顔してるでしょ？　あれだけレコード売れたのに。メガロ・ポリス生まれテクノ・ポリス育ちとゆー東京人に、Iエリアのひと、わりといるのよ。

結局、ホテルのラウンジにおちついた。すいてて、気持ちいい。最近の（もとの世界の）ホテルって、下品のきわみだから、よけい。

「なんで、こっちの世界につれてこられたのかな？　曲馬団に売りとばされるのかな？」

マサカズは、辛口の白ワインをのんだ。

「そいで、そのワインが酢にかわる。綱わたりさせるために。わっ、古いこと、いってしまった！」

ロミは、カニサラダをぎょうぎよくたべている。どのよーな事態になろうと、ダイエットをわすれない。

「なんだかわけのわかんないモノの発想なんて、推理できないわ」

アミは、カマンベールを口におしこんだ。

「手段が目的になってるのかも。つまりさ、下着ドロボーみたいに。そーしたいから、する。下着あつめて売る男は、いないもの。盗むこと自体、ためこむことそのものがたのしいんだから、あーゆー変態は。マニアとかフェチって、自分ひとりでからまわりしてる」

わたしは鶏のカラあげをつまんだ。

「そーゆーことは、ひとまずおいてさ」

アミは、片手でテーブルのはしをつかんだ。

「この街、わたし、好きよ。働いたり動いたりするの、苦痛なの。寝たきり老人生活が理想、ってなくらいだもん。怠惰の一語につきるなあ。だけど、ワカッテルひとが、高田さんひとりじゃあね。それに、ママが心配してるわ。わたしが安心してどぎつくしてられるのも、彼女がいてくれるからなんだ」

ロミが、ひたいにしわをよせた。

「もどりたいわよ、もちろん。事件をおこしたり、五角関係の火つけ役になって、そのあと知らん顔するのが得意で、そーゆーときだけ元気になるんだ」

わたしがいいかけると「そう、あなた、ワルイことかんがえたりやったりするときが、いちばんかわいくて生き生きしてる」

直接の友達はアミなんだ。ひょっとしたら、とおもった。アミに、わたしはかわいがられてるんじゃないだろーか？

「とにかく、あした、定刻に駅へいこう」

マサカズがまとめた。

それから——いつものバカさわぎがはじまった。この四人は、そろいもそろって、忘我の境地にいけない、とゆーヒジョーに不幸なタイプなの。自分たちのわざとらしい演技をおもしろがるんだから、かわいくないわね。

ステイションに、全員がそろったわけじゃない。

『むかしのインテリ』と『マネキン・フェチ』が欠けている。

ひとりは、しょっちゅう死にたがってた。桜桃忌（ダザイとかゆー、いやったらしい男が、女をたぶらかして、いっしょに死んだ記念日）に、着ながしでサクランボをさげて、苦悩ふんぷんで、女の子をたずねた。彼女にわらいとばされて、ウツはますますひどくなったらしい。すこしでも異性と親しくなると「心中しよう」のワンパターン。脳がゆるんでる女と、ノルモレストを十錠ずつのんで、当然生きのこった。恥さらして。だって、死ぬには少なすぎる、睡眠薬中毒患者にとっては適度のお夜食、って量だもん。

あとの一匹が、これはもう、みてるだけで頭がこわれそーなシロモノなんだわ。女の子とみれば、みさかいなく口説く。かならず、ひじてつ喰う。宇宙の真理のひとつ、っていっていいくらいよ。あのふられかたは。ロミもわたしも「ぼく、きみみたいな顔、大好きなんだなあ！」と、ひとりはしゃぎをやられた。ロミは伊藤蘭に似てる。わたしは、フェイ・ダナウェイとか『クレイマー・クレイマー』で妻役をやったひとに似てる、っていわれる。老けてるんだ。このふたり、どこに共通点があるねん？

マサカズがいるのに、アミにまで声をかけた。〝ぼく、きみの妹より、きみみたいに小柄なひとが大好きなんだよ。だって、ロミって、ぼくとおなじくらい背が高いだろ。いやだね、大女は〟そう歌った彼は、百五十四センチ。ロミは百五十九。アミは百五十五。

アミは「あなたって、簡素化された性格ね」と、感心してみせた。トランスレートすれば「単純」ってことよ。しかし、変態はよろこび狂った。〝そーだよ。きみみたいに頭のわるい子は、ぼくのいうとおりにすればいいんだ〟アミはその全部を、カセットにとった。放送室にはいりこんで、昼めし時分に、学校じゅうにながした。

その後、やつは大金を投じて、ついにダッチ・ワイフを買ったらしい。人形をなでたりなめたり、うえー、キモチわるい。マネキンみたいな女の子がいるこの街は、だから彼のユートピアなのだ。啓子やウェイトレスにアタックしても、拒絶されるだろーが。

〝電車くるかな〟

時刻表がない。時計はあった。予想に反して、自分たちの腕時計との差は、ほとんどない。

乗りものは、こない。

みんな、だまりこんだ。

あおざめたり、あかざめたり（かるい昂奮とつよい緊張が持続してる状態）。無表情をニカワでぬりかためて固定したり、はるかかなたを文学的にみつめたり。ひとりごとめかして、不満をならべたてたり。

〝ママ、ママ、ママ……〟

よわよわしく泣きはじめたのは、レスリング部の大男。

「だまれ！　イライラする！」

わたしは、一喝した。

「いや、あーゆーもんですよ。単に『お元気でなにより』ってひとは」

マサカズが、はなしかけてくる。自身はこの場にいないかのよーに。

「あんた、精神力がバカバカしいくらいつよいのか、鈍感なだけなのか、わからないわね」

わたしは、口をポカンとあけた。

「くたびれた」

ロミが椅子に腰かけ、あとの三人も移動した。

半数以上が、立って待っていた。二時間をすぎると、しゃがみこんだり、ぶらぶらあるきまわったり。

「大むかしの前衛芝居みたい」

ガキのころ、一時凝ってたことがあって。やるんじゃなくて、読むだけよ。

「ゴドー待ち待ち蚊に喰われ、って小林信彦が書いてたよ」

この男の子、本気か冗談か、わかんないのね、いつでも。

三時間がすぎた。

電車も列車もこない。

「ほんとに帰れる？」

アミは、マサカズの腕にすがった。彼は百七十八あるから、実はそーじゃないときでも、彼女がしがみついてるよーにみえる。

「わからない。保証はない」

「じゃ、なんであんた、そんなにのんびりしてるの！」

「なにをしても、事態はかわらないから」

「あんたはねえ、モノゴトに動じないんじゃなくって、のろまなだけよ！」

彼は困惑して、口をつぐんだ。アミはさらにムチうつ。「反応がおそいのよ。それが、他人には悠然とうつる、ってだけで！」

マサカズは、あらぬほうをながめた。とりあえず。

「当事者なのに、部外者のつもり。なにがおこっても、他人ごととしてかんがえる」

「でもさ」

わたしは、アミの肩に手をかけた。「パニックにおちいれば、混乱するだけなんだから。駅弁たべたほうが、りこうってもんよ」

無人スタンドに、それは大量につんであった。みんなが到着する直前につくられた、としかおもえない。

ごはんが、じゅうぶんにふっくらしてる。わたしは、二個半たいらげた。

四時間以上、待った。

不意に、列車がするするとすべりこんできた。ヨーロッパ・スタイル。あずき色に金のラインが交錯した、七宝焼きみたいな車体。

ほとんどの者が、ホーッと息を吐いた。安心して。わたしは、うたがった。豪華すぎる。

〝これに乗るの？〟

〝そうだよ、きっと〟

〝ずっと待ってたんだもの〟

〝ああよかった。おれ、駅弁、たくさん持っていくよ〟

半分が乗りこみ、わたしたちもあとにつづいた。各コンパートメントは、六人がけになっている。

四人がはいったボックスには、女がすわっていた。シルバーの髪が長い。蒼白で美しいよーな顔をしてる。ゆったりしたフルレングスの白いドレスは、靴先をちらとのぞかせて。生気がない。長旅に疲れた、というより、もともとかったるくてしょーがないって感じ。

その女性の眼球は、わたしたちを生物学的に見た。だが、意識においては、視《み》つめてはいなかった。全体のすがたはぼんやりとかすんでいる。わたしは、幽体を連想した。

「だめよ！」

アミが叫んだ。「このひとは、メーテルじゃない！」

ほとんど同時に、四人はコンパートメントを、とびだした。今度は、背後にギラギラした目を感じながら。ホームでころんだわたしは、ひじとひざを切って血を流した。

音もなく、列車は去っていった。優雅に。

〝しまった、乗りおくれた！　これでもう、ママのとこへ、帰れない。ああ、どうしたらいいんだろぅ！〟

〝あれは、どこへいくの？〟

〝またべつのパラレル・ワールドかな。おい、そんなに泣くな！　かんべんしてよォ、ほんとに。ぶっとばすぞ！〟

「男って、すぐ本気泣きする。女はウソ泣きをやるけど。はじめは、演技でやってたのが、心底から悲しくなってきたりして」

アミはでも、心を痛めているのだ。そんなことをいいながらも。自分の判断がまちがってたんじゃないか、と。

「乗らなくてよかった——とおもうわ」

自信はないが、それをふりはらって、わたしは彼女にささやきかけた。

「本心から?」

アミが、顔をのぞきこんできた。わたしは、わらいかえした。彼女をまぢかにみて、急に安心したわけ。

「だって、あなたの直観、はずれたことないもの。これまで、何度も」

断言できた。そのことが、うれしかった。

「そーなの。うちのおねえさまは」と、ロミは気取って「予知能力とかテレパシー、あるみたいなのよ。試験のとき、まるで勉強しないのに……」日常的な話題は、不安をふりはらうから。彼女はつづけた。

安堵した四人は、そろってまた、駅弁をたべた。


目ざめると、そこは——教室だった。

「元気ィ?」

ロミが頭をあげ、ふりかえった。

「あれから、中央線みたいのに乗ってさ——トンネルにはいったんだよな。それが、長くて、車内は明かりつかないし。まっくらななかで、グラグラゆれだしたときは、オレもこれでオシマイか、とおもった。そのあと、おぼえてない」

冷静なマサカズでさえ、こうなのだ。ましてやあのときの女三人は、恐怖の極にいた。わたしは、叫ぶふたりを抱きかかえるようにした。すぐに気絶したけど。

「ペンダントが、なくなってる」

アミは、まだすこしぼんやりと。

「あれは、往復切符だったのね。つかっちゃえば、なくなる」

自分の着てるものをみると、中野の古着屋で買ったスリム、のスカマン。あっちの世界のファッションは、夢と消えている。

「おい、もしおなじ日だとしたら、授業時間、まだおわってないぜ」

教育実習の例の物件は、いない。

〝すげえ催眠術だったな〟

〝まだ、のんびり寝てるやつがいるぜ〟

〝起こしてやれよ。もうすぐ、担任がくる〟

ところが——彼らは目ざめなかった。

十一人。豪華列車に乗りこんだ九人は、死んでいた。『むかしのインテリ』と『マネキン・フェチ』は、ふつうじゃないねむりかたをしていた。彼らは、あの世界に残ったのだ。

あれから一週間たった。

「植物人間って、手間とオカネがかかるんでしょ。あいつら、どんな事態になっても、まわりに迷惑かけるのね。かわいそーな、おふくろさんたち」

「ほっとくと、死んじゃうの？」

「呼吸を助ける機械はずすと、その確率が高くなる。このまえ、あの放送きいたけど、高田さんは復帰していなかった。彼、こっちの世界では、どーゆー状態になってるんだろ」

『みどりの噴水広場』で、マサカズは肩をおとした。例のクレープ屋は、かき消えている。

「もどってきてるかもしれないよ」

それは、わたしのねがいでもあるんだ。あの特異なひとが、この世界にいないなんて、惜しい。

「あの街、ひとびとの願望でできてた。あそこにいるのがいやなひとは、帰ってこれるんじゃないかな？」

「ねえ、ここ一カ月ほど、やたらに蒸発・失踪・変死体が多かっただろ？　週刊誌も新聞も大さわぎしてた。これは淘汰だな」

マサカズは、わらいだす一歩手前のそのまた直前、とゆー顔をしている。

「あ、そーか。帰ってこないひとたち、おもいおこせば、そーかもしれないよ。メロドラマ自作自演型、恋愛妄想狂、生まれついてのオールド・ミス。超過保護息子、感情どっぷり派」

「まちがったミーハー（ロミによると、正しいミーハーは、ごく少数だそーで）いやらしいコンプレックスの泥に首までつかった、つまり育ちのわるいやつ、それにどーしょもない鈍感」

「ほう？」

わたしは、急にふざけはじめた。じっさい、うれしくてさあ。

「じゃ、そのうち『バーカ』がせめて百分の一くらいは、いなくなるかな。したら、この世は、ずいぶん住みやすくなる」

「では、あのかたがたは、オロカ者を少しでもなくそーと——なんと偉大なおかんがえ（アミは手を口の横にあてて大声で）クレープ屋さん、またきてね！」

その叫びに、数人がふりかえった。

「こーゆーこと、平気で口にするおれたちって、わるいひとなのね。確信犯だな」

しかし、この奇妙な現象は、ぱったりやんだ。ふつうの殺人とふつうの蒸発とふつうの家出が、いつもの頻度で報道されるようになった。わたしらの、悪意のこもった期待は、裏切られたわけだ。

いつもの午後、渋谷のマジック・パンとゆー店で、四人はいつものよーに、のたのたしてた。

「彼ら、低能どもを処理するのが、いやんなったんだわ。手数はかかるし、そのわりに能率あがらない。だって、バカはつぎからつぎへとうつる。わたし、感染しないよーに、いつも気をつけてんだ」

「してみると、わたしら、一生、メジャーにはなれないのね」

「ううっ、つらくないぞ！　ロミ、そんな声ださないでよ。自分で、明かるい絶望感でいくぞ、って決めてたはずでしょ」

「当然ですよ。おれ、だからおもうんだ。人生ってなかなか、オモシロイもんだと」

「人生って、すばらしい！」

四人は同時に叫び、わらった。

だってさ、ここまで感覚がゆがんでしまったら、はしゃぐしかないじゃない。ほかに、なにがあるっていうの？　もしあったら、きかせて。おねがい。

ペパーミント・ラブ・ストーリィ

8歳・20歳

街は、いつものように晴れあがっていた。騒音は快適なBGMだ。にもかかわらず、シーンとしたあかるさにみちている。妙に非現実的な。

想《ソウ》は通学カバンをかかえて、ひろい通りを横ぎった。そこをとおりかかる。立ちどまるのは、もう習慣になっている。

四時半までに、パーソナリティー・サクセス・センターへ、いかなければならない。十分ほどのゆうよはある。

ガラスと、それをつなぐパイプとでつくられた、陽光でいっぱいのレストラン。温室に似ている。屋根のガラスには複雑なでこぼこがほどこしてあって、よく伸びる新種のアイヴィーが、帽子さながら店全体にかぶさっている。つたは、パイプをたくみにかくしている。遠くからだと、キラキラしたふしぎな空間が、突如出現したようにみえる。内部には、植物の鉢やその他のかざりはひとつもないし。

想は、おもてがわから、のぞいた。

あのきれいな女のひとは、やっぱりそこにいた。おんなじ時間、おんなじシートに。ほとんど毎日。

想は三歳のとき、はじめて〈彼女〉をみたのだ。彼にとっては、発見といってもいい。それ以来、〈彼女〉を一方的にながめるのが、彼のひそやかなよろこびになっている。なぜだか、わからないけど。

〈彼女〉は、たまには、ひとりで。たいていは、おない年くらいの男のひとと、いっしょに。

想の母親は「あの子は、はたちくらいよ」といっていた。「変わってるわね。くる日もくる日も、おんなじことしてて。よくも、あきないもんね。おかしいんじゃない?」

そういうママだって、と彼はおもったものだ。たいしてかわりばえのしない生活、くりかえしてるのに。

想が学校へいってから、鏡子《キョウコ》はあとかたづけと二度めの着がえ（オフィス向き）をして、十時まえに部屋をでる。かえってくるのは五時。だから、いそがしい想の帰宅を、夕食のしたくをしながら、待っていてくれる。金曜は、親子そろって外での食事とショウ。土曜日、鏡子は部屋にいる。一週間分のそうじ、洗濯、家事のチェック。日曜はふたり仲よく、アスレチック・メディテーション・センターへ。離婚した夫に会いにいくことは、ない。これからもおそらく、ずっと。

「金持ち娘かしら」

鏡子は〈彼女〉のことを、そんなふうにいった。「十四か十五の、ほんのコドモのころから、ああなんだからね。男とひっついてばっかり、いてさ。相手は何人いるんだか、見当もつかないくらい。いやーね。ばかばかしくって、見せ物にもなんないわ」それから、好奇心まるだしのうたがう目になって「でもほんとに、どんな暮らし、してんのかしら?」

午後のひかりのなかに、想は立っていた。大きなアクリル・ボックスみたいな店と、その空間にぴったりの〈彼女〉にひかれて。

男がいれかわっても、〈彼女〉は、いつでもたのしそう。手をたたいたり、わらったり。まるで無邪気で。夢中になって。〈彼女〉が深刻そうにしているところを、想はみたことがない。一度だって。悩みというものを、知らないのだろうか。彼には、そのタネがじゅうぶん、あるというのに。

学校は、まだましだ。

あのいやったらしい、サクセス・センター。それに、八歳の彼は、将来のことだの、オカネのことだのを、心配している。キャッシュ・カードがつかえなくなったら、コブつき独身のママは、どうするんだろう。もしママが病気になったら、とおもうと、こわくなる。完全看護だから、病院についていって、そばにいさせてもらうこともできない。

はやく成功したい。ママがすきなことだけして、ほほえみながら日々をすごせるようにしてあげたい。時間のこと、オカネのこと、年とってきれいじゃなくなること、がママの問題らしいから。最近の彼女は、かがみをみては、ため息をついている。「女も、三十五をすぎると、ダメねえ。大金持ちだったら、若がえる手段、いくらでもあるのに」

母親のために、サクセス・センターへかよう。学校の成績もいい。それは、彼の義務感の成果なのだ。

想はいつも、いつでも疲れきっていた。元気だった、という記憶がない。生まれたときから、くたびれている。スケジュールがきつくて。強いられてるわけでもないのに、休息の時間も緊張しきっていて。

〈彼女〉をながめているとき、放心の瞬間がくるときがある。めったにないけれど。

想がこんなふうにとっくり観察しているのに、〈彼女〉は、まるで気がついていない。彼がおさないから？　無視できるから？　こうして、五年も、週に二回以上は注視しているというのに。

想は、クラスメイトから買った超小型集音器を、耳につけた。方向をあわせる。全面ガラスの向こうの〈彼女〉と男のひととの会話が、道をへだててきこえてきた。彼は、レストランのむかいのビルの、陽よけの下に立っている。

「そうなのよ。結婚を決めてから、身元調査したら、そのひと、わたしのおじさんだったの。それまで、わからなかった。だって、一度も会ったことなかったから。それにマミーは『おまえの男？　どこのどなたさまか知らんけど、そんなもん、見たくもないね』って、対面しようとしなかった。そのくせ、わたしにはないしょで、興信所にたのんだりして」

「きみのおかあさんて、わりと陰険なんだ」

鏡子がよく、美少年と呼ぶタイプなのだ。相手は。

「さあ、わかんないわ。あまりにも独特なひとなので、理解しようって気にもならないの。彼女みてると」

「きみの、その、おじさんって、どんなだった？　年寄り？」

「八つ年上。それが、わたしの十七のとき」

「遺伝なら、いまじゃ、どうにでもなるよ。国立遺伝子センターで。染色体を加工するんだ。費用は、かなりかかるらしいけど」

「そんなんじゃないの。マミーが反対したから、やめたの」

当然、という顔で、〈彼女〉はさえぎった。

「へえ、セイコは、おかあさんのいうことなら、なんでもきくわけね」

美少年みたいなひとは、口をまげてかすかにわらった。〈彼女〉をバカにしているというか、からかってる感じだ、と想はおもった。そういうことには、妙に敏感なのだ。それより――〈彼女〉の名前、どんな字をかくんだろう。聖子、静子、誠子……。

「だって、彼女、わたしに命令することなんか、ほとんどないのよ。はっきり反対したのは、その件だけ。あとは、べつに、しなければならないことなんて、ないんだもん。毎日、コーヒーと朝ごはんを、ベッドにもっていってあげるだけ。あとは、午前中に一時間散歩して、寝るまえにうんとドライなマティニを二杯つくる。えーと、それから、おふろ場に、マミーが決めた特別のせっけんだの、パヒューム・コロン、タオル、それに浴剤――真珠にそっくりで、とってもきれいなのよ。そんなものをきちんと清潔に、おいとけばいいの。あのひと、シャンプーがほかの種類のだと、二日くらい、きげんがわるくなるから。ずーっと、おんなじようにしとけばいいんだから、わりと楽よ。なんに関しても、そうなの。変化さえなければいいんだ。カーテンが古くなって、まったくおなじ品物をさがさなきゃならなかったときは、ちょっと苦労したけど」

ぼくたちは、なんてたくさんの習慣をもっているんだろう！　想は、あらためて感嘆した。しかも、ひとびとは、そのことをすこしもふしぎだとは、感じてないのだ。

「きみのおかあさんって、変わった顔してんのね」

男のひとは、なにげない表情で。だけど、きっと、セイコさんの母親のこと、気にくわないんだ。想の神経は、こんなふうにうごく。じつにすばやく。だって、ママがお姑さんのことおもいだしてしゃべるとき、ああいう顔するもの。祖母は、彼の両親がいっしょにいるときから、孫に無関心だった。父親もおなじくで、息子よりも妻に夢中だった。あらゆる意味で。

「そうね。美人でしょ」

セイコは、うれしそうに強調した。

「なんか、整いすぎてるっていうか、おっかない、つめたい顔してる。なのに、名前はえーと」

「スミレっていうの。むずかしい字、かくのよ」

「星よ、菫よ、ってわけね。きみたち親子は」

男のひとは、わらいをこらえている。

ああ、星子《セイコ》って書くのか。これでひとつ安心した。知らないこと、わからないことがあると、想はいらだつ。世界を整理したい欲望がつよい、ということはすべてを手中におさめたいわけだ。しかし、彼は当然ながら、自覚していない。ただ、コントロールしたい、とだけおもっている。

「きみみたいのを、逆エディプス・コンプレックスっていうんだ。子供って、ふつう異性の親に執着するけど、その反対だから」

男のひとは、サクセス・センターの「先生」が、ママに解説するときと、そっくり。「同性の親に支配されて、エスでは反抗してるのに、自我の部分ではまったく従順で、手ばなしで賞賛する。サディスティックなほうの親にこだわって、はなれられない」

「あー、みんな、精神分析用語つかう。ブームなのね。いやんなっちゃう」

星子は、顔をしかめた。

この先、どうなるのだろう。

ぼくは、ここに長くいすぎる、と想はおもった。待ちあわせ用の場所じゃないし。ひとに、へんにおもわれないかな？　だが、通行人は、彼に留意しない。まだ、ここにいられる。想は、予定時間に三十分プラスするのが、くせだから。ひどく用心ぶかい子供なのだ。

「まあ、いいさ」

男は、頭のうしろで両手をくんだ。身をそりかえらせる。「きみの、スミレさんが、ぼくとつきあうことに文句いわなければ」

「いわない、とおもうわ」

星子は、どこかとおくをみている。どうでもいいような顔で。

「今夜、踊りにいこう」

男は、両手をパッとはなした。星子は、とたんに、にっこりした。

抱きしめたいくらいにかわいい、と想は感じた。十二も年上の女のひとを、こんなふうにおもうなんて、おかしいけど、とも。

星子は、立ちあがった。

髪をひとすじだけ、目もさめるようなまっさおに染めていて、それがゆれた。ひたいの星型のスパンコールが、いくつもキラキラひかった。昼間の街では、あまりみかけないメイクだ。ミュージシャンみたい、キマッテル！　想はうっとりした。

相手の男も、想とおなじ感じをうけたようだ。目でわかる。

パーソナリティー・サクセス・センターへは、二分まえについた。ニタニタ顔の「先生」が待ちうけていた。

「きみは、テストを受けます。13のドアにはいってください」

先週も、そのまえの週も。おかしなことをやらされるのだ。積木、色彩カード。やさしげなつくり声で

「あなたのすきなとおり、おもったとおりに、ならべてくださいね」なんぞといわれて。想は、自分を一人前だと決めていた。そんな、赤ん坊みたいなこと、やってられないよ。

だが、おとなしい顔で、想は小部屋にはいった。

テスターは、いつもちがう。専門がこまかく分かれていて、きょうは、仮面顔の女。まばたきすらしないんじゃないか？　彼は、キモチわるくなった。

想は、女がすきじゃない。センターの指導員には、特に積極的な嫌悪を感じる。例外は、母親と星子だけ。

壁いっぱいに、単純な機械がそなえつけてあった。ボタンが横一列に。そのうえに、ランプがふたつずつ。

「おすわりなさい」

女心理学者は、棒よみした。想は、機械のまえの椅子に、はまりこんだ。

「よくききなさい。このランプのうちのひとつが、ともります。赤か緑か、どちらか。赤の場合は、ボタンを押す。緑だったら、押してはいけません。両方同時につくこともありますから、そのときは自由にしてよろしい」

女は、べつのちいさなタイプライターに似た機械にむかった。両手をスウィッチのうえにおいて、彼を横から監視する。

「いいですか？　じゃ、はじめなさい」

女の声が、やや高くなった。職業倫理に燃えている。精神医学者はこうあるべきだ、というステロタイプをでっちあげて、そのイメージに忠実に従っている。想は、はっきりとことばで思考したわけではない。ただ、異常な雰囲気を、これはどこかまちがっているということを、つよく感じた。

想は適当に、いっしょうけんめい、やった。演技は、すでに身についている。そのときどきの相手が望むように行動するのは、反射神経になっている。そのことは（おそらく）このテスターには、わからないだろう。

赤と緑がいっしょに光ったときは、かまわずボタンを押したり、まよったふりをしてみせたり、した。

四十分たった。

「よろしい。これで、おわり」

女学者は、チェックした表を、もう一度ながめた。彼女は担当者（主治医）ではないので、カルテをみたことがない。だから、今回の結果に満足しているのだ。

想は小部屋をでた。

ソファーには、ママがいた。

「会社に連絡があったの。先生から。ねえ、あなた、なにかわざとしたんじゃない？」

鏡子は、さぐる目になった。

彼女は、想のクラスメイトの母親たちとちがう。息子を対等に、おとなみたいにあつかう。わかってるくせに。想が、ともかく表面ではいい子だ、ということは。

「奥さん、2のドアにおはいりください」

インフォメーションがよんだ。

いけないと知りながら、罪悪感はまったくなしで、想は集音器をだした。

「――いいえ、そんなことはありません。異常、ではないんですよ。ま、なにが正常とされてるかといえば、つまり大多数に属する、ということにすぎない（小声で）これは、わたくし個人の意見ですが。（もとの自信をとりもどして）坊ちゃんは、ほかのお子さんにくらべて、成熟がはやいんです。もちろん、精神的にですが」

「すると、なんですか？　へんに気をまわしたり、他人の顔色よんだり」

鏡子は冷静にたずねている。

「複雑なんですよ。まわりに神経をつかったり、他人の気持ちを推しはかったりする能力が、抜群なのです。ＩＱだけが高い、ふつうの天才とはちがいます」

男の指導員は、ていねいに熱っぽく語っている。

「ませてるのね。それで、はたちすぎたら、ただのひと。発育がはやくとまって、セコイおとなになるんだわ」

ママは、ぼくを愛してないのか？　想はふと、不安になった。

「早熟といわれるひとたちが、いまおっしゃられたようなタイプですね。しかし、残念ながら、息子さんの未来を予知することは、できません。これは、ほかのメンタル・センターへいっても、おなじでしょう。奥さんがご心配なさるのは、わかります。正直に申しあげると、こちらでは、どのように判断していいのか、わからないのです。若いドクターたちは、熱狂してますがね。ＩＱは１８６ですし。感覚と感情の発達は、十五歳平均に相当しますから。ついにミュータント出現、といって」

指導員は、鏡子の気分をほぐすために、かるくわらった。

「こちらでは、特異なケースを多くコレクションしていらっしゃるようですが？」

鏡子は、医者とはちがうわらいかたをした。

「あえて申しあげるならば、異常にすぐれたひとたち、と自負しています。それは、円満な人格ということではありません。ま、そんなひとは、自足しきってますから、仙人にでもなればいいのであって。それよりも、社会の役にたつ、それも専門バカではない、フュージョンした能力をもつパーソナリティーを育てる、というのが、ここの児童部の目標です。成人クラスもおなじですよ。おまちがえにならないように。精神病院に似てるかもしれませんが、コンセプトがまるっきりちがうんですから」

「……わかりました」

鏡子は、あなたのいいたいことは理解できた、というイミで会話をうちきった。だけど、あたしは了解したわけじゃない、がそのあとにつづく。口にはださない。

こわい、と想は感じた。彼がまだ知らないわけのわからないものを、母親は平然とだしてみせる。ときおり、だが。

想は、集音器をかくした。

鏡子がでてきた。

「どうだった？」

想は、子供らしく気づかって、ママの顔をのぞきこんだ。鏡子は、ちょっとだまっていた。不意に彼のほうを向くと、あかるくいった。

「お夕食に、友達がくるの。さ、買いだしにいこう。いそがなくっちゃ」

「ねえ、ママ、先生はなんていったの？」

「あなたは、とても繊細なんだって。感受性がつよいの。神経症気味だから、カウンセリングがはじまるわ」

「シンケーショーって、なに？」

ことばは、何度もきいたことがある。定義は知らない。

「自分で自分のじゃまをすること。自分では気がつかないとこで、ね。いりくんでて、不自然で、苦しんでて……人間関係が、見かけはとにかく、内実ではうまくいってない」

想は、ママほど真剣なひとを知らない。（いまのところは）そこが、大好きなのだ。「あたしも、そのクチかもね。自分に向かない男と、強情はっていっしょになって、そのあいだじゅう、彼を憎んでいたわ。神経質なくせに大胆で。気がよわいから、わがままで。半年たたないうちに、わかれたいっていいだしたのも自分だし。何年もそれをいいつづけて、いってるってことである程度の満足を得ていた……」

「ごちそうは、なあに？」

想は、とびはねてみせた。

「そうね……あのひとは、量さえたっぷりしてりゃあ、いいのよ」

「そんなとこへ、わが子をいかせるなんて、おそろしくない？」

友達とかいう主婦は、ばら色のワインをのんでいる。もっさりしていて、腰のまわりがことに太い。鏡子は、くちびるのはしでわらった。お友達には、なぞめいた気にならない微笑にみえるだろう。

ふたりは、長時間にわたって、食べつづけている。鏡子のほうが、比較にならないほど、プロポーションがいい。女たちは、しゃべりつづける。想は自分の量と速度で食事をおえると、部屋にひっこんだ。

ベッドに寝そべって、暗いなかで、身じろぎしない。力をぬいて、脳にだけ身をまかせる。

ぼくは異常か？　と想は醒めた頭で。基本的には、なんでもどうでもいい。そのくせ、感情のボルテージは極端に高い。ふつうになりたい、とねがう。祈ってさえいる。ほかの子みたいに。ふにゃふにゃしてて、頭がわるいからウソつきで、イージーな、子供の平均像。

ぼくは、やられちゃわないから！　なにに？　この世界にだよ。臆病でも、こんなに固く決心していれば――想のはげしくほとばしる感情は、頭をつきぬけて、部屋じゅうをかけめぐった。叫び、ぶつかり、折れ、強烈な反射が、はねかえってくる。全身が分解しバラバラになりそうな振動が、脳をゆさぶる。すぐに急激な不安。

想は、やわらかい大きな枕の下に、頭をつっこんだ。いやだ、いやだ！　みんなとおなじになりたい！　こんなんじゃなくて！　彼は枕のはしを両手でにぎりしめた。頭の中身をいれかえたい。カセットみたいに簡単に。彼はふるえ、汗をかいた。

女たちのわらい声が、かすかに。彼は、ながい息をはいた。弛緩がやってくる。じょじょに。

彼は枕をはずし、ゆっくりとあおむけになった。胸は、まだ波うっている。もうひとつため息をつき、ひたいの汗を手の甲でぬぐった。もう、だいじょうぶだ。

想は、時期をはかって、ベッドからでた。脚はしっかりしている。音をたてないように、浴室にはいった。シャワーはつめたすぎた。温度の確認をうっかりわすれていたのだ。めずらしくも。彼は手をのばして調節し、頭から湯の雨をかぶった。三分ほどでとめ、バスタオルをかぶった。かがみにぼんやりうつったすがたは、よわよわしくやせこけている。このままでいたい、と漠然とおもった。

自分の部屋にもどる。あかりをつけないでパジャマをさがしていると、ノックがあった。

「ハロー・ボーイ」

鏡子は、きげんのいい声をだした。「あのひと、かえったわよ。でてらっしゃい」

壁ぎわのスタンドをつける。ねまきのスナップをはめ、ドライヤーをかるくあてた。

居間にはいっていくと、鏡子はやわらかい大きな椅子に身をしずめていた。うつむいて、腕だけつきだしている。きゃしゃな指には、ブランデー・グラス。

鏡子は、顔をあげた。ふだんより、反応がわずかにおそい。彼女はなにかの想いをふりはらうように、息子にわらいかけた。

「のど、かわいた?」

「ぼく、コーヒーのみたい」

「いまは夜よ。あなたくらいの年の子には、昼間でもカフェインは、よくないのよ」

やわらかく、かすれた女の声。

「でも、ミルクをいっぱい、いれれば、いいでしょ? 半分以上」

「……そうね」

鏡子の頭は、空白みたい。神経だけが、指令なしにうごいている。彼女は彼の飲みものをつくって、わたしてくれた。ビスケットをそえて。

母子《おやこ》は、しばらくだまっていた。

気がついたように鏡子が立ちあがって、音をだした。壮大でやたらに元気のいい、SF映画のテーマだ。ボリュームは、すこししぼって。夜向きじゃない。たしかに。だが彼女は、陰々滅々とグチばかりならべる歌が、大きらいなのだ。

想は、胚芽入り堅焼きをかじった。

「ねえ、ママ、お化粧かえたら、もっときれいになるよ」

星子をおもいだして。

「どんなふう?」

鏡子は、目玉をくるりとまわした。ママって最高だ、と想は安心し、元気づいた。

「おでこにね、キラキラしたちいちゃい星を、いっぱい、つけるの。そいで、前髪だけ、青か赤かきれいなむらさきに染めるの」

「いいわね」

自らに向かっているその声は、星子に似ている、という錯覚をあたえた。

星子が、わらいながらふりかえる。だれへともなく。想にではなく。千の太陽がいっぺんに出現したような、かがやかしくも純潔な笑顔だ。それがくりかえされる。何度も何度も。映像が、かさなる。彼は息がつまった。めまいさえも。星子は、スローモーションで何回もふりかえった。

「なに、かんがえてるの?」

現実のママが、たずねかけてきた。

18歳・30歳

想はバイトの帰りで、ひどくくたびれていた。

十代の女の子に、珍奇な服を売りつけるのは、じつにたやすい。半日立ちっぱなしでも、体力の消耗はさほどでもない。十三をすぎてから、彼は急にじょうぶになり、運動はほとんどすべてができるようになった。女の子たちを軽蔑し、つくりわらいをうかべて口車にのせるなんて、カンタンすぎる。それより、こんなことしてていいのか、と絶えず自問しつづける。そのことで疲労してしまう。

ネオン・サインのストロボが、あるいている彼を、コマおとしにうつしだす。

鏡子はいらだって、息子を待ちうけているだろう。彼女は再婚しなかった。恋人も情人もつくらず、一夜かぎりの男との接触も、断りつづけた。「並よりましとか、まあまあだなんて、自分にゆるせないのよ。

とびきり上等じゃなきゃいや」といって。更年期障害は、そのせいか、はやくきた。いまごろが、まっさいちゅうなんだろーか、と想はだるくかんがえる。だったら、ありがたいんだが。さらにエスカレートして、最盛期は何年かあとだとしたら、たまらない。

想は、通りをふらふらと。勤勉であった自分が、最近こうなってきたのが、おそろしくもおかしい。ふっと、わらう。

向こうから、星子がゆっくりと。

あれから十年、はじめてみたときから、十五年たっている。その間《かん》、正面きって出会ったことは、一度もない。

「こんばんは」

想は、なにげないふりをした。

「こんばんは」

星子は、にこやかに。

だが、どうやら、彼を知らないらしい。

「会えて、ドキドキしてます。ずっとむかしから、あなたのこと、みてたんです」

ごく自然に、そういえた。想にとってみれば、初対面ではないから。

「そう?」

星子は、首をかしげた。

服装と化粧の印象は、あの日とすこしもちがわない。十年たっているのに。

今夜は、ラメのヘアバンドにおなじ素材のストッキング。銀いろのミニドレス。ちいさな妖精をおもわせる。

夜だから。厚化粧も気にならない。

「あなたの……ファンなんです」

恋愛感情じゃない、これは。だとしたら、マザー・コンプレックスに似たものか? このあこがれは、いったいなんだ?

「時間、あります?」

星子がだまっているので、彼は多少あせった。

「ええ、いつでも」

星子には、まるで警戒心がない。この女、すこしおかしいんじゃないか？　まるっきりのバカかもしれない。

半年まえから、センターにはいってない。アホらしいというより、夜あそびしたいから。

「じゃ、あの、いつものレストランへいきましょうか」

オレはあがってると、想はうっすらと感じた。口にだしてから、星子のほかの男と同一視されるのはいやだ、とおもったり。

「あそこは、この時間だと、しまってるわ」

星子は意識していない。だが、その返事は、彼にとって、つごうがよかった。

「だったら、ぼくがよくいく店で、かまわないかな？」

「そうね」

彼は先にたった。抱いてあるこうかともおもったが、まだはやいだろう。星子は、おとなしくついてくる。

それにしてもふしぎなのは、と想はひとつひとつのビルや看板をながめた。街の表情は、この十年、変わっていない。まるきり。彼が小学校へはいって二年くらいまでは、絶えず工事があった。街は、急激に変化しつづけた。それが、なんの予告もなく、パタッと止まった。経済成長だのなんだのには、関係なく。

古い物が存続し、あたらしいものができない、というだけではない。建て物は、手入れなんかされてないのに、十年まえとまったくおなじにピカピカにあたらしい。まるで、時間がとまってしまったように。

きょうも、きのうとおなじ。きのうは、おとといとおなじ。あしたも、かわらないだろう。なにも変わりやしないのだ。夜がきて朝がきて、また夜がきて……青春期にあるはずの彼は、もうつくづく（型どおりにいえば）人生に疲れていた。純粋に肉体からくるものではなく。希望も期待もない。かといって、単純にシラけているのでもない。退屈だが、そうおもってもしかたがないから、退屈しない。

上げ底なしに夢中になれるのは、何日かに一度、数分、星子をみるときだけだ。彼は音楽をやってみたり、ドライヴしたり、けっこう動きまわっている。だから、星子をみかけるのは、偶然による。彼女のほうは、クォーツなみに正確な規則正しい生活を、つづけているらしい。

『ロキシーの夜』という店は、客がまばら。これから真夜中にむかって、混む。アクリル、プラスティック、ブラック・ミラーの超アナクロ趣味。

コドモたち（想とおなじ年ごろ）は、それぞれ、せいいっぱい装いをこらして、ただただ目立ちたがっている。イモが強調されてるだけ、というのが半分くらい。

星子のファッションは、彼ら以上にハデでけばけばしい。それが板についている。年齢にさからって無理しているな、という感じはまるでない。ここにいる最年少者の母親といっても、さしつかえないのに。洗練された、おとなの女をつれている。想はひそかな勝利感とともに、テーブルについた。壁ぎわがふさがっていたので、なるべくすみのほうの。音は、それほど、うるさくない。ここはディスコではないから。

想は、黒ビールをたのんだ。

星子をふりかえると「おなじの」という。意志がない、といってもさしつかえない声だ。かといって、憂鬱や怠惰や投げやりさが、まじっているわけでもない。

「あの。ずっと、ひとりだったんですか」

性急にすぎた。彼は反省したが、星子は気にしていない。彼女は、他人にはものうげにみえるような、顔のあげかたをした。

「わたし、いつかくる日を待ってんだわ。きっと」

星子は、テーブルにひじをついた。ここの雰囲気にとけこんでいる。おそらく、どこへいっても、そうだろう。

「ねえ、時間がとまってる、っておもうことない？」

星子は、不意に真剣になった。この街についてなら、そうだ。説明できないけど。しかし、星子も想も、確実に年をとっている。「ほんとはどうなのか、わかんないけど。時間なんか、とまってしまえばいいわ」

「そうね。だるいってことなら結局おんなじだから」

「あら、あなた、タイクツなの？」

星子の目が、つよくひかった。

「まともな神経もってたら、だれだって、そうでしょ」

「それなら、わたし、マトモじゃないんだわ」

皮肉や非難や自嘲は、ない。むしろ、かんがえこむような調子だ。

「そういう意味じゃありません」

想は、あわてた。じゃ、どーゆーイミだ？

「あの……こんなこといっていいのか、わかんないけど——ぼく、ずっと、あなたのこと、すきだったんだ。子供のころから」

大告白。彼にとっては。

星子はあっさりと「アリガト」

星子はいつも、二十歳から二十五歳くらいまでの男と、あのレストランにいる。相手のルックスはちょっとキレイ程度から上。そのじつ、だれでもいいみたいだ。絵柄で満足するのだったら、想をえらんでもいいはずだ。彼は並以上に女の子にモテるし、外見もわるくない。いままで、きっかけがなかっただけなのか？男たち全員に、こんな態度をとっているのか。

「あした、時間、あいてます？」

大学やバイトは、ずるけよう。オレ、どんどん、くずれてくなあ。いつだって、用心ぶかくキチンとしてたはずなのに。

「あるわよ」

星子は、心のないやさしさで。まあ、いいや。とりあえず約束をとりつければ。

「何時でもいいんだ。会ってくれますか」

想は返事を待って、息をつめた。

「昼ごろは、母とすごすから……」

想がはじめてみかけたころから、星子は、よく母親とつれだってあるいていた。二カ月ばかりまえも、ゼミのかえりに見た。五十をこしているだろうに、スミレさんも星子とおなじなのだ。いや、逆だろう。星子が、忠実に親の模倣をしているのだ。

菫は、自分の青春期にいちばんカッコウがよかった、と推定されるスタイルを、がんこに守っている。服はミニ、アール・デコ、ロングとさまざまだが、化粧法はかわらない。カッチリしたつけまつげに、青か緑のアイシャドウを濃く。かならず、日傘をさして。

「二時から五時までなら、あいてるわ。そのあとは七時半すぎから九時まで」

星子の口調は、淡い。

「場所は……」といいかけて、彼は口をつぐんだ。例のレストランで、星子をはさんで男どうしがにらみあっていたことをおもいだしたのだ。五、六年まえ。彼女は、男が乞えば（そして、外見が合格なら）やたらにいいわよ、といってしまうのだろうか。

星子は、彼のことばを待っている。

「きみ、知ってるとおもうけど。あのレストランから、あるいて二分くらいのとこに、わりときれいなラウンジがあるんだ。陽がいっぱい、はいる。名前はね……『ジョカへ』っていうの」

「知ってる。そこにしましょう」

星子は微笑した。目だけ、口だけ、といった「屈折した現代人」の表情ではない。心の底から、顔いっぱいに、ほほえみかけてきたのだ。わらうと、すこしもかわらない、と彼はおもった。あのころと。

「わたし、水がこわいの」

ちいさな金いろのライターをいじりながら、星子はうちあけた。

「目がさめてるときは、全然そうじゃないのよ。その反対なくらい。でも、夢をみるでしょ？　そのなかで、床がぬれてたり、おふろ場があったりすると、おそろしくて声もでないの」

いくらか、ぼんやりしている。目は、彼をみてはいるのだが。

「海は？」

「海？　テレビや写真でしか、見たことがないわ。べつに行ってみたくもないし」

「おれもそうなの。生まれてから、一度もこの街をでたことがない」

「だけど、夢のなかには、でてくるわ。たまに。それが、赤いきたない海なんだけど、そのきたなさがきれいなの。とっても。そこでは、もう時間がとまっているの。貝や魚は、生きてもいないし、死んでもいない。ひとりで海辺に立ってるの。こわい」

「じつは、それをのぞんでるのかも、しれないよ」

想は、意識しないでやさしくすることができた。めずらしいことだ。星子は、ほんとうは鋭敏なのかもしれない。それを気づかせないだけの、かしこさがあるのかも。そのどちらであるのか、まるでわからない。ただ、いっしょにいると、自分をさらけだすことが苦でなくなる。自然な態度がとれる。ものごころついてから、母親に対してさえ、対人関係としての意識をもちつづけていたのに。最近は、それが、さらにひどくなっているのに。

このひとは、いくつになっても、このきよらかさをうしなわないだろう。ある種の神聖さを感じる。

「べつのもの、たのみます?」

ええ、と星子はうなずき、彼にその品をささやいた。想は、ウェイターを呼んだ。

みんなは、自意識過剰のだらしなさで、シートにがんばっている。おもしろみのない音楽にききいっているふり、がまるみえの男もいる。ここには、汗も叫びもない。そうぞうしいものが、彼はきらいなのだ。

「時間もこわい?」

想は、星子と、もっとくっつきたかった。あいだにはさまったテーブルが、じゃまだ。

「時間と水」

星子はつぶやいた。ペパーミントのグラスをくちびるにあてて。遠い声で。

「永遠の水」

想も、おなじように。

「わたし、あんまりねむらないの。四時間以上、ねむったことって、ない。子供のころから。だって、寝てるあいだに、死ぬかもしれないでしょう?」

しずかな目で、星子は想を、正確には彼の背後にあるものをながめた。

想の時間感覚は、ぺらーっとしている。彼女をみつめているときだけ「永遠」にふれる気がする。そのときだけ。そして「永遠」と「瞬間」は、おなじものなのだ。長さがない、ということにおいて。

自分で、これは独自の宗教的情熱なんだ、ということは、わかる。イン・ザ・プラネットという感じで、ある種の神さまを、信じているクチなのだ。自己の内部での。

「まだ、いっしょにいれる?」

想は、身をのりだした。ささやきおわると、もとにもどる。それではっきりわかったのだが、これは恋じゃない。経験したことのないものにたいするなつかしさ、という気がする。理屈にあわないが。

「ごめんなさい。いま、おもいだしたの。ママの夜食と飲みものを、用意しなきゃ」

「何時までに?」

「九時半に帰ってれば、いいの。ママが寝て、あとかたづけして、一時からはまたでかけられる。彼女、朝は九時におきるから」

夜中は、想のほうがやばい。わずかな物音で、鏡子は目をさますし、目ざめたらその夜は二度とねむらないから。

「まだ、いられるね。なにか、たべる?」

「いいかしら?」

星子は、遠慮がちにささやいた。男が払うのは当然だ、とはおもっていない顔だ。ややびくついているようにもみえる。

星子のほうが、カネをだしているのか? 十五くらいから、ずっと。

「いいよ、当然。きょう、給料はいったんだ。バイトの」

「わたし、ケーキがすきなの」

「うん、じゃ、そういうのが、たくさんならんでる店、いこう」

星子をたすけて、立ちあがる。知ってる女に会わなきゃいいが、とチラとおもいながら。

その店のウェイターがはこんできたトレイから、彼女は三つえらび、さらにふたつ追加した。

「びっくりした?」

幸福そのものの、子供っぽい顔。

「いいや?」

想は、かるくわらった。年の差を、まるで感じない。ときには、彼女が年下におもえる。

「うちでは、もっと、いっぱい食べるの。マミーが『外じゃみっともないから、おやめ』っていう。これでも、がまんしてるんだ」

「しなきゃいい」

「うーん、じゃあ、あとでまた三つくらい、たのんじゃおう」

「だけど、ちっともふとってないのね。プロポーション、はたちのときより、かえってきれいになったみたい」

あのころの星子には、若さの脂肪があったから。こんなほめかたは、したくなかったんだが。

「そおお?」

星子は、全身でよろこんでいる。

顔はしかし、十年まえのかがやきが、すっかりうせてしまって。くたびれた花にみえる。

「あなた、いつも、若い女の子とつきあってるんでしょ?」

そんなことは、まるで気にしてない、というふうに星子はふるまっているが。女はわからないから。想は、用心ぶかく「みたいだね」とこたえた。

十代の女の子は、それほどすきではない。中年になったら、少女を追うかもしれないが。いまは、ただ、なりゆきだ。どちらかというと、年上ごのみ。たまにはいい女もいるが、相手のせいではなく、彼が夢中になれない。結果として、数はふえるばかり。

それを口にしなかったのは、おせじにきこえるだろう、と計算したから。彼女との、はじめてのデートの昂奮は、さめかかってきている。

「ねえ、そっちがわへいっても、いいかな」

想は、だるくなってもきたので。

「どうぞ」

壁ぎわのソファーにならんだ。あまい香りが、彼を一瞬、くらくらっとさせた。はっきりいえば、やりたくなったのだ。「ケダモノのお年ごろ」と笑った女の子がいたっけ。あれは冗談がわかる、かわいい子だった。壁の時計をさがすと、あと一時間ちょっと、星子といられるのは。いますぐ、いますぐ!

「ホテル、いかない?」

とたんに、動悸を感じた。

「いいわね」

彼女は平然としている。だれとでも寝るんだろう。そんなこと、ちっともかまわない。女から逃げるとき、それを理由に責めたてることはあるが。手段でしかない。

タバコをけし、伝票をつかんだところで、はいってきた女と目があった。先月か先々月、一週間ばかりつきあった二十五歳。

「ああら、ひさしぶりね」

こーゆー声だすんだよな、こいつは。

「あいかわらず、おさかんなのね」

うるせェな。オレの勝手だろ。かまわず立ちあがる。女は、まっすぐにちかづいてきた。ほかの何物も目にはいらないらしく。

「あんた、今度は、そんな大年増をこのむようになったの?」

「このひと、いとこ」

想のいいかげんな口上を、女はキャッチした。

「そんなウソ、すぐバレるのに。おやめなさいよ」

女と想は、立ったまま。星子は、のこったケーキをたべている。女は、ふたりをハタとにらみつけたまま、すわった。彼は立っている。「ねええ、きいてくれるゥ?」今度は、やるせない哀願調。上目づかいをしたので、女の広大な白目が、にぶくてらてらとひかった。

「時間がないんだ」

想は、早口で。

「いいじゃない。おねがい。ね、ちょっとだけ。二、三分でいいから。ううん、一分でいいわ」

「おはなしがあるの?」

星子は、すこしもかき乱されてはいない。

「ないよ」

彼は星子の背に手をかけた。ホテル行きより、この女からのがれることのほうが、さしあたっての問題だ。

「はなしたいこと、いっぱい、いっぱい、あるの。毎晩、毎晩ひとりで……だれかとあそびにいっても、さびしくて」

女は涙ぐんでいる。自分の文章の矛盾にも気づかずに。いつもひとりなのに、いつもだれかといっしょなのかね? こーゆーのを、感情横すべり派というんだ。

「わたし、帰ります。もう、そろそろ時間だし」

星子は、女を、わざとではなく、ごく自然に無視している。こんな資質も、めずらしい。

「わかった」

想は(なかば見せつけのために)非常にやさしい声をだした。「あした、きっとね。わすれないでね。ぼく、時間どおりにいける、とおもうから」

「わたし、ときどき、おくれちゃうの」

「いいよ（わらって）二時間までだったら、待てるから」

「じゃ」

星子は、手をあげて、でていった。彼も手をあげた。

のろのろと腕をおろしながら、ふと、永久にうしなってしまうのではないか、とおもった。彼の気分は、顔にでたらしい。

「未練たらしい男って、いやね」

女は、またもやあの上目づかいをした。彼はすわって、体勢をたてなおした。

「そうだろ。そうおもうだろ。で、おれ、あのとき、きみと泣く泣くわかれたんだよ。無理してさ。いっしょにいたかったのに」

じつは、軽い心で涙うかべて、だったが。

「ほんとに？」

女の声はひくくなった。

「ほんともほんと、大《だい》ほんと」

「ふざけないで。ほんとにそうだった？　つらくなってもあたしはかまわない。ウソだけは、いってほしくないの」

小首なんか、かしげちゃって、あごから首のラインがくっきりしてなくて、カエルの喉みたい。そこへみにくいしわがよる。

「あのままだったら、きみにおぼれこんでいただろう。そして、ぼくは異常に嫉妬ぶかくて、小うるさいんだ。ながくつきあうと、きみを苦しめる。だから、だから、身をひいたんだ。きみのしあわせのために。だって、きみには、あたらしいひとができたし……かなしいことに」

想がほったらかしに、しておいたから。女はふらふらと、くされソーセージ男と、とりあえずくっついた。いまのようすでは、長つづきしなかったようだ。

「まあ、誤解よォ……」

なんたら、かんたら。

想はうわの空で、口だけうごかして、やりすごした。「おくってって」とあまえる女をのこして、そこをでた。さほど疲れてはいない。徒労感もない。いつものことだから。それより、それより……。

想は、母親のいる部屋へむかって、あるきだした。鏡子は、いまや重度の息子コンプレックスになっている。あれほど賢明だった女が。よる年波とさびしさのせいか？　たくさんの女の子たちとあそんでいる、ということは知っている。だから、かえって安心なのだろう。特定のひとりにほれこんではいないから。だが、星子のことは……。

星子に対して、想が理解できない種類の愛情をもっている、ということを母親はかぎつけた。

「十二も年上なのよ！　かんがえてもごらんなさい！　いい年して、あんなかっこうを、みせびらかして。いつもちがう男といっしょで」

ああ、ママ。とてもすきだったママ。むかしのあなたは、どこへいってしまったのだ。

想は、星のない夜をあるいていった。

つぎの日、想は星子との待ちあわせに、間にあわなかった。でる直前、鏡子が発作をおこしたからだ。目がみえなくなり、脚がマヒした。ママはだまって、そのくせ、床をはいずってでも家事をやるんだ、というデモンストレーションをする。小さなテーブルや、そのうえの水がはいってる花びんがたおれた。鏡子は、わざとのように、よけない。頭で陶器が割れ、破片が散った。こうなったら、でかけるわけにはいかない。ヒステリーだとわかってはいても。

センターへ電話してすぐ、星子にも連絡したかった。しかし、彼女の自宅の番号がわからない。場所さえも。『ジョカへ』にかけてみたが、三十分まえなので、星子はいなかった。

床にななめにたおれている鏡子を、なにもしないで横目でみているうちに、センターの係員がきた。タンカにのせられながら、鏡子はモノローグをつづける。「ああ、死んでしまう。心臓が痛い。こんなとき、息子がいけしゃあしゃあと、女に会いにいくなんて」

想は嘆息した。

彼がベッドからすこしでもはなれようとすると、鏡子はからだを弓なりにさせて、叫びをあげる。彼が手をにぎっていれば、おとなしい。セイコ、セイコ、セイコ、と彼は頭のなかでくりかえした。目をかたくとじて、ママの手をにぎる。

五時をすぎると、鏡子はしずかになった。

「キャッシュな女だな」

想はつぶやいたが、鏡子にきこえたのかどうか。彼を産んだ女は、執拗に、この男の子の顔から首にかけてのライン、特に彼女がほれこんでいる彼のくちびるを、視線でなぞる。情人をみる目だ。

「今夜はここに泊まれよ。オレは帰る。だいじょうぶ、うちにいるよ」

病室のドアをしめると、想は走りだした。ひとにぶつかり、エスカレーターを二段とびにして。

店のガラスドアのまえに立ち、それがひらくまでのせつな、彼はなかをみわたした。星子はいなかった。あたりまえだ。

シートにくずれおち、一分ほど放心していた。ウェイトレスがわきに立っているのに気がついて、いきなりたずねた。「なにか、伝言ありませんでした?」

ウェイトレスは無言で、店にそなえつけの落書きノートをもってきた。

「レモン・ジュース。ガムぬき」

いいながら、ページをめくる。きょうの部分に、星子はなにも書きのこしていなかった。記録とか記念とかを大事にする女じゃない、とわかってはいたが。

なにか、とてつもなくたいせつなものをなくした、という気がする。すっぱいジュースを二分でのみ、彼は店をでた。

街は、いつもとおなじ。いつでもおなじ。

夜がはじまる。あと五分で。

想はとにかく、あるいた。うちにいなきゃ。ママが三十分おきに電話してくる(だろう)。とちゅうで、女の子を呼びだした。真夜中まで鏡子の電話をうけつづけながら、女の子をいじめた。「痛い、痛い」とわらっていた女の子は、おしまいに泣きだした。彼はけんめいになだめ、朝の三時にそろって散歩にでた。

気がつくと、だれかの家で、ひとりで毛布にくるまっていた。昼ちかい。あれこれさがしまわって、とにかくコーヒーをいれた。これから先、オレはいつもこーなんじゃなかろーか。

窓をあけはなった向かいの部屋で、同い年ぐらいの男が、ギターをひいてうたっていた。めめしいラブ・

ソングを。♫かえってきておくれェ〜〜せめて、ぼくの指をにぎっておくれェ〜〜〜

「だまれ！」

　想はどなり、その男にコーヒーをぶっかけ、窓をしめ、その部屋をでた。

28歳・40歳

目ざめると、みちるはもう、ベッドにいなかった。想のすきな軽薄ポップが、かかっている。こんなにぐっすりねむった記憶は、いままでにない。

昨夜は、約半年分の疲労をしょいこんで、ねむりにおちた。仕事とか、そんなんじゃない。問題は、ママ。おない年のこの女と、知りあったその日から、本気でつきあいはじめた。四年まえ。それがバレてから、鏡子は「病いじょうずの、死にべた」になった。

　想の女関係としては、奇妙だった。

テープ屋で、ながいあいださがしていた掘りだしものをみつけた。想が手にとると、横からするどい声がとんできた。「それ、わたしが買うのよ。いま、伝票につけてもらってるとこ」

「だって……」

　ふりかえると、おとなっぽい顔だちの、しかし雰囲気としては幼児的な女が、タバコを左手にはさんでにらみつけていた。本人にそのつもりはないだろうが、よくかがやくつよい目だ。

「まあ、いいわ」

すぐにだるそうに、女は息を吐いた。「それ、あなたにあげる。レジはすんでるから、もっていって！」

くるりと背をむけて、でていこうとする。想は女の肩に手をかけた。服のうえからではわからなかったが、骨ばっているのにおどろいた。

「待てよ。そんなわけには、いかないよ。ねえ、ぼくも半分だすから、これ、共有にしない？」

　ハイヒールをはいている女の目の位置は、想より二センチほどひくい。つりあいとしては、ちょうどいいな、あるきながらしゃべるには、と想はおもった。彼女はまっすぐに、彼の顔をながめた。女の表情が、やわらかくなった。わらって「そうね」とうなずく。

「じゃさ、これ、いまから、ふたりできかない？」

「わたしのうち、このちかくなの。くる?」

「いく、いく」

もちろん。しかし、親きょうだいと顔あわせたら、なんていおうか?

「ひとりぐらしよ」

偶然なのか、想の心理をよんだのか、彼女はさりげなくつけくわえた。「わたし、みちるっていうの。あなたの顔、すきよ」

想はしばし、絶句した。どーゆーイミだ? みちるは、さっさとあるきはじめた。

三日いっしょにすごした。男の友達にウソをついてもらって、そいつと仕事してる、と鏡子にはおもわせておいて。日に二回は「ママ、どうしてる?」と電話をいれて。

想は、たちまち夢中になった。彼がしゃべることに、みちるは即座に適切な反応をかえすから。非常にたのしく、昂揚し、楽でもあった。そのくせ、恋愛感情はあまりなかった。

ワン・クッションおいたような、たがいの心理のさぐりあいが、わりとながくつづいた。

「こいつは、くわせ者だ」と想はおもった。いままでにはなかったことだが、そこが気にいった。みちるは、表面ではヘロヘロしている。だが、内奥には、底知れぬこわいものを秘めている、と想は直感した。

みちるとつきあっているあいだ、想はほかの女との「かるいおつきあい」を、適当にやっていた。みちるは、やはり、待っていたのだ。そんな顔は、まったくみせなかったが、非常にプライドがたかいから。

こうして、いっしょに暮らしはじめたのが二週間まえ。同時に、日夜からめ手で鏡子を、説得しつづけた。六カ月まえには「あの子とあたしと、どっちをとるの!」と叫んでいた鏡子は、きのう、やっと妥協した。

「おはよう」

みちるが、陽気に声をかけてきた。オムレツのにおいが、ながれてくる。

「とってもいいお天気よ。この街はいつもそうだけど、きょうは特製。ここ、高いから、よけいにね。おかあさん、空中住宅には反対してたけど、決めてよかったわ」

なんでも反対したのは、もちろん鏡子だ。みちるのほうの母親は娘を信じていて、父親は妻のいいなりというタイプなのだ。

スカイ・ハイは、べつにめずらしくもない。都市計画が急激にかわったころ、想が生まれたころ、すでに青写真がひかれていた。すべてが完成して、二十年たつ。一本の支柱に、陽あたりが考慮された庭つき一軒家が、鈴なりになっている。庭といっても、ベランダふうだが、本物の土が五十センチ以上はいっている。

みちるが、コーヒーをはこんできてくれた。のんでから、ベッドをでる。

「やあ、豪勢だな」

食卓をみて、想はいった。

「いちおうね。区切りですから」

「おれもおなじ気分さ。だけど、疲れがまだのこってて」

だらしなく、ソファーにすわりこむ。テレックスもよみたくない。

「あと、どのくらいで、たべる？」

「二十分……かな。わるいけど、ペパーミントのカクテル、つくってくれない？」

「朝から？　あんまりお酒のまないひとなのに」

みちるは、わらっている。

「うん。ぼくは低血圧だから、少量のアルコールは、からだにいいんだ。そのあと、シャワーあびて、食事」

テーブルにでているシャンパンでもよかった。いや、それはちゃんと、席についてからのお祝い用だ。ビールをコップに一杯でもよかった。

ふと、星子をおもいだしたのだ。ひさしぶりに。デートしたあの夜を。

みちるは、キッチンにもどった。「材料、そろってるかな。だいじょぶよ。すぐにとりよせるから。それにしても、めずらしいわね。女の子がのむようなカクテルを、あなたが」

いまでも星子は、むかしとおなじようなかっこうをして、二十歳ちかく年下の男とつきあっているだろう。一年か、それ以上まえ、街でみかけた。あいかわらずだった。

そのとき、みちるは想の視線をみのがさなかった。「あのひと、神経おかしいんじゃない？　お知りあいだったら、ごめんなさい」

敏感な女だ。みちるは、想と星子の、ながいおかしな関係を知らない。彼も、口にだすつもりはない。いまは、みちるとのことが、大事なのだから。

ふたりとも、おなじ魚座でＡＢ型。センターによると、離婚しないだろうという予想は、80パーセント。

想は、一年まえから、センターにかよいはじめた。自分はもう、おとななのだから。世間なみにやろう、と決めて。

成人向きのそこでは「患者」といわずに「来談者」と呼ぶ。インチキも、きわまれりだ。ウォルター・ミシェルの「社会学習理論」だの、キャッテルとアイゼンクの「因子アプローチ」だの、なんでもかんでもをいっしょくたにしているのが、想をわらわせる。もはや理論とはいえない、かなり独得な理屈が「絶対」として、あがめたてまつられている。

想は、思考的内向・社会的外向という、妙な結果をテストでだした。本来はうちにこもりがちな人間が、攻撃をヨロイとしてる、ということだろうか。基本的にはＨｙ性格だそうだ。ヒステリーのことだろう。

当然じゃないか。オレは、演技とサービス精神をめざしているんだ。この、エライ世間に処するためにね。複雑で不自然な生きかただといわれたが、スリルがあっていい。あの医者は、こんなふうにいった。「カルテには、大脳皮質の喚起レベルが高い、となってる。これが低いひとは、外向的と決まってるんだが、いちおう。つまり、きみは外向的なひとより、よりよわい刺激に敏感なんだ。内向的なのだよ。そんな平気そうな顔してるけど、じつは緊張とカットウが、つねに持続している。自分の神経質さや臆病さを、けんめいにカバーしてるんだね」

わかってるよ、そんなこと。若いころのママに似てるんだ。彼女、いまはあんなになっちゃったが。そして、彼のほうが、鏡子よりさらに意識的だが。ことさらで、わざとらしいことは、自分でも知っている。

ありがたいことに、先月から、担当の心理学者が、替わった。今度の人物は、無意識とか自我とか、ききあきた流行語をいわない。センターのなかでも、異分子らしい。彼の概念のなかには、すくなくとも、それとわかるような形では、動機・本能・刺激・学習などということばが、ふくまれていない。想は、気にいって、以前より熱心になった。

みちるが、トレイにカクテル・グラスをのせてきた。自分用には、トマト・ジュース。

「週に一回は、外でデートしてくれる？」

「うん」

「ここに住めるなんて、すてきよ」

「そうだね」

「まえから、あこがれてたの。わたし、仕事はつづけるわ。子供はつくらない」

暗黙の了解を、みちるは、はじめて口にだした。

「きみのしたいようにするのが、いちばんいい。おたがいにね」

わかれたくなったときに、そのほうがスムースにいくから。そうおもっても、自己嫌悪なんてない。いっしょになるまえから。離婚のための心準備はしておく。それが、本来の彼なのだから。

「あなたって、計算高い男ね。それもセコくてさ」と、いつか、みちるはいってた。目では、わらいながら。

みちるとは、現実面では、うまくかみあう。つきあいがながいし、彼女はひとの心のうごきに、すばやく反応するたちだから。シンク・タンク・チームとしては理想だ。

「きょうは、オフ？」

「いや」

「残念ね。わたしも用事があるから、いっしょにでるわ」

用事とは、婚姻届けのことだ。想には大仰でカネのかかるセレモニーをする気がない。みちるもおなじ。役所へは、彼女ひとりでいくことになった。

同棲でいいじゃないか、という友人もいる。だが、想はなにごともキチンとするのがすきだ。時流にさからって「ぼく、結婚してるんだ」といって、仲間をわらわせたい。へえー、あの想が、ケッコンねえ……と、みんなはあきれるだろう。それに、ほかの女の子となかよくなったら、今後はりっぱな不倫となる。それがおもしろくてたまらない。

ふたりは、食事をした。

陽光があふれ、陶器のふれあう音が、こころよい。絵にかいたような「ご家庭の幸福」。それを演技するのが、想の趣味。彼のアイロニカルな部分を、みちるはよく知っている。ときおり彼の声色をまねて「様式美だなあ」というくらいだから。知ってはいるが……みとめているのだろうか？　彼女は彼を、全面的に認知しているだろうか。通暁と認知はちがう。

想は着がえた。服のぬぎ着さえ、妻や恋人に手伝ってもらう男の気がしれない。そんな子供っぽい、妻を母親と同一視するような、あまったれじゃない、と自分でおもっている。依存愛情欲求は、あまりない、といまは信じている。他人（自分以外は、全部他人）によりかかるのは、大きらいだ。物質的にも、精神的にも。

いや、と想はボタンをはめながらおもった。きらいっていうより、こわいのかもしれねえな、オレは。気がちいさいから。だれかに依存するのが。それは、のみこまれるのと、おなじことだから。そして、憎悪よりも愛情のほうがこわい。愛にのみこまれるのが、おそろしいんだ、きっと。

愛？　想はかすかにわらった。オレが心底から、まるごと、全身全霊をかたむけて、他人を愛するなんて日が、やってくるだろうか。まるで身投げするみたいに。だれかのなかに、頭からとびこむように。そんな自殺行為に似たことをするだろうか。できるわけねえだろ、こんなオレに。

だからさ、だから、わらっちゃうんだよ。こーやって、ちゃんと、ケッコンなんてする自分がおかしくて。愛だってさ。十九世紀的だなあ。「嵐ヶ丘」だ。荒れ狂う天候をものともせず、気が狂ったように、もどってくるヒースクリッフ。愛する女の墓を、両手であばくキチガイ。芝居でだったら、いくらでもやれるよ。オモシロイから。だけど、こんな世の中に、いるのかね？　本気で（ああッ！）その情熱とやらにとりつかれるやつが。キツネつきじゃあるまいし。

「あら、また、それをかけるの？」

みちるは、ミラーのサングラスのことを、そういった。

「うん？」

それが、このところの、彼のくせになっている。他人の、つきささるような視線は苦手だ。（もっとも、そんな目でひとを見ることができるやつ、何人いる？　この世に。それほどスケールの大きいやつだったら、一目おいてもいいぜ。みちるは、たまに、それをやるけどさ）

目をみられたくない。そのくせ、むかしからの観察癖は、ちっともかわらない。いやな性格だ、と自分でもおもう。ひとのアラさがしがすきなんだから。

「これからは、いっしょに、センターへいくでしょ？」

みちるのことばには、ふくみがある。想のなかのなにものかを、彼が決して外へだすまいとしているものを、彼女はかぎつけたのか？　あるいは……。

「きみが、そうしたいなら」

想は、不意に抱きしめた。みちるは、腕をつっぱねた。

「口紅が、あなたの服につくわ」

わりあいと、スジのとおった文章をしゃべる女だ。主語と述語を、あまり省略しない。「あ? うん、ね? そう。だから、あれがそれなのよ」なんて、ふざけるときはべつだが。そんなとき彼は「ああ、すると、やっぱり、これはああなるんだな。結局、それはあれでもある。でも、ああなったら、こまるよね。それ自身が」などと答える。

「ぼくは、十時にでる」

髪を指でちょっとなおし、もう一杯コーヒーをいれた。ひとくちのんでから、みちるのためにも、用意してやる。ふたつの白いマグカップ。

「もう、すぐ」

みちるは、彼とつきあいはじめてから、彼にあわせる努力をした。おおいに。たとえば、いま、こうしてでかけるのに、ぐずぐず時間をかけない、とか。星子だったら、洋服えらびと化粧を休み休みやるだろう。あの女は、三時間かかるかもしれない。これは、もちろん推測だが。

みちるは、あわてずにすばやく、したくしている。顔だちがくっきりしているから、目のふちにほそい線を一本ひいただけで、素顔とはガラッとかわる。化粧は簡単だが、濃くみえるタイプだ。香水をスプレーし、バッグをつかむ。

「いいわ」

十時七分まえ。想は、ポケットのなかの鍵を確認した。

みちるがドアをロックしているあいだ、彼はななめうしろから、婚約者の全身をながめた。やや胴長だな。脚がふとい。腕がみじかい。首はほそすぎるくらいで、オレはとてもすきだ。あと二センチながかったら、文句はない。指がながく、しなやかに白いから、手足は実際より小さくきゃしゃにみえる。着こなしは、まあ合格だろう。わざとスキをみせてるとこなんかが。

エレベーターにのりこむ。みちるが手をさしのべてきた。なにげなく。彼はかるくにぎった。

とびらがあき、ガラスごしに、まばゆい街路がみえた。

「じゃ、わたし」

みちるは、手をふった。彼女は、ふりかえらずに、さっさとあるいていった。

想の勤務先までは、のりかえなし。三つめのステイション。エスカレーターのすいてるほう(速度がゆるい、老人・子供用）にのる。地上にでて三分。

会社の入口のドアには、中央からやや右よりに、ブルーの四角がかがやいている。手をあてる。それが、識別と、同時にタイム・レコーダーの役目をする。訪問者は、内部のだれかの許可なしでは、はいれない。

このしくみは、個人住宅やちいさい事務所では、つかわれていない。厳重すぎて不便だ、と評判はよくない。この街では、大きな犯罪は、あまり起こらないし。

個室にいくまで、だれにもあわなかった。四年つとめているが、一度だって、人間のすがたをみたことはない。

ここで、十時半から午後四時まで、週に四日はたらく。一時間に五分の休憩、十二時から四十五分間のお昼休み。

デスクにつくと、目のまえのスクリーンに、複雑な幾何学模様があらわれる。ボタンを操作して、それをならべかえる。するとまた、べつのパターンがでる。ちがう柄にする。一日じゅう、こればかり。おなじパターンを二度だしてはいけない。そうなると、ブザーが鳴る。疲れているときは、このまちがいを、たびたびやる。

はじめのうちは、なんのための仕事か、疑問をもった。いまでも、わからない。だが、しだいに気にならなくなった。べつのことをかんがえながらでもできるから、かえって楽だ。そのイージーさが、最近では退屈になってきた。

オレは、なにものになりたかったんだろう。少年時代に、夢があったか？　そんなもの、ありはしない。カネのかせげる職業につきたいな、とはおもったが。十五くらいのときは、アーティストにあこがれた。漠然と。絵かきや文章書きではなく、当然ミュージシャンに。なぜやらなかったんだ？　才能の問題？　ちがう。

才能のあるなしを自分で確認してから、音楽にとりかかるやつなんて、いない。やってみなきゃ、わからないことだから。してみると、やはり、エモーションか。学生時代に、バンドを組んだことは、ある。あそびでしかなかった。オレには、きっと、なにかが欠けてるんだ。

この仕事には、とっくにあきあきしている。結婚するんだし、と彼は皮肉にかんがえた。配置をかえてもらおう。

で、帰りがけに、そのための届けをタイプした。連絡ポストにほうりこむ。一週間で、返事がくるだろう。

おこがましいかもしれないが、彼は、もっとクリエイティブな仕事をしたくなったのだ。ジョブでなくワークを。

会社のまえの舗道に、みちるが立っていた。

「待った？　どのくらい？」

「十二分」

それは、想が届けをつくるために要した時間だ。

「すこし、ブラブラしないか？」

「いいわね。気持ちのいいレストランが、あるのよ。温室そっくりな」

星子のレストラン！

「あそこは、あんまり、よくないよ」

「そう？　あなた、あかるい場所がすきなのにね」

「そのまえに、買い物しよう。きみ、あたらしい服、ほしくない？」

「めずらしいこと、いうわね。あなた、ケチなのに」

みちるは、ニヤニヤした。

「給料、でたんだ」

もう、この女に、うしろめたさを感じている。想は、そんな自分に腹をたてた。それは、数秒でおさまった。いつものやりかたで。

みちるは、要領よく、ひとそろいを買った。更衣室からでてきて、彼のまえでくるりと、ひとまわりしてみせた。人まえもかまわず（人目があるからこそ）抱きついてくる。「ありがと」とかるくキスしてきた。

ブティックをでると、みちるは、例の〝わざとイチャイチャ〟をはじめた。想の首に両腕をまわしてみたり。腕をくんであるきながら、胸をこすりつけてきたり。

これが、いつも突然なので、彼としては困惑する。

「ね、ね、そーゆーことは、密室でおこなうのよ」

想は、みちるの頭をなでて、なだめようとする。

「反対のほうが、オモシロイわ。あなた、はずかしいの？」

「うん、ちょっとね」

「でも、見せ物になって、そーゆー自分を観察するのも、またいいものよ」

「わかってるよ。おれにも、その趣味はあるから。しかし、そのまえに、コンタクト買ったら？　最近は、目薬状のものが、でてるし。でも、あれは、技術者にさしてもらうんだな。三日ごとぐらいに。めんどくさいな」

「それより、近視をなおす手術、するもん」

「あれは、角膜を、切りきざむんだろ？　百数十片に。やだな。キモチわるい。きみは、クスリだの手術だの、たいへんすきね」

「だれかさんにいわせると、自己破滅欲求ってことになるわ、きっと。自分を憎むということは、自分をうみだしたもの、すなわち、この世界を憎んでいるんだ、と」

「おれは、いってない」

「そうね」

「きみは、決して、ひきかえさない？」

想は、まじめにつよくたずねた。

「ええ」

みちるは、かるくこたえた。あまりにあっさりと肯定したので、かえって、本心だとわかった。

「そうか」

「知ってるくせに」

「いや、知らないよ、全然。ぼく、あなたのことは、なにひとつわかりません」

「ヒヒヒヒ」

「おい、ケンキョだろ？　おれって」

「ねえ、歌、うたってよ」

「だーめ」

「じゃ、あたしがやる」

みちるは、うたいながら、おどりはじめた。ときおりすれちがう通行人を、彼は気にした。この女は、オレといるとき、ある限定された自由を感じるんだな、とおもいながら。すくなくともそれは、わるいことじゃない。

「恋じゃないから、これは」と、みちるはうたった。パーティーではじめて会った女を、男が猫なで声でくどいてる、という設定。

恋じゃない。たしかに。双方とも。

「なにをしてもいいでしょう？」

「時のながれのすきまから」

みちるは、べつの歌を、フリなしではじめた。

星子が、年老いた母親とあるいているのがみえた。「たぶん一度はふりかえり……」

「なつかしむ日もあるでしょう」

みちるは、声をバイブレートさせた。星子に気づいていることは、たしかだ。黙殺しているのではない。ましてや無視なんて。

この女は、自尊心がつよい、とあらためて想は感心した。だから、ガアガア文句をいったり、あばれまわったりしない。嫉妬を、おもてにださない。ストイックに、自分に禁じているのだろう。

いじらしい。いじらしい？　想は、自分の感想にびっくりした。女をみて、こんなふうにおもうなんて。はじめてのことだ。オレは、この女に、みずからのぞんで捕獲されたがってるのか？　かすかな恐怖がともなう。しかし……まあ、いいや。

想は、みちるの首すじに、指をおいた。なにかいおうとしたが、ことばはでなかった。

38歳・50歳

星子は、しわだらけで微笑していた。

十代から、いつもいつも厚化粧。寝てるあいだもつけまつげしてるんじゃないか、とおもわせるくらいに。タバコと夜ふかし。そのくせ極端な早起き。母親を寝かしつけてから、あそびにでるから。それらが、おない年の女よりずっとはやく、星子を老けこませたのだ。

トカゲをなまで喰いそうな顔をした母親が、そばに立っている。こちらも、化粧でぬりかためられて。

老婆は、人三化七《にんさんばけしち》の境地を、はるかにこえている。まるごと、物怪といっていい。先がとがってたれさがっている段鼻には、イボまでついている。洞窟のなかで、カエルやコウモリや毒草を大なべで煮ながら、呪文でもとなえているほうが、似あう。

午前中の、さわやかな陽にてらされて、この街角に立っているより。

星子が、手まねきした。親しみをこめて。

想は、ふらふらと、ちかづいていった。

「ママ、このひと、知ってる?」

星子は、きげんがいい。もっとも、この三十五年間、彼女がむくれていたなんて、彼の記憶にはないが。

「さあね」

魔女もどきの老婆は、口をみにくい形にまげた。

「彼、とってもセクシーな美少年だったのよ。そりゃあ、キレイだったのよォ。つい、このあいだまで」

星子は、うっとりと、首をふった。想に向きなおって「どーして、そんなふうに、中年みたいになっちゃったの? アッというまに。先週まで、十八歳だったのに」

想は、こたえられない。だまっているしかない。星子の場合、なにをいっても、皮肉やからかいではない。始末にわるい。星子は、純真にすぎる。それは罪だ。

「おまえは」と、母親は、想を無視して、娘を、ひたとにらみつけた。しっかりした、よくとおる声だ。

「いつだって、若い男を相手にして。カネだして――バカにされてるのが、まだわかんないのかい?」

星子は、母親との心理的交流など、一度もなかったに、ちがいない。いまも、本心から、気にならない、という顔をしている。母親のことばのとちゅうから、彼に上体をかたむけかけてきた。

「おひまだったら、なにか、のみましょ」

若い娘のように、首をかしげた。

「あたしゃ、かえるよ」

母親は、宣言した。星子は、うなずいた。彼をふりかえって「わるいけど、うちまで寄ってくれる? すぐそこだから」

星子は、母親にさしかけていた日傘を、彼におしつけた。想は、老婆を直射日光からまもる役を、おとなしくひきうけた。お肌のためじゃなくて、これは彼女たちの習慣らしい。

じょうぶそうなバアさんが、先頭にたった。星子と想は、そのお供というかたちになった。

星子は、白い綿レースの手袋をしている。それも、ひじちかくまである長さの——花嫁みたいなシロモノ。こっけいなほど、似あわない。なみだがでるくらい。

むかしのおもかげはすっかりなくなってしまった。想は、ふかいかなしみのなかから、そうおもった。この女が小妖精だったなんて、いまではだれが知る?

しかし、星子は、外界や、ましてや自身の見た目の変化には、まったく興味がないようだ。星子はいつもおなじ時間、おなじ瞬間のなかで、生きている。孤独に苦しめられることなく。というより、彼女そのものが孤独を具現していながら、そんな意識はまるでなく。

星子は、なにも知らない。俗物にいわせれば「人生についてのおどろくべき無知」を平然とさらしている、ということになるのだろう。だが、想には「彼女は、なにもかも知っている」という、理由のない確信がある。子供のころ、それをつよく感じた。ほかの女にかまけているあいだは(元気いっぱいのときは)そうでもなかった。そして、ふたたび。いまとなっては。

「ママは、これからお昼寝するの」

星子は、彼に顔をむけた。

「うるさいねえ! よけいなこと、いうんじゃないよ! この低能女!」

母親はふりかえらずに、前方にむかってどなった。スミレ(という名前だっけ。ひでえな、こりゃ)は、星子とは対照的に、絶えずいらだっている。この世界全部を、勝手に敵にまわしているのだ。

スミレと星子の部屋があるブロックについたらしい。母親は、とびらに手をあてた。ドアがひらいた。想は、星子に日傘をわたした。彼らは舗道に、カカシさながら立ちつくして、老婆がきえていくのをながめていた。

「どこへいきましょう」

星子は、にっこりした。しわのあいだにファンデーションがよれてかたまってできたスジが、葉脈のようにうかびあがった。皮膚はガサガサで、かくしようのないしみが、いくつかすけてみえる。

「ぼくの部屋へ、きませんか」

いまさら、下心がないからこそ。

「奥さんは?」

「……わかれた」

「まあ」

星子は、まばたきをくりかえした。上体をたおしてきたので、日傘がゆれた。「どうして?」

質問の調子が、じつに素朴だ。それについては口をつぐんでいた彼も、反射的にしゃべりだすぐらいに。

「みちるは、ぼくを愛していなかった。だんだん、愛せなくなったんだとおもう……知らなかった。そんなことは」

だれにも、いえなかったし、いわなかった。わかっている。星子を、半狂人として一方では軽蔑しているから、口にだせるのだろうか。星子は口外しない。わかっている。

「あまりに、みちるが寛容だったから、すべてをみとめてもらえてると、安心していたんだ。ぬけぬけと」

どこかとおくで、正午を知らせるチャイムが鳴った。のんびりと。

「で、あなたは?」

星子は、身をよせてくる。これは、いつから獲得したくせなのだろうか。そのやりかたが、おかしなことに、ひどく上品にみえる。

「ぼくは、愛していたよ。自分でも、いまだに信じられないけど。ひとを愛する能力なんてないって、二十八まで確信してた。うれしかった。その大前提は、かなり気楽なものだったよ。女の子に執着できない、ってことは、苦しまなくてもすむから。かなり、さっぱりした状態でしょ。ああ、でも、執着ともちがうんだな。みちるに抱いてたおもいは」

星子は、わかるだろう。でも、わからないだろう。どっちでも、いい。

ふたりは、想の部屋にむかって、ゆっくりあるいていく。

「ほんとは、彼女に全面的に寄りかかっていたんだ。ながいこと、その事実に、気がつかなかったけど。みちるだったら、どんなひどいことをしても、どんないやしいことをしても、気にしないどころか、理解してくれる、と決めつけていた。おもいあがっていたんだ。たしかに、わかってたみたい。ぼく自身よりずっとふかく、ぼくのことを知ってた。おれが知らなかったことまで。でも、それと、その事実をうけいれる、ってこととは、また別問題なんだな」

「まあ」

「ぼくは、女の子にとてもモテたし、ルックスも頭の中身も人並み以上だったからね……そして、ぼくは実際、陰険でずるがしこい方法で、彼女を利用してたんだよ。あまくみて。どうせ、おれから、はなれられやしないって。タカをくくっていた——でも、もうひとつわかんないとこがあるんだよ。なぜ、彼女は、いっちまったのかな。あんな生活でも、けっこう満足してたはずなのに。だって、みちるは、結婚して三年たつと、もうなんにも期待なんかもたなくなったんだから。苦しみもなかった、とおもう。ものすごいひどい、あきらめのなかで、かえってあかるくなったぐらいだったのに」

「まあ」と、もう一度、星子はいった。それ以上はだまっている。だまって、彼に身をよせてくる。このひとは、いつまでたってもお嬢さんなんだな、と想はおもった。

「一時期、離人症だった。時間が、ふつうにつながらない。こまぎれなんだよ。みじんぎり。たくさんの『いま』が、とんでくる。そのいまは、すぐにとび去る。いま、いま、いま、がおそろしいはやさで、とびかかってくる。ぼくの、いまは、即座にきえうせる。それが過去にならない。時間は、ほんのちょっぴりも、定着しない。決して。目もくらむような感覚だった。実際、いつもいつも頭がくらくらしていた。ぼくには、セツナしかなかった。瞬間しかなかった。ぼくは、時間を完全にうしなっていた。おそろしい、不連続な、瞬間の針に、絶えまなく突き刺されていた。それは、もうなおったけど——あんなに苦しいおもいをしたことは、それまでなかった。三十すぎても、はじめてのことって、あるんだな。

　ほとんどの人間は、まったく意に介さず、しっかりと固有の時間をもってる。所有してる。なんてすごいぜいたくなんだ、とそのときのぼくはおもった。時間をうしなうってことは、世界をうしなうことだ。世界と自身が、同時に崩壊する。

　きみをみてると、時間を内包してる感じがする。きみのなかに、すべてのものごとの、はじまりとおわりがある。だから、安心するんだな、おれは。そばにいると」

　星子は、心配そうに想をみまもっている。半狂人？　そうかもしれない。それでいい。星子のしずかな狂気、じょじょに完成にちかづいている偉大な古典的な狂気は、クロノスからあたえられたものだ。

　星子のなかでは、なにもかもが、ごく自然におさまっている。彼女は、無理なんかしていない。これほどゆがんでいながら、それでいてナチュラルなのだ。

「いまでも、愛している？」

星子は、まえをむいたまま、やわらかくたずねた。無関心みたいに。

「いまでも」

想は、なさけない気持ちで強調した。そんなことは、ながいあいだ、かんがえたことがなかったから。みちるが去っていくまで。

想は、唐突に泣きたくなった。一年まえ、みちるがいなくなって以来、感情を喪失していたのに。彼は一度だって、泣かなかった。泣けなかった。わるい徴候だ。泣けたら、ずっと楽だったろうに。

ふたりは、スカイ・ハイについた。

みちるの想い出は、エレベーターにのっているあいだも、想を苦しめた。あのころ、彼はずうずうしいほど、なにも知らなかった。みちるはいつもおなじように快活だった。自分を、たえずはげましていた。ほとんど、悲惨なまでに快活だった。

想は叫んだ。叫びつづけた。

星子は、たたんだかさをわきにはさんで、立っていた。彼のからだにふれることなく。だまりこくって。「保留」のボタンを、押しつづけて。

どのくらい、それがつづいたかは、わからない。

彼は、叫ぶのをやめた。のどがかれて、ひどく痛んだ。

星子は、ボタンから指をはなした。放心した彼をのせて、エレベーターは上昇していった。

部屋の一方の壁には、黒い円型のシェードをかぶせた、赤いネオン・サインが、しずかにともっていた。

星子は、だらしなく品よく、椅子にすわった。

「愛する、ってどういうことか、わかってたの？」

おさないすなおな声で、星子はたずねた。

「あのとき（星子の知らない事件があったとき）はじめて、わかった。みちるは、まだ、ここにいた」

想は、叫びすぎたあとの、しわがれ声でこたえた。その詳細を語る気にはならない。

「わたしには、わからない」

星子は、モノローグをはじめた。「自分でわかっているのかいないのか、わかんない。ただ、みんな、いっちゃうのよ。なんにもいわずに。みんな、だれでも、街をでていくんだわ。順番がくると」

それは、星子がでっちあげた妄想だろう。確信にみちた、安定したしゃべりかただが。

「あなたの奥さんも、この街をでていったのでしょう?」

「そうね」

彼はあいまいな返事をした。

星子は断定した。

「どこへいったのかは、あなたには、わからない」

「わからない。わからなくてもいい。わかったって、どうしようもない」

彼は、なげやりにいった。

「あのひとは、きっとおもいだすでしょう。時間のすきまから、ふりかえって。一度は。この街のことを。あなたのことを」

「そうかもしれない。そうでないかもしれない」

彼は、とげとげしい口をきいた。どっちにしたって、おなじことだ。

「でも、それは、とても大事なことよ」

想は「ふん」といった。さっきまで、星子によって、すくわれていたはずなのに。そんなおかしな予言や解説が、なんの役にたつというのだ。うるさい。

想は自分の身勝手さを、つよく感じた。これは、死ぬまでなおらないだろう。

「いまに、あなたも。気がつくわ」

星子は、ぼんやりと。

はやくでていってくれ。この女とは、どんなふうにしても、ズレを感じる。それも、ふつうのバカ女に感じる、例のおなじみのスキマとはちがう。だいたい、星子自身が、コミュニケーションをのぞんでいないのだから。そんな概念は、彼女のなかには、まるっきりないのだから。

星子は、ソファーにあさくすわって、両脚を投げだしている。少女のような姿勢だ。皮膚と肉は、たるんでいるというのに。からだの線を露骨にだすサテンは、ウエストでうちあわせてあるだけ。生地は黄ばんでいる。巻きスカートから、まがったひからびた脚がみえる。そんなスタイルをするにしては、いまの星子の脚は、みにくくほそすぎる。

その白かったドレスを、三十年まえにみた、という記憶がある。二十歳の彼女がそれを着て、男の子とわらいあっていた。ありありと、絵がうかんできた。あざやかすぎるくらいに。だから、これは、彼がつくりあげたイメージなのかもしれない。

化粧も、あのころと、まったくちがわない。ひかりのかげんで、金と銀に変化するアイシャドウは、ギャラクシーみたい。

星子はみにくい。

だが、想は感動もしていた。このみにくさが、女の本物の美しさではないか、とおもえてきた。オレがホモだったら、もっとはやく気がついていたかもしれねえな。女を冷静に観察できただろうから。

「なにか、のむ？」

やっとのことでおちついて、彼はやさしくなれた。声は、まだかすれている。

「ええ」

「コーヒー？　紅茶？　ミルクとジュースもある」

「コーヒーおねがい」

想は、パーコレーターをセットした。三分で、二人まえのコーヒーが、カップにそそがれてでてきた。

星子は従順な子供みたいに、手わたされたコーヒーをのんだ。

想は、壁のネオン・サインをながめた。

みちるは去った。彼女は、この街をでた。どこか、べつの街にいるだろう。今度こそは、安全に幸福に。

ほんとに、そうか？　彼女は、死んでしまったのではないか？　この世の、どこにもいないとしたら……。

想は、しだいにひろがるインキのしみのような疑惑に耐えた。消えいりそうに呼吸しはじめた、よわよわしい赤い光をながめながら。

48歳・60歳
街をでるときがきた。いま。

目ざめたとき、不意に確信したのだ。そうか。だれでも、いつかは、街をでていくのだ。そのときになって、気がつくのだ。

この街は、もう、彼を必要としない。想も、この街に用はない。すべてをなくしたのだから。

ママは、三週間まえに死んだ。想は、ちょっと泣いた。あまりにながいあいだ、わすれていたから。

みちるのことは、いまでもときおり、おもいだす。

仕事は、鏡子の死をしおに、多少はおしまれながら、やめた。

街をでる。

想は、コーヒーを三杯のみ、タバコを二本すった。

ベッドをでて、ふだんのシャツに着がえた。家事をやってくれる女性は、あと二時間でくる。ドアの内側に、家政婦への伝言をはりつけた。サイフにあっただけのキャッシュを、小銭だけのこし、紙袋にいれた。ナイトテーブルにおいておく。給料は、毎月、彼女の口座にふりこんでいる。これは、だから、せめてもの心づけだ。

ロボットは、やとわなかった。あれは不器用で大ざっぱだから。そのくせ、すぐこわれる。ひとりになって以来、ずっとおなじ家政婦にきてもらっている。死んだママと同世代のひとだが、精神的に安定しているところが気にいってた。

以前の想だったら、まよわずロボットをえらんだだろう。

想はもともと、手づくりのものや、ひとの手のあたたかみの残っているものが、大きらいなのだから。怨念がこもっているようで。既製品の美しさには、いまでも、ひかれる。規格どおりの品物が、大量にでまわるから、きれいなのだ。

部屋のそうじを人間にやってもらうようになったのは、彼が老いたからだろうか。

午後三時。

なんて時間に起きるんだ。

人間は、いくらでも怠惰になれる。なまけられる。ずるずると。しかも、そんな状態は、決してたのしくはない。

外は、さわやかな、あかるい午後だった。想は、ミラーのサングラスをかけた。

想は、いつもの通りを、逆にあるいていった。そんなことは、生まれてはじめてだ。一方向にしか歩いたことがなかった。風景が、ひどく新鮮にみえた。

角をまがると、例のいつものレストラン。きょうは、ガラスが妙にキラキラひかっている。星子はそして、いつものテーブルにいた。ひとりで。

星子の老母（スミレさん！）は、それがいつかは知らないが、死んだみたいだ。星子が男の子といっしょにいる回数も、めっきりへった。ここ十年ばかり、ほとんどひとりでいる。不幸そうには、みえない。

想は、そこをとおりすぎた。

あてはない。だが、こうして反対にむかってあるいていけば、いつかは街の外へでられるだろう。彼はミラーのグラスをはずし、胸ポケットにしまいこんだ。

空は、ふしぎなむらさき色をしている。まがまがしくも、うつくしい。建物はすべて、うすっぺらに、芝居の書割りのようにみえる。

いつか、こんな日がくる。

非現実の風景のなかで、想は気がついた。きょうのこの午後を、予想していたことに。

みんな、だれでも、いつかは街をでていくのだ。年齢や状況は、それぞれちがうけれど。なにかしら、順不同の順番があって。それは（おそらく）あらかじめ、決められていたことなのだろう。だれにも教えられることなく、ある朝、気がつく。自分の番がめぐってきた、ということに。

みちるも、気づいたにちがいない。あかるい絶望感を知った朝に。だから、なにもいわず、ひとりでいってしまったのだ。いま、やっとわかった。

想は、何年かまえから、そのあかるい絶望のなかに住んでいた。人生に期待も希望もない。かといって、真夜中に両手で髪をかきむしるような、そんな十九世紀的暗い絶望とはちがう。そんなのは、苦悩することが趣味でもあり生きがいでもあるやつらに、まかせておけばいいのだ。なげきかなしみ、ため息ばかりついている連中は、最後まで街にのこるだろう。「時間」についてなんか、決してかんがえないだろうから。

想は、なにも持っていない。なにも待っていない。なにものも、向こうからは、やってきやしないのだ。だから、こうして、街をでる。

ふと、叫びがきこえた。

星子が、片腕をまっすぐにのばし、手をいっぱいにひろげて、はしってくる。通りの向こうから。ハイヒールとミニドレス。髪には白いリボンをヒラヒラさせて。星子は、うれしそうにわらい、無邪気に叫びながら、はしってくる。

だれかを追っているのだ。不在のだれかを。だれの目にもみえない存在を。そのだれかは、立ちどまって、星子を待っている。

ああ、とうとう。星子は、決定的に発狂したんだ。そうおもっても、想はなにも感じなかった。星子が、幸福そのものの顔になっているのをみても。

男の子たちは、いくらカネをつまれても、もう星子の相手をしてくれなくなった。そんな状況が、しだいに形成されていった幻想と交錯していった。いま、まぼろしは完璧に、できあがった。星子は去っていく。はしりこんでいく。永遠の水辺へ。

想は、角をまがった。

星子のあかるい叫び声が、頭のうしろにのこっている。不快ではない。

星子とも、これでまったく無関係になってしまった。そして彼は、そのことに、さしてびっくりもしていない。あんなにながいあいだ、奇妙な感情をいだいていたのに。

街はあかるく、あたたかい。

なにも知らないひとたちが、気持ちよさそうにあるいている。彼らは、あの不気味な空の色に、気づかないのだろうか。感じないのか。まだ順番がこないから。

彼を拒否しているよそよそしい風景に、想は郷愁に似たものを感じた。

オレは、いつ帰るんだろう。この街にかえることはあるまい、とはおもうが。だとしたら、いつふりかえるのだろう。そのとき、なにがみえるだろう。

想は、この街に、なにものこさなかった。あとには、なんにも、のこらなかった。だれも、そのわけなんか、はなせやしないのだ。だれのせいでもないのだから。ふりかえったとて、なんになろう。それでも、ひとは、一度はふりかえるにちがいない。

人びとは、おとなしくあかるく、じつになんでもなく暮らしている。騒音にみち、それでいてしずまりかえっているこの街で。それぞれが、孤立しながら、それと気づかずに。退屈しきっているのに、たのしいとおもいこんで。

想は、目をあげた。

ビルの三階の壁に、ふしぎな形のイルミネーションがあった。それは「ここが、この街の出口です」と、やさしく合図していた。文字や形で、それをおしえたわけではない。夢のなかのできごととおなじように、想は意味不明のしるしから、それを理解したのだ。どうして、いままで、これに気づかなかったんだろう。街ができたときから、ここにあったのに。みんな、このシンボルにみちびかれて、でていくというのに。

想は、ため息をひとつ、ついた。

内部には、もうなにもない。うらみも心のこりも、暗さも。

彼は街の外へ。あたらしい、似たような街へ。

そして、彼女は、幻想のなかへ。

ガラスごしにのぞくと、壁ぎわの席で待ちうけている〈彼女〉と、目が合った。ずっと入り口を見張っていたらしい。手をあげるでもなく、緊張した顔を向けている。

わたしは店にはいり、意味のないうすらわらいをうかべながら、ちかづいていった。

「どうしたの？　ニカワでぬりかためたような表情しちゃってさ」

〈彼女〉に会うと、いつもかるくおどろく。おもっているほどひどいルックスでもないからだ。体重だって六十五キロぐらいだろうし、顔は地味すぎるが奇型的なところはない。年より老けていて、肌がきたないだけで。それがどういうわけか、わたしのイメージのなかでは、ブスの極致になっている。その雰囲気に、ひとをひきつけるはなやかさが、あまりにもないからだろうか。これほど目立たないひとも、めずらしい。

「なにがあったの？」

「……うん」

もともと沈んだ顔色をしている。あおざめているかどうかは、よくわからない。動きのすくない目が、やや熱っぽいような気もするが。

「重大なことなの」

〈彼女〉は、ストローを指で折った。

「それは、さっき聞いたわ」

ウェイトレスを呼んで、コーヒーをたのむ。〈彼女〉は、目をおとした。赤黒くふくれた自分の手の甲をながめている。決心がつきかねているようすだ。この沈黙には、演劇的効果がない。まわりくどさに、わたしはジリジリしてきた。

「はやくいいなさ――」

「はなしていいかどうか……」

まだ手をみている。

「だったら、やめにしたら？」

前置きがながすぎるんだよ。

「でもォ……」

いったい、なにをいいたいんだ、オマエは。わたしは爪をかんだ。〈彼女〉はべつに、わざとやってるわけではない。ひとをいらだたせて楽しむようなタイプではない。主観的には善人なのだ。それに、わたしとしても、こんなに軽蔑することはないのだ。このふたりの組みあわせ自体が、よくないのかもしれない。ウマがあわないというのではなく、あいすぎる。〈彼女〉の全体は、わたしのコンプレックスの具現ではないか、とおもえてくるほどだ。

「あたしたち、親友よね」

やおら顔をあげて、とってつけたようにいうんだから。

「うん」

かんがえるまえに、返事がでた。会話はわたしにとって、反射運動なのだ。相手がのぞんでいるようなことを、即座に口にするくせがある。まったく調子がいい。そして（たぶん）いけないことだろうが、そんなちゃらんぽらんな自分を、わたしは肯定している。

「つきあいだして、十年になるね」

〈彼女〉は確認したいのだ。

「そうね。学校時代からだから」

親密かどうかはべつとして、わたしには、ほかに友達がいない。子供のころから、人間関係が異常だった。そのせいで、メディカル・サクセス・センターへ通わされていた（いる）。勤めもながつづきせず、家で母親の手伝いをしている。ショー関係の服のデザインと仕立てに関して、母はなかなかのものだった。彼女が年とって感覚がにぶくなったために、最近は注文がすくないが。

コーヒーがはこばれてきた。ウェイトレスの後姿を、〈彼女〉は、ねっとりした目で見おくる。五秒ばかり窓の外を注視する。心理的な手つづきが必要な話題らしい。またしても、一方的な恋にやぶれたのだろうか。わたしは、コーヒーをがぶっとのんだ。熱すぎてのどがつまった。ハンカチをだして、口にあてる。ゆっくりと頭をめぐらせてきた〈彼女〉は、テーブルのわきのボタンを押した。透明カプセルがあがってきて、ふたりをつつんだ。これで、外部には声がもれない。

「人口局のやりかたを、どうおもう？」

おもむろに、〈彼女〉はたずねた。

「唐突にきかれても、答えようがないわ」

「だから、さ……」

「しかたがないんじゃないの？」

用心しながらいう。

「人間の尊厳ってこと、かんがえたこと、ある？」

「ないよ」

あっさりと片づけようとした。〈彼女〉は、喰いさがってくる。いくぶんうつむいた上目づかいと低い声で
「ゆるされないことよね」

めんどうな議論はしたくない。

「そうかもしれないね」

決めつけてくるから、しかたなく答えたのだ。無責任に。

「デモでもなんでもして、法律をかえさせるべきだわ」

「そおお？」

どうやら——〈彼女〉に通告がきたらしい。以前は、冷凍についてなんか、ひとこともいわなかったから。

「だいたいねえ、規準があいまいよ。あたしがいいたいこと、わかる？」

いまさら文句をならべても、しかたがないのに。

「無作為抽選でしょ？」

感情が激してきたのか、〈彼女〉は頭をふった。古いけれどもきちんと折りたたんだハンカチをバッグからだして、その角をつつましやかに目の下にあてる。動作ひとつにしても、大ざっぱでいいかげんなわたしとは、まるでちがう。

「そんなことはないわよ、きっと。政府の上層部にいる人間は、優遇されてるに決まってるわ！」

〈彼女〉の内部では最初から決まっているなら、わたしに意見をきく必要なんかないのに。

「そうおもわない？　不公平よね。え？　そうおもわない？」

〈彼女〉は涙声になっている。

「おもう」

わたしは、ポツンと答えた。例によって、〈彼女〉は他人のことばの内容を無視している。自問自答している。わたしは、わたしたちのやりとりは、たいてい平行するモノローグになる。刺激がない。発展しようがない。

「このあいだ、現職の大臣に通告がきたけど、あれはヤラセなのよ。国民を安心させようとしてるのよ」

やたらにカタイことばを消化せずにつかうのも、〈彼女〉の特徴だ。「つまりさ、大部分の一般人は、覚醒していないのよ。意識の持ちかたが、ゆがんでいるの。インターナショナルな見地でいえば……」

「こりゃ、どうも。わたしを、目ざめさせてくれるのね？」

皮肉は通じなかったようだ。いくぶん顔をあからめて「そういう意味ではなく」とつづけたから。

安楽死法案が一世紀まえに可決されたのが、そもそもいけないのだ、と〈彼女〉はいいだした。「死の法律」と「人間の感情」と「ヒューマニズム」がどうのこうの。

昂奮がおさまるのを待つしかない。まだまだ本題にはいっていないみたいだし。かしこまって、わたしは拝聴した。二時間ちかく、〈彼女〉の発散はつづいた。こんなときは、自分が〈彼女〉の排泄のための受け皿になった気がする。

しかし、なんだってこのひとは、よりによってわたしのような相手をえらぶんだろう。こんな同情心のうすい人間では、どうしようもないだろうに。

「そのこと、ご両親は知ってる？」

「うん……あたしからは、とてもいえなくて……直接知らせがいったらしくて……ねえ、親になったがための不幸って、やっぱりあるのねえ」

「そうらしいね」

いくぶんうんざりしてきている。

「ふたりともさ、パニックを起こしてんのよ。いいたい意味わかる？」

「わかるよ」

はやく前へすすめよ。

「つらくて、直接会うなんて、とてもできなかった。だれがこんなこと、予想できたかしら」

口にする文章が、古典的にすぎる。かえって、こっけいにきこえるのだ。

「でも、死ぬわけじゃないし」

なぐさめようとしていったことが、あだになった。

「おんなじことよ！　冷凍睡眠ったって、解除されたひとは、ひとりもいないのよ」

「三十年しかたってないから、あたりまえでしょう」

「しかもよ、ゆるせないのは、自分から希望して冷凍にはいるのまで、いるのよ。若い子に多いらしいわ。なんにもわかっちゃいないのに付和雷同に」

「あなたは、わかってるんだ」

「すべてを理解しているとはいわないわよ。だけど、すこしかんがえれば、すぐわかるはずだわ。人口がふえすぎたから、整理しましょうってことよ。ちょっとひとねむりしてくださいって。こわいのは、この楽天的な時代の空気なの。そんなことなんともおもわない、人間の感覚の鈍麻なのよ。生きるということに対して、真剣になれないという……」

「はい、はい」

「かるくいわないでよ」

気分を害したらしい。

「じゃ、なんていってほしい？　あんたの望みどおりにいってあげるよ」

「からかうのはやめて」

いまごろ気がついたの？

「まだるっこしいからよ」

「わかった、うん」

〈彼女〉は、ひたいに手をあてた。

「用事があるんでしょ」

多少の疲労をおぼえながら、わたしはうながした。

「そう。じつは、あなたの夢に転移させてほしい、ってことだけど……」

余韻をのこしつつ、〈彼女〉は、じっとわたしをみる。

「いいよ」

「……そう」

「そうって、なに？　ひきうけないほうが、いいの？」

「いや、あんまり簡単にいってのけたから」

「かんがえなおそうか」

「そういうわけじゃないけど……」

　理由はわかっている。たがいに目と目を見かわして（わたしが〈彼女〉の手を両手でつつんで）おごそかに承知すればよかったのだ。劇的なる瞬間にはすべての真実があらわになる、と信じているのだろう。わたしがクライマックスをつくりださなかったので、不満なのだ。

「転移するのは、ふつう、家族とか恋人が多いんだけどね。ううん、いやってわけじゃないの」

「わかってるわ」

　なにが？

「わたしみたいな、正反対のタイプでもいいの？」

「それだからよ。両親にもたのんだけどね、当然。ふたりとも、あんまり夢を見ないらしくて」

「夢ってのは、見ないんじゃなくて、おぼえてないだけらしいよ。内向してくると、一晩に四つはおもいだせるもの」

「そうなのよね。うん、そうだ」

「わすれられるのがいやなのね」

「あっ、そのとおりなの。理屈としては。記憶にのこらなかったら、転移しても、しょうがないでしょう？」

〈彼女〉は、いつでも、わたしのいうことにすぐ賛成する。いやじゃないのかな？　とおもうときがある。自分のかんがえが、はっきりしていないから、ひとにいわれるとそんな気分になるのだろうか。

「わたしは、毎晩夢を見るよ。それで、くたびれちゃうの。印象が鮮明すぎて」

「だから、たのむんじゃない。気心も知れてるしさ」

「まあ、いちおうね」

「通告をうけて五十日以内に冷凍にはいるって、決まってるのよ。転移したい相手とは、いっしょに人口局へいって、なにかヘルメットみたいのをかぶるの」

「知ってる」

「待ち時間もいれて、十分ぐらいで、すむらしい」

「にぎわってるね。冷凍志願者って、けっこういるのね」

「家族そろって、だったりしてね。たとえば不治の病い、なんていうんだったら、納得できるわよ。理由のなかには、きいておどろくようなのも、あるの。なんと、息子を宇宙飛行士にしたい、とか」

「かんがえられるね」

「あたしたちからみたら、想像もできないくらい、イージーなのよ。人口局の広報テレビは、すばらしい未来都市を映すらしいね。緑あふれるゆたかな時代をね。それをまるごと信じる単純なのが多いのよ。将来クルーになりたい子って多くて、競争率がはげしいでしょ。船がたくさんつくられるまで待つつもりなのよ。冷凍と称して、ほんとは安楽死させてるのに」

「で、いつにするの?」

ふと現実にもどった〈彼女〉は、ハンカチを両手でまるめた。

「そうね……一週間後、はどう? そのあと、お酒でものむように、あたしがセッティングするわよ」

大げさな。ただぶらっと、ちかくの支部に寄れば、それですむことだ。酒場なんて、いきあたりばったりに、いくらでもある。

わたしは、ふたたび疲労を感じた。承諾しないほうが、よかったのかもしれない。〈彼女〉とわたしは、あまりにも似ていないのだ。

この時代の大部分の人間がそうであるように、わたしもまた、かなりいいかげんに生きている。モノゴトを、ふかくかんがえない。自己不信と諦観とが、わかちがたくむすびついているのだ。確固とした信念なんてない。こだわりもない。どんな事態になろうとも、その重要さが、感情的に自分の内部にはいりこんでくる、ということはまずない。こさせないのかもしれないが。その結果、気分だけで行動する。後悔も反省もない。

世界はその向こうに、平べったくのっぺりとひろがっているだけなのだ。やさしくたよりなく。

このひとは、まじめできちょうめんなのだ、とわたしはおもった。気がきかないし、やることなすことすべてに魅力がないけれど。

こんなにながくつきあっていて、一度も、ハッと胸をつかれたことがない。だれにでも、意外な面はあるはずなのに。おもいがけない純真さとか無邪気さ、冷酷さなど――たいていは、子供っぽいといわれる部分が。だらだらと起伏がなく、その世界はせまく、過去のことに執着してウジウジする。ひどく感情的でウェットで……。

でもまあ、いいだろう。

いまから拒否するのは、めんどうくさい。そんなふうにおもうのは、わたしの悪癖のひとつだろうが。こんなにもかたくなな魂が、自分の精神世界にはいってくるとしても、それは睡眠中のことだけなのだから。

「きょうは、これから時間ある?」

つまらぬ想いをふりはらうために、わたしはことさらにかるくたずねた。

「うん、飲みにいこうか」

「そのまえに、人口局に寄ろう」

「えっ、いいの? いますぐでも」

「だって、準備するものなんてなにもないし、シラフならいつでもいいんでしょう?」

「そうだけど、急にいうから」

いったい、なにをかんがえているのかね? 転移させることを、儀式化したいのだろうか。記念日みたいに。

「いつだって、かわらないいじゃない」

「それはそうだけど」

「いったん決めたら、ぐずぐずするのがいやなのよ」

わたしは、自分のコーヒー代をだした。いやみにうけとられるかもしれない、とおもいながら。

「いいわよ。払うわよ」

〈彼女〉は手をひらひらさせたが、わたしは立ちあがった。

「そういえば」

ふとおもいだして「あんたの去年の恋人はどうしたの? 転移させてくれるんでしょう?」

〈彼女〉は、のどのところで、ウッといったようだ。

「そのことはもう、いいの。とやかくいってほしくないのよ。ほっといて」

うってかわって、かたい声をだす。わたしを脅かすような。なにもいってないのに。わたしはため息をついて、彼女のうしろにしたがった。

明かるい空の下に立っていた。

前方に白いリボンのような道が、うねうねとのびている。ゆるやかな丘の向こうに、きえている。

春だ、とおもうとうきうきする。だれもいないのも、やたらうれしい。ゆっくりあるきはじめる。

あたたかくて気持ちがいい。頭のしんが、ぼんやりしている。自分の抜けがらを、いくつもいくつも、背後にのこしていくのがわかる。

こういうとき、わたしは、永遠の気配のようなものを感じるのだ。

うしろにだれかがいる。

おもいがけなかった。

目がある。ねばっこい視線で、ひっぱられている。背後にあるものは、過去または敵である。暗がりであり、わけのわからないものなのだ。

こんな透明な日に、と舌うちしたい気分だった。うしろの空気が重たいなんて。首すじに、なまあたたかく動物くさい息を感じる。

見えない糸にひかれて、ふりかえった。

〈彼女〉が立っていた。

なんだか所在なさそうに。

どうして、こういう登場のしかたをするのだろう。はるかまえのほうか、横に遠くはなれて出てくればいいのに。

——びっくりした。この二カ月ばかり、わすれてたから。

——きのう、冷凍にはいったのよ。それで、こうやって、意識だけが活動しているの。

そうか、これは夢か。

——ぐあいはどうなの?

——意外といいわね。かろやかよ。

——それにしては、あいかわらず、ふとってるわね。

——あなたのイメージのせいよ。

——そうかな。

——この世界を構築した全責任は、あなたにあるんですからね。

のっけから、わたしに、なにを背おわせようとしているのだろう。

——責任って。あのさあ、気にいらないんだったら、かえっても、わたしはちっともかまわないのよ。

——そうはいってないでしょ。

——あんたのすきずきなんだから。わたしは、個人的に勝手に、この世界をすごすから。

陽ざしは、こんなにやわらかいのに。すきとおったスカーフみたいに。

——わるかった。ごめん。そんなつもりじゃないから。ねえ、いい天気ね。会えてよかったわ。

〈彼女〉は、きげんがいいみたいだ。

——わたしも。

心ならずも、調子をあわせる。

——だけど、ここは、乾燥しすぎてるわ。

——そうなの？　くらべたことないから、わからない。

——あたしのとこは、もっと湿気があって、やさしい世界よ。

——いけないことかしら。

——それに、まぶしすぎる。

もういわない、といっておきながら、ケチをつける。どういう心境かね？

とたんに、空がかきくもった。人間の顔色がかわるように。

——わっ、どうしたの？

——あんたが、のぞんだからよ。

じつは、そうではない。わたしが気分をわるくして、それが空に反映されたのだ。

——すごいわね。こんなに急にかわるものなの？　なんだか、こわいわ。

あまったるいこと、いうんじゃないよ、とおもいながらだまっている。最初からこれでは、先がおもいやられる。

暗雲がたれこめている。のどを鳴らす龍のようにうねって、おそろしい速さでとんでいく。ここでコツゼンと黒い城砦が出現し、ワグナーでもきこえてきたら、〈彼女〉はどうするだろうか。

不意に気持ちがなえてきた。

どういうわけか。〈彼女〉といると、力がぬけてくることが多いのだ。

空は、はっきりしない鉛色におちついた。陽がかげったせいで、風景にやわらかみがでてきた。

わたしは歩く気をなくして、草にすわりこんだ。〈彼女〉もひざをまげてそばにすわり、しきりにスカートを気にする。

丘の向こうから、白く光ったものがちかづいてくる。

——なに、あれは？

——ずっとちいさいころ見たロボットよ。センターにいたわ。二十年ぐらいまえよ。なんでこんなとこにでてきたんだろう。

車輪をまわしながら、けんめいにちかづいてきたロボットは、頭のランプを点滅させた。子供がよろこぶように、もっとも原始的なタイプにしてある。彼はジージーと、ファズ・ギターのような音をたてた。イッショニイキマショウといっているみたいだ。

——あのころ、すごく仲がよかったの。このロボットにしかなつかなかったの。

幼年時代を掘りおこさせたのは、〈彼女〉だ。わたしのサービス精神は、夢のなかででも、ひとがのぞむような設定をつくりだすみたいだ。

——まあ、と〈彼女〉は顔を紅潮させた。このひとは、感激屋なのである。とにかくなんでもいいから酔いしれたいらしい。いっしょうけんめいの思想なのだ。

——やっぱりねえ。愛情って、心の奥底では決してわすれないものなのよねえ。

そういうセンチメンタルなセリフをきくと、げっそりするのだが。

わたしは、ロボットを指ではじいた。それはガラガラとくずれ去った。内部は空白だった。

〈彼女〉はかなりおどろいたようだ。悲しみをこめてわたしを見つめている。まあ、いいや。非難されたって。

——あなたは、長い空白に耐えてきたのね。消えてしまった愛情の痛みに。

――ものすごいことというわね。それでよくまあ……わたしだったら、恥ずかしくて舌かんで死んじゃうわ。そういうことというと、ここでは、法律にひっかかるのよ。

わたしは、でたらめをいった。

――なに、それ？

――当然、情念とりしまり法よ。あれにふれると、溶けてなくなっちゃうの。カンテンみたいなものが残るけどね、すぐに乾いて風にとばされる。あとにはなんにも残らない。

――それは、ちょっとおかしいんじゃない？　あたしは、ここへはじめてきたのよ。なれろっていうほうが、無理じゃない。

〈彼女〉は、わらおうとしている。ひきつりにしか見えない。気のきいたことをいいたいが、うまくいえない。いつだってそうだ。冗談がわからない。だったら、ウケたがらなきゃいいのに。

自分の悪意がいやになる。

いままで、そんなことは一度もなかった。他人をからかったり、おとしいれたりしても、ただたのしかった。〈彼女〉の出現によって、世界は多少かわったのだ。ソフトなわたしは、たちまち軟化するらしい。してみると、このひとは、ここでのいわゆる良心とか道徳を代表してしまったのだろうか。目ざめてつきあっているときから、たしかにその傾向はあった。

〈彼女〉の発言は、こうしてはいけないとか、しなければならないとか、ゆるせないとか、決まっていた。かといって、限度をこえたパワーはないのだ。わたしがつよくおしきると、それにつられる。あとになって（いつまでも）ブツブツいうが、ほとんどわたしは無視する。

この人物は、わたしの未熟な無意識に相当していたのかもしれない。シャドウとしての位置にいたのかもしれない。

だとするとおそらく、〈彼女〉にとっても、そのシャドウはわたしなのだ。ふたりでひとりぶん、のつきあいだったのだ。

たがいに、自分には欠けている要素を、たっぷりと持ちあわせていたので。

あーあ、という声がでそうになった。エネルギーがぬけていく。わたしは、草のうえに、すわりこんだ。なんて単純な原理だろう。

〈彼女〉も、そばに寄りそう。まるで女房みたいに。

だから、ごく自然に、〈彼女〉がわたしのこまかいせわをみる、という関係になったのだろう。いっしょに旅行して、ホテルの部屋についたとき、お茶をいれたり、テーブルをふいたり、ドレスをかけてもらったりしたものだ。うるさいな、とおもいつつ、されるがままになっていたのだが。

——これから、どうするの？　どうなるの？

——さあね。

わたしは、投げやりに答えた。

——ねえ、こわいわ。

——こわがっても、しょうがないでしょう。

これ以上、なんていうべきか。

——あら、だんだんうすぐらくなってきた。

——そうね。

やたら、かったるい。

——日が暮れたの？

——ちがう。

——じゃあ、なんなのよ？

——レム睡眠が、おわるんでしょう。

——そうすると、あたしはどうなるの？

——消えるでしょう。

——そんなの、いやだわ。

——いやったって、夢見るひとの意識もいっしょに消滅するのだから。

——そう。また会おうね。

わたしは口のなかで、あいまいな返事をした。これからも？　ずっと？

はででくだらない音楽が、からだにひびいてきた。ズンチャチャズンチャッという、ひどいリズムだ。

わたしは覚醒した。

胸のうえに、がっしりと爪をたてて居すわっていた幻影が、そのあざやかさをうしなっていく。色あせたフィルムとなって、闇のなかに消えていこうとする。

わたしは、息をついた。

昼の世界では、表面に熱中している。無内容の極致がすきなのだ。それは夢——無意識の世界にも侵入しつつある。強力なプラスティック・カバーだ。その方向に自分をつくってきた。何年もかかって。エスの自我化というのだろう。

シャドウがこんなにはっきりと登場して、その均衡がくずれてきた。〈彼女〉は湿ってどろどろしたものを注入する。ひとりよがりのほうが気持ちいいのだ、ということをクドクドとくりかえす。いったいどういうつもりだ。とはいっても、どんなつもりかは、すぐにわかる。その行動原理である感情は、心のはたらきのなかでは思考とおなじく合理的なものであるからだ。なんらかの感情をもったその結果は、計算機ではじきだせる。抑圧すれば、トラがウマに乗ってやってくる。エネルギー不変の法則だ。

あんなふうにしていられるのは、禁欲を知らないからだ。みっともないと感じるセンスがないからだ。あーああ、毎朝こんなふうじゃ、たまらない。夢は完全に消えさらず、獣の息を吹きかけてくる。以前は、もっと無慈悲でギラギラ乾いた世界だったのに。

きのう、ねむるまえにコードレスのボディー・フォンをつけたのは、やや有効であったようだ。ペンダントの形をしたそれをとりはずそうとしたとき、大げさで恥知らずなギターがひびいた。そのあまりにも最悪な音質に、わたしはけいれんした。脚がはねあがって、毛布がういた。

わたしは、クックックッとわらった。こういう演奏をプログラミングする人間の頭のなかを、のぞいてみたい。生きているのが楽しくなる。

わたしはボディー・フォンをつけたまま、台所へいった。コーヒーをセットする。ばかばかしいリズムに身をまかせながら、ペーパーフィルターをつかう。むかしながらのいれかたが、いちばんおいしい。

マグカップを両手にもって母の部屋へいくと、彼女はもう目をあけていた。ぼんやりと天井をながめている。

「また、そんな顔をして！」

わたしはわらいながら、カップを手わたした。

「しかたがないのよ。年とると。目がさめて一分ぐらいは、この世界の……なんていうか無情な法則にため息がでるの」

「時間でしょ」

「そうよ。それが、わたしの絶対なのよ。うつろなの。かといって、悲しいわけじゃない。悲しくないってことが悲しいのよ。わかる？」

「わかるわよ。わたしだって、もうすぐ中年だもん」

「また、そんなこといって」

「二十五すぎれば中年なのよ。でもさあ、ふりかえるのはいいけど、ふりかえってひょいとまえをみると、そこにふりかえってる自分がいるのって、いやじゃない？」

「なんか、わけのわかんない表現ね。さっき、電話があったわよ。起きたばっかりだから、こっちの映像はださなかったけど。寸づまりみたいな男だった。目がさめた最初に、なんでこんな人物を見なきゃいけないのかって、腹がたったけど」

「ママは自分がチビだからね。なんだって？」

「あんたの友達は冷凍にはいったかって。よく知らないって答えといた」

「あー、知ってる。あのひとの愛人なのよ。あのふたり、からかってやったの。つりあうっていえばそれまでだけど、あまりにも好みが変態的だって。まあ、実際には、それほどひどくはないんだけど。彼女には、あんなフリークスとつきあうくらいなら、犬とつきあったほうがましだっていったの」

「本気じゃないんでしょ？　あんたは、くわせ者だから」

母はうすくわらった。わたしは床にすわった。

「そうよ、当然じゃない。わたしは、他人に対してどうしても真剣になれないっていうかなしいくせがあるんだもの。マジメにそんなこというわけないよ。ただ、おもしろかんべえとおもっただけで。ほかに不純な動機はない」

「あとでまた、かけてくるんじゃないかな」

母はガウンをひっかけて、スリッパをさがした。

「いまごろなんの用事かしら。彼女のことが、気になってるのかな」

「冷凍って、費用がかかるんだろ。人口局のやりかたは採算がとれるのかね」

「一応とれるってことになってる。新しい方法が完成したからって」

「いちおうね」

「そうよ。ほんとは、あのひとたち死んじゃってるかもしれない。人口局の医者は、データをしめして生きてるっていうけど。ずーっと先になって解除してみなきゃ、わかんないよ」

「あんた、くたびれてるの?」

わたしは答えずに、カーペットのけばをむしった。

愛していたメディカル・センターのロボットを、とっくのむかしにわたしは殺していたのだ。〈彼女〉は、それをおもいおこさせた。罪悪感がまるでないのが、妙に寒く悲しい。疲労は夜ごとの夢のためだ。〈彼女〉は、わたしを非難しているのだろう。あきれているのかもしれない。きっと古典的悲劇に身をまかせたいのだ。

「仕事、きょうもやるの?」

わたしは母にあまえかかった。

「やんなきゃしょうがないでしょ」

「あー、やだやだ。寝たきり老人生活したい。ねえ、きょうは休んで、昼寝大会しようよ」

「最近、よくねむってるじゃない」

「いくら寝ても、疲れがとれないんだもの。起きるとくたびれてるから、はやく寝る。そうすると、夢をみると、またくたびれるのよ」

「あんた、友達をきらってるわけじゃないみたいね」

「全然きらってないよ」

母はナイト・テーブルにカップをおいてかんがえこんでいる。

「センターの先生には相談した?」

「彼には、なんでもいってるわ。でも、このごろは、なんだかアホらしくなってきたの。わたしは、どうして、このひとには心の奥底をぶちまけてるんだろうって。だって、よくかんがえてみれば、なんの関係もないひとじゃない」

以前、わたしは先生がすきだった。いわば父親の代理だったのだ。彼は実際には無能だった。なにも手をくださなかった。それでもわたしのなかでは、ひとつの役割を果たしたのだ。彼もまた、必要のない人間になっていく。いったい、わたしはどこへいこうとしているのだ。一般には執着の対象といわれるものを、こんなにもつぎつぎと手ばなしていって。

そして（たぶん）佳子は、それは危険だといっている。彼女はこわがっている。

「ぐあいがわるいの？」

母はこんな娘を心配している。かわいそうなママ。わたしはひとりでどこかへ行ってしまうというのに。

「頭のなかにオガクズがつまってるみたい。ほら、ノリで固めて人形をつくる材料。あの人形になったみたい」

目ざめたときより、ひどくなっている。音楽もききめがなくなってきた。わたしは、ペンダントをＯＦＦにした。自分にだけきこえていた音は、かき消えた。

「夢を見ないようにする方法はないの？」

「あるよ。でも、それをずっとつづけると、気が狂うんだって。分裂症患者は、レム睡眠がなくなっても、平気なのよ。昼間、目をあけて夢をみてるから」

母は眉をよせた。

「ねえ、ごはん食べない？」

話題をかえる必要がある。

「あんた、ちかごろ、どうしてそんなに食べたがるの？　ぐあいがわるいからじゃない」

母は台所へいった。

「男がいないからよ」

母親をわらわそうとしていったのだが、さほど効果はなかった。わたしはのろのろ立ちあがって、食卓についた。

「いたじゃない」

「あきたのよ」

「なにかあったの？」

「ママってオロカだねえ。なんにもないからあきるんじゃない。べつに、あいつはなーんもわるいことはしてませんよ。こっちにやる気がなくなっただけで。枯淡の境地だわ」

「まさかァ」

今度はわらった。背中がふるえたから、わかる。

佳子が夢に出現してから、わたしは睡眠と食事だけをむさぼるようになった。死にたいのか。いや、そんなことはない。

電話がかかってきた。

わたしは、受像機のまえにいって、スイッチをいれた。それすらも、めんどうくさい。センターの医者がうつった。

「あ、おはようございます」

非常に申しわけないといった感じで、彼はかるく頭をさげた。わたしもおなじあいさつをかえした。

「ここのところ、いらっしゃいませんが、どうしました？　しばらくお休みしたいんですか」

「だって」とわたしは子供になっていった。「行ったってしょうがないんだもの」

「まあ、この子は、なんて口きくんだろ」

母が首をねじまげて、こちらをみた。

「なぜですか」

医者は目をパチパチさせた。

「わたしが病気だとしてもさ、なおす必要なんてないでしょ」

「病気なんかじゃありませんよ」

「どっちでもいいけどさ、かったるくなっちゃったの。つまりねえ、漠然と『このままでいい』っていうふうにおもいはじめたの」

このままでいいわけはないのだが。

「そうですか」

医者はちらとうつむいて、また顔をあげた。

「気がむいたら、いつでもいらっしゃい。お仕事は？」

「あんまりやってない」

「来週の金曜日の午前中は、いかがですか。どこかへお出になる予定があったら、そのついでにセンターへ寄るとか」

　そんなにていねいな口きくことないのに。かわいそうな先生。あれ？　わたし、どうかしたのかな。今朝はいろんなひとを、あわれがる。

「なるべく行くようにします」

　わたしはそんな自分を恥じて、小声でいった。

「お待ちしてますよ……では、お大事に」

　画面は暗くなった。消えてゆく夢のように。

　母が皿やコップをならべはじめる。

「転移をうけてからだね。そんなふうに元気がなくなったのは」

　母はしばらくかんがえてから、ゆっくりとことばをついだ。

「いけないことかもしれないけど、消してもらうわけにはいかないの？」

「できるよ。いますぐにでも」

「だったら、そうしてもらえばいいのに」

「いまのところ、なりゆきに注目してるのよ。彼女が出演することによって、なにか事件がおこるかもしれないじゃない」

「なんでもおもしろがるのは、身の破滅よ」

「かもしれない、うん」

　わたしは、食べ物をつめこみはじめた。

「きいてみると、お友達はわるいひとじゃなさそうだけどね」

「それだけに、始末がわるいのよ。こりかたまっちゃってるの。反撥もあるけど、ゲーム的な興味もあるの。どっちの精神力がよりつよいかっていう。わたしの夢の世界だから、フェアじゃないような気がするけど。でも、そうはいっても、設定がおもいどおりにならないことでは、ふたりともおなじだから」

「仕事はいいから、ローラースケートにいってきたら？」

「マア坊がそういってたわね」

「何回も電話かけてきたじゃない」

「マア坊ってさ、仔犬みたいでかわいいね。やたら元気がよくて明かるくて単純で。ずっとまえだけど、夜公園をとおりかかったら、満月だったの。彼、いきなりそこへおすわりをして、月に向かって吠えたのよ。そういうとこは、だーいすき」

わたしは微笑した。その気持ちにウソはないが、同時になまなましさもない。上のほうから彼を見おろしている感じがある。

「だったら、連絡してみたら？　あの子は、単にいい子でしかないけど、ほかの男よりは、ずっとましだから。背も高い」

スープをのんでいたわたしは、かるくむせた。母は、すらりとしているというだけで半分がたは、気にいってしまうのだ。一に外見、二に知性だそうで。わたしは知性よりも、こちらのいうことをどのくらいきくかが、問題なのだが。もちろん、マア坊のまえでは、そんなそぶりは見せない。気持ちをわかってもらう、なんておもわない。どうやったらだませるか、しかかんがえない。だますというのはおかしないいかただが。いっしょにいてなんとなく楽しければいいのだ。マア坊に対して、いっしょにいたいという感情は、稀薄になってきている。

食事がおわって着がえているときに、そのマア坊が電話してきた。

「ごきげんいかが？」

彼のほうは、いつもうれしそうにしている。

「いま、こんな状態」

わたしは、こちらの映像をおくった。胸をあけて、彼からもらったひらひらした下着をみせた。まったく、なんていう品物をおくる子だろう。

「やばい。かくせ！　いま、ダチ公といっしょなんだから」

わたしは前をあわせた。

「学校は？」

「さぼったんだ。テープとどいた？」

「もらったわよ。すごくおもしろかった。特に気にいったのは、神経をさかなでする気持ちわるい曲ばっかり編集したやつ」

「きいてて、何回ものけぞるだろう」

「たまんない！」

　ああ、あんたはいつまでも楽しくいてよ。決して深刻になったり、苦しんだりしないで。あんたがずっとそうしてられるとわかってれば、わたしはうれしい。なんだか、はるかなあんた。

「様式美って、ああいうのをいうんだろう。演奏において、なにをいいたいのか、まるで理解できないんだ。どういうつもりで、こんなのをつくったんだろうって、おもうね」

　マア坊は、いつものように軽く滑空している。好きなものがたくさんあるのに、そのどれにも深入りしない。浅いところに彼の価値がある。母にいわせると、相当なチャラ坊ということになるが。

「きょう出られないのよ」

　説明したいような気もする。それが、もどかしさを生む。

「どうして？」

「おとなには事情があるの」

「チェッ、二つしかちがわないじゃないか」

「あんたは特別幼いもの。でも、そこがすきなんだけど」

　決して演技ではなく、わらえる。だが、心地よい隔絶感は、ますますつよくなる。それでいい。

「じゃあさあ、午後はこいつの家に行ってるから」彼は画面の外から、友人をひっぱりこんだ。「場所、知ってるだろ？　かならず、おいでよね」

　乱暴になったりやさしくなったりする口調がおかしい。いつのまにか、わたしは、うなずいていた。


　わたしは、非常に大きな建物のなかにいるらしい。うす暗い廊下に立っている。バスローブをきて、はだしで。

　ドアがつながっている。床と天井にぴったりくっついてないのは、それが全部シャワー室だからだ。ぺたぺたあるいていく。あてはないのだが、どうも出口をさがしているらしい。たくさんのドアを、はじからあけていく。だれもいない。角をまがっても、おなじような廊下だ。しいんとしてひえていて、湿っている。

それで〈彼女〉をおもいだした。このちかくにいるようだ。

不熱心にドアをあけ、またしめていく。順番に。全部がシャワー室だなんて、異常だとおもう。

ぼんやりした暗さのなかから、〈彼女〉がでてきた。いつものツナギを着ている。このひとは、何回出てきてもおなじ服装だ。昼の世界では、何通りかのファッションであらわれたのだが、どれも似たようなものに見えたからだろう。ネズミ色とか茶色とか、にぶく沈んだ色を好んでいるから。

――さがしてたのよ。

彼女は息をきらしている。なにをあわてているんだろう。

――ひとりでいられないの？

とがめているわけじゃないけど。

――あたしって、内向してるから、その反動で同行者を求めるのね。

そう。わけのわからない理屈をならべるのが〈彼女〉のくせだった。（だった。）それよりも、なにげないことばのなかに、キラッとしたものがあったのに。

大昔にはやった化粧をしている。まっさおなまぶたと赤い口。くすんだ顔の色から、浮いてみえる。似あわない。

〈彼女〉のむかしの愛人がいってたっけ。服と化粧にセンスがないですねえ、なんて。わたしは、それじゃ全部じゃない、なんて決めつけたっけ。おもいだした。つたえることがあった。

――朝、彼が電話してきたわよ。

――なんていってた？

そんなに、ザアーッと顔色かえることもない、とおもう。

――ママが出たから。

彼女を気の毒におもう。

――そのあと、かかってこなかった？

――こないよ。

こんな返事はしたくない。胸のなかにヘビを飼っているみたいで、いやだ。〈彼女〉が転移するまえは、いなかったのに。わたしの胸のなかは、からっぽでさっぱりしてたのに。

——なにをいいたいのかしら。

わかりきってるくせに、きかないでよ。いやいや、こわいことに、わかっているのはわたしだけかもしれないが。

——安心したいんでしょ。

——どういう意味？

いどむような目をしている。たしかに、このひとは、わたしを憎んでいるのだ。だから、こうして出てくるのだ。どういうイミ、だって。あまりにもいわれすぎたセリフだ。

——あなたがさ、冷凍にはいったことを、確認したかったのよ。

——なによ。

〈彼女〉は、心持ち、肩をそびやかした。こんなシーンでは、つっぱらないほうがいいのになあ、とわたしは、またしてもおもう。こわがらせるために（かどうかは知らないが）そんなことをしても、誇りはすっかりうしなわれた。いちばん大切なものはプライドよ、と何度も強調していたのに。

——これ以上、いわせるつもりなの？　あのねえ、あなたがまた追っかけてくるんじゃないかと、びくびくしてるのよ、あの男は。刺されやしないか、とか。

——そんなこと、するわけないでしょう。

彼女の声はふるえている。

——こわがるのも、わかるよ。だって、あんた、ゴタゴタのとき、会うたびに泣いたんだもの。つきあいったって、週に一回、五、六回会っただけなのよ。その程度で、腹の底から声をしぼりだして（まあ、これは、わたしの想像ですがね）『好きよォ』なんていうなんて（そういったのは、ほんとうだ。男からきいてる）。執念まるだしなんだもの。

それ以前の〈彼女〉には、ドラマティックなことがなにひとつ起こらなかった。〈彼女〉は事件を夢想していた。なにもなかった、ということがコンプレックスになっている（らしい）。

——ききたくない。

その声には、ムッとするような殺気がこもっている。

わたしたちは、呆然と立ちつくしていた。

どこからか、ゴトゴトとにぶい音がひびいてくる。エアコンかボイラーか。その音があるせいで、ここにはおそらく、ほかにはだれもいない、ということがわかる。

彼女は、男と女のゴシップが大好きだった。だれとだれは怪しい、と熱心にいっていた。女性スターにあこがれるその情熱が異常だった。男のアイドルを好きになるのなら、まだしも健全なのだが。まるで自分が、そのスターになりかわったかのように、何時間でもしゃべりつづけるのだった。

人生に満足してないのだ。いや、このいいかたは正確じゃない。〈彼女〉は、自分の過去を、なかば恨みつつ、執着せずにはいられないのだ。なにもなかった、なにもしなかったことの後悔を、くりかえして味わっているのだ。

〈彼女〉の自我はその肉体をはなれて、きらびやかな他者にはいりこむ。代償行為をやめれば、現実に行動できるかもしれない、などとはおもわなかったらしい。

自分のみすぼらしさ、を一瞬でもわすれたかった。他人や状況への感情移入なしには、やってこられなかったのだ。

——やめなさいよ。そういうやりかたは。生まれつきのオールド・ミスみたいじゃないの。

おもわず口にだしていた。昼の世界よりも、自己統制がよわくなっている。

〈彼女〉は目を向けた。ギラリとしたわけではないが、怨念のつよさは、じゅうぶんにつたわってきた。

——わかるでしょう？ あたしは、あなたにたくさんの影響をうけてきたわ。

——ううん、わからなかった。いま、わかった。

いけないことに、わたしはあっさりといってのけた。

——こだわっていたのよ。ある時期。

ややねばつくような声で強調した。

——知らなかったわァ。

こういう軽薄な声を、だしちゃいけない。

——だから、だからねえ、結着をつけなきゃいけないのよ。

——なにに？

——あたしの気持ちによ。オトシマエをつけさせてもらうわ。

まあ、なんというこわいことをいうのでしょう。わたしは、さっきからここの空気をおおっている気配を、ふとまたつよく感じた。

——この建物の外は、どうなってんのかしら。

——知るもんですか。あなたの世界だもの。

——ここはシェルターで、人類のほとんどは死滅したのかもしれないよ。

〈彼女〉はびくっと肩をふるわせた。

——勝手に決めないでよ。あたしにだって、設定をえらぶ権利はあるわ。

わたしは、答えないであるきはじめた。彼女もついてくる。廊下は、迷路になっている。とにかく中心から遠くはなれよう。糸かチョークがあればいいのだが。

出口にちかづいているかどうかはわからないが、どんどんあるいた。おなじような光のなかにおなじようなドアがならんでいる。

——あなたの心、ずいぶん混乱してるのね。

〈彼女〉は皮肉をいったのか。

——うん、こんなに入りくんでるとはおもわなかった。

壁の色がかわってきた。土をかためたようなもろさが感じられる。外にちかいのかもしれない。この迷宮は、風雨にさらされて、何百年とたっているのかもしれない。

——この壁、くずれそうだよ。

わたしは、足でけった。はだしなので、たいしたことはできない。

——やめなさいよ。どうするのよ。

——どうするって、外へ出たいんじゃなかったの？　こんなとこにいるのはいやみたいだったから。

——でも、危険よ。

——あんたは、なんでもかんでもこわがるのね。

わたしは、壁にからだをぶつけた。ぼろぼろとくずれていく。〈彼女〉はヒャアといった。

そこはシャワー室ではなかった。泥でできた、なにもない部屋だった。窓がひとつ。その向こうに、明け方のような青みがある。外縁部まできたのだ。

すみのほうに、性別のわからないほどよごれたひとたちが、かたまっている。やせてアカだらけでボロをまとい、ネズミのような顔と動作でなにかを食べていた。人間ではないみたいだ。

〈彼女〉はしきりにわたしのわき腹をつつく。相手にしないほうがいい、という合図らしい。わたしは、彼らにはなしかけた。返事は、はっきりしなかった。何回もたずねてきだしたところによると、外の世界ではなにかとてつもない災害がおこったらしい。ずっと向こうに、生きているひとたちがいる、と彼らはいった。わたしたちはテレパシーがつかえる生物だから、と。

——行ってみようか。

——でも、なにが起こったのか、わからないでしょ。放射能とか。アンモニア嵐とか。ここが地球だっていう保証もないわ。

いわれてみればそうだ。

——そこの窓ガラス、すきまがあるみたいだよ。してみると、空気はだいじょうぶだとおもうけど。

わたしは、その部屋とは反対の方向へあるいた。この建物は、ゆるやかな丘に埋まっているようだ。廊下というより、洞窟になってきている。

白いつめたい光がさしこむほうへ、おずおずとちかづいてみた。ほら穴の外は、嵐だった。すぐに海がある。黒っぽいヤシに似た木が風であおられている。ほそい粘土質の道がとぎれそうにつづいていて、ここがちいさな湾の端だということがわかる。

——向こうっかわに、そのだれかがいるみたいだ。行きたいんだけど、これじゃだめだな。

〈彼女〉としゃべっていると、しだいに男の子みたいな口のききかたになってくる。論争しているときはちがうのに。〈彼女〉がわたしを頼りにしてくると。

——世界はおわったのかしら。

そんなに声をふるわせないでよ。わたしだって、こわくないことはないのだから。

——わからない。

——どうして？　え？　なんで世界をおわらせたのよ。

——生き物が全滅したわけじゃないよ！

——あれは人間じゃないわ。ねえねえ、やっぱり核戦争？

――ちがうでしょ。ここは次元のちがう世界みたいな気がするよ。

――じゃ、なにが起こったのよ。

質問されて、わたしはつまってしまった。インクのしみのようにひろがりつつある疑惑を口にしたら、それが現実となってしまうかもしれない。

夜明けまえのような光。そのあかるさは、いつまでもかわらない……。


わたしたちは、ちいさな丘のうえにいた。見わたすかぎり、赤土の荒野だ。この惑星は非常にちいさいらしく、地平線がまるみをおびている。

〈彼女〉は、しばらく声が出せなかった。あまりのことに。

空は硬質のドームとなって、頭上をおおっている。ギラギラした鉱物質の光が、青くかたい半球にあふれている。黄色いチーズのような太陽がそのまん中にはりついている。地上のものをにらみつけている、無情なひとつの眼みたいに。

――こんなとこは、いやよ。

やっとのことで、〈彼女〉はいう。

光はすべて針みたいだ。少しもあたたかみがなく、そのくせ痛いほどに明かるい。ここには、一切のものに影がない。

――人間がいたらいいのに。

――いても、なにもしてくれないかもしれない。

――でも、いてくれたらいいのに。

〈彼女〉の願望がかなえられたのか。ゆっくりとふりむくと、五、六十人がひとかたまりになっているのがわかった。彼らはアリのように地上をはいずりまわっている。その動きかたは、苦役に服しているみたいだ。

どこからか、破局をつげるサイレンがきこえてくる。

――なんにもないなんていやよ。

――まえに、街のなかにいたことがある。これと似たような光のなかだったけど、とにかく街だった。でも、わたしには、建て物は全部書き割りだということが、わかっていた。うすっぺらな一枚看板で、裏を見ればベニヤ板だってことが。そのときの空は、不吉なむらさき色だった。ひとや車で道は混んでたけど。

——あなた、こういう世界がすきなの？

——きらいじゃない。

——どうして？　どうしてよ。理解できないわ。

——説明だって、できないよ。

——こんなとこのどこがいいのよ。

——ここは清潔だよ。だって、この光に、なにもかもが灼かれているんだもの。

——人類を死滅させたいの！

——そればかりいうね。そんなことは、ちっともおもってないよ。

——あなたの世界は、学校とか友達とか、まともで生き生きしたものはないの？　ああいうものがきらいなの？

——大好きだよ。

いちいち答えながら、この女はどうしてわたしを男性化させるのか、とかんがえている。女の固まりだから、というのがある。〈彼女〉があまりにも女性的（と世間でいわれているような）役を演じるから、こちらがバランス上、男っぽくなってしまうのだろうか。男の子がでてきたら、女っぽくふるまえるのか。

しかし、マア坊や先生にでてきてほしくはない。自分ひとりでなんの不足も感じない。

両性具有願望？　シジジイ？　わたしは男でも女でもないし、性なんかいらないし、ひとりで遠くへいきたいのだ。

地球のおわりとか人類の死滅なんて、ねがってない。みんな、たのしく生きていてほしい。だからこうして、ちがう宇宙のちがう惑星のちがう時間系のなかへやってきたのだ。

——こんな世界は、いやでしょう？

わたしは、同情をこめてきいた。

——いやよッ。

まだおこっている。かわいそうに、まるきり事態がのみこめてないのだ。ここでは、あなたの役割りは、シャドウなんだ。

——なんでこうなったのか、わかんないけどさ。こういう傾向は、あんたが来てからなんだよ。

——あたしがわるいの？

——そんなこと、いってないでしょ。どうして、どうでもいいっていうふうには、なれないの。

——あなた、どうでもいいの？　うそよ。好ききらいがはっきりしてるのに。いろんな人間にたいしても。

——もちろん、あるよ。光と影だけで、あいまいな中間地点があまりないくらいに。きらいな人物を攻撃したりバカにするのは、おもしろいしさ。でも、基本的には、どうでもいいんだよ。どうでもいいから、おもしろがれるんであってさ。

——同時に？

——うん、同時に。

——いつからそんなになっちゃったの？

——ずうっとちいさいころから。あのね、感情がはげしいことはたしかなのね。わりとおこったりするの。でも、なぜおこるかよくかんがえてみると、べつにおこらなくてもいいけど、それだと退屈だから、おこってみたりするわけよ。

——不自然なひとね。行動のすべてがそう？

——そうみたい。だから、それが自然なの。全部がポーズのようでもあり、本気のようでもあり、どっちでもいいわけよ。いろんな態度するけど、結局サービスみたい。

——生まれたての心はどうしたの？　抑圧したわけ？　本心は。

——だからさあ、本心ってのが、もともとそうなのよ。

——悲しいわね。そんなふうにしか生きられないなんて。

——それも、どっちでもいいの。

刺すような光は、あいかわらずだ。この星の太陽は、とんでもなく強力な電球なのかもしれない。その証拠にうごかない。うごかない……時間は、どうなっているのだろう。まさか、止まったなんて……。

——あなたって、整然と気が狂ってるみたいね。

——平然と、でしょ。そんなことも気にならないの。

天球に線が走った。だれかが、このドーム状の青空の外から、大きなカミソリでふたつに切りわけるように。

黒くほそい線は地平線からゆっくりとあがってくる。

——なによ？　どういうつもり？

——わからない。

このひとは、すべての事象に動機づけをしたがる。そうしないと、安心できないみたいだ。

見えないカミソリは、かたまった平べったい黄味のような太陽をも、いっしょに切りわけていく。

——こんな世界には、いたくないわッ！

〈彼女〉の上半身が、がくがくふるえている。以前にもそういうことがあった。ある日の午後（昼の世界で）〈彼女〉の家へいったとき、食卓にすわってしゃべりながら、なにかの発作のようにゆれていたのだ。五センチもの振幅だった。貧乏ゆすりとはちがう。注意しようとおもったが、本人が意識していないようなので、やめた。だまっていたのにはもうひとつの理由がある。

おそろしかったのだ。自分で気づいていないということが。すきなスターの話をしながら、からだをふるわせている女が、こわかったのだ。

このひとが狂うとしたら、気づかないうちにどろどろしたもののなかに沈んでいくだろう、とそのときおもった。狂気の種類が、まるでちがう。わたしは意識して、こうなりたいから、自分をこんな世界へとばしたのに。

——あんたの自由にすればいいよ。

なんだか、しゃべるのが、めんどうになってきた。わたしは、天空を見あげた。そのすばらしく硬い半球は、完全に二分された。やがて、天頂がゆっくりとひらくと、その向こうは……黒い、なにもない、虚無にも似たまがまがしい……あそこまでいくと、時間はたぶん……

わたしに通告がきた。

なにをえらべというのだろう。なにもえらびたくない。

テーブルのうえにそれをおいて、頭をかかえていると、母がちかよってきた。

「逃げたいの？　だったら、ママがなんとかしてあげる」

むかし（いつだっけ？）このひとに憐憫を感じたことがあった。あのときのままのわたしだったら、やはりおなじような気分になっただろう。でも、いまのわたしはちがう人間になってしまったので、なにも感じない。

「どうしたの？　え？」

生んでくれたひとは、わたしの頭から手をはがそうとする。それもやさしく、そっと。

「頭が痛い」

わたしは、しわがれ声で答えた。

「やっぱり、いやなのね。わかるよ」

「ちがう」

わたしは、痛む頭をかすかにふった。

「じゃ、なんなの？」

「これは、純粋に生理的な痛みなのよ」

あれ以来、夢の世界に、〈彼女〉はやってこなくなった。わたしのなかでのシャドウは統合されたのではなく、消されたのだ。そして〈彼女〉は、別の人間の夢で生きている。生き物がほかにいない意地のわるい世界で、わたしはひとりだった。充足感があった。

この世界とおなじように、自分の心が動かなくなってくるのがわかった。以前からそうだった。昼間でも。感情がまったく止まってしまうときがあった。そんなときは、なにも感じない。ひと殺しでもなんでもできる、という気がした。年に一度くらいそれがあった。ふたたび感情がうごきはじめると、自分の冷酷さにゾッとするのだが……しだいにしなくなり……夢のなかではまったくその状態で、わたしは自由を感じた。

頭が痛いのは、ねむりにはいるたびに、あのギラギラした光を、まばたきせずに見つめているからだ。

「あ、だいじょうぶよ。いくらか、かるくなった」

わたしは頭から手をはなして、母をみた。ずいぶんとかわいい顔をしたひとだな、とおもった。

「あたしのほうにくればよかったのに」

母は通告のことをいっているのだ。わたしには、それがきたことが当然のようにおもえる。

「あのさ」

そうだ、いっておかなきゃならないことがあった。

「なに？」

「わるくおもわないでほしいんだけど、わたし、ママの夢に転化しないからね」

「それじゃあ……」

「ううん、だれの夢にもいきたくない。なんにもないとこへいきたい」

わたしの心的作業は完了したのだ。佳子のおかげで。

「おまえねえ」

「とんでもない恥ずかしいことばは、口にしないでね。自暴自棄だとか絶望だとか。まるっきり、そんなんじゃないの」

マア坊や先生やママが、明かるくしててくれればうれしいんだけど。もう会えないということが、すこしもいやじゃない。ちがった種類の人間は、ちがった世界へいくべきだ。わたしには、幸運にもそれがかなえられるのだ。

生きていたいとおもう。ずっと。だから、そうなる。意識をもたないで、どこかにあるひとつの眼になる。

「あんたの魂は、あたしとちがう材料でできてるんだね」

母がいった。

「うん、たぶん、とても下等な材料だとおもうよ」

わたしは、やさしく答えた。

夜のピクニック

彼が机に向かっていると、父親がはいってきた。

「どうだ、すこしはすすんでいるか?」

父親は、紙巻きタバコをくわえて、ぼんやり立っている。

「うん……ねえ、それは、火をつけてすうもんじゃないの?」

「あっ、そうだった。うっかりして、いつもわすれちゃうんだ」

父親は、ポケットから、ライターをだした。タバコの先端を燃やして、その煙をすいこむ。

「地球人らしさをわすれちゃいけない、っていつもいってるの、おとうさんじゃない」

「そのとおりだ。すまなかった……わたしが、みんなのお手本にならなきゃいけないのだ。われわれ地球人は、いつどこにいようと、生活の形というものを忠実にまもらなければいかん。家族の役割というものを。ことに、こうやって、地球をはなれて孤立している場合は」

「そうだね。そうかもしれないね」

彼は、父親の服装を点検した。

父親は、黒のダブルのスーツに、ワイシャツも黒、ネクタイは白、というスタイルをしている。えりには赤いバラをさし、帽子をかぶり、ごつい指輪をはめていた。

「いいだろう? じつにキマッている。これは、さっき見たビデオカセットにでていたんだ。その男は、音楽にあわせて踊っていたが」

「あれは、ぼくも見たよ。だとすると、そのかっこうは、ダンス用じゃないかな?」

彼は息子として、出すぎないようにいったつもりだ。

「そんなことはない」

父親は胸をはった。「べつのビデオでは、これでクルマに乗ったり、床屋で爪をみがかせたりしていたからな。それに、周囲の者が、ていねいな態度をしていた。ということは、これこそ、父親にふさわしいかっこうではないか」

「それにしても、きのうの倍くらい、ふとったんじゃない？」

「このくらいいからだが大きくないと、似あわないらしいんだ」

あまり自信がないらしく、父親は小声でいった。彼は追及するのをやめて、本をとじた。

「解読はだいぶすすんでるよ。これ、なんていうのか……おもしろいんだよ」

「つまらなくてもいいが……ほんとのことが書いてあるんだろうな。本っていうのは、どうやら……うそだけでできてるのと、うそとほんとが半々なのと、ほんとのことだけ書いてあるのとがあって、まぎらわしい」

「そうなんだよ。どうしてだろう？　わざわざ字をならべるのに、うそのことをつなげてもなんの役にもたたないのに」

ふたりはかんがえこんだ。そのへんが、いつもふしぎなのだ。ことに息子はうたがいだしていた。ビデオには真実がうつっている、と全員が信じきっていたが、あれにもうそがはいっていたら、どうしよう？

「われわれ人類ってのは、複雑なものなんだよ」

父親は、ため息をついた。気休めにしかならないが、そういうと、なんとなくカッコいいからだ。

「でも、この本は、ほんとだとおもうよ。だって、西暦がいちいち書きこまれてるもん」

「そうか！　そういうかんがえかたもあったな、おまえは頭がいいぞ。さすが、わたしの息子だ」

父親の顔が、あかるくなった。「うん、それには気がつかなかったよ。だいたい、どの時代かわからない、ってのが多いからな」

「十九世紀のアメリカなんだよ。地図にはちゃんとのってるしさ。南北戦争のことも書いてある。女が主人公なんだけどね」

「最後まで解読すれば、人類が宇宙へ進出した理由について書いてあるだろうか？」

「わかんないけど、やってみるよ。この女は、いま失恋したとこなんだよ、あと、こんなに量があるから、宇宙船にのるとこもでてくるかもしれない。だって、ふられるとだいたい、どっかへ行くだろう？」

優秀な息子は、確信をこめていった。

「そうかな」

父親は首をかしげた。

「旅にでたりするのさ。歌でも、そういうのが多いじゃないか」

「まあな」

「ぼくも失恋してみようかな」

「相手が必要らしいが……」

「妹がいるじゃないか」

「そうだな。じゃ、やってみるか?」

「そのまえに、ダンスパーティーとか、デートとかをしなくちゃならないらしいんだ」

「大がかりなのは無理だ。地球人は全部で四人だけなんだから……まさか、丘の向こうの怪物どもをよぶわけにもいかない」

「でも、あいつら、ぼくたちそっくりに変身することだって、できるじゃない? 物質再生機できれいな服、いっぱいつくって、着せたらいいのに」

「そういうことには興味がないんだ、あいつらは。文化的な生活がわかってないんだから。おとなしくてわれわれに害をおよぼしたりはしないが、しょせん種族がちがうんだ。なにをかんがえてるのか、まるでわからん。この自動都市に住んだほうがたのしいのに、あえて野蛮な暮らしをしている。もっとも、そのほうがつごうがいいのかもしれないが」

頭にカーラーをつけた母親が、ドアから首をつきだした。

「おとうさん、いってやってくださいよ」

手にミルクとオレンジをもって、バスローブを着ている。

「どうした?」

「あの子がねえ、戸棚にかくれちゃったんです」

「なんだ? またおかしなことを思いついたのか?」

「本がいけないんですよ。娘は母親を憎み、父親を愛する、とか書いてあったんですって。まったく、こまっちゃうわ」

母親は頭をふった。

「なんだ? それは?」

父親は、わけがわからない。

「心理学とかいうのでしょう？　あれは、うそばかり書いてあるんだよ」

息子はしたり顔になった。「よし、ぼくが、説得してみよう」

「わたしのほうがいいんじゃないかな？　家長として……」

「いや、でも、おとうさんは、本にはくわしくないでしょう？」

息子は立ちあがった。


「いつまで、こんなことしてるんです？　はやくでてらっしゃい！」

母親は、ドアをたたいた。

「いやーよ。あたし、反抗期なんだもん」

クッションにあごをうずめているような、くぐもった声が答えた。

「おまえの解釈は、まちがってるぞ」

彼は妹に声をかけた。

「どうして？　あたしは思春期なのよ」

「ピクニックにいく約束でしょ？　でてらっしゃい！」

母親はかん高い声をあげた。

「おかあさんは、ちょっとだまってて」

彼は母親をおしのけた。力がつよすぎたので、彼女は前へつんのめって、床にたたきつけられた。ひたいをうって、彼女はしばらくたおれていた。母親をそのままにして、彼は腕をくんだ。

「おまえ、本でエレクトラ・コンプレックスとかいうのを、読んだんだろう？」

「そうよ」

妹は戸棚のなかから答えた。

「だけどね、逆エディプス・コンプレックスってのもあるんだぜ」

「なに、それ？」

妹の声はちいさい。

「つまり、同性の親に執着する、というやつだ」

「……それじゃ、反対じゃない？」

「そうだよ。心理学ってのはね、ひとつのケースがあると、それとまるっきり対をなしてるケースがあったりするんだよ。全部が全部そうとはかぎらないけどさ」

「……そうなの？」

妹の自信はくずれてきたらしい。

「本の研究では、ぼくがいちばんくわしいんだぜ」

返事がない。

床にたおれていた母親は、のろのろと起きあがった。しばらくひたいをこすっている。異変はないようだ。

彼女は物質再生機のほうへいった。

「それにさ、戸棚へずっとはいったままなんて、おもしろくないだろ？」

彼は戦術をかえた。

「……でも……」

「おまえは思春期だと決めてるけど、あてになんないぜ。ここは地球と公転周期がちがうんだから。くわしく計算したわけじゃないけど、ちがうらしいよ」

彼はわざとのんびりした調子をだした。

「おまえ、いくつだっけ？　ここの年齢で」

「えーと、たぶん……十七だとおもうけど」

妹はまじめに答えた。確信はないようだ。

「よくわかんないのよ。あたしがつかってるカレンダー、ときどき故障するんだもの」

「そうだよな。一週間ぐらいだったら、おぼえてるけどさ。おれはさ、人類が時間を発明したのはいつごろだったのか、ってことも研究してるんだぜ。まだはっきりしないけど、時間ってのは、わりと大事らしいんだ」

彼は椅子をひきよせてすわった。父親のまねをして、タバコをすう。灰を床におとすと、自動クリーナーが走ってきた。

「だから、あたし、こうやってるんじゃない」

戸棚のなかで身動きしながら、妹がいった。

「でもさあ、時間って、あてにならないとおもわない？　きょうの午後三時のあとに、四日まえの朝の七時がきてたりするんだよ」

　母親が、首をのばして息子をみた。彼女は、物質再生機から、竹のバスケットをとりだしたところだ。

「なに、いってるの？　時間はきちんとながれてるのよ。規則正しい生活をしなきゃ、いけません。はやく、戸棚からだしてやってよ。もってく物が全部そろったら、でかけるんだから。これは、前から決まってたスケジュールよ」

「わかったよ」

　彼はふりむいて、眉にしわをよせた。ときには、親をうるさがってもいいのだ。ドラマでも、そういう場面がある。

「時間のはなしは、あとでしよう。おまえ、十七だっていうけど、それだと、思春期にはおそいんだよ。知ってた？」

「……じゃあ、どうすればいいの？」

　妹はしぶしぶとたずねる。

「そうだなあ。ハイティーンの女の子は、やたら髪をあらうんだよ。鏡みて、いろんな服きてみて、ときどきデートしたりするんだ」

「そのほうがたのしい？」

「うん、ゼッタイたのしいとおもうよ」

「わかったわ」

　内側からドアがあいた。妹はクッションをかかえて、戸棚の上の段にすわりこんでいた。身軽に床にとびおりる。

「あーあ、疲れちゃったわ。あたし、六時間も、このなかにいたのよ。おかあさん、なかなか気がつかないんだから」

　彼女は両腕をあげて、のびをした。

「みんな、忙しいからさ」

　彼はなぐさめた。

「あたしが、せっかく親に反抗してるのにさ」

彼女は、うってかわった明かるい声をだした。

母親は、材料を両手いっぱいにかかえて、台所へいった。

「彼女、なにしてるの？」

「お弁当をつくるのさ。それに、親のことを、彼女だなんて、あんまりいわないよ」

「たまにはいいでしょう？」

「いいけど」

そのへんは、彼にもわからない。

「あたし、したくをするわね」

妹は、物質再生機のまえに立った。ボタンをいくつか押す。

――植物性脂肪がたりません。

機械が答えた。

母親が出したマーガリンが、そばのかごにいれてあった。妹は、それをナイフでこそげとって、ほうりこんだ。ランプが明滅する。やがてかすかな音とともに、口紅が二本でてきた。

「なあ、おれの分もやってくれる？」

「いいわよ」

「じゃあね……くしと、ポマード。それとも、ディップにしようかな」

「頭の形、かえるの？」

「うん。逆立てるか、リーゼントにするか、まよってるんだ」

彼は、いままで見た青春映画のあれこれをおもいうかべた。ファッション・カードにもさまざまな様式がのっている。映画では、グラフィティ・ルックが多いようだが。

「ポマードにしよう」

「何印？」

妹がききかえした。そこまではかんがえていなかった。

「そこまで指定したほうがいいかな？」

妹は細部に凝るたちなのだ。

「ディティールがしっかりしてないとね。様式美にこだわるなら」

「どんなのがある？　おれ、そういうことには、くわしくないんだ」

「整髪料だとねえ……ヤナギヤとか、フィオルッチとかランバンとか」

妹は得意そうに答えた。

「そんなにあるの？」

「ネッスルとか、味の素とかキューピー印とか」

「よさそうなのにしてよ」

妹は機械を操作して、ポマードをだした。ふたにキューピーの絵がついている。

「生活って、こまかいとこが大事なのよ」

「そうらしいね」

「その点、あたしはおにいちゃんより、しっかりしてるわ。女性雑誌をよんでるもん。日曜のブランチなんて、おかあさんよりくわしいのよ。女の子はフルーツとヨーグルトを食べるべきなのよ。それにチーズケーキ」

「おまえ、すっかり女の子らしくなったな」

彼は本心から感嘆した。「まえは、えーと、だいぶわすれちゃったけど、男の子だったんじゃない？」

「そうみたいね。かすかな記憶によると。おとうさんとおかあさんが、子供は男と女とひとりずつのほうが変化があっていい、って決めたのよ。着るものやヘアスタイルがちがうから、あたしとしては、けっこうたいへんなのよ。男の子だったら、おにいちゃんのまねしてればいいけど」

彼は、妹が男の子だったころのことをおもいだした。半ズボンをはいて、ふたりで追っかけっこをしたものだ。母親が、女性的なからだをしている子は、女として育てるのだ、と主張した。弟は妹になった。彼女自身としては、どっちでもよかったみたいだ。女の子のかっこうをしてしばらくたつと、妹は以前よりやわらかなからだつきになった。本人も努力しているのだ。

「おかあさん、まだかなあ」

ほかにすることがないので、彼はぶらぶらとそこいらをあるきまわった。

「身じたくしてるんじゃない？」

「でも、おそいよ」

「おにいちゃん、知らないの？　女って、出かけるまえに時間がかかるものなのよ」

「服をきがえて、髪をとかして、ちょっとお化粧するだけだろ？」

「そうだけど……」

「ほかになにするの？」

「わかんないけど……母親って、やることがいっぱいあるんじゃないかしら？」

家族というものは、それぞれが自分の役割りをしっかり演じていればいいのだ。彼は部屋にもどった。ベッドに横になって、テープをきく。そのうち、ねむくなった。


出かけるまでに、母親は二日半ばかり、かかった。

四人はバスケットや水筒をもって、家をでた。晴れた、すばらしい夜だった。

「クルマじゃないの？」

「歩いていくものらしいよ」

彼らは、高層ビルのあいだを、ゆっくりあるいていった。

この都市には、彼ら以外の住人はいないようだ。ガラスはひめやかに蒼くひかっている。建物の内部は暗く、しずまりかえっている。どこかで、ブーンというようなかすかな音がしている。なにかのスイッチが、自動的にはいったり切れたりしているのだろう。列をなした水銀灯は、カーブに沿ってレースのように見える。

「このへんは見はらしがわるい」

父親は淡い声でいった。

「ピクニックって、景色のいいとこにいくんでしょう？　おにいちゃん？」

「野原とか丘とかへいくんだよ。大きな木のあるところへ」

「でも、街をでると、あぶないんじゃない？」

母親が気づかわしそうにふりかえった。

彼らのうち、だれひとりとして、都市の外へいった記憶はない。にもかかわらず、郊外がどんなようすかは、共通のイメージとしてもっていた。

都市は唐突にとぎれる。しだいにビルがすくなくなるのではなく、どこからか切りとってこの惑星に置かれたように。彼らとおなじく、孤立している印象がつよい。いったい、いつごろこの都会ができたのかも、彼らは知らない。地球からの入植者が街をつくり、なにかの理由で彼らは立ち去ったかほとんど死に絶えたかして、わずかに生きのこった者たちの子孫が自分たちなのだ、と父親は説明するが。

都市の外には、丘や野原がひろがり、青黒い怪物たちがいる。頭と背中に太い毛がはえた、脚のみじかい生き物だ。彼らは直立して、ドタドタと走る。前肢は太く、黒く大きな爪がはえている。怪物たちは、地球人のこの家族に無関心なようだ。

四人とも、一度も見たことがないのに、怪物の姿や習性は知っている。なぜだかわからない。怪物は木の実を常食としていて、ごくおとなしい。おとなしいんじゃなくて、怠惰なんだ、といつか父親はいっていた。昼寝しているかふざけっこしているか、どっちかなんだからな。だから、あいつらは人類じゃないのだ。人間というものは、われわれのように、きちんと生活するものなのだ。

「おとうさん、朝刊をよみました？」

母親がたずねた。

「うむ……」

父親は、おもおもしく答えた。世間なみに新聞をとらなきゃいけない、といいだしたのは彼なのだ。朝、新聞をよまない人間は、テレビの受信料をはらわないやつとおなじように、まともではない。だけどまあ、テレビにはビデオをかけるだけだから、料金はいいだろう。放送局がないんだから。しかし、新聞はいけない。新聞社がないからといってとらない、などという道にはずれたことはできない。

父親は、雑誌や古い新聞の記事をデータにして、新聞をつくった。夜寝るまえには、でたらめなボタンをおす。内容をいちいち検討すると、新鮮なおどろきがないからだ。移送機にタイマーをセットしておくと、朝の五時には、郵便受けにおちるようになる。

「なにか、ありまして？」

母親は、ききたくもないニュースをききたいふりをした。

「小麦の値段が、あがったそうだ」

「また？　今月は六回めじゃありませんか」

彼女はいいかげんなことをいった。どうせ、記事そのものがいいかげんなのだ。それでも態度さえきちんとしていればいい。

「いや、しばらくすえおきだったんだよ」

父親は気むずかしげにいった。

「わたしはかんがえたんだがね……」

前をいく息子と娘を見ながら、父親は腕をくんだ。「そろそろ家を建てようかとおもう」

「どうして？　いま住んでるとこで、じゅうぶんでしょ？」

「そういうわけには、いかないのだ。あそこには、ただ住みついただけだろう？　それにずいぶん年月がたってる。いつまでも便利で新しいからって、そのことにあまえてはいられない。苦労するからこそ、人間というものは成長するんだ。家を建てるのは、男子一生の仕事だからね」

「でも、どこに？」

母親はいちおうたずねてみた。バカバカしいような気もしたが、ここは調子をあわせなければならない。

「どこって……いま、適当な土地をさがしてるところだよ」

都市の外に住むなんて、かんがえられない。それに、父親は、家の建て方なんか、まるで知らないのだ。

「わたしは、決してどうでもいいような生き方はしないつもりだよ」

とりつくろうために、父親はことばをたした。「後指をさされるようなまねだけは、したくない。人間として恥ずかしい生き方をしたら、子供たちがそれをまねするだろう。子供というのは、親のわるいとこしか見ないものだ。道にはずれたことをすこしでもすると、すぐにその……ほら、なんといったっけ？」

父親はじれったそうに手をふった。

「非行ですか？」

「そう、そう。すぐ、それに走る。どういうわけか、子供ってのは、非行したがるんだよ」

とはいうものの、具体的にどういうことをさすのか、彼にはわからなかった。新聞にのるようなことだとおもうが、その新聞は彼がつくっているのだ。

「オートバイをほしがったりするんです」

「あ、そうだ。おかあさんは、じつにいいことをいう。それなんだ。オートバイとか、クルマとか」

「でも、あの子は、両方とも持ってますよ。自分で物質再生機をつかって」

「うーむ、よくない傾向だ。あとでそれとなく注意しよう。しつけは、はじめがかんじんなのだ」

ひとかげのない道路を、彼らはあるいていった。

「どこまでいくのかな」

息子は、ポケットからくしをだして、髪をとかした。後頭部は、ダックテイルにする。髪のあわせめが、たてに一直線になるようにととのえるのだ。ふと気がついて、前髪をひとたばひたいにたらす。気がきいてるなあ、と彼はおもった。おれって、シブイじゃん！

妹は、ぞろぞろしたイヴニングドレスをきている。夜外出するからイヴニングなのだ、ということを、彼女は知っている。ディスコ・フォーマルにしようかとも迷ったが、ディスコティックへいくわけではないので、その案は却下した。いっぺんでいいから、ディスコへいきたい、と彼女はおもっている。だが、父親がゆるしてくれない。あんなとこは不良の巣なのだ、という。おかげで、彼女は、どこにあるかわからない若者たちのたまり場へいかなくてすむ。

「ねえ、街の外までいくわけではないでしょう？」

「と、おもうけどね」

彼はボタンダウンシャツのえりを、無意味にひっぱった。シャツのすそは、外へだしたほうがいいのかもしれない。

「ちかくに海があるといいのにね。シーサイド・ハイウェイって、とってもきれいなのよ」

彼女は、ビデオでみたシーンをおもいだしていった。

彼らは、劇場にかこまれた広場についた。中央に噴水がある。照明はすべて消えていた。

「あら、どうしたのかしら。いつもにぎやかなのに」

妹は、噴水のまわりの石段に腰かけた。

「夜、おそくなると、消しちゃうんだよ」

「いま、何時ごろなの？」

「さあ、わからない。それに、時計って、あてにならないんだ。この街では、場所によって、時間のすすみかたがちがうような気もするし」

彼はポケットに両手をいれた。

「夜のはやいときに出発したのにね。ちょっとしか、歩かなかったのに」

「そういわれれば、そんな気もする」

最近の彼は、生活のしかたに自信がないのだった。どうしたらいいのか、わからないときがある。ことに、一日がのびたりちぢんだりすると、とまどってしまう。目ざめのコーヒーをのんでいるうちに日が暮れると、おろおろしてしまうのだ。夜中までなにもしないで起きていると、親が叱りにくる。夜はねむるものだ、という。全然ねむくないんだよ、と彼が答えると、だったら眠っているふりをしなさい、という。そうしないと、世間体がわるい。世の中に対して、みっともないことをしてはいけない。

彼には「世間」というものが、まるっきりわからなかった。どういうことをさすのだろう？　ききかえすと、両親は「常識がない！」とどなりちらす。「おまえの年頃になったら、もうそろそろ常識が身についても、よさそうなものなのに」

彼は、自然に常識がつくのを待っていた。かなり待ったが、一向に常識はやってこなかった。

彼には悩みが多い。（しかし、本には、青春には苦悩と疑問がつきものだ、と書いてある。だから、これでいいのだろうが……）

彼は妹のそばに腰をおろした。

「ねえ、時間なんて、もともとはなかったんじゃないかな？」

妹は目をあげた。

「人間のいないとこに、時間はないとおもうんだ。必要があったから、ひとは時間という観念をつくったんだ。ものごとのならべかたの順序としてさ」

「じゃあ、歴史はどうなるの？　あたしたち、正しい歴史をさがしてるのよ。人類はいつ、どんな方法でここへやってきたかってことを。やってきてから、どんなことが起こったか、知りたくないの？」

「このごろ、なんだか、そういうことに興味がなくなってきたんだよ。どうでもいいじゃないか、って気がしてきた」

「おまえ、それは危険な思想だぞ」

ベンチに腰かけた父親が、声をかけてきた。

「いいから、だまっててよ」

彼は頭をふった。

「いや、そういうわけにはいかないさ。なんのために、われわれは、本をよんだりビデオを見たりするんだね？　先人の暮らしかたを学ぶためじゃないのかね？　正しい生き方っていうものは、この上なくはっきりしているはずなんだ。たったひとつしかないはずだ。それにはずれたら、とんでもないことになる」

「ひとそれぞれ、好きなように生きればいいとおもうんだ、おれは」

「それは未熟なかんがえかただ。おまえの年だと、ふつうは学校へいって、無理やり勉強させられるものなんだ。それがないだけでもありがたいものなのに……いや、わたしはね、学校があればどんなに楽だろうとおもうよ。おまえ自身もね。地球には、受験勉強ってものがあったんだよ」

「知ってるよ」

「若さをぶつける対象があったら、どんなにいいだろうと、わたしはおもうよ。テストに燃える青春——いいなあ」

父親は、大げさに両腕をひろげた。「それが若さじゃないか！　自分の力をためす。いっしょうけんめいやったという、充実感！　その美しさ！」

「おれに、元気いっぱい全力投球少年になれってわけ？」

「それこそ、真の若者だ」

「やだよ。そんなダサイの。おれ、いっしょうけんめいの思想って、よくないとおもうんだ、最近」

「わたしは、おまえのためをおもっていってるんだよ。親のいうことにまちがいはないから、ちゃんとききなさい」

「だからさあ、学校で勉強するかわりに、地球人としての歴史をつくりなさいってことでしょう？　なんでそんなに、歴史とか時間にこだわるの？」

「おまえ、不良になったのか？　わかった、非行化してるんだろう？　ぐれると、そういう、くだらないことをいうものなのだ」

「いまに後悔するよ。おとうさんのいうことをききなさい。ことわざにもあるじゃないか。『墓に寝袋は着せられず』って。あたしたちが死んでからじゃ、おそいんだよ」

母親が口をはさんだ。

「ふとんだろ？」

「どっちでもいいじゃないか。いやな子だね」

息子は口をつぐんだ。

彼には、おぼろげながら、わかっていた。両親は、この星で、地球人として生きることに、不安を感じているのだ。それをおさえつけるために、こまごまとした日常の約束ごとが必要なのだ。どういうことが地球人としてのふるまいとしてふさわしいのかわからないから、自分や子供たちに無理におしつけているのだ。先祖の歴史をひっぱりだすのも、安心したいからなのだろう。

「おにいちゃんは、わるい子になったの？　三日まえまでは、すごくいい子だったじゃない」

妹が個人的に（非難するためではなく）たずねた。

「そうなんだよ。おれ、自分でもふしぎなんだけどさ。おかあさんが、出かけるしたくをするあいだ、時間についてかんがえてたんだよ。二日半かんがえてたら、順序だった時間なんていらないんじゃないか、とおもったのさ。ただ生きてくだけならね」

「あたしは、一時間しか、かからなかったわよ。おまえ、頭がおかしいんじゃないの？」

母親が、ネッカチーフでしばった頭をふりたてた。

すると、と息子はかんがえた。時間がおかしいのは、おれひとりなんだろうか。

「まあまあ、おかあさん、それはいいすぎだよ」

父親が腕をひろげて制した。

「そうでしたね。あたしって、ほんとうに子供思いなんだから。つい夢中になって……」

母親は、口に手をあててわらった。それから一同を見まわして、明かるく元気のいい声で命令した。「さあさあ、そんなこといってないで！　とにかく、お弁当をたべましょう！」

怪物たちは身をよせあって、ねむっていた。やわらかい下草は、ベッドとして絶好なのだ。地面からは、あまいにおいがたちのぼってくる。樹木のにおいは、もっと強烈で官能的だ。彼らは、悩まずかんがえずに、ねむっていた。

ただ、二匹だけはちがっていた。

夜の中で目をあけて、ほかの生き物の自由と時間に、おもいをめぐらせていた。

地球人の家族は、だまってサンドイッチをたべはじめた。最初のひとくちをのみくだすまえに、この星の朝がやってきた。

「おや、どうしたんだろう。こんなはずはないのに」

「だから、いったじゃありませんか！　時計をわすれないでって。あたしたち、とんでもない時間に出発しちゃったんですよ、きっと」

母親はひじで父親をこづいた。

「そうかなあ、そんなはずはないんだが……」

父親は、口をあけっぱなしにした。

「はずがないって、夜が明けちゃったじゃないの！　どうするつもりなんです？」

「おかあさん、でも、ピクニックって、昼間やってもいいんでしょう？」

妹は平気で食べつづけている。

「知りませんよ、そんなこと。おとうさんが決めたんだから」

母親はぴしゃっとしたいいかたをした。

「うん……こまったなあ。『夜のピクニック』って映画があったとおもったんだが」

父親としては、立場がない。

「それは『戦場のピクニック』でしょう？」

息子は、つい口をだしてしまった。

「バカッ！　なんてことをいうの！　それじゃあ、戦争をしてるとこにいかなきゃならなくなるでしょ！　いまどき、戦争をさがすのがどんなにたいへんか、おまえはわかっているのかい？　ほら、答えられないだろう？　だから、おまえのいうことは、まちがってるに決まってます！」

母親は、ヒステリックになりかかっている。

「ねえ『朝のピクニック』ってのは、ないの？」

妹は家族の顔をみまわした。だれもきいたことがないようだ。

「しかたがない。中止して帰ろう」

父親は無念そうにいった。彼らは立ちあがった。

走りぬけるものがあった。それは、バスケットをうばって、劇場の入口から彼らをふりかえった。はしこそうな目をした、金髪の女の子だ。

「おい、どうしたんだ、かえしてくれ！」

父親が叫んだ。

「あのなかには、カットワークをしたナプキンがはいってるのよ。とりかえさなきゃ」

母親が悲鳴じみた声をあげた。

女の子は、バスケットを肩からさげて、走りはじめた。足がはやい。彼らは追いかけた。

「おとうさんが結婚記念日に、テーブルクロスとセットでおくってくれた、大事な品物なのよ」

母親は、わめきながら走った。

すがたが見えなくなった、とおもうと、女の子は、つぎの街角で立って待っている。

「あれは地球人じゃないぞ！　正統的な地球人は、われわれ以外には、いないはずだからな」

父親は、息を切らしている。

「オリジナルじゃない地球人っているの？　それは、どんなものなの？」

「うるさい！　くだらないことをいうんじゃない！」

「ナプキンなんて、物質再生機から出せばいいじゃない」

妹も走りながらいう。

「思い出の品なのよ！　この世にたったひとつしかないのよ！」

母親は大げさなことをいった。

走っては立ちどまり、また走る、という鬼ごっこが、すこしのあいだつづいた。

「食料ならくれてやるが、あの態度が憎らしい」

「あたしたちを、どっかへおびきよせよう、っていう魂胆よ、きっと」

だったら、走るのをやめればいいのに、両親はけんめいに走る。息子と妹は、なかばあそびながら、女の子のあとを追った。

不意に、街がとぎれた。

なだらかな丘のうえに、女の子は立っていた。

「ひとをバカにしおって！　つかまえてやるぞ」

「おとうさん、あぶないですよ」

四人は立ちどまって、丘をふりあおいだ。

大きな樹のかげから、老人があらわれて、女の子とならんだ。

「ご苦労をかけて、すまなかった。あなたがたと話をしたかったんだが、わたしたちは、どうしても都市にはいることができなかったからだ。不可能というわけじゃない。ああいう場所がきらいだから。あれは人間がつくったもので、わたしたちには、ふさわしくない……」

老人は、妙にぎくしゃくした口調で、だが、ものしずかにいった。

「それをかえしなさい！」

母親は逆上している。

「話がおわったら、かえします。わたしたちは、長いあいだ、あなたがたを見ていたんです。この目で、ではなく、心的イメージで。それはあなたがたにもできることだから、わかるとおもう」

「わたしは、きみたちなんか知らない！」

父親は、顔をまっかにさせている。

「まあ、ききなさい。わたしたちは、平和に暮らしていた。ものをつくりだしたり消費したりしなくても、みちたりていたのだ。ところが、どこにも変わり者はいるもんで、自分はなぜ生きてるんだとかどこからきたのか、ということをかんがえはじめた者たちがいる。かんがえるだけじゃなくて、不安にとりつかれてしまったんだ。彼らは、都市へいった。ほかの惑星の住民がつくって、捨てていった都市へ。そこで彼らは、時間とか歴史とかルーツとかを思い悩んで暮らすようになった……」

老人のことばは、老人くさくなかった。

「われわれのことですか！　だったら、よけいなおせわだ。われわれは、あんたらとはちがう。この街に生まれて、ここで育ったんだ」

父親は必死になっている。

「おぼえがない、というのだろう。しかし、記憶というものは、自分につごうよく配列されるものなんだ。わたしは、あなたがたにいいたいのだ。だから、ここまできてもらった。どうして、地球人——かどうかは知らないが、そんなよその者のまねをして生きるんですか。地球人のふりをしなきゃ、自由になれるのに。思い煩うこともなく、淡々と生きることができるのに」

「この野郎！」

父親のからだは、憎悪でふくれあがった。実際にそうなったのだ。彼は強烈な波動を発した。それは、きたならしい、いやな紫色をしていた。波動はその場を支配し、丘のうえの老人と女の子を直撃した。ふたりは、あっけなく倒れた。

彼らには、なにがなんだか、ちっともわからなかった。憎しみがつのると、肉体的に他人を殺すことになるとは、おもってもいなかったのだ。

「ああ、よかった、人間じゃないわよ！」

母親が、指さした。

そこには、青黒い怪物が倒れていた。

「びっくりさせるなあ！」

息子は、かるくわらった。家族の表情をうかがおうと目を走らせると、そこには、三匹の怪物がいた。しずまりかえった丘を、風がやわらかくわたっていく。家族を演じていた怪物たちは、呆然と立ちつくしていた。いったい、なぜ、こんなふうになったのか、かんがえるゆとりもなかった。怪物たちは（自分たちは）どのようにも変身が可能なのだ、ということを、おろかしく思い出す。地球人だと信じていたから、地球人の外見をしていたのだろうか……。

風の向きが、かわった。

怪物たちは顔をみあわせることもなく、それぞればらばらに、そこを立ち去った。どこへというあてもなく、新しい不安の芽をかかえながら、ゆっくりと。

カラッポがいっぱいの世界

〈彼女〉は、悲鳴なんかあげない。眼《がん》とばしに専念している。へえ、「忘れえぬ君」だって。わりかし、カッコいいじゃん？　あのヴォーカルがつくったにしてはさ。うしろでハーモニカ吹かせてもらってる子、だあれ？　ショーケンっていうのか。地味なパートでひまそうだから、目線おくってみようか。

ゴールデン・カップスのマア坊が目当てできたんだけど。ろくろっ首のルイズルイス加部は、まずゼッタイといっていいほど、客席をみないから。

とりあえず、この前座バンドでもいいや。テーマ曲が「太陽の誘惑」だから、テンプターズっていうんだって。

女の子たちは、キャアキャアをがまんしている。歓声をあげたい。しかし、一方ではこわがっている。この埼玉の不良のあとが、本牧の不良だから。いかがわしいという感じで。ことにこういう小さいとこでは。

タイガースのワンフとは、やはりちがう。

ジュリーは、いっしょうけんめいに歌をうたうのにいっしょうけんめいで。グルーピーを相手にしない、といううわさだ。なんせね。手抜きしなくても、手をぬいているようにきこえるんだから。努力と熱気で、ヘタさをカバーしてるんだから。女の子をかまってる余裕ないんでしょ？

ギター少年たちは、わざとらしく楽器をかかえて。暗がりで腕をくんでいる。バスドラが遅れたとか、チューニングがあってないとか。演奏のアラさがしに、けんめいだ。

ポジションとしてまず決まるのが、リード・ヴォーカル。声質もテクニックも関係ない。ルックス最優先。つぎに、リード・ギター。あとはまあ、いってみれば人数あわせだ。

ここにいる男の子たちは、エディー潘のバタくさいというか、ラー油くさい（本名、潘広源）ねばりつくようなフレーズをぬすもうと、身がまえてたり。松崎由治の、オリエンタルなメロディーをまねしたがっていたり。

例外は、「銀色のグラス」のマア坊のベースにびっくりして、高知県から退学家出してきた子。カーッとなってしまって。突然髪を染め、トンボメガネに編みあげブーツ。網のチョッキに、スリムジーンズは黒の

Lee。

　リズム担当が、メロディーひくなんて。いったい、どういう脳をしてるんだ？　気が、狂ってるとしか、おもえない。あのベースラインは、常軌を逸している。

〈彼女〉は、いそがしい。

眼《がん》とばしを続行しつつ、たまにはギターもききつつ、あとで楽屋へおしかけたら、どっちをえらぼうか、とかんがえている。モデルのおねえさまがたに先をこされないように。ツバつけとかなくっちゃ。

　ハーフのマア坊は、かなりめずらしいタイプ。顔がきれいなのに、楽器ができるという。各種末端肥大症なんだって。腕ならびに脚の先端は、公然とわかるけど。のこりの一カ所が、問題だったりして。

　まあ、とにかく。

　今夜は、どっちかをオトしてやるつもり。

　しかし、まわされるのだけは、さけたい。いくら、ドンバ荒らしの異名をとる〈彼女〉にしても。それだけは。


「クラシック界に、グルーピーが進出してきたんだって」とロミ。「友達とはなしてたの。最近、いいのがいないからさ。ＲＣぐらいなもんじゃない？　大物は。ＹＭＯは、バンドって呼べないシロモノだしさ。しょーがないから、やってることがモーツァルトだろーがビバルディーだろーが、かまわないんじゃないかって。顔さえよければ。銀行へいったのよ、つぎの日に。なんてことなく週刊誌みてたら、そーゆー記事がのってた。ステージにかけよって、花束わたしたり、握手もとめたり、するんだって」

　ペパーミントグリーンのレオタードで、彼女は、椅子にななめによりかかっている。腕を両方ともあげているので、肋骨がうきあがって。午後のあわいひかりのなかで、胸から腰にかけてのラインは、ほれぼれするほど、いやらしい。

「どーゆー体質してんのかね？『四季』なんかきいて、昂奮するってのは」

　まりこのレオタードは、ペールグレイ。さっきまで、ふざけて踊っていたのだ。

「ヘンタイの一種じゃない？」

　いつもパターンで、ロミはうすわらいをうかべた。うすくひらいたまぶたには、イエローのアイシャドウ。

「チェロだのバイオリンだので、ジワーッとくるわけ？　木綿のソックスはいた足で、ぬれたぞうきん踏んづけたときみたいに。だとすると『四季の歌』きいても、たかぶっちゃうんじゃない？　そーゆー女は」

「音大の声楽科でね。小花もようのジョーゼットのワンピースで、ややハイネックのこまかいフリルに、リボンがついてんの。ニュートラじゃないね、まず」

「じゃない（と断定）。で、ハマトラは松任谷由実にいったりして。ユーミンを誤解して。あれ、かなりアナーキーなひとだと思うんだけど」

「オフコースでもいいでしょ？　そんな服を好む女は。だけど、じつはルースターズに集まったりね」

「盲点だね。そこが。あそこらへんの九州からでたバンド『いまＧＳ』って、いうんだって。『愛のフォトグラフィー』って曲、かなり笑えるよ。モッズもそーなの」

「こまったもんだね。なにに困るのか、わかんないけど」

紅茶をもって、アミがはいってきた。レッグ・ウォーマーに、バレエシューズ。前にゴムバンドがついている、パールがはいった赤。

「いま、電話がはいって」

アミは、みどりいろの丸テーブルに、カップをおいた。「きょうのレッスンは中止。あいつ、おぼえがわるくて、あたし、しょっちゅうイライラしてたの。なんで、あんな子にピアノを習わせたがるのかね？　世の親どもは。このごろじゃあ、ひいてる最中に、指をひっぱたいてやるの。背中をどやしつけたり。授業料は一回分かえすけど、うれしくなっちゃう。夜まで、あそべるわ」

「採譜の仕事は？」

「来週までに四つやればいいの」

「プロのミュージシャンで、譜面よめないの、いるの？」

「いるよ。わりと」

女たちは、椅子をうごかして、テーブルにあつまった。

「あの美知子が、よめるっていうから、びっくりしたのよ。ウッドベースとエレキベースのちがいが、ききわけられないひとが。そしたら、この音はレだとか、ソだとか、判読できるってことなの。そんなこと、だれだってやれるわよ。全部をハ長調に書きかえて、キイたたいてもいいんだし。初見で歌えるってことでしょ？

譜面よめるってのは」

まりこはすぐに、この珍奇なお友達をもちだしたがる。あたし料理ずきなの、味にはうるさいの、といいながら、湯わかし器の湯でインスタントコーヒーの粉をとかす女を。

「でもさあ、他人のことは、悲惨なほうがうれしいじゃない？」

アミのまるい目が、いよいよまるくなる。

「そーそー」

「いろんな悲惨さがあるけど」

「みじめさと、こっけいさね。最初にほしいのは」

ロミは、すなおにはわらわない。二卵性双生児のこの妹のほうが、ふけている。生理的にではなく、印象が。かわいい顔をして、たいしたくわせ者なのだ。

「あっ、わかった！」

まりこが叫んだ。「いまのバンドがつまんないのは、それよ。ある程度の音楽性などを、お持ちになってるからよ。単に、電気レベルの問題だったりしてね、それも。自分たちの考えを表明するし、あながちそれが感ちがいでもなかったりするの。そう、はずれてはいないわけ。ＧＳって、完全に思いちがいしてたね。厖大に」

「たのしいね。みじめで」

アミはのけぞった。首をのばして、わらっている。

「なにせ、数が多かったからねえ。千じゃきかないかもしれないよ。シングルだして、三百枚しか売れなかったとか、いうのまでふくめると」

「親戚とお友達が買うわけね。いいねー、そゆーの。リンド＆リンダースの『エレキ子守歌』とか。五百枚ぐらい売れたか？」

ロミはきまじめなふりをする。

「どれかひとつぐらいは、気にいるのがあったよ。いまは、情報がいきわたってて、地域差がないでしょ？実力の差も、さして極端じゃないのよ。びっくりさせてくれないの」

「いちばんうまいのは、カップスでしょ？　当然。ヘタなのっていうと……タイガースかな」

「あれはひどかった。しかし、わたしは、ぜひともオックスに決めたい。メジャーでいちばんヘタだから。賞をあげたいね」

ロミにあわせて、まりこも笑うまいと努力する。それでも、のどがひくついている。

「ねええ？　レコーディングで、自分たちがほんとに演奏してたのは、どことどこ？」

「確実なのは、カップスとモップス。ジャガーズもそーかもしれない。ダイナマイツですら、スタジオ・ミュジシャンまかせだったから。スパイダースも本人がやってたみたい」

「ちょっときいてみよーか」

アミは立ちあがって、テープをえらびはじめた。「ファズがほしい？」

「ほしい！」

「じゃ、『銀色のグラス』ね」

アミは、デッキのキイをおした。

イントロは、ベースがジージーいっている。ヴォーカル部分では、エフェクターがはずされて、ナマのエレキベースがぐんぐんくる。

「このタイコ、いやにしっかりしてるね。どーゆーわけ？」

アミはゴム底の靴でリズムをとりながら。

「このときだけ、マモル・マヌーじゃなかったのよ。マア坊が、そーいってた。スタジオ・ミュジシャンのおじさんで、覚醒剤やってるみたいにすごいスピード感があったもんだから、ついメロディーひいちゃったんだって。自分でも、なんでできたのか、わかんないって」

まりこは、得意になって。トーンがあがる。

「いま、そんな仕事してるの？」

ロミがたずねたのは、まりこのバイト人生についてである。

「そー。半年もつづいてる。趣味でオカネかせげるようになってきた」

「あたしなんか、高校のときからそーよ」

アミが対抗して、またしても、イバリ合戦がはじまりそうになる。このふたりは、でなければ、ほめあげっこをやって。じつにいやらしくも陰険なたのしい関係だ。

「ヤードバーズの影響じゃない？　アントニオーニの『欲望』のバックで、きいたおぼえがある。ランニング・ベースっていうんじゃない？」

ロミは頭をかしげた。

「えらい。二十五歳にしては」

「そー」

「二十七歳がほめてんだから、もっとうれしがってよ」

「うれしがる」

「でも、この曲だけなのよね。一回しかやれなかった。やらなかったんじゃなくて。ほかのは、全部リズムっぽくひいてる」

アミは、あくまでもナゾを解明しようという姿勢をくずさない。

「ラリってたんじゃない？　で、マア坊は、以前リード・ギターだったでしょ。エディーにその座を追われたんだから。ハイになってて、楽器まちがえたんじゃない？　ギターのつもりでひいてたとか。おかしいな、弦が四本しかないな、なんてうたがいつつ」

「正解」

アミが手をうった。

「あいつ、ベースをぐっとさげて、腰のあたりでひいてたでしょ？　あの低さは、おそくうまれてたら、パンクをやってた」

ロミは、とうとうふきだした。

「エディーが上のほうでね。田端義夫スタイル。ギブソンのＳＧ」

「それにしても」

まりこは、レモンをつまんだ。「グルーピーのみなさんは、どうなさったのかしら」

「服も靴も夫もいらないわ」

ロンドン・ジュリーがいった。「十九で結婚したの。ドラマーよ。いやになっちゃった。あたし、もう二十三よ。ああ」

TBS前の喫茶店。

〈彼女〉は、テーブルにひじをついて、きいている。

「ファッション・モデルにあきたから、スタイリストやってるけど。一回十万円。月に三日働く。銀座で撮影してたとき、三回もころんじゃった。ヨコハマへひっこそうかな」

〈彼女〉は熱心にきいている。

「女の子と住もうとおもって。山手いってきたの。あの駅のうえのほう、洋館がたくさんあるでしょ？」

ロン・ジュリは、わけもなく有名。新宿三大フーテンと似た体質をもっている。どこの楽屋もフリーパス。きれいでオカネがあって、他人にやさしくて。退屈しきっている。

「いまは六本木なんだけど、うちが広すぎて、そうじがたいへんなの。靴なんか、百以上もってるし」

序列というものがある。おねえさまをたてる、という無言の約束が。目当てのミュジシャンをモノにしても、先輩があらわれたら、いちおうひきさがってみせる。

〈彼女〉はだから、ロン・ジュリにあこがれている。十八歳。十六歳？　十七歳でもいい。

〈彼女〉は、自分を幻影のように感じている。

「あなた、だれがねらいめなの？」

ロン・ジュリは、優雅な手つきで、グラスをつかんだ。

「キャロル……」

〈彼女〉には自信がない。勉強しようとおもう。プレゼントのわたしかたとか。さりげなく楽屋をたずねるやくりちとか。

「あれはねえ……LP両面きいて、もう一度くりかえすと、あきちゃうのよね。みんなおなじだから、リズムが。それに、プロポーションにやや難があるでしょ。あたしが、洋服屋、紹介してあげたのよ」

ロン・ジュリはため息をつく。

このふたりは、ついさっき「ビブロス」で知りあったばかり。

「マア坊が、会いたいっていってるんなら、京都へとんでけばいいのに」

ロン・ジュリが方法論をひろうする。

「でも、地理知らないから、こわい」

〈彼女〉は首をふった。

「ライバルが待ちうけてるから？　京都には、あんまりいい女の子、いないからね。彼もつまんないんじゃない？『ママ・リンゴ』には、いろんなバンドでてるわ」

そのディスコティックに、GSはながれていった。そろそろ、もう野音。エイプリル・フールとか。はじめからアメリカの音で、湿っぽくない。みじめではない。

「あたしも年とったわ」

ロン・ジュリの声は、ややかすれている。

「あなた、これから、うちへくる？　服、整理したから、あげるわ。いろんな子、紹介してあげてもいいし」

〈彼女〉は、こっくんとうなずいた。自分がゆらゆらと稀薄で、いまにも消えそうな気がする。

あたしは、どこにいたのかしら、とかんがえる。1960年にはヨコスカに。65年は本牧に。70年はたしか原宿に。

「いいわよ」

伝票にのばしかけた手を、ロン・ジュリがさえぎった。「妹には、はらわせないの、いつも。あたし、妹がたくさんいる。みんな、こんなふうに知りあった子ばっかりよ」

自分が霞になっていく。同時にいろんなとこにもいるし、どこにもいない。

ロン・ジュリが立ちあがると、そのラメのストッキングの豪華さに、〈彼女〉は、目をうばわれた。二千円はするだろう。いったいどうして、そんな高価なものをいくつも平気で買えるのか。

十八になるまで（十六になるまで、十七になるまで）こんな世界があるなんて、想像もできなかった。学校から帰ると、ぼんやりテレビを見て。ファッション雑誌ではなく、スタイル・ブックというものをながめて。どこかの会社に腰かけ就職するつもりで。

レジに立っているあいだに、ロン・ジュリは何人もの男や女とあいさつをした。元気？　どうしてる？じゃ、またね。よろしく。

あたしは死なないんじゃないかしら、という恐怖を〈彼女〉は感じた。死ぬのではなく、いつかわすれさられて。うっすらと消滅していく。

通りへでると、ロン・ジュリは、肩に手をまわしてくれた。ほそい声で「年とるもんじゃないわよ。あなたも、いまにわかるわ」

ええ、と口のなかで答える。知っている。あたしは、年なんかとらない。

キラキラした濃い闇を、ふたりはあるいていった。


「筒美京平がマッチの曲書くとき、かならず急に高くなる部分があるのね。『ギンギラギンにさりげなく』のくのとことか。それが声質にあってるんだけど。すごいよね、あのひと」

まりこは、カーペットにすわっている。イラストレーターの仕事部屋へおしかけてきた。

「ただこまるのは、あのひとの曲をききつけると、今度はちがう作曲者のをきいても、すぐに、あ、これのもとはなんだろう、ってかんがえるくせがついちゃうこと」

「パクリの天才。しかし、現代における才能ってのは、いかにうまくパクるか、しかないんだよね。フュージョンというか、自己演出能力というか」

シデはにこにこしている。

「ニューロマンティックはグラム・ロックだしね。もはや、あたらしいものはない。どんどんデート・バックしてる。アナクロ趣味のまっさいちゅう」

ゴザンナは洗練された調子でしゃべる。ふたりあわせて、シデとゴザンナで、GSだなんて。

「来年、ふたたびサイケデリックがはやるんじゃないかしら？　名前をかえて」

まりこは、ケーキを口におしこんだ。

「ありうるね。しかし、再GSブームも、おわった。一九八一年十一月六日で。NHK・FMが『ひるの歌謡曲』で、一週間やったから。タイガースのレコード・デビューが六七年二月五日『僕のマリー』。解散が七一年一月二十四日の武道館」

「松田聖子、やや落ち目でしょ？　YMOはバイトでいそがしいし。細野晴臣の本質は、結局、あれだね『ハイスクール・ララバイ』」

「近藤真彦は十七歳になって、ルックスが下り坂だし。こわいなあ。田原俊彦の歌のヘタさは、むかしの沢田研二をしのぐね」

ついうれしくなって、まりこはにやついた。ゴザンナは、ジュリーのものまねに、そのかるい命をかけている。

「タイガースが、いなかへきたとき、おれたち高校生でバンドやってたんだけど、前座うけもったの。ストーンズの『タイム・イズ・オン・マイ・サイド』やったら、彼らのメニューにはいってたのに、やめたっていういきさつがある。カップスはまたすごくてさ。あいつら、テクに自信があるもんだから、ギンギンに手抜きなの。高知みたいな、こんないなかへきちゃった、ってんで、くさってたんだろ。『長い髪の少女』がでた年。それでも、みんな『わーッ』って拍手してさ。これが地方文化で。ルイズルイスがリードひいてたな。楽器とりかえて、あそんでるの、完全に」

「元祖シティーボーイ」

「そー。でさ、あのベースきいて家出したやつ、どーなったかっていうと『おれは東京いくんだ。GSやるんだ』って。ぼくたちの友情ある説得をふりはらって。すっかり狂っちゃってさ。おれ、高校卒業して、こっちへきて、七〇年まえの活気のある新宿で、偶然に会ったの。したら『ジェノバにはいった』って」

「ジェノバ！『サハリンの灯は、いまなお消えず』なんて歌ってるグループ、テレビで見て、わたし、びっくりしたもの。わー、なんだなんだ、って感じ。政治問題がテーマで、これは軍歌かしら、とか」

「あのまちがい方は迫力あったね」

「あった」

「本人は、本牧式にやりたかったんでしょうに。カップスが外国の曲やるってのは。必然性があったの。自らの血の問題で。純粋日本人は、ディヴひとりだけなのね。外人が三人、ハーフがふたり。だけど、ほかのバンドがやるってのは、納得できなかったりして」

「彼らもいやだったんじゃない？　おしきせのあまったるい曲が。英語の歌もうたえるぞ、ってこと見せたかったんだよ。オックスの『テル・ミー』のあのひどさ」

「わたし、45回転でテープにいれたの。そうすると『テル・ミー』らしくきこえる」

「耳おぼえもむずかしかったろうね。英語、よめないし」

「ウォークマンはないしね」

「オックス・オン・ステージ——あの日の若者、っていうのよ。レコード・タイトルが。悩んでしまう」

あの日の若者、とシデとゴザンナは同時にくりかえした。

「でね、赤松愛が、いまおとうさんのあとついで、鉄工所、やってるでしょ？　そのちかくにひっこして、毎週日曜日に、ライヴ盤をかけるの。しつこく。そいで、神経症にさせちゃう。逆に殺されたりして。レコード殺人事件」

こーゆーことをいっているときが最高に幸福なのだから、こまった女である。

「当時の女あそびの系譜ってのも、知りたいもんだね。ほんとに音楽だけがすきでやってたやつなんて、いるのかな？」とゴザンナ。

「キンクスとかサーチャーズにびっくりして、わー、カッコいいな、もてるんだな、で、はじめるんでしょ？」

「動機が不純にならないやつは、異常者だよ、かえって。このごろ、グルーピーってことばも、あんまり、きかないしね」

「わたしの友達が、ストレイ・キャッツのブライアン、やったの。彼女の服、ぬがしたら、彼、おこってわめきはじめたんだって。彼はホモだったの。その女の子、少年っぽかったもんで、まちがえられたらしい。そしたら、今度は女の子がカンカンになって、『やれ！』って命令したんだって。ブライアンは、しぶしぶやったんだって。かわいそうね。でもおかしいわね。しぶしぶ、ってとこが」

「そのあと、訴えられたのか？」

「でしょ？　またべつの女の子は、アダム&ジ・アンツにいってさ。楽屋でアダムさがしてたの。なんか、腹がでて頭がはげかかったオッサンがよろよろきて、それが本人だったもんで、逃げてかえってきたんだって。化粧すると、わかんないから」

「ロック少女もたいへんだね。アイドルがこうすくないと。ところで、ハードロック少女はどーしてる？」

「ロミは、水ぼうそうにかかったの。もう、なおったらしいけど。で、『これは友達の話だけど』なんて、いうの。『あたしの友達が、やっぱ水ぼうそうにかかって、なおりきらないうちにコンサートへいって、外タレにうつしてきちゃったんだって』なんて」

「みんな、友達の話になるのね。そーゆーことは」

「なる。名前わすれたけど、イギリスのハードロックバンドよ。南回りでかえったんだけど、インドあたりで発熱したんだって。それで『東京でわるい病気うつされた！』って、恐怖におののいたという」

まりこは、背中をまるめて、ひくひくわらった。「で、わたし、つい叫んじゃった。『水ぼうそうで、コンサートなんかに行くなよ！』って」

「いまは元気なの？」

「うん。すっかり、なおった。というか、ちょっと人間がかわったっていうか。へんなんだけど。まえより、もっと内向的になった」

「あの子は、とことん、気をゆるさないみたいだね」

「そうよ、学校いってたころ、アミが、わたしにうちあけたもの。『この十八年間』って。彼女、そのとき、十八で。『ずーっと、妹にだまされつづけていたんじゃないか』って。『からかわれてたんじゃないか』って」

「表面陽気だから、こわいね、あの子。半眼ひらいてこっちをうかがうとこなんか。あれがブスだったら嫌悪を感じるんだけど、そうじゃないから、男はこまる」

ゴザンナは正直にいった。

「自身もこまってるわよ。ほしいものがなくて。寄ってくる男の子たちをつっといて、あるときドーンとつきおとす、っていうあそびもあきたらしいし。例のスペース・ジャック」

「知ってる」とシデ。「みんな、着てるね。NASAの製品を開発するとちゅうでうまれたっていう、素材でしょ？　重さ七〇gのジャンパー。中玉の卵が五〇gだから」

「かるくて、あったかいの。白が二千二百円で、シルバーが二千六百円。こーんなちっちゃな罐にはいってる。ジュースみたいな。わたしもそうなんだけど、それを手にいれちゃって、はやりはじめたから、もう欲望の対象がないのよ」

ロミは、いつでも「かわすことばもなく、つよくいだきあう恋」をしたがっている。「沈む夕陽のような恋」を。そんなものが、ご近所にころがってるわけはないのだ。

夢中になりたいのに。触角が、そのじゃまをする。

元気がないといえば、いつもない。あるといえば、ある。フシギな女だ。

「女子美っていう、わるい学校へいってたでしょ？　とたんに染まっちゃってね、あの子。というか、積極的に染まりたがって。もはや、相手の中身はどーでもいい、という結論に達したのが十九のとき」

「おそろしい人生だな」

「見た目が美しければ、機能さえも問わない、という。どのくらいのレベル？　ってきいたの。デビュー当時のデヴィッド・ボウイくらい、だって。それも日本に住んでて、日本語はなしてほしい、と」

「いないよ、そんなの。だって、首と手脚の長さが問題で、年ははたちから三十まで、だろ？　ＧＩっ子は年とって、くずれてきちゃってるし」

「友達の結婚式がいっぱいあるのね、あの子の場合。知りあいは、やたらに多いから。頭にラメの粉ふりかけて、出かけたりしてるの。出費がかさんでくやしいけど、だからといって、式やるわけにもいかないし。それを見て、アミのボーイフレンドのマサカズが『進駐軍のＤＤＴ』っていうのね。ラメ粉のことを」

三人ともふきだした。

ゴザンナが、かんがえこみながらいった。

「どーするのかね？　これから。そーゆー女の子たちは」


ロミは、ふきげんそうに見えた。というより、非常に傷つきやすいように。いつもより、ずっと。目の配りかたに、神経がむきだしになっている。

アミは、うちょうてんである。いつも元気な明かるい子、がさらに。シートでとびはねそうな勢いだ。

「レコーディングが決まったの！」

「すごい！」

アミとまりこは、手をとりあって、泣いてよろこぶまねをした。

「いや、べつに、発売決定ってわけじゃないのよ」

「うん、しかし、その禁じえないうれしさ」

「わかる？」

「ガーンときた」

ふたりはまた、手をとりあった。

日曜日のパーラー。

明かるすぎる光。

ロミは視線をおとした。スワトウのハンカチをいじっている自分の指をみつめる。ケバつきマスカラをうすくつけたまつげが、ゆっくり二、三度うごいた。

「あなた、カリカリしてるの?」

ひとしきりのキャアキャアのあと、まりこがたずねた。

ロミは無言で頭をふった。ヨーロッピアン・ポップふうに幅広の切りっぱなしのレースとリボンをまいた頭を。それから、しずかに「こわいのよ」

「ロミ、夢でうなされるの? まえ、そーゆーとき、あったじゃない」

アミはもう、別にアパートをかりてるので。妹の日常を、くまなく見ているわけでもない。

「イギリスいって、病気になったときね」

ロミの声は、やや重い。「あのときは、毎晩。ママに電話して泣いちゃった。一週間めに」

「ちがうの?」

「あのね」

ロミはグアバジュースを、ひとくちのんだ。

「アミが音大にいたとき、卒業試験があったでしょ。いやな同級生がいたでしょ? 髪をお化けみたいにたらして、皮膚がブヨブヨした女」

「あー、あのブス」

相手が何もわるいことしないくせに、いや、しないからきらうのである。この姉妹は。

「アミに遠まわしの意地悪しようとあせってて、でも、それをする能力もないようないくじなしだったじゃない? で、ママとあたし、怒り狂っちゃってさ。音大の最終テストは、聴衆のまえでひくのよ」

ロミは、まりこに解説した。「客席で、あのとき、ママとあたしで一致して念力、おくったの。いま思いだすと、こっけいな図なんだけどさ。その女がピアノひくときに。『おちろ、おちろ』って。そしたら、おちちゃった」

「よく、予知をするわよね、あなた」

「それが、種類のちがったものになってきちゃって。水ぼうそう以来」

急にロミはわらいだした。「どーしたって、これまた、こっけいな病気ね。水ぼうそうなんて。名前からして」

姉と友達は、だまって待っている。

「スター性のある人間って、ちょっと感覚のいいひとが見れば、一目でわかるでしょ？　ある種の帯電性っていうか。病気になるまえは、あたし、そのひとが実際に発光して見える、ってことあったの。すると、必ず売れるの。でも、ガラッとかわっちゃって」

「おまえ、あたしがスターになれるかどうか、いわなかったじゃないか。とうとう」

「いや、きょうだいだと、近すぎて、かえってわからないのよ、ほんとに」

アミは、うたぐりぶかい目になった。だまされまい、という決意がみなぎっている。

「ほんとだったら。信じてよ」

「うー」

「いつも見なれてるから」

「信じる。いちおう。いちおうだよ、いっとくけど」

よろこんでばかりもいられない。レコーディングまえだと。

「このごろ、人間のからだから、とびたつ光が見えるの。ごく、たまに。鋭い光が、つよく逃げてくの。上のほうへ。すると、そのスターは、おちめになる」

「はいるとこは見えないの？」

「見えない」

「どういうものかしらね、それは」

まりこは、ロミをのぞきこんだ。

「わかんないんだけど。魂のエネルギーがうしなわれていく、というか。ううん、ちがうんだわ。それは、アーティストにこそ、あてはまるものだから。スターのキラキラ性じゃない。とりついていたものが、去っていく。それが正しいみたい」

「うわっ、キツネつき」

「赤坂見附の駅で、コーンと一声鳴いて、消える」

「バカねえ。なんでアカサカミツケなのよ」

アミとまりこの茶化しかたは、単純である。この一見おとなしい女の子にくらべると。

「スター性って、なんだかわかんないけど、あたえられたものでしょ？　この宇宙のどこかに、その、いわばエッセンスのたまり場があったりして」

「特殊な宇宙線とか」

「ようわからんけど」

「六〇年代、後半」と、ロミは、まじめにつづけた。「毎月、問題のLPが何枚もでてたでしょ？　ストーンズもベルベット・アンダーグラウンドもクリームもT・レックスも」

「ジェファーソン・エアプレイン。クレイジー・ワールド・オブ・アーサー・ブラウン」

まりこが補足した。発音するだけで、うっとりとなってしまう。

「いっしょうけんめい、学校さぼって、コンサートいったわよ。月に五回以上は」

アミはテーブルにひじをついて、あごをささえた。

「全世界的に激動の時代だったから。日本でそーゆー横の区切りをするようになった、そのはじまりが六〇年代よ。五〇年代とか四〇年代っていいかたになると、アメリカやヨーロッパのはなしで」

ロミの誠実な口調は、かわらない。

「貿易の自由化が六五年。レコードが、どんどんはいってきた。あのあとじゃない？　フェンダーのストラトキャスターもつの、はやりはじめたのは」

突然、有線から「ペイント・イット・ブラック」がながれてきた。まりこは、わーっと泣きふす（まねをした）。ショックが大きいのだ。プリテンダーズのあとなどにかかると。

「よかったわよねー、あのころ。郷愁もまじってるのかもしれないけど。でも、郷愁って、でっちあげだから、だとするとこれは自己ギマンか？　ともおもうんだけど」

「ちがうわよ」とアミが断言した。「いまの二十五歳から三十五歳までがことに、それをつよく感じる、ってのはあるけど。それだけじゃない。みんな、もう、舞いあがっちゃったでしょ？　家出して、髪のばして。コンサートいくのは不良だ、なんていわれるのが、またサスペンスがあったりして。うちのママ、いわなかったけど。なにかがはじまるんじゃないか、ってわくわくしてたの。実際にはじめた子たちがたくさんいたし」

「おわりだったのよね。じつは」

今度は「シーズ・ノット・ゼア」である。なんという仕打ちだ。

「日本の場合は」

　やっとのことでおちついて、まりこが発言した。「本人には酷なことだけど、差別がはっきりしていたから。なんにでもなれる、ってわけじゃなかったから。ルイズルイスなんて、二十センチもある首とみどりっぽい目じゃ、もう定められてて。どうあがいても、ファッションモデルになるか、バンドやるかしか、なかったんじゃない？　あの時代は。サラリーマンにはなれない。面接ではねられる。すごーく不幸な人生ね。中国人だったら、目がつりあがってはいても、髪と肌の色はそうちがわないけど」

「あの子がセールスマンにでもなったら、品物売れないとおもうよ。お客さんが、こわがっちゃって」

　ロミはかすかにわらった。

「GSのみじめっぽさは、そこにあったのね。いまみたいにマルチが可能というか、ゆるされてなかったから、いくら人気があっても、精魂かたむけずにはいられなかった、という。ジュリーがその代表で」

「星の動きに関係あるのかしら」

　アミが妹にたずねた。

「みたい。で、八二年が惑星直列だけど、これはどうなのかしら。しかし、その瞬間に、カリスマがうまれても、有名になるまでには十五年かかる。あたし、四十になってるわよ。だから、つまんない」

「ありゃー、くるねえ。どんどんくる。いいのかしら？」

　まりこが、うわついた声をだした。どうしようもない。「ラブ・ポーション・ナンバー・9《ナイン》」ときたもんだ。

「この時間、リクエストがすくないからよ。有線のひとの趣味で、とんでもない曲かかることあるわよ。うちのママがやってる店、歌謡曲のチャンネルにしてあるんだけど、カーナビーツの『泣かずにいてね』とか。あの気持ちわるさには、叫びだしたいくらいよ。ウォン・チューばっかりなんだから、とにかく」

「つぎは『ユー・リアリー・ガット・ミー』だったりして」とロミ。

　だったりした。

「だいたい、こーゆー順序だとおもった。すると、しめは、もう『サティスファクション』だね」

　それはあたっていなかったけど。かわりに『ジャンピング・ジャック・フラッシュ』で。

　三人は、しばらくだまっていた。

「ロミ」

アミが呼んだ。「あんた、光がはなれるのが見えるんでしょ？　だとすると、あたしは、どーなるの？」

「ですから、状況は困難なんですよ」

妹は妙な口調で答えた。「落ち目の予知しかできないわけですから。事態は、さけられない。あのさー、まず、本人が光をもってるかどーかが、あたしに見えないんだから。見えたときは、そのひとがカラッポになっちゃったとき――なんだから」

「いやみな超能力ね」

アミがきつくいった。

「ロミの性格に合致してたりして」

まりこは、やさしそうにわらった。

「いえてる」

ロミは、わらわないでうなずいた。

「光は、どこへいくの？　そのエネルギーは」

「どこだろう」

「もとの場所にもどるの？」

「ううん。あたしの感じでは、精神エネルギーだから、なにかにとりついてないと、つかのましか、存在できないのよ。ちがう惑星へいくのかしら。パラレルかしら。ただいえることは、より強い光のほうが、はやく、しかも瞬間的に消滅するのよ」

「このごろの子は、支持してるスターが落ち目になりかかると、つめたく見すてるじゃない？　で、その光は、もっと熱狂的にむかえてくれる世界へいったりして」

「あら、じゃ反対なの？　ワンフが待ってるから、スターが出現する……そーいえば、そうね。セッティングってものが必要なんだよね」

「みんな――じゃないけど、おもしろければなんでもいい、とかギャグがすべて、というタイプは、いまの意識をもって、あの日に帰りたいんじゃない？　で、指さして、あざわらうの」

ロミは、かなりおちついてきた。例のふくみわらいをしているところをみると。

「テーマ曲」とアミ。

「感激と呆然がいっしょ。モノクルオシイね」
「べつの世界にも、あたしたちみたいの、いるかしら」
「いるんじゃなーい？　彼女たちは、そっち側へいったのよ。というか、彼女たちがもっていた熱にあふれる世界へ、光がひっぱられていったのよ」

　ウケたい。とにかく。うけいれられたいのではなく。うけいれられなくても、全然なんにもかまわない。ウケれば。目立てば。なにがなんだかわからない生き物たちは、それぱっかり。〈彼女〉の〈彼女たち〉の〈彼ら〉の熱がないと、存在できないから。かわいそうな男の子や女の子にとりついて。ドライヴしたい。どこかに。はるか遠くに。フィルム一枚へだてた向こうに。そんな世界がある。カラッポなくせに、いっぱいの生き物たちは、すばしこく激しく、それを見つけ。おそろしい速さでとんでいく。

〈彼女〉は、熱につきうごかされて。母親が寝しずまったすきを見はからって。自分の部屋の窓から逃げる。おふろにもはいったし、髪も二回あらって。よくブラッシングした。過激なラメのミニスカートは、友達のうちへいってそこのミシンで、自分でぬった。

　つけまつげは二枚。うえとしたに。やたらに青白くぬった顔で。なぜそうしたいのかわからないけど、夜の底を走っていく。

十八歳か、十六歳か、十七歳。

性的には、非常に未成熟で。ただ、夢だけをみていたい。頭は熱く、からだはひえている。

音がなんであるかなんて、分析はできない。あまりにつよく感じすぎて。脳があわだってしまって。

ヨコスカで本牧で。そして、かなしげに原宿で。ブラインド・バードになってしまって。ただ、つきすすむ。

〈彼〉は、楽屋のきたない壁にもたれて。やっとのことで、からだをささえている。さっき口にほうりこんだオプタリドンが、あのピンクの錠剤が、思いがけない速さで、彼を直撃してきた。全部で二十錠。いや、三十コかな？

　胃のぐあいをたしかめなかったから。なにか食べてから、やればよかった。自分のからだに対する感覚が、これほど鈍くなれるとは思わなかった。いや、ラリっていない状態において。なぜ生きてるのか、なにがたのしいのか、なにが快感なのかさえ、わからない。

ぼんやりと、にぶく不幸みたいな気もするし。泣きたくなった。注意深く、楽器をまたいで。せまい廊下にはいずりでる。壁に手をついて立ちあがり。脚を交互にうごかして。

トイレにはいる。

息をつき、さめざめと泣こうと思う。だが、涙はでてこない。〈彼〉は壁に背中をあずけて。そのまま、ずるずるとさがっていく。


ステージは、もうはじまっている。

ジャーマネもアシもあおくなって、さがしまわったのに。まえにテレビにでたときみたいに、サイドがベースをやることになった。

客席の少年たちは、怒りをおさえつけて、せめてリード・ギターをきこうとする。女の子たちは、泣きだしてしまう。なぜよ、なぜ、なぜ、とたずねている。しまいに、何をききたいのかもわからなくなってしまう。


色彩のない明け方、〈彼女〉は、〈彼〉の長くほそく力強い腕のなかにいる。しかし、いない。


店をでると、ロミは足をとめた。無理に静止させられたような、不自然な動きだ。

声をかけずに、まりこはロミの肩に手をおいた。皮膚の表面だけでなく、からだのしんまでかたくなっている。

アミがふりむいて、空白な顔で、なにかささやいた。腕をさしのべ、くずれていく妹をささえようとする。

しゃがみこんだロミは、首を前方へながくのばしている。ウェーヴした髪におおわれたその顔は、まりこからは見えない。

「吐きたい？　え？」

まりこは、つよい声でたずねた。ロミはうなずく。まりこは、彼女の髪をまとめて、首に寄せてやる。

アミがバッグからティシューをだした。

ロミは、ゆっくりと、すこしの水分だけを吐きだした。その首すじで髪をたばねているまりこの指に、ロミの肌がつめたい。

さわやかな夕暮れ、男の子や女の子は、この三人をよけて通る。立ちどまる者はいない。

吐きおえたロミは、ティシューで口をぬぐった。アミがそれをうけとり、またあたらしい紙をわたす。はーっ、とながい息をはき、ロミは頭をすこしあげた。涙がにじんでいる。

「帰る？　すこし休む？」

アミがせわしく、ふるえる声で。

「休む」

ロミは声をしぼりだした。

ふたりで彼女をささえて、すぐとなりの喫茶店へ、そのいちばん奥にはいった。ロミはソファーに頭部をあずけ、目をとじている。のどの色が白っぽい。それから、ほそく目をあける。

「あー、びっくりした。頭がおかしくなったかと思っちゃった。とっさに」

わりあいにしっかりした声を、ロミはだした。アミのほうが、おろおろしている。

「こんな世界だったのかって……人間が、すきとおってて、やたら明かるいのよ。なんかもう、絶望的に明かるいの」

「からだが透明に見えたの？」とアミ。

「そー」

ひくっと、ロミはわらった。「りんかくは、粉っぽい光りかたしてた。ひとそれぞれによって、ちがうの。ちゃんとふつうに見えるひとも、たまにはいるの。でも、大部分は、すきとおってて、にぶくて、明かるいの。自分でも知らないの。知らないで、あるいたり、わらったりしてるの。魂なんか、ないの。ある、と信じてるけど。エネルギーがうしなわれていく、その最後のあがきって感じ。美しくもグロテスクでさ」

「まえにもあった？」

「ない」

「こわかった？」

「恐怖感は、全然ないの。それがこわかった。ねえ、あたし、精神病かしら？」

ロミは、まりこにたずねた。

「かもしれないね」

不謹慎にも、まりこはついわらってしまった。

「あたしたちは、どう見える？」

「ふつうよ」

ボーイが寄ってきた。おそれながらも、アミは視線をあげた。確認するように、彼をながめる。

アミがまとめて、適当に注文した。トレイをさげてカウンターへかえるとちゅう、彼は一度ふりかえった。

ふっふっふっと、ロミがひくくわらった。

「思いちがいしてんのよ。あたしが、彼に気があるんじゃないかって」

その彼はカウンターに手をついて、またふりかえった。

「ね？　たのしいひとじゃない？　彼って」

「いいけど、それは。いま、正常に見えた？」

アミはやはり、まだ心配している。ロミはうっそりと、ガラスの外をながめ、だるそうに目をもどした。

「ぜーんぶ、もとどおりの世界よ。しかし、あの瞬間、パラレルへ突入してたりして。ううん、もう全然、気持ちわるくはないわ」

「こわいだろう。いまも」

わざと責めるように、まりこがいった。

「そーね。ややね。いや、かなり」

「なにかしてほしい？」

「日常的な話題を。軽薄に」

「えーと、あんたは天才少女である。ほんとは、なぐさめてほしいんでしょ？　めちゃくちゃにほめてほしい、とか」

まりこは、うすくわらう。事態に似あわない反応をいつもしてしまう自分を、もてあましている。

「それもある。よくわかるね」

「だってあんた、自信がないんだもの、いまこの瞬間」

「でも、関係ない話がいいな。曲分析とか。おうおう『真夜中のエンジェル・ベイビー』じゃんか」

「『ビューティフル・ヨコハマ』のアレンジのシンバルの多用さが、おもしろい。それと、ジョージとかハルヲとかでてきて、唐突に、善太って男の子が出演するの。しゃれたヨコハマのおはなしなのに。『風の又三郎』の世界がほのみえる。このへんが、橋本センセのすごさ」

「うん、いいよ、その調子。つづけて」

ロミは二日ばかり、熱をだした。それから、急に——まえより明かるくなった。例の現象については、なにもいわない。だから、いま、アミやまりこは、自分たちがどんな世界にいるのか、まったくわからない。


(オックスのレコードをタダでくださった亀和田武氏、データを提供してくださった、イラストレーターの大野一興氏、鈴木比呂志氏に、ここで感謝と、ごめいわくのおわびをさせていただきます―作者)

なんと、恋のサイケデリック！

1

れいこは、スリムのコットンパンツの脚をくんで、ガラスの外をながめた。

わずかに見える空の中央を、にぶくかがやく灰色の帯が横ぎっている。ほかの部分は黒に溶ける直前の非現実的なすみれ色で、それらを背景に、デジタル時計が黄色くひかっている。きのうもきょうも、耐えられないほど美しい日だった。時間がとまってしまえばいい、とおもったくらいに。

さっき電話で美知子にそういった。自ら古風と称するこの女は、お義理で「そういえば、湿度が低かったんだって。いまテレビでいってる」とあわせた。れいこが風景についてしゃべろうとすると、同い年のキャリア・ウーマンは「暑い、暑い」を連発しはじめた。「汗がでるから、特別のファンデーションつかってるの。一流デパートにしか売ってないのよ。四千円もするの」

れいこはがっくりきた。が、気をとりなおして、わたしは三千八百円のケーキを三色つかってるわ、と対抗した。それがふつうの感覚なのかもしれない、と思いなおして。陽光が透明だとか風が新鮮だとか、そんなことは、このひとの女の一生にはまるっきり関係ないのだ。それらのものが、彼女には見えもせず聴こえもしないのだ。

自分の名前が恥ずかしくないのかね。美しく知的な子だなんて。わたしだったら、改名してるね、法的な書類以外では。暑いのは余分な脂肪を十五キロ以上もかかえているせいでしょ。とはいうものの、口にはださず、三浦百恵がどうのこうの、という話題のうちに、あいまいに電話をきった。美知子は、一時期、自分のことを、百恵だと思いこんでいたからだ。なぜ友和を選んだのか、ということを、えんえん三カ月にわたって説明してくれた。

センスがあるとかないとか、ひとは簡単にいうけれど、じつはたいへんなことなのではあるまいか。

れいこは店内に視線をうつした。

ここは、ふつうの意味でナウい子があつまる場所らしい。しゃべったりだれかを待ったりしている女の子は、全員、サーファーの変形ともいうべき、サイドをうしろにはねさせたヘア・スタイルだ。そろいもそろって、光るタイプの青いアイシャドウを、ぼかさずに一センチ幅くらいにつけている。上はポロとTシャツが半々くらいだが、一様にハマトラっぽい。さらに三人ほどの子は、テニスのラケットをかかえている。得意がって。

急に息苦しくなった。吐き気さえ感じる。女の子という生き物のおぞましさを、これほど大量にいちどきに思い知らされると、ただ頭をかすかにふることしかできない。(最近は、男の子たちもこわい。公園通りをぶらついているヤングは、かならずデイ・パックを、それも片方の肩だけにひっかけている)

トマトジュースをストローを使わずにのみ、気をおちつかせようと、タバコをくわえた。

もちろん、集団になった女の子の威力は、いまにはじまったことじゃない。六、七年まえはみーんな、ウルフ・カット。十年以上まえは、長いストレート・ヘアをまんなかで分けて幽霊みたいにたらしていた。そのころのれいこは……みどりに染めた髪をスキン・ヘッドにしていた(すべての髪の長さが二センチ)。

復活ジャガーズの「君に会いたい」が、かかっている。すこしサウンドをたのしもう、と彼女は決めた。わたしは、ボーイフレンドを待ってるんだもの。

頭のどこかで、カチッという音がした。なにかの回路を切りかえたような。おまえも冗談がすきだな、という声がかすかにきこえた。蜂の羽根のようなうなりが三秒ほどつづき、すぐ消えた。

れいこは、となりのテーブルを見たが、そこにいるのは女の子のふたり組だ。どうやら、気のせいだったらしい。

真彦がはいってきて、だまって席についた。黄色いアロハをごくふつうに着ている。音のことを訴えようと、彼の顔を見たれいこは、瞬間、表情がうごかなくなった。

「どうしたの?」

真彦が気楽にわらいかけてくる。

「なんだかあなたが、別のひとになったみたいな感じがして」

「ふーん」

「とってもよく知ってるんだけど、全然ちがう……宇宙からの生物があなたのからだにとりついて、ちがう人格になったような。ときどきあるのよ、こういうことは。あなたはない?」

「あるかもしれない」

真彦はいいかげんに調子をあわせた。

ウェイターがきた。彼は、フルーツヨーグルト、というメニューをたのんだ。女の子みたい。

「ずいぶん混んでるな」

彼は店のなかを見まわした。

「たのきんだから」とれいこはいった。

「あ、たのしい金曜日ね」

「自分の名前、いやじゃない？　マッチとかいわれて」

「音楽歴は、おれのほうが古いのよ」

「GS時代からだもんね」

「そう、ガソリン・スタンドやってた。あ、ごめん、ごめん、すぐダジャレがでちゃうんだよ。わるかった」

まずは快調なすべりだしだ。れいこはにこにこして、椅子のうえでとびはねるまねをした。

「きげんがよくなったみたいだね。はいってきてすぐ見たときは、なんだかぼんやりしてたから……よかった、よかった。きのうがきみの誕生日だったでしょ？　なんにもないから、これ持ってきた」

真彦は、胸のポケットから、カセット・テープをだした。れいこは、レーベルに彼が書きこんだ曲名を読んだ。

「『恋はもうたくさん』ダイナマイツ、『愛のリメンバー』バニーズ、うわーッ、すごーい！　ほしかったのよ、こういうの。どうしたの？　持ってなかったでしょ、こんなレコード」

突如わきあがってきた昂奮をおさえつけようとして、彼をチラッと見あげる。真彦はおちついた微笑をうかべている。

「こんど、やや広いところへうつったでしょ。十年間転々とした六畳一間を脱出して。で、実家に置いといたレコードをひきとったの。信じられないようなひどいシングルがあってさ。きみが好きそうなの編集してみた」

「大好きよ！　ボルテージ『エミー・マイ・エミー』だって。このヴォーカルの声質がよかったのよね。のどをしめて歌ってるの。ショーケンのまねして」

「あのころは、半分くらいそうだったじゃないか。かわいく聴こえるように」

「なんと『恋のサイケデリック』！　デイビーズ」

「おれ、最近、サイケデリックってかなりいいんじゃないかと思ってきて。当時は、わけわからずやってたけど。そのテープにもいれたけど、じつにひさしぶりにカップスの『午前3時のハプニング』きいたのね」

「タイトルもすごいわよ。ルイズルイス加部のオリジナルで」

「もろ、サンフランシスコ・サウンドの影響うけてるんだけど、へんにはつらつとしてんのよ。これは研究にあたいするな、と」

「あなたって、どーしてもアナクロ趣味からぬけだせないのね。いま、それがいちばん新しいんだけど」

「きみだって、おんなじだよ」

「あなたの今度の曲、売れゆきはどう?」

ようやくおちついてきて、れいこはたずねた。何年間かの空白のあと、真彦はふたたびレコーディングしたのだ。

「オリコンで百位以内には、ゼッタイ、はいんない。これには自信がある」

真彦は、いやにきっぱりと断言した。れいこは、わらいをおさえつけた。

「バイト、やめたんでしょ?」

女の子があつまるラウンジで、真彦は透明のピアノを鳴らしていた。歌ったりもした。れいこはそこで(半年まえに)彼と知りあった。

イージーにも彼は「モジョワーキン」だとか「スプーンフル」とか、「ショット・ガン」とか、むかし自分がやっていたバンドのレパートリーをプレイしていた。あるいはまた「59番橋の唄」「ザ・ウェイト」。突如「ブラック・イズ・ブラック」(これは、たのきんがやっている。ジャニーズ事務所のセンスって……すばらしいわ!)。

なに、だれも気がついちゃいないさ、と彼は放言していた。ときどき、いまの曲もやるしさ。(とはいっても、宇宙的絶望感にあふれる、ひどいアレンジで)お客は、納豆スパゲティーと地中海ふう魚介類のサラダとウエスト・コースト・タイプのフローズン・ヨーグルトを食べるのに夢中でさ。雰囲気にあってるとおもうんだよ。メチャクチャな選曲が。

「あしたの夕方まで、ひまだよ」

弾き語りをやめたから、ということだ。「行きたいとこ、ある?」

「このテープをきけるとこ」

即座にれいこはいった。

「そんなに気にいったの？」

「大気《おお》にいり」とれいこは答え、とってつけたように「あなたのこともね」

「ごく軽くいうじゃない」

真彦は眉をあげて、伝票をとった。「じゃあ、うちへくる？　ひっこしてから、一度もきたことないでしょ」

ジャケットがわりに着ていた赤と黒のボタン・ダウンの男物シャツを、れいこはぬいだ。大ぶりのビニールバッグのひもにシャツをはさみ、そのまま肩にかけて立ちあがる。

レジでおつりを待ちながら、真彦は「西口なんだよ。すこしあるくけど、いい？」とたずねた。


——まだ、気がついていない、とだれかがいった。時間軸のゆがみなんて、たびたびあるからな。

——それは変化がごくわずかな場合だけだ。時間、それ自体に、ある方向へ収斂していく傾向があるから。しかし、このままほうっておくと、この時空間は、ありうべからざる現在として、切りはなされてしまう危険がある。そうなったら、時間管理者が、だまっちゃいない。

——だいじょうぶさ。その一歩手前で、修正するから。

——いいのかい？　知らんぞ。

——ちょっとした遊びだよ。このくらいのことは、みんなやってるじゃないか。

——そうやって、安心しているうちに、手がつけられなくなるんだ。見つかったら、一級犯罪だ。

——だれに対する？　人類に対する犯罪か？

もうひとりは、答えられなかったらしい。


外は、気持ちのいい夕暮れだ。ふたりは地下にはいらずに、建物をながめながらあるいた。

「そのズボン、いいね」

真彦が腕をぶらぶらさせた。

「でしょう？　いま、お店へいっても、ふつうのズボンって、売ってないのよ。ペグ・パンツみたいのとか、七分丈とか、半ズボンとか。そんなのばっかり。これ、むかーし、男の子にもらったの。スカマンよ。すそ幅十五センチ」

「うん。おれもね、それで苦労してんの。ブティックって、こまっちゃう。かといって、中野あたりの若者向けの安い店いっても、気にいるの、めったにないんだよ。ポケットがね、ややななめ横に切れてるのがすきなんだけど。こーやって、楽に手をいれられるでしょ。パッチポケットが、いちばんダメだな。それに、スリムはめったにない。いいとこでストレート。たいがい、すそは二十四センチくらいよ」

「ナウいかダサイか、全然判断がつかないようなかっこうしたいわけよ、わたしは。ビートたけしさんのあのセンス。最高」

「そーゆー境地へ至りましたか」

「このごろは、自分でつくっちゃう。流行の既製品買うより、高くつくけど。あとは古着屋ね。でも、めったにないのよ」

「古着きて、古レコード屋まわってるの？　水道橋あたりとか」

「フュージョンのバンドでキイボードやってるひとがさ、すぐに『それ、快感？』ってきくの。『友達にこうこういわれたの』っていうと、『それ、快感？』って。そのひとのまねしようかな、と思って」

「感覚だけで」

「そう！」

「快感原則もいーけどさ、きみの快感って、まともじゃないからな。気持ちわるくてすてきとかさ、吐き気がしてとってもよかったとか」

真彦はうすくわらった。

「すきなものときらいなものが、いっしょなのね。『お嫁サンバ』の『あの街この街』っていう、男性バックコーラスの妙なおちつきぶりが、最悪にダサくて感激しちゃった」

「すぐ、それだ」

ならんであるいていた真彦が、れいこをひじで軽くつついた。彼の視線の先に、女の子の後姿があった。今年流行の半ズボンをはいているのだが、股下六十センチくらい。(それだけじゃなく) どうしようもなく、おしりが大きい。プロポーションとしてがまんできないほど大きい。

その女の子が角を曲がるまで、れいこは注視したまま、だまっていた。彼女が消えると、嘆息する。

「べつにあれ、ふつうの子なのよ。特別にセンスがわるいってわけじゃないのよ。ただね、あの服を着るには、からだがゆるさないだけで」

真彦は、吹きだす二歩くらい手前の顔をしている。

「花柄のポシェットをかけてたわねえ。松田聖子みたいな頭して」

「そーいえば、顔もゆるさなかったな……どうしたの？」と真彦。

「いや、同性のこと、わらっちゃいけないんじゃないかとおもって。わが身のことかんがえて。反省してたの」

れいこは、わざとらしくまじめな顔をしてみせた。

「一分ぐらい？」

「まあ、そーだけど」

「おなか、すいてない？　そこのロッテリアの二階の『すずや』は、洋風幕の内弁当がかなりいけるよ。それとも、うちでたべる？　おれがつくると、とにかく早いんだ」

「めんどうじゃない？」

「全然」

「じゃあ、うち」

彼らは、西武新宿の横のガードを抜けて、西口へでた。

「あの古レコード屋、まだしまってる？」

しばらくして、れいこがたずねた。

「歩道橋の向こうの？　一階にあるとこでしょ？　最近いってないけど、やってないんじゃないかな」

デパートのまえにさしかかると、チラシをくばっているアルバイト学生が数人、呆然と立っていた。通行人にねらいをさだめ、われにかえり、からだをななめに倒す態勢にはいる。うまく紙切れをわたすと、また、なんだかぼんやりした全体にもどる。

よけてたつもりが三人めに立ちはだかれて、細長いアート紙をうけとった。れいこにだけくれたから、たぶん美容院の宣伝チラシだろう。彼女は見もせずに、バッグのポケットにしまった。帰宅すると、それらのゴミで大型ショルダーがいっぱいになっている。いつでも。

「ちょっと遠いけど、いい？」

真彦がふたたびたずねた。

「どのへん？」

「ＫＤＤビルの向こうっかわ。なんだっけ、あれは。文化服装学院かな？　とにかくそのへんの近所。反対側」

「西新宿三丁目？」

「そう。大久保じゃないのよ」

「あなた、東京生まれ？」

「残念ながら」

「本牧あたりだとカッコいいのに」

「ぼくは麻布。父親が赤坂につとめてたから」

「あの放送局？」

「よくあたったね。きみは？」

「ヨコスカよ。日活映画の世界よ。同級生のおかあさんが外人バーやってたりして」

「シブイね」

真彦は八百屋でいんげんとじゃがいもを買った。

ながめているれいこの頭の中で、またカチッという音がした……。

紙袋をかかえた真彦が、すぐ目の前に立っていた。

「貧血おこしたの？」

顔をのぞきこんでくる。

「そうかしら。なんだか……」

「いま、ぼうっとしてたよ」

「うん」

「なんか背中にも
やがただよってるみたいな、おかしな感じがしたんだ。で、ふりかえったんだよ。そしたら、異常な無表情で立ってたから……」

真彦はそうした気配に、ひどく敏感なのだ。

「どこか、そのへんの喫茶店で休む？」

「べつに、なんともないのよ」

「だったらいいけど……気持ちわるくないの？」

「だいじょぶよ。いま……時間感覚がおかしかった。ここに百万年も立ってるような……」

「疲れてると、たまにそーゆーことあるけど。いいの？」

本気で心配しているみたいなのだ。

「いいのよ」

錯覚だったのかもしれない。既視感《デジャ・ヴュ》に類する。

「あるける？」

れいこはやっとのことで気がついて、わらってうなずき、真彦を安堵させた。

「この歩道橋、わたるんだけどさ、きみが先にあがれよ。おりるときは反対になるから。そうすれば、落ちてきても受けとめられるでしょ」

れいこは、そのことばに従った。

あの喫茶店で彼を待っていたときも、似たような感覚があった。

見慣れたすべてのものが、はじめて目にするような……新鮮に見える、というんじゃない。ましてや、恋をしていると周囲が生き生きと映る、というわけでもない。決して、ない。もっと奇妙な、いわくいいがたいふしぎな感じなのだ。まるで……まるで、見知らぬ時間のなかへほうりだされたような。

ふるえがきた。

真彦に気づかれなければいいが。ふるえをおさえようと、れいこは努力した。

うしろから真彦が肩に指をかけてきた。彼は顔を寄せてきて、みじかくなにかをいった。聞こえなかった――のではなく、聴覚としては聞きとれていたらしいのだが、意味がわからなかった。騒音のせいだ。れいこは自分にいいきかせた。わけもわからず、彼女は反射的にうなずいていた。よくある。思考よりも、身体的な反応が先にくる、ということは。ふだんだったら、そういう動作をしたことの意味もすぐ（あとから）わかるのだが。

真彦は手をはなした。

ふたりは、歩道橋のうえをあるいた。

空は不意に暗くなった。夕暮れというのは、おなじ速度で徐々にくらくなっていくのではない。ある時まで、がまんしているみたいにゆっくりと暮れていく。急に、ええいめんどうだ式に、一気に夜に近づく。美しい日が、おわろうとしている。

時間がへんだ。なんだか、全体としておかしいみたいなのだ。ふらふらと歩きながら、れいこはかんがえた。自分と他人との時間の速さがちがうんじゃないか、と感じたことは、いままで（そう多くはないが）何回かあった。いまは、それとはまったくちがう。この歩道橋やあのビルや、後にいる真彦と自分をつつんでいる全部の時間が、おなじようにゆがんでいる。

おりる段になって、真彦はすばやく自分がまえに立った。

がらにもなく、時間のことなんかかんがえたりしちゃってさ、とれいこはわらった。そーゆー形而上学的思考は、こんなわたしには似あわないよ。他人がわたしに抱いているイメージには。時間が逆流しようが真彦が逆上しようが、どーだっていいじゃない。アタシはアタシよ、もともとこんなよ、というフレーズがうかんできた。すると、持ち前の妙なふてぶてしさがよみがえってきた。気分がかわった。まったくどうしようもない。感情や感覚をかえよう、と決意すると、簡単にかわってしまうんだから。カセットテープを入れかえるみたいに。やすやすとコントロールできる。それはおそらく、わたしがいいかげんな人間だからだ……。

「もうすぐよ」

舗道におりたつと、真彦はふりかえった。


「わりといいとこじゃない」

れいこは玄関先に立って、ビルを見あげた。

「わりとね」

真彦はガラスのドアを押した。「いままでがひどすぎたからなあ」

エレベーターが下降してくる音をききながら、れいこは無意味にくっくとわらった。明かるく清潔な箱が、目の前にひらいた。真彦は紙袋をかかえなおして、11のボタンを押した。

「いま、手持ちの女の子でいっぱい？」

ふたりして表示ボタンをじぃーっとながめているのがいや。だから、真彦にはなしかける。

「どうして?」

「もうひとり、ふやさない?」

「もしかしたら、きみのその友達?」

「いいでしょう?」

「一度、見たことあるけど……あれでなくちゃいけないわけ?」

美知子のことを、品物としてあつかっている。

「あれがいいのよ」

エレベーターがとまった。

「あ、こっちだよ」

「あなたが、いままでつきあったことがないタイプよ。ショックうけるわよ。ドラマチックな体験になるわ。きっと」

「それはわかる……うーん、一目見ただけで、わかったな」

「あなた、外見主義なの?」

知ってるくせに訊く、この性格のわるさ。

「だって、ボロを着てれば心もボロじゃないか。これは永遠不変の真理だぜ」

「ところが、彼女はちがうのよ。内容主義っていうか、精神主義っていうか。自分の中身のよさに絶大なる自信をもってるの」

「すごいなあ。えらいなあ」

ドアの前にきて、真彦はキイをとりだした。

「だから、男はみんなバカなんだって。『あたしのどんくさい見かけだけにだまされて、この内面のすばらしさがわかんないんだから』って」

「どんな人間にも、自己救済の理屈はあるもんです」

真彦は先にはいって、キッチンに紙袋をおいた。

「他人の判断との落差がどのくらい大きいかだけで?」

プチンプチンとホックをはずして、れいこは靴をぬいだ。スリッパがないので、そのままあがる。

「そうよ。きみは、それの大きいひとがすきみたいね。決定的に、救いようがないくらいずれてるひとが」

「だって、おもしろいんだもん」

「そりゃ、見てる分にはね」

真彦は冷蔵庫をあけて、麦茶をだした。たちまち霜がついたコップを、わたしてくれる。

「クーラー、つけてよ。適当に」

ソファーに立ちあがって、れいこは注文どおりにした。

「これ、あたらしいのね」

六畳間に住んでいるときから、真彦はエア・コンをもっていた。外の音が気になるから、真夏でも部屋を閉めきる必要がある。ミュージシャンだったら当然だ。線路のそばや街道のきわには住めない。

「まえの、まだ使えるから持ってこようと思ったけど、ここはつくりつけだったわけ」

ふつうの色をしたふつうのグランド・ピアノが置いてある。白とかピンクとか、そんなのではない。

「すぐに食べたい？」

すいかを切って、四角いトレイにのせて、真彦はもってきた。

「いいわ、あとで。あなたもおちついてよ」

真彦はクッションをとって、床にすわった。れいこもおなじようにした。低いテーブルには、袋を破ったナッツのつめあわせと、ウォッカのびんがある。

「ボトルで思いだしたけど」と、れいこは手をふった。「例の彼女、毎晩のむのね」

「外で？」

「たいがい、うちで。ケチだし、あの女の飲み代《しろ》を出す男なんか、この世にいないから。寝る前にテレビ見ながら。で、わたしにいうわけ『あたし、アル中になるんじゃないかしら。もう、なりかかってるかもよ』って。『あたしは、絶対に肝臓で死ぬ』って」

「ものすごく誇らしげに、いうんでしょ？」

「そう。どんなアホらしいことでもジマンの種にはなるのよ。わたしが『毎晩ボトル一本あけなきゃ、ならないわよ』って答えたら『ボトル一本飲んじゃう』っていうの」

「えーッ？」

「それが、ビールのボトルなんだって。ねえ、ビールのびんのこと、ボトルっていう？　ふつう」

真彦は大げさにため息をついた。ようやく、演技的に「かんべんしてください」

「全般的にね」

「全般的にそーゆーひとなのよ」

「彼女、いまひとりなのよ。生まれてはじめての男に捨てられたばっかりで。『あたしは処女じゃないわよ』って、イバってるの。二十八でよ。ちょうどいいじゃない」

「ちょうどね」

「その相手っていうのが、パリで殺人事件があったでしょ？　オランダ人の女の子を食べちゃったっていうの。あの犯人とおなじぐらいの背丈なわけ。もっと太ってて、顔はもっとずっとひどいけど。二十五なのに、頭はこのへんまではげてでさ。このまえ、その男と新宿あるいてたら、わたしはわりと高いでしょ？　それにハイヒールはいてたから、ならんでいるそいつが、このへんなの」

れいこはうれしがって、自分の肩のあたりをさした。

「きみは大きく見えるしね」

「急にさ、動物つれてあるいてるような気がしてきた。サルと人間のあいのこだと宣伝されてた、オリバーくんとか。いや、あれよりみにくいな。西口のケンネルいって、犬の首輪買ってきて、つけてあるこうかな、と」

「ひでえなあ！」

「いいじゃない」

「いいけど……そのアトガマがおれなわけ？」

「会う男のひと全員にいってるの。『わたしの友達とつきあわない？』って。彼女の男を見つけることが、ここ当面のわたしの生きがいなの。でも、いいとこあるのよ！　彼女。まず、うそをつかない！　誠実なのよ！」

れいこは身をのりだして、真彦のひざをたたいた。「いっしょうけんめいの思想のひとなのよ！　とにかくなんでも、一心太助ならよい、という。結果は問題じゃない、プロセスもたいしたことない。心をこめることが大事という」

「むむむ……」

真彦はうなった。

「地味で努力家でさ。はでなことはできないけど、コツコツやるの。なにごとにも手抜きができない」

「それで、おそいんでしょ？　じゃ、ものすごく頭がわるいってことじゃない」

「要領というものがわからなくて、気がきかなくて小心。でも、そんなことは関係ない！　真心、真実！」

「なんか鈍重な感じしたけどな。いや、体重のせいばっかりじゃなくて」

真彦は麦茶をのんだ。

「彼女の正反対のタイプっていうと、とんでもないことになるわよ。うそつきで、気分屋で、大胆で、飽きっぽい！」

真彦はわらいだした。のってきたれいこは、さらにつづけた。「出たとこ勝負で無責任で薄情。ずるくて計算高い！」

さらに彼のひざをたたく。

「最高じゃない、そーゆーの。おれ、情が濃いのってダメなの。いちいち感情移入されたり同情されたりすると、それだけで疲れちゃう。しかも、本人は、なさけぶかい自分にうっとりしてるわけよ」

「彼女はそーなのよ。六十五キロまるごと」

「ちかごろ、めずらしいな。生きのこってるんだね、そーゆー……なんていうか、暗さと湿度を好む、十九世紀的性格のひとが」

夜は深くなっている。

真彦はキッチンに立った。

なんということはなしに、れいこはテレビのつまみをひいた。

解散したはずのアリスがでている。れいこは突如、姿勢をただした。すわりなおして背すじをしゃんとさせなければいけないフンイキなのだ。

彼らは「狂った果実」をやった。谷村新司がうたっているすがたは、れいこにいつも耳なし芳一を連想させる。平家の墓のまえで、べんべんと琵琶をかきならし、盛りあがってくると、まわりの亡霊たちがすすり泣き、鬼火がぼうぼうと燃える。それとおなじように、一心不乱なのだ。生ギターもこわれよ、とばかりに、それこそ狂ったようにひいている。

非行少年がどうしてグレたかが、テーマになっている。それをえんえん説明して、最後には時代のせいにしている。冒頭、少年はかじりかけのりんごを都会の闇に投げちゃうのである！（いまどき、りんごをかじりながら道をあるく子なんていない。ハンバーガーならわかるけど）しかし、どうしても、りんごでなければ、いけないのだ！　ハンバーガーを投げると犬がとびついてくるかもしれないし、川津祐介や川地民夫はハンバーガーじゃない！　ハンバーガーには、どことなく投げやり的な平和が感じられる。あいまいな明るさがある。

少年はナイフを捨てた手でダイヤルをまわしたりしちゃう！　押しボタン式とびだしナイフであろう。それ以外にかんがえられない。電話もプッシュホンではいけないのだ。

さらに、少年は、家出したときの母の声を思い出したりする。ウォークマンをつけてふらふらと家を出てはいけない！　おふくろの声なんか聞こえないし、ということは、あとになって罪悪感をおぼえたりできないから。

「すごい番組やってるわよ！」

れいこはキッチンにどなった。

「ああ、きこえてるよ。『アリスだよ、全員集合』でしょ？」

真彦が答えた。

「知らなかった。いつはじまったの？」

「二、三カ月まえだよ。高視聴率なんだぜ」

こんなにわらえるプログラムを、れいこはなんで見のがしていたのだろう。テレビがすきじゃないせいなのか。そんなふうにいったら、真彦なんか、さらに知らないはずなのに。

「エスピオナージ」がはじまった。

例によって、おそろしい緊迫感がもりあげられる。彼らはとにかく「盛りあげ」がすきで、また、それしかないのだ。

この曲の主人公は、ゴルゴ13である。（ちがうといわれても、れいこは頑として ゆずらない！）拳銃を胸に抱いて夜空に祈りをささげたり、消えていく後姿に赤いバラが意味もなく散ったりするのは、ゴルゴ13以外にかんがえられない。

この迫力！　この下品さ！　この高尚さ！　このものすごさ！

れいこはわらいころげた。のたうちまわった。画面を指さして「最高、最高」と叫びながら。涙がにじむ。

ゲストは、なんとそのむかしの、たのきんトリオである。トシちゃんのデビュー曲「哀愁でいと」のB面「君に贈る言葉」

はじめてきいたときは、こんなのをレコードにしてもいいのか、と呆然としたものだが。

三人が、メロディーをバックに、セリフをしゃべる。元気よくがなっている。

「おれたちにきょうはいらない！　燃えてるあるぜ！」などと叫ぶので、たまったものではない。とにかく支離滅裂である。テストなんかにおれたちの青春は燃えないぜ！　だって。どこの国に、テストに燃えるひとがいますか。

こうなったら、もはや土下座するしかない。負けました。かないません。かんべんしてください。テレビに向かって、れいこはおじぎをした。両手をキチンとつけて。

CMがでた。れいこは、ほっと息をついた。あまりにもモノクルオシかったので、たちなおれない。残響がからだにひびいている。

「よかったでしょ！」

真彦が片手なべをもって、あらわれた。にやにやしている。

「うーん、こんなすさまじいしろものを、いっぺんにまとめて見ると……」

「ほんとに知らなかった？　評判だよ」

れいこはテレビのつまみを押した。画面は暗くなった。

「簡単なものにした。あ、いいのに……」

れいこは皿をとりにいった。

「場所、わかんないだろ？　うん、そっち……あ、それでいいよ。大きめのカップもね」

真彦がうしろから声をかけてくる。冷蔵庫をあけて、パンとマーガリンをだす。それらをかかえて居間にもどる。真彦がスープをついでくれて、食事がはじまった。マスとチーズのホイル焼きには、トマト、いんげん、タマネギにピーマンの輪切りがはいっている。

「これ、よくつくるんだ。はやいし、皿もよごれないし」

「テープかけるわね」

さっきもらったのを、デッキにいれる。ヤンガースの「マイラブ、マイラブ」。息をつめて歌っているような、密度の高いひきしまった声質。非常にきれいなヴォイスだ。テクニックもすぐれている。「わたし、GSには抵抗できないのね」

「おれも。だれにでも、抵抗できない快感って、あるんじゃない？　きみのその友達なんかは？」

「炊きたてのごはんとか、なべ焼きうどんとか」

「うん」

「アルコールとテレビと少女マンガ。最大のものは、他人の性的ゴシップ。しょっちゅう、だれとだれがあやしい、とか、あの人はこのあたしにほれてる、とか、いうわけ。全部妄想だけど。彼女に関しては。ひとごとになると、異常な執着心みせるの。それしかできない」

「うーむ」

タックスマンの「恋よ、恋よ、恋よ」がはじまった。どーしようもないほど強力だったアリスのイメージは、ここでぬぐいさられた。

「十年まえ、きみは十八だったでしょ。どうしてたの？」

真彦が軽くたずねた。そのころ、彼は（バンドが解散したので）ぶらぶらしていたはずだ。

どうしてたの？

れいこは首をかしげた。

どうしてたの？

イメージはうかんでくる。ゴールデン・カップ（というライヴハウス）のステージ。本牧の低い街並み。しかし、はっきりとそこにいた、という確信がもてないのだ。もしかしたら、それは、あこがれがつくりあげたものなのか？　郷愁とは、でっちあげだから。

「わからないわ……」

れいこは食べかけのパンを、皿においた。

「わからない？」

真彦は歌うようにやさしくくりかえした。

「わからない。そうなの。なにもわからないの！　自分がどこにいて、どんなことをしてたのか。ねえ、わたし、頭がおかしくなったんだわ！　よく『おれには過去がない』なんていうでしょ？　そーゆー、ことばのいいまわし的なものじゃなくて、ほんとに思い出せないの！」

テーブルの角をまがって、れいこは真彦にからだを寄せた。

「わすれちゃったのよ！　どうしたの？　おしえて！」

真彦はしずかな伏し目で、彼女をながめている。

「記憶喪失かなにかなの？　おぼえてないのよ。自分がどんなひとだったのか」

れいこは必死に訴えた。

「そうか」

真彦はかんがえこんでいる。「じゃ、いまは、どんなひとなの？」

その問いにも答えられない。

「もしかしたら、自分のいまの職業とか身分とかも、わすれちゃったんじゃない？」

れいこはうなずいた。

「それは一時的なものだよ。あしたになれば、帰る家もしなきゃなんないことも、思い出すよ。過去がないってことにびっくりして、ついでにわすれただけだ」

「よくおちついてられるわね」

れいこは力なくつぶやいた。

「最近、そーゆーひとが、いっぱい、いるみたい。心理学者が、社会現象として、本をだしているよ。ドラマの登場人物になっちゃうのさ。ナレーションで説明されないかぎり、あるいは脇役がセリフでいってくれないかぎり、過去がないままでいる人間が多くなったって」

「知らないわ、そんなこと」

まちがった時間のなかへきてしまった……。

「わりと一般的なことよ。世の中には、きみの知らないこともあるのよ」

真彦はお気楽にいう。「とにかく、食べなよ。それに、音楽をききにきたんでしょう？」

れいこは、彼の腕をはなした。彼が抱き寄せて頭をなでてくれればいいのに、と思ったが、そうしてくれる気配はない。彼女がおちこむといつもしてくれるのに（それも、ニセの記憶かもしれないが）。

さほど重大なことではなさそうだ。もしそうだとしたら、過敏な真彦が、彼女を放置しておくはずはない（だといいけど……）。

れいこは、こっくんとうなずいた。のろのろとパンをとって、口にはこぶ。

「元気におなりよ」

真彦はわらいかけてきた。

「なる」

「どーしたの？　きみ、おかしいよ」

「ううん、もう、おかしくないわ」

「そう？」

「そう」

はっきりと、力をこめて。だって、真彦が、よくあることだ、というから。

「あ、はじまった。おれ、この曲、すきなんだ」

ダイナマイツの「トンネル天国」のB面。A面よりはるかにすぐれている。（じつは、バックはスタジオ・ミュージシャン）。リズム&ブルースで、しかもシャウトしていない。わざと。歌いだしは「キザなセリフで恋におぼれた」という。うわっ、と声をあげて、れいこはよろこんだ。そのつぎは、ずうずうしくも「おまえの好きなおれのくちびる」だって。いいわ、いいわ。このうぬぼれさかげんが、まさにちやほやされてる男の子という感じで。グルーピーが寄ってくるのを「うるせえな！」とけとばしている。泣くのは女の子なのに、本人がつらいみたいに、うまくごまかしている。女の子は最後に「おれのからだ」にすがりついてくる。

あの時代は「君だけに愛を」とか「あなたがほしい」とか、上品ぶった少女趣味が全盛だった。（あのころのイメージは、こんなにもくっきりしている。細部まではっきりしている。だとしたら、自分のむかしを思い出せないからといって、そんなに気をもむことはないのかもしれない）ダイナマイツはGSでは、かなり変わったタイプのバンドだ。昭和四十二年にレコードデビューしたジャガーズも、もともとの彼ら自身の体質は特異であった。舟木一夫の時代にしては。ムード歌謡ふうにやれ、とおさえつけられたのだ。

フランク永井の「夜霧の第二国道」が、目いっぱいしゃれたセンス、というディレクターがGSを担当していたのだから。ジャガーズのリード・ギターの沖津ひさゆきは、日本ではじめてファズをつかった。曲は「ダンシング・ロンリーナイト」。とたんにミキサーがとびだしてきて、「アンプがこわれてる!」と叫んだ。(ちなみに、ファズというのは、ローリング・ストーンズの「サティスファクション」のイントロ。あそこで、ジージーいってるギターのこと。二年ほどまえ、テレビのクルマのCMに流れていた)

GSは、ロックとほど遠いというか、音楽とほど遠いというか。それがふつうである。(れいこは、ザ・ゴールデン・カップスというグループが、まるでいま、そこに存在しているかのように、時代錯誤的にふるまうのが、すき。でも、カップスって、人生観暗いんだよね。「もう一度人生を」だもん)

リード・ヴォーカルが、のちにマヒナスターズに移籍した、なんてバンドもあった。ひとくちでいえば、音楽性はわけがわからない。無内容の極致。オックスのライヴに「出船」「とおりゃんせ、母さんの歌、子守歌」が「わらべ唄メドレー」としてはいっているくらいだから。そのひどさを、れいこは熱烈に愛している。

いま現在のルースターズやモッズがGSよりおちるのは、ある程度の音楽性は、あるからだ。

「いーい歌詞じゃない?」

れいこは、真彦にわらいかけた。彼女はすっかりご満悦で、GSと真彦と、広い窓からのながめをたのしんでいた。

「あら、なに? あれ」

夜空に、ごく微細な点があらわれた。うす茶色い点はつながり、それはひとかたまりになった。

「え?」

真彦は頭を低くするようにして、外をながめた。

「なんの光? 光じゃないわ」

黄色い半透明の物体は、三角ビルにおちていく。厚手のコップのような、のりまきの芯だけ抜いたような構造の、ビルの空洞につめこまれていく。

「イクラだよ」

こともなげに、真彦はいってのけた。

「なんだって?」

「イクラ。知らないの? ほかほかのごはんにおいて、食べるじゃない」

「知ってるわよ。でも、なんで、そのイクラが空中にあらわれるわけ? あれの大きさは、タマゴひとつで直径三メートルはありそうよ」

「だって、出てきたんだから、しょーがない」

空の上のほうから、巨大なはしが(としか思えない棒状のものが二本)あらわれて、イクラを三角ビルに押しこんだ。

「どーして、こーなるの? わかった、幻覚なんだわ。どういうかげんか、わたしたち、幻覚見てるのよ」

「さあ、どっちだろうね」

イクラをぎっしりつめこまれた三角ビルは、上三分の一くらいが、突如、ガシッと折れた。それは上昇して、消えた。

「どうなっちゃってるの?」

「だれかが、のりまきを食べたんだよ」

真彦は平然と。

「だって、だって……」

「よくあるんだ、こーゆーことは。こないだはおれ、警視庁がゆらゆらゆれながら消えてくのを見たよ」

「そんなこと、知らないわ!」

れいこは、わめいた。

「きみって、どうしていつまでたっても、モノを知らないの?」

真彦はふりかえった。「そんなことじゃ、世間をわたっていけないよ」

「で、そのあと、ケイシチョーがあったとこには、いまもなんにもないの?」

「ない、と思うんだ。広場になっちゃってる。もっとも、日本の優秀な警察は、緊急に体勢をたてなおしたから、治安がどうのこうのって問題はさほどじゃないみたい」

のりまきが食べられていく過程を見あきた真彦は、れいこの首にさわってきた。

「じーっと見てるね。感動してるの?」

「うっ、感激とおどろきとがごっちゃになって。ガーンとした状態」

「変わってるね、きみも」

真彦のほそい腕がつくるすきまから、三角ビルが完全に消えさったことがみとめられた。日本で最初にレコーディングされたシンセサイザーの音が、部屋いっぱいにひびきわたった。


——だめだ。こうなったら、切りはなすしかない、と時間管理者がいった。

——どの時間軸ともつなげられませんか。

——勝手につきすすんでいってしまっている。

——やつらも、とんでもないことをしたもんですね。こんな恥知らずな犯罪はない。

——そのとおりだ。みんなショックをうけてる。ところで、いままでこの時間系が属していた過去に影響はなかっただろうか。

——現在が過去に力をふるえるんですか。

——ありうるのだ。そういう可能性も。なぜなら、未来は過去とおなじだから。現在ではない、ということにおいて。

——ということは、過去というのは、すでにないことで、未来はまだないことだからですか?

——そうだ。ひとは、じつは、いつも変わらぬ現在のうえに生きているだけだから。

——たったいま切りはなした、この時間系の過去を点検してみましょう。

——とりあえず、十年まえだ。

——わかりました。

2

道をあるいていて知りあったカップルの部屋までついていくと、そこはレイコのアパートのちかくだった。

「ゆっくりしてよ」

網のシャツを着た男の子はいった。胸にきんいろのバラをつけている。「彼女、デザイナーなんだ。この服も、彼女がつくってくれたの」

「いいわね」

レイコはソファーにだらしなく寄りかかった。

彼はとりあえず、紅茶とビスケットをだした。いかれたマキシドレスの女の子は、どうやら、シャワーをあびているらしい。

男の子はレコードをかけにいった。もどってくると、背もたれのない丸い椅子に腰かけて、最初の音を待ちうけている。ジェファーソン・エアプレインの「ウォン・チュー・サムバディー・トゥ・ラブ」がはじまった。

「六十七年だっけ？　これ」

レイコは小さな鏡がたくさんついたズダ袋に手をいれて、タバコをさがした。

「古いけどね。日本語タイトルは『あなただけを』っていうんだ」

「知ってる。モップスもこれ、レコーディングしてるのね。星勝が歌ってて、それがものすごくうまいの。リード・ヴォーカルのヒロミツなんか、かないっこないくらい」

「なんか、昔語りだね」

でてきたのは、マイルド・セブンだ。あれ？　とレイコはうたがった。この時代にはまだ発売されてなかったはずだ。マイルド・セブンのまえは、セブンスターをすっていた。しかし、自分がなぜそんなことを知っているのか、ふしぎだ。あー、でもよくあることだ、とレイコは片づけた。いつものくせで、深くかんがえもせずに。

男の子は、ひざにおいた指でリズムをとっている。いかにも低能くさい。やがてサイケデリックなギターとともに、その曲は消えていった。彼はまた、べつのシングルをかける。プレーヤーにセットしては、椅子にもどる。ＬＰだったら、そんなに忙しくしなくてもいいのに。自分のすきな、客をよろこばせるような曲を、ピックアップしているのだろう。まだ、カセット・テープは普及していないから。市場にでてはいるが、だれもかれも持っているわけではない。オープン・リールがふつうだ。カセットのテープデッキをもってない、ということは、この男の子はバンドやってる、といってもクズ同然だという見当はつく。

「ロックは、ここんとこ、ダメだからね。たいへんだよ」

ゾンビーズの「ふたりのシーズン」をかいくぐって、彼は告白した。

「そうねえ」

そんなことはどーでもよかったが、レイコはいった。

「結局、日本にロックは決して根づかないんだろうか」

当時ロック評論家がどこかの雑誌でいっていたようなことを、男の子はいった。

「おれたちはムダな努力をしてるのかなあ」

そーじゃなくて、あなたの場合は、ルックスに難があるからよ、とレイコは結論した。ロンドン・キッチュの影響をもろかぶりして、彼もギッチギチにやせている。あのひらひらシャツや幅広の水玉ネクタイが似あうためには、極端な細身でなければならない。素肌がすけてる網シャツを着ている、ということは、自分のボディーに自信があるんだろうが……。その上にのっかった長い顔が、いかんともしがたい。

「フォークしかはやらないみたいね。だから、日本人って、だめなんだよね」

うんざりしてきたが、レイコは「そーね」と、もう一度口にだした。

「ぼくは、かなり後期になってから、活動を開始したから。GSブームに間にあわなかったんだよね。もうちょっとはやくデビューしてたら、スターになれたんだけど」

らちもないことをいっている。

彼は「シーズ・ノット・ゼア」をかけ「絶望の人生」をかけ「ユー・リアリー・ガット・ミー」をかけ、「ラブ・ポーション・ナンバーナイン」をかけた。

ムームーに着がえた女の子が、髪をタオルでふきながら、部屋にはいってきた。

レイコは、ステレオのそばにいって、レコードをながめはじめた。洋盤が多い。そのころ、音楽をやっていた少年たちは、圧倒的に洋楽志向だった。

「グリーン・グラスじゃない！」

レイコは、青っぽいジャケットをえらびだした。このバンドは、本牧近辺で、はやくからリズム・アンド・ブルースをやっていた。

「あ、そんなの、あったの？」

女の子が投げやりに。「もう捨てたと思ってたのに」

「いいじゃない。一枚ぐらい」

男の子がいいわけをする。

レイコはそれをかかえてソファーにもどった。青っぽいクロス地のようなもようのなかに、人間動物園の全員が（たぶん黒い）ローブを着て立っている。ブタもいます、イノシシもいますという感じで、キリンのジョエルは、素透しのまんまるメガネをかけている。タイトルは英語で「ブルース・マインド」とか。恥ずかしくも。

「カッコよかったよねえー、そのバンド。横浜じゃあ、ものすごい人気だった」

男の子が無意味に、のびをした。

「まわしのグラス、とかいわれて」

女の子はだるそうにつけくわえる。

男の子は、熱心につづける。「純粋日本人は、リード・ヴォーカルだけでさ。はじめアメリカ国籍がいたけど、ビザの関係で、ハワイに帰んなきゃなんなくて、グループやめたりね。リード・ギターは、香港人だし。沖縄だって、外国だし。ジョエルは、フランス系アメリカ人とのハーフなんだよ」

「GIっ子？」

レイコは水をさした。

「さあ……でも、おとうさん、歯医者で、鉄の門のついたお屋敷に住んでるって」

「精神病院も鉄の門で」

女の子があざけるように。「そのあいだを、いったり、きたり」

「ドラムスはイモだけどさ。テクもルックスもね。いなかの女学生に人気があった。ジョエルはふつうじゃないようなきれいさだから」

「目が異常ね」

レイコは、つくづくながめいった。

「おれは男だけど、男が見てもほれぼれするような、なんか悪魔みたいな、きれいさだよね」

男の子は、俗ないいまわしをつかった。

「いいかげん、頭がおかしくってさ」

女の子は、フランス製のタバコ巻き器で、ふつうのタバコを巻きはじめた。いかにもマリファナをすうようなかっこうをしたいのだろう。

「ボンドをやりすぎたからなあ。知ってる？　人前で吸うときは、コーラのあき罐なんかをつかうんだぜ。底にボンドをいれとくの。で、コーラのんでるように見せる」

男の子はうれしそうだ。どうやら彼らは、直接にジョエルを知っているらしい。知ってるとストレートにいわないで、別のやりかたで、それをレイコにおしえたいのだ。

「一時はひどかったもんね。あたしが楽屋いくと、いきなり胸をギュッとつかむのよ。そいで『いっしょにトイレいこう』って。しょっちゅういろんなクスリやってるもんで、できなくなってて、性的におかしい状態だったわけ」

レイコは、マイルド・セブンをすいながら、片手をソファーの背にのばして、話をきいている。

（タバコの銘柄が気にかかるんだよね）

「彼女はさあ」と男の子が、いよいよ重要なことを発表しはじめた。「ジョエルの女だったことがあるんだぜ！」

ジャーン！　そのあと、ティンパニがドドンドンッ！

ふたりとも、表情がちがってきている。

「たいしてながくはなかったけどね。あいつ、もの忘れ激しいから」

女の子は、悠然と腕をふった。

「でも、最高だよなあ。おれ、ずーっとあいつにあこがれてたんだ。ステージはいつも見てたし。あいつ、まっすぐ前を見ないんだよ。演奏してるとき。ベースをこーやって、腰のあたりにまでさげて、腕をのばしてひいて、あらぬ方に目を向けてるんだ。三白眼だから、客席からみると白目ばっか！」

なにか非常にたいへんなことらしい。スターとつながりができる、ということは。それがどんな形であれ。

「こういうタイプ、どう？」

女の子が、レイコにたずねた。レイコはジャケットをもう一度、見た。

「この、肩がカチッとしてるとこがいいわね。なで肩だったり、ぶくぶくふくらんでいるのはいやなのよ。首もかなり長いし」

「顔は？」

いやにしつこい。

「まる顔でひどくやせてて、いいんじゃない？」

「近くで見たい？」

さらにたたみかけてくる。

「見たい」とレイコは答えた。

身をのりだしていた女の子は、ゆっくりと後退した。「そりゃ、そーでしょうね。こんだけの美貌はめったにないもんね」などといっている。

男の子は、演劇的に虚空をながめた。それから、やおら女の子に向きなおって「おまえ、ジョエルの電話番号、知ってるだろ？」といってみる。

「まあね。たいしたことないけど」

なにがたいしたことないのか、まるっきりわからない。

「彼女におしえてやったら？」

「そうねえ……」

女の子はかんがえるふりをしている。「いいわよ、ほかならぬあんたのことだから」

なにがほかならぬのか、これまたちっともわからない。今夜知りあったばかりなのに。

「どこにあったっけ」などとつぶやきながら、女の子はバッグから手帳をだした。男の子が、すばやく、紙とボールペンをレイコのまえにさしだす。

「〇四五のねえ……」と、女の子は読みあげた。レイコは書きとった。

「いま、かけてみたら？　このあいだまで京都のママ・リンゴに出てたけど、もどってるはずだよ」

記憶によると、レイコはここで電話をかけることになる。九時半すぎだ。

レイコはダイヤルをまわした。やっぱり。その当の相手が出たらしい。男の子と女の子は、緊張してレイコを見つめている。

「あなたに会いたいんだけど」

レイコはかるくきりだした。男の子は、仰天した、というジェスチャーをする。

「まえに会ったことある?」

ジョエルは低い声でたずねた。

「ないわ、一度も」

「そう……じゃ、くる?」

「いまから?」

「うん。そっち、場所はどこ?」

「代々木上原よ」

「こっちはさ、石川町の駅のそばなんだけど。じゃね、十一時に本郷町のバス停。いいね?」

電話はきれた。

ふたりの昂奮に感染したレイコは、かすかにふるえた。

「やった!」

男の子が叫んだ。「一発で決めちゃったよ! たいしたもんだ」

なんだかおかしなぐあいだが、それはそれでいい。このときのことは、レイコはよくおぼえていない。

「あんた、しっかりたのむわよ」

グルーピー活動を引退した女の子は、次代のレイコをはげました。「かるくシャワーあびて、ちょっとお化粧なおしていきなさいよ。あたし、パールがはいったファンデーション、もってるから」

レイコは、彼らの好意をうけることにした。

髪をまとめあげて、タオルまでかぶせてくれるのだから。

温度を調節しながら、レイコは、自分の行く末はどうなるのだろう、とうすぼんやり思った。十八歳、浪人中。三流大学にもぐりこんで、OLになるのか。音楽事務所で電話番することになるのか。このふたつ以外にない、という気がする。

わたしは自分の未来を知っている。十年後を知っている。意識が未来からの干渉をうけているから、こんなにも、ふらふらしていてたよりないのだ。

一日あるきまわって、よごれきった足をあらう。ジョエルは待っている。でも、バス停じゃなくて……。バスルームをでて、化粧をなおし、香水まで借りた。

「上出来よ。まあ、これだったら、合格ね」

先輩グルーピーが保証した。


——切りはなすのがおそすぎたのか、と時間管理者がいった。

——いや、ちがいますよ。この女の子は、特別に強い影響をうけてるんです。ほかの人物は平気なんだし。

——もうちょっと、ようすをみよう。

——この時間後には、べつの未来をつけたさなければなりませんね。うまく接続すればいいのですが……。

——どんな未来でも、さっきのよりはましだろう。

——まあ、やってみます。不自然にならないように。


東海道線にカミナリが落ちたとかで、列車は一時間四十分おくれた。石川町の駅から、レイコはジョエルに電話した。

「さっきまで、バス停で待ってたんだよ。来なかったから、いまもどってきたとこ。連絡があると思って」

ジョエルは無感動な声をだした。

「ありがと」

十八歳のわたしは、グルーピーでもなんでもなかったんだ、とレイコは再確認した。音楽も、まるで知らなかったし。ちょっとはでずきの受験生、というだけで。

ジョエルは、大きな紙袋をかかえていた。ほっそりしていて、背が高い。百八十センチ、五十七キロ、といったところ。(このころ、二十二歳だったはずだ)

「なにがはいってるの？」

「洗濯してもらったものと、食べ物。あんたがかけたのは、おふくろのうち。これから、アパートへいくの」

ジョエルはあるきだした。

ロングスカートをはしょって、レイコもついていった。

商店街はシャッターをおろしている。なんだか、よろよろしたような街並みだ。

「すぐ、あんただってこと、わかったよ」

そりゃ、そーでしょ。ほかにだれもいないもの。しかしレイコは「会えてうれしいわ」と感激をあらわした。初会から「あんた」と呼ぶあつかましささえ、いい感じ。

「ヨコハマ、よくくるの？」

「ううん、はじめて」

「おれ、黒い服きた子かな、と思ってた。なぜだか知らないけど、寄ってくるのは、そーゆーのが多いから。それで、金のアクセサリーをはでめにつけてる。鎖だらけで、じゃらじゃら音がするんだ」

「いまでも、たいへん？」

「わりとね。でも、女の子はすきだから」

「悪い気分じゃない……」

「たいしてわるくはないね」

彼らの人気はとっくのむかしに落ち目だし、バンドも解散してしまっている。だが、伝説の美少年を、一目見たがっているミーハーは多い。

ジョエルは、バックスキンのスリッポンをはいていた。ズボンは細く、もちろん靴のうえですそをだぶつかせている。

「あんた、いくつ？」

ジョエルは無遠慮にたずねた。

「十八だったわ」と答えて気がついたレイコは「十八よ」といいなおした。

ジョエルは、気にしていないようだ。「二十一くらいに見えるね」などと。

この子には、精神性のない精神性がある。簡素化された（つまり単純な）性格らしいのに、エキセントリックな印象をうける。複雑でストレートなのだ。おかしな表現だが。

しかし、なんで、こんなに暗い気分なんだろう。二十八になったら、わたしは、もう一回自分の「青春」を再体験するはずだ。妙にはしゃいで。明かるい絶望感のなかで。

してみると、その当時は、沈んでいたのかもしれない。わたしの若いころは。あーあ、へんだわ。頭がおかしくなっちゃったのかしら。筋道っていうもんがない。まるで、ゴチャゴチャ。

ジョエルの横顔を見ると、それでもうきうきしてくる。（こーゆー感情のコントロール法は、ずいぶんあ

とになってから、獲得したもののはずだが)

まつ毛が、一・五センチ以上あるなんて、すてきじゃない?

異様に大きな目をかこんで、太く濃く密生している。ざわざわと、目ざわりなくらいに。虹彩はグレイがかった沈んだ青。外灯の下にさしかかると、どういうかげんか黄色くかがやくスクリーンみたいになった。通りすぎると、グリーンがはいった。ガラス製のようなうつろな目だ。

断然、有頂天になるべきよ。天にものぼる心地にね。そして、レイコは、即座に天にものぼるような気分になった。すっかり、ふわふわしてしまった。

(恋のサイケデリック・パートⅡ。なんで、Ⅱなんだ?)

「ひとりで住んでるの?」

ポワンとなってしまったわたしは、くだらないことをきいた。だれにもじゃまされたくない。これから、ジョエルとしんねこするつもりなんだから。

「先月まで同棲してた」

ジョエルは、かすかにわらった。

ほそい道にはいった。アパートについたらしい。よくひびく鉄の外階段に足をかけて、ジョエルはふりむいた。低くささやく。

「静かに」

彼は、ほんとうにしずかに、のぼっていった。わたしも足音をたてないようにと、神経を集中させた。

「鍵はかけてないんだ」

ジョエルはドアをひいた。

「いつも?」

「うん、めんどうだから」

窓はあけてあった。カーテンなし。

暗いなかで彼は荷物をおろし、蛇口から直接水をのんだ。わたしもそのまねをした。

ジョエルは明かりをつけずに、シャツをぬいだ。

(おかしなことがおこりませんように。ううん、だれかのじゃまがはいるっていうイミじゃなくて)

おかしなことって？

いまや、わたしは自分が何者かの手によって、時間のなかを動かされていることを知っている。その人物（かどうかわからないけど、そのものの）意志にさからわないように行動するしかない。

外灯の淡い光が、部屋のなかにおちてきている。

「どう、ごきげんは？」

ジョエルは、わらわないでいった。

「いいわよ」

彼はタオルをぬらして、上半身の汗をふいた。（あれはやっぱり、八月のことだった）

彼はベッドに腰かけて、タバコをすった。わたしは見つめていた。

「こっちへおいでよ」

ようやく彼はいった。わたしはすこし動いた。

「こわいの？　男まかせの夜だから。（と彼はうすくわらった）へんだね。いきなり電話かけてきたのに」

「ちがうのよ」

思いきって、いってしまおうか？

「なにが？」

しかし、時間がおかしいなんて、どうやって説明したらいいんだろう。口にださないほうがいい。

「おいで」

ジョエルがくりかえした。わたしは、彼とならんで、ベッドに腰かけた。

「クスリをやめてから、すこしふとった」

彼は自分の胸に手をあてた。「いやなの？」

「べつに」

「無愛想ないいかただね」

彼は顔を寄せて、ささやきかけてきた。まつ毛がうごくと、それがバサッと音をたてそうだ。目の色は、黄緑にグレイが濃くかぶさっている。

この男の子をものにして、それからほかのメンバーもやっちゃうんだわ、とわたしは記憶をたどった。

ほかのバンドの目ぼしいのにも手をつけて、そいでいっぱしグルーピーみたいな顔をする。それがわたしの決められたコースだ。

「ああ、レコードをかけよう」

雰囲気づくりを思いついたジョエルは、立ちあがった。「イギリスのあたらしいグループだよ。きっとすきになるよ。アメリカ人なんだけどね」

というと、なんだろう？

そのへんは、わからない。

ジョエルがもどってくると同時に、ストレイ・キャッツがかかった。わたしはそれこそとびあがった！

「ちがうわ、ちがうわ！」

つい叫んでしまう。

「なに？」

「だってこれは……一九八一年に発売されるレコードよ」

わたしはあえいだ。

「なにいってるの？『涙のラナウェイ・ボーイ』っていうのだよ」

「だから、それが……」

どうしたらいいのか、わからない。壁を見ると、うす暗いなかに、たしかにアグネス・ラムのポスターがはってある。

「混乱してるわ！」

わたしは、十八歳の女の子らしく、泣きだしてしまった。

「混乱してるのは、あんただよ」

ジョエルは腕をのばして、わたしを抱きしめた。とたんに、彼にも、うつったらしい。

「予定が狂ったんだ！」

彼は、ほとんど息だけで叫んだ。「どうなっちゃってるんだろう」

わたしは泣きつづけ、彼はかかえてくれた。涙がおさまると、彼はこの夜はじめて真剣な目になった。

「おれはいままでわすれていたんだよ。いつ、気がついた？」

「ずーっとさっきからよ」

「苦しかった?」

「ちょっとね」

「いまから出かけてみようか」

「たしかめたいの?」

「まず、カレンダー買って……店あいてないか」

「一九七一年に決まってるわ。だって、そのはずの世界なんだもん」

「そうか」

ジョエルは肩をおとした。

「ほかのひとに聞いてまわったり、したいんでしょ。だけど、むだよ。たぶん。ないはずの事件があるといったって、だれも信じない」

「おれもそーゆー気がするなあ。なんで、こんなふうになっちゃったの?」

「それは……原因はわかんないけど……ひとつには、これがわたしの現在であり過去であるからよ。わたしの時間だから」

そんなふうにいいたくはなかったのだが。

「あんたの見てる夢みたいなものかな? なんか、へんだよね」

ジョエルは、うまい言いまわしをした。

「そうね。それでさっきうつったのは、たまたま、心理的なボルテージがおなじくらいになったからじゃないかしら」

レイコは、不意に重荷がとれたような気がした。思いつめていた気分が、それたのだ。

「だけど、いいんじゃない? サイケデリックで。こーゆー映画あったら、いいね」

ジョエルは声をださずにわらった。

「それに……たったいまわかったんだけど、これはわたしの夢じゃないわ。つい五分ほどまえまで、わたしのだと勘ちがいしてたけど。夢っていうことばつかうんなら、夢見てるのはほかのだれかよ」

「おれはね、とにかく、たのしければいいわけよ」

ジョエルは、手の平をたてて、レイコに向けた。

「賛成」

レイコは、彼の手に自分の手をぴったり寄せた。「バーバレラ」でこんなシーンがあったっけ。

それから彼らはひとさわぎして、ねむりこんだ。朝、ハーフの少年はハム・トーストを焼いてくれた。いれたてのモカ・コーヒーつきで。彼は、レイコを駅まで送った。一晩じゅうセンチメンタルになっていたレイコは、あやうく涙をこぼすところだった。

「じゃあな」

わざとでもなくつめたくいったジョエルは、自分固有の時間のなかへ、帰っていった。


――どうやら、つなげられるみたいだ。

――しかたがないでしょう。この部分から切りはなすと、もっと以前にさかのぼらなくてはならなくなる。

――この女の子は知ってるだろう?

――まあ、なんとかうまくやりますよ。

――男のほうは?

――もう、わすれてるようです。気にしないたちだから。

――なんだか、やっつけ仕事みたいだな。

――いいんですよ、それで。登場人物というものは、なにが起こってもふしぎがらないようにできてます。

――スムースにいくだろうか。

――こっちのほうが、ほんとうっぽいくらいで。

3

玲子は、スカートのひだをなおした。

八月の金曜日の午後。ほかにすることがないから。こうして、喫茶店で待っている。

(サマにならないわね。会社の取り引き先の課長だなんて。えーと、どこのセクションだっけ？　こっちから電話かけたことがないから、わかんない)

相手も会社にはかけてこない。前日の夜、アパートに連絡がはいる。二週間か三週間に一度会い、もうとっくのむかしに、飽きていた。二カ月めがおわる。

(こんなにはやくいやになっていいのかしら。子供のころからうつり気だったけど、ひどくなったのは、路線を変更してからだわ。ルックスに徹底的にこだわる、ってのをある日急に意志的に、やめたんだもの。ということは、つまりこだわってるってことなのね)

渋谷の公園通りに面した五階。似たような女の子や男の子が出はいりしている。全員、どこか空気が抜けたような明かるい顔をしている。ハチ公前では、デートの相手にあぶれた男の子が、あせって通りがかりの女の子に声をかけていた。午後もこの時間になると、不安がつのるらしい。

渋谷は、相手の会社からも自宅からも遠い。場所の選定はわかるのだが、公園通りの店なんかを指定する神経がわからない。四十代後半の彼は、道をいく女の子と男の子の群れに、吐き気を感じないのだろうか。もっとも、のこのこ出てくる自分も、どうしようもなくみっともないが。

しだいに気持ちが沈んでくる。

電話をもらったときはうれしかった(ような気がする)。うれしいというか……まあ、たぶんそのように分類できる感情を味わった。それが、この店にたどりついたとたん、白くなった。

でも、待っている。

入口をながめて。

早くつきすぎてしまったのだ。くるとちゅう、大盛堂で買ってきた文庫本を、玲子はとりだした。「グルーピー」という翻訳小説だ。「栄養と料理」にしようかとまよったが、雑誌は大判なのでやめた。

読みはじめる。けっこうおもしろい。七〇年くらいの話だな、とわかる。もうちょっとまえか。「サイケな照明」とか出てくるから。

気がつくと、相手がきてすわっていた。

「十分おくれた」と彼はいった。「ごめん」

玲子は本をテーブルにおいた。書店がかぶせてくれたうす茶色のカバーは、はずしてある。

「グルーピー」

彼はタイトルを口にだして読んだ。「なんだい？　これ」

「つまり……ロックグループにつきまとって、スターと寝たがる女の子のことよ」

ことばが重い。ひっぱりあげるのに苦労する。

「へえ、そんなのがいるの？　最近では」

無邪気におどろいている。これで、顔がマシならねえ。多くは望まないからさ。

「むかしっからよ。以前のほうがずっとたくさんいた」

「初耳だなあ。で、なんのために？」

「仲間の女の子にイバれるのよ。そうなったら」

ウェイターがおしぼりをもってきた。彼は手をふき、盛大に顔もふいた。

「そうなったらって……女の子のほうから、誘ったりするわけ？」

「そうよ。当たりまえじゃない」

玲子はわらった。

「レイコー」と彼はいった。ウェイターが身をかがめて聞きとろうとすると「アイス・コーヒーのことだよ」

といいなおす。ウェイターは遠ざかった。

「関西ではレイコーっていうんだよ」

うれしがって注釈する。アとホの二文字《ふたもじ》。

「知ってるわ」

「きみの名前とおんなじだね」

冗談のつもりかしらね？　これでも。本人はよろこんでいるけどさ。

「すると、男はかならずなびくだろう。よろこんで」

グルーピーの話のつづきだ。

「そんなことはないわよ。競争相手がいっぱい、いるんだもの」

「えっ？　そんな女の子が大勢、いるの？」

「うじゃうじゃと集団でね」

なんだかくたびれてくる。非常に。

「いいなあ。音楽家って、そんな役得があるのか。ぼくもなればよかった。もっとも、素養がないけど」

あっても無理でしょう。顔と年が。

「もてたいわけ？」

ききかえしてみる。

「いや、ぼくはこれでも、けっこうもてるんだよ。MMKっていうくらい。もててもてて困るってイミだよ」

すなおっていえばいえるかもね。そうやって顔をちかづけてきてうちあける邪気のなさは。しかし、わたしは、なんでOLなんかになっちまったのかしら。まわりにいる人間が、つまらなすぎる。グルーピーの足あらって、がんばって大学はいったけど、いいことはまるで、ない。

「なんかの雑誌で読んだことあるけど、外人タレントがくると、空港へ女の子が出迎えにいったりするだろ？あれをグルーピーっていうの？」

「単なるファンの場合が圧倒的よ。いちおう序列があって、それがしょっちゅういれかわるみたいだけど」

あまりくわしくない。

「しかし、わからんなあ。どういう心理だろう。女の子がねえ。男に愛してもらえる保証は、ないんだろう？」

玲子はだまっていた。本をバッグにしまう。その指がカセット・テープにふれた。

「持ってきたのよ、これ」

出して、見せる。

「仕事の？」

「音楽のテープよ」

「ふうん。それ、きいてるの？」

当たりまえでしょ。きくためにテープつくるんだから。

「ぼくのすきな曲はね『なぜか埼玉』このあいだ若い連中と飲んだら歌ってて、気にいっておぼえた」

「ずいぶんおそいのね」

玲子は、いやみにならないようにかなり気をつけて、わらった。

「失踪してるんだって?」

「さいた・まんぞうでしょ? もう見つかったわよ、とっくに。フォー・ライフなのよ。あそこもねえ、ここんとこ色ものばっかり。ぼんちをだしてから」

口にだしてから、この相手にはわからない話だろう、と思った。だが、彼は気にならないようだ。バカだから。

アイスコーヒーがきた。彼はストローで吸い、吸いおわるその直前にくちびるで音をたてた。二回めに気づいたのだが、ものを食べるときも、ペチャペチャと音をたてる。思いかえすと、急に、神経がささくれだってくる。

それをはらいのけて「どこへいくの?」

にっこり、だもんね。なんてわたしはじょうずなのかしら。しかし、なんのために、こんな演技をしているの?——答え——金曜日にひとりでいたくないから。

「そうねえ。出てみる?」

彼は伝票をつかんだ。

「きのう、わたしの誕生日だったのよ」

つまんないことをいってしまった。

「いくつになった?」

彼はあるきながら、こちらに首をまげた。きたない曲げかた。画面的に美しくないと、やはり、わたしはダメなのか?

「二十八よ」

「ふうん。ぼくが四十八だから、二十歳ちがいか。うん、ちょうどいい」

なにがちょうどいいのか、わからない。男はひとりで納得している。玲子は先にガラスの外へでた。男を待って、エスカレーターをおりる。

通りへでると、女の子たちがうようよしていた。

「にぶそうなからだつきの子が多いわね。ふとってるっていうわけじゃないんだけど」

「にぶそうなからだつきって、どういうの?」

そうか、このひとには、いちいち解説しなきゃいけなかった。

「うどんっていう食べものがあるでしょう?」

「あるね」

「あれ、にぶそうじゃない? おそばにくらべて。うどんのような女、とかさ」

「そうか……じゃあ、そばのような女って、どんなタイプ?」

いったい、なにをかんがえてるんだ。

「あなたって、観念がかならずシンメトリーね。正・反・合というような。論理的思考なのね」

「そうだよ」

彼はわらった。この男はわたしといっしょにいて、楽しいんだろうか。もしそうだとしたら、いったいなにがうれしいのか。

「さて、どこへ行こう」

「最近の渋谷はわからないのよ」

「最近じゃなくてもわからない。新宿いこうか」

それでは、わざわざ渋谷をえらんだ意味がない。「新宿だったら、ぼくの知ってる店もあるしね」

もう、この時点で玲子は投げていた。まあいいや式思考に切りかえたのだ。

ナウい女の子の団体からのがれることが(ひとまず)できれば、それでいい。

ふたりは駅に向かってあるいた。そのあいだは無言。この男は、コミュニケーションに欠けた不気味な沈黙の中にいて、それが平気なのだ。ふつうなのだ。角のブティックのまえの舗道から身をのりだして、彼はタクシーをとめた。その姿をつい、観察してしまう。見ると、その結果の感想がうかびあがってくる。

(ずいぶんチビだなあ。わたしとおんなじ身長だよ、こりゃ。脚はこの男のほうがみじかい。でも、デブじゃないからいいや)

自分があまり幸福ではない境地におちいっている、ということが、にぶい痛みとともに、わかった。玲子はそれを自らの感覚のせいにした。美知子みたいな感受性をもっていれば、それなりに満ちたりていられる。同僚の美知子は、どんなとんでもない相手でも(彼女のことばを借りれば)好きと決意したら、好きになれるのだ。

共同戦線をここ何年か張っていた玲子は、美知子にこの男のことをうちあけた。女の友情ごっこは二年ほどつづいている。

タクシーがとまって、ドアがあいた。玲子は先に乗りこんだ。彼も身軽に乗った。ハチ公横のガードをくぐって、クルマは明治通りを走りだした。

カー・ラジオが鳴っている。ＹＭＯだ。曲は「ライディーン」。吐き気がする。玲子のアパートのちかくの商店街では、スピーカーからこの曲を流している。これしか流さない。ここの放送局には、ほかのレコードはないのかと怪しみつつ、八百屋でさつまいもを買うあいだ、立ちどまってきいていた。一回おわったと思ったら、またくりかえした。そーいえば、キャニオンの企画ものに書いてあったバンド名がＩＭＯ。イモと読むのかしら。アルバム・タイトルは「テクノそれなりに」

原宿の交差点にさしかかって、クルマは赤信号でとまった。「東風《とんぷう》」がはじまった。

「ＹＭＯって知ってる？」

いやな沈黙が耐えられなくなるのは、いつでも玲子のほうだ。

「いや、なに、それ？」

「いまかかってる曲がそうなのよ。バンドの名前よ」

「へえー」

のれんに腕押しっていうの？　こーゆーの。

「なんかの略なのかね？」

「イエロー・マジック・オーケストラっていうの。坂本龍一ってひとがきれいな男でね」

「イエロー・ミュージック・オーケストラね。ひとつおぼえた」

あーあ。訂正してあげたほうがいいのかね？　こんな場合。

しばらく沈黙。今度はうんざりして。

「しかし、きみは音楽にくわしいね」

「だれでも知ってることよ」

ため息をださないように努力する。

信号が変わった。なにげなくうしろを見た玲子は（あれは、真彦が出演したことがある店だ）と知った。

真彦？　マサヒコって、いったいだれ？

その名前には、イメージがくっついている。昨夜のうすれかけた夢のように、はかなく。しかし、記憶にはない。いつ、どこで会ったのか、どんな知りあいだったのか。

真彦は「恋のサイケデリック」といった。

（いつ？　どこで？）そのことばには、おぼえがある。

玲子はカセット・テープをだして、そのレーベルを見た。「恋のサイケデリック」デイビーズ。……曲名だったのか。

新宿がちかくなった。

男がしゃべっている。「……なんだよ。だから時間というものはね、人間が発明したんだ」

気がつかないうちに、玲子は「時間」について、質問していたらしい。「ああ、そうなの？」などと調子をあわせている自分の声がきこえる。

「時間は、観念のなかにあるんだ」

「わたし、なんで時間のことなんかきいたのかしら？」

口にだしてしまった。

「なんでって……」

相手は困っている。

「いまね、意識がもうろうとしてたのよ。ほかの世界と接触したみたいな……へんじゃなかった？」

「いいや、気がつかなかったけど」

この男にきいたって、わかるわけがない。

「観察力がないのね」

すこしばかり意地悪になった。

「そうかな」

「ひとに気をつかわないのね」

「いつも女房にそういわれる」

「いまの、冗談？」

「いいや。事実を述べただけです、お嬢さま」

これは（彼の）ジョークのようだ。ようだ、というのは、全然なんにもどこもおもしろくないから。

「だけどねえ、女の子なんかいってるよ。『あんまり気を使いすぎる男性は、こっちが疲れちゃう』って。だから、ぼくなんかいいんじゃないの？」

「それは、その女が鈍だからよ。頭の回転のはやいひとについていけないのよ。あるいはまた、その女が知ってる相手の気のつかいかたが、雑だからよ。いつでもだらだらしているのが好きなんじゃない？　その女」

こんなことをいわなきゃいいのに。傷つけるつもりはないんだから。しゃべりおわってから、男をじっと見る。傷ついたかな？

だが彼は前を向いて、運転手にはなしかけている。「あ、そこらへんでいいよ」

ゴールデン街まであるいた。

真彦。彼はミュージシャンだ。たぶん。真彦のマンションは西新宿にある。

「えーと、どこの店だったかな」

男は玲子のまえを、ふらふらとあるいている。後のポケットに手をつっこんだ、そのかっこうがぶざまでいやだ。しかも、例のサラリーマンのズボン。ベルトレスで、前でボタンでとめるタイプ。グレー地の絵柄的にきたたないチェック。すそ幅二十六センチ。その昔のラッパ・ズボン。上は、大っきらいな、ワンポイントつきのポロシャツ。（わたしって、どうしてこうなんだろう。じつに心がせまい。かといって、そのことが悲しいかといえば、全然悲しくない）

真彦だったら、とまたかんがえてしまう。真彦の立ちふるまいは洗練されている。おかしないいかただが、エレガントなのだ。注意ぶかく軽くすばやく、ものにさわる。

カチッ、カチッと頭の中で音がした。だれかがテレビのチャンネルを切りかえたような。カチッ。

ふたたび接触があった。

真彦はなんということなしに、玲子に向かってわらっていた。

カチッ。

男が三メートル先で、ふりむいていた。片手はポケットにいれたままで。ふしぎがっている。玲子は追いついた。

「いまね、わざと立ちどまってみたの。そうすると、ずうっと向こうまで行っちゃうようなひともいるのよ」すらすらと、ウソが出る。

「へえー？」

男は、すなおに感心した。

ママひとりの店だ。

「ここはね、このあいだ、若い連中ときたんだよ」

椅子をひき寄せながら、男はいった。ならんですわる。バッグをそばの椅子に置く。

カウンターの端に、ちゃちなラジカセがあった。

「テープかけてもいいですか？」

玲子はたずねた。

「それはね、ふつうと逆なの。そう。そういうふうにいれるのよ」とママ。

ものがなしい「夕陽と共に」が流れた。

「あら、これ、ずいぶんまえの歌じゃありません？」

水割りをつくりながら、ママが目をあげた。

「そう」

「どんなのがはいってるの？」

彼はレーベルをのぞきこんだ。「みんな知らないのばっかりだな。あっ、知ってるのがあった！　これ、かけて、かけて」

真彦はおとなっぽいのに、この男は……。

その感想文をふりはらって、玲子は「なあに？」とたずねた。いやみなやさしさで。

「ケメ子の唄。これ大すきなんだ」

玲子はだまって立ちあがって、テープを早送りにした。それが流れているあいだじゅう、男はうれしそうにしていた。

「うん、いいなあ、いい、おもしろい」

わたしはちっともおもしろくない、と玲子は思った。こーゆーものをおもしろがる、という感受性を、積極的に軽蔑している。スネークマンショーの「これ、なんですか？」が最高だ、といっていた男子社員をバカにしたのとおなじ心理だ。

曲がおわると、彼は「もう一度」といった。叫びだしたいくらいなのに、所望されたとおりにする。

「だったら『帰ってきたヨッパライ』もすきでしょ」

ためしにきいてみる。

「うん、あれ、よかったなあ！」

「わたしはちっともよくないわ」

「どうして？　おもしろいじゃない！」

「だって、コミック・ソングだから。ひとをわらわせるためにつくってるからよ。まじめにやってて、それこそいっしょうけんめいに本人たちはやってるけどわらえる、ってのがいちばんおもしろいわ」

「たとえば？」

「アリスとか」

「それ、マンガの主人公でしょ？　『不思議の国のアリス』っての。ぼくも、くわしいなあ」

「『アリスだよ、全員集合』とか。テレビで」

「そんな番組あるの？」

「ないよ。ギャグだよ」

「なあんだ」

水割りと、らっきょう漬け。

「美知子がつきあってたのは、すごく背の低いひとなの」

話題がないから。

「美知子って、ああ、知ってる」

「それでね、わたしは悪意のかたまりだから、ほかの女の子といってるの。『いやーね、あんなのとつきあうくらいなら、舌かんで死んじゃうわ』とか……」

自分もこんな男とつきあってるではないか。背丈と社会的地位の点では、上かもしれないが。

「それで？」

相手がうながすので、しかたなくつづける。

「『この世に、あれしか男がいないとしたら、アタシ、一生処女でいるわ』なんて。ふたりいっしょにいってるの。もう完全、そのつもりになっちゃってさ。一分ぐらいたってから、同時に気がついたわけ。『あら、処女じゃなかったわ。よくかんがえてみたら』って。一分たたないと、気がつかないの」

「玲子は処女じゃないの？　ぼくはそうだとばっかり信じてた」

死にたくなるような冗談いわないでよ！　ママは迎合的にわらってるけど。この場にけり倒して、おそろしい勢いで、この店を走り出たい。

だが、なぜか、そうしてはいけないような気がした。けり倒さなくても「帰る」といえばそれですむのに。頭の後に無言のだれかがいて、してはいけない、と指令をだしている。プログラムがあるのだ。なにかの。

「行こうか」

男は立ちあがった。

私鉄駅の始発となっている建物に組みこまれたホテルに、予約しにいくのだ。いつもそこをつかう。

玲子は、とっくに止めていたカセット・テープを回収した。このなかに、なぞがある。なぞを解く鍵がはいっている。

「なにか食べないの？」

あるきながら、玲子はいった。

「ぼくは、食べものは、どうでもいいんだ。わりと少食でね。だからやせている。太りたくないしね。肥満したやつ見ると、嫌悪があるね。あんなふうに、みにくくなりたくないんだよ。わかる？　ぼくは二十五歳のときのズボンがはけるんだよ。食欲は、つよくないんだ」

「色欲だけ？」

玲子は、前を見たままいった。

「あのね……」

今度はずっこけたようだ。ザマミロ。美知子にしろ、この男にしろ、本人には悪意はないのに、玲子はイライラする。その感じを他人にうまく説明することは、できない。

「いったい、きみは、どんなタイプの男とつきあってたの？」

しまうのに。

グリーン・グラスのジョエル。本牧まで彼に会いにいった。ジョエルのアパートへつれていかれた。それから……なにかが起こったのだ。十年まえのことなのに、よくおぼえていない。彼は光り輝くスターだったのに。死ぬほど、あこがれてたのに。いまでも、当時のジョエル（の写真）を見ると、感動の長い息がでてしまうのに。

「むかし？」

「そう、若いころ。いまでも若いけど」

男は、余計なことをつけくわえた。

「ものすごくきれいな子よ。グルーピーの一種だったの」

「面食いだったの？」

「そりゃ、もう！」

本牧でなにが起こったんだっけ？　ふたりして、あの部屋で……ふたりして……こわがったのだ。なにを？

「じゃあ、好みが変わったのかな？　ぼくとつきあってるってことは」

相手がなにを期待しているかは、わかる。

「さあね」

玲子はそれをかわした。

「だってさ……」

「年上は、はじめてよ」

「ほんとに？」

その、ほんとに？　といういいかたは、彼の会社の女子社員の口ぐせがうつったんだろう。にィーと語尾をひっぱるところをみると。

「あ、ちがった……真彦はひとつ上だわ」

「ぼくの前の恋人？」

じゃ、なに？　あんた、わたしの恋人のつもり？

「ううん」

玲子は首をふった。どうやってごまかそうかとかんがえる。「じゃなくて、前の前の恋人」

そういうことにしておこう。いやらしい、少女っぽい言いかたになってしまったが。

ホテルの入口がわからなくて、男はうろうろした。地下のティールームをたまに利用する玲子にはわかっていたが、黙ってついてあるいた。二階へ行き、三階へ行く。

「ここ、きみと泊まったことあるのにねえ」と彼はのんびりと。まったくもう！　どうしてこうドジなんだろう。そこに新式のポットがあったら、どうやってお湯を出すのか、この男には決してわからないだろう。百年たっても。

しかし、頭の後の不安な指令が、その状況にあわせろ、といっている。

やっと入口を見つけて、（玲子が教えてあげて）彼らはフロントへおりていった。

カウンターへ近寄って、男は「ふたり」と告げた。

「ツインのお部屋しかございませんが」

ホテルマンがいう。

「それでいいです」

「料金は一万五千円です。二万円おあずかりということになっております」

男はカネをはらった。

「ではここにお名前を」

男はサインした。玲子は二メートルばかりうしろから、それを見ている。

「……さまでございますね？」

聞こえなかった！　二秒ばかり、その男の名前の部分だけ、空白になった。

不安にとりつかれた玲子は、すすみでて、そのサインを見ようとした。そのまえにホテルマンは紙をひっこめ、キイをわたした。

この男にだって（だれにだって）名前があるはずなのに！　わたしはそれを知ってるのに！

男はエレベーターにあるいた。夢遊状態で、玲子はそのあとにしたがった。

問題の核心にちかづいている。まず、時間が……それから、このホテルに……。

「二〇〇三号室」と男はいった。

「二〇〇三号室、夢中の旅」と玲子はつぶやいた。あまりにおもしろくないので、自殺したいような気分だった。

エレベーターがひらき、彼らのほかに男女のふたりづれが乗りこんだ。

わたしは真彦を知っている、と玲子は確認した。だのに、なぜ、ここにいっしょにいるのが真彦じゃないんだろう。

エレベーターは上昇していく。

二十階へおりたとき、玲子は頭の中で回路が変わるのを感じた。この階へきたことがある。二〇〇三号室は東口を向いていたはずだ。部屋のならびとして。どうして、こんなささいなことをおぼえているのだろう。

部屋にはいってカーテンをあけると、西口の風景が見えた。

「世界が反対になっちゃったわ！」

窓べに立って、玲子は叫んだ。「この部屋は廊下をはさんで向こう側にあったはずよ。ちゃんとおぼえているわ」

「それがどうしたの？」

男は靴をぬぎながらたずねた。

「だって、三角ビルが見える！」

「記憶ちがいだろう。ギャアギャアさわぐことじゃない」

「真彦といっしょに見たのよ！」

玲子はバカ声をだした。自分はまちがった世界へきてしまった。ガラスにひたいをつけて、涙をこぼした。

「どうしたんだい、さっきから」

「わたしには合わないのよ、この世界は」

いまわかった。はっきりと。

ジョエルも、あのとき気がついたのだ。時間がおかしい、ということに。だが彼は、じつに巧妙にそれをわすれさった（のだろう）。

「急に鬱になったの？」

さすがに、すこしは気をつかっているようだ。

「こんな時間のなかにいるくらいなら、死んだほうがいい！」

玲子はガラスを押した。だが、破れるわけがない。

「おい、おい、しっかりしてくれよ」

男が後から、肩に手をかけてきた。

玲子は乱暴にふりむいた。ひたいとひたいがぶつかった。男はふざけて、うしろへよろけるふりをした。

「じゃあ、いってやるわ。あなた、かんがえたことない？　あなたには、なぜ名前がないの？　一度でも、それに気がついた？」

男の顔色が変わるのには、ずいぶん時間がかかった。

「なぜ名前がないかっていったら、それはこの世界が急ごしらえだからよ！　わたしは知ってるの。空からイクラがあらわれてね、あの三角ビルにつめこまれるんだわ。それを、見えないだれかが、食べちゃうのよ。その光景を、真彦のマンションで、彼といっしょに見てたんだわ」

男が、床に倒れかかった。たぶん、衝撃で。

「ぼくは、湖の底に住んでたんだ。そこに何万年も。ただ、観念的なことだけかんがえて。そうだ。時間についても、ずいぶんかんがえた……」

ふたりは蒼い顔をして、床にすわりこんだ。


時間犯罪者は、永久消去の刑をうけた。彼のクローンをつくることは、禁じられた。

想い出のシーサイド・クラブ

海岸通りには、陽光があふれていた。

男の子や女の子たちは、イチョウ並木の下のベンチでソフトクリームをなめたり、ローラースケートでジグザグをかいたりしている。赤と白のパラソルは、ホットドッグの屋台だ。

デニムのスカートのポケットに両手をつっこんだわたしは、口笛を吹きはじめた。低音がかすれる。無理にだそうとすると、音程がふらつく。速い曲は、ひとつひとつの音がうまく区切れずに、ひとつながりになってしまう。

気分ではないけれど、ブルースにかえた。すこしぐらい音があやしくても、ラストまでいけるから。

毎日がたのしい。

たのしくて、わらうしかない。

しかし、そうしょっちゅうわらっているわけにもいかないので、わたしは一日じゅう歌をうたっている。

ここにきてからは、ずっとそうだ。

背後からきたバスがとまって、エミがおりてきた。大きく手をふって、かけよってくる。

「どこへいくの?」

わらった彼女のカーリーヘアを、あたたかい風がなぶっていく。潮のにおいがする。

「『シーサイド・クラブ』よ」

「あ、あたしも」

ヨコハマのはずれにあるそのスナックの看板には「やすらぎ」と書いてある。日本安楽死協会みたいね、とわたしはいい、別の名前で呼ぶことにした。この地区だって、たいていのひとは単に「海岸通り」と総称する。なかには「渚通り」と呼ぶ者もいるらしいが、どういう感覚をしているのだろう。

ニューグランドホテルを横に見ながら、エミとわたしはゆっくりあるいていった。

頭のなかのメロディーは進行している。今度は口笛ではなく、鼻歌になった。

「それ、なんていうの?」

エミが顔をのぞきこんだ。

「わからない。テーマにもどってみないと」

リード・ギターをたどるのをやめて、わたしはこたえた。すぐにまたはじめる。エミはオルガンらしき楽器のまねで参加した。セッションは、えんえんつづいた。

「シーサイド・クラブ」のまえにきても、おわらない。全体に、ややゆううつというかシリアスな感じになったが、とちゅうでうちきるのもつまらないので、立ちどまってつづける。やっとのことできっかけをみつけて、ふたたびテーマにはいる。彼女も知っている曲らしく、どんどんとばす。なだれのように（とふたりは信じていた）エンディングにはいった。おわった。と思ったが、わたしはポーズをきめたくて、フレーズをひとつつけくわえた。楽器をもてば「闇のなかの口笛のように、長くするどく尾をひいて消えていくギター」になるはずの音を。

「なんだっけ？　これ」

スナックのガラスドアをおしながら、わたしはたずねた。

「I can't keep from cryin' sometimes」

エミは、低くこたえた。

泣かずにはいられない。そうだ、たしかに。しかし、なんだって、こんなタイトルの曲がうかんできたんだろう。

だが、いつもの習慣で深くかんがえずに、カウンターに向かった。

「外、とってもきれいだったわよ」

マスターにはなしかける。

「ここは、いつもそうですよ。みんな、はじめは満足感にひたってます」

彼は冷静にいった。

「どうして？　あそんで暮らせるのに」

わたしはクジにあたったのだ。なんの気なしに買ったティシュペーパーについていた（のだと思う。ここでの生活は、あまりにもふわふわしていて、それこそティシュペーパーみたいなので、以前の記憶はなんだかぼんやりしている）。

「でも、あきると思うんですよね。マトモなら」

マスターはときどき、説教調になる。

「いつまでいてもいいんでしょう？　いつでも地球にかえれるんでしょ？」

エミは紙ナプキンをいじくっている。

「そういうことになってますけど。かえりたいですか？」

「ううん」

エミは頭をふった。「ここへきてから、まだ半月だもの」

「半年っていわなかった？　まえに」

わたしは彼女にたずねた。

「いわないわ」

彼女はすこしかんがえて、やさしく「あなたの聞きまちがいじゃない？」

そうかしら。だって、わたしがここへきて約半月で、彼女はそのまえからいるというのだから……。

「ビールでいいですか」

マスターがいった。

「注文するの、わすれてたわ。そうね。小さいグラスでください」

ラッパ型のうすいグラスをカウンターにおき、つづいてセンをぬいたビンをマスターはだした。エミはそのようすを、じっと見ている。わたしがアルコールをのむときは、いつもそうなのだ。

「昼間だから……なにかのジュース」

彼女は、ゆっくりといった。

クジにあたったのではなく、彼女は転地療養にきたのだという。この星の大気のほうがからだにいいから。

二十五歳だというけど、いままでなにをしていたのか、わたしは知らない。

「音楽えらんでよ」

かんがえごとをしているらしい口調で、エミがしずかにいった。わたしはジュークボックスのそばに立った。ボタンをおすと、ちいさなスクリーンに曲名と番号がうつり、それが移動しながら上にきえていく。放送局のレコード資料室分くらいの量はある。わたしはボタンをおしつづけた。めんどうになったので適当に三曲ばかりつけくわえ、カウンターにもどる。

「ジャンルは?」

エミはひじをついていた。

「リズム&ブルース」

「いー趣味」

「ルシール」をうたっているのは、金属的なあまく高い声で、女か少年かわからない。わたしはしばらく、その英語の発音にききほれた。東洋人がうたっているみたいだが、RとLの区別がきれいすぎる。

ビールをひとくちのみ、グラスをおいた。エミはつよい目で、わたしの手もとをながめている。

「ママがね……」

ようやく彼女は口をきった。「アル中だったのよ。朝からお酒をのむの。アルコールがはいってさえいれば、なんでもいいわけ。味なんかすきじゃない、っていうのよ。ちっともおいしいとは思わないって。でも、すこし酔ってくると、不安がうすれてくるんだって」

マスターは注意ぶかくはなしをきいている。いや、彼はいつだって誠実なのだが……エミがしゃべりはじめると、かすかな緊張感がその顔にあらわれたようだ。

「毎日やめようと思ってて……でもつい、手がのびちゃうんだって。ある日、中味がはいったままのお酒のびんを全部すてにいったわ。あたしもついていったの。家へもどると、うれしそうに『もう、これで、ゼッタイやめるからね』っていったわ。だけど、二時間もたつとそわそわしてくるの。『寝るまえにのむ分だけ、ほんのちょっと、のこしとけばよかった』って。そしてまた買いにいくのよ」

エミはながい息を吐いた。眉が寄せられている。ポケットからハンカチをだして、彼女は手のひらをぬぐった。

「それで」とわたしは、できるだけさりげなくきいたつもりだ。「ママは、あなたになにかしたの?」

エミの顔が空白になった。不意をつかれたみたいだ。

「ごめん——わたしはなにも……」

そんな意味でいったんじゃない、といおうとして口をつぐんだ。じゃ、いったい、どんなイミなのだ。

「いいのよ、べつに。つまり、男のひとの酒乱みたく、あばれるんじゃないかってこと? それはなかったけど……パパが仕事にでかけると、酒びんとグラスをもって、またベッドにもどるのよ。気分がわるいときは、一日じゅう、そうしてるわ。夕方になると、食事のしたくをはじめようとするけど、ふらふらしてるから、あぶないのよね。包丁をとりおとしたりして。そんなときは『からだのぐあいがわるい』とウソをついて、また寝てしまうわ」

エミはハンカチをひたいにあてた。

だまっている三人のあいだを「ショット・ガン」がはねていった。

「なんで、こんなことをいいだしたのかしら」

曲のあいまに、エミがつぶやいた。

「わたしがビールをのんでたから」

「そうね」

「これからはもう、あなたのまえでは、アルコールのまないことにする」

「そこまでしたら、気のつかいすぎだわ」

「でも、おかあさんのこと、思い出すでしょう」

「そうなのよ。ふしぎだわ。ここへきてすこしたってからなの。しきりに母親のことが……」

ドアがあいて、手伝いの女の子がはいってきた。マスターはエプロンをはずした。彼はいつも、ほんのすこししか働かない。それで経営がなりたっていくのだろうか。

「今夜はどうするの？」

わたしは話題をかえた。マスターは帰りじたくをはじめている。

「『金曜日の天使』へいく」

エミは、ふうがわりなディスコティックの名前をあげた。

「うわー、いいな。わたしもいこうかな」

内部が古風で気にいっている。厚いカーペットの床がところどころ盛りあがっていて、そこが椅子になっている。かかる曲も、流行のばかりではなく、とんでもないものがある。このあいだは「まるでやる気がございません」とかいうのがはじまって、さすがに呆然とした。それにコドモはいない。

とはいうものの、この星には十五歳から二十五歳前後までしか、いないみたいなのだ。

「それに、あそこへいったら、ナオシに会えるかもしれない。だいたい、いつもきてるから」

エミはかるくつけくわえた。

わたしは顔が熱くなるのを感じた。名前をきいただけで、心臓がはやくなる。

「かわいいわね」

エミはわらった。「話ぐらい、したの?」

「まだよ」

わたしはもがくように頭をふった。

「進展には、時間がかかりそう?」

スカーフをまきながら、マスターがいった。わたしはビールのグラスをにぎりしめている自分の手をながめていた。

「わかんないわよ。急転直下だったりして」

エミがいった。

この星におりたって、十歩あるかないうちに、わたしは彼を発見した。ナオシは、ほかの女の子の出迎えにきているらしかった。あのときの胸さわぎはいまも——そうだ、たしかに胸さわぎだった。ときめきではなく。

どこかで見たような気がした。

しかし、そんなはずはない。

あの子ほど美しかったら、一度見たらわすれるはずがない。それに見たというより、かかわったような気がするのだ。

「親密だった、という感じがしたのよ」

わたしは、ぼんやりといった。「でも、そう感じている自分に、よそよそしさを感じたの。おかしないいかただけど」

「あなた、いくつ?」

エミはジュースをのんでいる。

「十九よ」

「ふうん、だったら『もう一度人生を』っていうことはないわね。うちのママは、一時期しょっちゅういってたわ。『もう一度人生を』って」

「そんな歌があったわね」

「歌のなかには、なんだってあるわ。こういう歌詞だってあるわ。『ほんとうの愛なんて、歌のなかだけよ』って」

エミはだまりこんで、女の子がだしたナッツをつまんだ。

「あなたのママがそういったのは、いくつのとき？」

「三十六よ。彼女にとっては、それがひどい年齢だったわけ。二十五歳からやりなおしたいんだって」

「なぜそう具体的なの？」

「二十五で結婚したからよ」

わたしたちは、ふたたびだまりこんだ。

そのあいだに、マスターは帰っていった。ジュークボックスは歌いつづけている。「愛のおわりはからだにわるい」と。

「ごめんなさいね」

すこしして、エミがいった。「このごろ、あたし、へんなのよ。やたらにむかしのことを思い出すの。それも、へんになまなましく。たとえばママのことなのに、自分の苦しみみたいに」

「ひまだから」

わたしは銀のブレスレットをいじった。エミもおなじものをしている。これについている小さな板が、キャッシュカードみたいな役目をする。この星にいるかぎり、支払いはフリーになる。女の子やマスターはしていない。

「ひまだと、妄想におちいりやすいわ。たしかにね」

彼女は、もっとべつなことをかんがえているようすだ。

死んでしまいたくなるようなかったるい曲がかかった。ジュークボックスのスクリーンをふりかえると「絶望の人生」というタイトルがでていた。ポール・バタフィールド・ブルース・バンド。

「なにかつくります？」と女の子がたずねた。

バスでヨコハマをでた。夕暮れがちかい。

「つぎの停留所はどこ?」

後部座席にすわって、わたしは外をながめていた。

「ヨコスカよ」

エミはでまかせをいった。

「服を買いたいのよ、わたし」

「だったら、おりる?」

「でも、乗ったばかりだから」

空の青みは濃さをましている。息をしてはいけない、と思わせるほどに美しい。わたしは窓にかじりついて、ガラスの外を見つめた。陽が沈みかけている。陽に照らされた建物の一部は、それぞれ切りとったように平坦に均一な黄色だ。黄色が輝いている。おさえられた、だがつよい輝きだ。

「街がこんなふうに見えるなんて知らなかったわ」

手の甲になにかがおちた。涙だった。わたしはびっくりして、エミをふりかえった。

「はじめてだわ。景色を見て泣くなんて」

彼女はポケットからティシュペーパーをだして、わたしの鼻にあててくれた。

「ここへくると、みんなすなおになるみたいよ。感情的に。働いているひとは別だけど」

エミは悩ましそうだった。わたしは鼻をかんだ。そういえば、泣き顔をひとに見られたのも、子供のとき以来、はじめてのようだ。

「ここの大気には、ノスタルジックな気分をさそうなにかがあるみたいだわ。きてよかったと思う?」

「もちろんよ!」

わたしはつよくこたえた。彼女にはまだうちあけてなかったが、わたしにはこの年まで、友達がひとりもいなかった。単に内気というだけではすまされない、重大な問題だった。なぜひとにきらわれるか、おぼろげにはわかっているくせに、それをみとめたくなかった。他人がきらいで、だれをも愛したくないんだ、と決めつけて安心しようとしていた。

だが、エミと二回会っただけで、彼女にひきつけられてしまったのだ。それにナオシのことも……。

「買い物する?」

「ああ、そうね」

「このつぎあたりで、おりましょう」

バスからおりても、魔法は消えていなかった。地上は、胸がしめつけられるほど美しかった。あまい春のにおいがする。

太陽の最後の光が、ビルの高い所をひらべったく染めていた。ふりかえると、中華街の門がみえた。

「むかし、香港生まれの男の子とつきあってたわ。苗字はねえ、ローとかいったわ」

口にだしてから、びっくりする。そんなはずはないのだ。地球での生活は、学校と家をいやいや往復するだけの毎日だった。だとすると、これはだれの記憶だろう。

「どんな子だった?」

「オカネの計算がしっかりできるひと。ケチってイミじゃないのよ。世界が整理されてるの。そして、とてもロマンティック」

「ふうん、じゃあ、ものすごくいやらしいわね、きっと。精神的なタイプだから」

エミの洞察力にはいつも感心する。

「そうよ。前世のできごとみたいな気がするけど」

「いつもポーズつけてなかった? それで保護本能がつよいのよね」

「う……でも、愛されなかったから、保護の恩恵はうけなかったわ」

ローのつりあがった目にぼうっとなったのは、二十四のときで……わたしはいつ、他人の人生をひきうけてしまったのだろう。

ブティックがならんでいる地区にきた。ギンギンにアメリカふうだ。

「もっと退廃でキメたいわ」

「ロンドンふうもあるじゃない、そっちに」

きん色の網のストールと、首につけるバラを買った。気分がおちつかない。別のもっとおとなしい店へはいって、黒いスーツを買った。パンツスーツではない。下はタイトスカートになっている。

「うちへきて、夕飯をたべる?」

エミをさそったのは〈椅子〉とふたりきりになるのがいやだったからだ。わたしのアパートのまん中においてあるその〈椅子〉は、口をきく。わたしがいやがるようなことばかりいう。〈椅子〉に人格があるなんてバカげているが、どうしようもない。〈椅子〉は、母親みたいな声をだす。

「ちょっと疲れたから、休みたいわ。きょう一日の感動生活を、ひとりで分析するの」

彼女といっしょにいるのにもあきてきたので、わたしはひそかによろこんだ。しかし、どうしてこう主体性がないんだろう。自分でもいやになるほど、いいかげんだし。

青みをました光のなかで、エミは手をあげた。背を向けてあゆみ去る肩のあたりに「意志」とでも書いてあるみたいで、わたしはため息をついた。


部屋にかえると、わたしは今夜着る予定の服を、タンスからだしてベッドの横につるした。アクセサリーと靴も配置する。

ベッドに腰かけてタバコをすっていると、〈椅子〉がはなしかけてきた。

「もうひとつのは、どうしたの?」

「ああ、黒いほうね」

わたしはスーツもつるした。

「なぜそっちも買ったの?」

〈椅子〉の声は、ザラザラしている。かん高くて細くてハスキーな女の声が、わたしは大きらいだ。母に似ているから。

「ナオシが地味ずきかもしれない、と思ったからよ。それに目立つでしょ?」

「ところで、話もしないのに夢中になっちゃったのは、どうして?」

「とてつもなくきれいだったからでしょ?」

「ちがうわよ」

〈椅子〉は意地わるくわらった。「あんたは、彼のことを、あらかじめ知ってたのよ」

〈椅子〉は、からだをふるわせてわらった。ところどころはげているビロード地がふるえた。グレーがかった小花模様で、ひじかけがついている。

この〈椅子〉にすわったことはない。部屋をあてがわれたその日から、いきなりしゃべりはじめたからだ。バネがいたんでいるであろうことは、その形から、見当がつく。

「とにかく、知ってたことは事実なんだから」

〈椅子〉は、二、三歩横にあるいた。

「じゃ、なぜ、わすれちゃったの？」

「あんたのひとつづきの挫折が、ナオシとうまくいかなくなったときから、はじまったからだよ。そのうえ、はじめに会ったとき、相手が本気だったたってことに、十年たってから気がつくのさ」

「わたしは、彼にふられるの？」

「ちがうね」

〈椅子〉は、そこらへんをあるきまわった。

「じゃあ、おたがいに誤解しあって別れるのかしら、彼とうまくいかなくなるってことは。まさか、わたしからはふったりなんかしないわ」

「もし、そうなったら、どうする？」

〈椅子〉は、ふくみわらいをしている。

「だって、そんな……」

「ふふ、ちょっとあんたをおどかしてみただけよ」

「それは、いまここにいるわたしの身に起こることじゃないでしょう？　その失敗は」

「まあ、そうともいえるけど……」

〈椅子〉はかんがえ深げにいい、もとの位置にもどった。

「パラレル・ワールドのわたしがしたことでしょ？　そのわたしは、いまいくつなの？」

口にだしてから、バカな質問だと思った。いつのいまなのか、どうやって規定するのだ。

「三十すぎてるよ、たぶん。自分の失敗に気がついて後悔のウズにいるってわけ。きょう、あんたが『シーサイド・クラブ』で最後にかけた曲みたいな気分になってる。それで、多少なりとも気が狂ってるみたい」

「どうも、ありがとう」

「お礼をいわれるほどのことでもないよ」

「わたしも頭がおかしいみたい」

「どうして?」

「だって〈椅子〉が口きくんだもの」

「ドアだの電子レンジだのがしゃべるってことも、あるじゃない」

「それは、人間がそういうふうにつくったからよ」

七時をすぎている。

ひとりだと、料理するのも、ときにはめんどうになる。〈椅子〉は、なにもたべないから。おまけに、わたしはひどい偏食だ。生野菜とくだものがきらいなのは、むかし母に「食べなさい」といつもいわれていたからかもしれない。母はかならずつけくわえた。「美容にいいんだから。ブスは努力しなきゃあ」

おとといのケーキが三つのこっていた。わたしはそれを口におしこんだ。

「出かけるんでしょ?」

〈椅子〉がたずねた。彼女は、なんでも知っている。

おふろからあがると、くたくたになっていた。わたしはパジャマをきて、ベッドに横になった。ナイトテーブルの時計の針は、八時すこしまえだ。

「服をきて、化粧しなきゃ」

「くたびれたのよ。ちょっとだまっていて」

「ほんとはこわいのよ。またおんなじ失敗をくりかえすんじゃないかと思って」

〈椅子〉の声には、あざけりがあった。

「かもしれないわね。でも、どうして以前そうなったの?」

「あんたに自信がなかったからよ。だって、ナオシは、いつも女の子にかこまれて退屈そうにしてたから。それにあんたは、すごい見栄っぱりだから、自分の気持ちを相手に感づかれないようにふるまってたのよ。まさか、向こうも自信がなかったなんて、思いもよらずに」

「なんていったの?」

わたしはとびおきた。だが、〈椅子〉のことばは、了解していた。彼女にもそれがわかっていたので、だまっている。

八時を十分すぎた。

エミはもう部屋を出ただろうか。電話をかけてみようか、と思う。思っただけで、なにもしない。

「いつまで、この星にいるつもりなの？」

三十分ばかりして、〈椅子〉がたずねた。

「いつまでもいたいわ」

「みんな、そう思うらしいけどね。そういうわけにもいかないんだよ。生活していかなきゃならないから。料理したりそうじしたり、子供に風邪薬のませたり、外で仕事したり」

「どうして、生活はつづけなければいけないの？」

「さあ、なぜだかわかんないけど」

〈椅子〉の声は、急にやさしくなった。

なぜだかわからないけれども、とわたしは、頭のなかでくりかえした。それから、枕の形をなおし、明かりを消した。ねむれねむれ、と呪文をとなえる。世界なんか、なくなってしまえ。


二日たって、「金曜日の天使」へいった。「ヘロイン」がかかったのでうれしかったが、ナオシはいなかった。

「さっき、いたみたいよ」

エミがどなった。大声をださないと、きこえないのだ。「あの子ときたの」

中央で踊っている金髪娘をさした。それは宙港でいっしょにいた女の子とは別の子だった。

わたしはカウンターへいって、セヴン・アップをもらった。ストロボが室内をかけめぐって、ひとびとの動きがコマおとしになった。光にうきあがった一瞬ごとに、彼らは凍りついて死んでいるように見えた。

照明がサイケデリックなものにかわった。わたしはまんなかを通って（金髪の子を観察したかったので）ドアに向かった。あまりきれいな子ではなかった。（しかし、わたし自身も、あまりきれいではない）

ナオシが、ひとりで階段にすわっていた。

「どうして、なかにはいらないの？」

わたしは立ったまま、きいた。彼はうつむいてこたえた。きこえなかった。

「え?」

彼はもう一度くりかえした。ドアからもれる音に消されて、なにをいったのかわからない。わたしは彼の横にすわった。彼は(たぶん)おなじことばを、しんぼうづよくくりかえした。

「彼女が行きたい、っていったからついてきたけど……見られるのがいやだ」

わたしはだまっていた。

ナオシはエミとおなじぐらいのときに、この星にきたらしい。彼は有名だったからすぐに名前がわかった。彼の容姿と雰囲気は、非常に人目をひく。奇型的に美しい、ということもあるが、どうしたってハーフだということがわかってしまう。

彼は第一期の「宇宙人とのアイノコ」なのだ。その髪がほとんど緑にちかいことで、とりわけ向こうの血が圧倒的に濃いことがわかる。

無表情で暗い。ナイフをふりまわすこともお祈りすることもとっくにやめてしまったような、うつろな凄絶な目をしている。

わたしは小びんから清涼飲料水をひとくちのみ、彼にわたした。大きな三白眼が見返した。ガラスの人形みたいでこわい。まつげも濃い緑で、目のまわりに密生している。

彼はおとなしく、セヴン・アップをのんだ。

「どうしてかな。女の子って、かならず人混みにいきたがるんだ。おれは、ふたりで静かにしてたいのに」

「あなたを見せびらかしたいからよ」

彼は、指のながい大きな手を髪のなかにいれた。

ドアの向こうから、はやりの音がひびいてくる。スカスカしたうすっぺらな演奏がおもしろい。メロディーにメリハリがなく、フレーズがやたらにながい。むかしふうの黄金分割的な堂々としたメロディーは、この時代に似つかわしくないらしい。

「最近また」と、わたしはゆっくりしゃべった。「なにが幸福でなにが快感か、わからなくなった」

ナオシは顔をあげた。

「とにかく……なんでもいいから、気持ちよければ、それが快感なんだよ」

彼はうすくわらった。「それしかないじゃない」

「けっこう、直接的に生きてるみたいね」

「ああ、なあ……問題はいっぱいあるよ。おれなんかむかし、毎日、ほじくりかえしてた。それから急に、かんがえるのをやめちゃったんだ。そしたら、おれが病気になったからだって。脳細胞が破壊されたから、思考力がなくなったんだって」

　他人ごとのようにいう。

「病気ってなに？」

「薬物中毒」

　簡潔にこたえたナオシは、わたしをふりかえった。反応をよみとろうとしたのだ。わたしはできるだけ表情をうごかさないようにした。

　ナオシが立ちあがった。

　彼の視線の先をたどると、アーパ路線そのものといった少年が凝固したように階段の下に立っていた。せいいっぱい、しゃれのめしている。バンダナを腿にむすんでいるところが、泣けるほどうれしい。つまり、まったく似あわないのだ。

　男の子は、一段ずつ気をつけてのぼってくる。ナオシよりずっと背が低いが、その分横幅は充実している。涙の筋肉少年といったタイプだ。

「話があるんだけどな」

　少年がかすれた声をだした。

　はじまるぞ、と思ってわたしは身をかたくした。

「おぼえがないよ」

　ナオシはいそがしくかんがえているらしい。

「女のことだよ」

　少年は、ちらっとわたしを見た。「そこにいる」

「なんだって？」

　わたしはからだをのりだした。

「ひとの女を取るなよな」

少年は、ナオシとわたしを等分に見た。

「いつ、わたしがあんたの女だった？」

「かくさなくたっていい。あんたは、通りで二回会ったとき、合図をおくってきたじゃないか。この世界はもうすぐおわる、って。破滅をいっしょに見ようって。おれはそのつもりで準備してた。なのに、こいつに秘密をしゃべっている」

「狂ってるわ、あなたは」

ナオシは長い息を吐いた。「みんな、おかしいんだ」

少年は、わたしの腕をとろうとした。

彼は階段をころげおちた。ナオシが横でなにか叫んだ。彼は踊り場にたたきつけられた。

わたしが、ブーツでけりおとしたらしい。らしい、というのはかんがえるよりはやく、からだが動いていたからだ。自分のしでかしたことにおどろいて、わたしは立ちつくしていた。

「のびたかな」

ナオシはいやにおちついている。「だいじょうぶだ。頭は打ってない」

少年は、どうやったらかっこうがつくだろうと思案しながら、不器用に起きあがった。

ドアからエミがでてきた。

「なにか食べにいかない？　あら、すごいじゃない。金髪の子が、あなたをさがしてたわよ」

ナオシは、はなれながらおずおずとわたしに「あした、むかえにいってもいい？」

「何時？」

「昼すぎ」

彼は室内にはいった。

わたしは壁に寄りかかった。

「やめてほしいわ、もう」

「けんかのこと？」

「いいえ。あれは、わたしがやったのよ。そうじゃなくて……」

「ふるえてるわ」

エミはわたしの肩を抱いた。

わたしはなにかいおうとして口をひらき、またとじた。

「出ましょう」

エミがうながした。踊り場にさしかかると、筋肉少年はまだすわったまま、呆けたようにわたしを見あげた。


夜空を雲がおおっている。

なまあたたかい風に吹かれて、わたしたちはあるいていた。

道路は広く、建物は暗い。ドライヴ・インのネオンやディスコティックの入口が、ときおりひっそりとにじんでいる。

「この街、なつかしくない？」

わたしの感想を、エミが口にだした。「あたし、いままで自分のことを、しみじみする才能がないと思いこんでたの」

「しみじみしないと、ウケないわよ。一生メジャーになれない」

橋をわたる。川面にハシケがつないである。きわの道路は大がかりな工事中らしく、クレーンが恐竜のような影をみせている。遠くの高速道路のカーブをまがるクルマのライトが、首飾りのようにつながって見える。

海岸通りとはちがって、荒涼とした風景だ。それでもわたしは、おなじような、なつかしさを感じていた。

「このごろ、妙にしみじみすることが多くなってきた。本気で」

「すると、これまでは、ミエミエの感動をぐっと盛りあげてたわけ？　人前では」

「そうともいえる。あのオレンジ色のホロにはいんない？」

終夜営業のスナック喫茶は、窓がちいさく安っぽい。客はまばらだ。

エミとわたしは、壁ぎわのテーブルについた。ウェイターがごたいそうなメニューをもってきた。めんどうなので飲みものつきのセットをたのむ。

「しみじみって、どんな種類の？　いろいろあるじゃない。『昔の女によく似てる』とか『女はやっぱり弱いのね』とか」

「五十歩百歩じゃない？」

エミは口をすぼめてわらった。「だれだって、しみじみしてるときは、自分のことを特別だと思ってるんだもの。あなたがヨコハマで泣いたときの感情にちかいのかもしれない。わからない。そんな時間のあとはね、自分のことを多少なりともゆるせるようになってるのよ……母のことも」

「事態をみとめると、楽になるでしょう」

「そうね。解決しなくても。自分の病気のことだってそうだわ。地球の生活にもどったら、再発するかもしれないし、しないかもしれない。しかたがないわ。なんでも解決したがるのは、よくない傾向だわ」

エミは横を向いて話している。

わたしの分がきた。ごはんとサラダのほかに、ちいさなグラスにはいったばら色のワインがついている。

「サービスなの？　メニューには書いてなかったわ」

エミはハンカチを指にまきつけた。彼女のたのんだものも、すぐにきた。やはりワインが置かれた。

「ためしてるんだわ、あたしのことを」

ひもみたいにしたハンカチをきつくまいた指は、白くなっている。

「べつにいいじゃない――」といいかけて、わたしは彼女の目のなまなましい色に衝撃をうけた。力がみなぎっている。グラスにつきささりそうな視線だ。

エミは目をそらし、ハンカチをひっぱって自分の指を痛めつけた。両手はふるえている。

「……あなた、もしかしたら」

彼女は顔をあげた。目にこもっていた憎悪はあふれ、涙とともにこぼれていった。

「そうよ。母って、あたしのことなのよ。ううん、意識的にウソついたわけじゃない。あまりに苦しいから、母という名前をつけなきゃ、自分のそういった面を認められなかったんだわ。ねむりながらこの星へきたでしょう？　そのあいだに心理的操作がおこなわれたみたいよ」

わたしは立ってテーブルをまわり、エミのとなりに腰かけた。依存症といっても、アル中とクスリ漬けとは、あきらかにタイプがちがう。酒を好むほうが、他人をはっきりと求めている。薬物中毒よりベトベトしている。睡眠薬や鎮痛剤からはなれられない人間は、だから感受性がつよくてやさしいのかもしれないが、どういいわけしようとつめたいのだ。

しかし、わたしはなんでそんなことを知っているのだろう。

エミは水のような涙をながしつづけた。

「ちっともかなしくはないのよ。アル中の母が自分のことだった、っていまわかったんだけど。かなしいからじゃない」

「うん」

わたしはバッグをひきよせてハンカチをだした。エミは自分のハンカチで鼻をかみ「ありがと」といって、あたらしいハンカチをうけとった。「いいの？　これ」

「いいわよ」

涙はおさまってきた。彼女は目の下をかるくふきながら、わらおうと努力している。

「泣くと気持ちがいい」

「ええ」

「あした、地球へかえるわ。あたしの病気は、アル中のことなんだから。やっていけると思うわ」

ちいさな声で、はっきりと彼女はいった。

「だって、そんな。あしただなんて」

「はやいほうがいいのよ。『シーサイド・クラブ』のマスターにいっといて。ずいぶんおせわになったから」

わたしはかなりの部分、エミにたよっていたので、力がぬけた気分だった。自分の気性はよく知っている。あまやかしてくれる相手には、徹底的に依存してしまうのだ。しかし、ナオシがたよりになるとは思えない。

「きっとまた、会えるわ」

わたしは、ふんといった気持ちで、エミのことばをきいていた。グラスのワインを、そこに運命でもかくされているみたいに、おそろしい目でにらみながら。


ほんのすこししかねむらなかったようだ。かすかなノックによって目がさめた。

「陽がのぼったばっかりみたいよ」と〈椅子〉がつぶやいた。

ねまきではだしのまま、わたしはドアに向かった。チャイムはついていない。

ナオシが立っていた。長い首をあげ、髪が目にかぶさっている。

「いないのかと思った」

厚いくちびるが、かすかにわらっている。

「どうして?」

「朝、はやいから」

つじつまのあわないことをいって、またわらった。ひえびえとしたわらいだ。いくらかふらついている。疲れているみたいだ。

「はいって」

彼はソファーによりかかった。

「場所、だれにきいたの?」

「さっき、エミさんに会った。トランクをもってた。きれいなひとだ」

「きのうから起きてるの?」

「そう。もうすこししたら、帰るからね」

「コーヒーとお茶、どっちがいい? ジャスミン・ティーもあるわ」

彼はソファーに横になって、むきだしのわたしの脚をながめていた。ややあって「コーヒーはからだにわるいから」とかなんとかいった。

「クスリのんでるくせに」

わたしはお湯をわかしはじめた。

「やりなおしはもういやだ」

自分に向かって、低くつぶやいている。わたしはジャスミン・ティーの缶をあけた。

「何度もやりなおしをした」

台所からふりかえると、彼の緑の髪だけが見える。

「ここへきたのだって、およそ四回めぐらいのやりなおしなんだから」

戸棚からカップをだす。

「そのとおり」と〈椅子〉がこたえた。わたしは、カップをとりおとしそうになった。

「やりなおしなんて、できるわけないのよ。それに似た体験をして、つまりはあきらめるってことなんだから」

〈椅子〉の声は、キンキンしている。わたしはちぢみあがった。だが、ナオシはまるで気にしていないみたいだ。

お茶をいれながら、わたしはふるえた。〈椅子〉は低い声になって「やりなおすってことは、あきらめるってことなんだ」という。

ナオシは薄情そうな三白眼をあけて、テーブルにカップをおくわたしをながめた。起きあがって、魂一個分ほどのため息をつく。濃いまつげをあげて投げやりに「きみのことを、だんだんすきになってきた。何回も会ったから。この星で」

「またいいかげんなことをいってる」

〈椅子〉がまぜっかえす。

「すごく単純でしょ？　おれにとって、これは四回めのやりなおしなわけ。三回めのとき、どうしてなのか、きみは出演しなかった。ヴァリエーションは、いくらでもあるんだな」

あきらかに〈椅子〉の声は、彼にはきこえていない。

「おかげで運命論者になっちゃった。ちがう道すじをたどってきても、現在の自分には変わりないんだから」

「あなたは、時間旅行者なの？」

「ちがう」

ナオシは頭をふった。

わたしはベッドに腰かけてお茶をのんだ。

「よくかんがえてみると、たいしてつらくなんかないんだ」

ナオシのひとりごとに、〈椅子〉がこたえた。「よくかんがえなくたって」

「もっと無口で内気なひとだと思ったわ。あなたのこと」

「外部に対してはそうだよ。それにいま、いいいいできあがってるから」

わたしは立ちあがって、彼の足元にすわった。「やりなおしって、正確にどういうことなの？」

「いまにわかるよ」

めんどうくさそうな低い声がこたえる。

「ほら、そうやって」と〈椅子〉がしゃべりはじめた。「もう一回『好き』っていってもらいたいんだ。だけどムダだよ。百回いわれたって、あんたはちっとも満足しないんだから。千回でもおなじだよ。だって、ナオシのことをあんたはちっとも愛してなんか、いないんだから」

〈椅子〉はどうして「愛」なんてことばがつかえるんだろう。恥ずかしくないのかね？

しかしわたしは、しおらしい演技をして（首などかしげて）ナオシに「愛って、なんなの？」ときいた。

「これのことだろ？」

ナオシは腕をのばして、ショートパンツをはいているわたしの脚のつけ根に手をおき、すぐにはなした。まったく無雑作だったので、キャッともいえなかった。

「ものすごくダイレクトな男なんじゃない？　おれって」

強引さを発揮すれば、ナオシはわたしのいいなりになるだろう。とっくに人生をおりて、薬物の陶酔に自閉しているから。流されていく自分を、無感動にながめているだけなのだから。そして彼は、他人を理解しようなんて気はたぶんおこさない。愛用のギターとおなじように、わたしをあつかうだろう。傷つけるつもりなんか全然なくて。まったく無邪気に。

彼のモノのかんがえかたやなんかは、どうでもいいのだ。「よくもないけど」と、頭のなかで〈椅子〉がいった。彼を自分のものにしたい。「そうすれば、うちつづく失敗がふせげるとでもいうの？」と〈椅子〉。わかってるわ。でも、愛よりも、もっと切実なものなのよ。彼をほしがっている理由は。

つまり、彼はわたしにとって……（あるひとつの時代のシンボルなのよ）頭の中の声は〈椅子〉のものではなくなっている。（それも、勝手にでっちあげた架空の時代のね）

「もうちょっと、ここにいてもいい？」

ふと気落ちしたように、ナオシはたずねかけてきた。わたしは思い出した。彼は以前にもおなじことをきいた。そのときわたしは、はたちだった。あれから、あきらめきれないほど長い月日がたったのだ。

「ベッドでねむったら？」

「うん」

彼は服をぬぎはじめた。

カーテンをすこしあけて、わたしは外をながめた。新しくうまれた輝く一日は、もうはじまっている。地球へ帰ることになるんだ、たぶん。すっかりあきらめがつけば。もう、自分の幸福とか不幸とかは、どうでもよくなった。ねがわくば（どこにいても）風景が美しくあってほしい。

「きみは寝ないの？」

ナオシがベッドから呼びかけた。わたしは毛布をもちあげて、彼の横にはいった。

彼はわたしの首を抱きよせた。だれに対してもそうであるような低くやさしい声で、彼はいった。

「だいじょうぶ。世界はなくならないよ。いやだっていったって、うんざりするほどつづくんだ」


目がさめると、「シーサイド・クラブ」のマスターがのぞきこんでいた。

「気分は？」

「わるくありません。そんなに」

彼は主治医で、ここは地球だ。

「満足はできなかったでしょう」

いくぶん、むずかしい顔をしている。

「できなくてもしかたがない、と思うようになったわ」

カーテンのひらかれた窓からは、にぶい色の空が見える。さしこんでくる陽は、よわよわしい。

「あの星は、現実にはないんですね」

「そうです。プログラミングされた内容が、脳におくりこまれるんです。わたしたちは、なにもかもが本人の意のままになる幻想世界をつくろうとしたわけじゃありません」

「帰りたがらない場合は？」

「無理に覚醒させます。これは、心理的に苦しい」

「銀のブレスレットをした旅行者は、みんな患者だったんですね。じゃあ、ほかの登場人物はつくられたイメージなんだわ」

「先に退院したエミさんが、連絡先を書いておいときましたよ。会いたいそうです」

彼女はこの世界では、三十六歳のはずだ。ナオシも、病院にはいないと思う。あの星から三日はやく発《た》ったのだから。

わたしは起きあがった。

鏡を見なくてもわかる。自分が三十代の、無気力なくせにいらだっている主婦だということは。窓から見える、ひどくぶざまな形の低所得者用のアパートに住んでいるということも。

医者は出ていった。

わたしは着がえをした。

廊下で夫が待っていた。

むかしにくらべて、それこそ化け物みたいにみっともなくなったナオシは、だまって歩きだした。

じつにひさしぶりに、わたしは彼の手をにぎった。

「おねがいだから、もうあの星には行かないで。やりなおしをされるのは、気分がわるいわ」

彼は、口のなかであいまいに返事をした。

外はきたならしい夕暮れだった。

ぜったい退屈

改札口の向こうに〈彼〉が立っていた。いつものようにからだにあわない服でキメている。全部父親のものだろう。特にズボンはだぶついている。寄りかかっていた柱から背中をはなさずに、片手をあげて合図した。

わたしは切符をスリットにいれて、金属バーがひっこむのを待った。後からきた男の子が、わたしの背中にぴったりくっついた。切符が買えなかったのだろう。ふたりいっしょに通り抜けると、彼は口の中で「どうも」とかなんとかいって、だるそうに歩いていった。

「なんだ、あれは?」

〈彼〉はニヤニヤしている。

「あなたがいつもしてることよ」

「通り抜けられなかったやつらが、集団で固まってるぞ」

「あのひとたち、どうするの?　最終電車が行っちゃったら」

「追っぽりだされるだけさ」

「へえ?　身元引受人がなかったら、一晩泊められるのかと思った」

「それは昔の話さ。人数が多すぎて、収容しきれないんだ、いまは」

ふたり並んで、柱に寄りかかっている。すぐに脚が疲れて、わたしはしゃがみこんだ。〈彼〉もおなじようにした。

「どっか行く?」

わたしはため息をついた。

「ああ……とりあえず、地上へでも」

〈彼〉もまた、ため息をついた。それからわざとらしく「ぼくたち、会うと、いつもおんなじことするね。よっぽど愛しあってるんじゃない?」

わたしはフンという顔をした。はじめから似ていただけだから。二年まえは、それがうれしかった。星座、血液型だけじゃなくて、身長、体重までおなじだということが。いまは、わたしのほうが二センチ高い。

「やれやれ」と〈彼〉は立ちあがった。「こんな簡単な動作するだけで、死ぬかと思うね。なんでこんなにだるいんだろう?」

「ごはん食べてないんでしょう?」

「あ、それだ。わすれてた」

「外へでるまえは食べるようにしてるわ。何回も倒れたから。一日に二回は食事しないといけないみたい」

「なんでかなあ?」

〈彼〉は呆けたような声をだした。愚か者のフリをしている、といつもは解釈しているが、ときどき、ほんとのバカじゃないかと思うことがある。

「退屈だからでしょ。なにかしてないと」

「そうだ。きみは正しい」

地上へ出る階段のわきにも、少年少女たち(十二、三歳から三十歳くらいまで)が、すわりこんでいる。みんな仕事がないのだ。

「失業者用の食堂へ行くって案は?」

〈彼〉がふりかえった。

「いやよ。ヤクザのたまり場なんだもの。IDカードを取りあげられちゃったら、おしまいだわ。連中はそれをヤミで売るのよ」

「ぼくがついてるじゃないか」

そういって〈彼〉は自分で吹きだした。わたしはつまらなそうな顔をして見せた。

地上には陽が照りつけていた。きたない街が広がっている。わたしは開放されている場所がこわい。フレームのない風景に慣れていないのだ。本物のでも代用窓でもいいから、枠にはめられた絵柄を見ていれば、気持ちがおちつく。テレビの見すぎかもしれない。

「買い物しようかな」

「つきあいたくないわ。外で待ってるわ」

「協力者がいたほうがいいんだ。しかし、きみだと、とんでもないドジふみそうだからな」

万引きでつかまったことがない、というのが〈彼〉のジマンだ。盗難防止カメラのわずかな死角をねらうのがコツだ、といっていた。

噴水広場の方向へ歩きながら、〈彼〉は両側の店に目をくばっている。不意に薬屋へはいった。わたしはそのままゆっくり歩いた。〈彼〉はすぐに追いついてきた。しばらくだまっている。小さな路地をまがった。換金してくれる所へ行くのだろう。

ビルの二階からおりてきた〈彼〉は、現金を手にしていた。わずかな額だ。「ほら」といって、わたしによこす。「いやあ、まいったね。すごいまじめな店員がいてさ。目玉ギロギロさせてるのさ。失業したくないからなんだろうけど。そのせいで、カネにならないものまで取らなくちゃなんなかった」

〈彼〉は、ポケットからちいさい箱をだしてみせた。

「なに？」

「事後避妊薬だって。買ったことないから、わかんなかった。換金所のひとが教えてくれた」

「だれが使うのかしら」

「変態の年寄りだろ。やる回数が多いか精子が多いかどっちかだ。いまどき特異体質だよ、そんなのは。どうしたの？」

「最後にしたのがいつだったか、思い出そうとして」

「ぼくとだったら、二年前最初に会ったときに二回」

「そうねえ」

「ほかのだれかとした？」

「あんなに疲れること、めったにするわけないでしょ」

「そうだけど……疲れるのも、わるくないよ。いかにもやった、っていう実感があって。ぜんぜんくたびれなかったら、つまんないと思わない？」

「わからない」

しなきゃいけないような気がする。一年ほど別れていたのは、そのせいかもしれない。長いあいだしなかったので、恋愛気分がうすれたのだ。このところ会うようになったのは、〈彼〉がテレビにでたからだ。その番組を制作した会社の重役が、わたしの母だったから。「精神分析の部屋」とかいう、ヤラセの番組だった。電話してなぜ出たのか訊くと「ママがあれを見てかわいそうに思って、ぼくをむかえにくるかもしれないから」といった。十五年も前に蒸発した母親に、二十一歳になってしかも匿名ででている息子が、見わけられるわけがない。そう思ったが、わたしは口にださなかった。

ファースト・フードの店にはいった。「高級雑炊レストラン」と銘うってある。どこが高級なのか、わからない。どんぶりをふたつ置いたトレイをもつと、かすかにめまいがした。彼に注意したくせに、きのうから何も食べていないのを思い出した。食べるのをわすれて餓死する若い男女がふえた、とテレビのニュースでいっていた。

「恥ずかしいわ、なんとなく」

スプーンをとりあげて、わたしはいった。

「うん」

〈彼〉はうなずく。

「ひとりでしか食べたことがないから」

「ぼくも」

ふたりならんでビデオスクリーンを見ながら食べた。なにか見るものがないと、おちつかないのだ。画面には、南の島の日没がうつっていた。カメラが動かないので、代用窓みたいだ。沈みきってしまうと、番組は「今週のトップ40」になった。この店は「ビデオがいつも新しい」が、キャッチ・フレーズになっている。

わたしはドンブリをかさねて、手近のダスト・ボックスにいれた。

「彼女はどうしたの?」

「え?」

「わたしのつぎにつきあっていたじゃない」

「会ってないよ」

「どうして?」

〈彼〉は眉を寄せた。しょうがないな、という感じで息を吐く。「彼女、両親がそろってるんだ」

「めずらしい」

「そのせいかなんのせいか、世界を疑ってないんだ。やたら元気で騒々しいし、希望なんてものを持ってるんだぜ」

「あなたと結婚する希望？」

「子供を産む希望とかさ」

「体内授精で？」

「そう。できそうじゃない？　あのからだつき見れば」

百五十センチで五十キロ、といったところだ。男女を問わず、百七十センチ五十キロが平均なのだが。

「これ以上はいいたくない」

ふたたびため息をつくと、〈彼〉は目をスクリーンにもどした。

これ以上って、ほかになにがあるんだろう。生理でもあるのかもしれない。わたしも子供のころ二、三年はあった。十八をすぎて、しだいにものを食べなくなって、いつのまにかなくなってしまった。だいいち、女みたいな（あるいは男みたいな）体型をしているともてない。いまの世の中でふとっているのは、中年以上か、病院の特別メニューを実行している妊婦ぐらいなものだ。

〈彼〉は、スクリーンのアイドルを見つめている。〈彼〉が本気で恋しているのは、そのアイドル歌手なのだろう。わたしにも、ごひいきのタレントがいる。だから、いくら嫉妬してもかなわないことは、わかっている。相手はイメージなのだから。しかし、やはりジェラシーはある。

「この前の下院の選挙、あの子にいれたの？」

嫉妬しなくてはいけないんじゃないか、とも思う。これは（彼とわたしは）いちおう恋愛してるつもりだから。義務感を自覚したとたん、あじけない気持ちになる。

「いれたよ。チェッ、いいじゃないか」

「十五から選挙権があるなんて、バカみたいだわ」

「そうかもね」

「しかも『輝け！　第何回選挙投票』なんてさ」

「そのせいで、投票率が高くなっただろ。テレビのまえで、好きなタレントの番号押すだけですむんだから」

「でも、アイドルが獲得した票数で、どの政治家をえらぶかは公表されてないのよ」

「わかりきったこと、いわないで」

〈彼〉は頭をふった。「出ようぜ」

路上には、失業者があふれている。立ったりすわったりしゃべったり、楽器を演奏したり。

「なんでこんなに多いのかな」

〈彼〉はもうきげんをなおしている。

「新宿だから」

「どうして集まるのかな。無賃乗車してまで」

「見物してるんじゃない？　おたがいを」

コマ劇場に近くなると、その数はますます多くなった。警察の巡航艇が二機、頭上を飛んでいる。ときどき降下してきては、テープでおなじことばをくりかえす。〈二十分以上おなじ場所にいるのは法律違反です。移動してください〉

広場まできて、ならんで腰かけた。

「どうしたの？」

しゃべることがないので、〈彼〉はそんなことをいう。

「どうもしないわ」

そう答えたとたんに、イライラしてきた。

「元気？」

「ええ」

「きみのおかあさんは？」

「元気よ」

こんな阿呆みたいな男の子とつきあったってしょうがない、と思う。

「あなたは？」

「気分？　いいよ」

「あなたのおとうさんは？」

「最近、思春期をむかえたみたいだ」

〈彼〉はかすかにわらった。「ときどき、じっとかんがえこんでる」

「アイデンティティについて、悩んでるんじゃない？　六十になって」

「なんで？」

ふたりしてわらった。

「いや、どうも恋愛してるみたいなんだ」と〈彼〉はつけくわえた。

「老人って、元気があるじゃん？　なんか、やたらがんばってるみたい。日記つけたり手紙書いたりプレゼント送ったり」

「本物の人間が相手？」

わたしは妙ないいかたをしたが、〈彼〉は理解したようだ。アイドルではなく、というイミで。

「ああ、緑のドアじゃないみたい」

イメージ、のことだ。幻覚剤などにもつかうことばだが。

「たいへんじゃない？　年寄りの恋愛って」

「そう。一大事みたいな顔するからな。ぼくたちなんか、アレじゃん？　義務感で恋をしてるわけじゃない？若者は恋しなきゃいけない、みたいな。あるいは、ひまでほかにすることがないから、とか」つづけて、いかにもウソっぽく「いや、きみのことじゃないよ。きみは特別さ。わかってるじゃないか」

「それで？」

わたしは下目づかいに相手を見た。本心からカチンときているのかどうか、よくわからない。演技が性格に組みこまれてしまっている。すくなくともうれしくはないはずだ、とぼんやり思う。

「大事にしてるじゃないか」

〈彼〉の声はとがってきている。それも演技なのかもしれない。

「どんなふうに？」

どうでもいいような気もするが。

「たとえばさ――」

〈そこの黒服、移動しなさい〉

巡航艇が注意する。

〈移動しなさい〉

降下してきた。黒服は急に立ちあがって、走りだした。その走りかたがよくなかったらしい。アームがおりてきた。その人物は、両腕をあげた。腕をたらしたままだと、胴といっしょにはさまれて、けがをする可能性があるからだ。黒服は空中につりさげられて、つれていかれた。

「ひでえな」

〈彼〉は見あげた。

「あのあと、どうなるの?」

「戒告処分、罰金」

「つかまったこと、あるんでしょ?」

「あれ、どんな気分?」

「摘発って、オマワリの気分しだいなんだ。理由はいくらでもつけられる」

「両腕を横にひろげてたもんで、フェリーニの冒頭を思い出した」

わからない。

「きみは、ものを知らないな。だから、就職してもすぐクビになるんだ」

半年に一度は、就職試験をうけなければいけない。そのことは、IDカードに記録される。怠るとどんな罰則を受けるか、わたしは知らない。

「試験には受かるのよ」

わたしは元気なく抗議した。

「職種は?」

「ウェイトレス。それだって、条件があるのよ。身長とか。あんたの彼女なんて受からないわよ」

「あいつはしょっちゅう婚約してるから、就職試験を受けなくてもいいんだ。つまり、結婚準備期間として認められるから。やだなあ、話題が堂々めぐりしてる」

「婚約してたの? あなた」

「いいたくない」

していたのだろう。

わたしはつめをかんだ。〈彼〉はわたしのその手をとって、かるくにぎった。

「ゴチャゴチャいうなよ。いやになる」

わたしはだまっていた。

「じゃあ、このまえの電話、だれだ？」と〈彼〉はいった。

「なあによ。急にいわないでよ」

「きみのとこにふたりでいったとき、電話があったじゃないか。画面をださなかったのは、男だからだろう？」

「絵をおくってこなかったからよ、相手が」

「そんなこと、あるもんか」

「あるわよ。わたしだって、しょっちゅうそうしてるわ。ひとに見せたくないかっこうしてるときなんか」

最悪だ。

「たとえば？」

「髪がくしゃくしゃだとか」

「ぼくのときは、いつも絵をおくってくるじゃない。髪がキマってなくても」

「それは、あなただからよ」

ひとりで家へ帰りたい。

「しかも、そのあと、ぼくをはやく帰したがってた」

「思いちがいよ」

どうやって切りあげよう？

「うちへ帰りたいって思ってるんだろ？　問いつめられたから」

後のほうで、ボグッというような音がした。男が女の頭をなにか重くて堅いものでなぐっている。何回も。女の両手があがっている。やっと悲鳴がきこえた。女はくずれていった。血だらけだ。

女は動かなくなった。加害者は口のなかでブツブツいっている。ザマミロとか、……の報いだ、とか。返り血をあびたまま、男は歩いていった。だれも動けない。巡航艇がきたのは、それから二分もたってからだ。

わたしは〈彼〉が貧血をおこすのではないかと思った。ふだんから白い顔が、まっさおになっていたからだ。

「なまなましいな」

まだのこっている血のりを見ている。

「行きましょうよ」

「ちょっと待って。あんまり迫力あったもんで、ぼうっとしちゃった。まるで本物みたいで」

「ほんとだったのよ」

「あ、そうか」

〈彼〉は血のにおいをかごうとして、オマワリにじゃけんにされた。それはポーズだ。〈彼〉には嗅覚というものが、ほとんどないのだから。においも味もわからないのだから。その傾向は、わたしにもある。いまのコドモたちがものを食べることに興味がないのは、そのせいかもしれない。日常生活が、テレビのなかのワンシーンに思えるのも。

「つい、フレームをあてはめてかんがえちゃうんだ。すると、どんな絵柄でも新鮮に見えるし、見てるほうとして安心できるんだ」

ひとりごとのように〈彼〉はつぶやいた。それからわたしに向かってにっこりして（にっこりというより、別の表情にもうけとれたが）「いやあ、ひさしぶりに昂奮しましたね。ヤラセじゃないものね。テレビ局、きてない？　ぼくのママに見せてあげたい」

わたしは、だまっていた。はっきり説明できないが、なにか異常な事態にさしかかっている、という気がした。

テレビ局はきていなかった。

ビデオカメラを（趣味で）まわしている、三十くらいの男がいた。

「たのんでくる」

〈彼〉は、いつもの明かるい男の子、にもどった。

「なにを？」

「ダビングさせてもらうのさ」

「風と共に去りぬ」を見ていると、母親が帰ってきたらしい。玄関のほうで音がする。「うるせえな」と思いながら、画面に集中しようとする。ラストが近い。レット・バトラーがでていき、スカーレット・オハラが階段に倒れるシーンだ。わたしはいつも、ここで泣いてしまう。何回見ても、泣いてしまうのだ。

ものごころついてから（ここ二年くらい）現実の生活場面で泣いたことはない。なにか重大なことが起きると、たいしたことはないんだ、と自分をごまかす。なるべく打撃をうけないようにする。それが習慣化されて、無感動な人間になってしまった。つくりごとの世界だと、その点、安心して泣けるのだ。

母親は、自分の部屋にはいったらしい。

わたしはボウダの涙を流し、スカーレットの今後の運命をかんがえた。はたして、レットの愛情をとりもどすことができるだろうか。しかし、ああいう男だから、いちど心に決めると、態度をかえないような気がする。わたしがつきあってきたような軟弱タイプではないから。映画でみる男性像は、みんなじつにあつかいにくい。自分の男性性にこだわりつづけているから。男としてのプライドとか、ふさわしいふるまいとか、バカみたいに見えるときもある。その原理さえのみこんでしまえば、対処するのは簡単なのかもしれないが。

ボタンを押すと、画面が暗くなった。

「どう？」

母親がでてきた。ティシュペーパーの箱を片手にもって、化粧をおとしながら。

「ええ、まあ、元気ですよ」

なんとなく気恥ずかしい、というか、間がもてない。母親と話すときはいつもそうだ。

「このごろ、何してるの？　おもしろいこと、ある？」

向こうが親子のコミュニケーションをはかろうとするのを、ムゲにもできない。

「いつもとおなじよ」

「家事をして、あとはぼうっとしてる」

「ふうん、ひまでいいわねえ」

母親はクリームのついた顔をこすり、しゃがみこんでいる。おとなの女の人のこういうかっこうは、あまり見たくない。

「メモリーを見ればわかるけど……パパから電話があったわ」

微妙な話題なのだ。

「そう」

母親の表情は変わらない。というより、顔じゅう白いので、よくわからない。「なんていってた？」

「記録しといたから……話しにくかったわ。ああいうタイプと、波長があわないわけよ。善意のひとだ、ってことはわかるんだけど」

「暑苦しいのよね、性格が」

ここで賛成してもいいのだろうか。

「いうことが、大げさだしさ」

母親はひとりでうなずいた。クリームが透明になってきている。しぐさで知らせると、ティシュでふきとりはじめた。

「ああいうのを、十九世紀的『性格』というのよ。最近のはっきりしない男の子もいやだけど、あそこまで頑迷なのもいやねえ」

「なんか、ヨリもどしたいんじゃない？」

テレビをつけていないとおちつかない。でも、失礼のような気もする。

「そう思った？　印象として」

「思った」

「あいかわらずバカね！」

かつての夫のことをいっている。「あいつの世界観の堅固なことといったら、ブリキのおもちゃもかなわないわ。天国とおなじぐらい長つづきするでしょうよ」

「ママ」

「なあに」

「ことば、いっぱい知ってるのね」

「そりゃ、あなたみたいにしょっちゅうテレビを見てるわけじゃないから。本だって読むし」

顔をふきおわると、よごれたティシュペーパーが山になった。わたしはそれを捨てた。

「パパの奥さんからも電話あった。そのあと」

「なんだって」

母親は箱をもって立ちあがった。

「宅の主人がそっちへ行ってませんかって。なんかギャアギャアいってた――あのひと、ブスね」

わたしは母親にとりいっている。養ってもらっているのだ。なんでもしなくては、気がすまない。おなじ片親でも〈彼〉のかんがえかたは、またちがう。母が家出したのは父親のせいだと決めていて、できるだけ吸いとりなおかつ親を無視する、という手段をとっている。母が帰ってくるときが、〈彼〉の、天使のラッパが鳴りひびく日、なのだ。それは自分が、すべての意味において救われる日、でもあるらしい。そんな日は決してやってこないから、どこまで妄想をふくらましてもだいじょうぶ、なのだ。

「あたしのほうがキレイだと思う？」

てらてら光った顔で、母親はきいた。

「思うわよ。だって、あのひと、背が低くてふとってるじゃない。色黒だし。声はガラガラだし」

サーヴィスしているうちに、〈彼〉と婚約した彼女に似ている、と思いはじめた。実際に似ているかどうかは、問題じゃない。イメージがおなじだったら、ひとくくりにできる。思いつきに感激して、わたしの声に力がこもった。「おまけに子供を四人も、自然に産めるなんて、動物みたいだわ」

明らかに、母親は満足している。いつでも一番、になりたいひとだから。

「最近の猫は、不妊症が多いみたいよ」とかなんとかいっている。

「こっちへきて。お話しましょう」

母親は、自分の部屋にはいっていった。

親子の対話って、そんなに大事なのかしら。ドラマのテーマになったりするから、大切なことなのだろう。顔の手入れをおえた母親は、ベッドに腹ばいになってタバコを喫っていた。ひとには知られたくない悪習だ。

わたしは、そばの椅子に腰かけて、片ひざを両手でかかえこんだ。

「仕事に関連があるのよ」

話をきいてる、というしるしに、わたしはうなずいた。

「脳のある部位に電気刺激をくわえると、快感が生じるってことは、知ってるわね？」

知らなかったが、とりあえずうなずいた。

「その実験がはじめておこなわれたのは、ずいぶん昔なのよ。電極をとりつけた患者は、一時間に五千回もスイッチを押したということだわ。それとテレビと連動させる装置が実用化されたの。受像機に電源がはいるのと同時に、脳を刺激するわけ。いちいち自分でスイッチを押さなくても、自動的に適当な間隔でよわい電気がながれるのよ」

「きいたことがあるわ。それ、使ってるひと、お友達にいたもの」

なんだかいつもぼんやりしてる子だった。もともとそうなのか、脳にとりつけた電極のせいなのかは、判然としない。

「ひろく普及してるってわけじゃないでしょ、でも」

「手術をするの?」

「ごく簡単なものよ。短時間ですむし、痛くないし。耳にピアスの穴あけるようなもんらしいわ」

母親はなぜだかおこってる。みたいだ。

「そうすると」

なにかいわなくちゃ、とわたしは思って、ことばをつないだ。「気持ちよくなるわけ? テレビを見てる間は?」

「たぶんね」

「じゃあ、一日じゅうテレビを見てることになるじゃない」

とはいえ、いまでもそうだ。部屋にひとりでいるときは、たいていテレビを見ている。そして大部分の時間、わたしは部屋にひとりでいる。

「今度、大々的にキャンペーンが行なわれるの。装置をとりつけよう、っていう。あたしは個人的には反対なのよ」

母親としての発言なのだろうか。

「なんで?」

「そういう手段を使ってまで、もっとテレビを見させようってことに、疑問を感じてるの」

「でも、決まったんでしょ?」

「制作してるわよ。五秒と十五秒で。そのコピーが、またいやになるわけ。『もっと気分』とか、『幸福——あなたが手にいれるもの』とか。ワイセツな感じするのよね」

「お墓のコマーシャルみたいね」

わたしは思いつきを口にした。

「そういえばそうね。いまや、地獄はなりをひそめて、天国のイメージがこの国をおおってるもの。そのちがいはね、地獄ってのはなんでもかんでもはっきりしてるのよ。天国って、すべてが漠然としてるの。積極的な気持ちよさじゃないわけよ。受動的な漠然とした快感なわけ」

それがいけない、というのだろうか。なぜいけないのかわからない。

「ママの仕事にとっては、つごうがいいんじゃない？」

「それはそうね、たしかに」

「きっとハヤるわよ」

わたしは流行にヨワいのだ。主体性がないから。ハヤリのものは、とりあえずやってみたくなる。

「テレビ中毒になったら、なんにもできないでしょうに」

問いかけられて、わたしはかんがえるふりをした。

「だって、することがないもの」

「そう？　ほんとに？　あたしが仕事で出てるあいだ、あんた一日何をしてるの？」

「起きる時間は決まってないわ。でも、午前中に起きるようにはしてる。まず、なんか飲むでしょ？　それからテレビを見る。自分で、だんだん人間みたいな気持ちがしてくるわ。おふろにはいる。おそうじは、そのあとやるのよ。だって、お湯にあたらないと、からだが動かないんだもの。せんたく。家事は全部で一時間くらい。そのあとは、ずうっとテレビ」

じつになんにもしていない。自分でもあっけにとられる。

「それだけ？」

母親は、わたしが勉強をしてるとでも思っていたのだろうか。

「失業してるからオカネがないのよ。どこへも出かけられないわ」

「図書館は？」

「本もビデオも、メジャーなもんしかないわけ。こないだ『ブレードランナー』借りようとしたらなかったもんで、びっくりしちゃった。友達のとこへ行けばオカネかからないけど、ひとと話すとすごく疲れるのよ。しょっちゅう会ってるわけじゃないから、距離感がつかめないの。パパとしゃべると疲れる、ってのはもっとべつの理由だけど」

こうして母親と話をするのも疲れる。わたしは生身の人間が苦手なのだ。

「仕事は見つからないの？」

母親はわたしのことを心配している。

「……うん」

自分が愚かで子供っぽいからだ、と思う。職種には、それぞれ認定されたＩＱというものがある。たいていの職業は、わたしの能力より高い指数を求めている。ひとがあまっているから当然だ。〈彼〉みたいに、知能は高いのにわざと試験におちようとする者もいる。いつまでも親に保護されていたくて。〈彼〉の場合は、父親にフクシューしたい意味もあって。

「どうしてなのかしらね」

「ママ、へんなこといってもいい？」

「あ、いいわよ」

「わたしには不運がとりついてるみたいなのよ。働くと二週間くらいでクビになって給料ももらえないってのは、わたし自身がいけないんだけど、たいていそのお店まで不景気になっちゃうの。はいったその日から、客足がバタッととだえたりするわけ。自分が一人前みたいな顔をして働くこと自体、罪悪じゃないかと思うわ。ひとに迷惑をかけてるような気がする」

「思いすごしよ」

母親はわらった。どうして、そんなに割りきれるのだろう。断言できるその自信がうらやましい。仕事にうちこんでるからだろうか。

「……水もってきて」

母親は頭をふった。

キッチンへいくと、わたしはため息をついた。ため息体質なのに、ひとまえではそれをがまんしなきゃならない。他人といるのがつらい理由は、そこにもある。〈彼〉といっしょなら、ため息がつける。つきあっていられるのは、そのせいかもしれない。

「あんた、また学校へ行く？」

水をもっていくと、母親が問いかけた。

「わたしが行けるとこなんて、そんなにないわ」

中学をでてから、入試のないデザイン学校へ行った。そこでは出席もとらない。自由教育とかいう高い理想があるのだ。楽しかった。卒業してからも、ダン・パの通知がくると、あそびにいった。そこで〈彼〉と知りあった。かつてのクラスメイトじゃないとこが気にいった。だからといって〈彼〉じゃなきゃいけない、ということはない。自分とおなじくらいの背丈でおなじくらいやせてて中性的なら、だれでもいい。そんな男の子は、そこいらじゅうに、いっぱいいる。

「オカネのことなら、心配しなくてもいいのよ。あたしは高給取りだから」

「わかってる――もう、向こうへ行ってもいい？」

「いいわよ」

母親は手をのばして、睡眠ダイヤルをセットしはじめた。

居間ではなく、自分の部屋にはいった。番組表の載った雑誌をひろげて検討した。欄が多すぎて時間がかかる。見落とすところだった。気にいってるバンドがでている。

急いでテレビをつけた。

ユウキくん（というのがヴォーカルの名前）はかわいくて頭がよくて最高だと思う。昼間の番組で彼の「恋人発覚」をやっていたのが気になるところだが。

もちろん、いつでも退屈にはかわりない。好きと決めたアイドルがでているとき以外は。番組の内容そのものが好きなわけじゃない。くだらないものが多すぎると思う。画面をぼうっとながめている、という状態がすきなのだ。能動的にならなくてすむから。自分からなにかをする、というのが苦痛でしょうがない。とりあえず苦痛を回避できれば、それでいいのだ。

音量を高くしたいので、ヘッドフォンをつけた。番組はいつまでもつづく。自分だけの世界へわたしはゆっくりとすべりこんでいった。


父親が自殺した。

両親のあいだに何があったのか、知らない。母親は休暇をとって、ホテル形式の精神病院へはいった。

入院しているあいだに、テレビ界についてのエッセイを書く予定らしい。

いやなのは、父親の妻がしょっちゅう電話してくることだ。たとえばわたしは、きらいな相手に手を握られても、決してそれをふりはなすことができない。ほとんど他人だったひとの奥さんの回想や嘆きを、がまんしてきくことしかできないのだ。

「ねえ、アタシがどのくらい夢中で愛していたか、わかる?」などと訊かれても困る。だからだまっている。ましてや、父親を軽蔑していたなんて、口にだせない。

父親とその奥さんが似合いのふたりだったことがよくわかった。ふたりとも世界を疑っていなかったのだ。だから片方は自殺したのだろう。自分の死がなんらかの効果をもつ、と信じていたなんて。楽観的にすぎる。

同時に、条件反射として(奥さんの顔を見るたびに)〈彼〉の彼女を思い出すようになった。わたしは嫉妬に狂った。感情というものをひさしぶりにもったような気がする。感情をもつのはよいことだ。もたないよりは。


「なぜ絵を送らないの?」

スクリーンで〈彼〉がたずねた。

「いま、裸でいるから」

わたしはウソをついた。かすかな意地悪をしてあげたい気分だった。

「なにか着たら?　顔が見えないと不安なんだ」

「着るもんがないのよ」

わたしは笑わないようにして答えた。

「……わかった。じゃ、こっちもやめるよ」

スクリーンが暗くなった。

「ご用件は?」

声だけで話すのは奇妙だが、わりとおもしろい。

「重大なこと訊くからさ、まじめに答えてくれる?」

「ええ」

「恥ずかしいな。いいのかな、こんなこと訊いて——顔が見えないから、いいか？」

妙な男だ。

「いってよ」

「じゃあね——ぼくのこと、好き？」

「好きよ。わかってるじゃない」

「どんなふうに？」

「自分みたいに」

「いい答えだな、すごく」

「なにかあるの？」

「いや、ちょっとした計画がね——この話、記録してる？」

「してない」

「ほんとだね？」

「ラブレターとっとくのはきらいなのよ。どうしたの？　あなた」

「いやあ、ぼくたちは身も心もひとつ、という状態になろうかな、と思って。どう？」

「かもしれないわね。でも、ママが反対するわ。いまはいないけど。そのためのオカネ、だしてくれないわ」

「きみには、ぜひともつけてほしい。そうしないと、きみとぼくは、そっくりのふたりにならない」

「意味がわからないわ」

なにをかんがえているんだろう。

「脳に例の装置をつけたのさ。きみもやってみなさい。世界観が変わる」

「つけるとどうなるの？」

「いやなことが、気にならなくなる。つまりさ、それまで重くのしかかってきてたことに、簡単な解決法があるんだ、って気がついたりする。ご都合主義のストーリーみたく、あっさりと不条理な結末をつけることができる。現実はテレビドラマみたいだし、テレビドラマは現実みたいに感じられるんだ。その境界がはっきりしなくて、まるで夢の中で生きてるみたいだ」

「いいわねえ。悪夢みたいな世界って、すきよ」

「多少の混乱はあるよね。あるできごとが自分に起こったのかドラマの主人公に起こったのか、しばらくかんがえないとわからない、とか。でも、そんなこと、たいしたことじゃないだろ?」

「ない」

わたしは即座に答えた。ドラマだろうが現実だろうが、どっちでもいい。楽で気持ちいいのがいちばん。しかし、そういう状態はめったにない。いつも退屈してるだけで。

「ねえ、それをつけると、楽で気持ちいいの?」

「ああ。なんか、エンドルフィンの分泌も関係あるんじゃないかと思う。このあいだ歯が痛くてたまんなかったとき、テレビつけたら、なおっちゃった」

「エン――なに?」

「脳内麻薬。ジョギングを八週間以上つづけると、突然大量にでてくるんだって。うちのおやじなんか、気持ちよくて走るのがやめられない、っていってたもんな。いま、旅行にいってて留守だけど、スーツケースにジョギング・ウェアとシューズをつめこんでた。信じられないよ、まったく。老人は元気だ。いまに足首とか痛めるぞ。この装置つければ、走る必要はないんだ」

「中高年はすごいわよ。体力も気力もあまってるもの。毎日仕事してるのに、なおかつ恋愛までできちゃう。うちのママなんか、こないだまでとっかえひっかえだったわ。別れたパパが、妻子まとめて五人いるのに、それを嫉妬するわけ。半狂乱になって。その奥さんがまた……」

思い出した。チビの彼女を。まだ〈彼〉と婚約してるのだろうか。結婚なんかしちゃうんだろうか。わたしも強烈に嫉妬している。親たちの世代みたいに。こんな感情は、これまで知らなかった。感情として最後までのこるのは嫉妬ではないか?(尊敬とか畏怖なんて、もうどこにものこっていない。だれもがみんな、お気楽に憂鬱に――つまり冗談半分に生きている)

「どうした?」

「あなたの彼女のこと……」

「ああ、それ、いおうとしたんだ。だいじょうぶ!」

「最近また会ってる、ってこときいたわ」

「会ってるよ。話しあいのために。彼女、なんと妊娠したんだ」

「病院行って？　あなた提供したの？」

「ちがうちがう。自然にだ」

「まあ、気持ちわるい」

「特異体質だよ。はじめびっくりしたけど、ほんとみたい。彼女、嘘はつかないんだ。それは知ってる」

わたしはしょっちゅうウソをつく。いいかげんなことをいう。胸の底で黒いものが動きはじめる。

「だって……あなたが原因？」

「いちどきにひとりとしかつきあわないんだって。相手のことで頭がいっぱいになるんだって。しかもさ、こんなぼくを信じきってるんだ。いいひとだとか、いうんだよ。決して裏切らないとか。ふたりの仲は永遠だとか」

「ふざけないでよ。大げさね」

「ぼくがいったんじゃない。いやあ、彼女は天使じゃないかと思うね。あの生命力、あの性欲のつよさ。殺しても死なない、って感じだよ。ためしに殺してみたい」

「切るわよ」

　頭が痛い。ベッドへ行きたくなった。

「待ってよ。ぼくは子供なんかほしくないんだ。ひとりで静かに滅びたいんだよ。彼女をなんとかしなくちゃ。協力してくれ」

「説得なら、ひとりでしてよ」

「あの体力にかなうはずないだろ。ねえ、きょう、いますぐこっちへ来れない？　一生のお願い」

　スクリーンが明かるくなって、〈彼〉が土下座しているのが見えた。

「ねえ、なんとかいってよ。愛してるよ、とりあえず。きみは天使――じゃない、悪魔みたいにすてきだよ、ほんと」

〈彼〉の（父親の）マンションは、メカでいっぱいだった。きれいに整理されている。

「こっちだよ」

〈彼〉自身の部屋は、さらに清潔ですっきりしていて居心地がよさそうだった。ビデオカメラがセットされている。

「これで何をとるの?」

「自分の日常生活」

「あとで見て、うっとりするの?」

「ときにはね」

〈彼〉は照明と室温と風向きを調節した。

「しょっちゅうおそうじしてるのね」

「ひまつぶしになる」

〈彼〉はテープをかけた。コマ劇場近くの広場がうつった。

「あの日、だよ。ダビングさせてもらったんだ」

殺人が再現された。

「意外と迫力ないわね」

「だろう?『これは現実に起こったことだ』って、自分に念をおさないと、地味に見えちゃうんだ。だけど、現場をとったものは、構図がまずかったりカメラがゆれたりするから、やっぱりドラマとはちがうよ。これなんか、ダビングしすぎて画質がわるくなってるだろ? いかにも真実って感じがするよ」

「はっきり見えないとこが、想像力を刺激する」

「そう。このあいだ買ったので、自殺ドキュメントがあるよ。借金で首がまわらなくなったから、遺族にそれを売ってうめあわせるように、って製作したらしいんだ。それ、ヒットしたんだって。見る?」

〈彼〉はテープをとりかえた。

実直そうな中年男性が、前口上をのべている。わたしの父親ぐらいの年だ。(おとうさんは自殺したんだっけ!)見た感じも似ているが、もちろん父親本人ではない。

「しゃべりかたが、淡々としてるわね」

「だろう? ほんとっぽいよね」

画面の男性は〈では〉とかいって、毒物らしきものをビンからのんだ。

「なに? あれ」

「周到なつもりが、説明しわすれてるんだ。そこが事実なんだよね」

この時代になっても、わたしたちは事実を尊重する。だが一方で、事実と虚構の区別をなくす作業にいそしんでいる。

「農薬じゃない？」

わたしの思いつきを、〈彼〉はギャグとして受けとめたらしい。その男性は、どうしても農業従事者には見えなかったから。

「あなたに残酷趣味があるなんて、知らなかったわ」

「意外性がいいでしょ。ああ、テレンス・スタンプになりたいわ」

〈彼〉はしなをつくった。

「だれ？」

「『コレクター』だよ」

「なんの？」

「映画のタイトルだ。えれえいい男なんだ。ところで——」

〈彼〉はわたしの顔を見つめた。視線をそらしてまたもどすと、まだ見ている。フッと勘づいて、わたしは両腕を顔のまえに交錯させた。「いやよ、殺さないで！」

うす笑いが〈彼〉の唇のはしにうかんだ。

「……きみじゃないよ。きみは妊娠してないから。彼女が、これからくる」

静かに歌うように、〈彼〉はいった。

「だって、そんなこと」

「ぼくひとりじゃできない。相当疲れそうな気がする。おさえててほしいんだ。きっと暴れるだろうから」

「いやよ」

「実際やってみたら簡単だと思うよ。首を絞めるのなんか」

「わたしが妊娠してたら、立場は逆になるの？　彼女といっしょにわたしを殺すの？」

「まあ、そうだな。いいじゃないか、そんなこと。テレビドラマだと思えば。登場人物になった気でやれば」

「そんな気になれないわ、きっと」

「ビデオにも撮るし」

なにをかんがえているんだろう。

〈彼〉はわたしの両手をとってすわった。

「おわっちゃったら、なんでもなかった、って思えるようになるさ。サディスティックな部分をかくそうとしてもダメさ。きみは子供のころ、母親に二回、殺されそうになった、っていったじゃないか。マリー・ベルみたいに」

「協力するつもりはないわ」

「イギリスで実際にあった話なんだ。十一歳と十三歳の少女が、三歳と四歳の男の子を殺しちゃったんだけど、十一歳のほうが頭がよくて巧妙で年上をリードしてたんだ。主犯はそっちで、十三歳は無罪になった」

「ききたくないわ」

「じゃあ、リジー・ボーデンの話は?」

「やめてよ。あなたはなにがいいたいの?」

「きみ自身、育てられかたに問題があるってことさ。めちゃめちゃにかわいがられたり、ひどいめにあったりのくりかえしだろう?」

「あなた自身、なんのために……」

「バカだなあ。いいテープが一本ふえるじゃないか。それに、バレてつかまったりしたら、警察はママをさがしだすよ、きっと」

チャイムが鳴った。


明け方に、わたしがヒステリーをおこして泣きはじめたので、〈彼〉が目をさました。はじめて泣いたような気がする。〈彼〉は安心させるように、わたしの手をかるくたたいた。

「気にやむことないよ。あした、手術しにいっておいで。脳に電極をつけるやつ。そしたら、ずっと楽になる」

わたしはストッキングの端を力いっぱい引いたのだ。〈彼〉が嫉妬心に火をつけたから。死体は冷凍庫につっこんだ。目をとじて舌をだらんとたらしていた。

「どうするのよ、これから」

「結婚するのさ」

「いやだわ。こんな記憶を共有するなんて」

「いまの法律じゃ、配偶者の証言は採用されないことになってるんだ。だから、結婚すれば、おたがいにつごうがいい。『ブライトン・ロック』みたいだな」

なぜこんなにおちついていられるんだろう。例の装置のせいだろうか。

「ひさしぶりのこと、しない？」

「なに？　ああ……でもシーツがよごれるかもしれないわ」

殺人した部屋がいやで、〈彼〉の父親のベッドに寝ている。

「いいから」

〈彼〉は抱きしめてきた。終わるまでわたしは、シーツのことばかり気にかけていた。

〈彼〉は目をあけて、ちがうものを見ているようだった。

もう、退屈じゃない。

解説

本書『契約　鈴木いづみSF全集』は、その名のとおり、鈴木いづみの全SF作品を収める、一巻本の短編全集。これまで三冊＋αに分かれていた短編二十六編に、書籍未収録だった三編を加え、鈴木いづみが遺したSFすべてを一巻に網羅する。

没後三十年近く経ってから、こんな全集が刊行されること自体が、鈴木いづみのSF作家としての存在の大きさを物語る。もっとも、鈴木いづみがSF作家として活発に活動したのは（SF短編を集中的に発表していたのは）一九七六年から八二年にかけての数年間。SF界に受け入れられたとはかならずしも言えないし（当時は女性のSF作家が少なかったこともあって、〈SFマガジン〉同期デビューの山尾悠子ともども、SFコミュニティのアウトサイダー、もしくは〝お客さん〟として扱われていたような印象がある）、世間的にSF作家と認知されていたかどうかも定かでない。

しかし、そのころ高校生〜大学生だった僕にとって、鈴木いづみは日本でいちばん重要なSF作家だった。日本SFで初めて同時代感覚を味わわせてくれたのも彼女だった。その衝撃は、たとえて言えば、それから三十年後、伊藤計劃の作品を初めて読んだ思春期の読者が味わった感覚に近いかもしれない。

当時の僕は、鈴木いづみを、同時代のジェイムズ・ティプトリー・ジュニアやフィリップ・K・ディックを読むようにして読んでいた。むかし書いたことだが、鈴木いづみとティプトリーの作家歴にはいくつか奇妙な共通点がある。鈴木いづみもティプトリーも、最初から〝SF作家〟として出発したわけではなく、ともに人生の半ばを過ぎてからSFを〝発見〟し、進んでSFを書きはじめた。ティプトリーは女性でありながら男性名を名乗ることによって自分を徹底的に隠し、新しく見つけたSFという秘密の遊び場で（少なくともそのSF作家歴の初期には）無心に遊びつづけた。鈴木いづみはその特異なキャラクターで過剰に自己を演出し、日本のSF界に旋風を巻き起こした。ふたりとも、生涯の最後の一時期をSF作家として過ごし、ともに、フェミニズムの文脈で語られるいくつかのSF短編を残したのち、ティプトリーは猟銃で、鈴木いづみは首吊りで、みずから命を絶った。両者のSFの根底にあるのは、世界に対する違和感だ。この現実は本物じゃない。ここはわたしの属する世界じゃない……。

没後に世界的ベストセラー作家となったフィリップ・K・ディックもまた、〝現実〟に対する違和感を表明しつづけた作家だった。その作品群にも、鈴木いづみ作品と共通する要素がいくつも見出せる。たとえば、リチャード・リンクレイター監督、キアヌ・リーブス主演で映画化された晩年の傑作『スキャナー・ダークリー』（別題「暗闇のスキャナー」）は、自身の体験を色濃く反映した長編であり、薬物濫用や精神疾患、幻覚が主要なモチーフとなっている。同じく映画化された『トータル・リコール』（別題「追憶売ります」）や『アジャストメント』（別題「調整班」）をはじめとする多くの短編では、（鈴木いづみ「恋のサイケデリック！」などと同様）強固なものだと信じていた日常がSF的な仕掛けによってあっけなく崩壊する。植えつけられた記憶、人工的につくられた現実、異世界……これらは、鈴木いづみのSF群でもおなじみの要素だ。

そして、デビュー前のディックが売れない純文学を書きつづけていたように、鈴木いづみも作家歴の初期には（「夜の終わりに」や文學界新人賞候補の「声のない日々」など）純文学短編を書いていた。書かれているいづみの（SFではない）普通小説を読むのは、ディックの普通小説を読むのに似ている。書かれているキャラクターや、くりかえしあらわれるモチーフは、SF作品のそれと変わらない。けれど、（僕にとって）ディックの普通小説がそうであるように、鈴木いづみの普通小説は生々しすぎて読み通すのがつらい。サイエンス・フィクションという素敵に人工的なジャンルは、彼女が適切な距離を置いて現実とつきあうための最高の容れものだったのではないか。ディックと同様、鈴木いづみもまた、SFのフィルターを通すことで現実と折り合いをつけた作家だった気がする。しかも、鈴木いづみがそうやって描き出した日本の驚異的な現実は、世界SFの最先端に位置していた。

鈴木いづみが世を去った一九八六年、日本ではウィリアム・ギブスンの『ニューロマンサー』が邦訳され、バブル経済の高まりとともに、近未来のストリートを同時代感覚で描くサイバーパンクSFがブームを巻き起こした。しかし、いまにして思えば、鈴木いづみこそ、僕にとってのサイバーパンクだった。かつて文遊社版『恋のサイケデリック！』に書いた拙文を引用すれば、

サイバーパンクSFとは、手垢にまみれたSFのガジェット（タイムマシン、エイリアン、宇宙船、パラレルワールドetc.）を捨て去り、コンベンショナルなサイエンス・フィクションの「懐かしくて居心地のいい閉じた世界」から決然と歩み去ろうとする試みだったと言うことができる。

そのためにウィリアム・ギブスンが選びとった武器が、コンピュータを中心とするハイテクノロジーだった。彼は卓抜なセンスでテクノロジーを近未来の街角《ストリート》に解放し、見慣れない造語を大量投入して〝新しさ〟を演出した。一方、鈴木いづみは〝明かるい絶望感〟の漂うまなざしで日本の〝現在〟を見つめ、持ち前のセンスだけを武器に時代を超越する。サイバースペースのかわりにスリムのコットンパンツを、パーソナルコンピュータのかわりにグループサウンズを。冴えたハックの顛末を語るテッキーの口調でルイズルイス加部を語り、アナキストのネット者が情報スーパーハイウェイを罵倒する辛辣さで谷村新司を論評する。自分自身の感覚の正しさを確信できる強さと激しさが、鈴木いづみに比類なき速度を与えた。

重要なのはしかし、それがたんなる〝よくできた現代風俗小説〟ではなかったということだ。鈴木いづみは、おもちゃを与えてもらったばかりの子どものように、伝統的なサイエンス・フィクションの枠組みを嬉々として使用する。

こうして誕生した鈴木いづみのSFは、サイバーパンク以上の速度で現代を描き、その速さと切実さによって自分自身を文学史に刻みつけた。

一九七二年の「悪意がいっぱい」から一九八四年の遺作「ぜったい退屈」まで、ここに収められた二十九編のSF短編を発表順に読めば、鈴木いづみがいかに同じテーマにこだわり、同じモチーフ、同じキャラクターを愛し、そのスタイルを磨いていったかがよくわかるはずだ。ファンのひとりとして、この『契約　鈴木いづみSF全集』の刊行を心から喜びたい。

あらためて、既刊短編集との関係をまとめておくと、本書収録作のうち、文遊社のSF集三冊に収められている短編が十九編。その内訳は、『鈴木いづみコレクション　SF集1　恋のサイケデリック！』収録が「なんと、恋のサイケデリック！」「なぜか、アップ・サイド・ダウン」「ラブ・オブ・スピード」「契約」「夜のピクニック」「ペパーミント・ラブ・ストーリィ」の六編、『同・SF集2　女と女の世の中』収録が「女と女の世の中」「魔女見習い」「わすれた」「アイは死を越えない」「水の記憶」「ユー・メイ・ドリーム」「カラッポがいっぱいの世界」の七編、『鈴木いづみセカンド・コレクション　SF集　ぜったい退屈』収録が

「ぜったい退屈」「朝日のようにさわやかに」「離婚裁判」「煙が目にしみる」「想い出のシーサイド・クラブ」「わすれない」の六編。これに、『鈴木いづみプレミアム・コレクション』収録の「あまいお話」、『鈴木いづみセカンド・コレクション　短編小説集　ペリカンホテル』収録の「もうなにもかも」、『鈴木いづみ×阿部薫ラブ・オブ・スピード』収録の「静かな生活」、『鈴木いづみコレクション　短編小説集　あたしは天使じゃない』収録の「歩く人」、それに、ハヤカワ文庫JA版『女と女の世の中』にのみ収録されていた「悪魔になれない」「わるい夢」「悲しきカンガルー」の三編と、さらに今回が書籍初収録となる「悪意がいっぱい」「涙のヒットパレード」「タイトル・マッチ」の三編を加えたのが本書。これで、SF／ファンタジー要素を含む鈴木いづみの短編すべてが一冊で読めることになる。

以下、各編の内容や背景について、解説めいたことを少々。

悪意がいっぱい　〈THE OTHER MAGAZINE 21〉72年11月号　※書籍初収録

次の「歩く人」とともども、《鈴木いづみの「残酷メルヘン」シリーズ》というサブタイトルとともに、ブロンズ社の月刊誌〈THE OTHER MAGAZINE 21〉に掲載された。この雑誌は、一種のサブカル誌というか、カウンターカルチャー誌で、三上寛や山本コータロー、加藤和彦らが寄稿。もともと〈you〉のタイトルで一九七一年に創刊されたが、通巻五号から改名した。〈面白半分〉や〈ビックリハウス〉と同じ版型だが、音楽（フォーク／ロック）色が強い。

語り手の〝わたし〟は、母とふたり、五歳のとき施設に入れられた弟をさがしにゆく。

明かるく健康的な施設に入れたのだ、と母はいいわけをしていた。そこでは奇型も精神病者もみな幸福で、幸福でなければいけなくて、いつでも微笑していることを強制される。

作中でこう説明される〝施設〟が鈴木いづみにとっての現実であり、切除されてしまう〝悪意〟こそが彼女のアイデンティティだった。

歩く人　〈THE OTHER MAGAZINE 21〉72年12月号

いつとも知れない時代の、どこともしれない場所を舞台にした寓話。「悪意がいっぱい」に続いて、弟さがしがモチーフになる。屋台でイカの足のてんぷらを揚げ、うどんをつくる少女というイメージが強烈だ。作家の森奈津子は好きな鈴木いづみ作品にこの短編を挙げ、「『歩く人』も好きでした。なんかつげ義春の『ねじ式』みたいだって思いました、わけのわからなさが」と語っている（『鈴木いづみ×阿部薫　ラブ・オブ・スピード』収録の「鈴木いづみRETURNS」より）。

もうなにもかも　〈面白半分〉74年5月号

すべてが終わってしまった遠未来を背景にした幻想ＳＦ。これもまた、弟さがしの物語。「悪意がいっぱい」の続編と読めなくもない。

初出の〈面白半分〉は、佐藤嘉尚が一九七一年に設立した株式会社面白半分が同年末に創刊したサブカル系のコラム誌。初代編集長の吉行淳之介以下、野坂昭如、開高健、五木寛之らが半年交替で編集長をつとめた。「もうなにもかも」は、藤本義一編集長時代に掲載。

悲しきカンガルー　〈ビックリハウス〉75年6月号

題名の元ネタは、オーストラリアのＴＶタレント、ロルフ・ハリスが歌って一九六〇年代に大ヒットした“Tie Me Kangaroo Down, Sport”。アメリカではパット・ブーンが歌い、日本では、ダニー飯田とパラダイス・キングが「悲しきカンガルー」のタイトルで一九六三年にカバーした（みナみカズみ訳詞）。カンガルーのあだ名で呼ばれる青年がさんざんな目に遭うコミックソングで、本編のイメージは、たぶんその歌詞にインスパイアされたものだろう（ザ・ピーナッツもカバーしているが、こちらの歌詞はまったく別物）。なんともいいようがない話だが、パラダイス・キングの「悲しきカンガルー」を聞きながら読むといい感じにハマるかもしれない。

静かな生活　〈面白半分〉75年10月号

少年院を脱走した不良少年、〝おれ〟のモノローグ――かと思いきや話は意外な方向に転がり、鈴木いづみには珍しい、ツイストの効いた（ショートショートのお手本のような）オチがつく。〝静かな生活〟という題名がまさかそういう意味だとは……。

鈴木いづみがＳＦを書くきっかけ（後述）をつくった先輩ＳＦ作家の眉村卓は、ハヤカワ文庫ＪＡ版『女と女の世の中』の巻末解説で、本編の「別に開き直っているわけでもなく行きつくところへ押し出してしまったという感覚」に鈴木いづみの個性を見出している。

魔女見習い　〈ＳＦマガジン〉75年11月号

〈ＳＦマガジン〉の女流作家特集に、山尾悠子の商業誌デビュー作「仮面舞踏会」と並んで掲載された短編。著者が長女を妊娠中に執筆した数少ない原稿のひとつで、これが鈴木いづみの記念すべき〈ＳＦマガジン〉初登場作となった。以後、「カラッポがいっぱいの世界」（82年1月号）まで、鈴木いづみは同誌に十六編を寄稿している。

一九五九年に創刊された〈ＳＦマガジン〉は、世界で二番めに長く続く月刊ＳＦ専門誌。二〇一四年七月号をもって通巻七〇〇号に到達した。日本ＳＦの中核に位置するこの〈ＳＦマガジン〉に頻繁に寄稿しはじめたことで、鈴木いづみはＳＦ作家として認知されてゆく。

そのきっかけをつくったのは、『なぞの転校生』『消滅の光輪』などで知られるベテランＳＦ作家の眉村卓。一九七〇年、日本テレビ／よみうりテレビ制作の深夜番組「11ＰＭ」のお遊び企画「イレブン学賞」を鈴木いづみが受賞（ピンク映画の主演女優であり、なおかつ文學界新人賞候補となったことが評価されたらしい）。その審査員のひとりが眉村卓だったことから知遇を得て、やがて鈴木いづみは眉村卓の薦めでＳＦを精力的に読みはじめ、どんどんハマっていったらしい。その後、鈴木いづみから「ＳＦらしきものを書いてみたい」という相談を受けた眉村卓は、〈ＳＦマガジン〉の編集者を紹介。それから二、三カ月して、「魔女見習い」が同誌に掲載されることとなった。

話の骨格はよくある〝悪魔との契約〟もののバリエーションだが（もっとも、契約相手は悪魔ではなく、魔女連盟のメッセンジャー。米国のＴＶドラマ「奥さまは魔女」も元ネタのひとつか）、語り口が独特。当時の日本ＳＦ界には女性作家がほとんど存在しなかったこともあり、こうした夫婦（男女）関係の機微（とくに、支配‐被支配の関係性）が女性の視点から描かれることはきわめて珍しかった。〈奇想天外〉七七年三月号に掲載された眉村卓との対談「ＳＦ・男と女」には、以下のようなやりとりがある。

眉村　しかし、『魔女見習い』みたいなああいうヘンな発想というのはやっぱり女じゃないとでないのかな。
鈴木　どうしてですか（笑）
眉村　旦那がペロンペロンのスルメみたいになってね。
鈴木　洋服ダンスに吊るすでしょう。
眉村　あんまりそういうこと考えんもんね、男は。
鈴木　足がズルズル伸びてきちゃう、死体みたいに。

あまいお話　〈ＳＦマガジン〉76年7月号
人間そっくりの宇宙人（かもしれない相手）との奇妙なラブ・ストーリー。デイヴィッド・ボウイ主演、ニコラス・ローグ監督の映画『地球に落ちてきた男』と同じ年に発表された（もっとも日本公開は翌年なので、モチーフの一致は偶然かもしれない）。語り手の友人として、レイコという名前の人物が登場する。タイトルは、ブルーコメッツの大ヒット曲「ブルー・シャトウ」のB面収録曲「甘いお話」（ささきひろと作詞、小田啓義作曲）からか。作中に出てくる神宮前交差点の八角亭は、現在の八角館ビルの場所にあった焼肉店。
「魔女見習い」は、ＳＦというよりファンタジーに近いが、この「あまいお話」以降は、媒体を意識してか、あるいは編集者の注文があったのか、はっきりＳＦの範疇に属するモチーフを使うことが多くなる。同時に、初期の幻想小説のダウンビートなトーンから一転して、明るいトーンの作品が目立ちはじめる。宇宙人や未来社会という非現実の（人工的な）要素をとりいれることで、現実の息苦しさを脱する道を見出したようにも見える。

離婚裁判　〈ＳＦマガジン〉76年9月号
エア・カーが空を舞い、人類初の恒星間宇宙探査船の出発に湧く未来でも、夫婦喧嘩はなくならない。泥沼の騒動はやがて裁判に……というドメスティック・コメディ。「魔女見習い」もそうだが、夫婦の話になると日常描写が妙にリアル。こういう小説を書けるのは、当時の日本SF界では鈴木いづみただひとりだった。

わるい夢　〈SFマガジン〉76年11月号

ある朝、主人公の男が目を覚ますと、女性の体になっていた――というよくあるタイプのコメディだが、主人公はSF作家という設定。冒頭、性転換期を有するバルタン星人の生態学について考察する（一種、小説用のアイデア・メモ的な）文章が挿入されるのが可笑しい。アーシュラ・K・ル・グィンのジェンダー／異星人類学SFの古典的名作『闇の左手』を意識している節もある。

涙のヒットパレード　〈SFマガジン〉77年1月号　※書籍初収録

一九六〇年代に対する愛着がストレートに描かれたディストピアSF。井上ひろし「雨に咲く花」、飯田久彦「ルイジアナ・ママ」、久保浩「霧の中の少女」、鶴岡雅義と東京ロマンチカ「小樽のひとよ」、松尾和子「再会」、そして西田佐知子「アカシアの雨がやむとき」――と六〇年代のヒット曲が流れつづける。だが、時はすでに二二世紀だった……。

わすれた　〈奇想天外〉77年3月号

地球人女性のエマ（宇宙局長官の妹）とミール星人の男性ソルとの関係を描くSFラブストーリー。人間の姿をした、ふつうの人間ならぬ存在（宇宙人、アンドロイド、超能力者、未来人）との恋は、少女漫画におけるSFの定番だが、ここではそのエッセンスが抽出されて、仮面劇のような雰囲気の中で台詞中心のドラマが展開する。カミロイ星人の名は、R・A・ラファティ「カミロイ人の初等教育」からか。

初出誌の〈奇想天外〉（第二期）は、一九七六年に創刊されたSF専門誌（一九七四年に十号出して休刊したSF／怪奇幻想小説誌〈奇想天外〉をリニューアル）。本編の続編にあたる「わすれない」のほか、「ユー・メイ・ドリーム」「夜のピクニック」を寄稿。本編と同時に掲載された眉村卓との対談「SF・男と女」（前出）およびアンケート企画「鈴木いづみ氏に25の質問」（77年9月号）にも登場している。

朝日のようにさわやかに 〈SFマガジン〉77年3月号

ロバート・シェクリイの《AAA》シリーズや、『スター・トレック』を思わせる宇宙探検もの。背景となる宇宙は、「わすれない」「わすれた」と共通だが、こちらは一転、異星の珍しい動物を集めてまわる商売をはじめたジュンコ率いる宇宙船のクルーを主役に、コミカルな味わい。後半のミステリーっぽい展開も含め、鈴木いづみには珍しいタイプの作品。

タイトルは、同名のジャズのスタンダード・ナンバー（原題は“Softly, as in a Morning Sunrise”）から。

わすれない 〈奇想天外〉77年6月号

「わすれた」に出てきたソルの妹マリが登場。前作のヒロイン、エマもあとから出てくる。連作にするつもりがあったのかどうか、いずれにしても、この二編が書かれただけで中断した。宇宙SF的な背景設定をもっともらしく書くことには、鈴木いづみがほとんどまったく興味を持っていないことがよくわかるシリーズ。

女と女の世の中 〈SFマガジン〉77年7月号

男性の出生率が極端に低下し、女ばかりになった未来の物語。女性だけの国という設定は、倉橋由美子『アマノン国往還記』や笙野頼子『水晶内制度』、倉数茂『始まりの母の国』などに引き継がれている。

ハヤカワ文庫JAから一九七八年四月に刊行された初のSF作品集の表題作として巻末に収録（他に、「魔女見習い」「朝日のようにさわやかに」「離婚裁判」「あまいお話」「悪魔になれない」「わるい夢」「静かな生活」「悲しきカンガルー」の全九編）。さらに、文遊社の選集《鈴木いづみコレクション》の第四巻、『SF集Ⅱ』の表題作にも選ばれている（こちらは、他に、「魔女見習い」「わすれた」「アイは死を越えない」「水の記憶」「ユー・メイ・ドリーム」「カラッポがいっぱいの世界」の全七編）。鈴木いづみのSF短編の中では、おそらくもっともよく知られた作品のひとつだろう。フェミニズムSF、ジェンダーSFの文脈で語られることも多い。

上野千鶴子は、『女という快楽』の中で、シャーロット・P・ギルマン『フェミニジア 女だけのユートピア』と対比させるかたちで、「女だけの社会が、かぎりなく管理社会に近づく、という悪夢」を描く小説として本編をとりあげ、『母性』も『女性原理』も、いつでも肯定的なものとはかぎらないのである。その上、女だけの世の中になっても、女が『女性原理』で支配するとはかぎらない。女は男なみに、あるいは男よりももっと悪いしかたで、抑圧や搾取を始めるかもしれないのだ」と述べている（第十章「家族の空想社会科学」より）。

アイは死を越えない　〈ＳＦマガジン〉77年11月号

自分の余命を他人に移すことができる生命移植実験をめぐる恋愛ＳＦ。鈴木いづみらしい夫婦の愛憎劇がＳＦのアイデアにストレートに重ねられている。日下三蔵編『日本ＳＦ全集２』（出版芸術社）に再録された。

悪魔になれない　〈ＳＦマガジン〉78年２月号

古典的な〝悪魔との契約〟――いや、〝悪魔見習いとの契約〟もの。悪魔見習いの情けなさがいい味出しています。〈ＳＦマガジン〉の創刊十八周年記念特大号の日本ＳＦ特集に、星新一、手塚治虫、光瀬龍＋萩尾望都、眉村卓、石川喬司、田中光二、横田順彌、山田正紀らの原稿とともに掲載。

タイトル・マッチ　〈ＳＦマガジン〉78年８月号　※書籍初収録

父親（大金持ちのマッド・サイエンティスト）がつくったタイムマシンで過去に遡り、恋敵を排除しようとするが……。古典的なタイムトラベルＳＦ。鈴木いづみの個性とうまくマッチして、皮肉なユーモアが効いた作品に仕上がっている。

契約　〈ＳＦマガジン〉78年10月号

〝ここはわたしの属する場所ではない〟というテーマを正面から描いた痛切な傑作。自分は宇宙人だと信じている主人公の少女は、宇宙の彼方にメッセージを送るため、行きずりの中年男を殺害し、精神病院に入院させられる。ジェイムズ・ティプトリー・ジュニアの「ビームしておくれ、ふるさとへ」では、生まれ故郷の宇宙に帰りたいと願う主人公ホービーが、その願いを実現するため、空軍士官学校に入学し、宇宙飛行士養成プログラムに志願する。「竹取物語」のかぐや姫と違って、いくら待っても彼らのもとに迎えが訪れることはなく、〝帰りたい〟という想いを叶えるためには、この現実を離脱するほかない。その切実な想いがＳＦのガジェットと結びついたとき、普遍的な輝きを放つ忘れがたい傑作が生まれる。

水の記憶　〈ＳＦマガジン〉79年2月号

鈴木いづみ作品には、いまでいうメンヘラ女子のような登場人物がしばしば登場するが、本編の語り手はその典型的な例。多重人格や分裂症をモチーフにしているらしい謎めいた映画の上映からはじまって、〝彼女〟は分裂し交替し増殖する（もしくは多世界に分岐する）。作中のいくつかのフレーズは、「なんと、恋のサイケデリック！」はじめ、その後のいくつかの作品とも響き合う。

彼女は、待っていた。彼女はこの世界を待っていた。愛されたい、とひそかにねがった。あのふしぎな記憶は、あまりにもつよい願望のためにうまれたものだろうか。あれは、アンドロメダ星雲ができたころのはなしだ。あるいは地球がおわってしまったあとのことかもしれない。

彼女は椅子にへたりこんだ。はっきりしたことはわからないが、なにか大事なものをうしなったような気がする。べつの世界のべつの人間の記憶が、あざやかによみがえった。彼はいつもいっしょにいたのだ。とおいとおいむかしから。気がとおくなるほどながい時間を。時間がなくなってしまった世界で、いっしょにいたのだ。

煙が目にしみる　〈ＳＦマガジン〉79年7月号

これもまた、題名はジャズのスタンダード・ナンバーから（原題は〝Smoke Gets In Your Eyes〟）。一九五八年にプラターズがカバーして世界的に大ヒットした。題名の〝煙〟とは、恋の炎が燃え上がるときに立ち昇る煙のこと。恋が盲目なのはその煙のせいで、恋が終わり炎が消えたあとは、残る煙が目にしみて涙が出る……というのが原曲の歌詞の大意。作中で海賊放送のＤＪが歌うのは、曲の冒頭部分。自分の恋が本物だとなぜわかるのかとみんなに訊かれた〝僕〟は、「自分の中にあるものを否定はできない」と答える。「水の記憶」に続いて、時間感覚と記憶の異常がテーマ。ここにもレイコという女性が登場する。

ラブ・オブ・スピード　〈ＳＦ宝石〉80年8月号

著者自身を思わせる女性（作中ではイラストレーター）が語り手をつとめる私小説的な語り口の短編。作中に出てくる「ゴーイン・バック・トゥ・チャイナ」は一九八〇年にリリースされた鹿取洋子のデビューシングル。原曲はオランダの4人組ロックバンド、Dieselの前年のヒット曲“Goin' Back to China”で、八一年に解散したアイドル歌謡系ロックバンド、レイジーも、アルバム『LAZY V』のB面でカバーしていた（訳詞は、鹿取洋子版とは別物）。

〝速度の愛〟というタイトルは、鈴木いづみと阿部薫の関係を象徴するフレーズとなり、ふたりの生誕六十年を記念して出版された本、『鈴木いづみ×阿部薫　ラブ・オブ・スピード』にも使われた。

初出誌の〈SF宝石〉は、一九七九年に創刊された光文社の隔月刊SF小説専門誌（八一年六月号で休刊）。

なぜか、アップ・サイド・ダウン　〈SFマガジン〉80年12月号

高校生四人組が『みどりの噴水広場』に新しく出店したクレープの屋台でもらった特別プレゼント。そのペンダントは、異世界へと赴く鍵だった……。

読みどころは、内輪の言葉と微妙きわまりないセンスの共有によって成立する高校生四人組の会話。ちりばめられた大量の固有名詞とその使い方が絶妙。橋本治、松岡正剛、ダンシング・オールナイト（もんたよしのり）、近藤真彦（スニーカーぶる〜す）、坂本龍一、クラフトワーク、三平食堂……。「エスの解放」は倉多江美の漫画のタイトル。メーテルはもちろん、「銀河鉄道999」から。

アミとロミの双子姉妹は「カラッポがいっぱいの世界」にも登場する（ので、文字どおり姉妹編と言えなくもない）。

ペパーミント・ラブ・ストーリィ　〈SFマガジン〉81年2月号

高橋源一郎は、鈴木いづみのお気に入り短編のひとつに本編をあげ、「これは、少年と一回り年上の女の人の恋愛話ですね。最初八歳と二十歳で、最後は四十八と六十歳。でも何も起きない話。そもそも、なんでSFって感じだけどさ、こういう男女関係＝いわゆる女性性をテーマにした作品を、SFで書きたかったのかなって」と語っている。

想が母親のために（管理社会の象徴のような）パーソナリティー・サクセス・センターなる施設に通わされているという近未来設定も鈴木いづみらしい。

題名（とイメージ）の元ネタは、おそらく、近田春夫が一九七九年にリリースした二枚目のソロシングル

「エレクトリック・ラブ・ストーリー」。イエロー・マジック・オーケストラが演奏と編曲を担当した。構図かずおによる歌詞の冒頭には、本編の冒頭と同じく、レストランの中で談笑するふたりを〈おもてがわ〉から覗く場面がある。やがて街を離れたあと、〈時の流れの隙間から〉この時代のことを振り返るだろうという歌詞の内容も、本編のイメージと重なる（ちなみに、本編を収録した短編集『恋のサイケデリック！』の献辞には、「敬愛するミュージシャン　近田春夫さんへ」とある）。

ユー・メイ・ドリーム　〈奇想天外〉81年4月号

増えすぎた人口を抑制するためか、無作為抽出で選ばれた一定数の国民に冷凍睡眠が義務づけられた未来。冷凍睡眠中、その意識を他人の夢の中に転移させる技術が開発され、〝わたし〟は友人である〈彼女〉の頼みで、転移の相手を引き受けるが……。

これまたディック的なテーマとモチーフを扱った近未来サスペンス。最近で言えば、映画『インセプション』や、乾緑郎『完全なる首長竜の日』を思い出す読者もいるかも知れない。

タイトルは、日本のロックバンド、シーナ&ザ・ロケッツが一九七九年にリリースした二枚目のシングル「ユー・メイ・ドリーム」（柴山俊之作詞、クリス・モスデル補詞、鮎川誠・細野晴臣作曲）から。サビの「それが私のすてきなゆめ」と、それに続く「ユメ、ユメ、ユメ」のくりかえしでおなじみ。

夜のピクニック　〈奇想天外〉81年8月号

どことも知れぬ異星で、必死に地球人の文化と伝統を守ろうとする家族四人を描くディック的なコメディ。鈴木いづみのSF作品としてはたいへんわかりやすく、コミカルにうまくまとまっている。

題名は、アラバールの戯曲『戦場のピクニック』から来ているようだが、おそらく、レイ・ブラッドベリの名作『火星年代記』の最終章にあたる短編「百万年ピクニック」（火星に移住した家族が湖にピクニックに出かける）のイメージも投影されている。

カラッポがいっぱいの世界　〈SFマガジン〉82年1月号

人間のスター性（精神エネルギー）を光として見ることができる能力を持つ女性を軸に、アイドルとファンの関係を描く。スターをつくりだすのは、いつの時代にも普遍的に存在する〈彼女〉たちのほうだった……。

一卵性双生児のアミ、ロミ姉妹は、「なぜか、アップ・サイド・ダウン」に続いて登場。

冒頭に流れる曲は、松崎由治率いるテンプターズの「忘れ得ぬ君」。中学生で飛び入りした萩原健一がヴォーカルとして加入し、バンドは一九六七年にこの曲でレコード・デビューした。近藤真彦「ギンギラギンにさりげなく」は、本編が発表される直前、一九八一年九月のヒット曲。作曲は筒美京平、編曲は馬飼野康二、作詞は伊達歩（伊集院静）。

〈SFマガジン〉通巻七百号を記念して刊行された同誌掲載短編の傑作選『SFマガジン700【国内篇】』（大森望編／ハヤカワ文庫SF）に再録された。


なんと、恋のサイケデリック！　〈『恋のサイケデリック！』ハヤカワ文庫JA〉82年2月

ハヤカワ文庫JAから一九八二年に刊行された二冊目のSF短編集『恋のサイケデリック！』のために書き下ろされ、巻頭に収録された作品。短編集の内容は、（解説を除いて）文遊社『鈴木いづみコレクション　SF集1　恋のサイケデリック！』と同一で、「第一部　明かるい篇」（「なんと、恋のサイケデリック！」、「なぜか、アップ・サイド・ダウン」、「ラブ・オブ・スピード」）と「第二部　暗い篇」（「契約」「夜のピクニック」「ペパーミント・ラブ・ストーリィ」）に分けて六編を収録する。

二〇〇五年五月のSF系トークイベントで行われた回顧鼎談「鈴木いづみRETURNS」の中で、高橋源一郎は本編についてこう語っている。

> 僕は、鈴木いづみが書いているものが、ある意味いちばんオーソドックスなSFではないかと感じました。たとえば、いわゆるSF的な、ロボットとかタイムマシンというガジェットの使い方。『なんと、恋のサイケデリック！』を読むと、そういう分かりやすいSF的設定が出てくるわけじゃないんだけど。じゃあ何が出てくるかって言うと、六〇年代後半の音楽や風俗。それが、不思議なことにどこか現実感がなくて、別の時代の、パラレルワールド的なSFの要素に見えてくるんですよね。これって、田中康夫の『なんとなく、クリスタル』に似ている。あの厖大な註を見ていると、なんだかSFみたいに読めてくる。つまり、ある時代のある国には、こういう妙なものがありました、という設定になっているわけ。過剰

な情報が、現実感を喪失させて、タイムスリップしているような感じを与えるんです。これが、オーソドックスなSFだと感じるところ。これ読んで、だれでもSF書けるんじゃないかと錯覚するほどに。

そのパラレルワールド性のなせるわざか、発表から三十年以上を経ても、驚いたことに、「なんと、恋のサイケデリック！」の中身はほとんど古びていない。というか、古いというなら、作中のGS談議は、発表当時でさえはるか昔の話で、一九六〇年代以降生まれの読者にはまるでなじみのないトピックだったわけだが、そのディープな固有名詞群が、逆に、時代を超越した普遍性を作品に与えている。そうした固有名詞を選び出す研ぎ澄まされたセンスは、それこそウィリアム・ギブスン級。

想い出のシーサイド・クラブ　〈SFアドベンチャー〉82年3月号

どことも知れぬ異星（異世界？）のヨコハマで過ごす〝わたし〟とエミ。「朝日のようにさわやかに」に出てきたナオシという名前の人物が再登場。後半は、フィリップ・K・ディック「トータル・リコール」風の趣向も。ディック的な現実崩壊感覚は、鈴木いづみの人工世界とも親和性が高い。

初出の〈SFアドベンチャー〉は、徳間書店が一九七九年に創刊したSF小説専門誌（九三年に休刊）。八〇年六月〜九二年三月は月刊で刊行されていた。〈SFマガジン〉〈奇想天外〉〈SF宝石〉〈SFアドベンチャー〉と、鈴木いづみは当時の主要SF誌すべてを制覇したことになる。

ぜったい退屈　〈SFアドベンチャー〉84年8月号

自死する一年半ほど前に発表された鈴木いづみ最後の短編。「想い出のシーサイド・クラブ」に続いて、〈SFアドベンチャー〉に発表、小説としてはこれが遺作となった。

作中にも出てくる「ブレードランナー」に触発されたような薄明るい近未来を背景に、〝わたし〟と〈彼〉の関係が語られる。脳手術のモチーフは、本書巻頭の「悪意がいっぱい」と共通する。

これ以上、鈴木いづみのSFが読めないことは残念でならないが、本書をひもとけば、いつでもプラスチックの中に永久保存された彼女の世界を再訪することができる。本書の刊行によって、また新たな鈴木いづみ読者があらわれることを祈る。

大森　望（書評家／翻訳家）

※今日の人権意識に照らして不適切と思われる語句や表現については、
時代的背景と作品の価値をかんがみ、そのままとしました。

契約　鈴木いづみSF全集
2014年7月10日初版第一刷発行

著者：鈴木いづみ
発行者：山田健一
発行所：株式会社文遊社
東京都文京区本郷4-9-1-402　〒113-0033
TEL: 03-3815-7740　FAX: 03-3815-8716
郵便振替：00170-6-173020

書容設計：羽良多平吉 heiQuiti HARATA@EDiX+hQh, Pix-El Dorado
本文基本使用書体：イワタ中明朝オールド
印刷：シナノ印刷
製本：ナショナル製本

乱丁本、落丁本は、お取り替えいたします。
定価は、カバーに表示してあります。

　ISBN 978-4-89257-106-0